BASTEI
LÜBBE
TASCHENBUCH

JASON DARKS SONDERAUSGABEN IM TASCHENBUCH-PROGRAMM:

Paperback
73500 Hexenküsse

Jumbo-Bände
73 952 Die Hölle auf Erden
73 953 Grüße aus dem Fegefeuer
73 954 Schreie aus der Unterwelt
73 955 Jenseits der Angst
73 956 Wenn aus Freunden Monster werden
73 957 Hexen – Geister – Teufelsdiener
73 958 Wenn die Hölle dich verschlingt
73 959 Rückkehr aus dem Reich der Toten
73 960 Baphomet II
73 961 Das Schicksal des Templers
73 962 Im Namen des Schwarzen Tods
73 963 Hexenfluch
73 964 Der dunkle Gral
73 965 Morganas wilde Meute

Kultausgaben
73 966 Wie alles begann
73 967 Die Conollys
73 968 Suko und Shao
73 969 Jane Collins – Privatdetektivin
73 970 Die Hexe Jane Collins
73 971 Glenda Perkins
73 972 Kommissar Will Mallmann
73 973 Mallmann und der Schwarze Tod
73 974 Mallmanns letzte Fälle
73 975 Myxin, der Magier
73 976 Die Schöne aus dem Totenreich
73 977 Arkonada und der Planet der Magier
73 978 Doktor Tod
73 979 Die Gründung der Mordliga
73 980 Lupina und Vampiro-del-mar
73 981 Lady X
73 982 Die Mordliga greift an
73 983 Werwolf-Fest und Zombie-Terror
73 984 Tod der Mordliga!

JASON DARK

Die Welt des

JOHN SINCLAIR

DOKTOR TODS ENDE

VIER SPANNENDE KULTGESCHICHTEN

BASTEI LÜBBE
TASCHENBUCH

BASTEI LÜBBE TASCHENBUCH
Band 73 985

1. Auflage: Juli 2010

Vollständige Taschenbuchausgabe

Bastei Lübbe Taschenbücher
in der
Bastei Lübbe GmbH & Co. KG

Lektorat: Rainer Delfs
Titelbild: Shutterstock / Poprugin Aleksey
Umschlaggestaltung: Annika Kausche / Yvonne Uelpenich
Satz: Wildpanner, München
Druck und Verarbeitung:
Norhaven A/S
Printed in Denmark
ISBN 978-3-404-73985-1

Inhalt

DER MONSTER-CLUB

Lupina, die Wolfsfrau, kreiselte auf der Stelle herum. Sie wuchtete ihren Körper vor, während sie die Arme mit den gefährlichen Pranken ausstreckte und in ihren Augen ein gefährliches Licht zu glimmen begann.

Ihr Gegner war ihr Chef!

Solo Morasso, auch Doktor Tod genannt.

Der hatte mit der Attacke nicht gerechnet, zudem saß er eingeklemmt hinter seinem Schaltpult und kam nicht mehr in die Höhe. Lupinas Krallen waren schneller.

Er sah sie dicht vor seinen Augen und spürte im nächsten Augenblick, wie sie in sein Gesicht stachen, sich erst in der Haut festhakten und dann daran rissen.

Blutige Furchen zeichneten ein Gittermuster auf das Betongesicht. Sein Mund öffnete und verzerrte sich. Die Arme fuhren hoch, er stöhnte auf, hörte das wilde Fauchen der Werwölfin und erwartete die nächsten Schläge. Lupina war außer sich.

Bevor Doktor Tod sein Gesicht wirksam schützen konnte, traf ihn schon der nächste Schlag, schleuderte seinen Kopf zurück und ließ ihn gegen die harte Betonwand krachen, sodass es einen dumpfen Laut gab und Morasso in die Knie sackte.

»Versager«, kreischte die Werwölfin, »du verfluchter Versager! Nichts hast du geschafft, und du willst uns Befehle geben!« Sie stieß ein gellendes Gelächter aus, in das sich ein wildes, hasserfülltes Fauchen mischte.

Da wurde die Eisentür aufgestoßen. Ein weiteres Mitglied der Mordliga betrat den Raum.

Eine Frau!

Schwarzhaarig, ganz in weiches Leder gekleidet, mit halb geöffnetem Mund, aus dessen Oberkiefer zwei lange Vampirzähne wuchsen.

Es war Lady X, die mit bürgerlichem Namen Pamela Barbara Scott hieß. Auf der Schwelle blieb sie stehen, übersah mit einem Blick die Situation und handelte kurz entschlossen.

Mit einem gewaltigen Sprung katapultierte sie sich in den

Raum und riss die Waffe hoch, die zu ihr gehörte wie das Ei zur Henne.

Sie schoss nicht, nein, sie machte es anders. Als Lupina, die Werwölfin, herumfuhr, lief sie geradewegs in den mörderischen Hieb mit dem Lauf der MPi.

Lady X hatte sich recken müssen, um die Bestie zu treffen, die den Kopf einer schönen Frau und den Körper eines Wolfs besaß. Lange blonde Haare umrahmten das Gesicht und fielen bis zum Hals, dessen Haut an seinem unteren Ende in graubraunes Fell überging.

Genau dort traf sie der Hieb.

Die Scott hatte sämtliche Kraft in den Schlag gelegt. Töten konnte sie Lupina nicht, auch nicht bewusstlos schlagen, aber sie brachte die Werwölfin aus der Richtung, sodass sie zur Seite flog, sich dabei einmal um die eigene Achse drehte, bevor sie gegen die Wand krachte.

Ein wenig sackte Lupina in die Knie, dann richtete sie sich auf, knurrte drohend und machte den Eindruck einer wütenden Angreiferin.

Lady X hob die Waffe und richtete die Mündung auf die Königin der Wölfe, wie sich Lupina selbst nannte. »Bist du verrückt?«, zischte die Vampirin. »Was ist in dich gefahren?«

Lupina gab keine Antwort. Sie stand nur da, war ungemein erregt, und das Fell auf ihrem Körper sträubte sich. »Damit kannst du mich nicht umbringen! Oder hast du deine MPi neuerdings mit geweihten Silberkugeln geladen?«

»Nein, aber ich kann durch die Kugelgarbe dein hübsches Gesicht zerfetzen, denk daran.«

»Danach würde ich dich zerreißen!«

»Sollen wir es darauf ankommen lassen?«, erkundigte sich Lady X spöttisch.

Sie erhielt von Lupina keine Antwort mehr, denn die hatte ihre Aufmerksamkeit Solo Morasso zugewandt, der seltsame Geräusche von sich gab, seine beiden Hände auf das Schaltpult gestützt hatte und dem Blut nachschaute, das von seinem Gesicht auf die Instrumente tropfte.

Dann schüttelte er den Kopf, griff in die Tasche seiner grauen Jacke und holte ein Tuch hervor, das er durch Schütteln auseinanderfaltete. Über seiner rechten Hand blieb es liegen. Er hob langsam den Arm und tupfte durch sein Gesicht, um die Blutspuren abzuwischen. Dabei sagte er keinen Ton, schaute nur auf die dunkelroten Flecken im Tuch und tastete mit den Fingern der freien Hand über die Wunden.

Zeit verging. Im Bunkerraums war es still geworden. Lupina und Lady X warteten darauf, wie Solo Morasso wohl reagieren würde, denn so einen Angriff konnte er nicht auf sich sitzen lassen. Er war schließlich der Boss, und er befehligte die Mordliga, auch wenn sie in der letzten Zeit de-zimiert worden war.

Ja, sie hatten schwere Niederlagen einstecken müssen. Da war einmal Tokata, ein wichtiges Mitglied, getötet worden. Dafür hatte der Goldene Samurai gesorgt, denn er hatte mit Tokata noch eine uralte Rechnung zu begleichen gehabt. Auch Mr Mondo hatte nicht überlebt. Im Reich des Spuks, einer anderen Dimension, hatte er im Kampf gegen Asmodina und deren Schergen sein Ende gefunden. Glühendes Gestein hatte ihn zu einer Mumie verkohlt.

Es blieben noch vier.

Lupina, die Königin der Werwölfe, Lady X, Vampiro-del-mar und ein unheimliches Wesen namens Xorron, das sich selbst als Herr der Zombies und der Ghouls bezeichnete.

Vor den Niederlagen war Doktor Tod der absolute Herr der Mordliga gewesen. Die dämonischen Kreaturen gehorchten ihm damals bedingungslos. Nach den Niederlagen allerdings änderte sich einiges. Die Monster waren unruhig geworden. Der Begriff der ihnen eingeimpften Unbesiegbarkeit bröckelte. Sie hatten zwei Mitglieder verloren, dazu war Doktor Tod eine wichtige Waffe genommen worden.

Der silberne Bumerang!

Damit war sein Image sehr stark angekratzt, und er merkte nun, dass dämonische Wesen doch anders reagieren als Menschen. Sie waren nur auf ihren Vorteil und auf Sieg aus. Der jedoch lag weiter entfernt als je zuvor.

John Sinclair lebte noch immer. Trotz aller Bemühungen war es ihnen nicht gelungen, ihren ärgsten Feind aus dem Weg zu schaffen. Hinzu kamen noch die Eigeninteressen der einzelnen Mitglieder. Jeder hielt sich für den Größten überhaupt.

Und jeder wollte den anderen übertrumpfen. Vielleicht hätten sie sich schon gegenseitig getötet, wenn der Kampf gegen Sinclair sie nicht noch zusammengeschweißt hätte.

Lupina jedoch wollte nicht mehr. Sie hatte schon immer rebelliert. Auch nach ihrer Niederlage in Sibirien sah sie sich als Königin der Wölfe an, als eine mächtige Fürstin, die sich durch nichts und niemanden unterkriegen ließ und sich vor allen Dingen auch nichts sagen lassen wollte. Nicht von Morasso und nicht von den übrigen Mitgliedern der Mordliga. Sie wollte und würde ihren eigenen Weg gehen.

Damit war Doktor Tod natürlich nicht einverstanden. Freiwillig gab er kein Mitglied seiner Mordliga her. Also gab es für Lupina nur eine Lösung: Gewalt!

Sie hatte es versucht. Sie hätte Doktor Tod auch zerfetzt, lei-der war Lady X dazwischengekommen, aber wie sie da auf dem Sprung stand, das bewies, dass sie noch längst nicht aufgegeben hatte. Sie würde um ihre Selbständigkeit kämpfen.

Morasso schaute auf. Noch immer zeigte das Gesicht des Mensch-Dämons Blutspuren. Die Lippen bildeten einen Strich, auf dem kleine rote Punkte funkelten. Kalt wie das Eis der nahen Gletscher war sein Blick. Die Augen hatten noch nie Gefühl gezeigt, es sei denn, man zählte den Hass hinzu.

Und Hass war die Triebfeder alles Bösen.

»Du hast es gewagt«, sagte Solo Morasso mit flacher, tonlos klingender Stimme. »Du hast es tatsächlich gewagt, dich gegen mich zu stellen. Gegen deinen Herrn und Meister.«

Lupina schüttelte sich in einem nahezu lautlosen Lachen, als sie die Worte hörte. »Herr und Meister?«, höhnte sie. »Nein, das bist du nicht. Du bist ein Versager, mehr nicht. Ein widerlicher Stümper, denn du hast es nicht geschafft, uns die großen Erfolge zu bringen.«

»Wer hat Asmodina getötet?«

»Das warst du, ich gebe es zu, aber sie war ja nicht die große Feindin. Auf Sinclair hättest du dich konzentrieren sollen. Auf ihn allein. Hast du gehört?«

»Lenk nicht ab«, erwiderte Solo Morasso kalt. »Was du hier getan hast, ist das, was die Menschen eine Todsünde nennen. Sie kann nur durch den Tod oder deine Vernichtung gesühnt werden. Und ich werde dich vernichten.«

»Das wird dir kaum gelingen«, hielt Lupina ihm entgegen.

»Keine Sorge. Um dich aus der Welt zu schaffen, bin ich noch immer stark genug. Ich werde dich winseln hören und deinen Tod genießen.« Nach diesen Worten nickte er und wandte den beiden den Rücken zu.

Lupina und auch Lady X waren zu überrascht, um etwas erwidern zu können. Aber jede von ihnen sah, dass sich Solo Morasso bückte, etwas aus dem Schaltpult holte und sich mit dem Gegenstand in der Hand umdrehte.

Es war der Würfel des Unheils!

Er war der große Trumpf in der Hand des Solo Morasso. Ein geheimnisvolles magisches Mittel, dessen Herkunft eigentlich noch im Dunkeln lag. Woher der Würfel kam, interessierte Doktor Tod nicht. Er wusste nur, dass er ihn manipulieren konnte. Der Würfel gehorchte ihm ebenso, wie er einem anderen Menschen gehorcht hätte, der seine Kraft zum Guten ausgenutzt hätte.

Doktor Tod jedoch produzierte mithilfe des Würfels den grauenhaften Todesnebel, der alles Leben zerstörte und ungeschützten Menschen die Haut und das Fleisch von den Knochen löste. Mehr als einmal hatte Doktor Tod bewiesen, wie mächtig der Würfel war. Er wollte ihn nur nicht zu oft einsetzen, denn aus bestimmten taktischen Erwägungen blieb er lieber ein wenig im Hintergrund. Wenn der Todesnebel erschien, wussten seine Gegner immer sofort Bescheid, dass sich etwas anbahnte und er dahintersteckte.

So etwas war oft schlecht!

Mit beiden Händen hielt er den Würfel auch dann noch fest, als er ihn auf dem Pult abgesetzt hatte. Der Würfel sah so harmlos aus. Seine Seiten schienen aus bläulichem Milchglas zu bestehen. Nur wer genauer hinschaute, sah, dass sich hinter den Seiten Schlieren bewegten, die diesen Eindruck hervorriefen.

Aus welchem Material der Würfel wirklich bestand, wusste Solo Morasso nicht zu sagen, es war ihm auch egal. Hauptsache, er konnte ihn für seine Zwecke ausnutzen und manipulieren – wie etwa für die Bestrafung der Werwölfin.

Ruckartig drehte Doktor Tod den Kopf und starrte Lupina an. »Ich lasse dir die Wahl, wie du sterben willst. Du kannst zwischen drei Möglichkeiten wählen. Entweder zerreißen dich meine Piranhas in kleine Stücke, denn ihnen hast du auch als Geschöpf der Finsternis nichts entgegenzusetzen, oder ich lasse dich verbrennen, wobei höchstens noch Asche übrig bleibt. Zum Dritten ein Sterben durch den Todesnebel, der dir langsam das Fell vom Körper löst. Welche Möglichkeit du wählst, überlasse ich dir. Ich gebe dir genau dreißig Sekunden Zeit, eine Entscheidung zu treffen. Hast du sie bis dahin nicht gefunden, werde ich es selbst übernehmen, denn auf dich kann ich verzichten!«

Sobald Solo Morasso die Worte gesprochen hatte, zweifelte niemand der Anwesenden mehr daran, dass er es todernst gemeint hatte. Er wollte Lupina vernichten, denn für ihn war sie nicht mehr wichtig. Er sah in ihr nur noch eine Belastung.

Lady X hatte als unbeteiligte Zuschauerin mit einer ähnlichen Reaktion gerechnet. In ihrem Gesicht regte sich kein Muskel, während sie dem Vorschlag Morassos lauschte. Allerdings jagten sich hinter ihrer Stirn wilde Gedanken, und sie fand die Lösung plötzlich überhaupt nicht mehr so attraktiv.

»Zehn Sekunden sind bereits verstrichen!«, erklärte der Chef der Mordliga kalt. »Hast du dich schon entschieden, Lupina?«

»Nein!«

»Dann überlässt du mir also die Wahl?«

Lupina lächelte böse und schüttelte den Kopf, wobei die hellen Haare flogen. »Ich überlasse dir nichts, Solo Morasso.

Du wirst mich nicht töten, denn damit schneidest du dir ins eigene Fleisch.«

Mit dieser Antwort bewegte sie sich in eine ähnliche Richtung, die auch Pamela Scotts Gedankengänge eingeschlagen hatten, doch Doktor Tod war da völlig anderer Ansicht.

»Ich habe Verluste einstecken müssen und sie überstanden. Eine vernichtete Lupina ist immer noch besser als eine, die sich gegen mich stellen will.«

»Das glaube ich nicht!« Zum ersten Mal mischte sich Lady X ein.

Morassos Kopf ruckte hoch. Erstaunen stahl sich in seinen ansonsten kalten Blick. »Was sagst du da?«

»Wir sollten darüber reden!«

»Nein, die Zeit ist um!« Stur wie ein Panzer blieb der Chef der Mordliga.

Lupina spannte sich. Sie stand wie unter Strom. Die einzelnen Fellhaare richteten sich auf. Wenn nicht bald etwas geschah, würde sie durchdrehen.

Die Lage stand auf des Messers Schneide, das wusste auch Lady X, und sie hatte ihre Maschinenpistole jetzt in Hüfthöhe. Allerdings zeigte die Mündung nicht mehr auf Lupina, sie wies jetzt in Morassos Richtung, der davon noch nichts bemerkt hatte, sondern den Würfel anhob.

»Lass uns noch einmal darüber reden. Es ist Unsinn, wenn wir uns gegenseitig vernichten!« Die Stimme der ehemaligen Terroristin Scott kippte fast über.

Doktor Tod war anderer Meinung. »Ich habe mich bereits entschlossen«, sagte er hart.

Da drückte die Vampirin ab!

Die letzten Tage hatte ich in einer regelrechten Depression verlebt. Natürlich nicht ohne Grund, denn ich musste immer daran denken, was mit Jane Collins geschehen war.

Es gab sie nicht mehr!

Zwar war sie nicht tot, aber was mit ihr geschehen war, kam

auf dasselbe heraus. Der Geist des Rippers war in ihren Körper gedrungen und hatte die Detektivin völlig verändert. Äußerlich noch ein Mensch, hatte sie sich jedoch psychisch in ein Monster verwandelt, in eine Gestalt, die sich zu den Mächten des Bösen zählte. Und eine hatte darauf reagiert.

Wikka, die oberste aller Hexen. Ihr war Jane sowieso ein Dorn im Auge gewesen, und sie hatte auch sehr schnell die Spur der veränderten Detektivin gefunden.

Für Wikka sah natürlich vieles anders aus, jetzt, wo Jane Collins nicht mehr zu ihren Gegnerinnen zählte. Sie reihte Jane ein in den Reigen ihrer Dienerinnen und hatte sich mit ihr auf eine Hexeninsel zurückgezogen, wo sie Jane wohl endgültig zu dem gemacht hatte, was sie jetzt war.

Ein Mitglied unserer gewaltigen Gegnerschaft.

Es ist natürlich klar, dass wir alles versuchten, die Detektivin zu retten. Doch diese Versuche waren Schüsse ins Leere gewesen. Wir konnten Jane Collins nicht mehr zurückholen, da die andere Kraft stärker war.

Uns war nur noch das tatenlose Zusehen geblieben, und ich konnte von Glück reden, überhaupt mit dem Leben davongekommen zu sein, denn Jane Collins und zwei andere Hexen hatten mich aus großer Höhe auf die Felsen der Insel schmettern wollen, was ihnen glücklicherweise nicht gelungen war, da Suko mithilfe seines geheimnisvollen Stabs die Zeit angehalten hatte.

Wikka und Jane waren von der Insel entkommen, zwei andere Hexen hatten wir erledigen können. Eine größere Ausbeute gab es für uns nicht.

Nun kann sich wohl jeder vorstellen, wie es in mir aussah. Die Depression war zu stark, ich hatte sehr an Jane gehangen, und meine Gedanken beschäftigten sich nur mit ihr, während ich tagsüber brütend hinter meinem Schreibtisch hockte.

Meine Freunde hatten viel Verständnis für mich aufbringen müssen, und dafür war ich ihnen sehr dankbar. Sie ließen mich in Ruhe, und ich übersah nicht die mitleidvollen Blicke, die mir Glenda Perkins oder Suko zuwarfen.

Ich rauchte wie selten zuvor. Die Aschenbecher in meiner Wohnung und der im Büro quollen fast über, und in der Frühe, nach den Nächten ohne Schlaf, fühlte ich mich wie gerädert.

Als ich am Morgen des dritten Tages ins Büro kam, lag schon ein Zettel auf meinem Schreibtisch. Mein Chef, Superintendent Powell, wünschte mich zu sprechen.

Ich ging sofort zu ihm.

Er war nicht allein, ich sah Suko vor dem Mahagonischreibtisch sitzen. Er lächelte mir zu, als ich das Büro betrat. Ich nickte nur zurück und nahm auf einem zweiten Stuhl Platz.

Sir James rückte seine Brille zurecht. Er fixierte mich durch die dicken Gläser und erkundigte sich nach meinem Befinden. Wie er die Worte aussprach, zeugte von echter Besorgnis. Ich dankte es ihm schlecht und hob nur die Schultern.

»John, Sie müssen einmal darüber hinwegkommen«, sagte er.

»Sicher, aber es ist schwer.«

»Ich habe volles Verständnis dafür, allerdings sollten wir auch nicht die Realitäten aus den Augen verlieren. Noch ist nicht alles verloren.«

»Ich kann Jane nicht mehr zurückholen, Sir.«

»Vielleicht im Moment nicht«, mischte sich Suko in unseren Dialog, »aber später.«

»Dann ist es vorbei.«

»Eine so pessimistische Einstellung hätte ich von Ihnen nicht erwartet«, hielt mir mein Chef entgegen. »Nein, früher waren Sie anders. Denken Sie an die großen Fälle, an die Mordliga, an das Zentrum des Schreckens oder die Vernichtung Asmodinas. Da haben Sie gekämpft, sich aufgelehnt und haben den Gegnern die Stirn gezeigt, so wie es eigentlich doch immer Ihre Art gewesen ist. Deshalb bitte ich Sie, John, tun Sie hier das Gleiche. Gehen Sie gegen dieses verdammte Schicksal an. Wir alle werden Ihnen helfen.«

Ich musste lächeln. Es war wohl das erste Lächeln seit einigen Tagen. »Das finde ich alles sehr toll und nett, aber mit dem Problem Jane Collins muss ich allein fertig werden.«

»Nein!« Hart schleuderte Sir James mir dieses Wort entgegen, und er schlug mit der Faust auf den Tisch, während der Zeigefinger seiner anderen Hand wie ein Speer auf mich deutete. »Wir lassen Sie nicht allein. Ihre Probleme sind in diesem Fall auch unsere. Und da können Sie versuchen, was Sie wollen. Sie werden uns nicht los, und Sie sollten dankbar sein, dass wir alles versuchen, um Janes Schicksal aufzuklären. Denken Sie darüber mal nach.«

Ich hatte meinen Chef noch nie so reden hören, aber an diesem Morgen war ich nicht diplomatisch. »Wenn jemand das Problem Jane Collins angeht, dann bin ich es.«

Suko warf mir einen warnenden Blick zu, während Sir James langsam rot anlief. Gefährlich leise fragte er: »Wollen Sie den Rächer auf eigene Faust spielen?«

»Das habe ich nicht gesagt.«

»John, Sie vergessen, wer Sie bezahlt. Sie sind kein Privatdetektiv, sondern ein Beamter von Scotland Yard. Das sollten Sie nie vergessen. Zudem waren wir in den letzten beiden Tagen nicht untätig.« Wie Sir James das Wort *nicht* betonte, trieb bei mir die Galle hoch.

»Sie können es mir vom Urlaub abziehen, Sir«, sagte ich. »Wenn ich mich recht erinnere, ist da so einiges aufgelaufen, sodass es auf zwei Tage nicht ankommt.«

»John, lass es doch sein.« Suko versuchte zu schlichten.

Ich schüttelte den Kopf und lehnte mich demonstrativ auf dem Stuhl zurück.

Sir James runzelte die Stirn. »Wenn ich Ihre Ausführungen richtig interpretiere, dann sind Sie wohl nicht daran interessiert zu erfahren, welche Resultate unsere Bemühungen ergeben haben?«

»Zumindest haben Sie Jane Collins nicht gefunden«, antwortete ich.

»Das stimmt allerdings, Mr Sinclair.«

Jetzt redete mich der Alte schon mit Mister an, das ließ tief blicken.

»Da ich jedoch mit Ihrem Kollegen Suko über diesen Fall

einiges zu bereden habe, ist es für Sie wohl besser, wenn Sie den Raum verlassen und in Ihrem Büro warten!«

Hastig stand ich auf. Diesmal lief ich rot an. »Okay, Sir, ich habe verstanden.«

»Bitte!« Der Superintendent deutete zur Tür. Einen Rückzieher wollte ich nicht mehr machen, deshalb nahm ich die Empfehlung an und verließ das Büro. Die Tür stieß ich ziemlich hart hinter mir zu. Auf dem Gang blieb ich stehen, holte ein paarmal tief Luft und knirschte mit den Zähnen. Am liebsten hätte ich mich irgendwohin gebissen oder wäre mit dem Kopf gegen die Wand gelaufen, denn meine Reaktionen waren, gelinde gesagt, übertrieben gewesen.

Mit hängendem Kopf ging ich den Weg zu meinem Büro, betrat das Vorzimmer und sah mich Glenda Perkins gegenüber. Sie drehte sich auf ihrem Stuhl um und schaute mich an. »John, was ist denn mit dir los? Du bist ja ganz rot im Gesicht.«

»So? Bin ich das?«

»Ja. Hat es Ärger gegeben?«

»Kaum der Rede wert.« Ich wollte an Glenda vorbei, doch sie stand auf und hielt mich am Arm fest. »Komm, jetzt mach keinen Unsinn. Was hat es gegeben?«

»Ach, gar nichts.«

»Es ging um Jane, nicht?«

Ich blickte sie an. Auch in ihrem Gesicht las ich die echte Sorge. Sie schimmerte in den dunklen Augen. Obwohl Jane und sie so etwas wie Rivalinnen gewesen waren, empfand Glenda keine Häme oder irgendeinen Triumph.

Das rechnete ich ihr hoch an. »Ja, Glenda, es ging um Jane. Worum denn sonst?«

»Habt ihr keine Möglichkeit gefunden, etwas zu unternehmen?«

Ich lächelte schief und bitter. »Weißt du, Mädchen, darüber haben wir gar nicht geredet.«

»Sondern?«

»Ist egal.«

»Sei doch nicht komisch, John. Wir meinen es wirklich nur gut mit dir, und wir wollen dir helfen. Vorhin hat Bill Conolly angerufen. Auch er wird alles versuchen, Jane ...«

»Ja, ja, ich weiß. Ihr wollt mir alle helfen. Das ist zwar gut und schön, aber was nutzt es?«

»Gemeinsam ist man stärker.«

»Ich kenne den Gewerkschaftsspruch, doch kratz dich mal am Rücken, wenn du keinen hast.«

»Was soll das denn heißen?«

»Wir wissen nichts, gar nichts. Diese Oberhexe Wikka kann sich in einer anderen Dimension aufhalten oder irgendwo auf der Welt verstecken. Das ist wie damals bei der Mordliga. Wir stehen wieder vor dem gleichen Problem. Und die Mordliga können wir auch nicht zerschlagen, da in diesem verdammten Gebiet an der Südspitze Feuerlands die Auswirkungen des Krieges zu spüren sind. Es ist wie ein Teufelskreis, aus dem man nicht herauskommt.«

»Dein Pessimismus ist schon fast ansteckend«, hielt mir Glenda entgegen.

»Nein, ich bin Realist.«

»Dann arbeite doch mit uns zusammen und gehe nicht deinen Weg als Einzelner.« Glenda war ziemlich wütend, und sie stampfte sogar ein paarmal mit dem Fuß auf. Auf ihren Wangen sah ich hektische rote Flecken. Unter der weit geschnittenen, weißen Bluse mit dem großen Schalkragen hüpfte der Busen, und irgendwie überzeugte mich meine Sekretärin mehr als Sir James Powell.

»Okay, Mädchen«, sagte ich, »dann mach mal einen Kaffee.«

»Ah. Das ist also wieder der alte John Sinclair.«

Ich ging schon auf mein Büro zu. »Was bleibt mir denn auch anderes übrig? Ich hätte ja ohne deinen Kaffee nicht leben können.«

Glenda streckte den Kopf ins Zimmer. »Und ich dachte schon ...«

»Was dachtest du?«

»Nichts, schon gut ...« Sie verschwand wieder, dafür kam

Suko zurück. Seinem Gesicht war die Laune abzulesen, und er fing auch sofort an, sich aufzuregen.

»Ich will dir ja nicht in den Kram reden, John, aber wie du dich angestellt hast, ist unmöglich.«

»Ja, es war ein kleiner Ausrutscher.«

»Gut, dass du es einsiehst.«

»Und wie geht es weiter?«

Der Chinese schaute erstaunt. »Wie? Auf einmal so kooperationsbereit?«

»Glenda hat mich überzeugt.«

»Na denn!«, lachte Suko und schlug mir auf die Schulter. Damit war die Sache vergessen, doch innerlich hatte ich weiterhin zu knacken und dachte sehr oft an Jane Collins.

Glenda brachte den Kaffee. Sie hatte sich an diesem Tag besonders viel Mühe gegeben, jedenfalls schmeckte er mir noch besser als sonst, und das sagte ich ihr auch.

»Schmeichler.«

Während ich die ersten Schlucke nahm, sah ich mir die Ergebnisse an, die Suko in zweitägiger, harter Büroarbeit zusammengetragen hatte. Oberthema Hexen, so viel vorweggenommen. Wir gingen davon aus, dass Wikka, die Königin der Hexen, alles versuchen würde, um ihre Macht zu festigen. Das hieß, sie musste ähnliche Personen um sich sammeln, wie wir sie auf der Insel erlebt hatten und wie Jane Collins jetzt eine war. Nun gibt es in England zahlreiche Hexenclubs und Zirkel. Wie viele davon echt sind, wusste niemand zu sagen, aber durch gezielte Einsätze war es der Polizei gelungen, Hexenclubs ausfindig zu machen. Hinzu kamen noch andere okkulte Vereine und Zirkel sowie die Vereinigungen irgendwelcher Banden, Gruppen und Sekten. All diese Informationen waren gespeichert. Suko hatte einen Teil von ihnen abgerufen und sie genau durchleuchtet.

Viel war nicht hängen geblieben. Was ihm interessant erschienen war, hatte mein Freund angestrichen.

Ich nahm mir die Vereinigungen genauer vor und traf auf Namen, die mir bekannt vorkamen.

Als damals der Hexenwahn London befallen hatte, waren diese Clubs im Zuge der Ermittlungsarbeiten aufgefallen. Auch Geheimbünde waren registriert worden, und da stach mir einer besonders ins Auge.

Er nannte sich Monster-Club.

»Ist das die heiße Spur?«, fragte ich Suko und deutete auf das mit Rot unterstrichene Wort.

»Eigentlich ja.«

»Und wieso eigentlich?«

Suko holte tief Luft. »Bisher bin ich noch nicht dazu gekommen, den Club näher zu durchleuchten, das wollte ich gern mit dir zusammen. Ich hatte da mal telefonisch angefragt, erhielt allerdings keine Antwort.«

»Und was macht ihn verdächtig und hebt ihn von den anderen Clubs ab?«, wollte ich wissen.

Da lächelte Suko und erwiderte gelassen: »Der Leiter des Clubs heißt Ernest Orapul.«

»Ein ausgefallener Name, das gebe ich zu.«

»Sogar sehr ausgefallen. Schreib ihn mal auf und lies die Buchstaben von hinten.«

Ich hob die Schultern und tat, was Suko vorgeschlagen hatte.

O-r-a-p-u-l!

Meine Augen wurden groß.

»Luparo«, flüsterte ich.

»Richtig, du Rätsellöser. Und von Luparo ist es nicht mehr weit bis zu Lupina, wenn ich recht überlege.«

Ich verzog das Gesicht. »Eine ziemlich vage Theorie, mein Lieber.«

»Besser als gar keine.«

»Das stimmt auch.« Ich stützte mein Kinn in die linke Hand. »Ob dieser Luparo etwas mit Jane Collins und Wikka zu tun hat?«

»Muss nicht sein. Sollten wir jedoch auf eine andere gefährliche Sache stoßen, haben sich unsere Bemühungen bereits gelohnt.«

»Da hast du recht«, sagte ich, stand auf und griff nach meiner Jacke. Die Depressionen hatte ich abgeschüttelt. Jetzt wollte ich endlich herausfinden, wie der Hase lief …

Lady X hatte den Kolben der Maschinenpistole in die Hüfte gestemmt. Es sah lässig aus, wie sie da stand, tatsächlich jedoch war sie voll konzentriert.

Die Schüsse hackten. Echos wurden zurückgeschleudert und vereinigten sich zu einem regelrechten Schussgewitter, das sogar das Jaulen der Querschläger übertönte.

Die Scott hätte bestimmt nicht geschossen, wenn es nicht allerhöchste Zeit gewesen wäre. Im Gegensatz zu Doktor Tod kannte sie nämlich einiges mehr, und deshalb setzte sie die kurze Garbe dicht neben Morasso in die Wand.

Betonstaub umsprühte Morasso, der kaum zusammengezuckt war und weiterhin den Würfel des Unheils fest umklammerte. Als die Echos langsam verstummten, drehte er sich zu der Vampirin um und fragte mit spöttisch klingender Stimme. »Meinst du denn im Ernst, dass du mich damit beeindrucken kannst?«

»Nein, nicht direkt.«

»Und weshalb hast du geschossen?«

»Weil ich den Dialog nicht abbrechen lassen will. Es soll keiner im Piranhabecken landen. Wenn wir uns freiwillig dezimieren, dann lachen nur die Gegner.«

»Sie hat gegen ein Verbot verstoßen!«, zischte Morasso. »Das weißt du genau. Und da gibt es nur die eine Konsequenz.«

»Sicher.« Die Scott nickte. »Normalerweise hätte ich dir ja auch zugestimmt, aber da ist etwas, das mich gewaltig stört.«

»Dann los!«

Die Scott machte es spannend. Sie schaute auf Lupina, die sich nicht gerührt hatte. Ihr Gesicht wirkte wie versteinert. Nur das braune Fell war weiterhin gesträubt, und in den Augen der Werwölfin lag ein seltsames Leuchten.

»Wir können nicht auf sie verzichten«, erklärte die Scott. »Es ist unmöglich.«

»Und weshalb?«, forderte Morasso.

»Ganz einfach. Lupina ist ein sehr wertvolles Mitglied unserer Verbindung, und sie hatte einen verdammt triftigen Grund, aus der Reihe zu tanzen.«

»Bei mir gibt es keine Gründe«, sagte Solo Morasso kalt.

»Aber für Lupina.«

»Dann sag ihn mir!«

Lady X schaute die Werwölfin wieder an. Sie wartete auf ein zustimmendes Nicken, doch bei Lupina tat sich nichts. Sie wirkte gleichgültig und überließ der Vampirin die Initiative.

»Also gut«, sagte diese und nickte. »Es gibt, wie ich schon andeutete, einen sehr triftigen Grund für Lupinas Verhalten. Ich kann auch verstehen, dass sie wegwill. Denn sie muss ihn suchen, finden und sich um ihn kümmern.«

»Um wen?«, zischte Morasso.

Lady X lächelte spöttisch, aber da sprach Lupina.

»Um meinen Sohn!«

Selbst Solo Morasso, den man ja nicht so leicht überraschen konnte, zeigte sich perplex. Er schüttelte den Schädel, schluckte, und an seinem dicken Hals bewegte sich unter der Haut der Adamsapfel.

»Das gibt es doch nicht«, flüsterte er. »Verdammt, ihr wollt mich hier reinlegen!« Sein Gesicht lief rot an, sodass es fast die gleiche Farbe hatte wie die Blutstreifen. »Lupina hat einen Sohn!«, keuchte er. »Nein, das kann ich nicht glauben. Das will ich nicht glauben.« Er lachte schrill und trommelte mit beiden Fäusten auf der Platte des Schaltpults herum. »Ich werde verrückt, da wird hinter meinem Rücken ein Spiel gespielt, ohne mich davon zu informieren.«

»Wir hätten es getan«, sagte Lady X.

»Ach, du wusstest es auch?« Morasso schaute die Scott schräg von der Seite an.

»Ja, Lupina sagte es mir. Und sie will ihren Sohn nicht allein lassen, denn sie spürt die Gefahr, die sich über seinem Kopf zusammenbraut. Sie möchte ihn retten!«

»Und dann?«

»Wird sie wieder zurückkehren.«

»Mit ihrem Sohn?«

»Ja.«

Da schüttelte Morasso den Kopf. Er schlug sich dabei gegen die breite Stirn, trat wütend mit dem Fuß auf und zeigte durch sein Benehmen, dass er nicht gewillt war, sich auf diesen Kompromiss einzulassen. Nein, er war kein Kinderhort. Wenn sie einen Sohn hatte, dann sollte sie ihn sich selbst überlassen.

Das sagte er auch.

Die Scott hob die Schultern. »Das ist nicht gut von dir, Solo Morasso.« Sie war die Einzige, die so mit ihm sprechen durfte. »Schließlich ist ihr Sohn nicht irgendwer.«

»Wer dann?«, höhnte Doktor Tod.

»Er ist ebenfalls ein Werwolf und wird uns sicherlich unterstützen. Wir haben genug Leute verloren.«

»Ich brauche keine weiteren Mitglieder für die Mordliga. Und wenn, dann nehme ich starke Dämonen. Ich akzeptiere diesen komischen Sohn auf keinen Fall.«

»Das wirst du aber«, antwortete Lupina.

»Wer gibt hier die Befehle?«

»Wenn ich meinen Sohn nicht herholen kann, werde auch ich nicht mehr zurückkehren.«

Das Betongesicht des Solo Morasso verzog sich zu einem grausamen Lächeln, während seine Hände wieder den Würfel umfassten.

»So einfach ist das nicht. Ich lasse dich nicht weg, Lupina. Du bleibst hier, und wenn ich dich einkerkern muss.«

Lady X sprach dagegen. »Willst du es tatsächlich auf eine Konfrontation ankommen lassen?«

»Hier befehle ich! Für dieses Mal lasse ich die Rebellion noch durchgehen. Ein zweites Mal werde ich nicht so gnädig sein. Das merkt euch!«

»Schade«, sagte die Vampirin. »Dabei hätten wir zwei Fliegen mit einer Klappe schlagen können.«

»Was soll das schon wieder?«

»Lupina hat nach ihrem Sohn geforscht …«

»Wer ist überhaupt der Vater?«, unterbrach Morasso Lady X und fragte gleich weiter: »Oder gibt es so etwas nicht?«

Lady X und Lupina tauschten einen Blick. Die Werwölfin schüttelte den Kopf. Ein Zeichen, dass sie darüber schweigen wollte.

»Du willst es also nicht sagen?«, stellte Morasso fest.

»Nein.«

»Nicht so wichtig, wenigstens nicht im Moment. Auf jeden Fall bleibst du hier.«

»Du hast mich nicht zu Ende reden lassen«, sagte die Scott leise. »Wir können tatsächlich zwei Fliegen mit einer Klappe schlagen, denn alle Spuren führen nach England. Dort hält sich Lupinas Sohn auf. Und nicht nur das, er soll sich sogar in London befinden, wo es auch einen John Sinclair gibt. Wenn Lupina in London eintrifft, kann sie nicht nur ihren Sohn holen, sondern gleichzeitig unseren großen Gegner John Sinclair erledigen.«

Nach diesen Worten herrschte eine Schweigepause. Doktor Tod stierte die Vampirin an, seine Mundwinkel zuckten, die Augen blitzten, und sein verletztes Gesicht verzog sich zu einer spöttischen Grimasse. Einen Augenblick später brach das Lachen aus ihm hervor. So laut und schallend, wie er noch nie gelacht hatte. Aber auch hämisch und voller Hohn.

»Nein!«, keuchte er. »Nein, ich glaube, ich habe mich verhört. Das gibt es doch nicht. Sie, Lupina, will John Sinclair packen? Hat sie sich dabei nicht ein wenig zu viel vorgenommen?«

»Wieso? Sie erhält Unterstützung.«

»Von wem denn?«

»Es gibt sicherlich einige Freunde, die ihr zur Seite stehen, wenn es brenzlig wird.«

»Das glaube ich kaum. Was uns in gemeinsamer Aktion

nicht gelungen ist, wird auch sie nicht schaffen. Ihr könnt mir viel erzählen, darauf kann ich nicht hören. Nein, so etwas ist nicht drin. Auf keinen Fall.«

»Dann bleibt es bei deinem Entschluss?«

»Ja.«

»Und John Sinclair?«

»Um ihn werden wir uns zu gegebener Zeit kümmern. Mit stärkeren Dämonen als Lupina. Ich weiß von ihrem Freiheitsdrang. Ich kenne sie. Königin der Wölfe nennt sie sich. Sie träumt von einer Allianz der Bestien. Soll sie bei ihrem Traum bleiben. Mehr habe ich dazu nicht zu sagen.«

»Es war nur ein Vorschlag«, sagte Lady X.

»Als mehr habe ich ihn auch nicht aufgefasst.« Doktor Tod drehte sich zu Lupina um. »Und solltest du trotzdem etwas versuchen, dann denk an die kleinen Fische. Ob Mensch oder Dämon, ihre Zähne sind wie Messer, sie kennen da keinen Unterschied …«

Er lachte über seine eigene Antwort. Der Satan persönlich hätte nicht schlimmer lachen können …

Ernest Orapul!

Dieser Name ging mir nicht aus dem Kopf. Verrückt war Sukos Idee, eine Spinnerei vielleicht, aber hatte uns die Vergangenheit nicht gelehrt, dass es gerade die außergewöhnlichen Theorien und Ideen gewesen waren, die uns oft den Zielen näher brachten?

Wenn man die Sache so betrachtete, da bekam der Name Orapul schon ein völlig andere Bedeutung.

Und aus ihm entstand der Name Luparo, wenn man ihn rückwärts las.

Vorsitzender eines Monster-Clubs sollte er sein. Warum auch nicht? In England gibt es viele verrückte Clubs. Ein Monster-Club hat in der Sammlung noch gefehlt.

Auf jeden Fall würden wir ihn uns ansehen. Auf die Mitglieder war ich gespannt. Wir hatten noch einmal unter der angegebenen Telefonnummer angerufen, doch eine Verbindung war nicht zustande gekommen, deshalb waren wir auf einen Besuch im Club wirklich gespannt.

Wir mussten quer durch London. Die Adresse lag dort, wo eine der nördlichsten U-Bahn-Stationen endet. Stanmore.

Die Gegend war mir zwar vom Sehen her bekannt, aber irgendwelche Straßennamen kannte ich nicht. Zudem gehörte sie bereits zu einem sehr ländlichen Gebiet. Vom Mief der Londoner City war dort nicht viel zu merken. Allerdings wusste ich von einem gewaltigen Bauprojekt, das die Stadt dort vor einigen Jahren in Angriff genommen hatte und das erst in den letzten Monaten fertig geworden war.

Man hatte dort Mietskasernen errichtet, um der Wohnungsnot in der City Herr zu werden. Ein gewaltiges Millionen-Pfund-Projekt. Ob die Häuser allerdings bewohnt waren, wusste ich nicht, und wenn, dann hoffte ich zumindest, dass wir die Anschrift des Monster-Clubs nicht in einem dieser Bauten zu suchen hatten.

Wir fuhren an Wembley vorbei. Ich sah die riesigen Parkanlagen, die großzügigen Abstellflächen für die Autos und auch die hohe Rückfront des gewaltigen Stadion-Baus. Das war schon eine tolle Sache, und ich nahm mir vor, mal wieder ein Fußballspiel zu besuchen, falls es meine Zeit zuließ.

Es gab eine gut ausgebaute Straße, die nach Stanmore führte und einige kleine Ortschaften nur am Rande berührte.

Wir hatten herrliches Wetter. Über dem Atlantik lag ein gewaltiges Hochdruckgebiet, das sich bis nach Sibirien hinzog und den größten Teil Europas mit strahlendem Sonnenschein verwöhnte. Auch England gehörte dazu. Die Sonne schien sehr warm.

Ich hatte keine Lust zu fahren und überließ Suko das Steuer. Hin und wieder warf er mir einen schiefen Blick zu.

»Was ist?«

»Ach nichts.«

»Komm, du hast doch was.«

»Ich frage mich nur, ob du tatsächlich wieder so bist wie früher.«

»Das siehst du doch.«

Der Chinese lächelte. »Dann hatte Sir James doch recht mit seiner Vermutung.«

»Wie lautet die?«

»Er war der Ansicht, dass du dich schnell wieder einkriegen würdest. Und noch ist ja nicht alles verloren.«

Ich schloss den Mund so fest, dass meine Lippen einen schmalen Strich bildeten. »Nein, Suko, ich habe für Jane keine Hoffnung mehr. Ich glaube nicht, dass sie noch einmal zurückkommt. Wer sich in den Klauen dieser Wesen befindet, ist rettungslos verloren.«

»Dann müsstest du als Werwolf durch die Gegend rennen und den Mond anheulen«, hielt er mir entgegen, wobei er auf einen Fall anspielte, der mich tatsächlich zu einem Werwolf gemacht hatte. Zudem hatte ich mich noch in Lupina, die Königin der Wölfe, verliebt und sogar mit anderen Bestien um sie gekämpft.

»Das war etwas anderes. Ihr seid damals früh genug erschienen, um mich durch eine Bluttransfusion zu retten, doch bei Jane liegt der Fall anders. Sie hat sich körperlich nicht verändert, sondern seelisch. Das ist für mich schlimm.«

Suko hob die Schultern. »Dafür haben wir trotzdem noch einen Trumpf in der Hinterhand.«

»Meinst du Tanith?«

»Ja.«

Ich winkte ab. »Wir haben ihr noch nicht Bescheid gegeben, und eine Garantie ist sie auch nicht.«

»Du bist und bleibst ein Pessimist, John.«

Ich schwieg. Erst als das Ortsschild von Stanmore am Straßenrand erschien, sagte ich: »Wir sind da.«

»Habe ich auch schon gesehen.«

Links lagen die Hochhäuser. Eine extra angelegte Straße führte dorthin. Und im Schatten dieser Bauten lag der alte Ortskern von Stanmore. Es war ein schöner, alter englischer Ort, so wie man ihn aus Prospekten kennt. Die grauen Steinfassaden der Häuser zeigten zumeist einen dichten Efeubewuchs.

Die blanken Scheiben blitzten im Sonnenschein, und die Reifen des Bentley rumpelten über Kopfsteinpflaster. Die meisten Türen der Geschäfte und Pubs standen offen, weil die Menschen den Sonnenschein in die Räume lassen wollten.

»Und wo finden wir jetzt diesen Ernest Orapul?«, murmelte Suko.

»Halt mal an, wir fragen.«

Nach der nächsten Kurve, sie führte um eine halbrunde, mit Bäumen bewachsene Grünfläche, auf der weiß gestrichene Bänke standen, die im Schatten der Zweige und Äste lagen, stoppte Suko.

Auf einer Bank saßen zwei ältere Männer und ließen sich die Sonne in die Gesichter scheinen.

Da ich nicht schreien wollte, stieg ich aus, ging um den Wagen herum und auf die Männer zu. Gespannt schauten sie mir entgegen und warteten auf meine Frage.

Ich grüßte höflich und erkundigte mich nach Ernest Orapul. Kaum hatte ich den Namen ausgesprochen, als sich die Mienen der beiden Leute verschlossen.

»Zu dem wollen Sie?«, fragte einer.

Ich tat unbefangen und lächelte. »Ja, da haben wir einen Termin.«

»Dann sind Sie selbst schuld.«

»Stimmt etwas nicht mit diesem Orapul?«

Die beiden Männer warfen sich vielsagende Blicke zu. Sie machten es direkt geheimnisvoll und hoben wie auf Kommando die Schultern.

»Jetzt haben Sie mich aber neugierig gemacht, Gentlemen«, sagte ich. »Wir müssen da etwas abliefern und …«

»Ach so«, sagte einer.

Und der andere nickte.

Innerlich musste ich über die beiden lachen. Die hätten in jedem Film mitspielen können.

»Ja, das ist nämlich so. Sie haben doch sicherlich schon von dem Monster-Club gehört?«

»Nein«, log ich.

»Orapul leitet den Monster-Club.«

Ich winkte ab. »Eine Spielerei. Ich kenne sogar einen, der leitet einen Club für Badewannenfreunde.«

»Das ist harmlos.«

»Der Monster-Club nicht?«

Wieder tauschten die beiden einen Blick und hoben die Schultern. »Wenn Sie nur etwas abliefern wollen, Mister, können Sie ja hinfahren.«

Ich bedankte mich und erhielt noch einen guten Rat. »Drehen Sie dann sofort um und fahren Sie weg.«

»Danke, werden wir machen.« Ich lächelte und winkte den beiden Alten zu.

»Hat ja lange gedauert«, meinte Suko, als ich mich neben ihn setzte und den Wagenschlag zuzog.

»Ja, die beiden Knaben haben mich gewarnt.«

»Vor Orapul?«

»Nicht nur. Es ging ihnen besonders um den Monster-Club. Er scheint ihnen nicht geheuer zu sein.«

»Wir werden sehen«, erwiderte Suko trocken und fragte mich, wie er fahren sollte.

Ich hatte die Wegbeschreibung behalten, die man mir gab, und dirigierte Suko entsprechend.

So lernten wir einen der nördlichsten Vororte Londons kennen. Allerdings fanden wir die Adresse nicht in Stanmore selbst, sondern mussten raus.

Die Gegend wurde wieder ländlich. Sogar ein Waldstück tat sich vor uns auf. Die Straße führte hindurch, und hinter den Zweigen mancher Bäume sahen wir die Fassaden von Holzhäusern.

Hier hatten sich großstadtmüde Londoner ein Wochenenddomizil errichtet.

Hinter dem Wald kreuzte ein Bach unseren Weg. Wir mussten über eine Steinbrücke, gelangten an eine Kreuzung und fuhren rechts ab, in das Gelände hinein.

Ich deutete nach vorn. »Da muss es sein.«

Wegen der Sonne musste ich mich ein wenig nach rechts

beugen, um das Haus erkennen zu können. Haus war nicht richtig gesagt, das war schon ein kleines Schloss. Auf jeden Fall gab es an der linken Seite einen Turm. Selbst aus der Entfernung konnten wir sehen, dass er nicht rund, sondern fünfeckig gebaut worden war. Die quadratischen Fenster waren klein und sahen aus wie dunkle Löcher in einem steingrauen Mauerwerk, an dem wilder Wein und Efeu wuchs.

Das Haus selbst erinnerte mich in seiner Form an eine auf die breite Kante gestellte, übergroße Zigarrenkiste. Es musste viele Zimmer geben, wenn wir von der Anzahl der Fenster ausgingen, die sich in drei Etagen auf der Vorderseite verteilten.

»Hier kann man einen Monster-Club unterbringen«, meinte Suko, als er den Wagen vor dem Haus stoppte.

Da gab ich ihm recht.

Wir stiegen aus.

Es gibt Häuser, die strahlen etwas aus. Manche eine angenehme Atmosphäre, andere wieder eine düstere. So verhielt es sich hier.

Obwohl die Sonne prächtig schien, spürte ich Beklemmungsgefühle. Das konnte sicherlich an dem Haus liegen, zudem befand sich dort der Sitz eines obskuren Clubs.

Fahrzeuge standen nicht vor dem Gebäude. Einzig unser Bentley briet im Schein der Sonne.

Kein Schild am Eingang wies darauf hin, wer hier seinen Unterschlupf gefunden hatte. Dafür entdeckten wir eine Klingel.

»Sieht aus, als wäre keiner da«, meinte Suko.

Ich versuchte es trotzdem.

Irgendwo im Haus schlug eine Glocke an, als ich den Knopf an der Wand drückte. Jetzt waren wir gespannt, ob jemand öffnen würde, und tatsächlich hörten wir Schritte, die sich der Tür näherten. Durch den in Kopfhöhe angebrachten Spion wurden wir gemustert, bevor sich in der Tür eine Klappe hob, die wir zuvor nicht gesehen hatten.

Das Gesicht eines alten Mannes erschien in dem viereckigen Ausschnitt. Misstrauische Augen musterten uns.

»Was wollen Sie?«

Ich hatte die Vorstellung übernommen und nannte unsere Namen. »Wir hätten gern mit Mr Ernest Orapul gesprochen, wenn es sich machen lässt, mein Herr.«

Keine Antwort. Dafür im Hintergrund eine keifende Frauenstimme. »Wer ist denn da, Jo?«

»Zwei Männer.«

»Was wollen sie?«

»Mit ihm reden!«

»Schick sie weg, Jo. Verdammt, schick sie weg.«

Jo wandte sich uns wieder zu. »Sie haben gehört, was gesagt wurde. Gehen Sie!«

»Ist Mr Orapul nicht da?«

»Gehen Sie! Es ist in Ihrem eigenen Interesse.« Er schaute uns warnend an.

Wenn jemand so reagierte, dann wurden wir erst recht misstrauisch. Die Leute hatten etwas zu verbergen, und es musste schon etwas Besonderes sein, wenn sie sich Fremden gegenüber so verhielten.

»Wir möchten trotzdem hinein.«

»Sie haben doch gehört, dass es nicht geht. Außerdem will Mr Orapul mit niemandem reden.«

»Das soll er uns selbst sagen. Oder wollen Sie, dass wir mit mehr Leuten zurückkommen?«

»Was wollen Sie damit sagen?«

»Ganz einfach, Mister. Wir beide sind von der Polizei. Scotland Yard, um genau zu sein.«

Seine Reaktion konnte ich nicht erkennen, dafür war der Ausschnitt zu klein, ich glaubte jedoch, dass sich die Augenbrauen des Mannes zusammengezogen hatten.

Dann verfiel er auf die Ausweistour. Er wollte unsere Legitimationen sehen. Das war sein gutes Recht. Wir präsentierten ihm die Dokumente, wobei er sich vor allen Dingen Suko besonders anschaute, denn einen Chinesen als Yard-Inspektor sieht man ja nicht alle Tage.

»Sind sie immer noch nicht verschwunden?« Wir hörten die

keifende Stimme aus dem Hintergrund, und der Mann drehte sich unwillig um. »Das sind welche von der Polizei.«

Es wurde still. Das Gesicht des Mannes hinter der Klappe zuckte. Er stand schwer unter dem Pantoffel. Jetzt grübelte er wohl darüber nach, ob er einen Fehler begangen hatte.

»Also gut, lass sie rein, Jo.«

»Aber, Clara ...«

»Lass sie rein, zum Henker!«

Das schien mir vielleicht eine Xanthippe zu sein. Die sprach nicht, die keifte nur, und Jo blieb nichts anderes übrig, als uns zu öffnen. Dabei bewegte er drei Schlüssel in verschiedenen Schlössern. Vor Einbrechern schienen sie Angst zu haben.

Die Tür wurde aufgezogen. Wir schauten in eine düstere Diele und traten über die Schwelle.

Die »Xanthippe« erwartete uns in der Mitte des Raumes. Hoch aufgerichtet wie ein Feldwebel stand sie dort. Licht, das durch die Fenster fiel, streifte ihr verkniffenes Gesicht. Sie war groß und hager. Die Haut auf ihrem Gesicht glänzte leicht, als hätte sie es mit einer Creme eingerieben. Sie hatte einen schmalen Mund, ihr Blick war stechend, und das als Pagenfrisur geschnittene grauschwarze Haar fiel dünn zu beiden Seiten des Kopfes herab. Die Frau trug ein dunkles Kleid und ebenfalls dunkle Strümpfe.

Kalt starrte sie uns entgegen. Hinter uns schloss ihr Mann die Tür. Er drückte sie so sacht ins Schloss, als hätte er ein schlechtes Gewissen.

»Was wollen Sie also?«, fragte sie uns.

Bisher hatte ich geredet, das weitere überließ ich nun mei-nem Freund Suko. »Wir möchten mit Mr Ernest Orapul reden.«

»Der ist nicht hier.«

»Das glauben wir Ihnen nicht, Missis ...«

Ihren Nachnamen nannte sie nicht, dafür winkte sie energisch ab. »Wenn ich es Ihnen sage, dann stimmt das! Außerdem haben Sie bei uns nichts zu suchen. Verschwinden Sie wieder.«

»Darf ich Sie daran erinnern, dass Sie mit zwei Beamten von Scotland Yard sprechen?«, erkundigte ich mich.

»Na und? Seid ihr etwa Supermänner?« Sie lachte schrill, sodass sich ihr Mann genötigt sah, einzugreifen.

»Du solltest freundlicher zu den Herren sein, Clara.« Er schob sich in unser Blickfeld. Bisher hatten wir nur einen Teil seines Gesichts erkennen können.

Er war kleiner als Clara, ging gebeugt und hatte ein Gesicht, dessen Haut eine ungesunde Farbe zeigte. Blass kam sie mir vor und irgendwie durchsichtig. Seine Hände zuckten nervös. Die Finger waren überlang, seine Lippen bewegten sich wie im Selbstgespräch, und auf seinem Kopf wuchs das Haar so wirr, als wäre es mit einem Rasenmäher geschnitten worden.

»Was soll das heißen?«, herrschte Clara ihren Mann an.

Der duckte sich, als er die Worte vernahm. »Ich meinte nur so.«

»Deine Meinung war und ist nicht gefragt«, erklärte sie und demonstrierte damit erneut, wer hier das Sagen hatte.

Bevor der Streit zu einem Ehekrach ausarten konnte, mischte ich mich ein. »In welcher Beziehung stehen Sie beide eigentlich zu Mr Orapul?«

Die Antwort gab Clara. »Wir verwalten sein Haus.«

»Verwandt sind Sie nicht?«

»Nein.« Sie ging einen Schritt zur Seite, weg aus dem Streifen Sonnenlicht. »Sonst noch Fragen?«

»An Sie weniger, nur an Mr Orapul.«

»Damit können wir Ihnen leider nicht dienen. Er ist nicht im Hause, und wir werden es auch bald verlassen. Wir müssen in den Ort.« Danach lächelte sie zum ersten Mal. Es war nur ein dünnes, flüchtiges Bewegen der Lippen. »Sie können natürlich gern hier warten, bis Mr Orapul erscheint, das bleibt Ihnen frei.«

Suko und ich tauschten einen Blick. Sollen wir das Angebot annehmen? So völlig waren wir nicht überzeugt. Irgendetwas störte uns, das kam zu plötzlich.

Der Chinese nickte. Deshalb sah ich keinen Grund, anders zu handeln, und erklärte: »Ja, wir werden bleiben.«

»Ihre Sache«, erwiderte Clara knapp und warf ihrem Mann einen schnellen Blick zu. »Bist du bereit?«

»Ja.«

»Dann komm.« Sie würdigte uns keines Blickes, als sie durch die Halle auf die Tür zuschritt, sie aufzog und verschwand. Als die linke Türhälfte ins Schloss flog, zitterte die rechte nach. So heftig hatte die Frau reagiert.

Ich hob die Schultern, blickte Suko an und deutete auf eine Sitzgarnitur. »Wir müssen ja nicht die ganze Zeit stehen bleiben.«

Das Leder war braun eingefärbt und weich. Wir nahmen in den Sesseln Platz, deren hohe Rückenlehnen uns bis an den Hinterkopf reichten. Zudem spürten wir, wie ausgesessen die Möbelstücke bereits waren, denn wir sanken tief ein.

Zwischen uns stand ein Tisch. Sein Gestell war aus Holz, die Füße leicht gedreht, und als Platte diente ein dunkler Marmorstein, der grünlich schwarz schimmerte.

So entspannt, wie ich in dem Sessel hockte, war ich in Wirklichkeit nicht. Die Sache hier gefiel mir immer weniger.

Draußen hörten wir einen Automotor. Da wir keinen Wagen gesehen hatten, konnten wir davon ausgehen, dass sich ein Parkplatz hinter dem Haus befand.

Der Wagen fuhr um das Haus herum, und sein Motorengeräusch verklang in der Ferne.

»Das alles gefällt mir immer weniger«, sagte Suko und holte tief Luft. »Mir ist so etwas noch nie passiert – dir etwa?«

Ich schüttelte den Kopf. »Nein, auch nicht.«

»Lädst du denn jemanden ein, den du überhaupt nicht kennst?«

»Bestimmt nicht.«

»Es sei denn, du hast etwas mit ihm vor.«

»Zum Beispiel ihn in eine Falle zu locken«, nahm ich den Faden auf und spann ihn weiter.

»Richtig.«

Nach dieser Antwort schwiegen wir. Stille umgab uns, auf die wir uns konzentrierten. Meiner Ansicht nach gibt jedes Haus Geräusche von sich. Das hatte ich bereits des Öfteren erlebt. Die Häuser atmen dann, obwohl sie verlassen sind. Gerade die alten und älteren Bauten waren nie völlig still.

Hier jedoch konnten wir schon von einer Grabesruhe sprechen. Einer unnatürlichen Stille, die sich wie ein unsichtbarer Schleier über allen Räumen ausgebreitet hatte.

Seltsam …

Als sich Suko bewegte, knarrte das Leder des Sessels. Ein Geräusch, das mich an das Aufstöhnen eines Menschen erinnerte. Der Inspektor stützte sich an den Lehnen ab und stand auf. Unruhig durchwanderte er die Diele. Er schaute die Treppe hoch, die zu einer breiten Galerie führte, ging weiter, und seine Tritte erzeugten auf dem Steinboden ein hallendes Echo.

Da an den Fenstern keine Vorhänge hingen, wurde der Schall kaum gedämpft. Es gab auch nur einen kleinen Teppich. Er lag nicht weit vom Kamin entfernt.

Suko unterbrach seine Wanderung, stemmte die Fäuste in die Hüften und blickte mich auffordernd an, als erwartete er von mir eine Bemerkung. Ich tat ihm den Gefallen und sagte: »Nehmen wir mal an, dieses Haus ist tatsächlich eine Falle. Wie, wo und wann soll sie zuschnappen?«

»Das müssen wir herausfinden. Was nutzt es, wenn wir untätig hier herumsitzen?«

»Du denkst an eine Hausdurchsuchung?«

»Nicht direkt, aber es kann nicht schaden, einmal seinen Blick schweifen zu lassen.«

»Wie du meinst«, erwiderte ich und musste lächeln. Es war wirklich besser, wenn wir uns umsahen. In der Halle hatten wir lange genug gesessen, jetzt wollten wir wissen, was die anderen Räume und Etagen verbargen, vorausgesetzt, es war nicht abgeschlossen.

Wir nahmen uns die erste Etage vor. Über die breite Treppe ging es nach oben.

Am Ziel fanden wir mehrere Räume und blickten hinein. Sie alle waren leer. Wir fanden keinerlei Indizien, die auf die Existenz dieses Monster-Clubs hingewiesen hätten, sondern eine normale Einrichtung, nichts Okkultes.

In der zweiten Etage gab es überhaupt keine Zimmer mehr.

»Bleibt nur noch der Turm«, sagte Suko, als wir wieder hinuntergingen.

»Der lag dir doch die ganze Zeit im Magen, wie?«

Mein Partner grinste.

»Klar, ich habe es nur nicht ausgesprochen.«

»Dann lass uns mal.«

Das war leichter gesagt als getan. Zuerst mussten wir den Weg finden, der uns in den Turm brachte. Er befand sich am Westflügel des Hauses, war direkt an die Wand gebaut worden, und wir suchten nach einer entsprechenden Tür.

Die gab es auch, und zwar fanden wir sie in einem winzigen, völlig verbauten Flur mit einer hohen Decke.

Eigentlich rechneten wir damit, die Tür verschlossen zu finden, umso überraschter waren wir, als wir sie aufziehen konnten.

»Na, das ist doch was«, sagte Suko.

Kältere Luft schlug uns entgegen. Fünfeckig war der Turm angelegt worden, und auch die inneren Mauern zeigten diese Geometrie. Hinzu kam die breite Wendeltreppe, die sich wie eine Schlange in die Höhe wand und mit einem Geländer aus Eisen versehen war.

Wir nahmen die Treppe. Es schien uns, als wollten die Stufen kein Ende nehmen. Es gab zwar zwischendurch Podeste, doch Türen entdeckten wir nicht. Dieser Turm schien überhaupt keine Räume zu haben.

Allerdings dachte ich an die Fenster, die wir von außen gesehen hatten. Sie lagen sehr weit oben, und vielleicht fanden wir dort das, was wir suchten.

Vor den Erfolg haben die Götter den Schweiß gesetzt. Das spürten wir auch in der Düsternis des Turminnern. Durch kleine Schießscharten sickerte nur wenig Licht. Ein paar Streifen, die allerdings ausreichten, um die ausgetretenen Stufen erkennen zu können.

Endlich hatten wir unser Ziel erreicht. Suko war vorgegangen, und sein Blick traf als Erstes das große Podest dicht unter der Spitze des Turms.

»Da ist was!«, sagte er.

Schwer atmend blieb ich neben meinem Partner stehen. Was wir sahen, hätte wohl keiner von uns erwartet, denn wir standen vor einem Podest, von dem fünf Türen abzweigten.

Fünf pechschwarze Türen!

Das hatte etwas zu bedeuten …

Hier oben war es noch düsterer. Nur die dunklen Türen konnten wir normal erkennen. Sie glänzten, da sich auf ihrer Oberfläche ein matter Lack ausbreitete.

Ich nahm die Lampe. Es war mal wieder meine kleine Bleistiftleuchte, die mir bereits so manch guten Dienst erwiesen hatte. Ihr schmaler Punktstrahl traf die erste Tür, tastete sie ab, als ich die Hand bewegte, und fand sie leer.

Keine Beschriftung, nur das glatte, leicht glänzende Holz. Nichts, was auf das hingewiesen hätte, was hinter der Tür lag.

Ich holte ein paarmal tief Luft und leuchtete die nächsten Türen an. Diesmal ging ich dichter heran und fuhr mit der Lampe weiter von links nach rechts.

Als ich die letzte Tür mit dem dünnen Strahl erreichte, da wurden meine Augen groß, auch Suko reagierte, indem er einen Zischlaut ausstieß.

Wie auch ich hatte er die Schrift erkannt. Es waren keine hellen Buchstaben, die sich auf dem Messingschild abzeichneten, sondern in einem dunklen Rot gemalt worden.

Zwei Worte lasen wir. Die aber hatten es in sich. Zu vergleichen mit der Brisanz einer Bombe.

LUPINAS SOHN

»Das ist doch nicht möglich!«, flüsterte Suko. Er stand neben mir, war perplex und schüttelte den Kopf. »Ungeheuer, ich kann mir einfach nicht vorstellen …« Seine Stimme brach ab.

Ich gab ihm keine Antwort. Auch ich hatte mich überraschen lassen und wusste nicht, was ich sagen sollte. So etwas hatte ich noch nicht erlebt, nein, damit hätte ich nie im Leben gerechnet. Dass wir hier, in diesem rätselhaften Turm, auf den Namen Lupina stießen.

Lupina!

Ich kannte die Werwölfin oder Königin der Wölfe, wie sie sich selbst nannte, sehr gut. Ein paarmal schon hatten wir uns gegenübergestanden, und ich hatte mich sogar in sie verliebt. Das war lange her, und bis zum heutigen Tag hatte ich geglaubt, über Lupina viel zu wissen. Das war nun anders.

Sie hatte einen Sohn!

Auch einen Werwolf?

Bestimmt, etwas anderes konnte ich mir nicht vorstellen. Lupina würde nie ein menschliches oder menschenähnliches Wesen zur Welt bringen.

Nein, das musste ebenfalls eine Bestie sein.

»Suko«, murmelte ich, »da stehen wir vor einer Sache, die wir noch gar nicht überblicken können. Das ist nur die Spitze eines Eisbergs.«

»Scheint mir auch so zu sein.«

Ich hatte meinen rechten Arm ein wenig gesenkt, sodass ich die Klinke anleuchten konnte. Sie bestand nicht aus Metall, sondern aus schwarzem Kunststoff und war zur Tür hin gebogen. Eine moderne, neumodische Klinke. Wahrscheinlich war die Tür auch nicht älter. Man musste diesen Turm nachträglich umgebaut haben.

»Monster-Club«, murmelte Suko. »So langsam scheinen wir der Sache auf den Grund zu kommen.«

Da hatte er recht. Ich ging bis dicht an die Tür heran und drückte die Klinke nach unten.

Diesmal hatten wir kein Glück. Es war verschlossen. »Hast du einen Dietrich?«, wandte ich mich fragend an den Chinesen.

»Ja.«

Normalerweise taten wir so etwas nicht. Aber hier konnte ich es mir erlauben, die Tür zu öffnen. Der Name Lupina stand meiner Ansicht nach für Gefahr.

Während ich mich bückte und an dem Schloss herumfummelte, nahm Suko die Lampe und leuchtete. Das Schloss war zum Glück nicht besonders modern. Man konnte es noch mit den althergebrachten Instrumenten öffnen. Nur eins hatte sich geändert. Waren früher die Dietriche aus Stahl gewesen, so bestanden sie heute aus Kunststoff.

Ich bin kein Einbruchexperte, sondern musste das anwenden, was man uns im Laufe der Ausbildung beim Yard beigebracht hatte. Dazu gehörte das Knacken einfacher Schlösser. Auch da musste man in Übung bleiben. Bei mir dauerte es etwas länger, bis ich das Schloss auf hatte.

Schließlich schwang die Tür zurück. Sofort traten Suko und ich von der Öffnung weg. Zwischen uns zeichnete sich das dunkle Rechteck ab.

Beschossen wurden wir nicht, auch nicht über- oder angefallen, es blieb ruhig in dem Verlies.

Und es hatte keine Fenster.

Dann mussten sich die Öffnungen wohl auf die anderen Turmzimmer verteilen. Das war natürlich schlecht, denn wir konnten so gut wie nichts sehen.

Sukos Arm erschien wie ein Schatten, während der Chinese an mir vorbeigriff. Ein schabendes Geräusch erklang, als er über die Innenwand tastete, und plötzlich vernahm ich ein Klicken.

Suko brauchte nicht zu sagen, dass er einen Schalter gefunden hatte. Ich sah, wie das Licht langsam anging. Wie im Kino.

Es war kein helles Licht, sondern eins, das einen rötlichen Schein verbreitete und das gesamte Turmzimmer ausfüllte. Angestrahlt wurde es von zwei kugeligen, rot bemalten Wandleuchten, an deren Enden die Leitungen begannen, die über das Mauerwerk liefen und im Boden verschwanden.

Hier hatte jemand umgebaut und elektrische Anlagen installiert. Der Monster-Club schien seine Vorhaben sehr ernst zu nehmen. Niemand lauerte auf uns im Turmzimmer, sodass wir es betreten konnten, ohne in irgendeine Gefahr zu laufen.

Auf Zehenspitzen gingen wir, blieben nebeneinander stehen und blickten uns um.

Uns beiden fiel der Geruch auf. Wir schnupperten wie zwei Hunde, schauten uns an und hatten den gleichen Gedanken.

»Es riecht nach Blut«, wisperte Suko.

»Genau.«

Woher kam der Blutgeruch? Es rieselte mir kalt über den Rücken, als ich daran dachte, dass hier vielleicht ein Toter liegen könnte. Vorerst fanden wir nichts, nur eine Art Lager auf dem Boden, eine alte Matratze, die an den Seiten aufgerissen war, sodass die Füllung nach außen quoll.

Da mir das rote Licht dennoch nicht ausreichte, weil es die Wände zu sehr im Dunkeln ließ, nahm ich noch einmal die kleine Lampe und leuchtete im Kreis.

Jetzt sahen wir auch die Flecken an der Wand. Etwa in Hüfthöhe befanden sie sich. Wir gingen hin und sahen nun, dass es Blut war.

Daher also der Geruch.

»John!« Sukos Stimme klang gepresst, und ich machte mich schon auf etwas Schlimmes gefasst, als ich mich umdrehte.

Mein Partner starrte auf eine Stelle, die sich dicht neben der Tür an der linken Seite befand.

Lumpen lagen dort am Boden. Alte Kleidungsstücke, die niemand mehr haben wollte. Das wäre alles nicht schlimm gewesen, wenn nicht etwas unter der Kleidung hervorgeschaut hätte.

Es war eine Hand und der Teil eines Arms!

Bleich sah die Hand aus. Die Finger hatten sich zusammengekrümmt und bildeten eine Klaue. Ein Bild, das mir einen Schauder über den Rücken jagte, und fast traute ich mich nicht, die Lumpen in die Höhe zu heben.

Ich tat es dennoch!

Ersparen Sie mir bitte eine Beschreibung. So viel sei nur

gesagt: Unter der Kleidung lag jemand, der einmal ein Mensch gewesen war. Ich sagte bewusst gewesen war!

Neben mir schüttelte sich Suko. Auch ihn hatte der Anblick hart getroffen. Er war ihm unter die Haut gefahren, und ich ließ die Lumpen schnell wieder fallen.

»Ein Werwolf«, murmelte ich. »Dieser Mann muss einem Werwolf in die Klauen gefallen sein.«

»Lupinas Sohn?«

Darauf konnte ich meinem Freund keine konkrete Antwort geben. Alles deutete jedoch darauf hin, dass es sich bei dem Mörder um einen Werwolf gehandelt haben musste.

Vielleicht Lupinas Sohn. Nur – wo steckte er?

»Der hat sich aus dem Staub gemacht«, sagte Suko. »Schade, ich hätte ihm gern eine Silberkugel auf den Pelz gebrannt.«

»Wenn das mal so einfach wäre. Falls es sich bei dem Monster um Lupinas Sohn handelt, dann haben wir noch einiges vor uns. Der Apfel fällt nicht weit vom Stamm, und Lupina ist eine Gegnerin, die wir nicht unterschätzen dürfen.«

Suko wechselte das Thema. »Das heißt hier doch Monster-Club. Bisher habe ich noch kein Monster gesehen. Ob es sich wirklich nur um Werwölfe handelt?«

»Kann schon sein.«

»Wo sind dann die anderen?«

»Uns stehen ja noch mehr Türen zur Verfügung. Da können wir nachschauen.«

»Dann los!«

Wir verließen die Stätte des Schreckens und standen kaum draußen, als tief unter uns ein Gong aufklang.

Sofort standen wir still.

Es blieb nicht bei einem Schlag. Ein zweiter, dritter und vierter drang an unsere Ohren, und er hallte schaurig durch den alten Turmbau mit der Wendeltreppe.

Ich kam mir vor wie in einem alten Abenteuerfilm aus Hollywood, wo auch die Kampfszenen in den Studios gedreht wurden und die Akteure ängstlich vor der Kulisse aus bunt bemalter Pappe standen.

Doch das hier war echt.

Weshalb schlug da jemand den Gong? Und wer war es überhaupt? Wir hatten keinen Menschen gesehen außer diesem seltsamen Ehepaar. Waren die beiden zurückgekommen?

Die Gongschläge mussten eine Bedeutung haben, das war uns klar.

Kaum war der letzte Ton verhallt, wobei uns noch die Echos in den Ohren schwangen, da hörten wir hinter den vier verschlossenen Türen Geräusche.

Schreckliche Laute waren es. Ein Schmatzen und Würgen, ein grausames Schlürfen und Ächzen. Dazwischen überdeutlich und gut herauszuhören das hohle Kichern, das sich anhörte, als hätte es ein Wahnsinniger ausgestoßen.

Die Gongschläge hatten die Wesen hinter den Türen mobil gemacht. Der Monster-Club rüstete zum Kampf.

Und wie sie kamen.

Als hätte jemand ein Kommando gegeben, flogen mit einem Ruck sämtliche vier Türen auf.

Lupina tobte!

Noch nie hatte sie sich so gedemütigt gefühlt wie eben. Doktor Tod hatte seine Macht bewiesen. Im Verein mit Lady X hatte er es geschafft, sie von ihrem Vorhaben abzubringen. Aber da sollte er sich getäuscht haben. So leicht gab Lupina nicht auf. Sie hatte sich nur zurückgezogen und empfand dies als einen taktischen Zug.

Doktor Tod und die Mordliga hausten in dem unterirdischen Bunkersystem tief in der Erde Feuerlands. Jeder Dämon hatte einen Bereich für sich, sodass sie sich nicht gegenseitig in die Quere gerieten.

In einem Betonverlies lebte Xorron, in dem nächsten Vampiro-del-mar, in einem anderen Lady X und in dem daneben Lupina, die Königin der Wölfe.

Normalerweise waren die Türen verschlossen, und sie konnten die Kammern verlassen, doch es gab auch Sicherungen, die Solo Morasso eingebaut hatte. Von seiner zentralen Steuerstelle aus konnte er die Türen verriegeln.

Und den Stahl aufzubrechen, das schafften nicht einmal die Monster der Mordliga.

Lupina passte die Entwicklung überhaupt nicht. Längst hatte sie sich innerlich von der Mordliga abgekehrt. Sie wollte einfach nicht mehr bleiben, es erschien ihr widersinnig. Das wusste leider auch Doktor Tod und hatte sich dementsprechend verhalten. Er hielt immer ein Auge auf die Werwölfin, und wenn es nur ein elektronisches zur Überwachung war.

Niederlagen hatte es in der letzten Zeit gegeben, nichts als Niederlagen. Tokata gab es nicht mehr. Mr Mondo war umgekommen, und Doktor Tod stand so ziemlich auf verlorenem Posten. Lupina wusste genau, dass es mit der Zusammenarbeit zwischen ihm und dem Spuk nicht so klappte, wie er es sich vorgestellt hatte. Der Spuk war da sehr vorsichtig und hielt sich zurück. Er hatte Morasso zwar im Kampf gegen Asmodina geholfen, mehr aber auch nicht.

Der große Plan, die Erringung der Weltherrschaft, fiel immer mehr in sich zusammen. Es gab zu viele Dämonen und mächtige Kräfte im Reich der Finsternis, und alle hegten verschiedene Interessen. Die unter einen Hut zu bringen war unmöglich.

Lupina dachte da praktischer. Da sie bei der Mordliga schon nicht ihre große Chance sah, konnte sie eine Armee von Wölfen um sich versammeln, die allein auf ihr Kommando hörten. Eine der härtesten Feindinnen hatte sie besiegen können. Die Wölfin Silva, die sie als Königin nicht anerkennen wollte. Lupina dachte auch darüber nach, wie die anderen Mitglieder der Mordliga zu Solo Morasso und ihr standen.

Bei Lady X war sie sich nicht sicher. Sie war eine gewiefte Taktikerin, das steckte noch von ihrem damaligen Menschsein in ihr. Sie hatte es nicht vergessen und spielte es immer wieder aus. Manchmal griff sie vermittelnd ein, so wie vor einigen Stunden, als es fast zur Eskalation zwischen Lupina und Doktor Tod gekommen war.

Und Vampiro-del-mar? Er gehörte zu den gewaltigen, gefährlichen Monstern, die allein ihrer Kraft gehorchten und sie rücksichtslos einsetzten. Zudem war er Morasso bedingungslos ergeben, denn Doktor Tod hatte ihn aus seinem Grab unter dem Meeresspiegel erweckt.

Keine Chance, ihn auf meine Seite zu ziehen, dachte Lupina.

Blieb noch Xorron. Auch den konnte sie vergessen. Xorron war ein Monster, das in keine Schublade passte. Er war unberechenbar, er war schlimmer als alle zusammen, und ihm gehorchte ein Heer von Untoten und Zombies sowie die gefährlichen Ghouls.

Nein, Lupina war auf sich allein gestellt, aber das machte ihr nichts aus. Vielleicht gelang es ihr durch List und Tücke, das zu schaffen, was andere kaum für möglich hielten. Der Mordliga den Rücken zu kehren.

Dazu durfte sie sich nichts anmerken lassen. Sie musste sehr vorsichtig sein, denn in jedem Verlies befand sich das gläserne Auge einer Kamera, das alles beobachtete und die Bilder aus den Räumen auf einen Monitor übertrug, vor dem Doktor Tod hockte und beobachtete.

Die Königin der Wölfe war sicher, dass er sie auch diesmal nicht aus den Augen ließ. Deshalb benahm sie sich sehr gesittet und bezähmte ihre Wut.

Sie hatte recht mit der Vermutung. Morassos Blick richtete sich in der Tat auf den kleinen Monitor, dessen Bildschirm das Verlies der Lupina zeigte.

Aber Doktor Tod war nicht allein. Neben ihm stand Lady X, die MPi über die linke Schulter gehängt. Sie hatte ihre Lippen zurückgezogen, sodass die Vampirzähne schimmerten.

»Ich muss sie töten«, sagte Morasso.

Diesen Satz hatte er in den letzten Minuten mehrmals von sich gegeben, und wie zuvor sprach die Scott auch diesmal dagegen.

»Es hat keinen Sinn, glaub mir. Wenn du sie tötest, schwächst du die Mordliga noch mehr.«

»Niemand kann so mit mir umspringen.«

»Ich weiß selbst, dass es falsch war, aber vielleicht bereut Lupina es längst.«

Das Lachen war kehlig. »Die und bereuen? Niemals. Nein, nicht Lupina. Sie träumt von einer großen Allianz der Werwölfe, und diesen Traum hat sie nie aufgegeben.«

»Gib ihr ein paar Tage Zeit!«

»Nein. Die kann ich nicht mehr bekehren. Lupina ist für mich und für uns nur Ballast, den wir abwerfen müssen. Ich werde ihr den Würfel präsentieren und sie dem Todesnebel aussetzen, damit ich ihre Knochen anschließend verbrennen kann.«

»Ist das dein letztes Wort?«

Morasso drehte sich auf seinem Stuhl um und schaute Lady X von unten her an. »Ja, das ist mein letztes Wort.«

»Dann lass mich wenigstens noch einmal mit ihr reden«, versuchte es die Vampirin. »Einmal nur.«

»Es ändert nichts an meinem Entschluss.«

»Trotzdem.«

Morasso überlegte. Dann nickte er und stand auf. »Ich gebe dir eine Viertelstunde. Inzwischen werde ich den anderen beiden mitteilen, wie ich mich entschieden habe. Sie sollen dabei sein, wenn ich Lupina vernichte.« Er grinste gehässig. »Gewissermaßen als eine schaurige Warnung.«

»Ich habe verstanden«, sagte Lady X mit belegter Stimme und schaute Doktor Tod nach, wie er den Raum verließ. Morasso, ein kleiner, aber kompakter Mensch-Dämon, ging gebückt, öffnete die Tür und verschwand.

Lady X zeigte Unruhe. Die Entwicklung der Dinge gefiel ihr überhaupt nicht. Nicht, dass sie eine besonders gute Partnerin der Werwölfin gewesen wäre, nein, sie dachte nur an die Schwächung, die die Mordliga erleiden würde, wenn Lupina einmal nicht mehr war. Und das wollte Solo Morasso nicht einsehen. Vielleicht dachte er auch ähnlich wie die Scott, nur ließ es sein Stolz nicht zu, dies zuzugeben.

Eine Viertelstunde blieb ihr. Eine verdammt geringe Zeitspanne, in der sie es kaum schaffen würde, die eine oder andere Seite von ihrem Plan abzubringen. Trotzdem musste sie es versuchen, auch wenn es unmöglich zu sein schien.

Bevor sie die Zentrale verließ, warf sie noch einen Blick auf den Monitor. Er gab das Bild aus dem Verlies der Werwölfin wider.

Lupina schaute nicht in das Objektiv der Kamera. Sie hatte sich auf den Boden gehockt, die Knie angezogen und den Kopf nach vorn gebeugt, wobei das lange blonde Haar wie ein Vorhang zu beiden Seiten nach unten fiel und von dem Gesicht nichts erkennen ließ.

Wie die Scott den Mordligachef kannte, würde er jetzt Vorbereitungen treffen, um Lupina zu vernichten.

Freiwillig!

Der Gedanke war so ungeheuer, dass sich das Gesicht des weiblichen Vampirs verzerrte. Sie musste mit Lupina sprechen. Leider konnte sie nicht in ihr Verlies. Allerdings gab es eine Verbindung zwischen der Zentrale hier und dem Raum, in dem die Werwölfin hockte. Über Lupina befand sich ein Lautsprecher mit Mikrofonen an der Wand, sodass sie hineinsprechen und von Lady X gehört werden konnte.

Pamela Barbara Scott stellte die Verbindung her. Ein Kratzen ertönte im Lautsprecher, dann war die Stimme der Werwölfin zu vernehmen. Sie hatte das Zeichen erkannt. Ohne den Kopf zu heben, fragte sie: »Was willst du von mir, Lady X?«

»Mit dir sprechen!«

»Zwischen uns gibt es nichts mehr zu bereden. Du hast deine Seite gewählt, ich die meine.«

»Und du bist überzeugt davon, dass es richtig ist, was du getan hast?«

»Ja.«

»Das ist Irrsinn, Lupina. Du kommst allein nicht durch. Du brauchst unsere Unterstützung.«

Das Lachen aus dem Lautsprecher klang kratzig und unecht. »Ich brauche eure Unterstützung nicht. Lass dir das gesagt sein. Ich will sie auch nicht, denn ich komme sehr gut allein zurecht.«

»Nein, gemeinsam sind wir stärker.«
»Unsinn. Haben wir den Geisterjäger geschafft? Nein!«
»Das ist etwas anderes!«, hielt Lady X dagegen.
»Stimmt nicht. Ich habe darüber nachgedacht. Wir sind kein Team. Da ist jeder zu verschieden und nur auf seinen eigenen Vorteil bedacht. Das müsstest du doch gerade wissen. Oder ist Vampiro-del-mar nicht dein besonderer Freund? Ihn würdest du doch auch lieber tot als lebendig sehen, wenn ich mich nicht irre.«
»Das stimmt nicht.«
»Dann hast du die ganze Zeit über gelogen. Mein Entschluss steht auf jeden Fall fest. Ich will mit euch nichts mehr zu tun haben.«
»Dann wird man dich töten!«
»Damit muss ich rechnen. Aber lieber vernichtet sein, als nur mit Niederlagen leben. Was können wir denn noch ausrichten? Wir sitzen hier und warten. Morasso denkt schon verdammt lange nach, aber eingefallen ist ihm nichts. Er hat keine Ideen mehr. Ich aber habe welche, und ich werde sie auch durchführen.«
Jetzt spielte Lady X ihre letzte Trumpfkarte aus. »Denkst du überhaupt nicht an deinen Sohn?«
Wie von der Tarantel gebissen, sprang Lupina in die Höhe. »Das wagst du mir zu sagen, du verfluchte Blutsaugerin?« Sie schaute jetzt direkt in das künstliche Auge, und ihr Gesicht hatte sich vor Wut zu einer Grimasse verzogen. »Lass ihn aus dem Spiel!«
»Auf einmal? Du wolltest ihn doch sehen. Du hast sehr an ihm gehangen, wenn ich richtig informiert bin – oder willst du das abstreiten?«
»Nein.«
»Dann richte deine Reaktionen danach.«
Die Werwölfin schwieg, während die Scott aufatmete. Sie glaubte, den richtigen Weg gefunden zu haben. Jetzt musste sie nur noch ein wenig nachsetzen. »Wenn du dich noch immer so stur stellst und überhaupt keine Kompromissbereitschaft

zeigst, wirst du deinen Sohn niemals mehr sehen. Das wollte ich dir nur sagen.«

Nach diesen Worten schwieg die Blutsaugerin, und sie war gespannt, wie Lupina reagieren würde. Hatte sie den Köder angenommen? Es war wirklich das Beste, was sie tun konnte. Sicherlich zeigte sich dann auch Solo Morasso den vernünftigen Argumenten zugänglich.

»Es bleibt uns nicht mehr viel Zeit für eine Entscheidung«, drängte Lady X.

Lupinas Fell sträubte sich. Sie war innerlich erregt, aus ihrem Maul drang ein Fauchen. Obwohl sie einen menschlichen Mund hatte, riss sie ihn so weit auf, dass er schon einem Maul glich und ihrem Gesicht völlig fremde Züge verlieh.

»Gib noch einmal nach!«, drängte die Vampirin. »Nur ein einziges Mal, dann hast du sicherlich auch die Chance, deinen Sohn zu sehen, an dem du so hängst und um den du ein Geheimnis gemacht hast.«

»Ich werde mit Doktor Tod reden«, sagte sie schließlich.

Lady X war beruhigt. Endlich hatte sie Lupina überzeugt, obwohl immer noch ein winziger Rest von Misstrauen blieb, aber die Werwölfin musste vernünftig sein, sie konnte sich nicht gegen die Mordliga stellen, da würde sie immer den Kürzeren ziehen.

»Soll ich ihm Bescheid geben?«, fragte Lady X.

»Nein, das tue ich selbst.«

»Er wird sowieso gleich kommen.«

»Und was will er?«

Die Blutsaugerin lachte kehlig. »Kannst du dir das nicht denken? Er will dich bestrafen, aber ich werde für dich reden, und da muss er einfach nachgeben.«

»Das kann ich selbst.«

»Nun lehne nicht jede Hilfe ab. Du wirst sie brauchen können. Ich verlasse jetzt die Zentrale und komme zu dir, damit wir endgültig alles klarmachen können.«

Es waren die letzten Worte der Lady X, die Lupina aus der Zentrale von ihr vernahm.

Stille umgab Lupina. Wenn sie ehrlich war, dann passte ihr dieser Kompromiss überhaupt nicht, aber sie hatte ihn eingehen müssen, wenn auch nur zum Schein, denn sie wollte von ihrem großen Plan nicht abgehen, da war ihr die Mordliga eher im Wege als nützlich.

Durch die dicken Wände und die Eisentür drang kein Geräusch in das Verlies. Lupina hörte die Schritte nicht, aber sie merkte, dass sich der Hebel an der Innenseite bewegte, als von außen aufgeschlossen wurde. Mit gleitenden, lautlosen Schritten war sie bis an die Tür an der gegenüberliegenden Wand zurückgewichen und wartete dort ab, was sich tat.

Kam Doktor Tod?

Ja, er war auch dabei. Mitgebracht hatte er Xorron, seinen treuesten Helfer, und der war ebenfalls nicht allein gekommen, denn fünf Untote hielten sich an seiner Seite ...

Monster-Club! So hatten sie sich genannt. Und verdammt, was uns da entgegenwirbelte, waren in der Tat Monster. Grauenhafte Gestalten, Albtraumgeschöpfe, Ausgeburten der Hölle oder wie man sie auch immer nennen wollte.

Wir hatten den einzig leeren Raum besetzt. Aus den anderen vier stürmten Werwölfe. Menschengroß und noch mehr, so zeigten sich uns die grauenhaften Gestalten.

Es waren genau acht.

In jedem Zimmer hatten zwei gelauert. Braunschwarze Bestien mit weit aufgerissenen Mäulern, in denen regelrechte Reißzähne schimmerten, die uns zerfetzen würden.

Einen Grund gab es für die Bestien immer. Es war die reine Lust am Töten, und bevor wir unsere Überraschung verdaut hatten, wuchteten schon zwei Tiere gegen uns.

Bärenstark waren sie. Ich sah dicht vor meinem Gesicht die messerscharfen Pranken und dazwischen die verzerrte Fratze des Tieres, aus dessen Maul gelblich schimmernder Geifer tropfte, der über die Schnauze lief und sich mit dem daran klebenden alten Blut vermischte.

Ausweichen konnte ich nicht mehr, mich auch nicht um Suko kümmern, ich musste jetzt gegen diese ausgehungerte Bestie um mein eigenes Leben kämpfen.

Gelauert hatten sie in den düsteren Turmzimmern und warteten nur darauf, dass es Nacht wurde, dann würden sie sicherlich auf Beutezug gehen, doch da ihnen vorher schon zwei Opfer in die Klauen gefallen waren, nahmen sie die Gelegenheit eiskalt wahr.

An eine Waffe konnte ich nicht mehr schnell genug herankommen, also riss ich beide Arme hoch, legte die Hände gegeneinander und drosch zu. Es war ein gewaltiger, kraftvoller Hieb, der genau die Schnauze der Bestie traf und sie zurückschleuderte. Die scharfen Krallen wischten an meinem Körper vorbei, und das Horrorwesen wurde gegen seine eigenen Artgenossen katapultiert.

Für höchstens zwei Sekunden hatte ich Luft. Diese Zeit musste reichen.

Während ich nach meinem Dolch griff und ihn aus der Scheide riss, schaute ich mich um.

Zwei Bestien griffen überhaupt nicht in den Kampf ein, sie versperrten uns den Weg zur Treppe, damit wir nicht fliehen konnten. Die anderen sechs wollten unseren Tod.

Ich sah Suko im Clinch mit zwei Werwölfen. Der Chinese wehrte sich hervorragend. Ich hatte den Dolch frei und stieß von unten nach oben zu.

Es war viel zu eng. Mein unheimlicher Gegner konnte nicht ausweichen. Er senkte nur seinen hässlichen Schädel und sah, wie die Klinge in seinem Körper verschwand.

Sie war geweiht, bestand aus Silber und hatte bei diesen Bestien eine tödliche Wirkung.

Ich hatte das Messer noch nicht wieder hervorgezogen, als ich bereits das Schreien hörte.

Nein, es war ein urwelthaftes Brüllen, als der Werwolf zerstört wurde, herumschwang und verzweifelt mit beiden Pranken um sich schlug, bevor er dorthin taumelte, wo die anderen beiden Tiere an der Treppe lauerten.

Sie machten Platz, schufen damit eine Lücke, und der tödlich verletzte Werwolf trat ins Leere. Er verlor das Gleichgewicht und rollte die Stufen hinab.

Das alles war in Sekundenschnelle über die Bühne gegangen. Von rechts sah ich einen Schatten, der auf mich zutaumelte. Ich wollte das Messer hochreißen, als ich sah, dass der Werwolf tödlich verletzt war. Sukos Dämonenpeitsche hatte Streifen in sein Fell gerissen, aus denen grüngrauer Qualm kroch.

Es war klar, dass wir es nicht mit allen Gegnern aufnehmen konnten. Wir konnten uns nicht hinstellen und sie abschießen, dazu waren sie viel zu nahe bei uns. Da half vorerst nur eins: ein taktischer Rückzug.

Suko hatte den gleichen Gedanken gehabt wie ich.

»John!«, hörte ich seinen Schrei und sah, wie der Chinese zurücksprang und durch die halb offen stehende Tür in dem fünften Verlies verschwand.

Einen weiteren Gegner konnte ich nicht mehr erledigen. Ein Messerstoß von mir fehlte, weil sich der angreifende Werwolf gedankenschnell duckte, dann wurde es auch für mich Zeit, und ich hechtete ebenfalls in den Raum.

Kaum war ich an Suko vorbei, als der Chinese schon die Tür zuhämmerte.

Mich hatten zwei Bestien verfolgt. Wir hörten beide die dumpfen Laute, als die schweren Körper gegen die Tür wuchteten.

Das Holz zitterte und ächzte, aber es brach nicht. Die Türen schienen doch stabiler zu sein, als sie aussahen.

Ich atmete auf, wobei ich mich mit dem Rücken gegen die Wand gepresst hatte und schwer Luft holte. Die letzten zwei Minuten waren ziemlich haarig gewesen, und wir hatten es nur unserem harten Kampftraining zu verdanken, dass wir überhaupt aus dieser Lage herausgekommen waren, ohne auch nur eine Verletzung davongetragen zu haben. Wenigstens glaubte ich das.

Um ganz sicherzugehen, fragte ich Suko.

»Ich habe kaum etwas abgekriegt.«

»Was heißt kaum?«

»Nur ein Kratzer.« Sukos Stimme klang gepresst, und bei mir schlugen Alarmglocken an.

»Lass sehen, Mensch!« Ich nahm die kleine Lampe und schaltete sie ein. Da hatte der Chinese schon zur Selbsthilfe gegriffen. Es war wie bei einem Schlangenbiss. Wenn kein Gegenserum in der Nähe war und man doch noch etwas retten wollte, gab es nur die Möglichkeit, die Wunde auszusaugen.

Das tat Suko. Sein Hemd war in Unterarmhöhe zerfetzt. Im Licht der Lampe sah ich das Blut. Suko hatte seinen Mund auf die Haut gepresst und saugte Blut aus der Wunde.

Immer wieder spie er es zu Boden. Das gefährliche Werwolfgift konnte nicht in die Kreisbahn gelangen. Ich wollte ihm helfen, doch er winkte ab, saugte noch zweimal, spie das Blut aus und holte dann ein sauberes Taschentuch hervor, das er um seinen Arm wickelte.

»Das müsste reichen.«

»Hoffentlich«, sagte ich. »Wie ist es denn passiert?«

»Da waren plötzlich zwei, und ich konnte mich nicht so direkt wehren, weil ich noch die Peitsche ausschütteln musste. Alles andere hast du ja mitbekommen.«

»Und was machen wir jetzt?«, fragte ich.

»Warten, bis den Herrschaften vor der Tür etwas einfällt. Der Monster-Club existiert also doch. Verdammt, ich hatte eigentlich nicht mehr daran geglaubt.«

»Die beiden Alten haben uns nicht umsonst allein gelassen. Die haben es faustdick hinter den Ohren.«

»Ich freue mich schon darauf, wenn sie zurückkommen.«

»Falls sie kommen.«

»Klar, die wollen doch unsere Leichen sehen.« Suko lachte bitter. »Aber den Gefallen tun wir ihnen nicht.«

Ich schaltete die Lampe wieder aus. Im Dunkeln hörte ich die Stimme meines Partners. »Musst du sparen?«

»Ja, ich weiß nicht, wie lange die Batterie noch reicht.«

»Wir haben doch von unten Luken oder Fenster gesehen«, sagte Suko. »Das war keine Täuschung.«

»Nein.«

»Dann schau mal nach.«

»Was meinst du, was ich gerade tun wollte?« Ich schaltete die Lampe wieder ein und folgte ihrem dünnen Strahl, der auf die der Tür gegenüberliegende Wand wies.

Dort befanden sich die Fenster, und ich sah tatsächlich die schmale Luke.

Wie bei vielen Turmfenstern war sie innen breiter und verjüngte sich zum Mauerrand hin. Ich konnte mit der Hand hineinfassen und stieß mit dem Mittelfinger auf Widerstand.

Was es war, wusste ich nicht genau, auf jeden Fall hatte es etwas hohl geklungen, und es schien mir nicht allzu fest im Rahmen zu stecken.

Ich stellte mich auf die Zehenspitzen, beugte mich dabei vor und klopfte härter dagegen.

Mein Gott, das war ja Pappe. Und zwar schwarz gestrichene. Über die Schulter rief ich Suko zu, was ich entdeckt hatte.

»Die können wir ja lösen.«

»Und wie.«

Abermals nahm ich meinen Dolch. Mit der Spitze hämmerte ich gegen die Pappe, und schon beim ersten Mal drang ich durch, sodass ein schmaler Lichtstreifen auf meine Hand fiel.

Jetzt hackte ich stärker. Wenig später hatte ich die Pappe weggefetzt.

Es gab nicht nur eine Öffnung in unserem Verlies. Eine zweite war ebenfalls mit Pappe verklebt worden, und abermals leistete mir der Silberdolch gute Dienste.

Jetzt ging es uns schon besser. Licht bedeutet Leben, Licht bedeutet Hoffnung. Die einfallenden Lichtstrahlen erhellten das Verlies so weit, dass wir alles sehen konnten.

Ich ging nahe an die Tür heran und hörte die Geräusche.

Knurren, Hecheln und Fauchen …

Sechs Werwölfe lauerten auf uns, und sie würden nicht aufgeben, das stand fest.

Wir allerdings auch nicht. Unsere Pistolen waren geladen,

und als ich auf Suko schaute, zeichnete ein optimistisches Grinsen sein Gesicht, obwohl das Taschentuch um seinen Arm durchgeblutet war.

»Packen wir sie?«, fragte er.

»Und wie?«

Suko hatte einen Vorschlag. »Wir werden einen Ausbruch wie im Gefangenenlager durchführen.«

»Damit rechnen diese Biester doch.«

»Lass sie, wir brauchen nur schnell zu sein. So schnell wie vorhin, als ich die Tür abgeschlossen habe.«

Als hätte Suko ein Kommando gegeben, bewegte sich die Türklinke nach unten. Vorsichtig, zögernd, und ich dachte daran, durch die Tür zu feuern. Wenn ich jedoch nicht traf, hatte ich eine Kugel vergeudet. Dieses Risiko wollte ich nicht eingehen.

Da die Tür nicht zu öffnen war, zog sich der Werwolf wieder zurück. Allerdings nur für einen Moment, denn er nahm Anlauf und wuchtete gegen das Holz.

Unwillkürlich sprangen wir zurück. Unsere Berettas ruckten hoch, doch wir brauchten sie nicht einzusetzen, die Tür hielt dem Druck stand.

»Noch dreimal, und sie sind durch«, bemerkte Suko.

»Vielleicht schon beim nächsten Versuch.«

Danach schwiegen wir, standen in der Mitte des Turmzimmers und schauten auf die Tür.

Spannung lag wie ein nicht sichtbares Netz über uns und dem Raum. Es war eine unheimliche Atmosphäre, man spürte, dass etwas in der Luft lag, dass andere dabei waren, unser Schicksal in die Hand zu nehmen.

Als zehn Sekunden vergangen waren und sich noch immer nichts getan hatte, wunderten wir uns.

»Warum haben sie sich nicht gegen die Tür geworfen?«, fragte Suko leise.

»Sie fürchten die Kugeln.«

»Das können sie nicht wissen.«

Da hatte mein Partner recht. Dennoch gab es einen Grund,

weshalb sich die Bestien so merkwürdig still verhielten. Den erfuhren wir einige Atemzüge später, denn die keifende Stimme der Xanthippe gellte an unsere Ohren.

»Na, ihr beiden Bullen, lebt ihr noch?«

Man konnte Lupina vieles nachsagen, dumm war sie auf keinen Fall. Sie wusste sofort, was der Aufmarsch zu bedeuten hatte. Doktor Tod zeigte sich entschlossen, nicht von seinem Plan abzugehen. Er wollte die Werwölfin bestrafen.

Die richtigen Helfer hatte er sich dafür ausgesucht. Erst einmal Xorron, diese dämonische Mordmaschine, gegen die kein Kraut gewachsen war. Die Waffe, mit der man seine weißliche Haut zerstören konnte, musste erst noch erfunden werden. Unter dieser Milchhaut schimmerten schwach die dunklen Knochen eines Skeletts. Das Gesicht des Monsters war flach. Die Sinnesorgane wurden nur durch Schlitze angedeutet, aber wenn Xorron einmal den Mund öffnete, dann zeigte er gefährlich lange Zähne, die dem Gegner keine Chance ließen.

Da er sich selbst Herr der Zombies und Untoten nannte, hatte er gleich die richtigen Gestalten mitgebracht.

Figuren wie aus dem Horror-Lehrbuch. Bleiche, ausgemergelte Gestalten mit teigiger, aufgedunsener Haut und zum Teil großen Wunden oder schief sitzenden Köpfen. Lumpen umflatterten die Körper, die Augen waren verdreht, die Arme entweder schlenkernd zu beiden Seiten des Körpers herabhängend oder vorgestreckt, wobei die Hände Greifklauen bildeten, um die Opfer zu packen.

Für sie waren alle Opfer.

Alles, was lebte, was sich bewegte, sollte gnadenlos vernichtet werden, so wollte es der unheilvolle Trieb dieser mordenden Leichen, die nichts stoppen konnte, wenn sie einmal in Bewegung geraten waren.

Es gab Mittel. Man musste sie mit magischen Waffen attackieren oder ihnen die Köpfe abschlagen sowie Kugeln zwischen die Augen setzen. Aber wer von den überfallenen

Menschen hatte eine Waffe griffbereit, wenn die anderen kamen?

Kaum jemand. Und so wurden diese untoten Gestalten zu den schlimmsten Feinden der Menschen.

Das wusste Lupina, und sie wusste ferner, dass Doktor Tod seine Ansicht geändert hatte.

Nicht der Todesnebel sollte sie töten, sondern Xorron mit seinen Bestien.

Für sie würde es ein reines Festmahl werden, aber Lupina war entschlossen, sich zu wehren.

Sie knurrte böse.

Xorron war an der Tür stehen geblieben. Er wollte seinen Vasallen das Opfer überlassen und erst einmal zuschauen, was sie taten. Sollte Lupina stärker sein als angenommen, dann würde sich Xorron ihrer annehmen.

Die Zombies hatten den Befehl erhalten. Sie würden ihn ausführen, und sie drangen in den Raum ein, wobei sie sich direkt in einem Halbkreis aufbauten.

In der Tür sah Lupina auch den Schatten des Mordligachefs. Morasso beobachtete nur, er wollte mitansehen, wie ein aufsässiges Mitglied seiner Mordliga bestraft wurde, denn sonst hätte er keine Ruhe gehabt. Seinen Prinzipien durfte er auf keinen Fall untreu werden.

Lupina dachte daran, dass Lady X ihr etwas vorgespielt hatte. Alles war Bluff gewesen, tatsächlich steckte sie mit Solo Morasso unter einer Decke. Alle hatten sich gegen Lupina verschworen, und dieses Wissen stachelte sie noch stärker an. Ihr Überlebenswille steigerte sich, sie dachte nicht daran, sich kampflos zu ergeben.

Den größten Zombie nahm sie zuerst aufs Korn. Es war ein breitschultriger Seemann, und er trug noch Fetzen seiner Kleidung. Xorron hatte sich als Opfer Menschen von in Not geratenen Schiffen geholt und sie auf seine Insel geschleppt. Als lebende Leichen standen sie dann unter seinem Kommando.

Einen Menschen hätte die Stille vielleicht in den Wahnsinn getrieben, nicht so Lupina. Sie konnte sich konzentrieren, und sie würde es den anderen schon beweisen, dass man nicht so einfach an sie herankam. Den Gedanken an Flucht hatte sie noch nicht aufgegeben. Sie würde kämpfen, der Drang, ihren Sohn wiederzusehen, war ungeheuer stark. An Aufgabe dachte sie nicht.

Für sie würde es schwer sein, durch die Tür zu kommen, denn da standen Xorron und Solo Morasso. Besonders das Monster bildete eine fast unüberwindliche Barriere.

Der erste Zombie hatte inzwischen eine Entfernung zu Lupina erreicht, die es ihm ermöglichte, nach der Werwölfin zu greifen. Er ließ sich einfach fallen, wie es seiner Kampftechnik entsprach, und versuchte dabei, seine Hände in das Fell auf Lupinas Schultern zu schlagen.

Die Werwölfin explodierte. Sie war schnell, geschmeidig und auch kraftvoll. Bevor der Untote sie berühren konnte, hatte sie ihre Pranken in die schlaffe, teigige Haut an seinen Wangen geschlagen, sich festgekrallt und riss den Schädel des Zombies hart herum.

Irgendetwas krachte oder brach, dann flog der Zombie zur Seite und wurde gegen die Wand gewuchtet. Jeder hörte den klatschenden Aufprall, sah das puppenartige Wesen zu Boden fallen, wo es für einen Moment mit verdrehtem Kopf liegen blieb, aber trotz des Genickbruchs nicht erledigt war, denn der ehemalige Seemann stand wieder auf. Schwerfällig und taumelnd kam er auf die Füße, wobei er Mühe hatte, das Gleichgewicht zu halten, denn er ging mit schaukelnden Bewegungen auf seine Gegnerin zu.

Lupina war nicht auf der Stelle stehen geblieben. Sie wusste, wie man kämpfen musste, um etwas zu erreichen, deshalb hatte sie ihren Standort gewechselt und katapultierte sich abermals vor. Mitten hinein in den Pulk von vier Zombies.

Doktor Tod und Xorron sahen nur ihren Schatten durch die Luft wischen, dann prallten Lupina und die Untoten zusammen, und es wurde ein wilder, erbarmungsloser, dämonischer Kampf.

Keiner blieb mehr auf den Füßen. Lupinas wuchtiger Angriff riss die vier Zombies einfach um. Sie klatschten zu Boden, prallten mit ihren Schädeln gegen den harten Beton. Doch das alles machte ihnen nichts, sie waren schon gestorben und konnten es nicht noch einmal.

Lupina wütete.

Sie spielte ihre gesamten Kräfte aus, und die bewegungslos dastehenden Zuschauer sahen ihre Pranken mit den langen Krallen, die immer wieder die entsprechenden Ziele fanden.

Zwei Zombies hieb sie gegeneinander und schleuderte sie von sich. Einem anderen zerbiss sie einen Arm, dass dieser wie ein lebloser Gegenstand zu Boden fiel, einem anderen zerschmetterte sie das Gesicht, und sie hatte freie Bahn.

Sie schnellte hoch.

Dabei hatte sie den fünften Zombie vergessen. Es war derjenige, der sie zuerst angegriffen hatte, und er nutzte die Gelegenheit aus, indem er sich von hinten an die Werwölfin heranschlich und sich in dem Augenblick gegen sie warf, als Lupina in die Höhe kam.

Der Zombie war nicht nur groß, sondern auch schwer. Er krachte in ihren Rücken und drückte sie wieder zurück, sodass Lupina im wahrsten Sinne des Wortes auf die Schnauze fiel.

Auch sie schüttelte der Anprall durch. Sie hatte sich, als sie kämpfte, völlig in eine Werwölfin verwandelt. Diese Metamorphose war im Wirrwarr der Leiber untergegangen. Doch auch Lupina war kein Wesen, das man einfach beseitigen konnte. Sie steckte den Aufprall weg, als wäre er nichts gewesen. Ihr Körper zog sich zusammen, und sie warf sich wuchtig herum, wobei sie zwei Untote abschüttelte.

Sie hatten die Gelegenheit wahrgenommen und sich ebenfalls auf die Wölfin geworfen.

Doch da war noch der ehemalige Seemann, und er hatte seine Hände in Lupinas Fell geschlagen, sodass er sich darin festkrallen konnte. Er zog sich näher an die Wölfin heran und öffnete sein Maul, um sich festzubeißen.

Es war Lupina nicht möglich, seinen Angriff ohne Weiteres abzuschütteln, und dem Zombie gelang es, seine Zähne in den fellbedeckten Oberkörper zu schlagen.

Die Königin der Wölfe ruckte hoch. Allerdings nur mit ihrem Oberkörper, während die Bestie nach wie vor Bodenkontakt hatte und der Untote mit seinem Gewicht darauf lag.

Zwei mit den Pranken geführte Rundschläge verfehlten ihn. Das sahen auch die anderen Zombies. Sie merkten, dass sich ihr Opfer in der Klemme befand, und ergriffen die Gelegenheit beim Schopf. So schnell es ging, näherten sie sich dem kämpfenden Paar und warfen sich mit ihren ausgemergelten, teigigen Körpern auf die Werwölfin. Dabei spielte es keine Rolle, dass einer von ihnen seinen Arm verloren hatte und der andere kein Gesicht mehr hatte, sondern nur noch eine zerquetschte Masse.

Doktor Tod und Xorron schauten zu.

Solo Morasso lächelte dabei. Die Bestrafung war nicht mehr aufzuhalten, die Untoten würden Lupina den Garaus machen, denn so ging es jedem, der sich gegen ihn und die Mordliga stellte. Er würde es den anderen schon zeigen, schließlich war er der Herr.

Sein Lachen war kalt und grausam, doch er stockte, als plötzlich die Salve aus einer Maschinenpistole aufpeitschte und die Garbe dicht an seiner Hüfte vorbeizischte.

Sie traf das Ziel.

Der größte Zombie hatte sich halb erhoben. Aus verdrehten Augen und mit blutigem Mund bot er ein nahezu klassisches Ziel für Lady X, die hinter Morasso und Xorron aufgetaucht war.

Die Garbe traf seinen Kopf. Sie tötete das Wesen auf der Stelle, diesmal für immer.

Schwer fiel es zur Seite, gab das Ziel für seine Artgenossen frei, und Lady X ließ sich die Chance nicht entgehen. Sie schoss ein zweites Mal.

Diesmal bewegte sie ihre Maschinenpistole. Ein kaltes Lächeln klebte in ihren Mundwinkeln, und die beiden Vampirzähne schauten wie zwei kleine Dolche aus dem Oberkiefer hervor, wobei sie mit ihren Spitzen noch die Unterlippe berührten.

Auch den beiden anderen Zombies ließ sie keine Chance. Sie dezimierte Xorrons Diener.

Das ließ sich das Monster nicht gefallen. Aus dem Spalt in seinem milchig weißen Gesicht drang ein hohles, pfeifendes Geräusch, als es sich umwandte und seine neue Gegnerin suchte.

Sofort sprang die Scott zurück, denn sie wusste genau, dass sie gegen Xorron nicht die Spur einer Chance hatte, da nützte ihr auch die Maschinenpistole nichts, denn mit Kugeln konnte sie noch nicht einmal Xorrons Haut ritzen.

»Stopp ihn!«, rief Lady X ihrem Boss, Doktor Tod, zu. »Ich habe mit dir zu reden!«

Aus dem Raum drangen weitere Kampfgeräusche, doch die Scott war sicher, dass Lupina es jetzt von allein schaffen würde.

Solo Morasso wusste nicht, wie er sich entscheiden sollte. Seine Blicke schweiften zwischen Lady X und Xorron hin und her. Er ahnte, was das Monster vorhatte. Es würde und wollte die Scott töten, doch zwei Mitglieder zu verlieren, das konnte Solo Morassos Mordliga nicht verkraften, deshalb folgte er dem Rat der ehemaligen Terroristin und befahl Xorron, den Kampf abzubrechen.

Der hielt tatsächlich inne.

Der Vampirin fiel ein Stein vom Herzen. Als Zeichen ihrer Bereitschaft senkte sie die Waffe.

Auch Lupina kämpfte nicht mehr. Drei Zombies waren von den Kugeln der Waffe endgültig ausgelöscht worden, die beiden anderen hielten sich zurück und warteten auf neue Befehle.

Die gelben Augen der Werwölfin schauten durch die offene Tür, und sie entdeckten Lady X. Im Stillen leistete Lupina der Blutsaugerin Abbitte, sie hatte sich doch anders verhalten, und ihr Vorschlag war keine Täuschung gewesen.

Die Szene erstarrte. Es wurde nicht mehr gekämpft. Eine Art Waffenstillstand war geschlossen worden, eine gefährliche Sache allerdings, denn unter der Oberfläche schwelte der Brand weiter.

»Warum wolltet ihr sie umbringen?«, fragte Lady X. Sie hatte sich damit an Doktor Tod gewandt.

Der schaute sie kalt von oben bis unten an und erwiderte: »Dir bin ich keine Rechenschaft schuldig. Das ist allein meine Sache.«

Die Scott schüttelte heftig den Kopf. »Es ist nicht allein deine Sache. Es geht uns alle an, wenn du die Mordliga dezimieren willst. Und eins will ich dir sagen. Lupina war bereit, zu verhandeln. Es gibt noch eine Chance, aus dieser Zwickmühle herauszukommen, ohne dass wir uns gegenseitig umbringen und die anderen, sowohl Sinclair als auch Feinde auf der dämonischen Seite, lachen können.« Lady X hatte die Worte beschwörend gesprochen. Es war ihr letzter Appell. Wenn der nicht mehr half, dann wusste Lady X auch nicht weiter.

Doktor Tod nickte. Gleichzeitig grinste er und sagte: »Das ist natürlich eine schlechte Sache, wenn ich mir das so überlege. Sie hat sich gegen mich erhoben, das wird sich herumsprechen, bei den anderen Schule machen, und anschließend ist es …«

»Nein, es wird keine Schule machen. Aber es ist doch natürlich, dass es so weit gekommen ist. Du hältst uns hier wie Gefangene. Ich will ebenfalls meine Opfer …«

»Willst du meutern und rebellieren?«

»Nur feststellen.«

Doktor Tod grinste grimmig. »So kann man es auch nennen, ich sehe es anders.«

»Welche Alternativen bietest du uns?«

»Was soll das denn wieder heißen?«

»Du bist schlechter geworden, Morasso. Wir sitzen hier fest, halten uns raus. Andere können Positionen einnehmen, die uns eigentlich zustehen. Die Mordliga ist schwach geworden, zu schwach. Und du willst mithelfen, sie noch mehr zu schwächen.«

Lady X hatte harte Worte gebraucht, und sie hatte es bewusst getan, denn Solo Morasso sollte wissen, woran er war. Nach dem Tod Asmodinas hatte sich einiges geändert. Morasso war mit dieser Tatsache selbst noch nicht fertig geworden, er hatte neue Aktivitäten vermissen lassen und überließ das Feld anderen. Dämonen und Wesen der Finsternis. Seine eigenen Monster blieben dabei brach liegen.

Wahrscheinlich hatte er das auch eingesehen, deshalb reagierte er auf die Worte der Blutsaugerin nicht so heftig und presste die Lippen nur noch härter zusammen.

»Gibst du Lupina noch eine Chance?«, wollte Lady X wissen.

Doktor Tod drehte den Kopf. Lupina hatte den Raum noch nicht verlassen. Sie stand über den erledigten Gegnern, wobei sie weiterhin die volle Wolfsgestalt behielt.

»Es ist gut«, sagte Solo Morasso, »ich habe es mir überlegt. Sie wird ihre Chance bekommen.«

»Na endlich.«

»Aber sollte ich ein einziges Mal erleben, dass sie sich abermals gegen mich stellen will, werde ich sie gnadenlos vernichten. Hast du verstanden, Werwölfin?«

»Ja, das habe ich.«

»Dann ist es gut.« Doktor Tod verschwand wieder. Xorron und seine noch lebenden Untoten trotteten wie gehorsame Hunde hinter ihm her und verschwanden in der Düsternis eines Ganges.

Xorron war Doktor Tod absolut ergeben. Und er hatte ihn auch vor einem schrecklichen Ende bewahrt. Fast wäre es John Sinclair gelungen, Solo Morasso ein weiteres Mal mit dem Nagel zu töten, doch Xorron hatte im letzten Moment eingegriffen und es verhindert. Das wusste Doktor Tod. Und er würde immer auf Xorrons Seite stehen und ihn decken.

Zurück blieben Lady X und Lupina.

Die Blutsaugerin lächelte und zeigte ihre spitzen Vampirbeißer. »Da haben wir noch mal Glück gehabt.«

»Möglich.«

»Wieso möglich? Es war Glück. Solo Morasso hätte dich auf grausame Art und Weise umgebracht.«

»Trotzdem denke ich an ihn.«

»An deinen Sohn?«, fragte die Scott.

»Ja. Und ich werde ihn treffen. Daran wird mich niemand hindern. Niemand, hörst du?«

Lady X fragte sich zum ersten Mal, ob sie überhaupt richtig gehandelt hatte …

Wir hörten den Hass aus der Stimme und waren überzeugt, dass die beiden Alten mit den Werwölfen voll unter einer Decke steckten. Wahrscheinlich hatten sie sogar alles ins Leben gerufen und leiteten den Monster-Club. Rechnen mussten wir damit. Allerdings war es kaum vorstellbar, dass zwei so alte Leute einen Monster-Club ins Leben riefen und noch leiteten. Doch wir waren vorsichtig geworden. Was wir alles erlebt hatten, auch mit älteren Menschen, da konnte uns so leicht nichts mehr erschüttern. Alles war praktisch möglich. Oftmals spielte bei den Dämonendienern das Alter keine Rolle.

Nur – wie verhielt sich das alles zu Lupinas Sohn? Was hatte die Schrift vor der Tür zu bedeuten? War dieser Sohn wirklich ein Kind von ihr? Oder standen wir hier einem gewaltigen dämonischen Bluff gegenüber? Gesehen hatten wir ihn nicht, vielleicht befand er sich unter den draußen lauernden Wölfen. Auf jeden Fall hatten wir ihn noch nicht gesehen. Trotz der Gefahr, die er darstellte, war ich auf seinen Anblick gespannt. Lupina hatte einen Sohn. Ich konnte es überhaupt nicht fassen. Wenn sie einen Sohn hatte, wer war dann der Vater?

Diese Frage stellte sich uns, aber die Zeit, darüber nachzudenken, blieb uns nicht. Vorerst war das wichtig, was wir momentan erlebten. Ich war gespannt, wie sich die Wölfe verhalten würden. Auch die weitere Reaktion der beiden Alten interessierte uns. Sie ließ nicht lange auf sich warten.

»Zwei sind tot!«, keifte Clara. »Verdammt, er hat zwei von unseren Freunden umgebracht! Das habt ihr nicht umsonst getan. Ihr kommt hier nicht mehr als Menschen raus, das kann ich euch versprechen.« Bösartig drang ihr Lachen durch die Tür, und wir mussten uns erst einmal damit abfinden.

Suko und ich standen rechts und links der Tür. Eine Blöße

konnten wir uns nicht erlauben, deshalb hielten wir auch die Berettas weiterhin schussbereit in den Händen. Sollten unsere Feinde etwas versuchen, würden wir feuern.

»He, hört ihr mich?« Wieder sprach die Alte.

Suko nickte mir zu. Sein Gesicht lag genau im Schein eines Lichtstrahls.

»Ja, wir hören Sie!«, rief ich.

»Das ist gut, dann will ich euch sagen, dass eure letzte Stunde gekommen ist.«

»Damit mussten wir rechnen. Können wir zuvor noch mit Orapul sprechen?«

»Nein.«

»Schade, wir hätten gern mit Lupinas Sohn ein paar Worte gewechselt. Oder ist er das nicht?«

»Doch er ist es.«

»Dann ist ja alles klar.«

»Nichts ist klar, gar nichts. Ich warte nur darauf, dass er zurückkehrt, dann wird er euch zerreißen. Niemand kann Orapul etwas tun. Er ist unbesiegbar.«

»Wie ihr?«

Da lachte die Alte geifernd. »Ja, wie wir, denn wir stehen als seine Pateneltern unter seinem Schutz.« Nach dieser Antwort amüsierte sie sich köstlich.

So lief der Hase also. Die beiden hatten Lupinas Sohn großgezogen. Das war interessant.

»Und wie finden wir Lupina selbst?«

»Sie wird schon noch kommen«, erklärte uns die Frau. »Keine Bange. Aber woher kennt ihr Lupina?«

»Sie ist eben ziemlich bekannt«, gab ich ausweichend Antwort. »Und sie ist eine besondere Freundin von uns.«

»Das glaube ich nicht.«

»Dann fragen Sie sie mal!«

Darauf ging Clara nicht ein. Stattdessen wollte sie wissen, wie es uns gelungen war, die beiden Werwölfe zu erledigen, denn daran hatte sie zu knacken, weil es im Prinzip wirklich nicht leicht ist, diese Bestien zu besiegen.

Diesmal antwortete Suko. »Wir haben sie totgebissen«, gab er kalt zurück.

»Auf den Arm nehmen kann ich mich selbst«, fluchte die Frau. »Es hat auch sein Gutes. So sind wir wenigstens gewarnt, und wir werden es euch nicht leicht machen. Nein, ihr kommt nicht mehr aus dem Haus. Nicht wahr?«

Die Worte schienen den Bestien gegolten zu haben. Sie reagierten darauf und heulten um die Wette, dass es uns schaurig in den Ohren klang und wir zusammenzuckten.

Jemand warf sich gegen die Tür. Allerdings nicht mit voller Kraft, das Holz zitterte kaum nach, dafür vernahmen wir dann ein hartes, aggressives Kratzen.

Danach war Ruhe.

Das heißt, wir hörten sie zwar noch, aber sie waren nicht mehr so kämpferisch. Sie hielten ihren Mund. Weder die beiden Alten sagten ein Wort, noch die Bestien heulten.

So verging die Zeit.

Nach zehn Minuten hatte sich noch immer nichts getan. Auch wir sprachen nicht und warteten ab.

Zwischendurch hatten wir zwar ein paar Geräusche vernommen, die allerdings waren schlecht zu identifizieren gewesen, weil die Mauern und das Türholz zu sehr dämpften.

»Lupinas Sohn«, murmelte Suko und schüttelte den Kopf. »Unwahrscheinlich. Damit hätte ich nicht gerechnet.« Er schaute mich an. »Du vielleicht, John?«

»Nein.« Ich hatte meinen Blick gesenkt und starrte auf meine Schuhspitzen.

Suko ahnte, welche Gedanken mich bewegten, und er fragte: »Denkst du an Jane?«

»Ja.«

Der Chinese atmete tief aus. »Das ist schwer, John. Das ist sogar verdammt schwer. Denk nicht mehr an sie. Dieser Fall hier ist wichtiger. Es war wirklich eine Fügung des Schicksals, dass wir auf ihn gestoßen sind. Jane Collins musst du erst einmal vergessen, John. Sie steht nicht mehr auf unserer Seite.

Wikka hat sie sich geholt. Diese Rache ist schlimmer, als hätte sie Jane getötet, das kannst du mir glauben.«

»Ich weiß es ja!«, knirschte ich. »Trotzdem komme ich nicht davon los.«

»Das verstehe ich. Aber konzentriere dich trotzdem mehr auf unseren Kampf hier.«

»Dass ich das tue, habe ich ja wohl bewiesen«, gab ich ein wenig scharf zurück.

»Natürlich, es war auch nicht so gemeint.«

Suko hatte Angst, dass ich meinen Job vernachlässigen würde. Aber da hatte er sich getäuscht. Ich würde weitermachen. Vielleicht sogar härter als zuvor, das hatte ich mir geschworen.

Ich durchquerte das Turmzimmer und warf einen Blick durch die schmale Öffnung in der Mauer.

Es war noch nicht dunkler geworden. Nach wie vor stand die Sonne am wolkenlosen Himmel und brannte auf das hinab, was die Menschen Erde nannten.

»Wir müssen auf jeden Fall hier raus«, meinte Suko. »Ich will hier nicht übernachten.«

»Frag mich mal.«

»Und wie stellen wir es an?«

»Es wird uns wohl nichts anderes übrig bleiben, als es mit den Wölfen auszukämpfen, wobei wir die beiden Alten auch nicht vergessen dürfen. In ihrem Hass sind sie unberechenbar und brandgefährlich.«

Suko hatte sein Ohr gegen das Holz der Tür gelegt. »Verdammt, ich höre nichts«, flüsterte er.

»Die werden sich zurückhalten, darauf kannst du dich verlassen.«

»Na ja, trotzdem …«

Mein Partner ging davon aus, dass sich die Bestien verkrochen hatten. Die Idee war nicht schlecht, denn wenn wir einen Ausbruch versuchten, mussten die Werwölfe damit rechnen, dass wir sofort schossen. Und in der Enge des Turms war es so gut wie unmöglich, sie zu verfehlen.

Ich war mit einem langen Schritt bei Suko und legte bereits meine linke Hand auf die Klinke.

»Du willst gehen?«, fragte der Inspektor erstaunt.

»Ja, wir müssten es zumindest versuchen.«

»Mut hast du schon immer gehabt.« Mein Partner grinste.

»Du nicht?«

»Mach schon!« Suko trat einen Schritt zurück. Sein Gesicht war angespannt. Voll hatte er sich konzentriert. Wenn die dort tatsächlich lauerten, mussten wir gedankenschnell handeln und sofort feuern, bevor die Bestien uns überfielen.

»Na denn«, sagte ich und riss die Tür auf.

Das heißt, ich wollte es, aber sie war verschlossen. Verdammt, damit hatten wir nicht gerechnet. Ohne dass wir es gemerkt hatten, musste die Alte uns eingeschlossen haben.

Suko hatte den gleichen Gedanken wie ich. »Ganz schön raffiniert«, flüsterte er.

»Und wie.« Ich hatte mich bereits gebückt und peilte mit einem Auge durch das Schlüsselloch.

Sofort war zu erkennen, dass unsere Gegner den Schlüssel von außen stecken gelassen hatten. Bevor unser Dietrich in Aktion trat, mussten wir erst den Schlüssel drehen, sodass der Bart senkrecht stand und der Schlüssel hinausgeschoben werden konnte.

Da Suko schon einmal Routine hatte, begann er augenblicklich mit der Arbeit.

Das war ein Job für Tüftler. Es dauerte seine Zeit, bis Suko den Schlüssel aus dem Schloss entfernt hatte. Als er auf der anderen Seite der Tür zu Boden fiel und wir das schwache Geräusch hörten, atmeten wir auf.

Der nächste Schritt war leicht, obwohl wir noch abwarteten, ob sich etwas rührte.

»Nichts zu hören«, flüsterte ich, »mach weiter!«

Der Chinese probierte es wieder. Seine Hände arbeiteten wie feine, sensible Sensoren. Er fühlte, tastete, drückte und bewegte den Dietrich, bis er auf Widerstand traf und das Schloss drehen konnte.

Jetzt war die Tür offen.

Der Chinese richtete sich auf. Er ließ mir den Vortritt, und ich legte abermals meine Hand auf die Klinke, um sie nach unten zu drücken. Diesmal war offen.

Ein Ruck, und wir konnten auf das leere Podest schauen. In der Tat hielt sich niemand mehr dort auf. Die Werwölfe und mit ihnen die beiden Alten hatten sich verzogen.

Einigermaßen beruhigt verließen wir das Turmverlies. Diese erste Hürde war genommen.

Wenn ich von einer Leere gesprochen habe, dann ist das nicht ganz richtig. Die beiden von uns erledigten Werwölfe lagen nach wie vor auf dem Absatz.

Ihr Fell war zum Teil verschwunden, und wir sahen eine blasse weiße Haut. Sie verwandelten sich wieder zurück, allerdings in Tote. Wo das Fell noch zu sehen war, erkannten wir eine schmutzig graue Farbe. Als hätte jemand Puder darübergeschüttet.

Das waren die Opfer dieses dämonischen Wahnsinns, und ich konnte nur den Kopf schütteln. Sie würden allerdings nicht die Letzten sein, das wussten wir beide.

Blieb die Frage, wo sich die Werwölfe versteckt hielten. Dass sie nicht geflohen waren, stand für mich fest. Wahrscheinlich hatten die beiden Alten sie irgendwo verteilt, damit sie uns heimtückisch und hinterrücks überfallen konnten.

Vor uns lag ein langer Weg, der mit Fallen gespickt sein konnte, und wir waren dementsprechend vorsichtig, als wir die Steinstufen der Treppe hinabschritten.

Suko hatte die Spitze übernommen, ich blieb einen halben Schritt oder eine Stufe hinter ihm.

Da wir sehr langsam gingen, gerieten wir auch nicht in Gefahr, einen Drehwurm zu bekommen. Zudem hielten wir uns ziemlich am äußeren Rand und konnten uns mit den Händen am rauen Mauerwerk abstützen.

Den Turm, vielmehr die Treppe, konnten wir ungestört hinter uns lassen. Schließlich standen wir an ihrem Ende und schauten uns an. Von den Bestien waren wir nicht überfallen worden.

Das wunderte uns ein wenig, denn wir hatten Claras Worte nicht vergessen und verdammt ernst genommen.

Es gab für uns nur eine Möglichkeit. Wenn sich die Werwölfe in der Nähe aufhielten, dann hatten sie innerhalb des Hauses Unterschlupf gefunden.

Groß genug war es schließlich.

Der Meinung war auch Suko. Vor der Tür, die ins Haus führte und den Turm mit dem Gebäude verband, blieb er für einen Moment stehen, hob das rechte Bein und hämmerte seinen Absatz voll gegen die Tür, die sofort mit Schwung nach innen gestoßen wurde.

Wir schauten in den kleinen Flur, der leer war. Hier hätte schon der erste Gegner lauern können.

Wir ließen die Diele hinter uns und betraten die große Halle. Dabei waren wir sehr schnell. Kaum befand sich die Tür in unserem Rücken, als wir rechts und links vor ihr an der Wand Aufstellung nahmen.

Niemand griff uns an.

Aber wir rochen, dass die Bestien zumindest hier unten gewesen waren. Der scharfe, ätzende Geruch lag in der Luft und stieg beißend in unsere Nasen.

»Haben sie sich wirklich verkrochen?«, fragte Suko leise. Zweifel schwangen in seiner Stimme mit.

»Vielleicht sind sie auch weg.«

Der Chinese warf mir einen schrägen Blick zu. »Das glaubst du doch selbst nicht. So etwas lassen die beiden Alten nicht zu. Die sind doch von Hass zerfressen.«

»Das schon, aber ich sehe sie nicht.«

»Vielleicht oben.«

»Den Keller haben wir noch nicht durchsucht.«

Suko schlug sich gegen die Stirn. »Verdammt, daran habe ich nicht gedacht, klar, der Keller. Sollen wir?«

»Sicher.«

Wir mussten nur den Eingang finden. Das war eine Sache von wenigen Minuten. Diese Tür war nicht abgeschlossen. Wir zogen sie vorsichtig auf, hörten das Knarren, und dann flog die Tür auf uns zu, weil sie von der Innenseite hart aufgewuchtet wurde.

Da wussten wir, wo sie steckten!

Die nächsten Minuten wurden zu einer reinen Hölle für uns. Wir hatten den harten Schlag der Tür nicht so ohne Weiteres einstecken können und waren zurückgeworfen worden. Ich rutschte auf dem glatten Boden noch aus, konnte mich nicht mehr fangen und krachte auf mein Hinterteil.

Aus dieser Perspektive wirkten die beiden Wölfe noch größer, als sie durch die Tür quollen.

Gewaltige, mordgierige Bestien, die auf mich gelauert hatten und ihre Chance wahrnehmen wollten.

Bevor ich schießen konnte, war der Werwolf schon über mir. Er sprang mich mit beiden Füßen zuerst an, wuchtete meinen halb aufgerichteten Körper zurück, und ich prallte mit dem Hinterkopf gegen die Fliesen, sodass ich für eine Sekunde Sterne sah. Sie blitzten wie explodierende Feuerwerkskörper vor meinen Augen auf.

Instinktiv winkelte ich den freien Arm an und schützte meine Kehle, während ich die Wolfsfratze mit den gelbweißen Reißzähnen dicht vor mir schimmern sah.

Ein Schuss krachte, und das Echo rollte langsam durch die Halle. Aber nicht ich hatte geschossen, sondern Suko. Ich musste mich erst einmal wehren.

Es war gut, dass mein linker Arm die Kehle schützte, denn der Werwolf hackte augenblicklich zu. Seine Zähne verfingen sich im Stoff der Jacke, zerrten daran, und er öffnete sein Maul weiter, um besser beißen zu können.

Da hatte ich meinen rechten Arm herumgeschwungen. Die Mündung der Waffe drückte ich für einen Moment hinter dem Ohr in das Fell der Bestie, dann zog ich durch.

Das geweihte Silbergeschoss drang tief in den Kopf der Bestie und zerstörte ihn durch seine Kraft. Die Mächte des Lichts waren stärker als die der Finsternis. Der Werwolf riss seinen

Schädel noch in die Höhe und stieß ein letztes, schauriges Heulen aus, bevor er schlaff wurde und ich ihn von mir wälzen konnte.

Das hatte ich geschafft.

Etwas schwerfällig gelangte ich wieder auf die Beine. Suko stand mit gezogener Beretta im Raum. Er ließ seinen Arm kreisen, suchte nach anderen Gegnern, während der von ihm erledigte Werwolf vor seinen Füßen lag und sich nicht rührte.

Bei beiden Bestien geschah das Gleiche. Ihr Fell wurde grau und unansehnlich, dann fiel es langsam ab, und der normale Körper eines toten Menschen erschien.

»Noch vier«, sagte Suko.

Ich nickte. Die Hälfte hatten wir schaffen können, aber eben nur die Hälfte, während die anderen Bestien weiterhin auf ihre Chance lauerten, um uns zu erledigen. Davon mussten wir ausgehen und durften unsere Augen nicht verschließen.

Zwei waren aus dem Keller gekommen. Ein Beweis etwa dafür, dass die anderen ebenfalls noch dort lauerten? Sehr gut möglich, denn auf den oberen Etagen hatte sich nichts getan.

Es war eine seltsame Stille, die uns empfing. Draußen schien die Sonne, aber hier in der Halle kam es uns kühl vor wie in einer Grabkammer. So fühlten wir uns auch, denn der Hauch des Todes hatte hier Einzug gehalten.

Suko näherte sich dem Keller. Die Tür stand offen, sodass wir in das düstere Rechteck hineinschauen konnten, hinter dem die Steintreppe begann, die nach unten führte.

Auf der Treppe hatte lange Zeit niemand gefegt, denn wir sahen den Staub dort liegen und auch die Spinnweben an den Wänden, die heftig zitterten, als wir sie passierten und sie von dem Luftzug berührt wurden.

Als wir die Stufen hinabschritten, knirschte es unter unseren Sohlen. Kleinere Steine wurden zu Mehl zerquetscht und vermischten sich mit dem auf den Stufen liegenden Staub.

Die Luft wurde immer schlechter. Sie nahm einen muffigen Geruch an, durchdrungen von Schimmel und Feuchtigkeit. Es war ein richtiger Gruselkeller.

Einen Lichtschalter hatten wir hinter der Tür nicht gefunden, allerdings entdeckten wir ihn am Ende der Treppe in Kopfhöhe. Ich drehte den altmodischen, schwarz glänzenden Schalter.

Was unter der Decke aufglühte, war ein staubiges Etwas und erst beim zweiten Hinsehen als Birne zu erkennen. Die Lichtquelle war mehr als mäßig, allerdings besser als gar nichts, sodass wir auf das Einschalten der kleinen Bleistiftleuchte verzichten konnten.

Früher hatte man die Keller mehr als Gewölbe angelegt. In so einem standen wir nun.

Breite Gänge, hohe Decken, Verliese und eine Holztür, die offen stand und sich leicht bewegte.

Der hinter der Tür liegende Raum war dunkel. Er wurde auch vom Flurlicht nicht mehr erhellt, sodass wir jetzt gezwungen waren, die Lampe einzuschalten.

Dünn war der Strahl, aber er reichte aus, um das Grausame zu erkennen. Rechts an der Wand standen zwei Holzkisten. Nicht viel größer als die Spielzeugkisten vieler Kinder.

Allerdings war ihr Inhalt ein anderer.

Aus der ersten ragte ein hochkant gestellter Fuß, während auf dem Rand der zweiten Kiste eine Hand lag, als hätte sich die Person im letzten Augenblick aufzuraffen versucht, um aus der Kiste zu klettern.

An dem Fuß steckte ein Damenschuh.

Es fiel mir ziemlich schwer, nahe an die Kiste heranzutreten und einen Blick hineinzuwerfen, aber es gab keine andere Möglichkeit, um sich Gewissheit zu verschaffen.

Die Kisten waren tatsächlich mit zwei Toten belegt. Einem Mann und einer Frau.

Ihre Mörder hatten sie einfach hineingestopft. Wir sahen zwei bleiche, verzerrte Gesichter, auf denen sich das Grauen widerspiegelte, was sie in den letzten Sekunden ihres Lebens hinter sich gebracht hatten. Es musste eine Hölle gewesen sein.

Neben mir stöhnte Suko gepresst. Auch er konnte diesen

Anblick nur schwer verkraften. Seine flüsternde Stimme drang an mein Ohr. »John, auf wessen Konto geht diese grauenhafte Tat?«

Ich hatte längst einen Verdacht. Er war ungeheuerlich, aber die Beweise lagen vor uns. Die Toten waren nicht von den Werwölfen angegriffen worden. Wir entdeckten Schusswunden in ihren Körpern.

»Die beiden Alten!«, presste ich hervor. »Das können nur die gewesen sein.«

»Und warum?«

Ich hob die Schultern. »Was weiß ich? Möglicherweise standen sie ihnen im Weg.«

»Vielleicht waren es sogar die echten Verwalter«, vermutete der Chinese.

»Durchaus möglich.«

Später sollte sich herausstellen, dass der Inspektor mit seiner Theorie recht gehabt hatte.

Wir durchsuchten den Keller weiter und gerieten in ein Weinlager. Es war schon gewaltig. Nicht nur Flaschen konnten wir sehen, auch große Fässer. Sie standen nebeneinander an der Wand. Als ich dagegenklopfte, klang es dumpf, nicht hohl. Für uns ein Zeichen, dass die Fässer gefüllt waren.

Der Weinkeller barg keine Überraschungen. Nur hatte sich hier die Luft verändert. Es roch nach ausgelaufenem und verdunstetem Wein. Falls sich die Alten mit ihren restlichen vier Werwölfen tatsächlich noch innerhalb des Hauses aufhielten, hatten sie sich sehr gut versteckt, denn gefunden hatten wir von ihnen nicht einen Zipfel.

Wir erreichten wieder die Treppe und damit die Gegend, wo es heller war.

Ich wollte die Kollegen von der Mordkommission anrufen. Die beiden Toten mussten weggeschafft werden. Sie konnten hier nicht liegen bleiben.

Suko ging vor mir die Stufen hoch. Ich warf immer wieder einen Blick zurück in den Keller, wo ich das Licht gelöscht hatte und sich jetzt die Dunkelheit ballte.

Von den Wölfen sah ich keine Spur. Kein gelblich schimmerndes Augenpaar leuchtete durch die Dunkelheit, die Bestien hatten sich zurückgezogen, falls sie sich tatsächlich im Keller aufhielten.

Suko stand schon in der Halle. Die Waffe hatte er auf die Tür gerichtet, denn auch von dort konnte Gefahr drohen.

Als ich die letzte Stufe verließ, ging er einen Schritt vor, um mich passieren zu lassen.

Rechts ging ich an ihm vorbei. Die Tür lag mehr zur anderen, zur linken Seite hin. Rechts befand sich die Treppe.

Dass ich hinschaute, war reines Misstrauen und vielleicht auch Zufall. Dabei traf mein Blick auch die gedrechselten Stäbe, die das schräg laufende Geländer hielten.

Zwischen zwei Stäben sah ich etwas Dunkles, Längliches.

Ein Gewehrlauf!

»Deckung!«, brüllte ich, als auch schon der Schuss aufpeitschte und abermals der Teufel los war …

Lupina hatte sich nicht mit der neuen Regelung abgefunden. Zwar ließ sie sich äußerlich nichts anmerken, aber innerlich verbrannte sie fast vor Hass.

Sie suchte nach einem Ausweg aus dem Dilemma.

Stunden vergingen. Unruhig bewegte sie sich durch die unterirdischen Anlagen. Einmal traf sie auf das grässliche Monster Vampiro-del-mar. Der riesenhafte Unhold ging geduckt. Seine langen Zähne standen fast bis zum Kinn vor. In seinen Augen glitzerte es, ein Zeichen, dass er wieder Blut wollte. Das Gesicht war eine Ausgeburt an Hässlichkeit. Eingerissen und von zahlreichen Geschwüren und Pusteln bedeckt. Grauschwarzes Haar hing strähnig bis auf die Schultern. Wenn Vampiro-del-mar zuschlug, hatte kein Opfer eine Chance. Man konnte ihn in seiner Gefährlichkeit mit Xorron vergleichen.

Freunde waren er und Lupina nicht gerade. Vampiro-del-mar sah in jedem Mitglied der Mordliga einen Rivalen, der ihm seine Opfer streitig machen konnte. Und hätte Doktor Tod nicht seine schützende Hand über Lupina oder auch Lady X gehalten, dann wäre der Kaiser der Vampire, wie er sich selbst nannte, schon an manchen Tropfen Blut gekommen.

Er blieb stehen, als er Lupina sah, und fixierte sie aus seinen kalten, bösen Augen.

»Was willst du?«, fragte die Werwölfin.

Vampiro-del-mar stieß ein knurrendes Geräusch aus, bevor er redete. »Ich habe gehört, dass du Ärger gehabt hast.«

»Und wenn schon.«

»Du willst weg, nicht?«

»Wüsste nicht, was dich das angeht.«

Der Kaiser der Vampire begann röhrend zu lachen. »Weg wollen wir auch. Ich halte es ebenfalls nicht mehr aus, ich will Blut, verstehst du?«

Lupina blieb gelassen. »Dann hol es dir doch, du Bastard.« Sie wandte sich um und ließ das blutsaugende Monster kurzerhand stehen.

Vampiro-del-mar starrte ihr hasserfüllt nach. Am liebsten hätte er sich auf sie gestürzt, doch sie war kein Mensch, und die Bestien untereinander griffen sich nicht so leicht an.

Lupina streunte nicht ziellos durch die Gänge. Sie wollte an einen bestimmten Ort, damit ihr Plan endlich Gestalt annehmen konnte. Sie hatte ihn sich in den letzten Stunden ausgedacht, und er war so außergewöhnlich und gefährlich, dass noch niemand auf die Idee gekommen war, ihn durchzuführen.

Lupina wollte es versuchen. Und sie würde Doktor Tod damit hereinlegen. Natürlich barg der Plan große Risiken, doch die Sache war es Lupina wert, dass sie die Risiken einging. Wenn alles klappte, konnte sie von der Insel verschwinden.

Sie näherte sich dem Bereich, wo Doktor Tod seinen Zufluchtsort hatte. Jetzt musste sie noch vorsichtiger sein, denn sie durfte sich auf keinen Fall erwischen lassen.

Es war nicht mehr weit bis zum Ausgang. Die Werwölfin sah sogar die große, graue Eisentür, die den Weg nach draußen markierte. Wenn sie die öffnete und auf diese Art und Weise zu fliehen versuchte, wäre das laienhaft gewesen, und sie hätte nicht die Spur einer Chance gehabt. Sie versuchte es anders.

Als sie die Schritte hörte, blieb sie stehen. Ihr Fell sträubte sich und sie spürte wieder die Wunde an ihrem Oberschenkel. Das Ziehen drang durch das gesamte Bein.

Aus einem Nebengang schob sich eine Gestalt. Es war Lady X, die ebenfalls durch das unterirdische Labyrinth patrouillierte.

Lupina entspannte sich wieder. »Du bist es«, sagte sie.

Die Vampirin blieb stehen. Lauernd schaute sie die Bestie vor ihr an. »Hattest du einen anderen erwartet?«

»Nein, eigentlich nicht.«

»Was soll dann der Quatsch?«

»Nur so.«

Lady X schwieg. Sie schaute dabei der Werwölfin unverwandt ins Gesicht.

»Du kannst mich nicht täuschen, Lupina. Du hast irgendetwas vor, das sehe ich dir an.«

»Rede keinen Unsinn.«

»Doch, du hast nicht aufgegeben.«

»Wir haben Frieden geschlossen, Morasso und ich, vergiss das nicht«, hielt Lupina ihr entgegen.

»Keinen Frieden. Unter Dämonen gibt es so etwas nicht. Höchstens einen Waffenstillstand.«

»Das kommt auf das Gleiche raus.«

»Irrtum!«, sagte Lady X. »Ich sehe die Sache ganz anders und möchte dir im Interesse der Allgemeinheit einen wirklich guten Rat geben. Verzichte auf irgendwelche Rachegelüste. Lass deinen Plan fahren. Versuche nicht zu fliehen. Beim nächsten Mal kann ich dir nicht helfen, das wirst du hoffentlich einsehen.«

»Habe ich dich um Hilfe gebeten?«, fragte Lupina aggressiv zurück.

»Nein, aber ohne mich …«

»Ohne dich sähe es besser aus. Ich habe diesen Morasso

gehabt und hätte ihn auch töten können, aber dann bist du dazwischengetreten und hast alles zunichtegemacht.«

»Ein Glück, denn wir brauchen ihn.«

»Ich nicht«, erwiderte Lupina kalt. »Ich brauche keinen von euch, auch dich nicht.«

Das Gesicht der Blutsaugerin verzog sich zu einer Grimasse. »Ich hätte dich verrecken lassen sollen. Tatsächlich verrecken. Etwas anderes hast du nicht verdient.«

Lupina lachte nur und ging davon. Sie zog ein Bein etwas nach, was Lady X genau registrierte. Die Wunde musste stark schmerzen. Ein Handicap für Lupina, wie Lady X registrierte. Vielleicht war das sogar gut, denn so wurden ihre Fluchtchancen noch mehr reduziert.

Dabei ahnte die Vampirin nicht, welche Pläne Lupina in Wirklichkeit verfolgte.

Lady X sah keinen Grund mehr, noch weiterhin im Gang stehen zu bleiben. Sie zog sich zurück, und sie war nach diesem Gespräch fest entschlossen, sich nicht mehr auf die Seite der Werwölfin zu stellen.

Irgendwie musste sie im Nachhinein Solo Morasso recht geben. Er hatte Lupina besser durchschaut als sie. Pamela Scott hob die Schultern und ging weg.

Lupina jedoch lauerte in der Nähe. Sie hatte nur darauf gewartet, dass sich die Blutsaugerin verzog, denn sie wollte ihren Plan jetzt durchführen.

Mittlerweile befand sie sich schon so lange auf der Insel und in deren unterirdischem Labyrinth, dass sie genau Bescheid wusste. Den Weg zu Solo Morasso kannte sie im Schlaf.

Zwar konnten auch die Gänge durch Kameras überwacht werden, aber die roten Lampen glühten nicht. Ein Zeichen dafür, dass die Apparate ausgeschaltet waren und sich Solo Morasso sehr sicher fühlte.

Die Frage war, ob er sich in seinen Räumen aufhielt. Jenseits davon lagen die unterirdischen Anlagen, die die Piranha-Becken beherbergten. Dort saß Solo Morasso oft stundenlang und schaute den kleinen glitzernden Fischen mit den nadelspitzen Zähnen zu, wie sie durch das Wasser schossen. Besonders spannend wurde es dann, wenn sie gefüttert wurden. Innerhalb weniger Sekunden hatten sie die Nahrung bis auf die Knochen abgenagt.

Daran ergötzte sich Solo Morasso, und wenn er den Fischen zuschaute, wälzte er finstere Pläne. Wie gern hätte er seinen Erzfeind John Sinclair in so ein Becken gestoßen. Das jedoch war momentan nicht möglich, aber er hoffte auf die Gelegenheit, dies zu schaffen. Irgendwann einmal …

Er wurde sofort aufmerksam, als er das akustische Signal hörte. Jemand war an der Tür.

Mit einer gleitenden Bewegung stand Doktor Tod von seinem Stuhl auf und ging in den ersten Raum. Er drückte auf einen Knopf, die Tür schwang auf, und er sah sich der Werwölfin gegenüber, die soeben den Raum betrat.

Hinter ihr schob sich die Tür wieder zu. Sie glitt auf Rollen, und nur ein leises Summen war zu vernehmen.

»Du?«, fragte Morasso kalt.

»Ja, ich.«

»Was willst du hier?«

»Mit dir sprechen.«

Da verzog Morasso das Gesicht. »Ich habe nichts mehr mit dir zu bereden. Sei froh, dass ich dich am Leben gelassen habe. Und jetzt verschwinde.«

»Nein, ich bleibe!«

Nach dieser Antwort war es sekundenlang still. Dann fragte Doktor Tod mit lauernder Stimme. »Du widersprichst mir immer noch?«

»Ja, und ich habe meine Meinung auch nicht geändert«, erwiderte sie gelassen, wobei die Werwölfin weiter vorging und sich dem Schaltpult näherte, hinter dem Doktor Tod meistens saß, wenn er sich in diesem Raum aufhielt.

Morassos Hände ballten sich zu Fäusten. Er merkte plötzlich, dass da einiges nicht so gelaufen war, wie er es sich vorgestellt hatte. Lupina schien ihre Meinung nicht geändert zu haben. Im Gegenteil, sie war fest entschlossen, den ursprünglichen

Plan weiterhin durchzuführen, obwohl sie bisher mit keinem Wort darüber gesprochen hatte.

Damit war für Solo Morasso der Zeitpunkt erreicht, wo er keine Rücksicht mehr kannte. Er pfiff auf die Stärke der Mordliga. Jemand, der nicht voll zu ihm stand, hatte bei ihm nichts mehr zu suchen. Der musste vernichtet werden.

Einen Griff brauchte er nur, um den Würfel des Unheils zu erreichen. Er nahm ihn zwischen beide Hände, konzentrierte sich und dachte dabei an den Todesnebel.

Genau darauf hatte Lupina gewartet. Sie wollte, dass Doktor Tod den Würfel zwischen die Hände nahm, und nun spielte sie ihre Schnelligkeit und katzenhafte Gewandtheit aus. Mit einem gewaltigen Sprung katapultierte sie sich nach vorn, flog über das Schaltpult hinweg, und Doktor Tod, dessen Augen sich weiteten, dachte in diesem Moment daran, wie sehr er die Werwölfin unterschätzt hatte.

Die Quittung dafür erhielt er einen Herzschlag später.

Mit einer wahren Urgewalt war Lupina über ihm, und diesem Angriff hatte er schon von der reinen Kraft her nichts entgegenzusetzen.

Der Aufprall und die Prankenhiebe schmetterten ihn zu Boden. Wie im Krampf hielt er den Würfel des Unheils fest, doch mit einem zielsicheren Griff hatte ihn Lupina an sich gerissen, sodass Doktor Tod wehrlos war.

Man konnte diesen Würfel manipulieren.

Auch Lupina!

In ihrer Hand wurde er zu einer fantastischen Waffe. Für Sekunden verzerrte sich ihr Wolfsgesicht zu einem fast wahnsinnigen Triumph, während Morasso geschlagen am Boden lag, aber nicht aufgeben wollte, denn er hatte einen Alarmknopf erreicht, dessen Signal von Xorron gehört wurde und ihn zu ihm rief.

Lupina sprang zurück. Für einen Moment spielte sie mit dem Gedanken, Morasso in das Becken mit den kleinen Killerfischen zu schleudern, dann ließ sie es bleiben und konzentrierte sich auf den Würfel.

Sie wollte rasch verschwinden und die gefährliche Waffe mit sich nehmen, denn durch sie war sie fast unbesiegbar, das hatte Morasso oft genug vorexerziert.

Lupina konzentrierte sich. Nun kam ihr zugute, dass Doktor Tod die Funktion des Würfels oft genug erklärt hatte. Sie brauchte ihn nur noch zu aktivieren.

Das tat sie.

Dabei konzentrierte sie sich auf einen Punkt, der tausend Meilen entfernt lag.

In England.

Dort würde sie ihren Sohn finden.

Und Lupina schaffte es. Ihr Körper begann zu flimmern. Es schien, als würden die einzelnen Moleküle aus ihrem Verbund gerissen. Lupina spürte die Kraft, die ihr aus dem Würfel entgegenschlug, und merkte, wie er vibrierte, während sie ihn zwischen ihren Pranken hielt.

Lange konnte es nicht mehr dauern.

Da genau rollte die Tür zur Seite, und Xorron stürmte in den Raum. Lupina nahm ihn noch wahr, sie wurde für eine winzige Zeitspanne abgelenkt, die Doktor Tod eiskalt ausnutzte, vom Boden hochschoss und mit beiden Fäusten unter den Würfel hämmerte.

Mit diesem Schlag hatte Lupina nicht gerechnet. Sie konnte den Würfel nicht festhalten, im Nachgreifen schaffte sie es ebenfalls nicht, und sie vernahm Xorrons irren Schrei.

Der Würfel machte sich selbständig, kippte zweimal in der Luft und wurde von Solo Morassos zuschnappenden Händen wieder aufgefangen.

Zu spät. Auch zu spät für Xorron.

Die Wirkung des Würfels auf Lupina war nicht mehr zu stoppen. Es gab sie einfach nicht mehr. Sie hatte sich in Sekundenschnelle aufgelöst, um dorthin transportiert zu werden, wo ihr eigentliches Ziel lag.

Xorron, der alles versucht hatte, griff ins Leere und prallte sogar noch gegen die Wand, wobei er einen röchelnden, tierischen Schrei der Wut ausstieß.

Zur Hälfte war der Sieg gelungen. Lupina hatte es tatsächlich geschafft und war verschwunden. Zurück blieben Doktor Tod und Xorron, beide enttäuscht.

Morasso taumelte zurück. Sein Gesicht war eine graue Maske. Er ärgerte sich schrecklich, und der Hass wollte ihn zerfressen. Einmal hatte er nachgegeben, und jetzt war er übertölpelt worden.

Durch die Gänge jaulten die Sirenen der Alarmanlage. Jeder wusste Bescheid, dass irgendetwas geschehen war.

Lady X tauchte als Erste auf.

Als Morasso sie sah, drehte er durch. Er jagte auf sie zu, packte sie, umklammerte mit seinen dicken Wurstfingern die Kehle des weiblichen Vampirs und schüttelte sie durch.

»Du!«, schrie er. »Du bist schuld, weil ich auf dich gehört habe!« Er schleuderte sie voller Zorn gegen die Wand und schlug ihr in den Magen.

Die Scott steckte den Schlag weg. Sie ahnte, was geschehen war. Trotzdem stellte sie die Frage.

»Sie ist verschwunden!«, schrie Morasso. »Verdammt noch mal, sie ist weg. Sie hat mich überlistet, und du bist schuld, da du mir ihren Tod ausgeredet hast.«

Sie hat ihn übertölpelt, dachte Lady X. Sie hat es tatsächlich geschafft. Doktor Tod fing wirklich an, schlecht zu werden. Das musste man sich genau merken …

Zwischen den beiden Geländerpfosten blitzte es fahl auf. Man hört das Blei nicht, wenn es heranfegt, der tödliche Schlag kommt ganz plötzlich und reißt einen Menschen vom Leben in den Tod.

Bei mir blieb er aus, dafür hörte ich, wie die Kugel hinter mir irgendwo hineinhieb, was einen dumpfen Laut erzeugte.

Ich prallte auf den Steinboden, überschlug mich mehrere Male, gab mir dabei noch mehr Schwung, damit ich in den toten Winkel und weg aus dem unmittelbaren Gefahrenbereich gelangte, denn für den zweiten Schuss musste der hinterhältige Schütze sein Ziel erst noch genau anvisieren. Das wollte ich ihm so schwer wie möglich machen.

Ein paarmal überrollte ich mich und vernahm abermals Schüsse. Allerdings nicht aus einem Gewehr. Suko hatte sie abgegeben, sie stammten aus der Beretta.

Ob er getroffen und auf wen er gehalten hatte, wusste ich nicht. Ich hatte meine eigenen Probleme und rollte in der Nähe des Kamins aus, denn dort lag ich gut. Der Killer musste praktisch um die Ecke schießen, wenn er mich treffen wollte.

Das tat er nicht, sondern wartete ab.

Ich ging auf die Knie und warf einen Blick in die große Halle hinein.

Suko hatte hinter einem umgekippten Tisch Deckung gefunden. Mit der Platte stand er zum Ausgang hin, denn dort mussten Werwölfe aufgetaucht sein.

Suko sah mich und hob leicht die Hand. Er war also in Ordnung. Dann deutete er in Richtung Eingangstür und auch zur Galerie hoch. Er markierte damit die beiden Gefahrenpunkte.

Ich wusste Bescheid und wartete erst einmal ab. Ein Werwolf hatte nicht geschossen. Für den Bruchteil einer Sekunde hatte ich zwischen den Pfosten und hinter dem Gewehrlauf ein bleiches Gesicht gesehen.

Das Gesicht eines Menschen. Leider wusste ich nicht, mit wem ich es zu tun hatte. Es kamen eigentlich nur zwei Personen infrage. Clara und Jo.

Sie standen voll auf der Seite der Werwölfe, denn die führten den Monster-Club. Bisher war ihre Rechnung nicht aufgegangen, wir lebten immer noch, jetzt wollten sie alles daransetzen, um zwei unbequeme Zeugen loszuwerden.

Es war wieder still geworden. Auch die vier Werwölfe hielten sich zurück und versteckt. Wenn sie durch die Tür kommen würden, dann mussten sie uns vor die Mündungen laufen, und das war unser großer Vorteil.

Diesmal waren sie schlauer. Zweimal hatten sie es mit einem Frontalangriff versucht, und beide Male waren sie voll ins Messer oder in die Kugeln gelaufen. Nun hielten sie sich zurück.

Noch einen Gegner konnten wir hinzuzählen. Auf der Treppe lauerte nur einer des Ehepaars, wo hielt sich dann der zweite versteckt? Diese Frage beschäftigte mich, und sicherlich dachte Suko ähnlich.

Weiterhin hockte ich neben dem Kamin und in sprungbereiter Haltung. Mittlerweile breitete sich in meinem Nacken ein kaltes Gefühl aus, das sich immer dann einstellte, wenn ich irgendeine Gefahr spürte. Und sie lauerte in der Nähe, davon war ich fest überzeugt.

Dann sah ich das Holz.

Wie es sich gehört, war es zu Scheiten zerhackt. Man hatte sie sorgfältig neben dem Kamin aufgestapelt. Gehalten wurden die Scheite von einem Gitter, damit sie nicht ineinanderfielen.

Meine Lippen verzogen sich zu einem Lächeln, als ich den Arm hob und einen Holzscheit zwischen die Finger nahm.

Er hatte genau das Gewicht, das ich brauchte, war nicht zu schwer und auch nicht zu leicht. Ich wog ihn für einen Moment in der Handfläche, bewegte mich lautlos auf die Hallenmitte zu und schleuderte den Scheit dann über meinem Kopf und das Geländer auf die Treppe zu. Vielleicht hatte ich Glück und traf.

Den Schützen erwischte ich nicht. Dafür hörte ich es poltern, und gleich darauf krachte ein Schuss.

In einem Reflex musste der Schütze gefeuert haben. Ob er getroffen hatte, wusste ich nicht, es war mir auch egal. Ich hatte ihn zumindest abgelenkt und nahm die Chance augenblicklich wahr.

Wie ein Wiesel war ich um den Kamin herum, hoffte dabei auf Sukos Rückendeckung und näherte mich in langen Sprüngen der untersten Treppenstufe.

Jo hockte weiter oben. Er hatte sich schräg auf die Stufen gekniet und schaute in die Halle hinein, nicht die Treppe hinunter. Allerdings musste er mich aus den Augenwinkeln wahrgenommen haben, denn er zuckte mitsamt seinem Gewehr herum.

»Die Waffe weg!«, brüllte ich.

Jo dachte nicht daran. Sein Gesicht verzerrte sich in wildem Schrecken, und dann drückte er ab.

Ich feuerte nicht. Ich war nicht kugelfest wie Superman, aber ich hatte gesehen, dass die Mündung viel zu weit nach oben wies, sodass die Kugel über meinen Schädel hinwegpfeifen würde.

So war es auch. Ich hörte nicht einmal, wo sie einschlug, denn ich befand mich bereits auf dem Weg nach oben. Bevor Jo ein zweites Mal abdrücken konnte, hatte ich ihn schon fast erreicht, und mit einem letzten Schwung brachte ich mein rechtes Bein nach oben und traf mit der Schuhspitze haargenau.

Sie hämmerte so hart unter den Lauf der Waffe, dass mir die Zehen wehtaten, denn das Leder war nicht dick. Was ich beabsichtigte, das erreichte ich, denn Jo wurde das Gewehr aus den Händen geprellt.

Ich hatte nicht auf ihn zu schießen brauchen, denn in diesem Haus war schon genügend Blut geflossen.

Im nächsten Augenblick war ich über dem Alten.

Er wehrte sich.

Nie hätte ich gedacht, dass in seinem ausgemergelt wirkenden Körper solche Kräfte steckten. Er trat um sich, biss und stieß immer wieder mit dem Kopf zu.

Ein paarmal erwischte er mich sogar, denn es war nicht einfach, auf den Stufen die Balance zu halten.

Er spie aus, traf mich abermals, da geriet ich in Wut. Zudem dachte ich an die beiden Toten im Keller, und ich krümmte die Handkante, bevor ich sie nach unten fallen ließ.

Zuletzt noch sah ich die Angst in den Augen des Mannes, seinen verzerrten Mund, dann sackte er zusammen und blieb auf den Stufen liegen.

Das war erledigt.

»Brauchst du noch Hilfe?« Suko fragte mich dies, und die

brauchte ich tatsächlich. Allerdings keine körperliche Unterstützung, sondern Handschellen. Meine hatte ich nicht eingesteckt.

Das sagte ich dem Chinesen. Er warf mir ein Paar rüber, das ich auffing, eine Schelle um das Gelenk des Bewusstlosen schloss, die andere um einen der beiden Pfosten, zwischen denen die Mündung des Gewehrs hervorgelugt hatte.

Ich richtete mich auf und blickte am gemauerten Abzugsrohr des Kamins vorbei.

Suko hockte noch immer hinter seinem umgekippten Tisch in Deckung. Die Wölfe hatte er bisher nicht gesehen, und auch mit seinen Schüssen hatte er kein Glück gehabt.

»Die haben sich verkrochen, John!«, rief er mir zu, während ich das Gewehr unbrauchbar machte.

»Dann holen wir sie.« Ich wandte mich um und wollte die Treppe hinuntergehen.

Im selben Augenblick sprang draußen der Motor eines Wagens an. Wir horchten auf.

Dann war Suko wie der Blitz hoch, flankte über den umgekippten Tisch hinweg und jagte dem Ausgang entgegen. Wie auch ich war der Chinese sicher, dass sich draußen etwas tat und die verfluchten Bestien fliehen wollten.

Mich hielt ebenfalls nichts auf der Treppe. Nur hatte ich im Rücken keine Augen.

Das war mein Pech.

Als ich starten wollte, erschien aus dem Dunkel des Etagengangs die große Gestalt eines Werwolfs. Der sah mich, lief noch zwei Schritte, stieß sich mit einem gewaltigen Sprung ab und flog genau auf mich zu …

Suko war der Tür viel näher als sein Partner. Bisher hatte er nur einen Werwolf gesehen, auf ihn geschossen, aber nicht getroffen. Und nun vernahm er den Wagenmotor draußen vor dem Haus. Das konnte nur einen Grund haben.

Flucht!

Etwas anderes konnte sich Suko nicht vorstellen, und er wollte diesem Jemand einen Riegel vorschieben. Nein, so leicht würde er es ihm nicht machen.

Als er über den gekippten Tisch gesprungen war, hatte er es nicht mehr weit bis zur Tür. Drei große Schritte benötigte er, hieb seine Hand auf die schwere Klinke und wuchtete die Tür auf.

Es war draußen dunkler geworden. Schwere Gewitterwolken hingen am Himmel, die Sonne war verdeckt. Dafür hatte die Schwüle zugenommen.

Der Wagen stand in der Nähe. Es war ein Jeep mit geöffnetem Heck, und am Steuer hockte eine Frau.

Clara!

Doch die interessierte den Chinesen nicht. Viel wichtiger waren die drei Werwölfe, die mit langen, geschmeidigen Sprüngen auf den Jeep zuhetzten. Sie waren aus irgendeinem Schlupfwinkel entwischt, den Suko nicht hatte einsehen können.

Auch Clara hatte den Chinesen gesehen. Ihr Schrei klang auf, und er hörte sich für Suko wie der jaulende Ton einer Sirene an. Der Schrei alarmierte die Wölfe.

Während zwei von ihnen auf den Jeep zurannten, stoppte der Dritte seinen Lauf und stieß ein heftiges Knurren aus.

Er befand sich in der Nähe des abgestellten Bentley, glitt nach links und duckte sich hinter dem Wagen.

Suko konnte ihn nicht sehen.

Clara hatte den Jeep nicht weit entfernt angehalten. Ihr Gesicht war zu einer Grimasse geworden.

»Zerfetzt ihn!«, brüllte sie. »Zerfetzt diesen Bullen!« Sie hatte die Hände geballt und trommelte auf das Lenkrad.

Suko konnte nur den Kopf schütteln. Dieses Weib war wahnsinnig.

Vorsichtig und mit schussbereiter Beretta näherte er sich dem silbergrauen Wagen. Der Motor des Jeeps tuckerte im Leerlauf. Auch dieses Fahrzeug musste Suko im Auge behalten, schließlich war es mit zwei Werwölfen besetzt.

Im selben Augenblick startete Clara.

Sie war raffiniert. Jeder hätte angenommen, dass sie mit ihrer Ladung flüchten würde. Dem war nicht so. Sie tat genau das Gegenteil, rammte den Rückwärtsgang ins Getriebe und fuhr auf Suko zu.

Schnell und zügig geschah dies, sodass der Chinese zur Seite springen musste, wollte er nicht von dem Jeep erfasst werden. Clara lachte wie irre und kurbelte am Lenkrad. Sie wollte ihren Feind unbedingt erwischen.

Suko wurde abgelenkt. Staubwolken quollen hoch und nahmen ihm die Sicht.

Das nutzte der dritte Werwolf aus. Bisher hatte er sich hinter dem Bentley ruhig verhalten. Als er sah, wie Clara den Gegner ablenkte, wollte er eingreifen.

Er schoss hinter dem Wagen hervor. Seine Gestalt wurde gewaltig, und wie ein rächender Geist tauchte er aus den Staubwolken auf.

Suko hatte sich mehr auf den Jeep konzentriert, weil seiner Meinung nach von ihm die größere Gefahr ausging. Die Ansicht musste er ändern, als er den dritten Werwolf so plötzlich vor sich sah.

Er hörte das heisere Fauchen, dieses tierhafte Schreien, das gleichzeitig das Signal zum Angriff war.

Der Chinese warf sich nach rechts, knickte in den Knien ein und dachte an die Wunde, die man ihm heute durch einen Werwolfangriff zugefügt hatte.

Er musste schnell sein, sehr schnell.

Suko schoss.

Gleichzeitig mit dem Aufflackern des fahlen Mündungslichts griff auch der Werwolf an.

Seine Richtung konnte er nicht ändern, und auch die Kugel änderte die ihre nicht. Es klatschte wie ein Faustschlag, als sie in den Körper des Werwolfs hieb. Suko kam nicht schnell genug weg, er wurde von dem fallenden Tier erfasst, das den Chinesen unter sich begrub.

Mit dem Waffenlauf hieb der Inspektor zu. Er bohrte ihn in

die weiche Stelle unter das Kinn des Werwolfs und drückte den Kopf zur Seite, aber beide Kiefer hatten nicht mehr die Kraft, noch zuzubeißen.

Sie blieben offen, und in das Gesicht des Tieres trat ein Ausdruck, den man fast mit dem eines sterbenden Menschen vergleichen konnte. Suko musste die Bestie wegstemmen, die noch einmal zuckte und erledigt war.

Ein gellender Schrei alarmierte ihn. Er war voller Wut ausgestoßen worden, allerdings nicht von einem Werwolf, sondern von einem Menschen.

Von Clara!

Sie hatte den Tod des fünften Werwolfs miterleben müssen, und ihr Hass kochte über. Hektisch bewegte sie sich auf dem Fahrersitz, knüppelte den Vorwärtsgang ins Getriebe, kurbelte am Lenkrad und drehte den Wagen in eine enge Kurve.

Das tat sie bewusst, denn sie wollte den Chinesen aufs Korn nehmen.

Verzerrt war ihr Gesicht. Auf der staubigen Frontscheibe wurde das Licht gebrochen und verwischte die Konturen. Der Motor wurde überdreht, als sie das Gaspedal bis zum Bodenblech durchtrat, und die Reifen wirbelten noch mehr Staub auf.

Ein Jeep ist zwar kein Rennfahrzeug, doch die Beschleunigung reichte aus, vor allen Dingen deshalb, weil die Distanz zu dem am Boden liegenden Suko sehr kurz war.

Vor seinen Augen wuchs der Jeep in die Höhe, wurde zu einem regelrechten Ungeheuer aus Blech, das sich rasend schnell inmitten der Staubwolke näherte.

Der Inspektor musste weg, sonst wurde er überrollt.

Er zog die Beine an, stemmte sich ab und schnellte in die Höhe. Dann warf er sich mit einem gewaltigen Hechtsprung zur Seite, zog in der Luft liegend die Beine wieder an und wurde dennoch von der Stoßstange gestreift, denn er spürte den harten Aufprall, als das Metall ihn traf.

Zum Glück hatte er seinen Körper zusammengekrümmt. Er landete hart auf dem Boden, überschlug sich, wurde zu einem wirbelnden Bündel Mensch, das eingehüllt in eine Staubwolke war, dann hatte der Jeep ihn passiert und raste weiter.

Suko lebte. Es war Clara nicht gelungen, ihn zu überfahren. Er kam sofort auf die Knie und musste leider dem in der Wolke aus Staub entschwindenden Fahrzeug nachblicken.

Der Chinese hatte seine Waffe nicht aus den Fingern gelassen. Er hob den rechten Arm und wollte auf den Wagen schießen, dann ließ er die Hand sinken, denn es hatte keinen Zweck, da die Staubwolke zu dicht war und ihm die Sicht nahm. Zudem hatte der Jeep schon an Distanz gewonnen und fuhr immer schneller.

Zu Fuß konnte Suko ihn nicht verfolgen. Ihn einzuholen schaffte nicht einmal ein Weltmeister. Er musste den Bentley nehmen. Mit großen Sätzen jagte der Inspektor auf den Silbergrauen zu. Einen Schlüssel besaß er, doch als er ihn ins Schloss steckte, da blieb er in einer starren Haltung stehen, als hätte ihn ein Blitzschlag getroffen.

Er konnte fahren.

Aber wo steckte John?

Blitzschnell überlegte Suko. Er zählte nach. Acht Wölfe waren es gewesen. Vier hatten sie gemeinsam erledigt, einen hatte er vor wenigen Sekunden geschafft, zwei hockten im Jeep bei Clara.

Blieb noch einer.

Und John Sinclair!

Sukos Herz schlug plötzlich schneller. Sollte es der letzte Wolf tatsächlich geschafft haben, den Geisterjäger zu besiegen?

Vorher hatte mich nichts gewarnt. Aber der Werwolf zeigte sich sehr siegessicher. Und das war mein Glück, denn er stieß ein drohendes Knurren aus, als er sich in der Luft befand.

Ich reagierte gedankenschnell.

Ausweichen konnte ich nicht mehr. Im Bruchteil einer Sekunde war mir klar geworden, welche Gefahr in meinem

Rücken lauerte, und ihr wollte ich einen Großteil der Wirkung nehmen. Deshalb wuchtete ich mich vor, um den Rest der Treppe hinter mich zu bringen und dem Angriff der Bestie ein wenig die Wucht zu nehmen.

Er traf mich trotzdem.

Bis zur letzten Stufe schaffte ich es, da krachte das Tier in meinen Rücken. Ich hatte mich noch ein wenig gedreht, sodass ich nur von einem Prankenhieb getroffen wurde, aber der reichte aus, um meine Kleidung aufzufetzen und mich zu Boden zu schleudern.

Hart schlug ich auf die Fliesen, schrie auf, weil mir meine Schulter wehtat, rollte mich herum und trat noch in der Bewegung mit beiden Beinen zu, um den Werwolf von mir zu schleudern.

Meine Tritte verpufften. Die Füße streiften zwar das Tier, mehr geschah nicht. Entscheidend konnte ich die Bestie nicht auf Distanz halten.

Im Gegenteil, meine Attacke hatte ihre Wut nur noch mehr angestachelt. Die Gier nach Blut leuchtete aus den kalten gelben Raubtieraugen.

Der Werwolf wollte mich zerreißen. Er setzte alles daran, so musste ich einen weiteren Hieb nehmen, der mich nach hinten katapultierte, bis ich gegen die Wand krachte.

Anstatt nachzusetzen, richtete sich das dämonische Tier auf. Dadurch verlor es wertvolle Sekunden, die ich gewann. Die Zeitspanne war sogar so groß, dass ich den Dolch ziehen und die Beretta wegstecken konnte.

Ich hatte es gelernt, die Waffe zu schleudern, und warf sie so wuchtig wie möglich aus dem Handgelenk.

Einmal drehte sie sich in der Luft. Dann traf sie genau die Brust des angreifenden Tieres.

Bis zum Griff verschwand der Dolch im Fell, und der Treffer schüttelte die Bestie vom Kopf bis zu den Zehenspitzen durch. Sie drückte noch einmal ihren Körper hoch, riss die Augen dabei auf und starrte mich an, wobei ihr Blick schon trübe wurde. Beide Pranken hob der Werwolf. Sie berührten den

Dolchgriff, und es hatte den Anschein, als wollte er sich die Waffe aus dem Körper ziehen.

Das geschah nicht. Er hatte nicht mehr die Kraft. Wie im Zeitlupentempo kippte er zur Seite, wollte sich noch fangen, doch seine Beine waren zu schwach, um das Gewicht halten zu können. Schwer klatschte er auf die roten Fliesen der Diele, wo er liegen blieb und der Auflösungsprozess begann.

Ich erhob mich mit zitternden Beinen. Das war gerade noch mal gut gegangen. An seiner Stelle hätte auch ich dort liegen können. Als ein Opfer der dämonischen Bestie.

Ich schüttelte mich, wenn ich daran dachte, ging auf das erledigte Monster zu, bückte mich und zog mein Messer aus dem dichten braunschwarzen Fell.

An einer anderen Stelle wischte ich die Klinge sauber und steckte sie ein.

Dann warf ich einen Blick die Treppe hoch.

Auf ihr lag mein Gefangener. Aus eigener Kraft konnte er sich nicht befreien. Es sei denn, er riss das Geländer mit ab, und das würde Jo kaum schaffen.

Siedend heiß fiel mir Suko ein. Ich dachte daran, dass ich den Motor eines Fahrzeugs gehört hatte.

Da hatte doch jemand fliehen wollen. Ob es Suko gelungen war, diesen Jemand zu stoppen, wusste ich nicht, da ich genug mit mir selbst zu tun gehabt hatte.

Jetzt sah es anders aus.

Rasch durchquerte ich die Halle und zog die Tür auf, die wieder ins Schloss gefallen war.

Suko rannte mir entgegen. In der Hand schwenkte er den Ersatzschlüssel des Bentley.

»John!«, rief er erleichtert.

»Was ist denn geschehen?«

»Verdammt, John, sie sind weg!«

Ich begriff noch nicht so schnell und fragte: »Wer denn?«

»Clara und zwei Bestien. Sie kam mit einem Jeep. Ich konnte sie nicht aufhalten, sondern nur den einen.« Er deutete dorthin, wo ein Werwolf am Boden lag und sein graues Fell verlor.

Ich schaltete rasch. »Wie lange ist es her?«

»Wenn wir uns beeilen, können wir sie noch einholen.«

»Und wo sind sie hin?«

Der Chinese gab mir keine Antwort, sondern lief bereits auf den Bentley zu.

Da er schon den Schlüssel in der Hand hielt, ließ ich ihn auch fahren. Der Motor lief schon, als ich den Wagenschlag zuwarf. Suko gab so hart Gas, dass wir beide in die Sitze gepresst wurden. Dabei knirschte er mit den Zähnen.

»Das ist vielleicht ein Mist!«, keuchte er. »Ich konnte sie nicht stoppen.«

»Denk nicht mehr daran! Überlege lieber, wohin sie gefahren sein können.« Das sagte ich, als das Haus bereits nur noch im Rückspiegel zu sehen war.

»Vielleicht nach Stanmore.«

Ich wurde plötzlich weiß, da das Blut aus meinem Gesicht verschwand. »Mach keinen Ärger.«

»Doch, es gibt nur die eine Straße, und die Richtung haben sie eingeschlagen.«

»Dann gib Gas, verdammt!« Mit Schrecken dachte ich daran, was geschehen konnte, wenn zu allem entschlossene Werwölfe in den Ort einfielen.

Die zahlreichen Menschen, die Angst, die Panik …

Hoffentlich bewahrheiteten sich meine Befürchtungen nicht.

Im Laufe der Zeit war es Lady X klar geworden, dass sie einen Fehler begangen hatte. Sie hatte sich in Lupina getäuscht. Sie hatte mit einer größeren Loyalität zur Mordliga gerechnet.

Ein folgenschwerer Irrtum, wie sich nun herausstellte. Solo Morasso war zu Recht sauer. Er hatte sogar vorgehabt, die Scott in das Becken mit den Piranhas zu schleudern, dann jedoch dachte er nüchterner und auch daran, dass er seine Mordliga nicht noch weiter dezimieren wollte.

Nur noch drei standen auf seiner Seite. Es wurden immer weniger. Auf die Hälfte war seine Mannschaft reduziert worden. Bei Tokata und Marvin Mondo hatte er nicht eingreifen können, deshalb brauchte er sich bei ihnen keine Vorwürfe zu machen. Bei der Werwölfin Lupina allerdings sah es anders aus.

Sie war freiwillig verschwunden, sogar noch unter seinen Augen und hatte es mithilfe des Würfels geschafft, sich in einen Nebelstreifen aufzulösen.

Wo steckte sie jetzt?

Auf diese Frage wollte Morasso eine Antwort haben, denn er war fest entschlossen, sich so nicht behandeln und reinlegen zu lassen. Er wollte Lupina zurückholen.

In die Reihe der Mordliga sollte sie nicht mehr zurückkehren, nur zur Bestrafung wollte er sie noch einmal haben, und sie würde sich wundern, denn sie hatte seine Macht unterschätzt wie viele andere vor ihr ebenfalls.

Als seine erste Wut verraucht war, ließ er Lady X zu sich kommen. Auf Xorron und Vampiro-del-mar konnte er verzichten. Diese beiden Ungetüme eigneten sich nicht zum Schmieden von Plänen, sondern nur für deren Ausführung. Da allerdings gingen sie vor wie Dampfwalzen oder Panzer. Durch kaum etwas zu stoppen.

Auch als Vampirin waren der Scott Gefühle nicht völlig fremd. Und ein mulmiges oder seltsames Gefühl hatte sie schon, als sie zu Doktor Tod zitiert wurde.

Der erwartete sie in seiner Kommandozentrale sitzend. Er fühlte sich innerhalb dieses Bunkersystems wohl, das noch aus dem Zweiten Weltkrieg stammte und von ihm mithilfe der Mafia umgebaut worden war, sodass es jetzt der modernsten Technik entsprach.

Technik und Magie waren hier eine Symbiose eingegangen, die bis vor Kurzem funktioniert hatte. Diese Störungen wollte er nun beheben.

Falls es noch ging.

Pamela Barbara Scott schlich wie eine reuige Sünderin näher. Sie hatte den Blick gesenkt und wagte kaum, Solo Morasso anzuschauen. Von ihrer alten Selbstsicherheit war so gut wie nichts mehr übrig geblieben. So wie sie gingen Versager.

Das wusste auch Morasso. Dementsprechend hart konnte er sie anpacken. Er fühlte, wie der Hass in ihm hochstieg. Am liebsten hätte er jetzt einen Eichenpfahl genommen und ihn Lady X in die Brust gestoßen, doch er beherrschte sich und sagte stattdessen: »Du weißt genau, welche Fehler du begangen hast!«

»Ja.«

»Kannst du mir eine Erklärung abgeben?«

Ohne den Blick zu heben, schüttelte die Vampirin den Kopf.

»Deiner Antwort entnehme ich, dass wir Lupina abschreiben oder laufen lassen sollen!«

Jetzt hob sie den Kopf. »Das auf keinen Fall. Wir müssen sie kriegen und für ihre Tat …«

»Und wo, bitte, finden wir sie?«

»Das ist schwer.«

»Da siehst du es. Schwer ist es. Verdammt schwer. Aber ich will von dir wissen, was sie vorhat. Ihr habt oft genug zusammengesteckt und euch unterhalten. Sie muss dir doch etwas gesagt haben, zum Henker. Wo kann sie sein?«

»Es ist mir unmöglich, dir eine genaue Antwort darauf zu geben«, erklärte die Vampirin.

»Dann überlege!«

»Ich weiß es nicht.«

»Sie sucht ihren Sohn, nicht wahr?«

»Ja.«

»Wie kam sie überhaupt dazu?«

Lady X schaute den Chef der Mordliga an. »Darüber habe ich nie mit ihr gesprochen. Sie wollte mir auch nichts sagen. Sie fing nur damit an, dass sie einen Sohn hätte.«

»Was hat sie mit ihm vor?«, wollte Doktor Tod wissen.

»Lupina träumte immer von einer Allianz der Werwölfe. Sie wollte die Königin sein. Den Plan hat sie nie aus den Augen verloren und sie wird ihn zusammen mit ihrem Sohn auch ausführen. Davon bin ich fest überzeugt.«

»Wenn wir ihren Sohn haben, dann können wir auch an sie herankommen.«

»So ähnlich.«

»Dann denke genau nach, was sie dir alles gesagt hat. Wo kann der verdammte Bastard stecken?«

»Sie hat mal davon gesprochen, dass sie nach England wollte.« Lady X lächelte plötzlich, weil es ihr wieder eingefallen war. »Natürlich, England, sogar in die Nähe von London. Dort scheinen alle Fäden zusammenzulaufen. Zudem hasst sie John Sinclair ebenso wie wir. Wenn sie ihren Sohn gefunden hat, werden die beiden gegen John Sinclair angehen. Davon bin ich fest überzeugt.«

»Das glaubst du also?«

»Ja, Morasso, es ist London. Dort muss er leben, dort wurde er großgezogen, dort …«

Mit einer Handbewegung schnitt Morasso ihr das Wort ab. »Ich will hier nichts von der Vergangenheit hören, sondern etwas von der Gegenwart und der Zukunft. Wir können davon ausgehen, dass sie sich in der Nähe von London befindet?«

»Ja.«

Ein diabolisch wirkendes Grinsen lag auf Doktor Tods Lippen.

»Besser konnte es eigentlich nicht kommen. Da habe ich jemanden sitzen, dem ich vor Kurzem noch einen großen Gefallen getan habe, weil andere ihm einen Teil seiner Macht streitig machen wollten. Logan Costello!«

»Wie soll er dir denn helfen?«, fragte Lady X.

»Costello wird für mich seine Leute ausschicken. Er hat gute Beziehungen, und es müsste mit dem Teufel zugehen, wenn er den Aufenthaltsort unserer lieben Lupina und deren Sohn nicht herausfinden könnte.« Morasso lachte heiser und schlug mit der flachen Hand auf den Tisch. »Das ist es genau.«

Und Lady X fiel ein Stein von der schwarzen Vampirseele. Endlich hatten sie die Lösung gefunden. Zwar auf Umwegen, doch die Vorzeichen standen günstig.

Lupina und ihr Sohn ahnten nicht, welches Netz im fernen Feuerland über sie gesponnen wurde …

Clay Danton war Busfahrer.

Nicht nur die Subway verkehrte zwischen Stanmore und der City, sondern auch ein Bus. Und die Strecke fuhr er seit über fünfzehn Jahren, sodass ihn nichts mehr erschüttern konnte. Er kannte auch die meisten Fahrgäste, denn es waren immer dieselben, die mit ihm fuhren.

Meist ältere Menschen, aber auch junge Hausfrauen und vor allen Dingen Kinder, die zur Schule mussten. Fast jeden Fahrgast begrüßte Danton mit Namen, und er hatte auch des Öfteren für seine Mitfahrer ein paar persönliche Worte.

Schließlich stammte er aus Stanmore und kannte fast alle Schicksale der Einwohner dieses kleinen Londoner Vorortes.

Als an diesem Morgen die blonde Frau einstieg, war er doch überrascht. Sie hatte er noch nicht gesehen. Die Person war noch jung, höchstens zwanzig, und sie lachte, als sie in Dantons Gesicht schaute.

»Kennen Sie mich nicht mehr, Mr Danton?«

»Nein, wirklich nicht. Müsste ich das?«

»Und ob.«

»Wieso denn?«

»Als kleines Mädchen haben Sie mich immer auf den Knien geschaukelt, Mr Danton.«

Wie Schuppen fiel es Clay Danton von den Augen. »Linda!«, rief er. »Himmel, du bist Linda Langster.«

»Richtig, Mr Danton.«

Der Busfahrer strahlte. Sein dunkler Oberlippenbart zitterte. »Nein, das ist eine Freude. Himmel, bist du gewachsen. Wenn ich daran denke, wie dich deine Mutter immer gebracht hat und …« Er schüttelte den Kopf, als könnte er es noch immer nicht richtig fassen.

»Halten wir nicht den Betrieb auf, Mr Danton?«, fragte Linda lachend.

»Ach, Unsinn. Was machst du eigentlich jetzt?«

»Ich studiere in Oxford.«

»Toll. Dann hast du es ja geschafft. Gratuliere. Aber du warst schon immer ein intelligentes Mädchen.«

Linda warf lachend ihre blonden Haare zurück und hauchte Danton einen Kuss auf die Wange. »Das ist lieb von Ihnen, Mr Danton.«

»Mach nicht so etwas«, drohte der Busfahrer scherzend. »Sonst nehme ich dich wieder auf die Knie.«

»Dagegen würde mein Freund etwas haben.«

»Schade.«

»Wie viel habe ich zu zahlen?«

Danton nannte den Preis. Linda erhielt ihren Fahrschein und drückte sich an dem Fahrer vorbei, der noch einmal seinen Kopf hob und über die Schulter hinweg rief: »Wir reden später noch ein wenig in aller Ruhe miteinander.«

»Okay.«

Noch immer lächelnd drückte Danton auf den Knopf, der die Türen automatisch verschloss. So etwas hatte er schon lange nicht mehr erlebt. Aber da sah man wieder, wie aus Kindern Leute wurden und man selbst alterte.

Bevor er startete, warf er einen Blick durch die breite Scheibe zum Himmel hoch.

Da standen die grauen Wolken wie eine Wand. An ihren Rändern hatten sie eine schwefelgelbe Farbe angenommen, in der ein leichtes Rosa schimmerte.

Das sah ihm ganz nach Gewitter aus. Vielleicht schaffte er es, noch vor dem Regen Stanmore zu erreichen, denn die Haltestelle hier befand sich mitten in der Landschaft. Rechts und links der Straße bildeten Äcker die Begrenzung, und weit hinter ihnen begann ein dichter Wald.

Als Danton anfuhr, fielen die ersten Tropfen. Sie waren dick wie Taubeneier und klatschten gegen die Scheibe. Lange Wasserbahnen bildeten sich.

Danton schaltete die Wischer und die Scheinwerfer ein. Er kannte die Gewitter im Mai. Wenn sie einmal richtig losbrachen, blieb kein Auge mehr trocken. Dann war es, als würde der Himmel seine Schleusen öffnen, und die Straßen wurden zu einer wahren Rutschbahn, sodass unvorsichtige Fahrer das Aquaplaning unterschätzten und im Graben landeten.

Danton fuhr aus diesem Grunde vorsichtiger. Verspätung hatte er sowieso, und aufholen würde er die Zeit nicht.

Die Linie führte über Stanmore hinaus, schlug dann einen Bogen, nahm noch einige einsam stehende Haltepunkte mit, denn die Menschen, die in diesem Gebiet ihre Gehöfte oder Häuser hatten, waren auf den Bus angewiesen.

Dann fiel der Regen mit Brachialgewalt. Im Nu war alles grau. Der Fahrer konnte kaum etwas sehen, ein dichter Vorhang nahm ihm die Sicht, den auch die beiden Scheinwerfer kaum durchbrechen konnten.

Auf der Straße sammelte sich das Wasser. Schon nach einer halben Minute hatten sich gewaltige Pfützen gebildet, in die die Wassertropfen einschlugen wie kleine Granaten.

Und es wurde immer mehr. Schon bald glich das dunkle Asphaltband der Fahrbahn einem gewaltigen See. Die Reifen des Fahrzeugs wirbelten das Wasser hoch, und nicht nur der Regen umtoste den Bus, auch der Sturm rüttelte an den Aufbauten und fuhr wie mit gierigen Händen über die Äcker, wo er das halbhoch stehende Korn dem Boden entgegenbog oder an den Ästen der einsam wachsenden Bäume rüttelte.

Der Bus war nicht einmal zu einem Drittel besetzt. Die Fahrgäste verhielten sich ruhig. Einige hatten Angst vor dem Unwetter, und als der erste Blitz seine Zickzack-Linie in die Wolken stanzte, schrie eine Frau leise auf.

Der nachfolgende Donner war so laut, dass er fast den Bus gesprengt hätte. Jedenfalls hörte es sich so an.

Die Fahrgäste zuckten zusammen. Auch Clay Danton erschrak. Er fuhr noch langsamer, denn vor sich sah er wieder einen gewaltigen See. Die Straße war nicht besonders. Schäden vom vergangenen Winter hatte man nicht ausgebessert, was sich nun rächte, denn in den Mulden sammelte sich das Wasser, und gewaltige Fontänen spritzten zu beiden Seiten des Busses hoch, als die Reifen durch die trübe Flut schmatzten.

Clay Danton war sehr konzentriert. Seine Blicke glitten nicht nur nach vorn durch die breite Scheibe, sondern auch in den Rückspiegel.

Hinter ihm war die Straße frei. Es regnete so stark, dass es sich einige Fahrer sichtlich überlegten, ob sie weiterfahren oder nicht lieber stoppen sollten.

Doch dann sah er die beiden Scheinwerfer. Helle Augen, in der vom Himmel fallenden Flut verwaschen wirkend. Und der Wagen fuhr schnell. Danton sah, dass er innerhalb von Sekunden ziemlich aufgeholt hatte. Ein Wahnsinn bei diesen Witterungsbedingungen. Wenn er so weitermachte, konnte er nicht heil an sein Ziel gelangen.

Clay reagierte gut. Er fuhr mit seinem schweren Bus so weit an den linken Rand der Straße, wie es eben möglich war. Jetzt hatte er genügend Platz geschaffen, dass der andere Wagen ihn überholen konnte.

Noch immer tobte das Gewitter.

Der Donner folgte den aufzuckenden Blitzen so schnell, dass er sich anhörte wie ein nie abreißendes Knattern aus einem Maschinengewehr.

Komisch wurde es Clay Danton schon, denn der ihm folgende Wagen wurde weiterhin hart gefahren.

Und er schleuderte.

Der Busfahrer sah, wie die beiden Scheinwerfer von einer Seite zur anderen tanzten. Mal waren sie links, dann wieder rechts, aber immer wieder konnte das Fahrzeug in der Spur gehalten oder zurückgezogen werden.

»Der ist verrückt«, murmelte Danton. »Völlig durchgedreht. Der hat einen Vogel …« Er sprach nicht mehr weiter, weil ihm der Schreck die Kehle zuschnürte, denn der Wagen war jetzt so nahe, dass er ihn trotz des strömenden Regens erkennen konnte.

Es war ein Jeep!

Dazu noch offen.

Und in ihm saßen drei Personen. Eine Frau fuhr. Sie war klatschnass. Kleidung und Haare klebten an ihrem Körper. Ihre beiden Begleiter hockten zusammengekauert auf den Rücksitzen. Von den Gesichtern konnte Danton nicht viel erkennen, er hatte auch keine Zeit, genauer hinzuschauen, weil er sich auf seine Arbeit konzentrieren musste.

Dann befand sich der Wagen im toten Winkel, und einen Atemzug später sah er ihn schon an der rechten Seite. Der Jeep wurde noch einmal schneller und ging eine weit gezogene Kurve bei diesem Wetter viel zu schnell an.

»Das kann nicht gut gehen«, flüsterte Danton. »Das ist Irrsinn.« Er sah die Konturen des Jeeps im fahlen Licht eines aus den Wolken stoßenden Blitzstrahls.

Und er sah, wie das Heck des Wagens wegrutschte. Die Reifen hatten plötzlich keinen Kontakt mehr zur Straße. Der Jeep erhielt einen Drall nach links.

»Meine Güte«, hauchte Danton.

Da war der Graben.

Als der Jeep hineinkrachte, war dies auch von den Fahrgästen bemerkt worden. Fast alle sprangen von ihren Sitzen hoch und konnten sehen, wie der Jeep weiterrutschte, seine Fahrerin in die Luft geschleudert wurde und von den gewaltigen Kräften wie eine leblose Gliederpuppe auf einen Baum zuflog.

Der fallende Regen deckte gnädig den weiteren Vorgang zu, aber er konnte nicht verbergen, dass hier etwas Schreckliches geschehen war. Ein Unfall, bei dem man helfen musste.

So sah es Clay Danton.

Stotternd bremste er. Der Unfall des anderen hatte ihn gewarnt. Sicher brachte Danton den Bus zum Stehen.

»Bleibt ihr drin!«, schrie er den Fahrgästen zu, als er sah, dass einige Anstalten machten, sich zu erheben. Das war nur etwas für ihn. Schließlich wiederholte er jedes Jahr seine Kurse in Erster Hilfe.

Normalerweise hätten seine Worte nicht viel genutzt. Die Neugier der Menschen war unbezwingbar, aber da sich draußen das Unwetter abspielte, zogen es die Fahrgäste vor, im Bus sitzen zu bleiben. Nur Linda Langster nicht. Sie wollte ebenfalls helfen und kümmerte sich nicht um das Unwetter.

Als Danton die Bustür aufstieß, bekam er einen ersten Vorgeschmack von dem, was ihn erwartete. Der Regen peitschte in das Fahrzeug und damit auch in sein Gesicht. Noch nicht richtig draußen, war er schon bis auf die Haut durchnässt, beugte sich vor, stemmte sich gegen Wind und Regen an und lief auf die Unfallstelle zu.

Er hatte schwer zu kämpfen. Wasser und Wind hämmerten gegen ihn und stoppten seinen Lauf. Nur mühsam kam er von der Stelle. Wenn er den Mund öffnete, lief Wasser hinein, und über sein Gesicht rannen regelrechte Bäche aus den nass anliegenden Haaren.

Es war wirklich kein Vergnügen, sich da voranzukämpfen, doch es ging um Menschenleben, da musste man alles andere vergessen.

Der Wagen war kaum zu erkennen. Er hatte sich tief in die weiche Erde gebohrt, lag halb auf der linken Seite, und sein Heck stand noch in die Höhe.

Aber wo steckten die beiden Mitfahrer?

Clay Danton sah sie nicht. Auch dann nicht, als er am Rand der Straße stehen blieb. Da war wirklich nichts zu erkennen, nur das Wrack. Ein wenig dahinter, wo der Baum stand, sah er die Fahrerin. Ein lebloses Bündel auf dem Boden, mehr nicht. Sie musste mit voller Gewalt gegen den Baum geprallt sein.

Aus …

Clay Danton rief nach den beiden. Er rutschte in den Graben hinein, um besser nachschauen zu können. Vielleicht waren sie von dem umkippenden Wagen begraben worden.

Bis zu den Schienbeinen versank er im Wasser, das durch den Straßengraben gurgelte, aber er konnte die beiden Passagiere nicht entdecken. Sie blieben verschwunden.

Was sollte er tun?

Vielleicht hätte er das Unheil bemerkt, wenn der Regen nicht so dicht gefallen wäre. Eine Klaue schob sich neben ihm durch das nasse Gras. Das Fell war ebenfalls nass und klebte wie eine Schicht auf den Knochen.

Blitzschnell griff die Klaue zu.

Und sie umklammerte den linken Knöchel des Busfahrers, der gellend aufschrie, doch sein Ruf wurde nicht gehört. Er ging unter im Krachen eines gewaltigen Donners …

»Bleiben Sie doch hier, Mädchen!« So hatten die übrigen Fahrgäste gerufen, doch Linda Langster ließ sich nicht aufhalten. Sie musste einfach etwas tun, sonst hätte sie kein reines Gewissen gehabt.

Auch sie wurde vom Sturm und Regen getroffen. An der nassen Buswand stützte sie sich ab, damit das Unwetter sie nicht von den Füßen riss. Blitz auf Blitz jagte über den Himmel, gelbfahle, gezackte Linien, die unregelmäßig die Wolken aufrissen und spalteten, als wollten sie diese auseinanderfetzen.

Angst hatte Linda vor einem Gewitter noch nie gehabt, und so kämpfte sie sich weiter vor. Eine schlanke, zerbrechlich wirkende Gestalt, von den Kräften der Natur gebeutelt und geschüttelt.

Den Fahrer, der sie als kleines Kind auf den Knien geschaukelt hatte, konnte sie nicht mehr sehen. Der Regen hatte ihn verschluckt. Sie taumelte weiter. Die Fahrbahn war glatt. Wassermassen umspülten ihre Füße und gurgelten schmatzend weiter.

Nur allmählich erschienen die Umrisse des in den Graben gestürzten Wagens.

Auch den Busfahrer entdeckte sie. Er stand neben dem Wagen, und sie wollte ihm schon etwas zuschreien, als er plötzlich seine Arme hochriss und im nächsten Augenblick verschwunden war.

Jemand musste ihn von den Beinen gerissen haben.

Angst ergriff Linda …

Sie überlegte, ob sie weitergehen sollte, gab sich einen innerlichen Ruck und lief die nächsten Schritte.

Sie führten ins Verderben …

Der Regen hatte uns gerade noch gefehlt, aber nicht nur er, auch ein Gewitter kam hinzu. Der Himmel war bedeckt vom bizarren Muster der Blitze, die dicht aufeinanderfolgten und ein regelrechtes Netz bildeten.

Ein herrliches, gewaltiges Naturschauspiel, auf das ich hin und wieder einen Blick werfen konnte. Im Gegensatz zu Suko. Der Chinese musste fahren, und das war bei diesem Wetter kein Kinderspiel. Eine wahre Sturzflut fiel vom Himmel, und es gab nirgendwo ein Anzeichen dafür, dass der Regen irgendwann in den nächsten Minuten nachlassen würde.

Wir mussten voll hindurch.

Eigentlich fuhr Suko viel zu schnell. Er konnte nur auf sich selbst und auf die gute Straßenlage des Bentley vertrauen, denn der Regen hatte das Asphaltband in einen nie abreißenden See verwandelt. Manchmal hatte ich das Gefühl, als würden wir schweben, es fehlte der direkte Kontakt zur Straße.

Einen Trost hatten wir. Den Gegnern würde es nicht anders ergehen. Auch sie hockten in ihrem Jeep und glitten mehr, als dass sie fuhren. Wahrscheinlich waren wir sogar schneller, sodass wir sie irgendwann eingeholt haben mussten.

Sei es auf der Straße oder im Graben.

Dann ging Suko runter mit der Geschwindigkeit. Als er bremste, hatte ich das Gefühl, quer in die Karpaten zu segeln, wie man so schön sagt, bis der Chinese den Bentley wieder im Griff hatte und langsam weiterfuhr.

Ich erkannte den Grund für diese vorsichtige Fahrweise.

Es war ein Bus, der am linken Straßenrand parkte. Als wir rechts an ihm vorbeifuhren, schaute ich durch die Scheibe auf seine Längsfront.

Schemenhaft erkannte ich hinter einigen Fenstern die bleich wirkenden Gesichter der Fahrgäste. Von einem Fahrer entdeckte ich nichts, und Sukos Stimme riss mich aus meinen Gedanken.

»Da vorn, John! Sie liegen im Graben!«

Tatsächlich. Da hatte Clara wohl die Kurve unterschätzt, war von der Fahrbahn abgekommen und im Graben gelandet. Ein schrecklicher Gedanke folgte bei mir. Sollte der Fahrer etwa ausgestiegen sein, um nach den Verletzten zu schauen?

Wenn ja, lief er den Bestien genau in die Arme.

Nicht den Fahrer sahen wir, sondern eine Frau. Deutlich

konnten wir ihr langes Haar erkennen und den unheimlich wirkenden Schatten, der sie vom Boden her ansprang.

»Halten!«, schrie ich und stieß schon den Wagenschlag auf, während ich gleichzeitig den Gurt löste.

Ich ließ mich buchstäblich aus dem Wagen fallen, landete auf der Straße, sprang sofort wieder auf die Füße und begann zu rennen. Dabei dachte ich nicht mehr an die Glätte, rutschte aus und konnte mich nur mit urkomisch wirkenden Armbewegungen fangen.

Auch Suko verließ den Wagen. Er hatte das gleiche Ziel wie ich. Die lebensgefährliche Szene spielte sich neben der Straße im Graben ab.

Obwohl wir eine gute Distanz hatten, konnten wir nicht schießen. Zu leicht hätten wir die Frau treffen können und nicht die Bestie.

Ich war etwas schneller als Suko und sah, wie beide neben dem Jeep verschwanden.

Dann hörte ich die Schreie. Sie klangen seltsam dünn durch das Rauschen des Regens.

Mit einem gewaltigen Satz sprang ich dorthin, wo ich die beiden vermutete, und zog noch im Sprung den Dolch. Er war handlicher, ihn konnte ich dort effektiver einsetzen.

Es war höchste Eisenbahn. Das Mädchen wehrte sich nur noch mit einer Hand. Es lag auf dem Rücken, die Kleidung zerrissen, während der rechte Arm von der Pranke des Werwolfs auf den nassen Boden genagelt wurde.

Das drohende Knurren, die gefletschten Zähne, all das musste das Mädchen in Panik versetzen.

Ich kam über die Bestie, ohne dass sie mich bemerkt hätte. Aber sie spürte die Klinge, die tief in ihr Fell am Rücken drang, und sie schleuderte ihren Körper nicht nur hoch, sondern auch zurück, sodass ich ebenfalls nicht verschont blieb und einen Hieb einstecken musste, der mich zur Seite und zu Boden schleuderte.

Dicht neben dem quer stehenden Hinterteil des Jeeps blieb ich liegen. Dabei konnte ich zusehen, wie sich der Werwolf im

Todeskampf wand, um sich schlug, gegen den Wagen krachte und in ihn hineinfiel. Er blieb auf dem Gesicht liegen, und der Griff des Silberdolchs ragte wie ein Mahnmal aus dem nassen Fell.

Aber es gab noch einen zweiten Werwolf. Ausruhen konnte ich mich nicht. Ich fuhr herum, sprang wieder auf die Füße und sah zwei wirbelnde schemenhafte Körper.

Suko und die Bestie!

Sie kämpften gegeneinander. Die grellen Blitze und der krachende Donner gaben dem Zweikampf eine schaurige Untermalung.

Ich hatte Zeit, mich um die junge Frau zu kümmern. Sie war völlig erschöpft und schluchzte, als ich ihr auf die Beine half.

»Laufen Sie zum Bus zurück!«, drängte ich. »Beeilen Sie sich! Schnell!«

Sie schüttelte den Kopf und deutete neben den Wagen.

Erst jetzt sah ich den Mann.

War er tot?

Ich warf mich neben ihm nieder, sank mit den Knien im feuchten Boden ein und drehte den Mann behutsam auf die Seite.

Blass und nass war sein Gesicht. Ich fühlte nach seinem Puls und sah dabei, dass der Mann am Kopf nicht verletzt war. Er lebte.

Und dann hörte ich einen klatschenden Schlag und einen röhrenden Schrei. Im nächsten Augenblick taumelte aus dem Regenvorhang eine schreckliche Gestalt in meine Richtung. Es war der Werwolf, und er hatte seine Arme in die Höhe gerissen, als gäbe es über ihm ein Seil, an dem er sich festhalten konnte.

Das war aber nicht der Fall.

Durch zahlreiche Schläge von der Dämonenpeitsche getroffen, sank er zu Boden und fiel auf sein schreckliches Gesicht. Sein Rücken bog sich noch einmal durch, dann war es vorbei.

Der letzte Werwolf aus dem Monster-Club lebte nicht mehr!

»John, komm mal rüber!«, vernahm ich Sukos Stimme.

Ich sah den Schatten meines Freundes und erkannte, dass Suko winkte. Er hatte eine Tote entdeckt. Und zwar war es Clara. Sie bot einen schlimmen Anblick, denn sie musste aus dem Wagen geschleudert worden und mit dem Kopf gegen einen Baumstamm geprallt sein.

Das konnte kein Mensch überleben.

Clara hatte für ihre Taten bezahlt. Ich hätte sie gern lebend gehabt, denn sie hätte uns sicherlich weiterhelfen können. Wir hatten zwar einiges erreicht, aber das Rätsel war noch längst nicht gelöst.

Lupinas Sohn!

Was hatte es damit auf sich? War es wirklich dieser geheimnisvolle Orapul, den wir bisher noch nicht zu sehen bekommen hatten und dessen Name wie der eines Phantoms durch den gesamten Fall geisterte?

Noch wussten wir keine Antwort.

LUPINAS SOHN

Der Sturm heulte und tobte mit einer wahren Urgewalt. Riesige Wolken jagten über den Himmel. Er hatte seine Schleusen geöffnet und einen Regen auf die ausgetrocknete Erde geschickt, der schon fast einer Sintflut glich.

Als nie abreißende Vorhänge fielen die Wassermassen aus den tief hängenden Wolken. Sie überspülten Felder, Dörfer und Städte. In tiefer liegenden Niederungen an den Flüssen wurde Hochwasseralarm gegeben, und die ersten Keller liefen voll, da die Rohrleitungen die Wassermassen nicht mehr fassen konnten.

Es war ein böses Unwetter. Die Hölle schien ihren Schlund geöffnet zu haben, um den Menschen zu zeigen, wessen sie fähig war.

Peitschend hallte der Donner über das Land und verrollte irgendwo in der Ferne als grummelndes Echo.

Blitz auf Blitz folgte. Ein fahlgelbes Verwirrspiel aus gezackten Linien und Pfeilen, zu Netzen verflochten, für Bruchteile von Sekunden als abstraktes Mosaik in den düsteren Wolken stehend, um dann wieder zu verschwinden, als hätte jemand ein Tuch darüber ausgebreitet.

Das Land erlebte an diesem Tag ein schaurig-schönes Naturschauspiel, ein Frühlingsgewitter, wie es nur selten vorkommt, und von einer Größe und Dauer, an die sich selbst ältere Leute kaum noch erinnern konnten.

Auch die Natur stöhnte unter der Last des Gewitters. Bäume bogen sich im Sturm. Zweige wurden geschüttelt. Die schwächeren fielen ab, und der Wind spielte mit ihnen.

Die Regenfluten ergossen sich über Äcker, Weiden und Wälder. Vieh suchte Schutz vor dem Unwetter und manche Blitze jagten wie Speere in einsam stehende Bäume, teilten sie oder verbrannten sie.

Wieder einmal stand der Mensch den Kräften der Natur hilflos gegenüber. In den größeren Städten hatten Polizei und Feuerwehr Großeinsatz. Die Wagen wühlten sich förmlich durch die Straßen, die man schon mit Seen vergleichen konnte.

Der Himmel schien seine Wut an der Welt auszulassen und sie für ihr Tun zu bestrafen.

Wer eben konnte, verkroch sich in den Häusern und Wohnungen. Ältere Menschen beteten oder zündeten Kerzen an, damit dieses mörderische Gewitter so rasch wie möglich vorbeiging.

Sie flehten und hofften, andere fluchten über das Wetter, doch beeinflussen konnten es weder die einen noch die anderen.

Das Unwetter tobte sich weiter mit einer wahren Brachialgewalt über dem Land aus. Es hinterließ seine Spuren. Verletzte, drei vom Blitz erschlagene Menschen und eine ertrunkene Frau, die in ein Überschwemmungsgebiet geraten war und sich selbst nicht hatte helfen können.

War das Unwetter für die Menschheit wie eine Geißel, so wurde es von der Schattenwelt nur begrüßt. Dämonen interessierten sich sehr für Witterungsverhältnisse. Ihnen waren Sturm, Nacht und Dunkelheit lieber als das Licht des Tages.

Je schauriger und unheimlicher die äußeren Bedingungen waren, umso wohler fühlten sie sich.

Sie suchten sich meist die Orte und Plätze aus, die von den Menschen gemieden wurden. Alte Burgen, Schlösser, verfallene Abteien oder Friedhöfe.

Dort fanden sie immer eine Heimat und den Unterschlupf, der sie vor allzu früher Entdeckung schützte.

Auch die alte Ruine des ehemaligen Burgturms war den Kräften der Natur voll preisgegeben. Der Wind wütete regelrecht. Er heulte und pfiff um den Turm, der wie ein alter Zigarettenstummel in den nachtdunklen Himmel ragte.

Die Regenmassen klatschten gegen die Ruine und fanden gemeinsam mit dem Wind den Weg in die Öffnungen und Spalten der alten Turmruine. Es pfiff und heulte in dem Gemäuer.

Krachend entlud sich über der Ruine der Donner. Blitze jagten dem Boden entgegen, und mehr als einer war schon in den Turm eingeschlagen.

Normalerweise ließ sich dort niemand blicken, aber der Mann, der vor dem Gewitter Zuflucht gesucht hatte, gehörte in die Gegend. Es war Barry Mason, der Förster. Er hatte sich auf einem Pirschgang befunden und war von dem Unwetter überrascht worden.

Auf dem freien Feld wollte er nicht bleiben, dort hätte er zu leicht vom Blitz erschlagen werden können. Zum Glück fiel ihm die alte Ruine ein. Das Gemäuer war zwar nicht dicht, es tropfte immer Wasser durch, aber dem konnte man ausweichen.

Mit seinem Hund Rex erreichte er die Ruine in dem Augenblick, als die ersten Tropfen fielen.

Dann begann das Unwetter, und selbst der Förster konnte nur den Kopf schütteln. So etwas hatte er noch nie erlebt. Er starrte in die Blitze, hörte den Donner und hatte das Gefühl, als würde dieser die Welt auseinandersprengen.

Rex war unruhig. Nervös lief er hin und her, schaute mehrmals zurück, wenn ein Blitz den dunklen Himmel spaltete, als wäre ein Vorhang in zwei Teile zerrissen worden.

Barry Mason musste seinen treuen Begleiter jedes Mal beruhigen.

»Bleib ruhig, Rex!«, murmelte er und vergrub seine Finger in das dichte Fell am Nacken. »Uns passiert schon nichts.«

Rex jaulte dann, als hätte er die Worte genau verstanden.

Über eine halbe Stunde tobte das Gewitter bereits. Der Förster hatte sich an die peitschenden Donnerschläge längst gewöhnt. Er zuckte nicht einmal mehr zusammen, nur wenn der Blitz in der Nähe oder in den Turm einschlug, dann erfasste ihn Furcht, denn einmal hatte er ein bläuliches Licht über die Mauer laufen sehen, bevor es im Boden verschwand. Getan hatte es ihm zum Glück nichts.

Wie lange musste er noch warten?

Längst hatte er zu Hause sein wollen. Sicherlich machte sich seine Frau Sorgen, aber hier konnte er nicht telefonieren, und irgendwann musste das Unwetter schließlich weiterziehen.

Es war wie verhext. Die Gewitterfront schien sich direkt über diesem Landstrich zusammenzuballen. Sie zog einfach nicht vorbei und entlud sich mit aller Kraft.

Eigentlich war es faszinierend, diesen gewaltigen Kräften der Natur zuzuschauen, und auch der Förster ertappte sich bei dem Gedanken, dass er die Folge von Blitz und Donner regelrecht genoss und ihr positive Seiten abgewann.

Bis zu dem Zeitpunkt, als Rex, sein Hund, auf einmal verrückt spielte.

Bis jetzt hatte er, von einigen Ausnahmen abgesehen, ruhig in der Ecke gesessen. Plötzlich sprang er wie von der Tarantel gebissen in die Höhe, bellte laut und fordernd und rannte zum Eingang, gegen den er beide Vorderpfoten stemmte und stehen blieb.

»Rex, was hast du?«, rief der Förster, näherte sich seinem Hund und wollte ihn am Halsband zurückzerren.

Rex knurrte nur, stemmte sich gegen Masons Griff und wollte nicht auf seinen alten Platz.

Es hatte nur wenige Situationen in den letzten Jahren gegeben, wo Rex so reagiert hatte. Und wenn, dann war immer etwas im Busch gewesen, so wie jetzt.

An dem Gewitter konnte es nicht liegen. Daran hatte sich der Hund längst gewöhnt. Also musste es etwas anderes sein. Eine Störung von außen.

Nur – woher kam sie?

Der Förster kniete neben seinem Hund nieder und streichelte das Fell. »Ist ja schon gut, Rex. Hör auf, da ist nichts. Wirklich …« Barry Mason hatte seinen Blick erhoben und schaute nach draußen. Was er sah, hinderte ihn am Sprechen, denn das war einfach unwahrscheinlich, und augenblicklich zuckte ein wahnsinniger Gedanke durch seinen Kopf.

Ein UFO!

Verdammt, das ist ein UFO!

Was er als UFO bezeichnet hatte, war ein blaugrauer Nebelstreif, der sich auf dem nahe liegenden kleinen Hügel gesenkt hatte und aus den Wolken gefallen sein musste. Wie eine Spirale sah es aus und trotzte sogar dem Wind.

Es war auch durch den Regenvorhang zu sehen, nur wurde das von ihm ausgehende Licht durch die Regentropfen gebrochen, sodass er verschwommen wirkte.

Rex wurde immer wilder. Er zerrte, kratzte mit den Läufen

und wollte raus. Irgendetwas musste von dieser Erscheinung ausgehen, das ihn verrückt spielen ließ. Unheimlich war es schon, das gab auch der Förster zu. Er spürte, wie es kalt seinen Rücken hinablief. So etwas hatte er noch nie gesehen, aber den Gedanken an ein UFO verwarf er wieder.

Nein, UFOs fielen nicht so zusammen wie dieser Nebelstreifen, denn er drängte sich über dem Boden, als hätten ihn unsichtbare Hände zusammengedrückt.

Wieso?

Ein drohendes Knurren ließ den Förster zusammenzucken. Rex hatte es ausgestoßen, und Barry Mason kannte das Zeichen. Wenn er ihn jetzt noch hielt, würde der Hund ihn unter Umständen anfallen.

Er lockerte den Griff.

Darauf hatte der Hund nur gewartet. Mit einem heftigen Ruck riss er sich los. Er schleuderte seinen Kopf zurück und raste bellend und mit weiten Sätzen hinaus in den strömenden Regen, ohne sich um Blitz und Donner zu kümmern.

Rex wollte die Erscheinung sehen.

Auch der Förster, aber sein Sichtbereich wurde schlechter, denn der bläuliche Nebel war völlig verschwunden, und der Platz schien jetzt leer zu sein.

Der Förster verspürte Angst. Ihm fielen wieder alte Geschichten ein, die er mal gelesen hatte. Gefährliche Wesen aus dem All kamen auf die Erde, um die Menschheit zu terrorisieren und zu unterdrücken. Als er das Bellen des Hundes hörte, atmete er direkt auf, da er nun wusste, dass er keinen Traum erlebte, sondern alles Wirklichkeit war.

Rex war wie von Sinnen. Er schlug Haken. Barry Mason verfolgte ihn mit seinen Blicken und sah dann, wie Rex das Ziel erreicht hatte und kläffend an ihm hochsprang.

Und dann geschah das Grauenhafte!

Ein klagender, schreiender Ton, zu vergleichen mit dem eines kleinen Kindes, übertönte selbst den Donner, und Barry Mason ahnte, dass sein Hund Rex diesen Ton ausgestoßen und somit sein letztes Lebenszeichen von sich gegeben hatte.

Der Magen des Mannes zog sich zusammen. Heiß stieg es seine Kehle hoch, Tränen traten in seine Augen, denn er hatte sehr an seinem Hund gehangen. Er hielt es nicht mehr aus, wollte sehen, was da geschehen war, und rannte hinein in die graue, fahle Dunkelheit, um vielleicht noch etwas zu retten.

Regen und Sturm trafen ihn. Gewaltige Wasserfluten, die sich über seinen Körper ergossen, im Nu die Kleidung durchnässten, heftig gegen sein Gesicht klatschten, in die Augen rannen und die Pupillen mit einem Wasserfilm überdeckten.

Der Boden war glatt. Große Pfützen bedeckten ihn, in die die Regentropfen einschlugen wie ein Trommelfeuer.

Barry Mason kam nicht so schnell voran, wie er es sich vorgestellt hatte. Der Sturm blies manchmal so heftig, dass er ihn fast von den Füßen gerissen hätte. Es heulte, pfiff und tobte um ihm herum. Ihm kam es vor, als hätte der Himmel seine Schleusen geöffnet, um mit diesem Unwetter die Menschen für ihre Sünden zu bestrafen. Ein paarmal rutschte er aus und konnte sich nur mühsam auf den Beinen halten.

»Rex, zurück!« Er schrie den Namen seines Hundes, war jedoch nicht sicher, ob ihn das Tier noch hören konnte. Zudem riss ihm der Wind die Worte von den Lippen.

Das Wasser rann über sein Gesicht. Der Weg führte jetzt bergauf, dorthin, wo sich alles abgespielt hatte, und er vernahm plötzlich ein triumphierendes Heulen.

So laut und schrecklich, dass es sogar die Geräusche des Unwetters übertönte.

Obwohl der Förster Angst um seinen Hund hatte und er ihm unbedingt zur Seite stehen wollte, konnte er nicht mehr weiterlaufen. Er musste stehen bleiben, riss seine Augen auf und schaute hinein in den dichten Vorhang aus Wasser.

Schattenhaft sah er die Szene!

Eine gewaltige Gestalt stand auf dem kleinen Hügel. In Höhe des Kopfes begann es gelb zu schimmern, sodass Barry Mason den Eindruck hatte, als würden dort Haare wachsen.

Dies konnte natürlich eine Täuschung sein, aber auszuschließen war es nicht …

Dann wieder das Heulen.

Schaurig, unheimlich klang es durch die fahle Dunkelheit. Ein Laut, der dem Förster eine Gänsehaut über den Rücken jagte und ihn zittern ließ.

Er wagte nicht mehr, einen weiteren Schritt nach vorn zu gehen. Die Furcht nagelte ihn auf der Stelle fest. Instinktiv ahnte er, dass er unter Umständen sein Leben verlieren konnte, wenn er sich dem unheimlichen Tier jetzt näherte.

Ein Tier, das vielleicht aus einer anderen Welt kam. Sogar von einem anderen Planeten.

Barry Mason schüttelte sich. Er sah durch den Regen die huschende Bewegung, dann war die unheimliche Person plötzlich verschwunden. So, als hätte es sie nie gegeben.

Aber es hatte sie gegeben.

Der Förster hatte den Beweis Minuten später, als er durch das nasse Gras den Hügel hinaufschritt und die dunklen Teile auf dem Boden liegen sah, die auch nicht vom Regen zur Seite gespült wurden.

Es war sein Hund.

Die andere Bestie hatte ihn im wahrsten Sinne des Wortes zerrissen!

Ich war froh über den Kaffee, und Suko freute sich über seinen Tee. Beides hatte Glenda Perkins zubereitet. Dafür nahm sie freiwillig eine Überstunde in Kauf, und Shao war unterwegs, um uns neue Sachen zu bringen.

Das hatte seinen Grund.

Wir saßen in klatschnassen Kleidungsstücken am Schreibtisch und zitterten um die Wette. Zwar hielten uns Decken einigermaßen warm, doch auf der Haut bildete sich mehr als einmal eine Gänsehaut. Freiwillig waren wir natürlich nicht so nass geworden, die Folge eines Unwetters, in das wir hineingeraten waren.

Dabei ging es um einen Monster-Club. Er bestand aus acht Werwölfen und wurde seltsamerweise von einem alten Ehepaar geleitet. Wie das alles zusammenhing, hatten wir noch nicht erfahren, eins jedoch gab uns das größte Rätsel auf.

Lupinas Sohn!

Wir wussten nicht, wer er war und ob er tatsächlich Orapul hieß, auf jeden Fall hatten wir den ersten Hinweis auf einer Tür gelesen, die in ein Turmverlies führte. Dieser Turm war auch die Zentrale des Monster-Clubs, und als wir in ihn eindrangen, sahen wir uns acht Werwölfen gegenüber.

Es kam zu harten Kämpfen, nicht nur im Turm, auch im Haus daneben. Unsere Silberkugeln, die Dämonenpeitsche und der Dolch räumten unter den Bestien auf, wir konnten auch den Mann festnehmen. Die Frau allerdings floh mit einem Jeep. Zudem nahm sie noch zwei Werwölfe mit. Die beiden letzten.

Suko und ich verfolgten die drei. Es gab nur eine Straße, die sie hatten nehmen können, und wir waren in unserem Bentley schneller. Allerdings hatten wir dabei das Pech, in ein mörderisches Unwetter zu geraten. So schlimm und gewaltig, wie ich es selten erlebt hatte. Es gelang uns, die Werwölfe zu stellen, außerdem einen Busfahrer sowie einen weiblichen Fahrgast im letzten Augenblick aus den Klauen der Bestien zu befreien.

Der Himmel hatte kein Einsehen mit uns, es goss weiter, und so waren wir noch nass, als wir wieder in unserem gemeinsamen Büro saßen. Tee und Kaffee hatten wir. Trockene Kleidung würde uns Shao bringen.

Natürlich drehten sich unsere Gespräche nur um ein Thema.

Lupinas Sohn!

Wie war es möglich, dass sie einen Sohn hatte? Oder hatte man uns mit einem gewaltigen Bluff geleimt?

Nein, daran wollten wir nicht glauben. Der Job hatte uns gelehrt, dass gerade das Unmögliche möglich wurde, und warum sollte Lupina keinen Sohn haben?

Wenn ja, wer war dann der Vater? Wir hatten darüber gesprochen, und Suko hatte grinsend gemeint. »Vielleicht du?«

»Wieso ich?«

»Du hast dich schließlich mal in die schöne Werwolfdame verknallt.«

Der Blick, den Suko sich von mir eingefangen hatte, war scharf wie ein Messer gewesen. Er hatte auf den Fall angespielt, der mir noch immer irgendwie nachhing. Ich selbst war mal zu einem Werwolf geworden und hatte sogar um Lupina gekämpft, weil ich sie unbedingt besitzen wollte. Das war vorbei, aber seit diesem Zeitpunkt verfolgte mich die Werwölfin voller Hass.

Suko lehnt sich auf seinem Schreibtischstuhl zurück, hielt die Tasse mit Tee in der Hand und schaute mich über ihren Rand hinweg an. »Glaubst du im Ernst, dass sich Lupina hier in der Gegend herumtreiben wird, um ihren Sohn zu suchen?«

»Bestimmt.«

»Schade, dass diese Clara tot ist. Von ihr hätten wir einiges erfahren können.« Suko spielte damit auf den Unfall an, den die Fahrerin des Jeeps erlitten hatte. Sie war gegen einen Baum gerast und dabei umgekommen.

»Dafür haben wir ihren Mann.«

»Ist er denn vernehmungsfähig?«

Ich hob die Schultern. »Die Kollegen sagen ja. Sobald Shao zurück ist, können wir uns um ihn kümmern.«

Wie aufs Stichwort erschien die Chinesin. Das heißt, wir hörten sie nur, wie sie mit Glenda im Vorzimmer sprach.

Suko rief: »Wollt ihr uns hier erfrieren lassen?« Zur Demonstration nieste er.

»Eine Erkältung täte dir mal ganz gut«, rief Shao zurück. »Dann wärst du wenigstens mal länger zu Hause.«

Suko warf mir einen finsteren Blick zu. »Die fängt schon an wie Sheila.«

Damit meinte er die Frau unseres gemeinsamen Freundes Bill Conolly, die sehr darauf Acht gab, dass sich ihr Mann nach seiner Hochzeit nicht mehr in unnötige Gefahr begab. Trotzdem konnte sie nicht verhindern, dass auch die Conollys immer wieder zu einem Ziel dämonischer Angriffe wurden.

Zwei Tüten trug Shao. Hemden, Hosen, Jacken und frische Unterwäsche waren darin verstaut. Sie packte alles aus, verschwand dann aus dem Büro, das wir zu einer Umkleidekabine umfunktionierten. Handtücher hatte sie ebenfalls mitgebracht. Wir rieben uns notdürftig trocken. Unter eine der zahlreichen Duschen zu steigen, die sich ebenfalls im Yard-Gebäude befanden, blieb uns keine Zeit. Die Vernehmung drängte, und wir wollten diesem Jo kräftig auf den Zahn fühlen.

Die Chinesin verschwand auch bald wieder. Unsere nasse Kleidung nahm sie mit.

Glenda brachte frischen Kaffee und Tee. »Braucht ihr mich noch?«, erkundigte sie sich.

Ich schüttelte den Kopf. »Nein, du kannst Feierabend machen.«

Sie nickte. »Und von Jane habt ihr nichts gehört?«

Als sie den Namen der Detektivin erwähnte, gab es mir einen Stich. Eigentlich hatte alles mir ihr angefangen, denn in sie war der Geist des Rippers gefahren und hatte sie in ein willenloses Geschöpf der Hölle verwandelt. Aufgenommen worden war Jane Collins von Wikka, der Oberhexe. Als Jane Collins noch normal gewesen war, hatte Wikka die Detektivin bis aufs Blut gehasst. Sie hatte sie töten wollen, doch als der Geist des Rippers in die Detektivin fuhr, da schaltete sie sofort und nahm Jane in ihren teuflischen Hexenreigen auf.

Von der Detektivin hatten wir nichts mehr entdeckt, waren stattdessen im Laufe der Ermittlungen auf den Monster-Club und Lupinas Sohn gestoßen.

So reihte sich ein Fall an den anderen, und wenn ich an Lupina dachte, dann führte die Verbindung automatisch weiter bis zur Mordliga und ihrem Chef, Doktor Tod.

Diese gefährliche Dämonenbande war zwar dezimiert worden, aber die letzten vier Mitglieder waren gefährlich genug. Vampiro-del-mar, Xorron, Lady X und Lupina.

Sicherlich würde die Werwölfin von Doktor Tod unterstützt, wenn sie ihren Sohn suchte.

Wir mussten also mit einer starken Gegnerschaft rechnen

und hofften, dass wir Orapul früher fanden als Lupina. Deshalb hatten wir es auch so eilig, mit Jo zu sprechen.

Ein Telefonanruf genügte, um den Beamten Bescheid zu geben, die Jo hereinführten.

Ich hatte inzwischen seinen vollständigen Namen herausgefunden. Er hieß Jo McIntire.

Als er zwischen den beiden Kollegen das Büro betrat, wusste ich, dass er eine harte Nuss für uns werden würde. Sein Gesicht zeigte einen verkniffenen Ausdruck. Die grauschwarzen Haare standen wirr vom Kopf ab, seine Hände waren mit einer stählernen Acht gefesselt, und in den Augen lag ein trotziger, hasserfüllter Ausdruck.

Ich deutete auf den dritten Stuhl. »Setzt ihn dahin.«

Die beiden Beamten drückten Jo McIntire nieder und verließen das Büro.

Ich blickte den Mann an. Er saß genau zwischen Suko und mir, befand sich im Kreuzfeuer, und so etwas Ähnliches wie ein Kreuzverhör sollte es auch werden.

Ich hatte vor, direkt eine volle Breitseite auf ihn abzuschießen. Rücksicht durfte ich bei diesem Mann nicht nehmen, er kannte diesen Begriff auch nicht und war bereit, über Leichen zu gehen, was er uns hinlänglich bewiesen hatte. Er hatte uns heimtückisch in den Rücken schießen wollen!

»Ihre Frau ist tot«, sagte ich.

McIntire verzog nicht einmal die Lippen. Er starrte mich nur an.

»Berührt Sie das gar nicht?«, erkundigte sich Suko.

Der Mann hob die Schultern. »Ich lebe!«

»Für wen? Für Orapul?«

»Möglich.«

Die nächste Frage stellte ich. »Ist er tatsächlich Lupinas Sohn, so wie es an der Tür stand?«

Da grinste der Alte schief. »Möglich.«

»Und was hat es mit ihm auf sich?«

»Keine Ahnung.«

»Schlecht lügen können Sie gut«, stellte Suko fest. »Aber

nicht gut genug. Ich würde Ihnen in Ihrem eigenen Interesse raten, mit mehr Informationen herauszurücken.«

Da lehnte sich McIntire zurück und begann zu lachen. Es war kein lautes Lachen, sondern eher ein leises, glucksendes oder kicherndes. Er riss dabei weit den Mund auf und hob seine Arme, sodass er uns die gefesselten Hände präsentierte. »Ich weiß überhaupt nicht, was ihr wollt, zum Teufel. Ihr habt mich gefangen, na und? Andere bekommt ihr nicht. Sie sind stärker. Auch wenn der Monster-Club nicht mehr existiert, gibt es Kräfte, gegen die ihr nichts ausrichten könnt. Ich bin nur ein kleines Rädchen im Getriebe, aber ich besitze einen guten Schutz. Es wird euch noch leidtun, Clara umgebracht und mich gefangen genommen zu haben, das schwöre ich euch.«

»Ich oder wir haben Clara nicht umgebracht«, stellte ich richtig. »Sie ist selbst gegen einen Baum gerast und hat es nicht überlebt.«

»Aber ihr seid schuld.«

»Nein.« Mehr sagte ich nicht. Ich hatte keine Lust, mit ihm darüber zu diskutieren, zudem wollte ich erfahren, was es mit Lupinas Sohn auf sich hatte.

»Wo finde ich Orapul?«, schoss ich die nächste Frage ab.

»Ich kann es nicht sagen.«

»Aber er war in eurem Turm.«

»Ja, er wollte seine Diener um sich haben.«

Ich wunderte mich, wie gesprächig der Alte plötzlich war. Damit hatte ich nicht gerechnet. Und ich war gespannt, ob er mir auch die nächste Frage beantworten würde.

»Gehörten Sie und Ihre Frau auch zu seinen Dienern?«

»Nein.«

»Was waren Sie dann?«

Er zögerte mit einer Antwort. Schließlich sagte er: »Wir haben ihn nur großgezogen.«

»Was?«

»Überrascht, wie?«

Nein, überrascht war ich nicht. Schon im Turm hatte mir Clara, Jos tote Frau, durch die Tür zugerufen, dass sie als Pateneltern Orapuls unter seinem Schutz standen. Dennoch war es ein Hammer!

»Dann haben Sie und Ihre Frau ihn aufgezogen?«, hakte ich noch einmal nach.

»Natürlich. Warum auch nicht? Wir fanden ihn in einem Wald und nahmen ihn mit in unser Haus.«

»Und wo liegt das? Oder war es der Turm?«

»Nein, da sind wir später hingezogen, weil er es so wollte. Wir lebten noch nicht lange dort. Die Besitzer sind verreist ...«

»Und Sie haben das Hausmeister-Ehepaar umgebracht«, vollendete ich den Satz.

»Das stimmt.«

Er sprach über einen Mord, als wäre es die größte Selbstverständlichkeit der Welt, und so etwas erschreckte mich zutiefst. Hier stand ich vor einem menschlichen Abgrund. Dieser Mann dachte nicht mehr so wie ich, er war von den dämonischen Kräften schon beeinflusst worden, dass alles andere nicht mehr zählte, obwohl man ihn rein äußerlich als einen Menschen bezeichnen konnte.

Er starrte mich an. Seine Augen waren klein, der Blick eiskalt und noch immer lauernd.

»Sie haben sich also mit den Wölfen in den Turm verzogen«, fuhr ich fort. »Und weshalb war Lupinas Sohn nicht dort?«

»Er sucht jemanden!«

»Wen?«

»Seine richtige Mutter!«

Er brauchte den Namen Lupina nicht auszusprechen, jeder wusste genau Bescheid. Also hatten sich unsere Vermutungen bestätigt. Lupina würde kommen und ihren Sohn abholen. Wahrscheinlich hatte sie es schon getan.

»Wann soll das geschehen?«

»In dieser Nacht.«

»Und wo?«

Da lachte er kalt. »Das weiß ich nicht.«

»Sie wollen es nicht sagen!«, mischte sich Suko ein.

Er hob die Schultern. »Ihr wollt doch beide haben. Was soll ich mich darum kümmern?«

Einen dritten Grad gibt es nicht, obwohl es von Polizistenhassern immer behauptet wird. Es werden keine Gefangenen gefoltert, um Informationen aus ihnen herauszupressen. Auch wir hatten uns bisher strikt an die Regel gehalten und würden uns auch weiterhin daran halten. Das stand fest.

Ich war Menschenkenner genug, um es McIntire anzusehen, dass wir kaum noch etwas aus ihm herausbekommen würden. Trotzdem wollte ich noch wissen, wer die acht Werwölfe gewesen waren.

»Orapul hat sie sich geholt. Einfach so. Er pflanzte ihnen den Keim ein, und sie wurden zu Werwölfen, denn sie sollten seine Schutzmacht bilden.«

So ähnlich hatte ich es mir vorgestellt. Wahrscheinlich gehörten die Menschen zu den Vermissten, die täglich in London verschwanden und nie wieder auftauchten.

Ich schaute McIntire an, der meinem Blick gelassen standhielt. In der kommenden Nacht wollte sich Lupina mit ihrem Sohn treffen. Leider wussten wir nicht, wo das geschehen würde, aber wir hatten immerhin eine heiße Spur. Es war der Turm, in dem sich das für Orapul vorgesehene Verlies befand.

Dort konnten wir auf ihn warten.

Mein Blick glitt nach draußen. Auch über London hatte dieses schreckliche Unwetter getobt. In einigen Stadtteilen hatte es mittlere Katastrophen gegeben. Überschwemmungen, Unterspülungen durch Wasser, Brände von eingeschlagenen Blitzen verursacht.

Jetzt hatte sich das Unwetter verzogen. Zudem war der Himmel wieder hell, ein verwaschen wirkendes Blaugrau, hier und da mit einigen Wolkenfetzen bedeckt. Die Sonne kämpfte sich allmählich durch. Bis es dunkel wurde und sich die Nacht über das Land senkte, dauerte es noch einige Stunden.

Wir konnten eigentlich davon ausgehen, dass sich Lupina in der Nacht mit ihrem Sohn treffen würde. Sehr wahrscheinlich sogar um Mitternacht, denn das ist die Zeit dieser Bestien.

Zur Tageswende hockten sie sich manches Mal zusammen, um den Mond anzuheulen, der ihnen die Kraft gab, weiterzuleben. Wir hatten da unsere Erfahrungen und nahmen an, dass es auch diesmal nicht anders sein würde. Da uns bis Mitternacht noch genügend Zeit zur Verfügung stand, wollten wir sie nicht unnütz verstreichen lassen. Zudem war es zwecklos, den Gefangenen noch weiter zu verhören, er würde nichts mehr sagen. Ich griff zum Hörer und bat die beiden Beamten herein, die McIntire gebracht hatten. Rasch waren sie zur Stelle und nahmen ihn mit. Wieder flankierten sie ihn.

Kurz vor der Tür drehte McIntire seinen Kopf und hob beide Arme in die Höhe. Er drohte uns mit seinen Fäusten.

»Glaubt nur nicht, dass ihr gewinnen könnt!«, kreischte er. »Lupina und ihr Sohn werden euch zerreißen!«

Ich gab keine Antwort, auch Suko sagte nichts. Erst als sich die Tür hinter den drei Männern geschlossen hatte, übernahm der Chinese das Wort.

»Es war so, wie wir es uns gedacht haben. Sollen wir noch einmal zu dem Haus fahren?«

»Klar. Wenn sich etwas tut, dann nur da oder in dessen unmittelbarer Umgebung.« Ich stand schon auf und wollte zur Jacke greifen, als sich das Telefon meldete.

Suko saß näher am Apparat. Er nahm den Anruf entgegen, der unseren Plan völlig über den Haufen warf …

Die Besatzung des Reviers Stanmore war sauer. Kein Wunder, denn man hatte sie bei diesem schrecklichen Unwetter aus den Unterkünften geholt.

Zudem war noch die Mordkommission eingetroffen und hatte zwei Leichen aus dem alten Haus geholt. Jeder der Beamten kannte die Toten. Es war ein Hausmeister-Ehepaar, das dem Viscount of Merrydale den Haushalt geführt hatte. Der Viscount befand sich irgendwo in der Welt und warf sein Geld unter die Leute. Er hatte nicht wissen können, was sich in seinem Landhaus alles abspielte.

Zwei Ermordete! Und vom Tatort nicht weit entfernt ein geheimnisvoller Vorgang, um den der Mantel des Schweigens gehüllt worden war. Zwei Ereignisse, die irgendwie zusammenhingen. Die Polizisten tappten allerdings im Dunkeln.

Man hielt sie wieder einmal für nicht kompetent.

Vier Leute zählte die Besatzung. Normalerweise fuhren zwei von ihnen Streife, an diesem späten Nachmittag jedoch nicht. Sie waren alle vier nass wie die Hunde und mussten sich erst einmal umziehen, während draußen noch immer der Regen gegen die Scheiben trommelte und das Land unter Wasser setzte.

Als Erster war Sam Braddock, der Revierleiter, fertig. Als er den Revierraum betrat, verzog er das Gesicht. Es roch immer noch feucht und muffig. Das Fenster konnte man nicht öffnen, der Regen hätte sonst die Bude überschwemmt.

Hinter seinem Schreibtisch nahm Braddock Platz und holte eine Zigarre aus seinem Etui. Eine gute Zigarre liebte er über alles. Er rauchte sie entweder im Revier oder bei sich zu Hause im Keller, weil seine Frau sich schrecklich darüber aufregte, wenn der Rauch die Gardinen einhüllte und sie vergilbte.

Als die ersten blaugrauen Wolken gegen die Decke stiegen und es ihm langsam besser ging, hörte er, wie die Eingangstür zugeschlagen wurde. Jemand kam.

Braddocks Gesicht verzog sich. Nicht jetzt noch mal dieses Theater, dachte er, die anderen sollten ihn in Ruhe lassen, zum Henker.

Die Tür wurde aufgedrückt. So wie der Mann ging – Braddock hörte es am Klang der Schritte – kannte er sich gut aus. Es war also kein Fremder.

Dann stieß er die Tür zum Revierraum auf.

Eine massige Gestalt stand auf der Schwelle. Die Kleidung war tropfnass, aus den Haaren rann das Wasser und lief über das Gesicht des Mannes. Die Nässe machte den Ankömmling zu einer traurigen Gestalt.

Trotzdem konnte Braddock die Angst auf dem Gesicht des Mannes lesen. Noch nie hatte er bei Barry Mason, dem Förster, so einen Ausdruck gesehen, und sie kannten sich wirklich seit mehr als zwanzig Jahren, waren befreundet und im selben Cricketclub.

Braddock stieß eine Rauchwolke aus, die ihm für wenige Augenblicke die Sicht auf den Förster vernebelte. Mason ging torkelnd ein paar Schritte vor und stützte sich auf dem Handlauf des schmalen Trennungstresens ab.

»Mensch, Barry, was ist geschehen?«, fragte der Beamte.

»Ich – ich bin mit den Nerven völlig fertig!«, keuchte der Förster. »Ich habe was gesehen, das ist …« Er schüttelte den Kopf, hob dann das Gesicht, und Braddock glaubte, Tränen in den Augen des Freundes zu sehen.

»Sie hat ihn zerrissen.«

»Wer?«

»Die Bestie!«

»Welche Bestie?«

»Es – es war ein riesiger Bär oder ein Wolf, ich glaube …«

Braddock stand auf. Er hatte mittlerweile gemerkt, dass sein Freund ein sehr entscheidendes Erlebnis hinter sich hatte. Der Revierleiter öffnete den Durchgang innerhalb der Barriere, sodass Mason zu ihm konnte.

»Setz dich erst mal hin«, sagte Braddock und führte den Förster zu einem Stuhl, auf den er sich fallen ließ und dabei den Kopf zurückwarf.

Der Beamte hatte eine Notration. Alter irischer Whisky, der in Situationen wie dieser half. Er flößte dem Förster einen kräftigen Schluck ein. Mason schluckte zweimal und beugte sich nach vorn, wobei er das Gesicht verzog, weil der Alkohol scharf durch seine Kehle rann.

»Geht's wieder?«, fragte Braddock.

Das Nicken des Försters fiel schwach aus.

»Dann berichte mal«, sagte der Polizist und zog sich einen Stuhl heran. Neben dem nassen Mann nahm er Platz. Der benötigte noch einen weiteren Schluck, um reden zu können.

Dann erzählte er. Braddock hörte so gespannt zu, dass er nicht bemerkte, wie die anderen drei Beamten den Revierraum betraten. Er konzentrierte sich voll und ganz auf die Erzählung. Die klang so unwahrscheinlich und grauenvoll, dass es dem Revierleiter kalt den Rücken hinablief.

Normalerweise hätte er jemanden, der ihm solche Dinge erzählte, für einen Spinner gehalten. Hier jedoch dachte er anders. Erstens kannte er Barry Mason lange genug, und zweitens waren in der unmittelbaren Umgebung seltsame Mordfälle geschehen, für die man den einfachen Beamten keinerlei Erklärung gegeben hatte.

»Und?«, fragte der Förster. »Was sagst du dazu?«

Braddock hob die Schultern. »Nun, was soll man dazu schon sagen? Ist ziemlich unwahrscheinlich, das alles.«

»Sehe ich auch so.« Barry Mason lachte vibrierend auf. »Aber ich habe es selbst erlebt und mit eigenen Augen gesehen. Wirklich, ich schwöre es dir. Du musst mir glauben.«

Mit der flachen Hand schlug Braddock auf den Schreibtisch. »Das tue ich auch, Barry, verdammt, das tue ich. Und ich ziehe meine Konsequenzen aus deinem Erlebnis.« Bevor der Förster etwas sagen konnte, hatte sich Braddock schon vorgebeugt und nach dem Hörer des Telefons gegriffen.

Er rief eine Londoner Nummer an.

Sie gehörte Scotland Yard!

Normalerweise hatte der Mann dünnes blondes Haar. Doch ein guter Friseur hatte es ihm zu einer Dauerwelle gedreht. Die flache Stirn konnte es nicht verbergen und auch nicht das Gesicht mit der langen, etwas abfallenden Nase und dem zum Hals hin weisenden Kinn. Was auf der Oberlippe wuchs, sollte wohl einen Bart darstellen. Über einen seichten Flaum, der zudem noch rötlich schimmerte, kam er jedoch nicht hinweg. Dass der Mann auf den Vornamen Tonio hörte, passte auch nicht. Der Zuname lautete Trent.

Tonio Trent also.

Heimat: Chicago. Beruf: Killer.

Das sagte eigentlich alles über ihn aus. Trent wurde da eingesetzt, wo man besonders brutal vorgehen musste. Es gab nur wenige Menschen auf der Welt, die sich die Mafia auf Eis legte und für spezielle Aufgaben verwahrte.

Trent gehörte dazu. Als Logan Costello, der große Boss aus London, jetzt in der Zwickmühle saß, hatte er Trent angefordert. Er bekam ihn sofort, denn die anderen Mafiafürsten im Ausland wussten inzwischen, dass Logan Costello zu einer wahren Macht geworden war. Während es in den größeren italienischen Städten Machtkämpfe zwischen den einzelnen Familien gab, herrschte Logan Costello allein über London. Er teilte mit niemandem. Wenn jemand versuchte, sich seiner Kontrolle zu entziehen, dann schlug er diese Rebellion eisenhart nieder. Zumeist half ihm Doktor Tod dabei, denn Costello war der rechte Arm des Mordliga-Chefs in London, denn hier saß auch der Todfeind der beiden, Geisterjäger John Sinclair.

Nun aber lief der Fall umgekehrt. Doktor Tod steckte zwar nicht gerade in großen Schwierigkeiten, aber in London konnte Logan Costello doch besser agieren als er, der er fast am Südpol hockte und auf seine Chance wartete. Costello musste dafür sorgen, dass Lupina verschwand. Sie sollte umgebracht werden, und dafür hatte sich Costello den Killer Tonio Trent geholt.

Trent würde das übernehmen. 100 000 Dollar waren ihm dafür sicher, und er erhielt noch eine besondere Waffe. Eine tschechische Maschinenpistole, sehr klein und handlich. Zudem war das Magazin mit geweihten Silberkugeln geladen.

Costello hoffte, dass es half. Er selbst hatte die Silberkugeln besorgt und sie auch mit Wasser aus der Kirche geweiht. So musste es einfach klappen.

Logan Costello war zudem nachdenklich geworden. Morasso in Schwierigkeiten, das passte ihm überhaupt nicht, denn bisher hatte der Mordliga-Chef mit all seinen Verbindungen zum Dämonenreich schützend seine Hand über ihn gehalten. Nun schien er doch einiges an Ärger zu haben, wenn nicht sogar echte Probleme. Leider ließ sich Doktor Tod darüber nicht aus. Er befahl, und fertig. Zudem wagte Costello auch nicht, ihn nach irgendwelchen Dingen zu fragen. Morasso konnte da sehr hart und auch tödlich reagieren.

Deshalb nahm Costello alles hin, wie es war.

Er hatte Tonio Trent zu sich bestellt. Irgendwie mochte er den Killer nicht, wie er dastand in seinem verwaschenen Jeansanzug, dem billigen T-Shirt darunter, die nikotingelben Finger um den Griff der Maschinenpistole gelegt. Trent sog noch einmal an seiner Zigarette und hätte sich fast die Finger verbrannt. Im letzten Augenblick ließ er sie in den Ascher fallen.

»Ich habe doch richtig gehört, nicht wahr? Ich soll eine Wölfin erledigen oder einen Wolf?«

»Genau.«

»Und das für Hunderttausend?«

»Ist dir das zu wenig?«, fragte Costello kalt, wobei sich seine dunklen Augen leicht zusammenzogen.

»Nein, aber mir scheint der Betrag zu hoch zu sein.«

»Ich kann dir ja weniger zahlen.«

Da lachte Trent blechern. »Hättest du wohl gern, wie? Nein, das Geschäft gilt, du bekommst dein Wölfchen auf einem silbernen Tablett serviert, das verspreche ich dir.«

»Nimm das Maul nicht zu voll. Lupina ist clever und gefährlich. Zudem ist da noch ein zweiter Wolf.«

»Beide harke ich mit einer Garbe weg.«

»Wir werden sehen.«

»Wann soll es losgehen?«, fragte Trent.

»Heute noch. Und zwar wirst du in Richtung Stanmore fahren. Da hat sich einiges getan.« Das hatte es tatsächlich. Morasso, der seine Leute auch unter den Polizisten hatte, war informiert worden. Zwar nicht haargenau, doch er brauchte die Fakten nur zu addieren, um zu dem für ihn positiven Ergebnis zu gelangen.

»Ich kenne Stanmore nicht.«

»Du erhältst eine Karte.«

»Ist das alles?«

»Eigentlich ja. Doch das Wichtigste kommt noch. Du wirst nicht allein arbeiten.«

»Was?« Trent riss den Mund auf. Sein Gesicht verzerrte sich und zeigte scharfe Falten. »Das darf nicht wahr sein. Ich habe bisher immer allein gearbeitet.«

»Aber diesmal nicht.«

»Dann scheiße ich auf den Job.«

»Wäre es dir ernst, würdest du jetzt schon nicht mehr leben«, erwiderte Costello gelassen. »Ich weiß zu deinem Glück, dass es nur Schau ist. Zudem brauchst du das Geld nicht zu teilen.«

»Ich habe nur einmal mit einem Partner ein Geschäft gemacht. Das ist voll in die Hosen gegangen. Er blieb auf der Strecke, ich konnte mich retten.«

»Diesmal wird es nicht passieren. Du arbeitest mit dem besten Partner zusammen, den ich mir überhaupt vorstellen kann. Er ist dir sogar noch über.«

»Auf den Wundermann bin ich gespannt.«

»Mann?« Costello lachte, bevor er auf einen Knopf drückte, sodass eine der vier Türen aufschwingen konnte. »Komm rein, Lady X!«

Tonio Trent hatte sich langsam umgedreht. Seine Augen wurden immer größer, und sogar die fahle Gesichtshaut wechselte, als ihm das Blut in den Kopf stieg. Wer da ins Zimmer trat, das konnte er einfach nicht fassen. Das war tatsächlich eine Frau, ein Rasseweib.

Gekleidet in schwarzes, weiches Leder. Die Haare ebenfalls schwarz und das Gesicht bleich. Dabei die Lippen zu einem Lächeln verzogen, das überheblich und stolz wirkte.

Lady X – die Vampirfrau – näherte sich dem Profikiller und musterte ihn kalt.

Trent versuchte zu grinsen, doch das misslang ihm, denn der Ärger spülte wie eine Woge in ihm hoch. Okay, fürs Bett hätte er die Kleine gern genommen, aber nicht auf einen heißen Trip, wo es um Mord ging. Nein, da war sie an der falschen Adresse.

»Ist er das?«, fragte Lady X.

Costello nickte.

Die beiden musterten sich. Im Gesicht der Vampirin regte

sich nichts. Trent jedoch konnte seine Gefühle nicht verbergen. Er schüttelte sich ein paarmal, als hätte man Wasser über ihn ausgegossen, und seine Halsmuskeln zuckten.

Es war ungeheuer, was man da von ihm verlangte. Nein, das durfte es nicht geben. Da spielte er nicht mit.

Seine innere Erregung unter Kontrolle haltend, wandte er sich langsam um. Er blickte Costello an.

»Was ist?«, fragte dieser.

»Soll das ein Witz sein?«

»Nein, kein Witz, ihr werdet zusammenarbeiten.«

Trent schüttelte den Kopf. »Ohne mich. Das Spiel geht zu weit, da steige ich erst gar nicht ein.«

»Du kannst nicht mehr aussteigen«, erwiderte der Mafioso gelassen. »Glaub mir, Lady X ist eine Partnerin, wie du sie dir besser nicht wünschen kannst.«

»Sie soll sich zum Teufel scheren!«, zischte der Killer.

»Da komme ich gerade her«, erwiderte die Blutsaugerin gelassen und öffnete ihren Mund.

Tonio Trents Augen wurden groß. Was er da sah, das kannte er eigentlich nur aus den einschlägigen Horrorstreifen. Vor ihm stand ein weiblicher Vampir.

Zuerst sagte er einmal nichts, öffnete nur den Mund und holte tief Luft. Er wollte es nicht glauben, seine Hände verkrampften sich, und seine Gesichtshaut nahm eine noch rotere Farbe an. Dann jedoch verwandelte sich seine Wut in schallendes Gelächter. Er lachte so laut und kreischend, dass das Büro des Mafioso ausgefüllt wurde. So war bisher noch nie an diesem Ort gelacht worden.

»Mit der soll ich zusammenarbeiten?«, prustete er. »Mit der dämlichen Nutte?«

»Hüte deine Zunge!«, zischte Costello scharf.

»Haben wir hier eine Maskenschau?«, erkundigte sich Trent noch immer lachend. »Ich dachte immer, es ginge hier um ein hartes Geschäft. Die Süße soll ihr komisches Gebiss aus dem Mund nehmen, bevor ich es ihr rausreiße.«

»Es ist echt!«

»Das kannst du jedem anderen erzählen, Costello, nur mir nicht. Es ist nicht echt, ihr wollt mich auf den Arm nehmen und mich zum Narren halten.«

»Irrtum!« Es waren die ersten Worte, die Lady X sprach. Messerscharf hatte sie erkannt, dass es mit einem Mann wie Tonio Trent keine gemeinsame Aktion geben konnte. Er würde sich immer gegen sie stellen, und sie erledigte die Sache auf ihre spezielle und vampirtypische Art und Weise.

Zudem brauchte sie Blut.

Die Maschinenpistole, die sie über die Schulter gehängt trug, warf sie kurzerhand zu Boden. Der Killer selbst hielt seine Waffe so, dass die Mündung nicht auf die Scott wies.

Dann sprang sie.

Es war ein kräftiger, raubtierartiger Sprung, mit dem sie blitzschnell die Entfernung überbrückte. Bevor Trent eine Abwehrbewegung machen konnte, hatte Lady X den granitharten Killer gepackt und wühlte ihre Hände in seine Haare. Ruckartig zog sie daran. Sie ließ nicht los, auch wenn Trent vor Schmerz keuchte, warf ihn gegen die nahe Wand und bog den Kopf weiter nach hinten.

Jetzt spannte sich die Haut an seinem Hals. Deutlich hob sich eine bläulich schimmernde Ader darunter ab.

Blut für Lady X!

Hart schlug sie ihre beiden aus der Oberlippe wachsenden Hauer dort hinein. Mit allem hätte Trent gerechnet, nur damit nicht. Der Killer wurde völlig überrascht.

Logan Costello aber saß wie ein Denkmal hinter seinem Schreibtisch und schaute nur zu. Er hütete sich einzugreifen, denn es wäre gegen ein Mitglied der Mordliga tödlich für ihn gewesen. Vielleicht war es sogar gut, wie Lady X reagierte.

Sie ließ ihr Opfer nicht los. Tonio Trent hing in einer Schräglage. Er versuchte sich noch zu wehren, doch seine Bewegungen wurden matt und matter. Er schaffte es nicht mehr, die Maschinenpistole zu halten, dann gaben auch seine Beine nach, er sackte schwer in die Knie, wurde jedoch weiterhin von Lady X gehalten.

Sie hatte ihr Opfer.

Endlich …

Costello wäre am liebsten hinausgelaufen. So gnadenlos er seinen Feinden gegenüber auch war, dies hier konnte er nicht mitansehen. Dazu hatte er keinen Bezug, zudem kroch Furcht in ihm hoch, denn wenn er Solo Morasso nicht so gehorchte, wie der es verlangte, würde es ihm ähnlich ergehen wie Tonio Trent.

Was sie machte, das tat sie perfekt. Lady X saugte auch noch den letzten Tropfen Blut aus den Adern des Mannes, und sie reihte ihn damit ein in die Galerie ihrer Opfer.

Tonio Trent, einer der Starkiller der Mafia, wurde zu einem Vampir!

Plötzlich löste die Blutsaugerin ihre Hände aus den Haaren des Mannes und ließ ihn kurzerhand fallen.

Schwer schlug er zu Boden. Doch er spürte es nicht mehr. Er würde nie mehr etwas spüren, auch nicht, wenn er sich wieder rührte und zu einem unheilvollen neuen Leben erwachte.

Lady X aber starrte den Mafiachef an. Ihre Lippen waren vom Blut verschmiert, die Augen erinnerten an zwei schwarze Eisstücke.

»So ist es besser«, sagte sie.

Sie erntete ein Nicken. Costello antwortete nicht. Der gesamte Fall war nicht ohne Pikanterie, denn ein Vampir, der eine mit Silberkugeln geladene Maschinenpistole trug, den gab es wohl nur ein Mal …

Man merkte, dass ein Unwetter getobt hatte. Entwurzelte Bäume, zur Hälfte abgerissene Hausdächer, zerstörte Scheiben und das Heulen der Feuerwehrsirenen, das unsere Fahrt durch London begleitete. Einmal kamen wir überhaupt nicht weiter. Gleich drei Straßen waren wegen einer Überschwemmung abgesperrt worden.

Nach dem Unwetter hatte kurz die Sonne geschienen. Jetzt war sie hinter den Abendwolken verschwunden, und als wir in Stanmore, am nördlichen Ende von London, eintrafen, da hatte uns bereits die Dämmerung eingeholt.

Von einer Polizeiwache war der Anruf gekommen. Ein Beamter namens Braddock hatte gut geschaltet und uns über die Aussage eines Försters informiert, der angeblich ein wolfsähnliches Tier gesehen hatte.

Da gab es eigentlich nur zwei Möglichkeiten. Entweder hatte er Lupina entdeckt oder Orapul, ihren angeblichen Sohn. Genau wussten wir es noch nicht, aber wir rechneten mit fast hundertprozentiger Sicherheit damit.

Orapul! Dieser Name spukte durch meinen Kopf. Ich war gespannt auf ihn, und da sich alle Spuren im nördlichen Teil Londons verdichteten, glaubte ich, dass wir ihn hier finden würden.

Zuerst einmal war der Förster an der Reihe. Sein Bericht brachte uns sicherlich weiter.

Der Mann hatte sich noch immer nicht erholt, als wir ihn kennenlernten. Er machte einen erschöpften Eindruck, war nervös und fahrig. Ich glaubte nicht einmal, dass er unsere Namen richtig verstanden hatte.

Aber er redete zu unserer Überraschung ziemlich flüssig. Wahrscheinlich weil er den Bericht über sein Erlebnis bereits zum zweiten Mal abspulte.

Durch geschicktes Zwischenfragen erfuhren wir auch Einzelheiten. Als er von dem seltsam hellen Oberteil des Tieres sprach, da waren wir fast sicher, dass es sich bei der Beschreibung eigentlich nur um Lupina handeln konnte.

Lupina, die Königin der Wölfe!

Sie hatte sich also von der Mordliga gelöst. Gar nicht so überraschend für uns, denn diese Werwolffrau hatte schon immer ihren eigenen Kopf gehabt. Sie war so wenig zu zähmen wie eine Katze, das schaffte auch ein Solo Morasso nicht.

»War das ihre erste Begegnung mit diesem Tier?«, wollte ich wissen.

»Ja, meine erste.«

»Und sie können uns den genauen Ort zeigen?«

»Natürlich. Er liegt in meinem Revier.«

»Dann nichts wie hin«, sagte ich lächelnd.

Braddock bot sich an mitzufahren. Wir winkten jedoch ab. Das schafften wir allein.

Sollten Lupina oder ihr Sohn dort auftauchen, reichte es, wenn sich so wenig Menschen wie möglich in Gefahr begaben. Die Königin der Wölfe war unberechenbar, griff nicht frontal an, sondern stellte es so geschickt an, dass ihre Opfer kaum eine Chance hatten, ihr zu entgehen.

Auch den Förster wollten wir nicht unbedingt länger als nötig bei uns haben. Unter seiner natürlichen Hautfarbe war er ziemlich blass geworden. Während der Fahrt sprach er kein Wort.

Wir fuhren durch eine typische englische Flachlandschaft. Viele Weiden, Felder, hin und wieder ein paar einsam stehende Häuser und die grauen Bänder der Straßen, die das Grün der Landschaft durchschnitten.

Barry Mason gab sich sehr schweigsam. Hin und wieder schaute er auf und erteilte mir Anweisungen, wie ich zu fahren hatte. Ansonsten saß er mit gesenktem Kopf wie eine Statue auf der Sitzbank.

Er hatte nicht nur seinen treuesten Begleiter, den Hund, verloren, sondern auch etwas gesehen, was man so ohne Weiteres nicht erklären konnte.

Schließlich erreichten wir eine frisch geteerte Straße. Sie führte in die Nähe des Hügels bei der alten Ruine, von der uns der Förster berichtet hatte.

Am Ende der Teerfahrbahn, wo sie in eine andere Straße mündete, wies Barry Mason nach links.

»Sehen Sie die Ruine da?«, fragte er mich.

Ich nickte.

»Da müssen wir hin.«

Zu Fuß wären wir wohl besser dran gewesen, denn als wir von der Straße abbogen, da schmatzten die vier Reifen über einen nassen, seifigen Rasen und schleuderten zudem das Wasser gewaltiger Pfützen hoch, die auf dem flachen Gelände wie Seen standen.

Ich musste mit der Geschwindigkeit herunter, denn wir rutschten wie auf Glatteis. Die Ruine würde wohl kaum große Aufschlüsse geben. Ich hatte mich dazu entschlossen, erst dem Hügel einen Besuch abzustatten. Also lenkte ich den schweren Wagen in diese Richtung.

Der Hügel war noch höher als eine normale Böschung. Nur etwas länger gestreckt. An seinem Fuß hielten wir an, stiegen aus und mussten den Rest der Strecke laufen.

Der Förster ging mit. Schweigend und mit gesenktem Kopf stapfte er neben uns her. Es wehte ein etwas schärferer Wind. Am Himmel zeigten sich dicke graue Wolken. Irgendwie wirkten sie auf mich wie die Vorboten eines drohenden Unheils, und ich fröstelte plötzlich.

Suko bemerkte es und warf mir einen fragenden Blick zu.

Ich gab ihm eine Antwort. »Lupina ist gefährlich«, murmelte ich. »Sehr sogar.«

»Und nicht nur sie.«

Ich verstand die Gedankengänge meines Freundes. Er dachte an den Rest der Mordliga. Ob die Monster auch in dieser Gegend waren? Auszuschließen war es nicht. Sollte das tatsächlich zutreffen, dann sah ich schwarz. Dann konnten nicht nur wir, sondern auch die anderen Menschen in der Nähe sich auf etwas gefasst machen.

»Hier war es«, sagte der Förster und deutete zu Boden, als wir auf der Hügelkuppe stehen geblieben waren.

Die Spurensuche gestaltete sich schwierig. Der Regen hatte alle Spuren gelöscht. Suko und ich gingen größere Kreise, die Blicke zu Boden gerichtet

Nein, da war nichts. Das Gras lag fast flach auf der Erde. Dafür hatten die Wassermassen gesorgt.

Ich strich durch mein Haar und hob die Schultern. Nichts deutete mehr auf Lupina hin. Es wäre auch schon mehr als ein Zufall gewesen.

Ich drehte dem Wind den Rücken zu und warf einen Blick zur Ruine hinüber. Eine Steinwurfweite und noch ein paar Yards dazu, größer war die Entfernung bis dorthin nicht.

Der Förster hatte meinen Blick bemerkt. »Dort habe ich vor dem Regen Schutz gesucht«, erklärte er.

»Sie werden trotzdem nass geworden sein. So baufällig wie das Ding da aussieht.«

»Es geht. Es gibt einige Stellen, die ziemlich trocken sind. Dort ist auch noch das Dach einigermaßen in Ordnung.«

Suko dachte ein wenig weiter. »Diese Ruine da steht ziemlich gut. Sie könnte unter Umständen ein Unterschlupf sein.«

»Wäre ein bisschen einfach.«

»Wo soll Lupina sonst hin?«

Eine gute Frage. Wie ich die Werwölfin kannte, hatte sie bestimmt schon einen Plan gefasst. Trotzdem wollten wir uns die Ruine einmal näher ansehen. Wenn wir dort nichts fanden, wollten wir noch einmal den Werwolfturm durchsuchen, wo wir das Nest dieser Bestien entdeckt hatten.

Abermals verzichteten wir auf den Wagen und gingen zu Fuß. Bergab war es noch rutschiger. Mason stampfte voran. Er wollte es endlich hinter sich haben.

Irgendwie hatte ich das Gefühl, dass von der alten Hausruine eine Gefahr ausging. Nicht fassbar, sondern schwammig abstrakt. Ich ließ das Gemäuer nicht aus den Augen.

Fragmente eines ehemaligen Hauses entdeckten wir. An einer Seite existierte noch so etwas wie ein Dach. Es hing schräg und wurde von zwei Mauern gehalten. Für mich grenzte es schon an ein kleines Wunder, dass der Sturm das Dach nicht weggeblasen hatte.

Fahl war das Licht. Und auch irgendwie klar. Ein graues Dämmern, das immer mehr zunahm und bald in Dunkelheit übergehen würde.

Unsere Schritte klatschten über den nassen Boden. Beruhigt war ich längst nicht, auch wenn wir inzwischen die Hälfte der Strecke hinter uns und den Bentley passiert hatten.

Da peitschten Schüsse.

Es war ein trockenes, hartes Tack-Tack, eine grausame Todesmelodie, die ich leider oft genug gehört hatte.

Maschinenpistole, dachte ich noch, während ich mich zu

Boden warf und aus den Augenwinkeln wahrnahm, wie der Förster aufschrie und die Arme hochriss, bevor er zu Boden fiel …

Erwischt!

Verdammt, es hatte den Mann erwischt.

Wieder eine Garbe. Diesmal kürzer und auch nicht so gut liegend. Kugeln hieben in den Boden, schleuderten Dreck und Wassertropfen hoch. Einige streiften mein Gesicht, während ich mich wie Suko um die eigene Achse rollte, um aus dem Gefahrenbereich zu gelangen. Mein Instinkt hatte mich nicht getrogen. In der verdammten Ruine lauerte eine tödliche Gefahr.

Auf dem Bauch liegend kam ich zur Ruhe. Ich war natürlich wieder nass. Nur gut, dass wir regenfeste Jacken trugen. Vorsichtig hob ich den Kopf und peilte mit einem Auge über geknickte Grashalme hinweg. Aus meiner Perspektive sah die Ruine noch größer und drohender aus. Welche Gefahr und wer dort lauerte, das wusste ich nicht. Ich wusste nur, das derjenige bewaffnet war.

Mit einer Maschinenpistole!

So eine Waffe ist in der Hand eines sicheren Schützen tödlich. Wenn er weiterschoss, musste er uns irgendwann einmal treffen. Wahrscheinlich sparte er mit Munition und war zufrieden, weil er einen von uns erwischt hatte.

Ob Barry Mason tot war, wusste ich nicht. Alles war viel zu schnell gegangen. Eins jedoch war sicher. Ich musste ihn so rasch wie möglich aus der Gefahrenzone bringen und alles einsetzen, wozu ich in der Lage war.

Er lag links von mir. Ich konnte ihn sehen, wenn ich den Kopf drehte. Suko entdeckte ich nicht. Allerdings hatte der Chinese gemerkt, dass ich mich bewegte. In meinem Rücken vernahm ich seine Stimme.

»John, ich hole den Förster. Liege näher dran.«

»Okay, aber sei vorsichtig.«

»Lebensmüde bin ich nicht.«

Ich schaute wieder nach vorn und hörte nur, wie sich der Chinese bewegte. Den Geräuschen nach zu urteilen, tat er es wie ein Rekrut in der Grundausbildung, ziemlich flach über dem Boden, damit er ein so kleines Ziel wie möglich bot.

Als die Geräusche verstummten, hatte er den niedergeschossenen Förster erreicht.

Schon zwei Atemzüge später hörte ich seinen Kommentar. »Der Mann lebt noch. Zwei Einschüsse, aber nicht tödlich. Ich schaffe ihn zum Bentley.«

Es war das Einzige, was Suko für den Mann tun konnte. Und dann musste er so rasch wie möglich in die Hände eines Arztes, denn wir selbst konnten für ihn kaum etwas tun.

Liegen bleiben wollte ich auch nicht. Ich musste sehen, wer dieser heimtückische Schütze war. Vorsichtig bewegte ich mich ein Stück weiter, und zwar dorthin, wo eine Kugel blinkte, die in den Boden gefahren war und mir Wasserspritzer ins Gesicht geschleudert hatte.

Ich sah das Geschoss. Es war in einem spitzen Winkel durch Wasser gebremst worden und lag nun so, dass ich es in die Hand nehmen konnte.

Mit zwei Fingern pulte ich es hervor und hielt es zwischen Daumen und Zeigefinger.

Im nächsten Augenblick wurden meine Augen groß. Das Blinken, das mir vorher aufgefallen war, hatte mich wirklich nicht in die Irre geführt. Was ich zwischen den Fingern hielt, war tatsächlich eine Silberkugel!

Selten in meinem Leben war ich so überrascht gewesen. Der Schock verengte mir fast die Atemwege, und ich hörte mein eigenes Herz schlagen.

Jemand hatte mit einer Silberkugel-MPi geschossen!

Aber wer?

Durch meinen Kopf rasten die Gedanken. Im Augenblick vergaß ich die unmittelbare Gefahr und damit auch die Tatsache, dass ich praktisch wie auf dem Präsentierteller lag. Mich interessierte nur die Kugel.

Wer schoss damit?

Hatte der unbekannte Schütze einen Grund, mit Silberkugeln zu schießen? Eine wahrlich ungewöhnliche und auch teure Munition, davon konnte ich ein Lied singen. Die Rechnungen, die vom Kloster St. Patrick an Scotland Yard gingen, waren nicht zu verachten. Denn im Kloster saß Father Ignatius und drehte die Kugeln in mühsamer Handarbeit.

Und jetzt wurde ich mit Kugeln beschossen, die wir gegen die Geschöpfe der Hölle einsetzten.

Das gab mir Rätsel auf, das verstand ich nicht. Was steckte nur dahinter? Wer verbarg sich in der verdammten Ruine?

Ich drehte den Kopf und warf einen Blick über die Schulter, weil ich Suko zusehen und ihn auch informieren wollte. Der Chinese hatte sich schon zu weit mit dem Verletzten zurückgezogen, also blieb es bei meinem ursprünglichen Plan.

Ich drückte meinen Körper hoch, gelangte auf die Knie und holte tief Luft. Es würde eine riskante Sache werden, die ich vorhatte, und ich startete so schnell wie ein Sprinter, um mich im Zickzacklauf der Ruine zu nähern. Meine Füße wirbelten über den Boden. Wasser spritzte hoch, ich rutschte, der Untergrund war seifig, mit den Armen ruderte ich, um mein Gleichgewicht zu behalten, und ich schaffte es tatsächlich, nicht der Länge nach hinzufallen.

Es griff mich auch niemand an. Keine Silberkugel wurde auf mich abgefeuert. Der unbekannte Schütze hielt sich zurück.

Alles sah sehr verlassen und still aus. Ich allerdings traute dem Frieden nicht. Ich hatte keinen weglaufen sehen. Demnach musste sich der Schütze noch in der Ruine verbergen.

Da er mit Silberkugeln geschossen hatte, ging ich nicht unbedingt davon aus, es mit einem Feind zu tun zu haben. Das alles konnte sich auch um ein Missverständnis handeln. Deshalb hoffte ich, dass es sich bald aufklären würde.

Ich bewegte mich vorsichtig an der Außenmauer der Ruine entlang und suchte den Eingang, in dem der Förster verschwunden war, als er vor dem Unwetter Schutz gesucht hatte.

Über Geröll musste ich steigen, dann konnte ich das nahezu menschengroße Loch sehen.

Dahinter war es dunkel.

Lauerte dort eine Gefahr?

Mein Magen zog sich schon zusammen, als ich die Beretta aus dem Holster holte, denn ich stand vor dem Eingang wie auf dem Präsentierteller für einen im Hinterhalt lauernden Schützen.

Mein Misstrauen war unbegründet. Unangefochten konnte ich den Eingang passieren und mich dort hinstellen, wo auch der Förster gestanden hatte und das seltsame Geschehen um Lupina beobachtet hatte.

Man hatte in der Tat einen guten Ausblick. Ich sah Suko am Bentley. Von ihm konnte ich allerdings nur die Beine erkennen, die aus dem Wagen ragten, der Oberkörper war im Wageninnern verschwunden, als Suko den Verletzten auf den Rücksitz bugsierte.

Dahinter lag der Hügel. Auch von meinem Standort aus gut zu erkennen. Nur was half mir das alles, wenn ich von Lupina oder Orapul nichts sah?

Wieder wurde ich an die unbekannte Person erinnert, die auf mich mit Silberkugeln geschossen hatte. Ob sie tatsächlich ein Freund war und sich ebenfalls auf der Jagd nach Lupina befand? Auszuschließen war das nicht, denn sonst hätte der Unbekannte nicht gefeuert.

Daran musste ich denken, als ich auf das zweite Loch in der Eingangswand starrte. Es lag dem ersten schräg gegenüber, und mein Entschluss stand fest, die Deckung durch das zweite Loch zu verlassen.

Geduckt bewegte ich mich weiter, schob meinen Oberkörper hindurch, war dabei sehr vorsichtig und hatte diese Trümmerruine praktisch wieder verlassen. Es gab keinen Innenhof des Hauses, sondern nur mit Gras und Unkraut überwucherte Steine.

Sie lagen kreuz und quer, in einem wirren Durcheinander. Die Natur hatte sie zum größten Teil überwuchert. Farne, Gras,

Pflanzen und Buschwerk, hin und wieder mal ein Mauerrest, der sich noch gehalten hatte und wie ein abgebrochener Finger aus dem Grün lugte.

Von dem unbekannten Schützen entdeckte ich keine Spur. Auch keine Mündung, die hinter irgendeiner Deckung hervorschaute, einfach nichts. Mein Misstrauen blieb trotzdem. Ich suchte nach Spuren im nassen Gras. An einigen Stellen war es niedergetrampelt.

Als ich meinen Blick nach links wandte, da wurden meine Augen plötzlich groß.

Über einen Steinberg konnte ich hinwegsehen und entdeckte einen Wagen. Es war ein dunkelgrüner Rover. Er stand mit dem Kofferraum zur alten Ruine. Ich schaute auf das Heck und die grünlich getönte Scheibe.

Etwas lief kribbelnd über meinen Rücken. Die Gefahr war vorhanden, ich spürte sie sehr deutlich, nahm sie mit jeder Faser meines Körpers auf und bewegte mich vorsichtig näher auf den Wagen zu.

Still war es nicht. Irgendwo fielen von den Sträuchern Tropfen zu Boden, wenn die Gewächse vom Wind bewegt wurden. Ich wollte mir den Wagen näher ansehen und gelangte unangefochten bis zu ihm. Dicht daneben blieb ich stehen, bückte mich und brachte mein Gesicht bis an die Scheibe, damit ich hindurchschauen konnte.

Das Innere war leer. Ich entdeckte keinerlei Spuren, die auf die Fahrer oder Besitzer hinwiesen, aber ich sah etwas anderes. In der Scheibe spiegelte sich eine Bewegung in meinem Rücken. Das stellte ich trotz der schlechten Lichtverhältnisse fest.

Da kam jemand.

Genau konnte ich die Gestalt nicht erkennen. Auf jeden Fall kreiselte ich mit schussbereiter Beretta herum und starrte genau in die Mündung einer Maschinenpistole …

Wer war schneller?

Er oder ich, das war die Frage. Sollte es wie im Western ausgehen? Für einen Moment war ich wirklich versucht, es auszuprobieren, hielt mich dann jedoch zurück und starrte dem Mann, der die Maschinenpistole hielt, ins Gesicht.

Er also hatte mit Silberkugeln geschossen. Irgendwie war ich ein wenig enttäuscht. Es gibt Menschen, die sind einem auf Anhieb sympathisch, andere unsympathisch.

Bei ihm war es so. Der Kerl war mir unsympathisch. Er hatte eine blasse Haut, die fahlblonden Haare zu Locken gedreht. Er war mit einem Jeansanzug bekleidet, der nasse Flecken zeigte, ein Zeichen, dass der Mann auch im Gras gelegen hatte.

Da er nichts sagte und seine Überraschung sicherlich so groß war wie die meine, beschloss ich, die Unterhaltung zu beginnen.

»Sie haben also auf mich geschossen, Mister.«

»Das kann ich immer noch.«

»Sicher, nur würde ich genauso schnell sein. Und Schießen hat man mir beigebracht. Es würde wohl keinem von uns nützen, wenn wir jetzt aufeinander feuern würden.«

Die Antwort verunsicherte ihn, denn er senkte die Mündung um eine Idee.

Mein Misstrauen blieb. Ich misstraute diesem Typ wirklich, obwohl seine Waffe mit Silberkugeln geladen war, aber mein Gefühl sagte mir, dass irgendetwas nicht stimmte. Die Waffe passte nicht zu ihm. Die Maschinenpistole war ein seltenes Exemplar. Keine bei uns gebräuchliche, sondern eine tschechische Skorpion, eine sehr handliche Maschinenpistole.

Mein Bluff stand natürlich auf tönernen Füßen. Er konnte mich mit einer Garbe immer schneller erwischen als ich ihn. Deshalb hoffte ich, dass er es nicht auf einen Ernstfall ankommen lassen würde.

Noch war es besser, zu verhandeln, zudem wollte ich Zeit gewinnen, denn Suko würde misstrauisch werden, wenn ich nicht zurückkehrte.

»Was suchen Sie hier?«, fragte ich.

»Das Gleiche kann ich Sie fragen.« Erst jetzt fiel mir der etwas schleppende Dialekt auf, den er sprach. So redete kein Engländer. Ich tippte auf Amerikaner.

»Ich bin Polizeibeamter.«

Er grinste geringschätzig, bevor er fragte: »Ein Bulle?«

»So kann man es auch nennen«, erwiderte ich gelassen. »Ich frage mich, was Sie hier suchen.«

»Das geht dich nichts an, Bulle.«

»Vielleicht Lupina oder deren Sohn Orapul?«

An dem Zucken der Haut dicht unter den Augenlidern konnte ich erkennen, dass ich ins Schwarze getroffen hatte. Also doch. Er machte ebenfalls Jagd auf die Werwölfin.

Nur – welchen Grund hatte er dafür? Was veranlasste ihn, sich so um Lupina oder deren Sohn zu kümmern?

»Haben Sie eine Grund?«

»Ja«, sagte er mit einer monotonen Stimme. »Ich werde sie töten.«

»Nur so?« Unser Gespräch gefiel mir nicht. Es kam wenig Konkretes dabei heraus, und ich wurde das Gefühl nicht los, dass mein Gegenüber auf irgendein Ereignis wartete.

War er nicht allein?

Diese Möglichkeit konnte ich nicht von der Hand weisen, denn Lupina allein war schon stark. Wenn sie ihren Sohn als Unterstützung dabeihatte, wurde sie noch stärker, und als Einzelner gegen beide anzukämpfen war eine haarige Sache.

Bevor ich allerdings eine Antwort erhielt, griff ein anderer ein. Ich sah ihn nicht, aber ich hörte ihn.

In meinem Rücken.

»Leg ihn um, Trent!«

Diese Stimme kannte ich.

Sie gehörte Lady X!

Suko wusste, wie man mit einem Schwerverletzten umzugehen hatte. So vorsichtig und behutsam wie möglich schaffte er den Förster auf den wartenden Bentley zu. Er schleifte ihn über den Boden, vermied hastige Bewegungen, denn auch er konnte nicht erkennen, wie schwer die Verletzungen tatsächlich waren.

Immer wieder ließ der Chinese seine Blicke über den Körper des Mannes gleiten. Manchmal sah er ein Zucken im Gesicht, und er sah das Blut, das aus den beiden Schusswunden sickerte.

Suko geriet ins Schwitzen. Er war froh, als er den Wagen dicht vor sich sah und die Tür öffnen konnte. Der Verletzte lag noch neben ihm. Suko musste ihn anhieven, um ihn in den Wagen zu legen. Sehr behutsam ging er dabei zu Werke. Die Tür an der Beifahrerseite zum Fond hatte er geöffnet.

Aus dem Kofferraum holte Suko eine Decke. Dabei warf er auch einen Blick nach vorn und sah seinen Partner John Sinclair schon an der Ruine. Soeben tauchte er durch einen Eingang in das Gemäuer und war verschwunden.

Suko nahm die Decke, breitete sie über der Sitzbank aus und kümmerte sich wieder um den verletzten Förster. Behutsam hievte er ihn in die Höhe. Nur keine falsche Bewegung, die dem Verletzten schaden konnte.

Der Chinese schaffte es, den Förster in den Fond zu legen. Er winkelte dessen Beine ein wenig an und drehte sie, sodass der Mann ganz in den Wagen passte.

Über Funk wollte Suko einen Arzt herbeiholen und hatte vor, aus dem Wagen zu tauchen, als der Schwerverletzte die Augen aufschlug. Das geschah schnell, quasi mit einem Ruck, und sein trüber Blick richtete sich auf den Inspektor.

Suko lächelte. Er hoffte, dass der andere ihn erkennen würde und nicht erschrak.

»Was – was ist geschehen?«, flüsterte Mason. Er wollte sich aufrichten. Suko konnte diese Bewegung nicht rechtzeitig stoppen, und er sah, wie Mason das Gesicht verzog, denn in seinem Körper explodierten jetzt die Schmerzen.

Er atmete röchelnd, öffnete den Mund und begann zu stöhnen.

»Bleiben Sie um Himmels willen ruhig liegen«, sagte der Chinese besorgt. »Keine falsche Bewegung.«

»Was – was ist mit mir?«

»Man hat Sie angeschossen. Zwei Kugeln stecken in Ihrem

Körper. Aber Sie schaffen es schon. Ich werde jetzt Hilfe holen …«

»Nein – nein …« Mason versuchte nach Suko zu greifen. »Lassen Sie mich nicht allein – bitte …«

»Ich telefoniere vom Wagen aus.«

Der Förster wollte noch etwas sagen, öffnete zwar den Mund, doch keine Laut drang mehr über seine Lippen. Er war zu schwach, um noch reagieren zu können.

Suko warf ihm einen besorgten Blick zu. Er sah kaum noch Blut, deshalb ging er davon aus, dass der Förster unter Umständen innere Blutungen hatte.

Jede Sekunde, die er nun noch wartete, konnte verlorene Zeit sein. Suko öffnete die Beifahrertür und griff zum Telefon. Die Tür zog er dabei nicht zu. Durch die Scheibe schaute er in die graue Dämmerung, in der die Konturen der alten Ruine verschwommen und verwaschen wirkten.

Und von der Ruine hörte er die Schüsse.

Der Unbekannte mit der Maschinenpistole feuerte wieder!

Lady X stand hinter mir. Und sie hatte den Befehl gegeben, mich zu töten. Mit einer Maschinenpistole, in deren Magazin Silberkugeln steckten.

Das sollte begreifen, wer wollte. Ich jedenfalls schaffte es nicht.

Da befahl eine Vampirin ihrem Komplizen, einen Todfeind mit Silberkugeln vom Leben zum Tode zu befördern! Das muss man sich mal vorstellen! Eine Blutsaugerin, die selbst eine Heidenangst vor Silberkugeln hatte!

Ich durchschaute dieses Spiel nicht.

Und noch eine Überraschung wartete auf mich. Der Kerl vor mir schoss nicht sofort, er wollte die Situation noch auskosten. Das bewies er mir, indem er die Lippen zurückzog und seine Zähne zeigte.

Mich interessierten nur zwei. Es waren spitze Vampirzähne, die rechts und links aus seinem Oberkiefer ragten. Also stand vor mir ein zweiter Blutsauger.

Und er trug die mit Silberkugeln geladene Waffe bei sich!

Für mich ging plötzlich die Welt unter. Das konnte begreifen, wer wollte. Mir war in meiner Laufbahn schon verdammt viel passiert, aber so etwas noch nicht.

»Na los, worauf wartest du? Schieß den Bastard zusammen ...«

Lady X hatte das letzte Wort noch nicht richtig ausgesprochen, als ich auch schon handelte. Jetzt noch zu zögern wäre reiner Selbstmord gewesen.

Ich hechtete nach rechts und lag noch in der Luft, als ich bereits den Stecher meiner Beretta durchzog und feuerte. Dabei hoffte ich, den Blutsauger mit einem Schnappschuss zu erwischen.

Aber auch er bewegte sich. Meine Kugel verfehlte ihn, und vor der Mündung seiner Waffe blitzte es auf.

Ich sah kleine Explosionen, hatte plötzlich eine Heidenangst, schlug auf den Boden, überrollte mich, hörte das Klatschen der Kugeln, wie sie in die Erde hieben, und dachte mit Schrecken an Lady X, die ja ebenfalls immer mit einer geladenen Maschinenpistole durch die Gegend rannte.

Wenn ich in ein Kreuzfeuer geriet, konnte ich einpacken.

Mein Sprung war mit aller Kraft ausgeführt worden. Ich rutschte über das regennasse Gras wie auf einer Seifenlauge weiter, hörte ein hartes Tackern und feuerte in die Richtung, in der ich Lady X vermutete.

Es wäre reiner Zufall gewesen, wenn ich sie getroffen hätte. So viel Glück war mir nicht vergönnt. Ich konnte froh sein, dass ich hinter einem flachen Mauerrest Deckung fand, wo ich einigermaßen vor den Salven sicher war.

Wieder hackte eine Garbe.

Wahrscheinlich ein Querschläger, der an meinem Nacken entlangschrammte.

Ich zuckte zusammen, spürte den Schmerz, konnte mich darum nicht kümmern, sondern zog meine Beine an, damit ich mit dem gesamten Körper hinter der provisorischen Deckung lag und vor den nächsten Kugeln einigermaßen geschützt war.

Das Schießen hatte aufgehört. Mein Herz schlug ungemein

schnell und laut. Erst jetzt kam der Schock, und ich stellte fest, dass ich verdammt viel Glück gehabt hatte.

Sogar meine Hände zitterten, sodass ich Sekunden brauchte, um mich wieder zu fangen.

Ein paarmal atmete ich tief durch. Auf meiner Stirn vermischte sich der Schweiß mit dem Regenwasser.

Geschossen wurde nicht mehr, dafür hörte ich Schritte. Meine Gegner versuchten es mit einer anderen Taktik.

An den Schritten erkannte ich, dass sie mich in die Zange nehmen wollten. Links und rechts vor mir hörte ich sie, und die Haut auf meinem Rücken zog sich zusammen.

Vampire hassen das Kreuz!

Und ich trug eins bei mir. Ein besonderes Kreuz, von den Erzengeln geweiht und mit ihren Zeichen versehen. Es war die stärkste Dämonenwaffe, die ich besaß, und ich war fest entschlossen, sie gnadenlos gegen die Blutsauger einzusetzen, sollten sich diese in meine Nähe wagen.

Vorerst ließen sie sich nicht blicken. Ich riskierte es, meinen Kopf zu heben und über die Deckung zu peilen.

Nein, ich sah sie nicht.

Zudem war das Licht verdammt schlecht geworden. Die Dunkelheit hatte immer mehr zugenommen. Allerdings bemerkte ich, wie sich an bestimmten Stellen Zweige bewegten. Nicht vom Wind, das sah anders aus, aber es war mir zu riskant, noch einen Schuss abzufeuern, denn meine Deckung würde bei einem konzentrierten Gegenangriff von zwei Seiten wohl kaum ausreichen.

Deshalb suchte ich mir einen anderen Standort. Ich zog mich langsam zurück.

Dabei glitt ich über den Boden, behielt den Kopf weiterhin oben, um zu sehen, ob sich etwas tat. Mein Kreuz hing jetzt vor der Brust. Ein heller, blitzender Fleck in der Dunkelheit, der mir irgendwie Sicherheit und Vertrauen gab.

Zudem rechnete ich mit Suko, musste allerdings zugeben, dass ihm eine Entscheidung nicht leichtfallen würde, denn er hatte sich um einen Verletzten zu kümmern.

So richtete ich mich darauf ein, allein gegen zwei Vampire zu kämpfen. Wovon einer eine Frau war, die mich bis aufs Blut hasste, denn durch einen für sie unglücklichen Zufall war sie zu dem Vampir geworden, der ich eigentlich hätte werden sollen.

Jetzt, wo die Spannung ein wenig abgeflacht war, spürte ich wieder den Schmerz. Ich tastete zum Hals und stellte fest, dass die Kugel eine Furche gerissen hatte. Das Blut rann daraus hervor und lief mir in den Nacken, wo es vom Hemdkragen aufgesaugt wurde.

Stellungswechsel!

Den musste ich vornehmen und orientierte mich dorthin, wo man mit Mühe noch Fragmente einer ehemaligen Mauer erkennen konnte. Da war ich unter Umständen sicherer.

Während ich mich bewegte, hielt ich den Kopf nie still. Immer wieder schaute ich nach links und rechts. Ich musste irgendwie herausfinden, wo meine Gegner steckten.

Für einen Moment hielt ich inne, da ich mir im Klaren war, dass es nicht viel half, wenn ich mein Kreuz weiterhin nur um den Hals hängen hatte. Deshalb nahm ich es in die Hand.

In der Rechten hielt ich die Beretta, die Finger der Linken umklammerten das Kreuz.

Es war wirklich Intuition gewesen, dass ich das Kreuz mit der Kette über den Kopf gestreift hatte, denn Sekunden später musste ich es einsetzen, als es zu einer Eskalation kam.

Lady X hatte es geschafft, sich anzuschleichen. Sie konnte sich fast lautlos bewegen, zudem trug sie dunkle Kleidung, sodass sie fast mit der Dunkelheit verschmolz und kaum zu erkennen war. Und sie hatte es geschafft, bis dicht in meine Nähe zu gelangen.

Diesmal warnte mich mein Instinkt nicht.

Als ich den Kopf wieder nach links drehte, sah ich die Gestalt.

Sie wirkte wie ein Schatten, der sich vor dem dunklen Hintergrund abhob und immer größer wurde.

Dann kreiselte der Schatten herum, schwenkte die Waffe und

richtete die Mündung nach unten, um die Kugeln in meinen Körper zu jagen.

Es war Lady X, und sie wollte eine endgültige Endscheidung.

Die Zeit, meinen rechten Arm herumzubringen und auf die Vampirin zu zielen, blieb mir nicht mehr. Sie wäre schneller gewesen. Aber ich hatte noch das Kreuz, und das schleuderte ich der Blutsaugerin gedankenschnell entgegen …

Suko schien auf dem Sitz einzufrieren, als er die Schüsse vernahm. John konnte nicht gefeuert haben, denn er schleppte keine Maschinenpistole mit sich herum.

Demnach kam dafür nur die Gegenseite infrage.

Das war schlimm.

Suko hatte plötzlich Angst um seinen Freund, er dachte allerdings auch an den Verletzten, der dringend ärztliche Hilfe brauchte, und musste sich nun in Sekunden entscheiden, wie es weitergehen sollte.

Suko fasste einen Entschluss. Er drückte die Tür zu, rutschte auf den Fahrersitz und startete.

Schnell durfte er auf keinen Fall fahren, aber mit dem Wagen war er immer schneller als zu Fuß.

Der Chinese hörte das Stöhnen des verletzten Försters. Er biss die Zähne zusammen, schaltete das Licht ein und schaute den hellen Speeren nach, die fast bis zum zerstörten Gemäuer reichten.

Er blendete auf.

Aus den hellen Balken wurden strahlende Streifen, die breit und genau ihr Ziel trafen.

Nicht nur die Ruine wurde getroffen, auch die Gestalt, die vor ihr erschien und für einen Moment die Arme hochriss, weil sie so überrascht war.

Suko erkannte einen Mann in einem hellen Anzug. Die MPi, die er in der Hand hielt, gefiel Suko weniger. Der Mann huschte blitzschnell aus dem Lichtschein.

Zwei Sekunden später hatte der Chinese Ruhe. Dann erfolgte die Reaktion des anderen.

Kaum zu hören war der Motor des Bentley. Deshalb vernahm Suko die Schüsse umso deutlicher. Er sah die Kugeln nicht, hörte aber das Geräusch, mit dem sie in das Autodach einschlugen.

Sofort stoppte der Chinese, löschte das Licht, dachte auch an den Verletzten, hörte ein Splittern, wusste, dass ein Scheinwerfer zu Bruch gegangen war, und ließ sich aus dem Fahrzeug fallen. Weich landete er auf dem nassen, nachgiebigen Boden, überrollte sich und zog noch in der Bewegung seine mit Silberkugeln geladene Beretta.

Suko erwartete eine weitere Garbe. Die jedoch blieb aus. Auch konnte er nichts mehr erkennen. Die Ruine war zu weit von ihm entfernt und wurde von der Nacht verschluckt.

Vor Zorn knirschte der Chinese mit den Zähnen. Die andere Seite hatte ihn nicht mehr dazu kommen lassen, den Arzt zu alarmieren. Er dachte an den Schwerverletzten und daran, dass er ihn im Wagen hatte zurücklassen müssen.

Das gleiche Problem wie Suko hatte sein Gegner ebenfalls. Auch er würde den Chinesen kaum erkennen können, wenn er sich der Ruine näherte.

Suko vertraute auf sein Glück. Dabei reagierte er geschickt und lief im Zickzack auf die Ruine zu. Seine Füße schleiften durch das Gras. Die dabei entstehenden Geräusche gefielen ihm überhaupt nicht.

Und wieder wurde geschossen.

Der Chinese warf sich zu Boden, hechtete noch weiter, aber die Einschläge der Garbe blieben aus.

Der Inspektor schaltete schnell. Nicht der Kerl im hellen Anzug hatte geschossen, sondern jemand anderer. Und der musste sich irgendwo in der alten Ruine versteckt halten. Für Suko gab es keine andere Möglichkeit.

Er huschte hoch, war wie ein Schatten und jagte in Schlangenlinien auf das Gemäuer zu, um seinen Gegner zu überraschen und zu stellen.

Überrascht wurde er allerdings.

Genau in dem Augenblick, als Suko gegen eine überwucherte Wand prallte, hörte er die Stimme der Vampirin Lady X …

Das Kreuz musste treffen.

Ich zitterte und hoffte, dass es geschah, doch ich hatte die Reaktion der Vampirin unterschätzt.

Sie schoss nicht, nein, das wäre tödlich gewesen, denn das Kreuz war so wuchtig geworfen worden, dass es sie vorher noch erwischt hätte. Es konnte sie überhaupt nicht verfehlen.

Doch sie griff zu einem anderen Trick und hatte dabei noch das Glück der Hölle.

Blitzschnell bewegte sie ihre Maschinenpistole, traf mit dem Lauf das geweihte Kreuz und schleuderte es wuchtig zur Seite, sodass es ins Gras fiel und liegen blieb.

Meine Aktion hatte selbst die Blutsaugerin aus dem Konzept gebracht. Sie musste sich erst wieder fangen und besinnen, was natürlich Zeit in Anspruch nahm.

Ich hatte meine Chance, die ich eiskalt ausnutzte. Wuchtig stieß ich mich vom Boden ab und prallte gegen sie. Die linke Hand hatte ich vorgestreckt, riss die Scott damit um und hoffte, dass sie auf das Kreuz fallen würde, doch sie drehte ihren geschmeidigen Körper in der Luft und prallte an der anderen Seite zu Boden.

Nicht weiter tragisch, ich hatte noch die Beretta.

Als ich schießen wollte, traf mich der Tritt. Glück, Zufall oder Können, das wusste ich nicht zu sagen, jedenfalls spürte ich ihn direkt unter meinem Gelenk, und es war in der Tat ein harter Schlag, der meine Hand traf.

Der Arm wurde zur Seite geschleudert. Mit dem Gelenk prallte ich sogar noch gegen einen Stein und hatte Mühe, meine Beretta überhaupt festzuhalten.

Bis ich mich wieder fangen konnte, hatte Lady X ihrerseits ihre Chance ergriffen und war in die Dunkelheit getaucht wie ein Schatten. Wären die Lichtverhältnisse besser gewesen, hätte ich sie gestoppt, so aber musste ich ins Leere schießen, denn ein Ziel sah ich nicht.

Dafür bemerkte ich das Licht.

Es waren zwei gelbe Streifen, die helle Bahnen in die Dunkelheit stachen.

Scheinwerfer!

Lange blieb das Licht nicht, denn ich hörte Schüsse. Es war das harte Belfern einer Maschinenpistole, das Licht verlöschte, und einen Atemzug später hörte ich die Scott hinter mir schreien.

»Weg von hier!«

Dieser Befehl wurde sofort ausgeführt. Hastige Schritte erklangen dumpf auf dem weichen Boden. Hinter mir klirrte der Lauf einer Maschinenpistole, als er mit einem Stein kollidierte, und noch eine Schussgarbe hackte durch die Dunkelheit.

Die Kugeln lagen gar nicht mal so schlecht. Sie trieben mich in die Knie. Als ich mich im Gras abstützte, spürte ich etwas Metallisches an meiner Hand und hob mein Kreuz auf. Ich war froh, dass ich in der Dunkelheit jetzt nicht mehr danach zu suchen brauchte. Rasch hängte ich es mir wieder um den Hals.

Dumpf erklang ein Geräusch, das entsteht, wenn eine Autotür ins Schloss fällt. In der nächsten Sekunde mahlte ein Anlasser.

Ich ließ alle Vorsicht fahren und rannte so schnell es ging meinem neuen Ziel entgegen.

Das unbekannte Gelände, mit Stolperfallen übersät, wurde mir zum Verhängnis. Ich hatte noch nicht einmal die Hälfte der Strecke geschafft, als der Wagen schon weg war. Er fuhr ohne Licht. Es hatte auch keinen Sinn, hinter ihm herzuschießen. Das wäre Munitionsverschwendung gewesen.

Und mit dem Bentley die Verfolgung aufnehmen?

Nein, das konnte ich nicht riskieren. Schließlich lag in unserem Wagen ein Schwerverletzter. Lady X und ihr Begleiter namens Trent waren erst einmal entkommen. So schlimm diese Tatsache auch wahr, ich hatte mich damit abzufinden.

Ziemlich sauer drehte ich mich um und hörte schon Sukos Stimme. Der Chinese rief nach mir.

»Hier bin ich! Warte, ich komme!«

Ich nahm die gleiche Strecke wie auf dem Hinweg, lief unter dem noch bestehenden Dach entlang und trat durch die Öffnung, die einmal eine Tür gewesen war.

Suko erwartete mich mit schussbereiter Waffe.

»Die kannst du wegstecken«, sagte ich und deutete auf die Pistole in seiner Rechten. »Sie sind entwischt.«

Der Chinese nickte. »Das habe ich mir gedacht.«

Ich wechselte das Thema. »Was ist mit dem Förster?«

Suko hob die Schultern. »Er lebt …«

»Mehr auch nicht, wie?«

»So ungefähr. Ich bin kein Arzt, aber ich meine, dass es für ihn nicht gut aussieht. Ich war dabei, über Funk eine Ambulanz anzurufen, als ich die Schüsse hörte. Und dann hat jemand auf den Bentley gefeuert. Ein Kerl im hellen Anzug.«

»Das war ein Vampir.«

»Und Lady X?«

»Ja, sie ist auch dabei. Ein tolles Duo, kann ich dir sagen.« Mehr erzählte ich vorläufig nicht. Wir hatten es eilig, wieder zu unserem Wagen zu kommen, da wir uns um Barry Mason kümmern mussten.

Im Schein der Innenbeleuchtung erkannte ich, dass er nicht bei Bewusstsein war. Sein Atem ging flach und unregelmäßig. Zorn stieg in mir hoch. Wenn er uns unter den Händen wegsterben würde, dann …

Ich dachte nicht mehr weiter, denn Sukos Stimme lenkte mich ab, als er per Autotelefon einen Notarztwagen rief. Er machte es sehr dringend.

Für Barry Mason konnten wir nichts mehr tun, sondern nur hoffen, dass alles glattging.

Ich schaute mir, als Suko den Hörer eingehängt hatte, die Frontpartie des Wagens an.

Auf dem Boden lagen zahlreiche Splitter. Sie blinkten selbst in der Dunkelheit. Als ich mich bückte, konnte ich feststellen, dass der rechte Scheinwerfer hin war.

Regelrecht weggepustet von der Garbe. Das starke Blech hatte auch noch einiges abgekriegt. Wie durch ein Wunder war der Reifen verschont geblieben.

Fahren konnten wir, wenn auch ohne Beleuchtung. Trotzdem saßen wir hier fest. Mit einem Verletzten auf der Rückbank war es unmöglich, die Verfolgung des Rover aufzunehmen. Mich störte es nicht einmal sonderlich, denn ich hatte das Gefühl, dass unsere Gegner nicht weit fahren würden, weil sich der gesamte Fall auf diese nördliche Ecke der Riesenstadt London konzentrierte.

Hier würde irgendwann auch Lupina erscheinen. Dessen war ich mir sicher.

Und hoffentlich brachte sie ihren Sohn mit.

Eine Großfahndung anzukurbeln hatte keinen Sinn. Wären es normale Gangster gewesen, okay, aber eine Großfahndung auf zwei Vampire zu veranstalten hätte für die daran teilnehmenden Beamten äußerste Lebensgefahr bedeutet.

Es war besser, wenn wir unsere Gegner allein jagten. Allerdings waren uns im Augenblick die Hände gebunden. Wir mussten warten, bis der Rettungswagen eintraf.

Suko kümmerte sich um den Verletzten, wischte ihm hin und wieder den Schweiß von der Stirn und ließ den Förster keine Sekunde aus den Augen. Dessen Lippen zitterten, die Haut auf seinem Gesicht zuckte mehrmals, und Suko sah ihm an, dass er litt.

Da wir noch Zeit hatten, telefonierte ich mit meinem Chef, Sir James Powell. Es war immer gut, ihn auf dem Laufenden zu halten, denn wenn übergeordnete Entscheidungen getroffen werden mussten, und das ging oft blitzschnell, musste Sir James über die Voraussetzungen Bescheid wissen. Er befand sich noch im Büro, seit er wusste, dass der Fall mit dem Monster-Club noch weiterlief.

In Stichworten informierte ich ihn. Auch er zeigte sich überrascht, dass ein Vampir mit Silberkugeln um sich schoss und dass Lupina einen Sohn hatte.

»Und wie geht es Ihnen persönlich?«

Ich hatte gewusst, dass die Frage kommen würde, und mir auch schon eine Antwort zurechtgelegt. »Jeder Mensch macht mal Krisen durch. Auch mir ergeht es nicht anders. Ich habe mich wieder gefangen.«

»Damit hatte ich gerechnet.«

»Und wo kann ich Sie erreichen, Sir, wenn sich Dinge ereignen, die …«

Der Superintendent unterbrach mich. »Ich muss in den Club, John. Die Nummer haben Sie ja.«

»Natürlich, Sir.« Damit hängte ich ein.

Suko blickte mich über die Rückenlehne der Vordersitze hinweg an. »Was sagt der Alte?«

»Er kann sich auch keinen Reim auf die Geschichte machen.«

»Es ist auch verdammt schwer. Ein Vampir, der mit Silberkugeln schießt. Wo haben wir das schon mal erlebt?«

»Noch nie.« Und da hatte ich nicht gelogen. Mir spukte noch eine andere Vermutung im Kopf herum, über die ich mit Suko reden wollte. »Lupina befindet sich in der Nähe, Lady X ebenfalls. Hat Solo Morasso zum großen Halali auf uns geblasen, oder weshalb hat er seine Diener zu uns geschickt?«

»Da bin ich überfragt.«

Ich verzog den Mund zu einem Lächeln. »Stell dir Lupina doch mal vor, Suko. Sie war schon immer ein wenig eigenwillig. Irgendwie passte sie nicht in das Schema der Mordliga. Ich erinnere dich nur an den Fall in Sibirien. Da wollte sie auch ihren eigenen Weg gehen. Und hier sieht es mir ganz danach aus, als habe sie etwas Ähnliches vor.«

»Was sich Morasso natürlich nicht gefallen lassen wird.«

»Genau. Er hat zu viele Mitglieder seiner Mordliga verloren und er wird alles dransetzen, um die restlichen zu behalten, und zweitens wird er nicht wollen, dass er Konkurrenz bekommt. Mit anderen Worten: Er kann es sich gar nicht leisten, dass Lupina einen eigenen Weg geht, und er wird deshalb dafür sorgen, da sie diesen Weg nie einschlagen kann. Deshalb hat er Lady X geschickt.«

»Mit einem Mordauftrag«, ergänzte Suko.

»Und mit einem Helfer, der eine mit Silberkugeln geladene Maschinenpistole trägt. Passt doch – oder?«

Da gab Suko mir recht. Auch wenn er die Theorie als ein wenig gewagt empfand.

Ich war anderer Meinung und sagte halblaut: »Wenn ich nur wüsste, was Lupina jetzt noch alles vorhat!«

»Sie wird sich mit ihrem Sohn zusammentun.«

»Klar. Und dann?«

Da war der Chinese ebenso ratlos wie ich. Wir mussten die Ereignisse eben auf uns zukommen lassen, dann würden wir weitersehen.

Ich schaute auf die Uhr. Es wurde immer später, und noch immer war kein Notarztwagen da.

Dafür geschah etwas anderes. Da die Wagentüren offen standen, konnten wir genau hören, was draußen vor sich ging. Und gemeinsam vernahmen wir aus der Ferne das schaurige Heulen. Es schwang wie eine unheilvolle Warnung weit über das flache Land und trieb uns eine Gänsehaut über den Körper.

Lupina war in der Nähe. Und sie hielt sich anscheinend für stark genug, dies unter Beweis zu stellen …

Noch jemand hörte das Heulen.

Lady X und Tonio Trent. Sie fuhren zwar in ihrem Rover, doch sie hatten zwei Seitenscheiben nach unten gekurbelt.

Als das schaurige Geräusch aufklang, trat Trent das Bremspedal nieder. Der Rover stand.

Stille umgab die beiden Vampire. Sie sagten vorerst nichts, sie schauten sich nur an und lauerten darauf, dass sich das Geheul wiederholen würde.

Es blieb ruhig. Einmal hatte gereicht. Lupina verkündete

damit, dass sie ihr Ziel erreicht hatte. Beide Vampire verstanden die Bedeutung dieses Lautes sehr wohl.

»Sie hat ihn!«, flüsterte Lady X. »Verdammt, sie hat ihn.«

»Und?«

»Damit sind sie zu zweit und außerdem doppelt so stark, du Idiot.«

»Wieso? Wir sind auch zu zweit.«

Lady X lachte gallenbitter. »Ich glaube, du hast noch nicht begriffen, gegen wen es da geht. Lupina ist brandgefährlich, sonst wäre sie nicht zu einem Mitglied der Mordliga geworden. Das musst du dir immer vor Augen halten. Sie nennt sich selbst die Königin der Wölfe, und das nicht ohne Grund. Sie hat wahrscheinlich ihren Sohn gefunden, und wenn sie sich mit ihm zusammenschließt, worauf ja alles hindeutet, wird sie es auch schaffen, die übrigen Werwölfe um sich zu scharen und ihrem Kommando zu unterstellen. So sieht es aus.«

»Noch ist es nicht so weit«, erwiderte der männliche Vampir.

»Wenn wir uns nicht beeilen, kann es leicht so werden. Das musst du begreifen.«

»Hast du dir die Richtung gemerkt, aus der das Heulen kam?«, wollte Trent wissen.

»Nein.«

»Das ist natürlich schlecht. So werden wir sie nie finden.«

»Reg dich wieder ab. Das Heulen kann von überall gekommen sein. Es ist zu schwer, das herauszufinden.«

»Wie du meinst.«

Lady X stieß ihren Artgenossen an. »Fahr weiter. Einfach so. Wir treffen bestimmt auf sie.«

Trent zeigte seine Vampirzähne. »Da bin ich mir nicht so sicher.«

»Aber ich. Fahr los!«

Der Blutsauger gab wieder Gas. »Und was machen wir am Tag, wenn die Sonne scheint?«

Lady X lachte kalt. »Die Sonne kann mir nichts anhaben. Ich habe mich daran gewöhnt. Solltest du jedoch ein Vampir der alten Art sein, versteck dich im Kofferraum.«

»Das werde ich auch.«

»Dann kannst du nur hoffen, dass wir Lupina bis zum Sonnenaufgang gefunden haben. Und ihren Sohn ebenfalls.«

»Das müsste zu schaffen sein.«

Die Scott erwiderte auf diese optimistische Antwort nichts. Sie hatte so ihre Bedenken, denn sie brauchte sich nur zu erinnern, dass es ihr wieder einmal – und dies trotz Unterstützung – nicht gelungen war, ihren Erzfeind John Sinclair auszuschalten. Sinclair war ein verdammter Spürhund. Wenn der einmal Blut geleckt hatte, würde er so schnell nicht mehr aufgeben. Das hieß im Klartext: Auch er würde die Spur zu Lupina finden. Wenn die Werwölfin, ihr Sohn sowie Sinclair und Suko aneinandergerieten, konnten Lady X und Trent vielleicht die lachenden Dritten sein.

Daran musste die Scott denken.

»Was ist?«, fragte Trent.

»Nichts, ich überlege nur.«

»Und was?«

»Es sind Überlegungen, denen du sowieso nicht folgen kannst. Also halte lieber dein Maul und fahr weiter.«

Der Blick, den Tonio Trent seiner dämonischen Begleiterin zuwarf, steckte voller Hass. Tun konnte er jedoch nichts. Beide waren auf Gedeih und Verderb aufeinander angewiesen. Da hatte Doktor Tod in der Tat einen raffinierten Schachzug eingefädelt, denn nicht Lady X sollte die lachende Dritte sein, sondern er allein …

Er war in der Nähe, das fühlte sie genau! Strömungen, nicht sichtbar, nicht messbar, schwangen über eine ziemlich große Entfernung zwischen ihnen hin und her und vermittelten das, was Lupina empfand.

Er wollte zurück.

Zurück zu seiner Mutter!

Alles war vorbereitet gewesen. Seine Diener standen ihm schon zur Seite, doch da waren Sinclair und dieser verfluchte Chinese aufgetaucht, die alles zunichte machten.

Das hatte Lupina nicht vergessen. Sie würde Orapul oder Schwarzwolf, wie sie ihn früher auch genannt hatte, gegen Sinclair und seine Freunde hetzen. Gemeinsam musste es ihnen gelingen, ihn zu besiegen. Und wenn sie das geschafft hatte, konnte sie Doktor Tod vernichten. Sicherlich würden ihr zahlreiche Dämonen zur Seite stehen und ihr anschließend gern die Führung über die Mordliga überlassen.

Leider war es keine mondhelle Nacht. Der Himmel war mit Wolken bedeckt. Nur hin und wieder konnte sie die dreiviertel volle Scheibe des Mondes sehen, die jedoch schnell wieder verschwunden war, wenn der Wind Wolken vor den Erdtrabanten schob.

Sie hatte auf geistiger Ebene längst Kontakt zu ihrem Sohn, und sie hatten auch einen Treffpunkt vereinbart. Er lag nahe eines kleinen Baggersees, an dessen Ufern sich dunkler Lehm auftürmte. Der weitere Abbau hatte sich nicht mehr gelohnt. Der Krater war geblieben, hatte sich mit Wasser gefüllt, und niemand kümmerte sich um das Loch im Gelände.

Zudem war der See sehr tief. Mütter verboten ihren Kindern, dort zu spielen. Das Wasser sah aus wie dunkelgraue Anthrazitkohle und war zumeist glatt wie ein Spiegel.

Wenn sich tagsüber nur wenige Menschen an den Baggersee verirrten, des Nachts kam niemand. Da lagen der See und die Ufer in absoluter Ruhe. Höchstens Hasen oder Füchse verirrten sich mal, oder es flogen Rebhühner über die dunkle Fläche.

Lupina hatte es nicht mehr weit. Obwohl sie so schwerfällig wirkte, schritt sie doch leicht und geschmeidig dahin. Sie hatte sich wieder verwandelt, ihr Haar glänzte golden, und nach wie vor stand der kalte Ausdruck in ihren Augen.

Sie nahm die Ausstrahlung ihres Sohnes in sich auf, und sie spürte, wie die Schwingungen stärker wurden. Ein Zeichen, dass Mutter und Sohn nicht mehr weit voneinander entfernt waren.

Vor Solo Morasso war Lupina eine Zeitlang mit ihrem Sohn zusammen gewesen. Sie hatten die Wälder durchstreift und waren so manches Mal auf Beutezug gegangen. Lupina hatte Orapul alles gelehrt, was er brauchte, auch die Jagd auf Menschen.

Orapul war gewachsen. Von Tag zu Tag wurde er kräftiger. Er lernte das wilde, dämonische Leben kennen, und er fragte auch nach seinem Vater.

Darüber hatte Lupina zuvor nie mit ihm gesprochen. Dieses Thema war von ihr bewusst nicht angeschnitten worden. Natürlich kamen die Fragen, und dann konnte sie nicht mehr mit dem Geheimnis hinter dem Berg halten. Sie musste beichten, wer Orapuls Vater war.

Einen Menschen hätte es vielleicht geschockt, wenn er den Namen erfahren hätte, den Schwarzwolf jedoch nicht.

Der Vater war Fenris, der legendäre Götterwolf!

Immer wieder war er auf die Erde gekommen, und er war bei einem seiner Besuche auch auf Lupina gestoßen. Sie hatten nur Stunden miteinander verbracht. Lupina, die Werwölfin, war von der Kraft des legendären Fenris fasziniert gewesen und hatte sich ihm hingegeben. Aus dieser Verbindung war der Schwarzwolf Orapul entstanden.

Als er hörte, dass Fenris sein Vater war, konnte Lupina ihn nicht mehr halten. Orapul wollte ihn kennenlernen, und Lupina ließ ihn ziehen, um weiterhin allein durch die Welt zu streifen. Sie traf auf die Mordliga, wurde ihr Mitglied und versuchte, die Werwölfe der Welt zu vereinigen.

Ihren Sohn jedoch hatte sie nie aus dem dämonischen Gedächtnis verloren. Oft genug erinnerte sie sich an ihn. Sie wusste, dass er eines Tages zurückkehren würde, denn Fenris konnte ihn nicht immer halten. Er war ein zu großer Egoist und nur mit seiner eigenen Macht beschäftigt.

In Irland wollte er zuschlagen, um einem großen Plan zum Erfolg zu verhelfen. Der Geisterjäger John Sinclair jedoch vereitelte diesen Plan, sodass Fenris eine Niederlage hinnehmen musste. Was die Götter mit ihm angestellt hatten, wusste Lupina nicht, auf jeden Fall wollte ihr Sohn nicht mehr bei seinem Vater bleiben.

Er kam zurück auf die Erde und suchte seine Mutter.

Gefunden hatten sie sich noch nicht, aber sie näherten sich dem gedanklich vereinbarten Treffpunkt.

Als Lupina den Baggersee sah und sich nur noch wenige Yards von dem steilen Abgang entfernt befand, der hinunter zum Ufer führte, blieb sie stehen und legte den Kopf in den Nacken.

Soeben kroch der Mond wieder hinter einer dicken Wolke hervor. Die Werwölfin konnte sich in seinem Licht baden, sie fühlte die Kraft, die von dem gelb schimmernden Erdtrabanten ausging, und saugte sie mit jeder Faser ihres Körpers in sich auf. Das Mondlicht legte einen feinen Schleier auf das menschliche Gesicht der Frau.

Dann öffnete sie den Mund, zeigte ihr scharfes Gebiss und stieß ein wildes, gleichzeitig schaurig klingendes Heulen aus, das weit über den See hallte und sich irgendwo in der Ferne verlor. Es war der Lockruf für ihren Sohn. Falls sich Orapul in der Nähe befand, dann würde er antworten.

Der Heulton war verebbt. Eine Reaktion erfolgte nicht. Enttäuschung breitete sich in Lupina aus.

Dann, als sie schon weitergehen wollte, war es plötzlich da. Das zittrige, dumpfe Jaulen, das immer mehr anschwoll, ähnlich einer Sirene, und dann zu einem schauerlichen Heulen wurde, das die Luft erzittern ließ. Es klang so, als würde es nie abreißen, und Lupina, in deren Ohren das Heulen widerhallte, richtete sich auf, als hätte ihr ein unbekannter Spender Kraft gegeben, sodass ihre Pupillen plötzlich wie zwei kalte Sterne leuchteten.

»Orapul!«, brüllte sie in dieses Heulen hinein, wobei ihre Stimme dumpf klang und sich sogar noch überschlug. »Orapul!« Sie schüttelte sich, ihr Fell begann zu vibrieren, dabei hob sie die Pranken und spreizte sie ab, sodass sie fast wie ein übergroßes dunkles Kreuz aussah, das sich deutlich vom Boden abhob.

Sie hatte ihn gefunden.

Endlich!

Noch immer schwebte der Ton in der Luft. Lang anhaltend, klagend, gleichzeitig nach Stärke und Macht klingend, dazu fordernd und kampfbereit.

Ja, so wollte Lupina es haben. So und nicht anders. Sie und ihr Sohn wollten kämpfen, wollten alles niederwalzen, was sich ihnen in den Weg stellte, und eine gewaltige Allianz der Werwölfe schaffen, die einmalig war auf der Welt.

Viele Schritte hatte sie unternommen, um zu ihrem Ziel zu gelangen, jetzt brauchte sie nur noch einen kleinen zu tun, dann hatte sie es erreicht.

Er war da!

Ganz in der Nähe.

Und er wartete auf sie.

Noch einmal durchfuhr sie ein regelrechter Kraftstrom, dann lief sie vor, erreichte den Rand der Klippe und blieb dort stehen, um in die Tiefe zu schauen.

Wie ein großes schwarzes Viereck lag der unheimlich wirkende See unter ihr. Der Wind fiel nicht so stark in diese alte Lehmgrube hinein, deshalb war die Oberfläche auch fast ruhig und erinnerte an matt glänzenden Lack.

Lupinas Blick glitt an den schmalen Uferrändern entlang bis weit nach rechts, wo sich das Gelände zu einer mit Schotter belegten Straße hin öffnete.

Und dort sah sie ihn.

Orapul, ihren Sohn!

Er hockte auf den Hinterpfoten, bewegte den Kopf, und da der Wind die Wolken vom Mond wegtrieb, sodass er fast hinter dem Schwarzwolf stand, wirkte dieser wie ein herrlicher Scherenschnitt.

Noch stärker und kräftiger leuchteten Lupinas Augen. Sie schüttelte ihr Fell, das sich bewegte wie eine schwarzgraue Woge, und war im nächsten Augenblick nicht mehr zu halten.

Über die Klippe sprang sie hinweg. Mit den Läufen schlug sie Lehm und Dreck hoch und rutschte über den nassen, glatten Hang nach unten, ihrem Ziel entgegen.

Er wartete, und sie wollte ihn nicht enttäuschen.

Ein Mensch hätte sich bestimmt mehrmals überschlagen, nicht so Lupina. Sie hielt sich prächtig, fand immer wieder Halt und hatte schließlich unangefochten den schmalen Uferstreifen dicht am Baggersee erreicht.

Dort blieb sie stehen, drehte den Kopf hin und her, schüttelte dabei ihr langes Haar aus. Wassertropfen und einige Lehmklumpen flogen jetzt davon.

Sie hatte nur Augen für ihn – für ihren Sohn! Und Orapul enttäuschte sie nicht.

Auch er hatte Sehnsucht nach seiner Mutter. Er richtete seinen großen Körper auf, der gewaltige Kopf bewegte sich von einer Seite zur anderen, dann stieß er sich mit den Hinterpfoten ab und hetzte mit langen Sprüngen auf seine Mutter zu.

Auch Lupina blieb nicht auf dem Fleck.

Sie rannte ihrem Sohn entgegen und hielt sich dabei dicht am Ufer des Baggersees.

Es schien so, als hätte der Mond ein Einsehen mit ihnen. Fast voll strahlte er auf die Erde und erhellte auch die unmittelbare Umgebung des Baggersees, wo sich Mutter und Sohn treffen wollten.

Es waren gewaltige Knurrlaute, die sie ausstießen. Lupina konnte sich mit ihrem Sohn nicht in einer menschlichen Sprache unterhalten, nur per Gedankenkraft, denn er war kein eigentlicher Werwolf, der sich tagsüber in einen Menschen verwandelte und erst bei Vollmond zur Bestie wurde. Er blieb immer Wolf.

Und er sprang seine Mutter jetzt so kraftvoll und wuchtig an, dass Lupina es nicht auffangen konnte und auf den Rücken geschleudert wurde.

Dann war Orapul über ihr. Eine gewaltige Zunge fuhr aus dem Maul und leckte über das menschliche Gesicht der unheimlichen Werwölfin, die sich diese Liebkosung gefallen ließ, denn darauf hatte sie schon Jahre gewartet.

Minutenlang dauerte die Begrüßung. Beide gebärdeten sich wie toll. Als sie schließlich voneinander abließen, waren sie ein wenig erschöpft. Nebeneinander blieben sie hocken. Lupina saß rechts von ihrem Sohn, auf den sie sehr stolz sein konnte, denn er war ein prächtiges Tier.

Pechschwarz war sein Fell und so dicht am Kopf wie das eines männlichen Löwen.

Den Mund hatte er ein wenig geöffnet. Rötlich schimmerten sein Rachen und die Zunge, doch die Augen hatten die gleiche kalte Farbe wie die seiner Mutter.

Gelblich grün leuchteten sie, ohne Gefühl, erbarmungslos, brutal. Ein Zeichen, dass diese beiden Bestien nicht gewillt waren, Gnade zu gewähren.

Durch die Schwärze des Fells hob sich Lupinas helles Haar noch deutlicher ab, und auch im Sitzen war zu erkennen, dass der Schwarzwolf seine Mutter um eine halbe Kopfgröße überragte.

Er war ungemein gewachsen, und er hatte Kraft bekommen, denn Fenris, der Götterwolf, war sein Vater gewesen.

Von ihm hatte er das wilde, ungezügelte Temperament, von Lupina die Schläue und Raffinesse.

Beides zusammen ergab eine hochbrisante Mischung, wie sie selten bei einem dämonischen Wesen vorhanden war.

Mutter und Sohn genossen das Zusammensein. Minutenlang blieben sie nebeneinander hocken. Ihr Fell berührte sich, die beiden brauchten einfach den »Hautkontakt«. So war es auch bei den Menschen. Die Bestien reagierten ähnlich.

Es war Lupina, die eine gedankliche Brücke zu ihrem Sohn Orapul herstellte.

›Wie geht es dir?‹

›Sehr gut.‹

›Und wo bist du so lange gewesen?‹

›Ich wollte nicht länger bei Fenris bleiben. Er hat eine Niederlage erlitten und tobte furchtbar. Die Götter konnten ihn kaum zähmen.‹

›Willst du immer bei mir bleiben?‹

›Ich weiß es noch nicht‹, gab der Schwarzwolf die gedankliche Antwort.

Lupinas Fell sträubte sich, während sie den Kopf schüttelte. Sicher würde er bei ihr bleiben. Ein Leben bei seinem Vater war eigentlich nichts. Fenris war wild, ungezügelt, unberechenbar. Einmal hasste er seine Feinde und wollte sie vernichten, dann wieder stellte er sich gegen seine Freunde. Nein, bei so einem sollte Orapul nicht bleiben. Hier auf der Erde war er besser aufgehoben.

Aber sie konnte ihm auch nicht die Wahrheit verschweigen. Orapul musste wissen, was ihn hier auf der Erde erwartete, dass es auch hier Feinde gab.

›Deine Diener sind tot‹, teilte sie ihm auf gedanklichem Weg mit.

Der Schwarzwolf sprang auf. Jetzt wirkte er noch größer und wuchtiger als seine Mutter.

Er drehte seinen mächtigen Kopf, schaute Lupina an und stand so dicht vor ihr, dass sich die Köpfe der beiden fast berührten.

›Wer hat sie umgebracht?‹

›Einer unserer größten Feinde.‹

›Und wer ist es?‹

›Er heißt John Sinclair. Aber er hat noch mächtige Freunde, die ihm zur Seite stehen.‹

Orapul setzte sich wieder. ›Ich kenne den Namen John Sinclair. Er ist auch bei uns erwähnt worden. John Sinclair hat Fenris die Stirn geboten. Er ist ein mutiger Mann.‹

›Angst hat er nicht‹, gab Lupina zu.

›Ist er hier?‹

›Nein, dann hätten wir ihn entdeckt. Aber er kann möglicherweise kommen. In der Nähe lauert er sicherlich. Er hat deine Diener aus dem Weg geräumt. Alles war bereit, dich zu empfangen, doch dann kamen Sinclair und der Chinese. Sie töteten die Wölfe.‹

Orapul schüttelte abermals den Kopf. Er wollte es nicht glauben, denn er hatte bisher immer auf die Stärke seiner Freunde vertraut. Auch sich selbst sah er als stark an, und besonders jetzt, wo er unter dem Schutz seiner Mutter stand. Nun kam sie daher und sprach von einer Gefahr, die hier irgendwo lauern sollte, von John Sinclair und vielleicht auch von anderen Gegnern.

›Werden sie auch hier erscheinen?‹, fragte er.

›Sinclair und sein Freund sind wie Spürhunde. Wenn sie einmal eine Fährte aufgenommen haben, dann verlieren sie sie auch so schnell nicht wieder‹, erklärte Lupina und machte sich sowie ihrem Sohn da nichts vor.

Orapul schaute seine Mutter an. Sie las in seinen Augen die Wut, den Hass, aber auch das Vertrauen, das er ihr entgegenbrachte.

›Wir werden es schaffen!‹ Lupina machte ihrem Sohn Mut. Auch sie erhob sich jetzt, stellte sich auf die Hinterläufe, legte den Kopf in den Nacken und schaute hoch zum Mond, der wie eine fast runde, blanke Kugel dort stand.

Im selben Augenblick begann die Metamorphose. Lupina verwandelte sich endgültig in einen Werwolf und gab ihr letztes Stück Menschsein ab. Das Gesicht verschwand.

Die langen, blonden Haare schrumpften zusammen, nahmen einen anderen Farbton an, verloren ihre Farbe ganz und sahen danach aus wie das übrige Fell der Wölfin.

Zwei Tiere standen sich gegenüber.

Abermals öffneten sie ihre Rachen und heulten sich an. Beide Laute schwangen in die Nacht und vereinigten sich zu einem schaurigen Echo. Es erstarb langsam.

Die Wölfe jedoch blieben, sie hatten ihren Platz gefunden, ein einsames, für sie ideales Gelände, wo sie warten und sich verstecken konnten.

Bis Orapul plötzlich zur Seite huschte und drohend knurrte. Lupina verstand sofort. Auch sie merkte es, sie witterte und spürte es. Jemand war in ihrer Nähe.

Und das bedeutete – Gefahr!

Ich weiß heute noch nicht, wer damals die Idee hatte. Entweder Suko oder ich, eine andere Möglichkeit blieb ja nicht. Jedenfalls stand ich da und nickte.

»Ja, das könnten wir machen.«

Unser Vorhaben war simpel und gleichzeitig trickreich. Wir wussten nicht, wo sich Lupina aufhielt. Okay, weit würde sie nicht weglaufen, sondern in der Nähe bleiben. Aber auch diesen Begriff konnte man großzügig oder eng fassen. Wenn ich eine Hundertschaft Polizisten zur Verfügung gehabt hätte, wäre es wohl ein Leichtes gewesen, das Gelände zu durchkämmen, und wir würden auch irgendwann auf Lupina stoßen, dessen waren wir uns sicher. Aber man durfte dabei nicht außer Acht lassen, dass auch noch zwei andere Jagd auf die Teufelstochter machten. Zwei brandgefährliche Vampire. Und wenn sich diese vier Bestien eingekreist sahen, würden sie durchdrehen.

Deshalb konnten wir keine Kollegen einsetzen und mussten die Sache anders anpacken.

Wir wollten uns einen Helfer suchen. Ein ganz bestimmtes Wesen, das seit einiger Zeit bei den Conollys wohnte. Dieses Wesen war ebenfalls ein Wolf und hörte auf den Namen Nadine.

Waren Lupina und Orapul etwas Außergewöhnliches, so passte dieser Begriff auch auf Nadine Berger. Ihre Seele war durch Magie in den Körper eines Wolfes übergegangen. Ein wahrlich unwahrscheinliches und fast unglaubliches Ereignis, aber es hatte stattgefunden, damals in Irland, als wir gegen Fenris, den Götterwolf, und dessen Diener kämpften. Die tote Nadine war hineingezogen worden in diesen gefährlichen Strudel, und nun lebte ihre Seele im Körper eines Wolfes weiter.

Nadine hatte uns später geholfen, den grünen Dschinn zu vernichten, und damals war der Gedanke geboren worden, sie bei den Conolly zu lassen. Die Nachbarn dachten mehr an einen Schäferhund, nur wenige wussten, wer das Tier tatsächlich war. Außerdem war Nadine ein fantastischer Wachhund für den kleinen Johnny. Sie gab auf ihn Acht, damit ihm nichts geschah.

So ganz war ich von dem Plan noch nicht überzeugt, denn

ich wusste um die Gefährlichkeit unserer Gegner. Sie waren sicherlich stärker als Nadine Berger, aber um Lupina und ihren Sohn aufzuspüren, da kam sie uns gerade recht.

»Ja oder nein?«, fragte mich Suko.

Ich nickte.

»Soll ich Bill anrufen?«

Ich schüttelte den Kopf. »Das erledige ich.«

Ich ging zum Bentley. Der Notarztwagen war inzwischen eingetroffen und auch wieder abgefahren. Noch immer sah ich das ernste Gesicht des Doktors vor meinem geistigen Auge. Der Mann hatte den Förster kurz untersucht und war dann in eine nahezu fieberhafte Hektik verfallen. Er musste sich ungemein beeilen, und wir hofften, dass es noch nicht zu spät war.

Die Leute von der Spurensicherung waren dabei, Kugeln einzusammeln. Unsere Gegner hatten in der Tat mit zwei verschiedenen Waffen und verschiedenen Geschossen gefeuert.

Einmal Silberkugeln, zum Zweiten die normalen Bleimantelgeschosse, wobei ich mich noch immer fragte, woher unsere Gegner wohl die Silberkugeln hatten. Es war gar nicht so einfach, sie zu besorgen. Dann dachte ich wieder an Solo Morasso und an dessen Möglichkeiten. Der schaffte eigentlich alles.

Bills Nummer kannte ich natürlich auswendig. Bevor ich telefonierte, warf ich noch einen Blick auf die Uhr. Wenn Bill in wenigen Minuten abfuhr, dann dauerte es noch immer rund eine Stunde, bis er bei uns eintreffen würde, denn der Reporter musste quer durch London. Auch wenn er einen Porsche fuhr, konnte er nur so schnell sein, wie der Verkehr es zuließ.

Er war am Telefon.

»Gibt's dich auch noch?«, rief er.

»Wie du hörst.«

»Und jetzt steckst du in der Klemme.«

»Wie kommst du darauf?«

»Immer wenn du zu einer außergewöhnlichen Zeit anrufst, muss der gute Bill herhalten und dich aus dem Dreck ziehen.«

»Na ja, du siehst das ein wenig überspitzt, Alter. Aber im Prinzip hast du recht.«

»Dann mal raus mit dem Problem.«

Ich sprach mit ihm über den Fall und merkte an Bills Reaktion, dass ihm die Sache irgendwie nicht passte. Er sagte nämlich nichts.

»Bist du stumm geworden?«

»Fast«, gab er zurück. »Ich bin fast stumm geworden. Das ist natürlich ein Hammer.«

»Wieso?«

»Gern gebe ich Nadine nicht her. Die Sache, die du vorhast, ist gefährlich. Das sind ja vier Gegner. Zwei Werwölfe und zwei Vampire. Ist das nicht ein wenig zu viel für unsere Nadine?«

»Wenn sie allein gegen sie stünde, bestimmt. Nur vergisst du Suko und mich.«

»Gestattest du denn, dass ich euch unterstütze?«

Auf diese Frage hatte ich regelrecht gelauert. Natürlich hatte ich nichts dagegen. Wenn Bill tatsächlich kam, war das Verhältnis ausgeglichen. Dann stand es unentschieden, und unsere Chancen wurden erheblich größer.

»Was sagt Sheila denn dazu?«, fragte ich.

»Die ist einverstanden«, erwiderte der Reporter schnell.

»Na ja, ich bin gespannt.«

»Wann soll ich antanzen?«

»Schwing dich in deinen Wagen und komm.«

Bill wollte noch die genaue Adresse wissen. Die konnte ich ihm nicht geben, da wir uns mitten im Gelände befanden. Ich tat jedoch mein Bestes und hoffte, dass der Reporter den Weg zu uns finden würde.

Suko stand bei zwei Beamten der Spurensicherung. Als er mich aussteigen sah, kam er mir entgegen.

»Alles klar«, sagte ich.

»Dann kommt er also?«

Ich grinste. »Du kennst doch Bill.«

»Da ist noch etwas, John.«

Wenn Suko so redete, lag meistens was in der Luft. Und nichts Positives. In diesem Fall allerdings hatte ich mich geirrt.

»Einer der Beamten von der Spurensicherung ist mit seinem Privatwagen hier. Die Gründe weiß ich nicht einmal. Er hat ein Hobby. Er ist Autobastler und kann uns den zerschossenen Scheinwerfer provisorisch wieder richten.«

»Wo ist der Knabe?«

Suko deutete auf einen schlaksig wirkenden Burschen, der ein wenig abseits stand und zu uns rüberschaute. Wir redeten kurz mit ihm und versprachen ihm als Belohnung für seine Mühen eine Flasche Whisky.

»Ich hätte es auch ohne getan, Sir.«

»Sicher, aber so geht es schneller.«

Da grinste der Mann und begann mit der Arbeit.

Wir aber warteten auf Bill Conolly – und Nadine, die Wölfin. Hoffentlich hatten wir nichts falsch gemacht. Ein bedrückendes Gefühl blieb bei mir trotzdem zurück …

Der Rover fuhr durch die Nacht.

Wer ihn und die Insassen in der Blechkarosse sah, der konnte die beiden für ein normales Liebespärchen halten, das durch die Nacht rollte, um sich ein lauschiges Plätzchen zu suchen.

Ein Liebespaar waren die beiden sicherlich nicht. Im Gegenteil, sie gierten nach Blut.

Und darin zeichnete sich besonders der ehemalige Mafiakiller Tonio Trent aus. Er war sehr unruhig. Und ebenso fuhr er auch. Seine Bewegungen wirkten hastig, übernervös, hin und wieder stieß er ein wütendes Knurren aus oder bewegte den Mund, wobei jedes Mal seine langen Zähne aus dem Oberkiefer lugten und gegen die Haut an der Unterlippe stießen. Er schüttelte sich oft, als hätte jemand kaltes Wasser über ihn gegossen, obwohl er dies kaum gespürt hätte, denn Vampire kennen keine Gefühle. Ob es kalt oder warm war, sie reagierten immer gleich, denn sie waren seelenlose Monster, die nur töteten, um sich vom Blut der Menschen zu ernähren. Diejenigen, die sie bissen, wurden ebenfalls zu Vampiren, und ihnen würde es niemals gelingen, den tödlichen Kreislauf zu durchbrechen.

Die beiden Fenster waren offen. Kühle Luft strömte in das Fahrzeug. Sie merkten es nicht einmal. Für sie waren die geöffneten Fenster aus einem anderen Grund wichtig. Sie mussten die Spuren der Gegner finden. Sie wussten, dass die Werwölfe deutliche Spuren hinterließen. Der Instinkt jedes Höllengeschöpfes war sehr entwickelt und reagierte wie eine hochempfindliche Elektronik. Jedes Monster fand die Spur eines anderen.

Begegnet war ihnen bisher niemand. Sie hatten sich auch nicht immer auf den Wegen gehalten, sondern waren manches Mal querfeldein gefahren, wobei die Reifen den seifigen, nassen Boden aufwühlten, Grassoden hervorrissen und diese hochschleuderten.

Die Wolken hatten sich zum größten Teil verzogen. Wenn sie durch die Scheiben blickten, konnten sie hin und wieder die fast vollständige runde Kugel des Mondes sehen. Wie ein Ballon hing er unbeweglich am Himmel und glänzte fahl.

Sie hatten die Spur aufgenommen.

Es war vor allen Dingen Lady X, die spürte, wo sich ihre Feinde verkrochen hatten. Lange genug war sie mit Lupina zusammen gewesen. Sie nahm sie wahr und ortete sie. Die Werwölfin konnte sich niemals so gut verstecken, als dass Lady X sie nicht gefunden hätte.

Abermals verließen sie eine schmale Teerstraße. Pamela Scott hatte angeordnet, dass sie nach links fahren sollten, hinein in das Gelände und einen Hang hoch, mit dem der Wagen seine Schwierigkeiten hatte, weil die Räder durchdrehten. Zudem würgte Tonio Trent noch den Motor ab.

»Du bist ein Trottel!«, zischte die Blutsaugerin. Sie hatte sich von der Nervosität ihres Partners anstecken lassen.

Trent zuckte zusammen. »Willst du fahren?«, zischte er.

»Los, weiter!«

Der Vampir drehte den Zündschlüssel, der Motor sprang wieder an. Trent trat das Gaspedal wütend durch. Er hatte Glück, dass sich der Rover in Bewegung setzte. Mit dem Heck schwänzelte er, die Hinterräder schleuderten Dreck hoch.

Später mussten sie einen Umweg fahren, weil sie nicht durch den Wald konnten.

»Halte dich mehr rechts!«, befahl Lady X.

»Spürst du was?«

»Ja. Sie sind nicht mehr weit.«

Sie fuhren inzwischen über einen schmalen Feldweg, der aus nicht mehr als zwei Treckerspuren bestand, in denen sich das Wasser gesammelt hatte.

Der Weg wurde nach einer gewissen Zeit breiter. Einige Zeichen deuteten darauf hin, dass er einmal eine Straße gewesen war, über die Wagen gefahren waren.

Es war tatsächlich der offizielle Weg zur Lehmgrube, demnach waren die beiden Vampire nicht mehr weit von ihrem eigentlichen Ziel entfernt.

Und sie rollten weiter.

Die Stoßdämpfer des Rover hatten einiges auszuhalten, denn nicht nur tiefe Reifenspuren markierten den Weg, sondern auch Schlaglöcher.

Die beiden Blutsauger wurden durchgeschüttelt.

Gemeinsam vernahmen sie das Heulen.

Sofort trat Tonio Trent auf die Bremse und stoppte den Wagen. Beide lauschten, horchten in die Nacht hinein, und um die Lippen des weiblichen Vampirs legte sich ein kaltes, grausam wirkendes Lächeln.

Bald war es so weit. Lady X drehte den Kopf und schielte zum Rücksitz, wo die mit Silberkugeln geladene Maschinenpistole lag. Sie fürchtete sich vor der Waffe, denn geweihte Silberkugeln waren auch für sie tödlich, nicht nur für Werwölfe. Sie musste Acht geben, wenn ihr Begleiter damit hantierte und den Lauf aus Versehen auf sie richtete.

Die Scott mochte Trent nicht. Sie passten einfach nicht zusammen, sie hassten sich.

Nur eine Notgemeinschaft hielt sie zusammen. Wenn die Feinde erledigt waren, löste sich automatisch auch diese Gemeinschaft auf, dann wollte Lady X sich den ehemaligen Mafiakiller vom Hals schaffen.

Sie musste dafür Sorge tragen, dass noch genügend Munition vorhanden war.

Das Heulen verebbte. In den letzten, klagenden Tönen schwang es noch einmal durch die Dunkelheit, bevor es nicht mehr zu hören war.

Stille!

»Fahr weiter!«, wies die Scott ihren ungeliebten Begleiter an. »Und beeil dich, wir sind gleich da.«

»Wirklich?«

»Ja, du Idiot, du hast es doch gehört.«

»Sollen wir nicht aussteigen?«

»Ich gebe hier die Befehle!«

Tonio Trent warf der Blutsaugerin einen Blick zu, der besagte, dass er ebenso dachte wie Lady X. Nach dem Auftrag gab es nichts mehr, was sie noch zusammengehalten hätte. Die Abneigung, die Trent als Mensch gegen die Scott verspürt hatte, die empfand er auch als Vampir.

Sie rollten an. Diesmal fuhr Trent nicht so schnell. Er kannte die Regeln und hielt sich daran. Das vorsichtige Anschleichen war besser als ein übereiltes Rasen.

Der Rover schwang jetzt sachter und federnder. Lady X saß leicht nach vorn gebeugt und starrte durch die Scheibe. Sie versuchte etwas zu erkennen und entdeckte bald darauf das erste, schon verblichene Schild, auf dem die Aufschrift nur mühsam zu entziffern war. Das Schild warnte vor einem Betreten der Lehmgrube, und da wusste die Blutsaugerin plötzlich Bescheid.

Jetzt endlich kannte sie das Versteck der Werwölfe.

Eine ehemalige Grube, aus der man Lehm für eine Ziegelei gefördert hatte.

»Stoppen!«, befahl sie.

Automatisch gehorchte der Killer. Er hatte sich damit abgefunden, nur die zweite Geige zu spielen.

Der Rover rutschte noch ein Stück vor und kam zur Ruhe. Für einen Moment blieben die beiden Blutsauger sitzen, sie konzentrierten sich und horchten, ob etwas zu hören war, doch die Nacht brachte keine Geräusche an ihre Ohren.

Es blieb ruhig …

»Steig aus!« Während Lady X das sagte, öffnete sie schon an ihrer Seite die Tür.

Tonio Trent tat an seiner das Gleiche. Wie auch die Scott ließ er den Wagenschlag vorsichtig ins Schloss fallen.

Dann reagierte der weibliche Vampir wieder schneller als Trent. Lady X hatte bereits die hintere Tür aufgestoßen und sich in den Wagen gebeugt. Als Trent die mit Silberkugeln geladene tschechische Waffen nehmen wollte, griff er ins Leere.

Triumphierend hielt die ehemalige Terroristin die MPi hoch. »Die habe ich jetzt«, erklärte sie.

»Sie gehört mir!«, zischte der Vampir, der ahnte, dass es ein Fehler war, seiner Komplizin die Waffe zu überlassen.

»Mach die Augen zu! Was du dann siehst, das gehört dir. Nimm dir meine!«

Trent quetschte einen wilden Fluch durch die Zähne. Er gehorchte allerdings. Etwas anderes blieb ihm auch nicht übrig.

So wie Lady X früher, so schwang er die MPi über seine Schulter, während die Vampirin die kleine, handliche in den Händen behielt.

Damit war sie der King. Die beiden Werwölfe würden keine Chance haben. Die Silberkugeln vernichteten nicht nur Lupina, sondern auch ihren verdammten Sohn, womit Lupinas Traum von einer Allianz der Wölfe endgültig vorbei war.

Dann konnte Lady X nämlich ihren eigentlichen Plan ins Auge fassen. Er war groß angelegt, doch sie brauchte noch viel Zeit, um ihn zu erfüllen.

Dabei dachte Lady X ähnlich wie Lupina. Auch sie träumte davon, Herrscherin über eine unermessliche Anzahl von Vampiren zu sein. Irgendwann einmal, nicht heute und nicht morgen, musste es ihr gelingen, deren Anführerin zu werden.

Allerdings stand ihr dabei einer im Weg. Das war Vampiro-del-mar, der Uralt-Vampir. Er nannte sich selbst Kaiser der Blutsauger, und seine Herkunft lag im Dunkeln. Zwar war er aus seinem Grab in der Nordsee erweckt worden, aber wie er dort hineingekommen war, das stand in den Sternen. Niemand wusste Näheres darüber. Wahrscheinlich auch Solo Morasso nicht. Und falls er etwas wusste, schwieg er sich aus.

Das war Zukunftsmusik, und Lady X schob diese Gedankengänge erst einmal weit von sich.

Sie musste sich auf die Gegenwart konzentrieren, denn da gab es das große Problem Lupina. Es sollte in ihrem Sinn gelöst werden, und das hieß nichts anderes, als Tod für Lupina und ihren Sohn!

Tonio Trent hielt sich immer zwei Schritte hinter Lady X, die sehr wachsam war und ihre Blicke überall hatte. Das Land war flach, sehr übersichtlich, sodass eine Gefahr schon im Ansatz zu erkennen war. Hier in der Nähe entdeckte sie nichts.

Aber sie sah etwas anderes. Es war so überraschend für sie, dass sie stehen blieb und Trent fast aufgelaufen wäre.

Lady X schaute nach vorn, und sie blickte dabei über den Rand einer Klippe hinweg. Ein Beweis, dass sie sich der Lehmgrube genähert hatten. Bis zur anderen Seite konnte sie nicht schauen, dazu war die Grube zu groß, aber sie sah etwas schimmern. Ja, es schimmerte, obwohl es dunkel war.

Und das konnte nur Wasser sein.

Lady X duckte sich. Trent machte es ihr nach, auch er hatte sich nicht mehr aufgerichtet, sondern hielt sich neben ihr. So schlichen sie vor bis zum Rand der Grube und schauten von dort in die Tiefe, wo sie den See sahen.

Er bildete ein großes Viereck. Die Oberfläche schien mit schwarzer Farbe angestrichen worden zu sein, so wirkte sie. Zudem ein wenig gekräuselt, da der Wind sacht über sie hinwegstrich.

Das Wasser interessierte die weibliche Bestie nicht. Sie suchte jemand anderen.

Der Mond war ihr dabei eine große Hilfe. Sein fahles Licht

legte einen hellen Schleier über das Land, und es erreichte auch den Grund der Grube, die sich rechts von ihnen zu einem weiteren Gelände öffnete.

Dort sah sie die Gestalten.

Werwölfe!

Lupina und ihr Sohn!

Ein Mensch hätte vielleicht tief eingeatmet, nicht so ein Vampir wie die Scott. Aus ihrem Mund drang ein knurrendes Geräusch, das mit dem eines Tieres vergleichbar war.

Er sollte Triumph ausdrücken.

Und den empfand sie.

Niemandem war es bisher gelungen, die Werwölfe zu finden. Sie aber hatte es geschafft. Und sie war nicht bemerkt worden, denn nichts wies darauf hin, dass die Bestien misstrauisch waren.

Sie gingen am Ufer des Baggersees auf und ab, dabei taten sie so, als wären sie allein.

Die Scott schätzte die Entfernung ab. Sie war eine Expertin darin, was Waffen und ihre Handhabung anging. Als sie sich flach auf den Boden legte und die Maschinenpistole mit dem kurzen Lauf ein wenig senkte, befanden sich die beiden Werwölfe genau am Ende der Ziellinie.

Alles wäre in Ordnung gewesen, nur die Entfernung stimmte nicht.

Die Bestien waren zu weit entfernt, deshalb erhob sich Lady X wieder und antwortete auf die erstaunte Frage ihres Artgenossen: »Wir müssen näher ran. Von hier aus schaffen wir es nicht!«

Geduckt hasteten sie an der breiten Südseite der Grube entlang. Lady X hatte es sehr eilig, denn wer konnte schon wissen, wie lange sich die beiden Werwölfe noch in der Lehmgrube aufhalten würden?

Sie mussten die Zeit nutzen und so überraschend wie ein Sommergewitter über sie kommen.

Das hatte sich Lady X fest vorgenommen, und diesen Plan würde sie auch durchführen.

Als sie das Ende der Grube erreicht hatten, blieb sie erst einmal stehen. Sie brauchten nur zwei Schritte bis zum Rand zu gehen, um in die Tiefe schauen zu können.

Ja, jetzt war die Distanz wesentlich günstiger. Auch befanden sie sich nicht mehr in der großen Höhe, denn das Gelände senkte sich an dieser Stelle wieder.

Lady X fiel auf die Knie. Halbhoch hielt sie die tschechische Skorpion-MPi.

So wie sich die beiden Bestien verhielten, waren sie völlig ahnungslos. Die Kugeln würden sie treffen und zerschmettern.

Innerlich lachte die Blutsaugerin, die Augen glänzten, sie korrigierte noch einmal die Zielrichtung und drückte dann ab …

Die rote Flunder zischte heran. So hatte ich Bills Porsche genannt. Im Vergleich zu meinem Bentley war er klein, dafür jedoch schneller. Da kam ich nicht mit. Die langen, hellen Lichtspeere der Scheinwerfer huschten geisterhaft über uns hinweg. Der Motor röhrte noch einmal, dann bremste Bill ab.

Die Tür flog auf. Zuerst die rechte an der Fahrerseite, dann die linke.

Blitzartig huschte ein Schatten hervor, der kein Schatten mehr blieb, sondern zu einem Wolf mit bräunlichem Fell wurde. Das Tier schaute sich nicht erst witternd um, es hatte ein Ziel, nämlich mich.

Da ich wusste, was auf mich zukam, stemmte ich meine Hacken in den weichen Boden und beugte mich vor. Ich hatte schon die Arme ausgebreitet, und Nadine Berger flog förmlich hinein. Sie prallte gegen mich, ich umschlang sie und presste ihren Körper an mich, wobei sie die Vorderpfoten auf meine Schultern legte, mit Schnauze und Zunge leckte sie über mein Gesicht.

Ich fühlte die Wärme des Tierkörpers und schloss für Sekunden die Augen, denn ich hatte ein schreckliches Bild vor mir.

Ich sah Nadine auf dem Bett des Filmstudios liegen, hörte Schüsse, sah ein widerliches grünes Monster – dann wechselte das Bild. Ein Friedhof, eine Beerdigung und ein Wolf, der aus dem Sarg sprang, eben Nadine Berger.

Das Schicksal hatte uns hart getroffen, denn Nadine hatte mir viel bedeutet. Ich erinnerte mich noch genau an das kleine Hotelzimmer, in dem wir die Nacht verbracht hatten, nachdem Nadines Verlobung geplatzt war und ich die Teufelsuhr vernichtet hatte.

Das war Vergangenheit und nicht mehr zu ändern.

Ich senkte den Kopf ein wenig und konnte in die Augen des Tiers schauen.

Nein, das war nicht der Blick einer Wölfin. Diese Augen konnte man als menschlich bezeichnen, ebenso den Blick. Sie schaute mich an, und ich sah die gleiche Farbe in den Pupillen, die Nadine Berger als Mensch gehabt hatte.

An den Augen hatte ich letzten Endes erkannt, dass kein normaler Wolf vor mir stand.

Bill und Suko standen daneben. Die anderen Männer schauten aus einer gebührenden Entfernung zu, ihnen war diese heftige Begrüßung wohl nicht so geheuer.

Mir aber machte es nichts. Vielleicht wäre es noch minutenlang so weitergegangen, doch ich musste etwas tun. Ich ging zurück, fasste Nadine unter und stemmte sie von mir weg.

Sie wollte nicht, sondern drängte sich immer wieder gegen mich.

»Meine Güte, ist das eine Liebe«, beschwerte sich Bill. »Und wer küsst mich?«

Als hätte Nadine die Worte verstanden, so ließ sie von mir ab und sprang meinen Freund Bill an.

»He, he«, protestierte dieser, »so habe ich das nicht gemeint.«

Jetzt konnten Suko und ich lachen, doch sehr schnell wurden wir wieder ernst. Wir steckten in einer Situation, wo wir wirklich nichts zu lachen hatten. Dazu war der Fall zu gefährlich.

Während sich Nadine neben mir hielt und ich ihr Fell

kraulte, erklärte ich Bill Conolly, worum es ging. Der bekam natürlich große Augen, schüttelte den Kopf und wollte es nicht fassen. »Das gibt es doch nicht. Da macht Lady X Jagd auf Lupina?«

»Noch ist nichts bewiesen.«

»Komm, ich kenne dich, John. Wenn du so redest, trifft es auch meistens zu, oder?« Er warf Suko einen fragenden Blick zu und erhoffte Zustimmung, die er auch erhielt. Aber Bill war noch nicht fertig. Er konnte sich noch nicht darüber beruhigen, dass Vampire mit Silberkugel-Waffen herumliefen.

»Das glaube ich nicht«, sagte er. »Verdammt, das ist unmöglich. Worauf stellen sich die Dämonen denn noch alles ein? Nächstens begegnen sie uns noch mit einem Heiligenschein.«

Ich grinste schief. »Ja, die kriegen noch einen vor dir.«

Bill deutete auf seinen Kopf. »Ich habe ihn schon.«

»Und wo?«, fragte Suko.

»Unsichtbar.«

Wir lachten alle drei. Dann wurde es ernst, denn wie sollten wir Nadine Berger begreiflich machen, um was es ging? Ich kniete mich nieder, nahm ihren Kopf in beide Hände und schaute sie wieder an. Verflixt, ich wusste nicht, ob sie mich verstand, wenn ich redete, aber ich konnte es versuchen.

»Lupina!«, sagte ich eindringlich. »Wir müssen Lupina finden. Und du wirst uns helfen – bitte!«

Ein Blick aus ihren menschlichen Augen traf mich. Vielleicht sollte er ein Verständnis ausdrücken, vielleicht auch nicht. Auf jeden Fall zog sich Nadine zurück, ich hielt sie auch nicht mehr fest, und wir alle beobachteten, wie sie den Kopf senkte, mit der Schnauze auf dem Boden herumschnüffelte und im Kreis ging.

Hatte sie schon eine Spur aufgenommen?

Plötzlich blieb sie stehen. Drohend klang das Knurren. Sie schüttelte sich, und die einzelnen Haare des Fells stellten sich aufrecht. Ein Zeichen für uns, dass sie etwas entdeckt hatte.

Dann war es so weit. Bevor wir etwas unternahmen, reagierte die Wölfin. Sie lief erst zum Wagen. Wir rechneten schon damit, dass sie hineinklettern wollte, doch sie drehte ab und lief weg.

Nach etwa zwanzig Yards blieb sie stehen, drehte den Kopf und hob ihn an, ein Zeichen, das wir genau verstanden.

»Hinterher«, sagte Suko und lief bereits auf den Bentley zu. Bill und ich folgten.

Da der hilfsbereite Beamte unser Fahrzeug repariert hatte, konnten wir auch los.

Bill warf sich in den Fond, ich fuhr, Suko nahm neben mir Platz. Bevor ich startete, schaute ich über die Schulter zurück und den Reporter an. »Bist du bewaffnet, Bill?«

»Die Silberkugeln sind frisch poliert«, erwiderte er und rieb sich die Hände.

»Na denn«, sagte ich und fuhr an …

Der Schwarzwolf steckte voller Unruhe. Lupina beobachtete ihn genau. Er blieb nicht an einem Fleck stehen, bewegte seinen großen Kopf, auf dem das Fell wie ein Busch wuchs, lief mal im Kreis, dann wieder vor, drehte sich und sprang zurück.

Gefahr!

Auch Lupina spürte sie. Sie war ebenfalls hoch sensibel, hatte regelrechte Antennen und registrierte wie ein Seismograf die Erschütterungen eines Erdbebens.

Sie hatte natürlich die Szene in Doktor Tods Hauptquartier nicht vergessen. Solo Morasso war ihr Feind, und er würde durch seine Macht und Befehlsgewalt dafür sorgen, dass auch die anderen Mitglieder der Mordliga zu Lupinas Todfeinden wurden.

Rebellion vertrug der Chef der Mordliga nicht. Da war er eiskalt und schlug gnadenlos zurück. Deshalb war Lupina froh, ihren Sohn gefunden zu haben, denn zwei sind immer stärker als einer.

Die anderen sollten nur kommen. Sie würden sich wundern. Aber waren sie nicht schon längst da? Lauerten sie nicht irgendwo im Verborgenen? Und wer war es, der den Weg gefunden hatte?

Es standen ja mehrere zur Auswahl. Da war einmal die Mordliga und zum anderen auch die Männer um John Sinclair. Sie hatten ebenfalls geschworen, die Mordliga zu vernichten.

Lupina wusste genau, was ihr blühte, wenn sie in eine Falle der einen oder anderen Seite hineinstolperte. Deshalb nutzte sie jede Möglichkeit, sich für einen Angriff zu wappnen, und auch jetzt schaute sie sich um.

In der Nähe des Baggersees verbargen sich ihre Gegner sicherlich nicht. Das war schlichtweg unmöglich, denn Lupina und Orapul hätten sie sehen müssen, wenn sie den steilen Hang herabgerutscht wären. Es blieb nur eine Möglichkeit, um ungesehen zu bleiben.

Die Gegner mussten sich irgendwo an den Rändern der Grube aufhalten. Deshalb ließ sich Lupina auch nieder und richtete ihre gelben Raubtieraugen auf die Ränder. Vielleicht sah oder ahnte sie dort eine Bewegung.

Nichts zu erkennen.

Die andere Seite wusste genau, was sie tat. Die war sehr, sehr vorsichtig. Aber sie waren da, und Lupina spürte, dass die Ausstrahlung stärker wurde.

Sie näherten sich …

Gedanklich nahm die Wölfin Kontakt mit ihrem Sohn auf. Orapuls Kopf ruckte herum, die Blicke der beiden bohrten sich ineinander, dann hörte der Schwarzwolf die Stimme seiner Mutter.

›Sie sind in der Nähe. Ich spüre es.‹

›Wo?‹

›Wahrscheinlich oben am Rand der Hänge. Lass ihn nicht aus den Augen. Ich beobachte auch.‹

Orapul hatte verstanden. Eine kurze Bewegung und er wandte seiner Mutter den Rücken zu. Der Schwarzwolf beobachtete jetzt die Nordseite der Lehmgrube, seine Mutter die gegenüberliegende.

Noch tat sich nichts.

Minuten vergingen.

Plötzlich stellten sich Lupinas Ohren hoch. Sie hatte etwas gespürt. Minimale Erschütterungen, für die es zahlreiche Gründe geben konnte, aber auch einen, der sich von hastig laufenden Schritten ableitete. Und die Erschütterungen waren zur Südseite hin stärker als umgekehrt, das stellte Lupina durch eine rasche Drehung fest.

›Sie sind da!‹

Dieser gedankliche Ruf traf Orapul, der augenblicklich knurrend herumfuhr. Doch Lupina beruhigte ihn mit einem zweiten Befehl.

›Bleib jetzt ganz ruhig!‹

Orapul gehorchte. Er ließ sich sogar nieder und rollte auf dem Boden herum. Er wollte die anderen in Sicherheit wiegen.

Die Sicherheit jedoch war trügerisch. Das merkte Lupina, denn sie sah oben am Ende des Steilhangs eine Bewegung.

Etwas schimmerte dort.

Augenblicklich stieß die Werwölfin eine gedankliche Warnung aus. Ob sie noch fruchtete oder nicht, war für sie nicht zu erkennen, denn im nächsten Moment hämmerte eine Schusssalve los …

Lady X hatte sich vorgenommen, die Werwölfin mit der ersten kurzen Garbe zu erledigen. Das musste sie schaffen, denn sie wollte Munition sparen. Sie hatte zwar noch ein gefülltes Reservemagazin mit, aber man konnte nicht wissen, was noch alles auf sie zukommen würde.

Ihr Gesicht verzerrte sich. Es zerfloss immer, wenn sie schoss, eine alte Angewohnheit, die sie noch aus menschlichen Tagen mitgebracht hatte. Nur schauten jetzt bei ihr die beiden Vampirzähne aus dem halb geöffneten Mund.

Vor dem Lauf sah sie das fahle Licht des Mündungsfeuers. Die Kugeln fegten aus dem Lauf, und sie waren so schnell, dass es der Vampirin schien, als ob die eine die andere einholen wollte. Aus ihrem Mund drangen heisere Laute. Sie wartete darauf, dass Lupina im Hagel der Silbergeschosse zusammenbrechen würde.

Das allerdings geschah nicht.

Als Lady X damit rechnete, Lupina durch die Silberkugeln von den Beinen zu fegen, brachte sich diese mit einem gewaltigen Sprung in Sicherheit, sodass die Geschosse dicht an ihr vorbeifegten, in den Boden hackten und ihn umpflügten. Die Werwölfin aber rollte über die Erde, kam geschickt auf die Pfoten und brachte sich mit einem weiteren Sprung in Sicherheit.

Die Scott musste die Waffe schwenken. Ein böser Fluch drang aus ihrem Mund.

Abermals jagte sie eine Garbe aus dem Lauf.

Das harte Tack-Tack, diese tödliche Melodie, schwebte wie das Stakkato eines Trommelschlags über dem Baggersee und der Lehmgrube.

Lady X wusste, dass es Munitionsverschwendung war, was sie tat. Sie hatte sich bisher auch immer davor gehütet, aber sie konnte nicht anders. Sie setzte noch eine Garbe hinterher.

Die dritte verfehlte ihr Ziel ebenfalls. Sie erwischte nicht Lupina und auch nicht ihren Sohn.

Dann hatten die beiden Werwölfe Deckung gefunden. Es gab genügend aufgeschüttete kleine Lehmhügel an der breiten Seite der Grube, wo sie ihren Platz fanden und erst einmal unsichtbar waren.

Lady X richtete sich auf. Es war ihr jetzt egal, ob sie erkannt wurde oder nicht, und sie vernahm die Reaktion der Werwölfin.

Es war ein fauchendes Lachen, das durch die Grube hallte und von den glatten Lehmwänden zurückgeworfen wurde. Lupina ging sogar so weit, dass sie sich hinter ihrer Deckung aufrichtete. Sie hatte sich wieder verwandelt. Über dem Wolfskörper zeichnete sich deutlich ein Frauengesicht ab, und der Wind spielte mit den langen, blonden Haaren, wehte sie hoch wie eine helle Fahne.

»Du willst mich umbringen?«, kreischte sie. »Du, Lady X? Nie wirst du das schaffen – nie!«

»Ich wette dagegen!«, brüllte Lady X.

»Warum ist Morasso denn nicht selbst gekommen?«, höhnte Lupina. »Er hat Angst, wie? Dafür schickt er dich vor, damit du für ihn die Kastanien aus dem Feuer holst. Ich hätte dich für schlauer gehalten, Pamela Scott. Was stehst du noch zur Mordliga? Sie wird auseinanderbrechen. Solo Morasso hat verspielt. Er hat zwar Asmodina besiegt, doch durch diesen Kampf zu viele Wunden davongetragen, die nicht mehr heilen. Nein, Doktor Tod ist am Ende!«

Die Scott verstand die Worte sehr wohl. Und sie wusste, dass sie gar nicht so falsch waren, aber sie wollte es nicht einsehen, dass sie den Kürzeren gezogen hatte. Nein, das auf keinen Fall. Sie würde es den anderen zeigen, und sie hatte längst noch nicht von ihrem eigentlichen Plan Abstand genommen.

Lupina und ihr Sohn sollten sterben!

»Ich warte hier!«, schrie Lady X. »Ich habe Zeit. Mehr als du. Irgendwann wirst du dich zeigen, und dann töte ich dich!« Ihr gellendes Lachen nach diesen Worten fetzte hinab in die Lehmgrube und musste den beiden Werwölfen in den Ohren gellen.

Die Szene wirkte in der Tat gespenstisch. Angeleuchtet vom fahlen Mondlicht, standen sich zwei dämonische Wesen gegenüber, die sich bis auf den Tod hassten. Die eine war entschlossen, die andere umzubringen, und die zweite reagierte nicht anders.

Lady X trat zwei Schritte zurück, blieb aber so stehen, dass sie hinunter in die Grube schauen konnte. Mit der freien Hand winkte sie Tonio Trent zu.

Der verstand und trat sofort näher.

»Gib mir das zweite Magazin.«

Trent kümmerte sich nicht darum. Sein fauchendes Lachen hörte Lady X dicht an ihrem Ohr. »Du hast es nicht geschafft, wie? Die anderen waren besser. Scheint mit deinen Schießkünsten wirklich nicht weit her zu sein, Lady X!«

Das war zu viel. Die Scott drehte durch. Auf der Stelle kreiselte sie herum, wobei sie die MPi noch immer in den Händen hielt, und dann hieb sie die schwere Waffe gegen den Hals des Blutsaugers.

Der verkraftete den Treffer zwar und spürte auch keine Schmerzen, aber die Wucht warf ihn trotzdem zu Boden, wo er sich einmal überschlug, dicht neben dem Abgrund auf dem Rücken liegen blieb und zu Lady X hochstarrte.

Sofort ließ sich die Vampirin auf die Knie fallen. Und sie streckte die Waffe vor, sodass die Mündung genau einen Kreis zwischen die Augen des Vampirs drückte.

»Wenn du jetzt nicht still bist«, flüsterte die Blutsaugerin scharf, »zerfetze ich deinen verdammten Schädel. Dann lege ich dich um! Eine Hilfe warst du sowieso nicht!«

Der ehemalige Mafiakiller und jetzige Vampir fletschte die Zähne. Er ließ seine Hauer sehen, doch die beeindruckten Lady X nicht. Stattdessen forderte sie die Herausgabe des zweiten gefüllten Magazins.

Diesmal gehorchte Trent. Er wusste genau, dass die Blutsaugerin über ihm nicht bluffte, da war es besser, er gehorchte.

Das Magazin steckte im Gürtel. Er tastete danach, schlug dabei die Jacke zurück, und die Scott sah das Metall.

Sie riss es ihm aus dem Gürtel. Dann sprang sie auf, drehte sich noch einmal um und sah unten am See einen Schatten huschen. Es war der Schwarzwolf.

In einem Anfall von Wut riss Lady X die Maschinenpistole hoch und feuerte.

Die letzten Silberkugeln aus dem alten Magazin hackten heraus. Sie trafen nicht nur die Erde, sondern sausten auch in den See. Fontänen bildeten sich.

Orapul aber wurde nicht getroffen. Er war schneller als die Garbe gewesen und fand dort seine Deckung, wo auch Lupina lag.

Die Scott trat zurück. Das leer geschossene Magazin löste sie von der Waffe und schleuderte es voller Wut fort. Dann rammte sie das neue ein.

»Damit kriege ich sie!«, versprach die Vampirin mit rauer Stimme. »Verdammt, damit puste ich sie um!«

Tonio Trent hatte sich inzwischen erhoben. Er schaute die Scott sehr skeptisch an. Sie bemerkte seinen Blick. Plötzlich schienen ihre Augen in Flammen zu stehen. »Glaubst du mir nicht, du verfluchter Bastard?«

»Es fällt mir schwer. Du hast schon zu viel versprochen!«

»Sicher, nur gehe ich diesmal anders vor. Ich werde …« Sie sprach nicht aus, was sie noch wollte, denn sie bewegte den Kopf, und ihr Blick glitt an Tonio Trent vorbei, da sie zwei Lichter entdeckt hatte, die zu einem Auto gehören konnten.

»Was ist los?«, fragte der Vampir.

»Da kommt jemand!«

»Menschen?« Aus der Stimme des Blutsaugers klang die Gier.

Pamela Scott starrte ihn für einen Moment an. »Wahrscheinlich, ja«, erwiderte sie dann gedehnt, hob noch einmal ihren Kopf und stellte fest, dass die Lichter verloschen waren.

»Getäuscht habe ich mich nicht«, flüsterte sie. »Das sind bestimmt Menschen. Und die haben Blut!«, fügte sie scharf hinzu.

Eine bessere Nachricht hätte sie Tonio Trent nicht überbringen können.

»Ich hole sie mir!«, keuchte er und warf sich schon herum, um in der Dunkelheit zu verschwinden.

Lady X ließ ihn laufen.

»Du wirst dich wundern!«, flüsterte sie. »Verdammt, du wirst dich wundern.« Sie ahnte, wer da ankam, aber sie machte keinerlei Anstalten, ihren Partner zurückzuholen. Im Gegenteil, der Plan von einer lachenden Dritten nahm allmählich Gestalt an …

Ich fuhr und schaute auf Nadine Berger.

Mal trottete sie vor uns her, mal bewegte sie sich in weiten Sprüngen voran. Auf jeden Fall hatte sie die Spur nie verloren. Sie würde uns zu unserem Ziel führen.

Wir sprachen kaum miteinander, da wir drei voll konzentriert waren. Nur Bill gab hin und wieder einen Kommentar ab.

»Unwahrscheinlich«, murmelte er dann. »Wirklich unwahrscheinlich. Mensch, was haben wir mit Nadine ein Glück.«

Ich war nicht ganz seiner Meinung, denn Nadine Berger hätte ich lieber als Mensch gehabt, doch ich musste mich mit der verdammten Tatsache nun einmal abfinden und das Beste daraus machen, wie eben hier, wo wir sie als Spürhund einsetzten.

Natürlich hielt sie sich nicht an normale Wege oder Straßen. Sie führte uns quer durchs Gelände, das jetzt nicht mehr bretteben war, sondern ein wenig anstieg.

Nadine war eine gute Führerin, die zielsicher ihren Weg fand und kleinere Wälder oder dicht beieinanderstehende Baumgruppen kurzerhand umging.

So konnten wir mit dem Bentley problemlos folgen. Der Wagen, von mir sacht gesteuert, schaffte auch schwierige Passagen.

Wir entdeckten einen Pfad. Geschaffen worden war er durch breite Treckerreifen. Sie hatten im Boden tiefe Spuren hinterlassen, in denen das Wasser stand.

Den Weg nahmen wir. Mir tat mein Wagen leid, als er sich durch die Spuren quälen musste. Wir wurden durchgeschaukelt, und manchmal hörten wir das Blech des Fahrzeugs regelrecht stöhnen.

Wir bewegten uns mitten durch das Gelände und hielten die Augen offen.

Zudem wollte ich Nadine im Auge behalten. Hin und wieder huschte sie durch die beiden Lichtlanzen, blieb stehen, schaute kurz zurück, wobei ihre Augen jedes Mal leuchteten, und sprang dann meist schnell weiter.

Im zweiten Gang krochen wir dahin. Bis ich plötzlich stoppte und Bill mich überrascht nach dem Grund fragte. Auch Suko schaute mich verwundert an. Ich aber deutete nach links, wo ein Holzpfahl wie ein dünner Finger aus dem Boden wuchs.

Am Ende des Pfahls sahen wir ein Brett. Es bestand aus verblichenem Holz, und die Schrift darauf war kaum zu entziffern. Wir mussten mehr raten.

Bill öffnete im Fond die Tür und beugte sich hinaus.

»Es geht um die Lehmgrube«, meldete er, »wenigsten lese ich das daraus.«

»Das muss ihr Ziel sein«, bemerkte Suko.

Der Meinung war ich auch, löschte jetzt die beiden Scheinwerfer und fuhr langsam an.

Bill klappte die Tür zu.

Nadine war ebenfalls stehen geblieben. Als sie merkte, dass sich unser Wagen wieder in Bewegung setzte, lief auch sie vor.

Jetzt krochen wir nur noch dahin.

Keiner sprach ein Wort. Die Spannung stieg. Nur unser flacher Atem war zu hören.

Würde es klappen? Konnten wir Lupina und vielleicht auch ihren Sohn erwischen? Es wäre gut. Noch besser allerdings wäre es, wenn es uns gelang, die beiden Vampire als eine Art Zugabe zur Hölle zu schicken.

Aber das blieben vorerst nur Wunschträume.

Die Sicht war schlechter geworden. Nur der Mond warf seine fahle Helligkeit auf die Erde.

Wir hatten die Scheiben nach unten fahren lassen, weil wir unbedingt auf verräterische Geräusche achten wollten.

Und die hörten wir.

Es begann mit einem Knurren.

Wütend und irgendwie drohend wirkte es auf uns. Sofort ging ich vom Gas. Der Wagen rollte trotzdem noch weiter, und bevor er stand, gab es eine Kollision.

Nicht mit dem Wolf Nadine, sondern mit einer blondhaarigen Gestalt, die rechts von uns erschien, vor die Kühlerschnauze sprang, von ihr erfasst und zurückgeschleudert wurde.

Ich hatte sie nur schattenhaft gesehen, aber ich wusste, wen ich vor mir hatte.

Den blondhaarigen Vampir.

Schon ging es weiter.

Nadine Berger erschien aus dem Dunkel. Ein leuchtendes Augenpaar zuerst nur, dann der Schatten, und im nächsten Augenblick prallte der Wolf gegen den Blutsauger, der auf den Knien hockte und sich erheben wollte.

Im Nu entspann sich ein harter Kampf.

Vielleicht hätten wir schneller reagiert, wenn der Vampir versucht hätte zu flüchten. So stießen wir normal die Türen auf und schwangen uns aus dem Fahrzeug.

Vor dem Bentley kämpften die beiden.

Zum ersten Mal erlebte ich Nadine Berger, wie sie ihre spitzen Zähne einsetzte. Der Blutsauger hatte es noch nicht geschafft, sich unter Nadine wegzurollen. Er lag halb auf der Seite und halb auf dem Rücken, während die Wölfin über ihm stand.

Ein Mensch hätte geschrien und wäre verletzt worden, denn für Nadine war der Vampir ein Feind, den sie ausschalten musste. Und deshalb griff sie ihn mit aller Härte an, zu der sie fähig war.

Sie biss mehrere Male schnell hintereinander zu. Wir hörten, wie Stoff knirschend riss, und nicht nur der Stoff war es. Die spitzen Zähne drangen auch in die Haut des blondhaarigen Vampirs, wo sie zupackten wie harte Eisenklammern.

Ein Blutsauger verspürt keine Schmerzen mehr. Es sei denn, er wird mit den Waffen attackiert, die für ihn tödlich sind. Über einen Biss konnte er nur lachen.

Als Nadines erste Angriffswut verraucht war und sie bemerkte, dass ihr Gegner noch immer lebte, da wunderte sie sich. Sie sprang zurück und stieß mit ihrem Rücken gegen die Stoßstange unseres Wagens. Wir hatten einen kleinen Kreis um die Kämpfenden gebaut und sahen mit an, wie sich der Vampir auf die Füße stemmte.

Der fast volle Mond gab genügend Licht, um ihn genau erkennen zu können.

Ein bleiches Gesicht. Fahl das Haar. Der helle Anzug war

schmutzig, das Gesicht verzerrt. Halb offen stand der Mund, zwei spitze Zähne ragten aus dem Oberkiefer.

An einigen Stellen schimmerte blanke Haut durch die von Nadines Bissen zerrissene Kleidung. Nadines Zähne hatten ihn auch im Gesicht getroffen. An der rechten Seite fehlte ihm ein Büschel Haare.

Er fauchte. Wie ein Tier reagierte er und hatte seine Blicke auf Nadine fixiert.

Die griff wieder an.

Sie hatte sich zuvor zurückgezogen, jetzt aber merkten Suko und ich die Bewegung, als die Wölfin zwischen uns hindurchsprang und dem Blutsauger an die Kehle wollte.

Trent hatte die Arme erhoben und die Hände zusammengelegt. Als Nadine heran war, ließ er sie fallen.

Der Hammerschlag jagte in den Nacken der Wölfin. Für einen Moment hatte ich schreckliche Angst, dass es dem Blutsauger gelungen war, die Nackenwirbel zu brechen. Nadine konnte sich auf ihren Läufen nicht mehr abstützen, die Wucht trieb sie in die Knie, und der Vampir sah dies als einen halben Sieg an.

Er setzte allerdings nicht nach, sondern zog sich zurück in die Dunkelheit.

Damit überraschte er Bill, Suko und mich. Wir hatten sowieso noch nicht eingegriffen, da jeder von uns irgendwie fasziniert gewesen war, diese Auseinandersetzung zu beobachten. Es war ein wirklicher Kampf der Bestien, auch wenn ich Nadine nicht als Bestie ansah. Für die meisten Menschen jedoch war sie eine, und sie hatte unter dem Schlag des Vampirs zu leiden, denn noch immer war sie benommen, taumelte zwar hoch, aber sie hatte nicht den richtigen Stand.

Ich half ihr und streichelte sie.

»Den hol ich mir!«, rief Bill Conolly. Seine Waffe hatte er längst gezogen. Er wollte dem Vampir nach, wurde jedoch von Suko festgehalten. Den Grund erfuhren wir sofort, denn der Chinese hatte als Einziger von uns vernünftig und real gedacht.

»Der hat noch seine MPi!«

Auf einmal wusste ich, weshalb der Vampir so schnell und hastig geflohen war. Nicht weil er einsah, auf der Verliererstraße zu sein, sondern weil er seine Waffe holen wollte.

Als Suko die Worte gesprochen hatte, wurde uns auch klar, dass wir ein hervorragendes Ziel boten. Und wie auf Kommando tauchten wir nach verschiedenen Seiten in die Dunkelheit.

Ich regte mich furchtbar auf. Diese ganze Aktion hier hätte nicht zu sein brauchen. Ein Stich mit dem geweihten Silberdolch ins Herz, und den Blutsauger hätte es gegeben. So aber konnte er uns noch das Leben schwermachen.

Nur – wo steckte er?

Da wir nicht auf der Stelle blieben, sondern uns voranbewegten, hätten wir eigentlich auf ihn treffen müssen. Großartige Deckungen, hinter denen man sich verstecken konnte, gab es hier nicht.

Ich ging so leise wie möglich weiter und näherte mich dem Rand der Grube. Sehen konnte ich sie noch nicht, aber ich fühlte, dass wir nicht mehr weit entfernt waren.

Bill und Suko hielten sich irgendwo hinter mir auf und deckten meinen Rücken. Auch sie würden sofort eingreifen, wenn sich der Blutsauger zeigte. Diesmal gab es kein Zögern mehr. Der Vampir musste vernichtet werden.

Ich entdeckte nicht ihn, sondern ein Fahrzeug. Den Umrissen nach zu urteilen konnte es ein Rover sein, der am Rand der Lehmgrube parkte. Welche Funktion er außer als Transportmittel noch zu erfüllen hatte, merkte ich in den nächsten Sekunden.

Der Vampir hatte sich im Wagen versteckt. Der Grund wurde mir sehr schnell klar. Er wollte gutes Büchsenlicht haben, und das hatte er, als er die Scheinwerfer aufleuchten ließ.

Und er hatte verdammt gut gezielt.

Die beiden Lichtlanzen zerteilten nicht nur die Dunkelheit, eine von ihnen traf mich voll. Ich wurde geblendet, dachte an die Maschinenpistole, die unser Gegner unter Umständen noch besaß, und hechtete in die Dunkelheit.

Ich hatte den Boden noch nicht berührt, als ich den Blutsauger schreien hörte. In seinen Schrei mischte sich das hässliche Rattern der Schusswaffe.

Viel konnte ich nicht sehen. Der Übergang vom Hellen ins Dunkle war zu schnell gewesen, aber ich erkannte doch, wie die Geschosse den Boden aufwühlten und sich auf mich zubewegten.

Dieser verdammte Blutsauger streute.

Noch ein Sprung.

Das war genau einer zu viel.

Meine vorgestreckten Hände prallten nicht auf den Boden, sondern griffen ins Leere. Im Bruchteil einer Sekunde wurde mir klar, was geschehen war. Ich hatte mich mit diesem letzten Satz selbst über den Rand des Abhangs katapultiert und fiel in die Tiefe …

Bill und Suko hatten einen Bogen geschlagen und den Vampir nicht auf dem direkten Weg verfolgt wie John Sinclair. Eine normalerweise gute Taktik, nur für diesen speziellen Fall war sie nicht so geeignet, das merkten die beiden sehr bald.

Plötzlich stachen die beiden hellen Streifen in die Dunkelheit, erfassten John, der sich sofort in Sicherheit brachte, was auch verdammt nötig war, denn eine Maschinenpistole begann mit ihrer tödlichen Melodie.

Der Schütze hatte es sehr geschickt angestellt und sich hinter dem offen stehenden Wagenschlag verborgen. So konnte er nicht sofort entdeckt werden.

Frei kam er zum Schuss.

Suko und Bill bewegten sich wie Wiesel. Ohne sich zuvor verständigt zu haben, wusste jeder von ihnen, was er zu tun hatte. Geduckt und so rasch es ging, jagten sie von zwei Seiten auf das Ziel zu.

Aber noch jemand war da.

Die Wölfin!

Und Nadine war schneller als Suko und Bill. Sie hatte einen

Bogen geschlagen und befand sich im Rücken des Blutsaugers, der sich allein auf seine zweibeinigen Gegner konzentrierte.

Als er die Gefahr ahnte, war es bereits zu spät. Die Wölfin flog wie ein tödlicher Schatten heran. Sie sprang ihn von hinten an, landete auf seinem Rücken und schlug ihre Fangzähne in das Genick des Wiedergängers.

Hart biss sie zu, riss und zerrte, sodass sich der Vampir nicht mehr halten konnte und zur Seite gedrückt wurde. Das Schießen verstummte. Der Blutsauger ließ seine Maschinenpistole los, um beide Hände frei zu haben, damit er sich verteidigen konnte.

Nadine knurrte und hechelte. Die Geräusche blieben nicht ungehört. Sie wurden auch von Suko und Bill vernommen, die sich beide beeilten, so rasch wie möglich den Wagen zu erreichen.

Der Reporter war zuerst da.

Er sah, dass sich die Wölfin festgebissen hatte. Der Vampir lag auf dem Boden, er schlug um sich, bewegte heftig Arme und Beine und versuchte mit allen Mitteln, sich auf den Rücken zu wälzen, damit er sich effektiver wehren konnte.

»Lass ihn!«, schrie Bill.

Nadine gehorchte. Sie sprang zurück, sodass sich ihr Körper nicht mehr im Weg befand.

Bill hatte freies Schussfeld.

Die gesamte Zeit über hatte er seine Beretta in der Hand gehalten. Als der Vampir merkte, dass ihn die Fangzähne nicht mehr hielten, drehte er sich herum, kam tatsächlich auf dem Rücken zu liegen und nahm als letztes Bild in seinem untoten Dasein die hoch aufgerichtete Gestalt vor sich wahr, die eine Waffe in der rechten Hand hielt, und die sie jetzt senkte, sodass die Mündung auf die Brust des Blutsaugers wies.

Da schoss Bill.

Das fahle Mündungslicht war für den Vampir ein Todesfeuer. Er schaute hinein und spürte den mörderischen Aufschlag der Silberkugel, der ihm einen Schock versetzte.

Und mit ihm kam der Schrei.

Dumpf drang er aus dem Maul des Blutsaugers. Der Vampir bäumte sich auf, sein Gesicht war schrecklich verzerrt. Die Hände hatte er auf das Einschussloch gepresst, als wollte er versuchen, das geweihte Silbergeschoss aus seinem Körper zu reißen.

Das schaffte er nicht mehr.

Wie die Flamme eines Feuerzeugs vom Wind ausgeblasen wurde, so verlöschte sein Leben. Zu Staub zerfiel er nicht, dazu war er noch nicht lange genug ein Blutsauger gewesen. Seine Gesichtszüge glätteten sich nur, dann war es vorbei.

Es gab einen Blutsauger weniger auf der Welt …

Bill und Suko konnten aufatmen. Der Chinese war inzwischen herangekommen und sah, dass er nicht mehr einzugreifen brauchte. Die Wölfin trottete auch näher. Sie rieb ihren Körper an Bills Beinen.

»Und wo ist John?«, fragte der Reporter.

Suko hob die Schultern. Für einen Moment zeichnete sich auf seinem Gesicht Erschrecken ab.

Der Reporter dachte nach. Er drehte sich halb um und streckte den linken Arm aus. »Ich meine, dass ich ihn dort etwa gesehen hätte.«

Suko folgte mit den Augen der angezeigten Richtung. Dann ballte er die rechte Faust und sagte: »Bill, das ist verflucht nahe am Abgrund gewesen. Ich fürchte, zu nahe …«

Mehr brauchte Suko nicht zu sagen, denn der Reporter wusste auch so Bescheid …

Lady X hatte sich zurückgezogen. Sie war nicht in der Nähe des Rovers geblieben, denn sie fürchtete, dass es dort zu Kampfhandlungen kommen konnte, die ihr außer Kontrolle glitten. Wenn es tatsächlich Sinclair und sein Partner waren, die sich der Lehmgrube näherten, konnte dies für sie tödlich werden. Das wollte sie auf keinen Fall. Sie musste überleben. Um jemanden aufzuhalten, hatte sie ihren Partner. Wenn er draufging, empfand sie das als nicht schlimm.

Die ehemalige Terroristin hatte ein sehr feines Gehör. Sie war stehen geblieben, hatte sich geduckt, damit sie sich nicht allzu stark vom Boden abhob, und lauschte nur.

Ja, da wurde gekämpft.

Aber sie hörte auch Schritte. Einer zog sich zurück. Bestimmt nicht Sinclair, dafür kannte sie den Geisterjäger zu gut. Der gab nicht so schnell auf.

Wahrscheinlich war es Trent.

Sie hatte den Gedanken kaum formuliert, als zwei helle Lichtstrahlen das Dunkel durchschnitten.

Scheinwerfer!

Und da ratterte schon die MPi. Es war ihre eigene Waffe, sie erkannte den Klang genau. Trent versuchte sich mit allen Mitteln zu wehren. Sie sah für einen winzigen Moment einen Körper durch die Luft fliegen und glaubte, John Sinclair erkannt zu haben. Hundertprozentig sicher war sie allerdings nicht. Das machte auch nichts. Für sie zählte nur der Erfolg. Wie er erreicht wurde und wer dabei auf der Strecke blieb, war ihr im Endeffekt egal. Sie wollte Lupina ausschalten. Etwas anderes kümmerte sie im Moment nicht.

So konnte man es als eine zwangsläufige Folge bezeichnen, dass sie sich zurückzog. Geduckt hastete sie an der Südseite der alten Lehmgrube entlang. Sie wollte dorthin, wo das Gelände flacher wurde und sich ein großer Weg befand, der aus der Grube führte.

Dort standen ihre Chancen am besten!

Nicht zum ersten Mal stürzte ich über den Rand eines Hangs. Ich war schon über Klippen gefallen und von einem Baum aufgefangen worden. Hier jedoch wuchs kein Baum. Trotzdem hatte ich Glück.

Es ging nicht steil in die Tiefe, sondern sanft wie auf einer Rutschbahn. Kontakt mit dem Boden hatte ich immer, auch wenn er glitschig und rutschig war.

Lehm, zum Teil mit Unkraut bewachsen, bildete eine seifige

Spur, auf der ich keinen Halt finden konnte. Mit dem Kopf voran glitt ich in die Tiefe. Dabei breitete ich die Arme und Beine aus, versuchte Halt zu finden, wollte mich abstützen, doch die Geschwindigkeit war einfach zu groß. Meine Bemühungen kehrten sich ins Gegenteil um.

Ich überschlug mich.

Sekundenlang wusste ich nicht, wo oben und unten war. Die ganze Welt war ein Kreisel, und ich konnte nur dankbar sein, dass der Boden unter mir vom Regen aufgeweicht war. So holte ich mir wenigstens keine schweren Verletzungen.

Sekunden dehnten sich. Sie wurden zu kleinen Ewigkeiten. Irgendwann musste diese unfreiwillige Schussfahrt doch mal ein Ende haben! Zudem dachte ich an den See, der sich im Tal gebildet hatte. Wenn es mir nicht gelang zu stoppen, rutschte ich voll hinein.

Ein Bad würde mich zwar reinigen, aber darauf konnte ich verzichten.

Meine größte Sorge war, heil und ohne gebrochene Knochen unten anzukommen.

Die Rutschpartie ging weiter. Auch mein Kampf gegen sie. Hin und wieder gelang es mir, sie ein wenig abzustoppen, indem ich mich einstemmte, doch aufhalten konnte ich meine unfreiwillige Reise nach unten nicht.

Ich dachte auch daran, dass ich wie auf dem Präsentierteller lag. Wenn jetzt jemand günstig stand und eine Waffe in der Hand hielt, konnte er mich abschießen.

Womit ich kaum noch gerechnet hatte, traf tatsächlich ein. Meine Reise verlangsamte sich. Augenblicklich half ich mit, sie völlig zu stoppen. Dazu benutzte ich wieder Arme und Beine. Ich breitete sie aus, stemmte mich ein, mein Körper bildete dabei ein X, und es gelang mir in der Tat, die Rutschpartie zu beenden, bevor ich in das eiskalte Wasser des Baggersees tauchte.

Viel hatte allerdings nicht gefehlt. Vielleicht zwei Schritte vor mir schimmerte dunkel und irgendwie geheimnisvoll das Wasser. Ich atmete auf, als ich mich aufrichtete und erst einmal mit zitternden Gliedern sitzen blieb.

So eine unfreiwillige Rutschpartie ist nicht gerade eine alltägliche Sache. Ich hatte einen kleinen Schock erlitten, als ich so plötzlich über den Rand fiel und mir aus eigener Kraft nicht mehr helfen konnte.

Das musste ich erst einmal überwinden.

Ein paarmal atmete ich tief durch. Lange durfte ich hier auch nicht sitzen bleiben. Wer konnte wissen, was hier noch alles auf mich lauerte?

Die Grube war ziemlich groß, das konnte ich trotz der Dunkelheit erkennen. Im Moment allerdings interessierte sie mich nicht, ich wollte wissen, was mit meinen Freunden geschehen war.

Mein Blick glitt den steilen Hang hoch, den ich heruntergerutscht war. Im Nachhinein noch begann ich zu zittern, denn er sah richtig gefährlich aus, und ich musste mich eigentlich freuen, die letzte Minute unbeschadet überstanden zu haben.

Die Umrisse meiner Freunde hoben sich nicht vor dem Rand der Klippen ab. Bill und Suko hatten sich wahrscheinlich zurückgezogen, und ich hoffte, dass sie den Vampir erledigt hatten.

Das war nur ein Gegner.

Wir hatten es allerdings mit der dreifachen Menge zu tun. Da war erst einmal Lupina, die sich bestimmt ganz in meiner Nähe aufhielt. Hinzu kam Orapul, ihr Sohn. Den hatte sie sicherlich gefunden. Und ich verwettete mein Silberkreuz, dass sich auch Lady X in der Nähe herumtrieb.

Als mir mein Silberkreuz in den Sinn kam, handelte ich sofort, zog es unter meiner Kleidung hervor und hängte es mir offen vor die Brust. Jetzt war mir wohler.

Mit müden Knochen richtete ich mich auf. Mir wurde bewusst, dass ich die Rutschpartie doch nicht ohne Schaden überstanden hatte. An den Oberschenkeln spürte ich Schmerzen und ebenso an den Hüften. Auch die Arme taten weh. Das passte mir überhaupt nicht, war aber nicht zu ändern.

Wenn ich nach vorn schaute, dann erkannte ich, dass sich

die Lehmgrube in diese Richtung hin öffnete. Sie war nur von drei Seiten zu, schließlich mussten die schweren Transportwagen einen Weg finden, um das Gelände zu verlassen, da sie nicht die Hängen hochfahren konnten.

Der Weg begann dort, wo der See aufhörte. Ich sah Lehmhügel, die wie Buckel wirkten und unregelmäßig verteilt im Gelände standen.

Für Gegner eigentlich ideale Deckungsmöglichkeiten, also rechnete ich damit, dass eventuell dort jemand auf mich lauerte.

Ich hoffte auf die Hilfe meiner beiden Freunde. Ob sie meinen Sturz bemerkt hatten, war fraglich. Wenn nicht, brauchten sie jedoch nur eins und eins zusammenzuzählen, um zu einem Ergebnis zu gelangen. Sicherlich würden sie sich am Rand des Abgrunds zeigen. Wenn sie in die Tiefe schauten, mussten sie mich entdecken.

Ich machte mich auf den Weg.

Er führte immer dicht am See entlang. Manchmal so nah, dass der schräge Lehmhang mit seinen Ausläufern fast bis zum Wasser reichte, sodass ich gezwungen war, mich über die seifige Unterlage weiterzubewegen.

Mit jedem Schritt, den ich zurücklegte, stieg die Spannung. Es lag etwas in der Luft, das merkte ich genau.

Die gespenstische Szenerie passte dazu. Die Dunkelheit, die hellen Mondlichtstreifen, die das Wasser trafen und auf der Oberfläche blitzende Reflexe erzeugten.

Nach jedem dritten Schritt etwa schielte ich rechts den Hang hoch.

Von Bill und Suko war nichts zu sehen.

Die ließen sich Zeit. Hoffentlich nicht zu viel.

Dann musste ich auch an Nadine Berger denken und fragte mich, wo die Wölfin wohl steckte.

Als hätte es zwischen mir und ihr eine Gedankenübertragung gegeben, so entdeckte ich nach einem weiteren Rundblick rechts oben am Hang den Schatten.

Sie kam.

Auch die Wölfin hatte es schwer, auf den Pfoten zu bleiben. Ich war stehen geblieben und beobachtete, wie sie sich vergeblich bemühte, die Geschwindigkeit zu drosseln. Sie schaffte es nicht. Es erging ihr dabei wie mir. Sie überschlug sich und rollte weiter, aber auch ihr gelang es, sich zu fangen, bevor ihr das Missgeschick passierte und sie in den Baggersee fiel.

Etwa fünf Schritte vor mir war ihre Rutschpartie zu Ende. Sofort lief ich auf sie zu.

Ihr Fell war ebenso verschmiert wie meine Kleidung. Sie sah mich aus ihren menschlichen Augen an und leckte mit ihrer langen Zunge über meine ausgestreckte Hand.

Nadine suchte immer die Körpernähe und die Berührung. Sie brachte mir die gleichen Gefühle entgegen wie damals als Mensch.

»Komm, lass uns gehen«, sprach ich sie an. »Wir müssen nur vorsichtig sein, die anderen lauern sicherlich auf uns.«

Die Wölfin lauschte meinen Worten, bewegte dann den Kopf, als hätte sie alles genau verstanden. Ein verloren wirkendes Lächeln glitt über mein Gesicht, da ich wieder an die Vergangenheit denken musste, als die Wölfin Nadine noch die Filmschauspielerin Nadine Berger gewesen war.

Ob es für sie je ein Zurück gab, wusste ich nicht. Ich gab die Hoffnung trotzdem nicht auf. Irgendwann in ferner Zukunft konnte es sicherlich gelingen, sie wieder in einen Menschen zu verwandeln.

Es waren verrückte Gedanken, die mich beschäftigten, dabei hatte ich wirklich etwas anderes zu tun, als darüber nachzusinnen.

Unterbrochen wurden meine Gedanken durch Nadine Berger. Die Wölfin stieß ein Knurren aus.

Mittlerweile hatte ich mich daran gewöhnt, und ich konnte unterscheiden, wie das Knurren gemeint war.

Dies hier klang gefährlich, irgendwie bösartig und warnend zugleich.

Waren die anderen in der Nähe?

Unwillkürlich legte ich die Finger meiner linken Hand um

das Kreuz. Die Berührung tat gut. Ich spürte das warme Silber an meiner Haut. Es gab mir die Kraft, nicht aufzugeben, sondern weiterzugehen, was immer geschah.

Noch vorsichtiger wurde ich. Auch langsamer, denn ich konnte das Ende des Sees und das dahinterliegende Gelände bereits erkennen. Erst jetzt waren die Umrisse zu identifizieren. Getäuscht hatte ich mich auch aus der Entfernung nicht. Es waren tatsächlich Lehmhaufen, die in die Höhe wuchsen. Kleine Hügel, die man nicht mehr abgetragen hatte, nachdem der Betrieb in der Lehmgrube eingestellt worden war.

Und noch etwas sah ich.

Eine alte Baubude.

Selbst bei diesen Lichtverhältnissen wirkte sie noch schäbig. Das Holz war feucht, brüchig und baufällig. Ein Teil des Dachs hatte sich gelöst und war zur linken Seite weggekippt. Eine Tür sah ich nicht mehr. Nur noch ein großes Viereck.

Und innerhalb des Vierecks glühte ein Augenpaar.

Die Werwölfin lauerte dort!

Nein, es war nicht Lupina, denn einen Atemzug später löste sich die Gestalt. Pechschwarz mit kalten Augen, einem buschigen Fell und fast so groß wie ein Löwe.

Lupinas Sohn!

Bill Conolly und Suko machten sich verständlicherweise Sorgen. Nachdem sie die nähere Umgebung noch einmal schnell und gründlich abgesucht und nichts gefunden hatten, gelangten sie zu dem Schluss, dass sich ihr Freund nur auf dem Grund der Grube befinden konnte.

Sie schauten nach.

Suko hatte die schärferen Augen. Er entdeckte John sofort, stieß Bill an und deutete schräg nach unten.

»Tatsächlich«, flüsterte der Reporter, »da ist er.«

»Und ihm scheint nichts passiert zu sein, denn er geht normal«, kommentierte der Chinese.

»Genau.«

Ihre Aufmerksamkeit wurde abgelenkt, da sich rechts von ihnen etwas bewegte. Ein Tier rutschte den Hang hinunter, und die beiden Männer erkannten Nadine. Sie sahen, wie die Wölfin dicht neben John Sinclair stehen blieb und von ihm gestreichelt wurde. »Sollen wir auch den Weg nehmen?«, fragte Bill.

Suko hatte sich für einen anderen entschieden. Seinem Partner und Freund drohte momentan keine unmittelbare Gefahr. Lupina oder deren Sohn als auch Lady X waren nicht zu sehen, deshalb entschlossen sich Bill und Suko, den normalen Weg zu nehmen.

»Das wird aber dauern«, beschwerte sich Bill.

»Wenn wir schnell laufen, nicht.«

Der Reporter hob die Schultern. Im Prinzip hatte Suko recht. Es war wirklich besser, wenn sie von der anderen Seite, also dem Ausgang der Lehmgrube, eingriffen, dann konnten sie ihre Gegner in die Zange nehmen.

Für Bill und Suko gab es kein Zögern mehr. Zu viel Zeit war schon verloren gegangen, jetzt geizten sie mit jeder Sekunde.

Suko war besser im Training als der Reporter. Er lief voran und hielt sich dabei dicht am Rand der Grube.

Beide stellten fest, dass sich das Gelände senkte.

In den letzten Sekunden hatten es beide versäumt, einen Blick in die Grube zu werfen. Das holte Bill jetzt nach, und er schaute in dem Moment hin, als sich Orapul aus der Bauhütte löste und mit weiten Sprüngen seinen Feinden entgegenhetzte.

»Suko!«, schrie Bill Conolly.

Er raste heran.

Ein wildes, mörderisch zu nennendes Tier und trotzdem prachtvoll anzusehen in seiner animalischen Schönheit, mit dem pechschwarzen Fell und dem großen Kopf, der schon an den eines Löwen erinnerte.

Ich war fasziniert von dieser Bestie und vergaß das Kreuz

als auch die Silberkugel-Beretta. Denn ich musste immer nur schauen. So hätte ich mir Orapul nicht vorgestellt.

War er überhaupt ein Werwolf?

Verrückte Gedanken, die mir in diesen Augenblicken durch den Kopf schossen, denn es war wirklich nicht der richtige Zeitpunkt, darüber nachzudenken. Es zählte nur, dass ich mich aus dem unmittelbaren Gefahrenbereich brachte, denn Lupinas Sohn wollte nicht mit mir spielen, er wollte mein Leben.

Das hatte ihm seine Mutter sicher eingeimpft. Jetzt, dicht vor dem Ziel, dachte er nicht daran, zurückzuweichen. Die Entscheidung musste fallen.

Als ich das bemerkte, war es schon zu spät. Ich hatte mich von dem Anblick des wilden Tieres so hinreißen lassen, dass es mir nicht mehr gelang, die Beretta hochzureißen. Er musste mich einfach erreichen, wenn er sich jetzt abstieß.

Es ging um Sekunden. Vielleicht sogar um eine noch geringere Zeitspanne als diese.

Das begriff Nadine.

Für sie war ich die Person, die sie schützten musste, und der Wolf war ihr Feind.

In seiner Größe überragte er sie. In einem Kampf hätte sie keine Chance gehabt. Trotzdem warf sie ihr Leben in die Waagschale, um mich zu retten.

Weit hatte der heranstürmende Wolf seinen Rachen aufgerissen. Es erinnerte mich an einen roten Schlund, in den ich tief hineinschauen konnte. Die Zunge sah aus wie ein Lappen aus Feuer, die hellen Zähne hatten etwa die doppelte Länge von denen der Nadine Berger.

Die Wölfin stieß sich ab.

Inzwischen war Zeit genug vergangen. Sie hatte wieder Kräfte sammeln können und den Zeitpunkt eines Angriffs genau abgepasst. Bevor Orapul mich erreichte, prallte Nadine gegen ihn.

Beide waren schwere Tiere, und beide hatten all ihre Kraft eingesetzt. Mitten in der Luft kollidierten sie, ich hörte das Klatschen und ging unwillkürlich einen Schritt zurück. Für einen Augenblick schienen sie in der Luft stehen bleiben zu wollen, dann fielen sie zurück, prallten zu Boden, und dort entspann sich ein Kampf auf Leben und Tod, der eine Art grausamer Faszination auf mich ausübte.

Im nächsten Moment wurde die gespannte Stille von einem wilden Fauchen, Knurren und Hecheln unterbrochen. Die beiden Tiere kämpften verzweifelt. Sie bissen wild um sich, schlugen mit den Läufen, versuchten sich ihre Zähne gegenseitig in das Fell zu hacken und waren wie zwei Teufel.

Die Tiere hatten sich ineinander verbissen, sie bildeten ein wirres Knäuel, das sich rasend schnell bewegte, sodass ich keine Gelegenheit hatte, in den Kampf einzugreifen, weil alles zu schnell ging, denn einmal lag Nadine oben, und in der gleichen Sekunde drehte sie sich, sodass Orapul Oberhand gewann.

Ich ging zögernd zwei Schritte, hatte mein Kreuz jetzt in die Hand genommen und versuchte, es gegen das Fell des dämonischen Wolfs zu pressen. Nadine geriet dabei nicht in Gefahr, denn sie konnte das Kreuz berühren.

Der Kampf wurde mit einer erschreckenden Erbarmungslosigkeit geführt. Das Knurren und Hecheln wurde lauter, gefährlicher, dann spritzte Blut, und an einigen Stellen war das Fell der Wölfe nass.

Nadine lag öfter auf dem Boden, und ich merkte, dass ihre Kräfte langsam nachließen. Der andere war zu stark. Sie konnte den Kampf nicht gewinnen.

Ich musste eingreifen!

Der Plan war einfach, doch riskant. Weil alles nicht mehr half, wolle ich mich über die beiden Wölfe werfen und sie mit dem Kreuz attackieren. Die Wahrscheinlichkeit, schon beim ersten Angriff den Richtigen zu treffen, war groß.

Zu lange hatte ich gezögert, denn Nadine machte mir einen Strich durch die Rechnung.

Bevor ich den Kampf entscheiden konnte, hatte sie ihre Kräfte gesammelt, und es gelang ihr tatsächlich, den schweren Körper des Schwarzwolfs von sich zu stoßen. Genau in dem

Augenblick, als er sein Maul weit aufgerissen hatte und die langen Zähne in Nadines Hals schlagen wollte.

Das Gebiss verfehlte die Wölfin.

Jetzt war sie an der Reihe.

Noch einmal stieß sie zu und wuchtete ihren Körper in die Höhe. Orapul prallte zu Boden, überrollte sich und kam sofort wieder hoch. Allerdings griff er nicht wieder an, sondern hetzte auf einen der Lehmhügel zu, auf dessen Spitze er stehen blieb.

Meine Aufmerksamkeit wurde von Nadine in Anspruch genommen. Ob Orapul blutete, konnte ich nicht erkennen, bei Nadine sah ich jedoch trotz der schlechten Beleuchtung die Wunden. Wo sie sich befanden, schimmerte das Fell nass. Auch war die letzte Aktion über ihre Kräfte gegangen. Nadine schaffte es nicht mehr, sich zu erheben, und knickte immer wieder zusammen, wenn sie sich auf den Läufen halten wollte. So wurde sie für Orapul eine leichte Beute.

In mir vereiste etwas. Sollte mir Nadine durch die Bestie endgültig genommen werden?

Der Hass auf Orapul wurde zu einer lodernden Flamme. Plötzlich wollte ich ihn nicht mehr mit dem Kreuz erledigen, sondern mit mehreren Silberkugeln vom Hügel putzen.

Es war ein ehrliches Vorhaben, doch ich konnte es nicht ausführen, denn die Ereignisse überstürzten sich wieder einmal.

Ich hatte bereits den Arm ausgestreckt, als ich eine zweite Gegnerin sah. Sie musste ebenfalls im Schuppen gelauert haben und jagte daraus hervor.

Es war Lupina!

»Halt, John Sinclair!«, brüllte sie und hetzte in langen Sprüngen von der linken Seite her auf mich zu.

Ich zögerte wirklich.

Diese Chance nutzte sie eiskalt, brachte sich mit einem gewaltigen Sprung zwischen ihren Sohn und mich, breitete ihre Arme aus und schaute mich an.

»Wenn du ihn töten willst, musst du erst mich erledigen!«, sagte sie keuchend, und ihr Gesicht verzerrte sich.

»Dann räume ich euch beide aus dem Weg!«

»Wirklich? Willst du mich wirklich töten? Denkst du nicht mal daran, dass wir uns einmal etwas bedeutet haben? Als du in mich verliebt gewesen bist?«

Ich verzog die Lippen. »Komm mir nicht mit solchen Sprüchen, Lupina. Mein Werwolfleben ist und bleibt Vergangenheit. Zudem hat es nur kurze Zeit gedauert. Nicht einmal einen ganzen Tag. Darauf kannst du nicht bauen. Du bist eine Feindin und gehörst zur Mordliga!«

»Nicht mehr, John Sinclair!«

Ich zielte so, dass ich über den Waffenlauf hinweg ihren Kopf sehen konnte. »Seit wann das denn nicht?«

»Ich habe mich von Morasso getrennt und gehe meinen eigenen Weg.«

»Auf dem ebenfalls Opfer zurückbleiben«, erwiderte ich kalt. »Nein, Lupina, zwischen dir und mir gibt es nichts Gemeinsames mehr, das solltest du längst gemerkt haben. Wir sind Feinde und werden es auch immer bleiben. Ich habe mir geschworen, die Mordliga zu vernichten. Wenn ich dich töte, dann habe ich meinen Schwur bereits zur Hälfte erfüllt!«

Die Worte schienen sie zu beeindrucken, denn sie duckte sich etwas. Gleichzeitig hörte ich rechts von mir ein herzzerreißendes Jaulen, das Nadine ausgestoßen hatte.

»Nein!«, flüsterte ich. »Nein, nein, nein. Ihr kommt hier beide nicht weg. Du nicht, Lupina, und auch nicht dein Sohn!«

Sie lachte plötzlich. Es klang schrill und wild. Ich sah dafür keinen Grund, doch Lupina lieferte mir umgehend die Antwort.

»Ja, ich bin Orapuls Mutter, aber weißt du, wer sein Vater ist, John Sinclair?«

»Keine Ahnung!«

»Dann will ich es dir sagen. Der Fenriswolf ist sein Vater. Fenris, der Götterwolf, dieses ungemein kräftige und starke Wesen, vor dem sich selbst die Götter gefürchtet haben und das sie nicht immer unter Kontrolle halten können. Er ist Orapuls Vater, und er wird sich schrecklich rächen, wenn du seinem Sohn etwas antust!«

Jetzt wusste ich, wer der Vater war. Fenris, der Götterwolf. Gegen ihn hatte ich ebenfalls gekämpft. Wie oft war mir schon gesagt worden, dass ich irgendwann den Tod finden würde. Bis jetzt lebte ich noch, und deshalb schreckten mich die Worte der Werwölfin nicht besonders.

Kalt erwiderte ich: »Es ist mir egal, wer der Vater deines Sohnes ist. Mich interessiert nur, dass er und du eine Gefahr für die Menschheit darstellen, und das kann ich nicht zulassen!«

Es waren meine letzten Worte, die ich an Lupina richtete, denn nun entschied der Kampf.

Orapul fing damit an. Schon zu lange hatte er auf dem Lehmhügel gesessen und alles mitangehört.

Plötzlich stieß er sich ab.

Das geschah so kräftig und schwungvoll, dass er über seine Mutter hinwegflog, um mich zu treffen.

Obwohl ich bewaffnet war und nur abzudrücken brauchte, drehte ich mich zur Seite, denn der Wolf erschien mir so riesig und kompakt, dass ich von Angst erfasst wurde.

Und dann peitschten Schüsse. Am Klang erkannte ich die Berettas. Suko und Bill hatten in den Kampf eingegriffen.

Der unheimliche Schwarzwolf wurde durch die Schüsse irritiert, drehte noch in der Luft ab und landete ein paar Körperlängen vor mir.

Was weiter geschah, sah ich nicht, denn auch Lupina griff an. Und in ihren Angriff gellte ein hässliches, triumphierendes Gelächter, das auch dann nicht aufhörte, als eine rasend schnelle Schussgarbe folgte …

Bill Conolly und Suko hatten es nicht ganz geschafft. Ein paar Yards fehlten ihnen zu einem sicheren Schuss. Sie sahen, dass sich die Szene unten am Baggerloch zuspitzte, doch sie waren zu weit entfernt, um verstehen zu können, was gesagt wurde.

Nadine Berger lag am Boden. Die Wölfin wirkte so, als

könnte sie sich nie mehr erheben. Das erkannte auch Bill Conolly. Er atmete schwer ein und aus, sein Herz pumpte wild.

Plötzlich blieb der Chinese stehen. Er hatte zuvor einen Blick nach unten geworfen und gesehen, dass sich der riesige Schwarzwolf abstieß und über Lupina hinweg auf John Sinclair zuhechtete.

Suko feuerte.

Auch Bill schoss.

Die Echos der Schüsse wetterten über das Wasser. Der Schwarzwolf zuckte einmal zusammen, änderte mitten in der Luft seine Sprungrichtung, kam wieder auf, drehte sich ab und huschte davon.

»Verdammt, wir sind zu weit weg!«, schrie Bill mit überschnappender Stimme. »Wir packen es nicht!«

Er hatte recht. Die Schüsse lagen alle zu kurz. Keine Kugel hatte getroffen.

»Weiter!«, hetzte Suko.

Doch Bill Conolly blieb stehen, als wäre er gegen eine Wand gelaufen. Suko hatte schon abgedreht, er konnte die Gestalt nicht sehen, die sich hinter der Bretterbude löste.

Es war eine weitere Todfeindin des Sinclair-Teams. Lady X!

Die Vampirin lachte schrill und wild auf. Sie hielt ihren Trumpf in der Hand. Die mit Silberkugeln geladene Maschinenpistole. Und sie schoss!

Ich hörte das Knattern der Schüsse, das grausame Lachen und sah vor mir die Gestalt der Lupina wie in einer Großaufnahme auf der Kinoleinwand.

Sie hatte ihre Pranke ausgestreckt, mit den Krallen wollte sie mich zerreißen. Doch bevor sie mich berühren konnte, brach das Unheil über sie herein.

Die Garbe aus der MPi traf ihren Rücken voll. Die Geschosse schüttelte die Werwölfin regelrecht durch. Ihr Gesicht verzerrte sich, der Kopf wurde vor meinen Augen zerschossen, und ich hechtete mit einem gewaltigen Sprung zu Boden, um nicht von den Kugeln getroffen zu werden.

Aus meiner Froschperspektive konnte ich alles sehen. Lupina tanzte unter den Einschlägen der Silbergeschosse. Lady X, denn keine andere war es, hielt voll auf ihre Gegnerin.

»Die Rache der Mordliga!«, brüllte sie in das Stakkato der Schüsse hinein.

Ich feuerte ebenfalls.

Auf dem Rücken lag ich, stützte mich mit dem linken Ellbogen ab, hatte den rechten Arm ausgestreckt und hielt auf das Mündungsfeuer. Ich war mir nicht sicher, getroffen zu haben. Auf jeden Fall brach die mörderische MPi-Garbe plötzlich ab, letzte Echos verwehten, und das Schweigen des Todes legte sich über die alte Lehmgrube.

Zwei Sekunden lang schloss ich die Augen. Ich wusste, was ich vorfinden würde, doch ich wollte es mit eigenen Augen sehen.

Im Zeitlupentempo stand ich auf. Nur wenige Schritte brauchte ich, um Lupina zu erreichen.

Sie lag vor mir.

Tot – vernichtet …

Mindestens ein Dutzend Kugeln hatten sie getroffen. Die meisten in den Rücken, und sie war dabei, sich langsam aufzulösen. Von ihrem Gesicht war kaum noch etwas zu erkennen. Das lange blonde Haar war schon stumpf und grau geworden. Ich sah die dicken nassen Flecken in ihrem Fell und die Kreise darum, wo sich Fell und Haut auflösten, denn die geweihten Silberkugeln zerstörten alles.

»Die Rache der Mordliga«, murmelte ich, und mir lief eine Gänsehaut über den Rücken. »Ihr entgeht niemand.«

Dann wandte ich mich ab. Mitleid empfand ich nicht, obwohl ich tatsächlich einmal in dieses Wesen verliebt gewesen war. Sie hatte zu viele Menschenleben auf dem Gewissen …

Suko und Bill erreichten mich Minuten später. Beide waren außer Atem, und beide zogen betrübte Gesichter.

Lady X war ihnen entwischt. Ebenso Lupinas Sohn. Er hatte den Tod seiner Mutter mitansehen müssen, und sicherlich würde er versuchen, Rache zu nehmen.

Mein Gott, wo sollte das noch alles hinführen?

»Auf jeden Fall besteht die Mordliga jetzt nur noch aus drei Mitgliedern«, zog Bill Conolly das optimistische Fazit. »Das ist doch auch schon was.«

»Aber die drei sind die stärksten«, erwiderte ich.

Bill hob die Schultern.

Unser Gespräch spielte sich dort ab, wo Nadine Berger lag. Der Schwarzwolf hatte ihr tiefe Wunden gerissen. Sie blutete an zahlreichen Stellen, aber sie lebte.

Der Kopf lag auf der Seite. Ihre Augen schauten mich mit einem flehenden und bittenden Ausdruck an.

Ich lächelte, während ich mit ihr sprach.

»Wir werden dich retten, Nadine«, flüsterte ich. »Das verspreche ich dir. Du brauchst keine Angst zu haben.«

Dann bückte ich mich und nahm das schwer verletzte Tier auf beide Arme.

Nebeneinander gingen wir und verließen die Lehmgrube. Wir hatten hier nichts mehr verloren …

HERRIN DER DUNKELWELT

Sein erstaunter Ausruf war lauter als das Klirren der neuen Fahrradkette, die er lässig um seine rechte Hand schwang. Das gab es doch nicht, das durfte nicht wahr sein!

Eine nackte Frau am helllichten Tag! Und das mitten im Regent's Park!

Jerry Shane bekam vor Staunen den Mund nicht mehr zu. Der Baumstamm, an dem er lehnte, kam ihm weich wie Gummi vor, seine Mundwinkel zuckten nervös, und plötzlich flackerte Gier in seinen Augen.

Sollte er allein bleiben oder die anderen rufen, die hinter den Büschen saßen, picknickten und dabei die Beute vom letzten Einbruch aufteilten?

Jerry Shane hatte sich zurückgezogen. Er war der Boss. Seinen Anteil hatte er bereits, um den Rest sollten sich die Mitglieder der Bande streiten. Ihre aggressiv klingenden Stimmen blieben zurück, als hätte sich plötzlich eine schallschluckende Wand zwischen ihn und die anderen geschoben. Jerry Shane starrte auf die Frau.

Teufel, war das ein Bild!

Vielleicht kam sie vom Bedford College, aber die hatten Ferien. Oder wollte sie im See baden? Auch möglich. Da war eigentlich alles drin, doch Jerry hatte sich längst entschlossen, die Nackte mit den herrlich langen Haaren gehörte ihm allein.

Sie hatte tatsächlich Haare, wie er sie noch nie gesehen hatte. Man konnte schon das Wort Flut dafür benutzen. Sie reichten nicht nur bis zum Rücken, nein, noch tiefer. Die letzten Spitzen kitzelten die Kniekehlen und vorn, wo die kleinen, spitz aufragenden Brüste durchschimmerten, da fielen sie ebenfalls an den Knien zusammen, sodass sie fast wie ein langes schwarzes Kleid wirkten.

Ein Phänomen – in der Tat.

Shayne leckte sich die Lippen. Dann senkte er seinen Blick und starrte auf die Fahrradkette. Brauchte er sie, brauchte er sie nicht? Nein, die Kleine schaffte er ohne Drohung, und sein Messer konnte er auch stecken lassen.

Noch einmal reckte er sich. Dabei streckte er die Schultern

vor und bewegte die Hände. Verflucht, die Kleine hätte ihn längst sehen müssen, aber sie reagierte nicht. Sie tat, als wäre er Luft. Einfach nicht vorhanden.

Und das ärgerte ihn.

Langsam ging er vor. Er konnte sich Zeit lassen, die Braut lief ihm schon nicht weg, und Zuschauer hatte er auch nicht.

Sie waren ganz allein, wie auf einer Insel.

Der Rocker ging näher. Drei Schritte höchstens betrug die Distanz, eine lächerliche Entfernung, und als er nur noch einen Schritt von der Frau entfernt war, drehte sich diese um.

Beide starrten sich an.

Shayne, der sonst nicht auf den Mund gefallen war, schluckte. Er konnte einfach nichts sagen, denn der Blick dieser Augen bannte ihn. Es waren die seltsamsten Augen, die er je in seinem Leben gesehen hatte. Sie hatten nicht einmal Pupillen, sondern waren jeweils in der Mitte geteilt.

Beide Hälften wiesen eine andere Farbe auf. Schockgrün die rechten, die linken dagegen pechschwarz. Das Gesicht kam ihm ein wenig asiatisch vor, auch die Haut, die einen Farbton aufwies, wie man ihn bei Mädchen aus Indonesien fand. Durch die Haarsträhnen schimmerte sie, und abermals starrte Shayne auf die kleinen Brustspitzen, die zwischen zwei langen Strähnen hervorlugten.

Gerade dieser Anblick war es, der das Blut in seinen Adern aufwallen ließ. Er bewegte seinen Mund, ohne etwas zu sagen, grinste dann und streckte seinen rechten Arm aus, wobei er das Haar dort berührte, wo sich die linke Brust befand.

»Ist deine Wolle echt?«, fragte er dabei, während er eine Strähne anhob und sie durch seine Finger gleiten ließ.

Sie blieb stumm.

Ohne das Haar loszulassen, fragte Shayne: »Kannst du nicht reden, Puppe?«

»Geh!«

Das eine Wort nur erwiderte sie. Es war nicht einmal laut gesprochen, aber es lag so viel Entschlossenheit darin, dass Jerry zusammenzuckte.

»He, Süße, das meinst du doch nicht im Ernst, oder?«

»Geh!«

Der Rocker lachte. Allerdings klang es unsicher, nicht so herausfordernd wie sonst. Er war sich selbst nicht darüber im Klaren, wie er es anstellen sollte.

Die Kleine faszinierte ihn. Sie hatte alles, was ein Typ wie er verlangte. Ein Rasseweib, wirklich, und so einfach ließ er sich nicht abschmettern.

»Nein, Süße, ich bleibe. Und ich schwöre dir, dass wir noch sehr viel Spaß miteinander haben werden.«

»Es ist nicht gut, wenn du bleibst.«

»Doch, ich zeige dir, wie gut es ist, wenn wir beide jetzt zwischen die Büsche gehen. Ich kenne da einen Platz, wo das Gras besonders weich ist. Und zu Jerry Shayne hat noch nie jemand nein gesagt, das kann ich dir flüstern.« Er stieß dem Mädchen eine Fuselatemwolke ins Gesicht, doch es zuckte nicht zurück.

Die Unbekannte richtete ihren Blick auf den jungen Mann. Sie schien ihn zu sezieren, bis auf den Grund seiner Seele auszuleuchten, und davor fürchtete sich Jerry ein wenig, obwohl er es nicht zugeben wollte. Eine männliche Schönheit sah das Mädchen nicht vor sich. Jerry Shayne war zwar ein kleiner Rockerboss, aber er hatte nicht das Flair jener legendären Typen, die sich als Nachfolger der Easy Rider bezeichneten. Für ihn zählte nur die reine Brutalität. Was er so nicht bekam, holte er sich mit Gewalt.

Seine Haare bildeten auf dem Kopf ein Knäuel. Das breitflächige Gesicht zeigte eine gehörige Portion Verschlagenheit und auch Rohheit. Die Augen wirkten wie leblose Knöpfe, die dicke Unterlippe war vorgeschoben. Er trug die übliche Kleidung. Weste und Hemd waren vor lauter Abzeichen und Stickers kaum zu erkennen. Der breite Gürtel glänzte wegen seiner zahlreichen Nieten, und er bot auch Platz für das Messer und einen gefährlichen Schlagring.

»Du willst nicht, wie?«, zischelte er. »Kann ich mir vorstellen. Aber ich will. Und wenn ich will, dann hast du auch zu wollen. Klar?«

»Nein!«

»Dann zeige ich es dir!« Jerry Shayne sprang plötzlich vor. Er packte mit beiden Händen zu und bekam die Schultern des Mädchens zu fassen. Dabei war er überrascht, dass sich die Kleine nicht einmal wehrte, und sie stemmte sich auch nicht gegen ihn, als er sie zurückdrängte in Richtung Ufer, wo ein besonders dichtes Gebüsch wuchs, hinter dem eine kleine Mulde lag.

Ideal für Jerrys Vorhaben.

Zum Ufer hin fiel das Gelände ein wenig ab. Dann kam der Gebüschgürtel, in den Jerry die Unbekannte hineindrängte. Er lachte dabei, und als sich die Zweige in den langen Haaren verfingen, da sah Jerry zum ersten Mal den Körper.

Er zuckte regelrecht zusammen, in seinem Innern gab es eine kleine Explosion, und es schüttelte ihn durch.

Himmel, war das ein Weib!

Da stimmte alles. Der Schwung der Hüften, die Beine, die Brüste, die Schultern …

»Mann, o Mann …«

»Wenn du mich nicht loslässt, dann töte ich dich!«, erklärte das Mädchen plötzlich mit fester Stimme.

Jerry brauchte einen Augenblick, um die Worte zu begreifen. »Was sagst du da?«, flüsterte er.

Sie wiederholte die Antwort nicht. Stattdessen löste sie ihre Haare von den Zweigen und legte die Strähnen wieder vor ihren Körper. »Du hast es genau verstanden!«

»Ja, das habe ich …«

»Also geh!«

»Nein, Süße. Jetzt erst recht nicht. Verdammt, ich habe dich gesehen, und ich will dich haben, darauf kannst du dich verlassen. Ich kriege dich auch, ich …« Er schluckte und griff zu seinem Messer.

Was Shayne in seinem Leben haben wollte, das hatte er sich immer genommen. Meist mit Gewalt. Hier hatte es ausgesehen, als brauchte er die Gewalt nicht einzusetzen, aber nun gab es keine andere Möglichkeit, er wollte sie mit Brutalität in die Knie zwingen und sich das holen, was ihm seiner Ansicht nach zustand.

Die Unbekannte starrte auf das Messer. In ihren seltsamen Augen bewegte sich nichts, aber dann, als Jerry Shayne zu einem Scheinangriff startete, da reagierte die Unbekannte. Und sie tat es auf eine Art und Weise, wie Shayne es noch nie erlebt hatte.

Die Augen waren plötzlich dunkel. Aber nicht nur sie, auch die Umgebung um Shayne herum verdunkelte sich. Er sah nur noch die Augen, die ihn grün aus der Schwärze anstarrten, und spürte plötzlich die Kräfte, die an seinem Körper zerrten und ihn hochhoben. Jerry schrie, als er durch die Luft flog, sich überschlug, auf die rechte Seite prallte, sich herumdrehte und rücklings liegen blieb.

Die Knochen schmerzten. Ein paarmal atmete er heftig durch, schüttelte den Kopf, öffnete die Augen und sah wieder alles völlig normal vor sich.

Da waren die Bäume, da war der Rasen, und da erkannte er auch das Gebüsch am Seeufer, aus dem soeben die nackte Frau schritt. Jerry Shayne verzog das Gesicht. Er fühlte sich plötzlich unheimlich blamiert, winkelte die Arme an und stützte sich mit den Ellbogen auf.

Shayne wollte es einfach nicht wahrhaben, dass die Frau ihn besiegt hatte. Er schüttelte den Kopf und sah zu, wie die nackte Unbekannte an ihm vorbeiging, ohne ein Wort zu verlieren.

Sie würdigte ihn keines Blickes, sondern schlug den Weg ein, den Shayne gekommen war.

Wenn sie so weiterging, dann musste sie genau auf das Lager stoßen, wo seine Kumpane hockten.

Drei waren es, und Jerrys Gesicht verzog sich zu einem bösen Grinsen. Gegen vier harte Typen würde auch sie nicht ankommen. Deshalb ließ Shayne sie gehen und stieß nur einen Warnpfiff aus, damit seine Kumpane Bescheid wussten.

Schwerfällig stemmte er sich hoch. Einige Stellen an seinem

Körper schmerzten, aber das würde er der Nackten zurückzahlen, mit Zins und Zinseszins.

Gelassen streifte er seinen Schlagring über …

Sie lag da mit geschlossenen Augen und träumte.

Es war ein seltsamer, schöner, aber auch gleichzeitig erschreckender und unheimlicher Traum.

Sie sah sich in der Vergangenheit …

Irgendwo in der Unendlichkeit zwischen Raum und Zeit kam sie sich wie eine Gefangene vor. Ihr Geist war vorhanden, ihr Körper auch, und beide befanden sich auf der Suche nach dem Trank des Vergessens.

Weit, weit entfernt war alles. Sie sah Reiche und Völker, verschiedene Welten und erlebte das Grauen. Aber sie griff nicht ein, sie schwebte über allem.

Alassia!

Plötzlich war der Name da. Deutlich erinnerte sie sich daran, und über ihre Lippen drang während des Schlafs ein Stöhnlaut.

Alassia musste mehr wissen.

Schlagartig endete der Traum, und Kara richtete sich auf. Sie befand sich allein in der Dunkelheit, Myxin war nicht zu sehen, und die vier hohen, seltsamen Steine schimmerten in einem letzten versiegenden Rot. Das wunderte Kara, denn die *flaming stones* reagierten nur, wenn sie magisch aufgeladen wurden. Bisher hatte sich niemand daran zu schaffen gemacht – oder sollte der Traum etwa …?

Kara strich das dunkle Haar zurück. Sie fror plötzlich, legte die Stirn in Falten und versuchte verzweifelt, sich an den Traum zu erinnern.

Da war etwas gewesen, etwas Bedeutendes, denn nicht umsonst hatte dieser Traum sie regelrecht gequält.

Ein Name war ihr eingefallen.

Alassia!

Kara erhob sich und hielt ihren Körper dem Wind entgegen.

»Alassia«, murmelte sie, »Alassia – wieso komme ich auf den Namen?« Sie hob die Schultern, fand keine Antwort und ging ans Ufer des Bachs, dessen klares Wasser durch ein schmales Bett schäumte und das idyllisch gelegene Tal mit den bewaldeten Hügeln ringsum in zwei Hälften teilte.

Es war eine warme Sommernacht. Der Himmel schimmerte dunkelblau, übersät mit einem Heer von funkelnden Sternen. Kara hob den Blick. Irgendwo in dieser unendlichen Weite des Alls, wo die Grenzen des menschlichen Verstands und Forschungsdrangs sichtbar wurden und wo es andere Dimen-sionen gab, da befanden sich die anderen Reiche und Welten. Die der finsteren Mächte, der Dämonen und Wesen aus der Schattenwelt. Himmel und Hölle, Begriffe, die plötzlich verschwammen. Der Himmel konnte überall sein, die Hölle ebenfalls. Und deren Diener. Sie hatte Kara immer bekämpft. Bereits in ihrem ersten Leben in Atlantis hatte sie immer auf der Seite der Guten gestanden. Zusammen mit ihrem Vater Delios und einigen Getreuen hatten sie versucht, den Untergang dieses gewaltigen Kontinents zu stoppen, aber die Gegenkräfte wa-ren zu stark gewesen. Der Schwarze Tod, erschaffen von den Großen Alten, hatte seinen Plan durchführen können und Atlantis zerstört. Oft genug hatte Kara die schrecklichen Bilder des Untergangs vor Augen, erlebte den Tod ihres Vaters und sah dann wieder die gewaltige Feuersbrunst, die über die Insel donnerte, sowie den tödlichen Regen der Vulkane, als sie die alles vernichtende Lava ausspien.

Aber heute war der Traum anders gewesen.

Alassia!

Weshalb um alles in der Welt fiel ihr dieser Name wieder ein? Und welch eine Bedeutung hatte er?

Sorgenfalten zeichneten ihr apartes Gesicht. Kara, die Schöne aus dem Totenreich, kam nicht mit ihrem Traum zurecht. Sie wusste nicht, wo sie ihn hinstecken sollte. Alassia war und blieb die große Unbekannte in dem seltsamen Traumrätsel. Trotzdem war Kara bewusst, dass dieser Traum etwas zu bedeuten haben musste. War er vielleicht ein Vorzeichen auf zukünftige Ereignisse gewesen? Sollte er eine Warnung darstellen? Das konnte sich die Schöne aus dem Totenreich schon eher vorstellen. Eine Warnung vor Alassia.

Wenn ja, musste sie zu ihren Feinden gehören oder gehört haben. Eine andere Möglichkeit gab es nicht.

Seufzend wandte sie sich ab. Sie wollte versuchen, wieder zu schlafen, vielleicht erlebte sie den Traum noch einmal, doch als sie sich hinlegte, konnte sie zwar die Augen schließen, doch sie fand keinen Schlaf.

Der Ort zwischen den Flammenden Steinen war die Zuflucht für Kara und Myxin, den Magier. Beide konnte man als besondere Menschen bezeichnen oder zumindest einen als Dämon.

Das war Myxin, der Magier. Ein Dämon, der sich allerdings auf die Seite des Guten geschlagen und nach dem Tod seiner Erzfeindin Asmodina einen Großteil der Kräfte zurückerhalten hatte. Myxin stand nun gegen seine früheren Artgenossen, die ihn ebenfalls erbarmungslos bekämpften.

Eine Bleibe besaßen Kara und Myxin nicht. Sie waren überall und nirgends, sie beherrschte die Teleportation und konnten an jeder Stelle der Erde auftauchen. Zudem besaß Kara noch das Schwert ihres Vaters. Es hatte eine goldene Klinge, die ebenfalls prall mit weißer Magie gefüllt war. Durch diese Klinge gelang es der Schönen aus dem Totenreich, Verbindung zu anderen Dimensionen herzustellen und vor allen Dingen zu Personen in diesen Dimensionen.

Kara dachte intensiv an ihr Schwert und auch daran, dass sie es vielleicht dazu benutzen konnte, um mit Alassia Kontakt aufzunehmen. Es musste einfach durch das Schwert gelingen. Kara konnte in dieser Ungewissheit nicht leben, und sie richtete sich aus ihrer liegenden Stellung auf.

Ein Schatten bewegte sich durch das Gebiet der *flaming stones*. Myxin war gekommen.

Als er Kara sah, blieb er vor ihr stehen. Er war klein von Gestalt, wirkte meist ein wenig hilflos und wurde deshalb oft unterschätzt. Aber wer ihn richtig kennengelernt hatte, der unterschätzte ihn kein zweites Mal, das stand fest.

Er schaute auf Kara nieder. »Du schläfst nicht?«

»Nein.«

Myxin nahm neben ihr Platz. Wie immer trug er seinen langen, dunklen Mantel. Seine Haut schimmerte leicht grünlich, sie unterschied sich damit von der eines Menschen.

Der kleine Magier drehte den Kopf. Von der Seite schaute er seine Begleiterin an. »Wenn du nicht schlafen kannst, musst du einen Grund haben.«

»Den habe ich. Es war ein Traum. Ein gefährlicher Traum. Eine regelrechte Bedrohung.«

»Und von wem ging sie aus?«

»Alassia!«

Myxin reagierte kaum. Er senkte nur den Kopf und schaute auf seine angezogenen Beine. »Alassia also«, murmelte er. »Alassia ...«

»Du kennst sie?« Karas Stimme zitterte ein wenig.

»Du denn nicht?« Myxin zeigte sich sehr überrascht.

»Ich weiß im Moment nicht, wo ich ihren Namen unterbringen soll«, erklärte Kara.

»Sie ist die Schatten-Prinzessin, die Königin der Nacht wird sie auch genannt, Herrscherin über das Dunkelreich. Ich habe von ihr des Öfteren gehört. Früher stand sie groß da, als der Spuk noch nicht so mächtig war, und vor Asmodina.«

Kara ruckte herum. »Dunkelwelt!«, flüsterte sie. »Die Herrin der Dunkelwelt. Jetzt weiß ich es auch wieder. In ihrer Welt gibt es kein Licht. Dort herrscht die ewige Nacht.«

»Genau.«

»Aber was soll mein Traum bedeuten?«

»Was hast du denn genau geträumt?«

»Das ist schwer zu erklären. Ich sah nur immer Alassia, mehr nicht. Nur die Frau.«

»Ein wirklich seltsamer Traum«, gab Myxin zu und runzelte nachdenklich die Stirn. »Wenn ich nur wüsste, was er zu bedeuten hat.«

»Eine Warnung vor ihr.«

»Meinst du?«

»Da bin ich mir fast sicher. Ich kann mir vorstellen, dass Alassia uns einen Besuch abstatten will.«

»Welch einen Grund sollte sie haben?«

»Du hast selbst vorhin von Asmodina gesprochen. Sie ist nicht mehr. Vielleicht sieht Alassia jetzt ihre Chance. Möglich ist in diesem Fall alles.«

»Ja, das könnte sein«, murmelte Kara. »Aber was will sie genau? Ihre Welt ist eine andere. Die Dimension ohne Licht, nur die Dunkelheit regiert …«

»Ich kann es dir nicht sagen.«

»Vielleicht sollte ich versuchen, über mein Schwert Kontakt mit ihr aufzunehmen.«

Myxin fand die Idee nicht schlecht. »Aber es ist gefährlich«, warnte er Kara.

Die Schöne aus dem Totenreich hob die schmalen Schultern. »Ich kann es nicht so genau sagen, weil ich noch keinen Kontakt mit ihr gehabt habe.«

»Dafür ich.«

»Wann?«

»Noch vor meiner Niederlage, die der Schwarze Tod mir zugefügt hat. Damals, in Atlantis. Wie du weißt, haben auf mein Kommando die schwarzen Vampire gehört. Es gab zahlreiche Dämonen, die sehr neidisch darauf waren, unter ihnen befand sich auch Alassia. Sie versuchte einmal, mir meine Diener abspenstig zu machen.«

»Aber sie hat es nicht geschafft?«

»Nein, das nicht.« Der kleine Magier schaute hoch zu den unendlich weit entfernten Sternen. »Geschafft hat sie es wirklich nicht, aber einige Vampire sind in ihre Dunkelwelt geschleudert worden und wurden nie mehr gesehen. Die Welt ohne Licht hat sie regelrecht verschlungen, so sieht es aus.«

Kara nickte, bevor sie aufstand. »Ich werde es trotzdem versuchen. Kontakt muss ich einfach bekommen, denn ich kann auf diese Art und Weise nicht weiterleben, nicht mit dieser bohrenden Ungewissheit. Ich muss der Gefahr ins Auge sehen.«

»Wir sollten vielleicht John Sinclair informieren«, schlug Myxin vor. »Wenn sie tatsächlich erscheint, dann bedeutet sie eine so große Gefahr, dass wir gewappnet sein müssen.«

»Wie kann man sie besiegen?«, fragte Kara plötzlich.

Da hob Myxin die schmalen Schultern. »Ich weiß es nicht. Vielleicht durch das Gegenteil der Dunkelheit, durch Licht.«

Von Kara erhielt der kleine Magier keine Antwort. Sie hatte sich abgewendet und zog ihr Schwert aus der Scheide. Trotz der Dunkelheit glänzte die goldene Klinge.

»Und John?«, fragte sie.

Plötzlich lächelte Myxin und war im nächsten Augenblick verschwunden. Er hatte sich wegteleportiert.

Nach London …

Zwei Farbfernseher, zwei Rekorder, Kassetten und 126 Pfund an Bargeld hatten die Rocker gefunden und teilten das Zeug. 100 Pfund waren bereits in die Tasche des Anführers Jerry gewandert. Das restliche Geld konnten die drei unter sich teilen, ebenso das gestohlene Zeug, das jeder auf eigene Faust verhökern musste. Das Geld dafür kam in die Gemeinschaftskasse, und wehe, wenn einer versuchte, den anderen übers Ohr zu hauen. Zwei Wochen im Krankenhaus waren ihm dann sicher.

Sie saßen ziemlich geschützt. Diese Stelle im Regent's Park wurde von Spaziergängern kaum benutzt. Es führten auch nur wenige Wege an diesem Arm des Sees vorbei, so hatten die Rocker ihre Ruhe.

Als Rückenstützen verwendeten sie Baumstämme, und um die Beute wurde geknobelt.

Keiner war älter als zwanzig. Sie standen in der Blüte ihrer Jugend. Aber an Arbeit dachten sie nicht. Zudem hätten sie sowieso keine bekommen, in England sah es mies aus, und die Eiserne Lady Thatcher nebst ihrer Regierung stöhnte unter den Auswirkungen des Falklandkrieges, der den Staat viel Geld gekostet hatte.

Fred, der zweite Mann hinter Jerry Shayne, stand auf und reckte sich. »Ihr könnt euch meinetwegen um die geklauten Dinger streiten. Ich halte mich da raus.«

»Wieso?«

Fred hob die Schultern. »Finde keinen Abnehmer. Und verschenken will ich das Zeug nicht.«

»Ob das Jerry gefällt?«

»Der kann mich kreuzweise. Er hat seine Suppe geschluckt, und fertig. Außerdem hat er sich verzogen. Ich wüsste gern, wo der Hund sich wieder herumtreibt.«

»Willst du ihn suchen?«, fragte der Dritte im Bunde.

»Quatsch, der kommt schon wieder.«

»Vielleicht hat er 'ne Braut aufgerissen und will sie nicht teilen.« Der dritte Rocker lachte gehässig. Doch sein Lachen verstummte ebenso jäh, wie sich ein anderer Ausdruck auf den Gesichtern der kleinen Rockerbande zeigte, als sie plötzlich die Frau sahen, die zwischen den Bäumen einherschritt und sich ihrem Lagerplatz näherte.

Fred verschluckte sich fast am eigenen Speichel, als er flüsterte: »Verdammt, die ist ja nackt.«

Das war besonders gut zu sehen, weil ein leichter Windstoß die Haare zur Seite wehte.

»Mann, und so was läuft noch frei herum.«

Jetzt erhoben sich auch die beiden anderen Rocker, um dem Mädchen in den Weg zu treten. Nebeneinander bauten sie sich auf und bildeten eine menschliche Mauer. Sie hatten sogar noch die Arme ausgestreckt, ein Zeichen, dass sie nicht gewillt waren, die Kleine passieren zu lassen.

»Ein Geschenk des Himmels«, hauchte Fred. »Ich habe ja nie an den lieben Gott geglaubt, aber so was kann nur er geschickt haben. Herrlich, diese Braut.«

»Und für uns alle!«, hauchte ein anderer.

»Das wüsste ich aber«, erwiderte Fred. »Erst einmal bin ich an der Reihe. Dann könnt ihr.«

»Vielleicht will sie dich nicht.«

»Aber dich, wie?«

Der Rocker, der gesprochen hatte, hob die Schultern.

Fred sagte: »Wenn ich so viele Pickel in meiner Visage hätte wie du, dann würde ich mich beim Bäcker als Streuselkuchen ins Schaufenster stellen.«

»Dafür schlage ich dir die Zähne in den Rachen.«

Die Unterhaltung versiegte, denn die Frau war inzwischen so nahe herangekommen, dass die Rocker sie hätten anfassen können. Sie blieb stehen und schaute in drei grinsende Gesichter.

»Lasst mich durch!«, forderte sie mit ruhiger Stimme.

Fred schüttelte den Kopf und starrte Alassia ungeniert an. »Kommt gar nicht infrage, Süße. So eine Braut wie dich lassen wir doch nicht laufen. Wie kämen wir dazu?«

»Ich warne euch. Schon einmal hat jemand versucht, mich aufzuhalten.«

»Und?« Fred frage es provozierend.

»Ich musste ihn bestrafen.«

Die Rocker kicherten. »Von dir möchte wohl jeder von uns gern bestraft werden.« Wie auf ein geheimes Kommando hin zogen sie sich auseinander und bildeten einen Kreis um Alassia. Ihre Gesichter sagten alles. Sie wollten die Frau auf keinen Fall gehen lassen. Sie gehörte ihnen, daran gab es nichts zu rütteln.

Und dann hörten sie die Stimme. »Lasst sie, verdammt! Ich will sie haben. Ich allein!«

Die drei zuckten zusammen. Jeder wusste, dass Jerry Shayne, ihr Anführer, gesprochen hatte. Er stand dort, wo die Motorräder parkten. Sein Gesicht war verzerrt. Über die Finger der rechten Hand hatte er einen Schlagring gestreift. In seinen Augen sprühte der Hass und auch der Wille, sich zu rächen.

Gras klebte an seiner Kleidung, für die anderen ein Beweis, dass er am Boden gelegen hatte.

Bis jetzt hatte Alassia nur gewarnt, und das sagte sie ihnen. Sie machte den Rockern klar, dass sie auch anders konnte. Härter, und dass es mit dem Tod enden würde.

Irgendwie waren die abgebrühten Kerle beeindruckt. Es war

seltsam, hätte ihnen das ein Mann gesagt, sie hätten versucht, ihn auseinanderzunehmen.

Aber nicht bei diesem Mädchen oder dieser Frau, die in der Helligkeit, nur mit ihren langen Haaren bekleidet, durch den Regent's Park lief. Da stimmte etwas nicht.

»Euch bleibt nicht mehr viel Zeit!«, warnte die Frau mit kalter Stimme.

Fred nickte Jerry Shayne zu. »Sollen wir nicht doch lieber verschwinden?«

»Nein!« Jerry schüttelte wild den Kopf und kam vor. »Ich habe mit ihr noch eine Rechnung zu begleichen, und die werde ich ihr mit dem Schlagring in den Wanst hämmern ...« Er holte aus. Jeder seiner Kumpane nahm an, dass die Frau zu Boden gestreckt würde, dann aber geschah etwas so Unheimliches, dass die abgebrühten Rocker einen Schock fürs Leben erlitten.

Plötzlich wurden nicht nur die seltsamen Augen der Unbekannten völlig schwarz, auch der Umgebung wurde jegliches Licht durch die Augen entrissen.

Die drei Rocker konnten nichts sehen. Sie schrien nicht, standen einfach starr da und fühlten sich eingekreist von seltsamen Kräften, die an ihren Körpern zerrten, bis die Dunkelheit wieder verschwand und dem normalen Tageslicht Platz machte.

Die Frau stand noch immer da. Ein harter Zug lag auf ihrem Mund, auch die Augen zeigten wieder die seltsame grünschwarze Farbe. Und doch war etwas anders.

Es gab Jerry Shayne nicht mehr.

Er war verschwunden – weg, einfach fort. Der Fleck, wo er gestanden hatte, war leer.

Man konnte den Zustand der Rocker als fassungslos bezeichnen. Sie waren bleich geworden und schwiegen. Es dauerte seine Zeit, bis sich einer von ihnen gefangen hatte.

Es war Fred, und er fragte: »Wo – wo ist Jerry?«

Da lächelte die Frau nur, bevor sie langsam ihren Arm in die Höhe hob und zum Himmel zeigte. »Seht her ...«

Die Rocker starrten in die Höhe.

Etwas aus der Höhe der Baumwipfel regnete etwas auf die Erde.

Es war schwarzer Staub …

Noch nie im Leben waren die drei Rocker so schnell fortgerannt.

Alassia aber lächelte.

Sie hatte ihre Visitenkarte hinterlassen …

Normalerweise klingelt mich bei einer Störung zumeist das Telefon aus dem Schlaf, aber in dieser Nacht wurde ich durch etwas anderes wach.

Ich schlug die Augen auf und spürte sofort, dass etwas nicht stimmte.

Da war jemand im Zimmer!

Der erste Gedanke galt einem Einbrecher. Doch bei mir gab es nichts zu holen, was sich für einen Dieb gelohnt hätte. Da ich aber einen besonderen Job ausübte, konnte ich mir gut vorstellen, dass der Besuch mit meiner Arbeit zusammenhing.

Ich warf rasch einen Blick auf die Uhr und stellte fest, dass Mitternacht längst um war. Eine wirklich ungewöhnliche Zeit für einen Besuch.

Meinen Arm winkelte ich an und tastete nach meiner Beretta, die in der Nähe des Kopfkissens lag. Das Kreuz hing auch während des Schlafs um meinen Hals, und völlig waffenlos stand ich dem Unbekannten nicht gegenüber.

Dann hörte ich seine Stimme. »Lass die Kanone ruhig stecken, John Sinclair.«

Ich atmete auf. »Myxin, du alter Hecht. Hättest du dich nicht anmelden können?« Gleichzeitig machte ich Licht.

Der kleine Magier stand nahe der Schlafzimmertür und grinste von Ohr zu Ohr. Wie immer trug er seinen langen Mantel, und eigentlich fiel er kaum auf. Wenigstens dem nicht, der Myxin nicht kannte. Meine Freunde und ich jedoch wussten, dass Myxin nicht so harmlos war, wie er aussah, und das hatte auch so mancher Dämon schon zu spüren bekommen.

Auf der Bettkante blieb ich sitzen, rieb meine Augen und gähnte ausgiebig. »Wenn du mich zu einem Drink einladen willst, hast du dich geschnitten«, sagte ich. »Um diese Zeit habe ich meistens keinen Durst.«

»Auf einen Drink nicht.«

»Sondern?«

»Ich möchte dich zu den Flammenden Steinen bringen. Dort wartet Kara schon.«

»Jetzt? Mitten in der Nacht?«

»Ja, sonst wäre ich nicht gekommen.«

Myxin meinte es ernst, das sah ich ihm an. »Kann ich mich wenigstens noch anziehen?«

»Sicher, aber verzichte auf das Waschen.«

»Sehr wohl, Sir.«

Eine Minute später hatte ich mich umgezogen. Myxin stand jetzt in der Diele. Er wirkte sehr konzentriert, denn er benötigte jetzt seine gesamten Kräfte, da er uns beide zu den *flaming stones* teleportieren wollte.

Ich ging zu ihm, gähnte noch einmal und musste mitansehen, wie Myxin meine Hand ergriff. Eigentlich hatte ich noch etwas sagen wollen. Dazu kam ich nicht mehr, denn die Welt um mich herum verschwamm, und einen Augenblick später sagte eine hell klingende Frauenstimme: »Guten Morgen, John!«

Ein wenig verwirrt blickte ich mich um.

Kara lächelte. Sie stand wie ich zwischen den Flammenden Steinen. Die Reise hatte also geklappt. Myxin schmunzelte. Er freute sich, dass er fast seine alten Kräfte wieder besaß.

»Ebenfalls guten Morgen«, begrüßte ich Kara. »Allerdings hätte ich gern noch ein wenig geschlafen.«

»Das kannst du später.«

»Eilt es sehr?«, fragte ich.

»Und wie.«

»Dann berichte mal.« Ich nahm auf dem Grasboden Platz und zog meine Beine an.

Kara erzählte mir von ihrem seltsamen Traum und von einem weiblichen Wesen namens Alassia.

»Von ihr habe ich nie etwas gehört«, gab ich ehrlich zu.
»Auch nicht von der Dunkelheit?«
»Nein.«
Myxin und Kara schauten sich an, während ich in den Himmel blickte und zahlreiche Sterne sah. Für mich war das alles noch rätselhaft, ich konnte mir wirklich keinen Reim auf die Geschichte machen, aber wenn Kara so heftig reagierte und mich zu den *flaming stones* holte, dann war zumeist etwas im Busch.
»Was ist denn nun mit dieser Alassia?«, fragte ich. »Verdammt noch mal, spannt mich nicht so lange auf die Folter. Irgendetwas muss sie ja an sich haben.«
»Sie tötet.«
»Wen?«
»Ihre Feinde.«
Ich lächelte. »Mein Gott, seid doch nicht so einsilbig. Wer sind ihre Feinde, und wie tötet sie sie?«
Kara nickte sehr ernst. »Wer in die Fänge dieser Frau, die sich auch Herrin der Dunkelwelt und Königin der Nacht nennt, gerät, der ist verloren. Er wird getötet.«
»Wie?«
»Alassia entzieht ihm das Licht und die Helligkeit. Er sieht dann die absolute Dunkelheit und vergeht. Zumeist regnet er als schwarze Asche vom Himmel …«
Ich war grau im Gesicht geworden. Das war ja schlimm, was mir Kara da erzählte. Menschen, die von der Dunkelheit zerstört wurden und von denen nur mehr schwarze Asche zurückblieb. Eine Gänsehaut rann über meinen Rücken. Kara hatte wirklich recht daran getan, mich zu informieren, denn wenn diese Alassia tatsächlich auftauchte …
Moment mal!
Plötzlich machte es in meinem Kopf klick. Ich setzte mich starr hin und dachte nach.
»Hast du was, John?«, fragte mich die Schöne aus dem Totenreich.
»Ja, mir ist da eine Idee gekommen und gleichzeitig ein

furchtbarer Verdacht.« Ich schaute Kara ins Gesicht. »Wo befindet sich diese Alassia jetzt?«

»Das weiß ich nicht. Wahrscheinlich in ihrem Reich.«

»Nicht hier auf der Erde?«

»Kann auch sein.«

»Das glaube ich eher. Ich habe sie zwar nicht selbst gesehen, aber da ist eine Sache in London passiert, von der ich nur einen knappen Bericht gelesen habe. Und das kurz vor Feierabend.«

»Um was ging es denn?«, fragte Kara.

»Eine Rockerbande aus dem Regent's Park ist wahrscheinlich mit Alassia zusammengestoßen.«

»Hat es Tote gegeben?«

Ich verzog das Gesicht. »Weißt du, Kara, bei mir klingelte die Glocke, als du diesen furchtbaren Auflösungsprozess erwähnt hast. Laut Protokoll sollen drei überlebende Rocker ausgesagt haben, dass sich ihr Anführer in einer dunklen Wolke praktisch aufgelöst hat. Als die Wolke verschwand, war auch von dem Rocker nichts mehr zu sehen gewesen, und es soll schwarzen Staub geregnet haben.«

Kara ballte die Hand zur Faust. »Das war sie. Das war Alassia, John. Sie ist schon hier. Mein Traum hat mich nicht getrogen.«

Eine Weile sagte niemand von uns ein Wort, bis ich fragte: »Du bist demnach eine Feindin von Alassia?«

»Ja.«

»Und den Traum fasst du als eine Warnung auf?«

»Das stimmt auch.«

»Wer kann dich gewarnt haben, und aus welchem Grund ist Alassia in unsere Welt gekommen?«

»Mich hat mein Unterbewusstsein gewarnt. Ich sollte wieder an sie erinnert werden, denn sie war bereits im alten Atlantis meine Feindin. Wir haben zwar nie direkt gegeneinander gekämpft, dazu ist es nicht gekommen, doch aufgeschoben ist nicht aufgehoben, und ich bin mir fast sicher, dass ein Kampf zwischen mir und der Herrin der Dunkelwelt unausweichlich ist.«

»Besteht ein triftiger Grund?«, wollte ich wissen. »Ich meine, für eure persönliche Feindschaft.«

»Ja, den gibt es!« Karas Stimme klang auf einmal sehr leise und sehr ernst.

»Nenne ihn mir!«

»Ich kann es nicht beweisen, John, aber höchstwahrscheinlich hat Alassia den Trank des Vergessens …«

Jetzt war es heraus, und ich konnte meine Überraschung nicht überspielen, sie zeichnete sich auf meinem Gesicht ab, denn Kara meinte: »Damit hast du wohl nicht gerechnet?«

»Nein.«

»Es ist aber so. Alassia muss ihn haben.«

Ich stand auf und schüttelte den Kopf. »Woher weißt du das alles? Soweit ich mich erinnern kann, hast du doch nie gewusst, wo sich der Trank befindet!«

Kara ging ein paar Schritte zur Seite und blickte dorthin, wo der Bach sprudelte. »Im Prinzip stimmt das schon, doch ich habe immer versucht, mit den fremden Mächten Kontakt aufzunehmen. Mein Schwert war mir dabei eine große Hilfe. Zudem haben Myxin und ich Dämonen beschworen. Die meisten von ihnen wussten zwar nichts, aber wir erhielten manchmal Hinweise. Es war wie ein Puzzle. Als wir es zusammensetzten, führte eine vage Spur in die Dunkelwelt.«

»Warum hast du mit mir darüber nicht gesprochen?« In meiner Frage schwang ein Vorwurf mit.

»Du hast selbst Probleme genug. Zudem war ich mir nicht sicher, ob sie den Trank des Vergessens tatsächlich besitzt oder näher darüber Bescheid weiß.«

»Aber jetzt weißt du mehr?«

»Ein wenig.«

Ich atmete tief durch. »Glaubst du denn, dass dir Alassia sagen wird, wo sich der Trank befindet, wenn du mit ihr Kontakt aufgenommen hast?«

»Das ist die Frage, aber ich gehe von folgender Überlegung

aus. Wenn sie sich tatsächlich auf dieser Welt befindet, hat sie ihre Dimension verlassen und besitzt meines Erachtens nicht mehr die Kräfte, die sie in der Dunkelheit hat. Ich will ihr gegenüberstehen und möchte dich, John, deshalb bitten, uns zu helfen, denn du bist ein Mensch von dieser Welt und kennst dich aus.«

»Ich tue, was ich kann.«

Kara lächelte. »Das wusste ich. Zunächst jedoch möchte ich Kontakt zu Alassia herstellen, denn ich brauche mehr Informationen. Allein fühle ich mich hilflos.«

»Wie willst du das anstellen?«

»Ich nehme das Schwert. Das müsste gehen. Bist du einverstanden, dass du bei uns bleibst?«

»Dumme Frage, klar.«

»Gut.« Kara nickte und entfernte sich von mir. Stattdessen trat Myxin an meine Seite. Gemeinsam schauten wir zu, wie die Schöne aus dem Totenreich dort stehen blieb, wo sich die magischen Linien der Steine kreuzten, wenn sie aktiviert worden waren. Es war praktisch der Mittelpunkt der *flaming stones*, wo Kara sich nun aufhielt. Hier konzentrierte sich die Magie, und ich war gespannt, ob sich die Steine auch aktivieren ließen.

Danach fragte ich Myxin.

Der kleine Magier nickte. »Ja, das wird so sein. Die Magie des Schwertes überträgt sich auf die Steine.«

»Wo kommen sie eigentlich her?«

Da hob Myxin die Schultern. »Ich weiß es selbst nicht genau. Sollte mir die Zeit bleiben, werde ich danach forschen.«

»Ja, das würde mich auch interessieren.« Momentan lagen die Steine in Mittelengland in einer ziemlich einsamen Gegend, die kaum von einem Menschen besucht wurde. Ein sehr schmales Tal, ringsum dicht bewaldete Hänge und ein kleiner Bach, der das Tal durchschnitt.

Das war alles.

Wenn zufällig Wanderer hierherkamen, wunderten sich die Menschen zwar über die geometrische Aufstellung der

Steine, aber ihr Rätsel konnten sie nicht lösen. Wahrscheinlich wussten sie auch nicht, was mit den Steinen eigentlich los war.

Es war immer wieder faszinierend, die Magie der Steine zu erleben. Sie vermittelten ein ganz anderes Bild. Man konnte das Gefühl haben, in einer Märchen- und Sagenwelt zu stehen, aber nicht in der normalen Realität. Auf irgendeine Weise machte es mich stolz, etwas über dieses Geheimnis zu wissen.

Ich war gespannt, wie es weitergehen würde.

Kara war dort stehen geblieben, wo sich der Kreuzungspunkt der gedachten Linien befand.

Was würde geschehen?

Auch Myxin konnte jetzt nicht eingreifen oder etwas beschleunigen. Es ging allein um Kara. Die Schöne aus dem Totenreich musste ihre Kräfte voll ausspielen.

Sie kniete nieder.

Irgendwie erschien mir die Bewegung andächtig. Es geschah nicht schnell, Kara glitt allmählich in die Knie, und als sie den Boden berührte, senkte sie den Kopf.

Dann glitt ihr rechter Arm schräg am Körper entlang, und ihre Hand näherte sich dem Schwertgriff.

Die Waffe mit der goldenen Klinge war das Wichtigste überhaupt. Ohne sie war Kara machtlos. Sie zog das Schwert aus der Scheide und stellte es mit der Spitze zu Boden, wobei sie mit beiden Händen den Griff umklammerte.

Es war die Haltung, die sie einnehmen musste, um ihre volle Konzentration zu erlangen.

Myxin und ich sprachen kein Wort mehr. Jeder Satz wäre zu viel gewesen, denn Kara brauchte für ihre Beschwörung und Aktivierung absolute Ruhe.

Wie in Trance versunken, blieb Kara hocken. Wir wussten, dass sie sich jetzt konzentrierte, und sahen auch bereits den ersten Erfolg, denn die Steine veränderten sich.

Als würde die rote Farbe oder das rote Licht tief aus ihrem Innern steigen, so wurde das eigentliche Grau abgelöst. Jede Pore füllte sich mit dem düsteren Rot, es verdichtete sich und wurde von Sekunde zu Sekunde intensiver, bis es seinen höchsten Stand erreicht hatte und plötzlich aufstrahlte.

Ich zuckte zusammen, obwohl ich das Phänomen kannte. Wie geisterhafte Erscheinungen huschten die Strahlen über den Erdboden, sie trafen sich genau dort, wo Kara kniete.

Das war das magische Zentrum.

Auch die Schöne aus dem Totenreich blieb nicht verschont. Hatten wir sie zuerst wegen der Dunkelheit nur relativ schwach erkennen können, so legte sich jetzt ein geheimnisvolles rotes Leuchten über ihren Körper, sodass ihr Bild ziemlich unwirklich wurde und Kara mich an eine Geistererscheinung erinnerte.

Allein durch Konzentration hatte sie es geschafft, die Magie zu aktivieren.

Ein Phänomen …

Stumm und starr blieb sie sitzen, gestützt auf ihr Schwert. Sie schien die Magie der *flaming stones* zu genießen, denn diese wundersamen Kräfte gaben ihr Kraft und Ausdauer.

Jeder von uns wusste, was kommen würde. Kara versuchte jetzt die zweite Konzentrationsübung. Über ihr Schwert wollte und würde sie Kontakt zu einer anderen Welt aufnehmen, vielleicht sogar zu einem Reich, das sich Dunkelwelt nannte und dessen Herrscherin Alassia, die Königin der Schatten, war.

Ich war ungemein gespannt. Längst war meine Müdigkeit vergessen. Es spielte keine Rolle mehr, dass mich Myxin mitten in der Nacht aus dem Bett geholt hatte, mich hielt die Faszination des Augenblicks gefangen.

Würde das Schwert es schaffen?

Es war eine besondere Waffe. Kara konnte mit ihr nicht nur kämpfen, sondern sie auch als einen magischen Katalysator benutzen, der die Verbindung zu anderen Welten schuf.

Erst einmal geschah nichts. Kara kniete stumm und hielt nach wie vor den Schwertgriff fest. Auch wir mussten uns in Geduld fassen, sahen allerdings, dass der Körper der dunkelhaarigen Frau plötzlich anfing zu zucken.

»Ja!«, stieß Myxin hervor. »Sie hat es geschafft.«

Was sie geschafft hatte, wusste keiner von uns. Es war durchaus möglich, dass sie zwar einen Kontakt bekommen hatte, aber zu einer anderen Welt oder Dimension.

Wie mussten abwarten ...

Zeit verging. Nach wie vor hielten die Steine ihr Strahlen aufrecht, sie schufen somit ein magisches Zentrum, das Kara als Mittelpunkt zeigte.

Dann ein Schrei.

Er drang aus dem Mund der schwarzhaarigen Frau. Wir zuckten zusammen, sahen, wie Kara zitterte, und das Beben lief wie die Ausläufer einer kleinen Explosion durch ihren Körper.

Schlagartig brach die magische Brücke zusammen. Das Leuchten war nicht mehr vorhanden, auch die Strahlen zogen sich zurück, und Kara kippte zur Seite.

Bevor wir sie auffangen konnten, lag sie schon am Boden. Gemeinsam knieten wir uns neben sie, und trotz der Dunkelheit war zu sehen, wie bleich und spitz ihr Gesicht wirkte.

Kara musste etwas ungemein Schweres hinter sich haben, das stark an ihren Kräften gezerrt hatte.

Myxin tätschelte ihre Wangen. Er rief immer wieder ihren Namen, und Kara schlug flatternd die Augen auf. Ihr Blick traf Myxins Gesicht, sie versuchte ein Lächeln, und ihre Lippen murmelten Worte.

»Ich – ich lebe noch.«

»War es so schlimm?«, erkundigte sich Myxin.

»Ja, sie ist ungemein stark, und ihre Magie ist so mächtig. Sie kann uns alle vernichten.«

Wie Kara das sagte, konnte man Angst bekommen. Denn sie war sonst nicht pessimistisch, aber für ihren Kommentar gab es einen Grund. Davon ging ich aus.

»Was ist denn geschehen?«, wollte ich wissen.

»Alassia ist da, John. Sie ist auf der Erde. Ich habe ihre Anwesenheit genau gespürt, und sie ist dabei, irgendetwas zu unternehmen.«

»Was?«

»Ich weiß es nicht genau. Ich hörte sie nur schreien. Triumphierende Worte. Asmodina ist tot – Asmodina ist tot …«

Das stimmte in der Tat. Solo Morasso, alias Doktor Tod, hatte Asmodina umgebracht. Aber Doktor Tod selbst und seine Mordliga hatten ebenfalls Federn lassen müssen. Was ich weiter dachte, konnte man als reine Spekulation bezeichnen. War Alassia vielleicht erschienen, um Asmodinas Nachfolge anzutreten?

Diesen Verdacht sprach ich laut aus. Danach schaute ich in die betretenen Gesichter der beiden Freunde. Sie sagten mir, dass auch sie meinen Verdacht nicht von der Hand weisen könnten.

»Dann müssen wir uns auf etwas gefasst machen«, flüsterte Kara und ließ sich von uns auf die Beine helfen.

»Was ist mit dem Trank des Vergessens?«

Da hob Kara die schmalen Schultern. »Ich habe keine direkte Bestätigung bekommen, dass Alassia den Trank besitzt, aber ich bin fest davon überzeugt, dass es so ist. Zudem wird sie die Jenseits-Falle aufbauen, wie ich hörte.«

»Was ist das denn?«

Ich hatte die Frage gestellt, erhielt allerdings keine Antwort, da weder Myxin noch Kara genauer darüber informiert waren.

»Diesen Begriff habe ich nur auffangen können«, erklärte Kara mir. »Mehr war nicht möglich.«

»Und du hast auch nicht herausfinden können, was sie jetzt unternimmt?«, hakte ich nach.

»Nein.«

»Vielleicht wird sie Kontakt zu Doktor Tod aufnehmen?«, meinte Myxin, der Magier.

»Weshalb?«

»Die Wege der Dämonen sind rätselhaft«, erklärte er mir. »Wir sollten auf der Hut sein und getrennt marschieren, um vereint zuschlagen zu können.«

Da war ich seiner Meinung. Ich hatte mir auch bereits einen Plan zurechtgelegt, wie ich vorgehen wollte. Aber erst einmal musste ich Genaues wissen.

»Ich kümmere mich um Doktor Tod«, erklärte Myxin.

»Willst du ihn frontal angreifen?«

Er lächelte. »Wenn das so einfach wäre. Der sitzt in seiner Festung in Feuerland, aber ich werde es über Logan Costello versuchen. Irgendwie müssen wir auf die Spur der Alassia stoßen.«

»Soll ich das nicht lieber in die Hand nehmen?«

»Nein, John, es bleibt bei dem Plan. Und ich habe das Gefühl, dass wir irgendwann wieder zusammentreffen werden.«

»Okay, dann schaff mich zurück nach London.«

»Nichts leichter als das.«

Fünf Sekunden später befand ich mich wieder in meiner Wohnung, saß angezogen auf dem Bett und fragte mich, ob nicht doch alles ein böser Traum gewesen war.

Leider war es das nicht. Wir hatten ein neues Problem zu bewältigen. Und das hieß Alassia …

»Du siehst schlecht aus«, stellte Suko, mein chinesischer Freund und Kollege, fest, als wir uns trafen, um gemeinsam ins Büro zu fahren.

»Wieso?«

»Übernächtigt.«

Alassia und meine seltsame Reise kamen mir in den Sinn. »Ich habe auch einiges hinter mir.«

»Glenda?« Sukos Stimme klang spöttisch.

»Hör auf. Aber eine Frau war mit im Spiel.«

»Kenne ich die?«

»Ja, Kara.«

Suko schlug sich auf die Schenkel. »Nein, John, das hätte ich nicht von dir gedacht. Dass du beide gleichzeitig …«

»Ich war mit Kara dienstlich zusammen.«

»Und worum ging es?«

»Zur Strafe erkläre ich dir das, wenn wir im Büro sind.«

Suko zog einen Flunsch. Er hatte an diesem Morgen seine Harley in der Garage gelassen und fuhr mit mir. An und für sich bin ich kein Morgenmuffel, doch auf der Fahrt war ich nicht eben der gesprächigste Partner. Im Gegenteil, ich war sogar ziemlich ruhig und manchmal auch unwirsch.

Suko ließ mich in Ruhe. Dafür las er die Zeitung kommentarlos. Selbst das beim Weiterblättern entstehende Rascheln machte mich nervös. Auf halber Strecke hielt ich es nicht mehr aus. Ich musste Suko von den Vorgängen der vergangenen Nacht berichten.

Er zeigte sich sehr überrascht. Ein paarmal nickte er kräftig und rieb sich dann die Hände.

»Was hast du?«

»Auf eine Nachfolgerin der Asmodina bin ich gespannt, John.«

Ich winkte ab. »Das glaube ich nicht. Nein, nein, das wird schon keine Nachfolgerin der Teufelstochter sein. Die hat etwas ganz anderes vor.«

»Und was?«

Ich hob die Schultern. »Noch kann ich es dir nicht sagen, aber ich ein paar Tagen vielleicht …«

»Wo willst du denn einhaken?«, erkundigte sich Suko.

»Wir haben doch Zeugen.«

»Du meinst diese Rocker.«

Ich hatte Suko von den Zusammenhängen berichtet. Nach meiner Auskunft im Büro hatte ich vor, mir die Protokolle einmal genauer anzusehen.

Das tat ich dann auch. Glenda Perkins war noch nicht da. Mir fiel ein, dass sie sich zwei Stunden frei genommen hatte, weil sie etwas besorgen wollte.

Ein paar Anrufe kostete es mich, dann hatte ich die Aussage-Protokolle vorliegen. Da war besonders ein Mann namens Freddy, der sich hervortat. Die anderen beiden hatten kaum etwas gesagt, und für einen sonst schweigsamen Rocker hatte Freddy geredet wie ein Wasserfall. Sein Aussageprotokoll umfasste über drei Seiten.

Ich las es zuerst und reichte den Kram danach meinem Freund Suko rüber.

Suko las alles durch und legte das Protokoll dann zur Seite.

»Ist das alles, was du zu sagen hast?«, erkundigte ich mich.

»Ja. Das Protokoll langweilt mich. Wie hieß der Knabe noch, der es zu Papier gebracht hat?«

»Das war ein Polizist«, erwiderte ich trocken, »aber diktiert hat es ein Rocker namens Fred Ashley.«

»Und wo wohnt der?«

Suko wollte auf das Gleiche hinaus wie ich. Persönlich mit dem Rocker reden. Ich blätterte ein paarmal und fand die Adresse. »Der wohnt in Somerstown.«

»Keine schlechte Gegend.«

»Für einen Rocker meinst du?«

»Genau.«

Ich grinste und stand auf. »Komm, wir haben eine schöne Fahrt vor uns!«

»Hoffentlich bringt sie auch ein Ergebnis.«

Ich sagte nichts. Die Fahrt durch die Londoner City passte mir überhaupt nicht. Suko wollte das Steuer übernehmen, denn er sah mir meine Laune an, und ich war dankbar, mich mal auf den Beifahrersitz setzen zu können.

Meine Gedanken kreisten natürlich um den Fall. Der Name Alassia hatte sich regelrecht in meinem Gehirn festgebrannt. Wenn sie ihre Gegner anging, geschah dies auf eine grausame Art und Weise. Sie tötete die Menschen nach den Gesetzen ihrer Welt, die sie mit in die unsrige gebracht hatte.

Konnte ich weitere Morde verhindern?

Das hoffte ich stark, wobei ich allerdings nicht wusste, welche Waffe ich gegen meine Feinde einsetzen konnte. Das Kreuz als Zeichen des Lichts war natürlich möglich, aber dazu musste ich Alassia erst einmal gegenüberstehen.

In einen Verkehrsstau gerieten wir auch, und ich spielte schon mit dem Gedanken, die Sirene anzustellen, aber das erschien mir unfair gegenüber den anderen Verkehrsteilnehmern, denn es war kein Notfall, zu dem wir fuhren.

Somerstown zeigte sich von einer freundlichen Seite. Es gab

ein originelles Kneipenviertel mit kleinen Straßen und netten Lokalen. Nicht weit entfernt wohnte der Rocker.

Keine Abbruchbude, wie man es normalerweise bei diesen Typen erlebt, sondern ein Haus, dessen Dach versteckt hinter hohen Bäumen lag. Da waren vier Bungalows versetzt gebaut worden. Die Ashleys lebten im ersten. Eine Frau stand vor der Tür. Sie hatte eine Katze gefüttert und richtete sich auf, als sie den Bentley sah.

Als wir stoppten, glitt ein misstrauischer Zug über ihr Gesicht. Deshalb lächelte ich freundlich, während wir uns vorstellten.

»Schon wieder Polizei«, murmelte sie.

»Waren meine Kollegen schon einmal hier?«, erkundigte ich mich.

»Ja, leider.«

Mir fiel auf, dass sie gefärbte blonde Haare hatte. Dicht über der Kopfhaut kam die schwarze Naturfarbe durch. »Sie wollen sicherlich zu Fred. Er ist hier, in seinem Zimmer. War ja auch schlimm, was er erlebt hat.«

»Hat es Spuren hinterlassen?«

Die Frau lächelte nicht, sie grinste. »Spuren?«, höhnte sie. »Ja, es waren Spuren. Endlich mal. Das tat direkt gut, können Sie mir glauben, Mister.«

Bevor sie sich wieder über ihren Sohn beschweren konnte, bat ich sie, mit Fred sprechen zu können.

»Gehen Sie rein. Nach der Tür links, am Gang ganz hinten, da hat er sein Zimmer, wo der Totenschädel vor der Tür hängt.«

»Danke.«

Der Totenschädel entpuppte sich als Poster. Auf schwarzem Grund war ein weißer Schädel mit zwei gekreuzten Knochen gezeichnet. Wir waren höfliche Menschen und klopften an, bevor wir den Raum betraten.

Fred lag auf dem Bett. Er hatte uns nicht gehört, denn aus den beiden Lautsprechern des Kopfhörers klang Musik, die ihn alles andere in seiner Umgebung vergessen ließ. Die Augen hielt er halb geschlossen. Damit die Sonne nicht in den Raum schien, hatte er einen Vorhang vor die Scheibe gezogen.

An den Wänden sahen wir keine Tapeten mehr. Nur Poster. Sie alle zeigten fast das gleiche Motiv. Schwere Maschinen oder Rennwagen. Dazwischen hingen noch vereinzelte Playboy-Faltbilder.

Die Anlage stand neben dem Bett. Entweder hatte Fred uns tatsächlich nicht gesehen oder er wollte uns nicht sehen, auf jeden Fall traf er keinerlei Anstalten, sich zu erheben oder uns überhaupt zur Kenntnis zu nehmen.

Ich schritt auf die Anlage zu und stellte sie ab. Zwei Sekunden geschah nichts, dann spritzte der Typ plötzlich hoch und schaute mich an, als wollte er mich fressen. Er schleuderte den Kopfhörer zur Seite, ballte die Hände, bevor sein Blick auf Suko fiel, der am Türpfosten gelehnt stand und freundlich lächelte.

»Guten Morgen«, sagte ich. »Polizei. Scotland Yard.« Ich zeigte kurz meinen Ausweis.

Fred Ashley verzog das Gesicht und ließ sich stöhnend auf die Bettkante fallen. »Schon wieder, ich habe doch alles gesagt.«

»Wir möchten es noch einmal hören.«

»Könnt ihr nicht lesen?«

Er spielte sich auf und fühlte sich ungemein stark. Dabei trug er nur eine Jeans und ein Unterhemd. Sein Gesicht zeigte noch die Pickel der Pubertät, die Augen jedoch blickten kalt und auch irgendwie lustlos. Ein junger Mann der enttäuschten Generation. So etwas wie ihn findet man heutzutage ja öfter.

Ich holte mir einen Stuhl heran. »Also, Fred, wie war das genau im Park?«

»Nichts.«

»Komm, erzähl keinen Unsinn!« Ich wurde leicht sauer. »Ich kann dich auch ins Yard Building bringen lassen, ist dir das lieber?«

»Keine Ahnung.«

»Dann rede jetzt. Das ist kein Verhör, sondern ein freundschaftlicher Besuch.«

»Bullen und Freunde.« Er kicherte, griff zu seinen Zigaretten und zündete sich ein Stäbchen an. Seine Finger waren nikotingelb. Dann erzählte er.

Wir erfuhren von dem Schrecken, den die drei Rocker erlebt hatten, und von ihrer panischen Flucht. Er beschrieb uns die Frau ziemlich genau und gab auch zu, dass alle, die sie sahen, einen Bock auf die Kleine hatten.

»Und dann?«

»Nichts und dann. Wir sind abgehauen. Sie hat ihre Kraft an Jerry bewiesen.« Er blies mir eine Rauchwolke ins Gesicht. »Oder glauben Sie das auch nicht?«

»Hat man dir denn nicht geglaubt?«

»Wenigstens nicht die Bullen. Die haben so getan, als wäre alles in Ordnung, ich hätte nur gesponnen, was weiß ich nicht alles. Jedenfalls war ich sauer.«

»Hat die Polizei Nachforschungen angestellt?«

»Weiß ich doch nicht. Glauben Sie mir denn?«

»Ja«, sagte ich.

Er verschluckte sich am Rauch seiner Zigarette. »Wie kommt ihr denn dazu?«

»Erfahrungen, ganz einfach.«

»Aber keine Erklärungen, wie?«

»Die suchen wir ja.«

Fred drückte seine Zigarette aus. »Mehr als ich haben die anderen beiden auch nicht gesehen.« Seine Stimme wurde leiser. Man merkte ihm an, dass er doch nicht so hart war, wie er sich gern gab und sich auch sah. Der Tod seines Freundes war ihm an die Nieren gegangen.

»Hat sie sonst noch irgendetwas gesagt?«, fragte Suko von der Tür her.

»Nein. Nur dass wir ihr aus dem Weg gehen sollten. Wir wollten ja nur ein bisschen Spaß haben.«

»Den Spaß kenne ich«, sagte ich sarkastisch.

Ashley hob die Schultern.

Die Tür wurde aufgestoßen. Mrs Ashley streckte ihren Kopf ins Zimmer. Sie hatte sich einen Kittel übergestreift und fragte: »Dauert es noch lange?«

»Warum?«

Sie hob die Schultern und schaute mich an. »Weil ich die Bude hier putzen will.«

»Einen Moment noch«, bat ich sie.

Aber die Frau ließ sich nicht abdrängen. »Außerdem ist noch Besuch für dich gekommen, Fred.«

»Wer ist es denn?«

Mrs Ashley lachte hart auf. »Das kann ich dir sagen, und da wirst du dich wundern. Jerry Shayne ist da!«

Eine Insel an der Südspitze Feuerlands!

Grau war das Meer, grau der Himmel, scharf pfiff der Wind über die See und gischtete sie zu gewaltigen Wogen hoch, die gegen die Inseln anliefen.

Auch an den Strand einer bestimmten Insel brandeten die Wellen. Sie war im Gegensatz zu vielen anderen nicht unbewohnt oder leer. In einem unterirdischen, festungsartigen Bau hatte ein Mensch-Dämon seinen Platz gefunden, der auf den Namen Doktor Tod hörte.

Hier hatte er sich mit den restlichen Wesen seiner Mordliga zurückgezogen, und das waren beileibe nicht mehr viele.

Zum ersten Xorron, Herr der Zombies und Untoten, dann Lady X, eine Blutsaugerin, und Vampiro-del-mar, ein uralter Blutsauger, dessen Vergangenheit zum Großteil im Dunkel lag und erst allmählich aus der Schwärze hervorgeholt wurde.

Dazu gehörten auch die roten Vampire, die hin und wieder über die Insel kreisten, wenn sie sich nicht gerade in irgendwelchen Höhlen verbargen, die es ebenfalls auf dem Eiland gab und oft tief in den Fels hineinstießen.

Vampiro-del-mar hatte sie mitgebracht. In den Höhlen der Schwäbischen Alb waren sie entdeckt worden, uralte Wesen, Reste einer Zeit, die längst in Vergessenheit geraten war. Aber nicht für Vampiro-del-mar. Er wollte sie noch einmal aufleben lassen und war dabei, nachzuforschen, um ein Imperium der Blutsauger aufzubauen.

Auf der Insel hatten sie Ruhe, dort wurden sie nicht gestört, denn wer hier lebte, hatte mit dem reinen Menschsein nichts zu tun. Er diente dem Bösen, es war der kalte Horror.

Solo Morasso hatte sich in der letzten Zeit verändert. Er war noch düsterer, noch in sich gekehrter geworden, seit er Lupina verloren hatte. Ein Mitglied der Mordliga hatte die Werwölfin getötet. Gefallen war sie unter den Silbergeschossen der Lady X, da Lupina versucht hatte, den Aufstand zu proben.

Aber es gab da noch jemanden, der vielleicht ihre Nachfolge übernehmen konnte.

Schwarzwolf, ihr Sohn, auch Orapul genannt. Lady X hatte ihn gejagt, doch nicht gefunden, und sie war ohne Erfolg auf die geheimnisvolle Insel zurückgekehrt.

War es in Europa Sommer, so brach hier der Winter herein. Schwere Stürme erschütterten die See. Tagelang schneite und regnete es, die See war eine kochende Hölle, und tief in der Erde beriet man über das weitere Vorgehen.

Doktor Tod lebte immer noch von dem Bonus, Asmodina vernichtet zu haben. Es war seine bisher größte Tat gewesen, aber er hatte sich verrechnet. Andere Dämonen stellten sich nicht auf seine Seite, geschweige unter sein Kommando. Sie wollten ihn als Chef und Führer nicht anerkennen, und das wurmte Solo Morasso. Innerlich zerriss es ihn fast vor Hass, denn da war auch der Spuk, auf dessen Loyalität er gehofft hatte und der sie ihm verweigerte.

Der Spuk kochte sein eigenes Süppchen und ließ Morasso schalten und walten.

Da er zahlreiche Mitglieder seiner Mordliga verloren hatte, kam Doktor Tod nicht richtig zum Zug. Er wusste, dass Xorron wüten wollte, aber die kalte Überlegung hielt ihn zurück. Es war nicht die Angst vor dem Sinclair-Team, sondern ein wenig die Furcht vor den dämonischen Artgenossen des Xorron. Da lauerte im Hintergrund ein gewaltiger Komplex, der sich Atlantis nannte, und mit ihm mächtige Dämonen, die Großen Alten. Auch sie kämpften gegen Sinclair, und Doktor Tod hatte Angst, zwischen die Mühlsteine zu geraten. Zudem wusste er nicht genau, was er mit Asmodinas Tod im Reich des Schreckens noch alles in Bewegung gesetzt hatte.

So saß er oft tagelang in seinem Betonraum und schaute auf die Monitore, deren Kameras die Insel überwachten. Manchmal stand er auch auf und ging dorthin, wo in einem Becken seine Fische, die Piranhas, schwammen. Dann warf er Fleischstücke hinein und erfreute sich jedes Mal an der Szene, wenn messerscharfe Zähne das Fleisch in Sekundenschnelle von den Knochen lösten.

Seine mächtigste Waffe war der Würfel des Unheils. Viele Schwarzblüter wussten, welch einen Trumpf er damit in den Händen hielt. Der Würfel war manipulierbar, er konnte alles vernichten, und er produzierte den zerstörenden Todesnebel, der aus den niemals Ruhe findenden Geistern getöteter Dämonen und deren Dienern bestand.

Der Todesnebel teleportierte ihn auch über Zeit und Raum hinweg, sodass er jeden beliebigen Punkt der Erde erreichen konnte, wenn er wollte. Laufend bastelte er an Plänen herum, verwarf sie wieder, überlegte sich neue, und das Spiel begann von vorn.

Vier Tage hatte der Sturm gewütet, am fünften flaute er ab, und am sechsten war der Himmel wieder einigermaßen klar. Gegen Abend verschwanden fast alle Wolken, sodass die Insel in der reinen Luft lag.

Solo Morasso wollte unbedingt sehen, ob sich etwas verändert hatte. Wieder einmal nahm er vor seinen Monitoren Platz und warf einen Blick auf die Bildschirme.

Die Kameras brachten gute Bilder, Morasso sah die Felsen klar und deutlich. Auch die hohen Gischtstreifen, die heranrollende Wogen produzierten, wenn sie gebrochen wurden.

Er entdeckte aber auch die Gestalten, die auf der Insel ihr Dasein fristeten.

Es waren grausame Wesen, die Xorron gehorchten. Zombies, lebende Tote. Als stumme Wächter hockten sie in zahlreichen Verstecken und gierten nach Menschen.

Es kam immer wieder vor, dass sich Seeleute von ihren

gestrandeten Schiffen retten konnten und mit kleinen Booten die Insel anliefen. Sie wurden eine Beute dieser grausamen Ungeheuer, sodass auch ihr Herr, Xorron, zufriedengestellt wurde.

Neben den Zombies befanden sich die roten Vampire auf der Insel. Doktor Tod beobachtete eines dieser Wesen, wie es in den klaren Himmel stieg und seine mächtigen Flügel spannte. Wie ein Drache sah der Vampir aus, seine Haut schimmerte in einem blutigen Rot, und Morasso dachte daran, dass Vampiro-del-mar weitersuchen würde, denn es musste noch mehr dieser Vampire auf der Erde geben.

Der Vampir ließ sich vom Wind tragen. Allerdings wirkte er seltsam kraftlos, als er in das Tageslicht stieß, er hatte es noch nicht richtig geschafft, bei Helligkeit so zu reagieren wie in finsterer Nacht. Der Flügelschlag wurde matter, und Doktor Tod verzog spöttisch die Lippen, als er mitansah, wie diese gewaltige Fledermaus plötzlich nach unten kippte, als hätte man ihr die Flügel abgeschnitten. Sie schlug auf einer Hügelkuppe auf und schaffte es nicht mehr, sich zu erheben, sosehr sie sich auch anstrengte.

Das Licht hatte dieser Bestie den Rest gegeben.

Von zwei Seiten schoben sich ungelenk gehende Gestalten heran. Es waren Zombies.

Schaurig sahen sie aus. Ihre Haut wirkte gelblich grün, die Kleidung war zerlumpt, sie bewegten sich eckig und irgendwie torkelnd. Vor dem sich allmählich auflösenden Vampir blieben sie stehen und schauten auf ihn hinab.

Das war keine Beute für sie.

Morasso grinste. Er lehnte sich zurück und schaute auf seinen Würfel, der stets in der Nähe stand. Bläulich weiß schimmerten die Seiten des Quaders, in dem Glas waren erstarrte Schlieren zu sehen, ein geheimnisvoller, seltsamer Gegenstand, aber mit einer ungeheuren Macht ausgestattet.

Doktor Tod wurde abgelenkt. Den Würfel konnte er in seiner momentanen Passivität lassen, für ihn war das wichtiger, was sich auf dem Bildschirm abspielte.

Dort umstanden die Zombies noch immer die vom Himmel gestürzte Fledermaus. Stumm starrten sie auf das Tier nieder. Einer bückte sich unbeholfen, griff zu, doch nur Staub rieselte durch seine Finger.

Morasso lächelte …

Er konnte sich am Schrecklichen ergötzen. Und dies hier war schrecklich. Es spiegelte das wider, was sich Tag für Tag auf dieser Insel tat. Hier gab es keine Wärme, keine Menschlichkeit, hier regierte das absolut Böse.

Ein Zufluchtsort des Schreckens!

Dann aber zuckte Morasso zusammen. Er hatte noch etwas gesehen, was ihm überhaupt nicht in den Kram passte.

Eine Bewegung zwischen den Felsen. Für einen Moment nur, dann war nichts mehr zu erkennen.

Morasso spannte seinen Körper. Er war sicher, sich nicht getäuscht zu haben, die Bewegung war vorhanden gewesen, da gab es für ihn keinen Irrtum.

Nur – wer hatte sie ausgelöst?

Sein Blick glitt zu einem anderen Schirm. Die Kamera, die das Bild brachte, war in einem günstigeren Winkel postiert, Solo Morasso konnte diese bestimmte Stelle besser einsehen.

Da war die Bewegung wieder. Jetzt sogar sehr deutlich, und er entdeckte eine seltsame Gestalt, die aus einer Mulde auf einen Felsen kletterte und dort stehen blieb.

Es war eine Frau!

Doktor Tod schluckte, als er sie so deutlich sah. Nie hätte er damit gerechnet, und noch nie hatte er so eine Person gesehen. Die Frau hatte langes schwarzes Haar. Es war so lang, dass es ihr bis zu den Knöcheln reichte und den Körper umgab wie ein dunkler Vorhang. Als ein Windstoß über die Insel fuhr, da wurde auch das Haar bewegt und wie eine Fahne zur Seite geschleudert.

Die Frau war nackt!

Doktor Tod sah es mit noch größerem Erstaunen, und diese Nacktheit erregte und stieß ihn gleichzeitig ab.

Letzteres noch mehr, denn er war sich durchaus der Tatsache bewusst, dass die seltsame Frau eine sehr mächtige Person war. Wie sonst hätte sie auf die Insel gelangen können? Zum ersten Mal entdeckte er auch die Wolke, die hinter der Frau langsam dem Meer entgegentrieb, über den Klippenrand rutschte und verschwunden war.

Solo Morasso zögerte noch, Alarm zu geben, denn er stellte fest, dass auch die Zombies den Neuankömmling gesehen hatten. Beinahe gemächlich drehten sie sich um. Beide fixierten die Person jetzt, der eine von der rechten, der andere von der linken Seite. Ihre Blicke nagelten die Frau förmlich fest, und sie setzten sich schaukelnd in Bewegung.

Ein Opfer!

Morasso wartete ab. Ein lauernder Zug war in seine Augen getreten. Ohne Gewalt und Tod würde es nicht abgehen, und er fragte sich, ob die Zombies stärker waren als die Nackte.

Die sah sie kommen.

Ruhig blieb sie stehen. Dann sagte sie etwas. Daran zu erkennen, wie sich ihr Mund bewegte, doch Solo Morasso konnte kein Wort von dem verstehen.

Die Sätze waren an die Zombies gerichtet. Sie ignorierten sie völlig.

Sie wollten die Beute.

Die Nackte blieb ruhig. Ein weiterer Windstoß hatte ihre Haare wieder vor den Körper gelegt, sodass von ihrer Haut kaum etwas zu erkennen war.

Einer der Zombies fiel hin. Er hatte einen im Wege liegenden Stein nicht gesehen und war gestolpert. Mit dem Gesicht zuerst schlug er auf. Es machte ihm nichts aus, ein Wesen wie er verspürte keinerlei Schmerzen.

Auf Händen und Füßen bewegte er sich weiter vor, gelangte in die Nähe der Nackten, die ihr Bein hob und den Untoten mit einem Tritt nach hinten beförderte.

Der fiel, riss seine Arme hoch und überschlug sich, so viel Kraft hatte Alassia in den Tritt gelegt.

Diese Aktion hatte der anderen lebenden Leiche Zeit gegeben, sich Alassia zu nähern. In Griffweite war er heran, und für die Herrin der Dunkelheit wurde es Zeit, etwas zu unternehmen. Gespannt wartete Solo Morasso ab. Würde sie es wieder mit einem Tritt oder vielleicht diesmal mit den Fäusten versuchen?

Nein, sie reagierte völlig anders und so, wie es Doktor Tod nie im Leben erwartet hatte.

In ihrem Gesicht veränderte sich etwas. Plötzlich wurde es in Höhe der Augen schwarz. Dort entstand eine dicke dunkle Wolke, die vorwallte und den Untoten im Nu umhüllte.

Morasso glaubte, seinen eigenen Augen nicht mehr trauen zu können. Wo die seltsame Frau stand, gab es überhaupt keine Helligkeit mehr. Nur das tiefe Schwarz. Sie hatte der Umgebung das Licht praktisch entzogen. Ein unwahrscheinliches Phänomen, das selbst ein Mann wie Doktor Tod noch nicht gesehen hatte.

Für einige Sekunden hielt sich die Wolke noch dicht über dem Boden, dann verschwand sie ebenso schnell, wie sie erschienen war, und nur die Frau mit den langen Haaren stand noch dort.

Der Zombie war verschwunden!

Morassos Mund bewegte sich. Mit dem Ärmel fuhr er über seine Stirn, denn dort hatte sich Schweiß angesammelt, und er musste zugeben, dass ihn die Vorgänge geschockt und betroffen gemacht hatten.

Auf seiner Insel war es geschehen. Auf dieser Enklave des Bösen, die er bisher für unantastbar gehalten hatte. Dass es auch anders sein konnte, hatte man ihm bewiesen.

Morasso war ein wenig durcheinander. Gleichzeitig arbeitete sein Gehirn auf Hochtouren.

Wer hatte ihm diese Suppe eingebrockt? Und wer vor allen Dingen schaffte es, so auf die Insel zu kommen und sich seinen Dämonen zu stellen, ohne umgebracht zu werden.

Diese Frau musste ungemein mächtig sein. Mächtiger jedenfalls als viele andere Dämonen, die Morasso kannte. Aber sie kannte er nicht, hatte nie von ihr gehört, und sie drehte sich jetzt voll der Kamera zu, als hätte sie das Objektiv entdeckt.

Zum ersten Mal sah Doktor Tod ihr Gesicht genauer. Und da waren es die Augen, die ihm besonders auffielen.

Zweifarbig.

Aber seltsam auf ihre Art und Weise. Eine Hälfte grün, die andere schwarz. Augen, die es auf der Erde normalerweise nicht geben konnte, und Doktor Tod gelangte zu der Überzeugung, dass er es in der Tat mit einem gefährlichen dämonischen Wesen zu tun hatte.

Gefährlich auch für ihn?

Das war die Frage, denn er konnte sich nicht vorstellen, dass diese Nackte mit den langen Haaren als Freund gekommen war. Dann hätte sie die Zombies nicht vernichtet.

Da flog die Tür auf.

Es gab nur eine, die unangefochten Zutritt zu Solo Morassos Raum hatte. Pamela Barbara Scott, auch Lady X genannt. Die ehemalige Terroristin und jetzige Vampirin war Morassos großer Rückhalt, und er hatte sich über ihre Treue und Loyalität gewundert.

»Hast du gesehen, was …?«

Morasso winkte ab. Er hatte etwas gesehen, das ihn in seinen Bann schlug. »Da, was ist das?«

Rasch trat Lady X näher. Auch sie schaute jetzt auf den Schirm, der klar und deutlich die Szene wiedergab.

Etwa aus zweifacher Menschengröße rieselte Staub nach unten. Schwarzer Staub, der wie Mehl wirkte, sich auf den Boden niederlegte und vom nächsten Windstoß hochgewirbelt wurde.

Morasso zog die richtigen Schlüsse. »Das war er …«

»Wer?«

»Der Zombie. Er ist zu Staub geworden!«

Lady X verschloss ihren Mund so hart, dass die Lippen zwei schmale Striche bildeten. Ihre Wangenmuskeln zuckten. Auch ohne es ausgesprochen zu haben, wusste Morasso, dass Lady X ähnliche Gedanken plagten wie ihn.

»Kennst du sie?«, fragte Doktor Tod.

»Nein.«

Morasso beobachtete weiter den Monitor. »Du hast sie wirklich noch nie gesehen?«

»Wenn ich es dir sage!«

»Wer kann sie denn sein?«

Lady X lachte rau. »Wir werden sie fragen, darauf kannst du dich verlassen.«

Normalerweise hätte Doktor Tod sofort zugestimmt. Hier jedoch reagierte er vorsichtiger. »Ich weiß nicht so recht. Auf jeden Fall müssen wir auf der Hut sein. Wie sie mit dem Zombie umgegangen ist, gibt mir zu denken.«

»Xorron wird sich rächen!«

Doktor Tod erhob sich. »Bisher habe ich von ihm noch nichts gesehen.« Er hatte aber erkannt, dass sich die Frau dem Bunkereingang näherte, diesem gewaltigen Stahltor, das sich nur von innen her öffnen ließ und dann den Weg in das unterirdische System freigab.

Dieser Bunker war ein Geschenk des Himmels oder besser gesagt der Hölle gewesen. Irgendjemand hatte ihn im Zweiten Weltkrieg angelegt. Die meisten unterirdischen Gänge waren deshalb schon vorhanden gewesen, doch Solo Morasso hatte ihnen den letzten Schliff gegeben und vor allen Dingen eine moderne Technik eingebaut.

»Sie will zu uns!«, flüsterte Lady X, bewegte ihre linke Schulter und ließ ihren Bräutigam, die Maschinenpistole, herabrutschen. Diese Waffe konnte wahlweise mit geweihten Silberkugeln als auch mir normaler Munition geladen werden, und mit geweihten Kugeln hatte die Vampirin Lady X bereits erschossen.

»Soll ich sie empfangen?«, fragte die Scott.

»Nein, wir beide.« Morasso war schon gegangen, als er sich umdrehte und noch einmal zurückkehrte.

Er nahm den Würfel an sich, schaute ihn für einen Moment an und nickte entschlossen.

Die Fremde würde sich wundern …

Ich glaubte, mich verhört zu haben. »Wer steht da draußen?«, fragte ich Mrs Ashley.

»Jerry Shayne.«

»Sie sind sich …«

»Natürlich, Mann!«

Da begann Fred zu schreien. »Aber er kann nicht draußen stehen! Er ist tot, tot, tot …«

Seine Mutter winkte ab. »Was du alles gesehen haben willst. Hast wohl wieder gekifft, wie?«

»Ach, halt die Klappe, Mensch!« Fred stieß sich ab, und bevor wir es verhindern konnten, war er mit zwei Riesensätzen bei seiner Mutter, packte ihre Schultern und schüttelte sie durch. »Wer, hast du gesagt, steht da draußen? Wer?«

Diesmal griff Suko zu. Von hinten umklammerte er den Hals des Burschen. Ein Ruck, dann hatte der Chinese Fred herumgezogen. Dabei beließ er es nicht. Wuchtig schleuderte er ihn auf das Bett.

»Und jetzt gib Ruhe!«, sagte der Chinese scharf.

Fred Ashley lag da und zitterte. Sein Atem ging stoßweise, er murmelte Worte, die niemand so recht verstand.

Ich bedeutete Suko mit einer Kopfbewegung, bei dem Rocker zu bleiben, während mich Mrs Ashley nach draußen begleitete.

»Der spinnt«, murmelte sie. »Mein eigener Sohn spinnt. Verrückt ist der, wirklich. Aber das kommt davon, wenn der Vater dauernd auf Achse ist, um Geld zu machen. Für dieses Scheiß-Haus hier.«

Ich erlebte eine verbitterte Frau, die sicherlich ihre Probleme hatte, um die ich mich allerdings nicht kümmern konnte.

Auf der Türschwelle blieben wir stehen. Aber da war nichts. Keine Spur von Jerry Shayne. Ich schaute nach links und rechts. Der Rockerboss blieb verschwunden.

»Das verstehe ich nicht«, murmelte die Frau.

»Und Sie haben ihn wirklich gesehen?«, forschte ich nach.

»Ja, so wahr ich Anne Ashley heiße. Auf meine Augen kann ich mich verlassen. Er war hier.«

»Wie hat er ausgesehen?«

»Was meinen Sie damit?« Sie schaute mich verständnislos an.

»Genau, wie ich gefragt habe. Hatte er seine normale Kleidung an oder war er nackt?«

»Nackt. Wo denken Sie hin? Die Kerle bringen ja vieles fertig, aber nackt, nein, das kann ich nicht glauben. Er sah aus wie immer. Diese komische Rockerkluft, wissen Sie.«

»Okay, ich habe verstanden.« Die Frau ließ ich stehen. Sie konnte mir nicht mehr helfen. Sie rief zwar etwas hinter mir her, ich aber befand mich schon auf dem Weg, um das Haus zu umrunden. Vielleicht hatte sich Jerry Shayne versteckt. Das war durchaus möglich. Aber wie konnte er existieren, wenn er zu Staub zerfallen war?

Bevor ich um die Hausecke ging, warf ich noch einen Blick zurück. Mrs Ashley stand vor der Tür, beide Hände hatte sie in die Seiten gestemmt. Auf ihrem Gesicht glaubte ich, ein kaltes Grinsen zu sehen. Hatte sie mich doch auf den Arm genommen?

Ich überlegte nicht mehr weiter, sondern schritt an der Schmalseite des Bungalows vorbei. Hier stand die Garage. Das Kipptor war nicht geschlossen. Zur Hälfte stand es hoch. Ich konnte in eine etwas düstere Garage schauen und glaubte, an deren Ende eine Bewegung zu sehen. Sofort blieb ich stehen.

Mit der linken Hand umfasste ich den Griff, mit der rechten zog ich meine Beretta.

Das Tor quietschte hässlich, als ich es in die Höhe schob. Wesentlich mehr Licht fiel in die Garage hinein und erreichte auch die Rückwand, wo ich eine menschliche Gestalt sah.

Sie trug eine Lederweste, ein normales Hemd, eine Hose aus Leder und rührte sich nicht.

Jerry Shayne!

Mrs Ashley hatte also nicht gelogen.

Shayne griff mich nicht an. Er stand nur da, hatte die Arme und die Beine gespreizt, und er erschien mir ein wenig düster. Vielleicht lag es auch an der helleren Garagenwand in seinem Rücken.

Angespannt schritt ich tiefer in die Garage hinein. Ich rechnete damit, von Shayne angegriffen zu werden, nicht einmal angesprochen wurde ich von ihm.

Er blieb stumm.

Da stimmte etwas nicht. Wenn er ein Gegner war, dann musste er etwas unternehmen.

Vorbei an Gartengeräten, einem Fahrrad und einem aufgerollten Schlauch ging ich, bis ich so nahe stand, dass ich ihn mit der ausgestreckten Hand hätte greifen können.

Da sah ich, warum er sich nicht mehr rührte. Es war grauenhaft, fürchterlich, und ich hatte schwer an der Erkenntnis zu knacken.

Der Rockerboss Jerry Shayne war eins mit der Mauer geworden!

Solo Morasso und Lady X schritten durch den breiten Gang, der direkt zum Tor führte. Doktor Tod trug ein kleines Gerät bei sich, kaum größer als eine Zigarettenschachtel. Es war ein Sender. Der gab einen Impuls ab, und danach öffnete sich das Tor automatisch.

Zwei Schritte davor blieben die beiden stehen. Die Scott mit schussbereiter MPi.

Ein kleines Lämpchen glühte auf dem elektronischen Teil auf, es gab einen Ruck im Tor, danach glitt das schwere Ding fast mühelos zur Seite.

Als die Hälfte des Eingangs frei vor ihnen lag, sahen sie die Fremde.

Alassia hatte ebenfalls bemerkt, dass sich etwas änderte, und war stehen geblieben.

Hinter Alassia näherte sich der zweite Zombie. Er hatte es nicht aufgegeben, wollte sein Opfer. Da das Gelände ein wenig abfiel, bewegte er sich sehr schnell und hatte Mühe, sich auf den Beinen zu halten. Er wollte Alassia in den Rücken fallen, das wiederum ließ Lady X nicht zu, eine Demonstration reichte ihr.

Sie ging einen Schritt zur Seite, hob die MPi an und feuerte. Alassia zuckte nicht einmal zusammen, was Lady X sehr wohl registrierte. Der Zombie aber musste die Garbe voll nehmen.

Sie hämmerte ihn regelrecht nieder, riss ihn auseinander, und er verging endgültig.

Lady X war mit sich und ihrem Erfolg sehr zufrieden. Gelassen nahm sie wieder ihre alte Position ein, richtete die Mündung der MPi aber wie unabsichtlich auf die wartende Alassia.

»Ich hätte ihn auch erledigt«, sagte die Fremde.

»Das glauben wir dir sogar«, erwiderte Doktor Tod. Er fragte sofort danach: »Wer bist du?«

»Alassia!«

»Mehr nicht?« Morasso zog geringschätzig die Mundwinkel nach unten.

»Es reicht für euch.«

Lady X zuckte zusammen, als sie die arrogante Antwort vernahm. Das konnte sie nicht vertragen, da sie sich selbst für die Größte hielt. Sie ließ sich von keiner anderen die Schau stehlen. Bei Lupina hatte sie das damals sehr deutlich bewiesen.

»Ich wollte zu euch«, fuhr Alassia unbeachtet der Scott'schen Reaktion fort. »Es gibt einige Dinge, die ich regeln muss.«

»Interessant«, sagte Doktor Tod. »Und woher weißt du, dass ich hier auf dieser Insel bin?«

»Weil ich dich gesucht habe.«

»Gut, du hast mich gefunden. Wo kommst du her?«

»Ich stelle hier die Fragen, und ich will wissen, ob du Asmodina erledigt hast.«

»Ja, das habe ich.«

»Dann bin ich richtig, denn Asmodina und ich waren Feindinnen. Es ist schon sehr lange her, aber ich habe nichts vergessen, die Vergangenheit ist nicht tot.«

»Was willst du?« Doktor Tods Stimme klang scharf.

»Euch.«

Sie sprach das Wort gelassen aus, nicht einmal laut, aber jeder hörte es.

Lady X verzog ungläubig das Gesicht. Sie schaute schnell nach rechts, wo Morasso stand, und der tat so, als hätte er sich verhört.

»Noch einmal«, flüsterte er, »du willst uns?«

»Genau.«

»Und warum?«

»Ihr sollt mir dienen. Weigert ihr euch, werde ich euch in die Dunkelheit schaffen, denn ich, ich allein bin die Herrin der Dunkelwelt, in die ich meine Gegner hineinziehe.«

»Die Herrin der Dunkelwelt«, wiederholte Lady X. »Von dort bist du also gekommen und glaubst nun, dass wir dir so ohne Weiteres zu Diensten sind. Nein, Alassia, da hast du dich geschnitten. Ich gebe dir einen guten Rat. Verschwinde wieder in deine Dunkelwelt und friste dort dein weiteres Dasein!«

Alassia hatte die Worte vernommen. Wie schon bei den Rockern reagierte sie gelassen und sagte: »Ist das auch deine Meinung, Solo Morasso?«

»Ja!«

»Schade«, bemerkte Alassia. »Ich dachte, in euch Partner gefunden zu haben, aber wenn das so ist, sind wir Feinde, und ich werde alles daransetzen, um euch zu vernichten.«

Kaum hatte sie die Worte ausgesprochen, als sie auch schon reagierte. Sie war nicht für langes Reden, sie handelte sofort, und ihre Augen nahmen wieder einen anderen Ausdruck an.

Erst wurde der Blick kalt, und dann füllte er sich mit dieser unheimlichen Schwärze.

Lady X und Doktor Tod glaubten, ein leises Fauchen zu hören. Das Licht veränderte sich, in ihrer Umgebung wurde es plötzlich dunkel. Die Vampirin spürte zuerst dieses unheimliche Phänomen der Dunkelwelt. Schrecklich begann sie zu schreien. Die Schwärze ergriff Besitz von ihr, raubte ihr alles, und freiwillig schleuderte Lady X die Maschinenpistole fort, etwas, was sie sonst nie getan hätte.

Auf den Füßen konnte sie sich ebenfalls nicht mehr halten. Die andere Kraft war stärker, sie riss die Vampirin von den Beinen und schleuderte sie hart zu Boden.

»Morassoooo!« Ein gellender Schrei löste sich aus dem weit geöffneten Mund der ehemaligen Terroristin. Lady X wusste plötzlich, dass sie gegen die andere nicht ankam, denn diese war zu stark, die Kräfte der Dunkelwelt fraßen die des Lichts.

Zwei Sekunden hatte Morasso zugeschaut. Er sah seine Getreue am Boden liegen und dachte daran, dass er schon zahlreiche Mitglieder seiner Mordliga verloren hatte.

Jetzt auch noch Lady X, das wäre zu viel gewesen. Die Nackte mit den langen Haaren, die jetzt eingehüllt in eine pechschwarze Wolke dastand, war ungemein mächtig.

Doktor Tod dachte an seinen Würfel.

Die allerletzte Chance für ihn und Lady X, denn die schwarzen Schatten krochen bereits auf die Vampirin zu.

Morasso konzentrierte sich. Den Würfel hatte er in beide Hände genommen, sein Gesicht war verzerrt, er richtete all seine Gedanken auf den Würfel des Unheils und wünschte sich die Vernichtung der vor ihm stehenden Alassia.

Der manipulierbare Würfel ließ Doktor Tod nicht im Stich. Die eingeschlossenen Schlieren begannen sich zu bewegen, sie gewannen mehr Kraft, wurden intensiver, und sie krochen aus den dicken Glaswänden heraus, wobei sie plötzlich den alles zerstörenden Todesnebel bildeten, der den schwarzen Wolken entgegenkroch.

Es war die Auseinandersetzung unheimlicher, gewaltiger Magien. Auf der einen Seite die der nicht erforschten, geheimnisvollen Dunkelwelt, auf der anderen die des Würfels.

Wer würde siegen?

Ein lautloser Kampf, der nur untermalt wurde durch das Schreien der Lady X.

Sie lag auf dem Rücken, ihre Arme zuckten, mit den Beinen schlug sie ebenfalls um sich, und ihre Haut hatte einen grauen Farbton angenommen. Sie musste Schreckliches durchmachen, aber der Prozess schritt nicht weiter fort, die Gegenmagie des Würfels begann sich auszuwirken.

Beide hatten sich vermischt. Der Todesnebel stieß in die

quellenden, schwarzen Wolken hinein. Er quirlte sie durcheinander, es wurde eine magische Mischung, und Doktor Tod hielt den Würfel weiter fest, wobei er sich allein auf die Vernichtung konzentrierte.

Wo der Nebel und die Wolken sich trafen, bildeten sich seltsame Formen. Tanzende Spiralen, aufquellende Wolken, dazwischen ein regelrechter Sog, der alles an sich riss, zuerst nach unten fiel, dann in die Höhe stieg und zu einem gewaltigen Pilz auseinanderpuffte.

Das Grauen schlug erbarmungslos zu.

Schreie waren zu hören.

Plötzlich erlebten die feindlichen Parteien, dass der Nebel lebte. Sekundenlang erschienen schreckliche Gesichter, Fratzen, in Entsetzen verzerrt, und aus den schwarzen, wallenden Wolken schlugen tatsächlich dunkle Blitze.

Ein regelrechtes Inferno, und noch immer stand kein Sieger fest.

Aber der Nebel breitete sich aus. Er hatte jetzt eine lange Wand gebildet, markierte eine Sperrzone und einen Schutz für Solo Morasso sowie Lady X.

Der Todesnebel, oft genug als schreckliche Waffe eingesetzt, begann seinen Siegeszug.

Er drängte die Schatten zurück.

Auch Lady X ging es wieder besser. Sie war der Vernichtung knapp entronnen. Das Grau der Haut ging zurück, sie nahm wieder die normale kalkige Vampirblässe an, nur die Bewegungen der Scott waren noch gelähmt. Sie blieb am Boden liegen und rührte sich nicht.

Man hörte Doktor Tod nicht atmen, aber es waren verbissen klingende Geräusche, die er durch seine Zähne ausstieß. Ein schweres Ächzen und Stöhnen, dazwischen ein regelrechtes Würgen, dies alles zeugte von der ungewöhnlichen Verbissenheit, mit der Solo Morasso diesen Krieg gegen eine Feindin aus der Dunkelwelt anging.

»Ich werde dich zurückschmettern!«, schrie er. »Zurück in deine Dunkelwelt, der Nebel soll dich vernichten …« Mit vor

Triumph glänzenden Augen sah er, wie sich die schwarze Wolke verzog. Immer weiter wurde sie zurückgedrückt, und der Todesnebel lag schon bald als eine graue Schicht über dem Weg.

Doktor Tod stand da und lachte. Er lachte aus vollem Hals. Es schallte in den Nebel hinein, und sein Lachen musste auch von Alassia gehört werden, doch sie rührte sich nicht.

Sie zog sich zurück.

Mit dieser Entwicklung hatte Alassia nicht gerechnet. Sie ahnte nicht, dass ihr Angriff abgeschmettert worden war, und dieser Sieg über eine Dämonin steigerte Morassos Selbstwertgefühl immens.

Er konzentrierte sich nicht mehr auf den Nebel, sondern schraubte seine Gedanken regelrecht zurück.

Der Würfel schien zu einer Saugpumpe zu werden. Der Todesnebel geriet in Bewegung, er quirlte und drehte sich, bildete eine lang gezogene, waagerecht verlaufende Spirale, um wieder in den geheimnisvollen Würfel hineinzuströmen, wo er sich mit den Schlieren verband.

Die Sicht klarte von Sekunde zu Sekunde auf. Solo Morasso konnte den Weg hinaufschauen. Er sah an seinem Ende einige Zombies stehen, aber auch einen dunklen Schatten, der über den Weg huschte.

Alassia zog sich zurück.

Morasso leckte seine Lippen. Sein Gesicht verzerrte sich, und er schrie ihr einige Sätze hinterher. »Wage es nur nicht, uns noch einmal unter die Augen zu treten, dann werde ich dich vernichten!«

»Sie hat noch nicht aufgegeben!«

Als Doktor Tod die Stimme vernahm, stieß er einen lästerlichen Fluch aus und drehte sich nach links.

Dort standen zwei Personen.

Kara und Myxin.

Ein Mensch steckte in der Wand!

Oder sein Schatten? So genau war das nicht festzustellen. Ein Bild, das mich faszinierte und gleichzeitig abstieß. Schrecklich anzusehen. Ich verspürte regelrechtes Magendrücken, als ich näher hinschaute und noch etwas Schlimmes erkannte.

Der Mensch in der Wand war nicht mehr so wie früher. Da hatte sich etwas verändert, erst einmal wirkte seine Haut recht grau und irgendwie schmutzig, zum anderen aber schienen mir seine Proportionen verschoben zu sein.

Ich will es erklären, denn es war auch für mich nicht einfach, dies alles zu begreifen.

Das Gesicht war verzerrt und zeigte einen unheimlichen Schrecken.

Eine Augenbraue verlief schräg nach unten. Mund und Nase waren deformiert.

Ein Arm war länger, bei einer Hand wirkten die Finger kürzer, und an den Beinen stellte ich das gleiche Phänomen fest. Ein schrecklicher Verdacht kam mir, als ich diesen Menschen so anschaute. Vielleicht hatte die magische Kraft ihn in seine einzelnen Bausteine aufgelöst, und er war dann nicht mehr richtig zusammengesetzt worden.

So liefen meine Überlegungen, wenn ich sie auf einen einfachen Nenner brachte.

Wie konnte er eins mit der Wand werden? War es wirklich ein Schatten, der wanderte?

Die Beretta ließ ich verschwinden. Dafür streckte ich die Hand aus und berührte die Wand dort, wo sich der andere in ihr befand.

Die Wärme schien mir im ersten Moment normal zu sein, aber ich wollte die Probe aufs Exempel machen, trat an eine andere Stelle der Wand und fühlte dort nach.

Da war es kühler.

Ein sehr seltsames Phänomen, fast unwahrscheinlich zu nennen, und ich schüttelte den Kopf.

Wie konnte ich ihn wieder aus der Wand holen?

Mit dem Kreuz!

Ein Zeichen des Lichts. Alassia war ein Geschöpf der Dunkelheit. Wie würde das Kreuz auf ein Opfer reagieren? Fast zitterten meine Hände, so aufgeregt war ich, als ich das Kreuz hervorholte und mit der alles entscheidenden Probe begann.

Vom Kopf des Eingeschlossenen führte ich das Kreuz von oben nach unten und hatte kaum Kontakt mit der Mauer, als ich ein hohes, singendes Geräusch hörte und einen leisen, aber trotzdem furchtbaren Schrei.

Hastig sprang ich zurück und sah, wie sich die Gestalt in der Wand auf eine seltsame Art und Weise verzerrte. Sie lief ein. Ähnlich einer gemalten Figur, deren Farbe man mit Wasser wegwischte. Gleichzeitig wurde sie dunkler, die graue Haut nahm eine schwarze Farbe an, und die menschliche Gestalt verwandelte sich in eine Wolke, die in einen Sturm zu geraten schien, denn sie drehte sich rasend um die eigene Achse, sodass sie einen regelrechten Wirbel bildete.

Pechschwarz war sie. Fasziniert schaute ich sie an. Mein Kreuz hatte ich nicht weggesteckt, es ragte nach wie vor aus meiner Faust, und ich spürte seine Wärme.

Würde es noch weiter reagieren?

Ja, auf den Schatten wirkte das Kreuz wie ein Magnet. Es riss die schwarze Wolke aus der Wand!

Unwahrscheinlich, was sich da vor meinen Augen alles abspielte. Die rotierende Wolke wurde schmaler und dünner, erinnerte mich an einen langen Streifen, der wie ein Blitz aus der Wand schoss und Kurs auf mich nahm.

Eigentlich nicht so sehr auf mich, sondern auf das Kreuz in meiner rechten Hand.

Für den schwarzen, wirbelnden Schatten war es wie ein Magnet. Er wurde angezogen, und obwohl ich das Kreuz in der Hand hielt, spürte ich die unheimliche Gegenmagie.

Es war wie ein gewaltiger Strom, der in das Metall hineinraste, es durchschüttelte und an mich weitergeben wollte, aber da waren die Kräfte in dem geweihten Kruzifix.

Sie spielten nicht mit, ließen das Böse nicht voll zur Wirkung kommen und absorbierten es.

Ich vernahm ein hohles Pfeifen. Ein Geräusch, das entsteht, wenn ein Zug mit hoher Geschwindigkeit dicht an einer Hauswand vorbeifährt. So verhielt es sich auch hier, und das Pfeifen schwang so lange nach, bis der Schatten, das heißt Jerry Shayne, verschwunden war.

Mein Kreuz hatte ihn aufgesogen!

Danach blieb ich erst einmal stehen und holte Luft. Das letzte Ereignis hatte mich mitgenommen. So einfach kam ich nicht darüber hinweg. Ich schüttelte den Kopf, drehte mich um und ging dorthin, wo es heller war.

Mein Blick war auf das Kreuz gerichtet. Täuschte ich mich, oder hatte es an Glanz verloren?

Plötzlich klopfte mein Herz schneller. So rasch es ging, lief ich ans Licht, um das wertvolle Kruzifix genauer anzuschauen.

In der Tat, es sah anders aus.

Viel matter, mit einem Grauschleier. An diesen Begriff aus der Werbung dachte ich, nur konnte ich das Kreuz nicht waschen und auch nicht vorwaschen.

Ich musste warten.

Meine Geduld wurde belohnt. Es tat sich wirklich etwas. Der Grauschleier wurde zurückgedrängt, denn das Kreuz reaktivierte sich. Ein sagenhaftes Phänomen. Ich war baff.

Die Hand, die das Kreuz hielt, begann zu zittern. Ich konnte meine Aufregung nicht verbergen, verließ die Garage und atmete auf, als ich mein Kreuz wieder in seinem alten Glanz vor mir sah.

Verwundert schüttelte ich den Kopf. Manche Dinge waren nicht einfach zu begreifen, andere überhaupt nicht. Dazu zählte ich die eben erlebten. Das Kreuz hatte mir eine völlig neue Möglichkeit aufgezeigt, indem es wie ein magischer Trichter wirkte, es hatte das Böse an sich gezogen und verschluckt.

Noch einmal ging ich in die Garage zurück. Die Wand war leer. Von Jerry Shayne war nichts mehr zu sehen. Ich stand nicht nur vor der Mauer, sondern auch vor einem Rätsel.

Wie war es möglich, dass Shayne eins mit der Mauer geworden war? Schulterzucken, das war meine einzige Reaktion, und ich verließ die Garage wieder, als ich Sukos Stimme hörte.

»John! John! Bist du da? Ist etwas passiert?«

»Nein, nein, alles klar.«

Mit Suko traf ich vor dem Haus zusammen. Der Chinese musterte mich.

»Irgendetwas ist doch mit dir, mein Lieber. Das sehe ich dir an.«

»Ja, es ist bescheiden!«

»Und?«

»Ich habe Shayne gesehen.«

»Tot?«

Ich berichtete Suko von meinen Erlebnissen. Auch der Inspektor zeigte sich überrascht. Sein Mund blieb vor Staunen offen, er schüttelte ein paarmal den Kopf und sagte: »Das darf doch nicht wahr sein.«

»Ist es aber.«

»Und jetzt?«

»Schlag mich tot, aber ich weiß es nicht, Suko. Ich blicke einfach nicht mehr durch.«

Nicht einmal Erklärungen für das erlebte Phänomen fand ich. Es war mir alles rätselhaft. Diese Königin der Schatten oder wie sie sich auch immer nannte, hatte es geschafft, uns zu verunsichern.

»Ob Fred Ashley noch etwas weiß?«, fragte Suko.

»Kaum.«

Seine Mutter kam. Sie hatte rote Flecken im Gesicht und zeigte sich sehr aufgeregt. »Haben Sie mit Jerry Shayne gesprochen, Sir?«, fragte sie mich.

»Nein.«

»Aber er war doch …« Sie schüttelte ungläubig den Kopf.

»Sicher war er da. Ich mache Ihnen auch keinen Vorwurf«, erwiderte ich lächelnd. »Aber gesprochen haben wir nicht miteinander.«

»Na ja, ich meinte auch nur.«

»Kann ich jetzt mal mit Ihrem Sohn reden, Mrs Ashley?«

»Der sitzt ja noch in seinem Zimmer.«

Den Weg kannten wir. Suko schloss sich mir an, während uns die Frau nachschaute.

Fred schien sich nicht von der Stelle gerührt zu haben. Er hockte auf seinem Bett und starrte ins Leere. Leicht verkniffen wirkte sein Gesicht. Dabei hob er kaum den Kopf, als wir den Raum betraten.

»Habt ihr mit Jerry gesprochen?«, fragte er.

»Nein«, sagte Suko.

»Er war nicht da«, stellte ich richtig.

Fred drehte sich. »Was hat meine Alte dann gesehen? Die erzählte doch diesen Mist.«

»Sie hat ihn schon gesehen, doch als wir nach draußen kamen, war er verschwunden.«

Fred grinste und verteidigte danach seinen Boss. »Ja, Jerry ist verdammt schnell. Wenn der läuft, bleiben andere stehen, kann ich euch sagen.«

»Was war da eigentlich noch im Regent's Park, Fred?«

Er schlug mit der flachen Hand auf sein Bett. »Das habe ich euch doch schon alles gesagt.«

»Uns geht es um die Frau. Hat sie nicht gesagt, wohin sie wollte?«

»Nein, die wollte doch nur, dass wir sie nicht aufhielten. Und das haben wir auch getan.«

»Okay, schon gut.«

»War das alles?«, fragte er.

»Ja.«

»Hattest du mehr erwartet?«, erkundigte sich Suko noch.

»Na ja, was man von euch Bullen so hört …«

Ich winkte ab. »Vergiss es.« Von der Mutter des Jungen verabschiedeten wir uns nicht. Wir sahen sie erst gar nicht und atmeten auf, als wir das Haus verlassen hatten.

»Irgendwie bin ich froh, wenn der Sommer vorbei ist«, meinte Suko.

»Wieso das?«

»Bei dieser Schwüle ist das doch beschissen.«

Da hatte mein Partner recht. Es gab kein schönes warmes Sommerwetter mehr, weil es sofort schwül wurde. Auch der Bentley war kein Eiskeller. Wir stiegen ein. Diesmal fuhr ich.

Wir ließen eine kleine Wohnidylle zurück, wo Kinder spielten und die Männer sich krummlegten, um das Haus abzubezahlen. Aber was kümmerte es mich? Alassia war wichtiger.

Und da steckten wir nach wie vor in einer Sackgasse!

Lady X und Doktor Tod stürzten von einer Überraschung in die andere. Zuerst Alassia, eine Gegnerin aus der Dunkelwelt, deren Angriff sie soeben abgeschmettert hatten, und jetzt noch die beiden Tod- und Erzfeinde Myxin und Kara.

Doktor Tod schüttelte den Kopf. Er konnte das Bild, das er mit eigenen Augen sah, kaum begreifen. Für ihn war es eine Ungeheuerlichkeit, dass sich Myxin und Kara in sein Refugium gewagt hatten, denn hier regierte die Hölle, und die beiden standen auf der anderen Seite. Morasso dachte sogar noch weiter. Wenn es denen gelang, sich auf der Insel zu materialisieren, dann müsste dies vielleicht auch John Sinclair, seinem Erzfeind, möglich sein.

So fest, als wollte er ihn zerbrechen, umklammerte Doktor Tod seinen Würfel. Er war bereit, den Todesnebel auch gegen die beiden einzusetzen, doch erst einmal wollte er wissen, was sie wollten.

Sie hatten sich einen relativ sicheren Platz ausgesucht, denn sie standen auf einem kleinen Hügel, wo der Weg zu Ende war, und konnten zu Morasso und Kara hinabschauen. Karas rechte Hand lag auf dem Griff des Schwerts. Diese Haltung verdeutlichte, dass sie zu kämpfen bereit war.

Myxin stand neben ihr. Aber Doktor Tod wusste genau, dass es nicht mehr der gleiche Myxin war wie noch vor Jahren. Seit dem Tod Asmodinas hatte er Oberwasser bekommen, zum Teil seine magischen Kräfte zurückerlangt, und er setzte sie auch ein.

Lady X rappelte sich schimpfend auf. Es war nicht einfach für sie, denn der Angriff war nicht so leicht zu verkraften. Mit einer routinierten Bewegung nahm sie die Maschinenpistole an sich und zischte durch die Zähne: »Das gibt es doch nicht!«

»Leider ist es wahr«, gab Morasso zurück.

»Aber wie kommen die ...?«

»Sei ruhig.«

Myxin begann plötzlich zu lachen.

»Deine Insel, Solo Morasso«, sagte er. »Deine hübsche Insel. Sie ist doch nicht so sicher, wie du immer angenommen hast.«

»Für mich ist sie sicher genug. Was wollt ihr?«

»Mit dir sprechen!«

»Wir sind Feinde. Todfeinde. Ihr seid zwar gekommen, aber ich werde auch dafür sorgen, dass ihr hierbleibt. Und zwar für immer!«, schrie er den beiden entgegen.

»Warte erst einmal ab, was wir dir zu sagen haben!«

»Nein!« Morasso hatte nicht vor, irgendeinen Kompromiss einzugehen. Er wollte sich auf nichts einlassen und sah rechts der beiden eine Bewegung. Dort näherten sich zwei Untote, aber sie waren nicht allein. Irgendwie hatte auch Xorron gemerkt, was sich hier anbahnte, und er kam, um nachzusehen.

Xorron war ein Phänomen, ein Untier, ein grauenvolles Geschöpf aus tiefer Vorzeit. Wo er genau herkam, wusste niemand. Unter dem Central Park in New York hatte er all die Jahre über gelegen, bis Doktor Tod ihn erweckt hatte.

Xorron war der Herr der Ghouls und Zombies. Er kannte kein Erbarmen, war ein mordendes Untier und so gut wie unbesiegbar.

Seine Gestalt zeigte menschliche Formen. Übergroß war er. Eine dicke milchige Haut, durch die bei näherem Hinsehen Knochen schimmerten, ansonsten war seine Gestalt glatt. Es gab weder Nase, Ohren noch Augen, nur Striche oder Schlitze. Bisher hatte sich Xorron mit dem Leben auf der Insel zufriedengegeben, doch wenn ihm dieser Platz einmal zu klein wurde, dann würde er explodieren und zuschlagen.

Er war sich seiner Macht bewusst, hatte seine Zombies um sich geschart und näherte sich den beiden Neuankömmlingen.

Um Morassos Lippen spielte ein zynisches Lächeln. Vielleicht brauchte er selbst nicht mehr einzugreifen. Xorron hatte Blut gerochen und würde das erledigen. Davon war Solo Morasso fest überzeugt. Er war weiterhin gespannt, wie Myxin und Kara reagierten.

Auch sie hatten festgestellt, wer sich ihnen da näherte. Ein knapper Blick über die Schulter hatte gereicht. Kara warnte Morasso: »Schick deine Vasallen zurück!«

»Das sehe ich gar nicht ein!«, konterte Doktor Tod. »Ihr seid freiwillig hergekommen, ich habe euch nicht gerufen. Wer diese Insel betritt, ohne von mir eingeladen worden zu sein, der wird vernichtet. Bei euch mache ich keine Ausnahme.«

»Wenn sie es nicht schaffen, greife ich noch ein«, erklärte Lady X und hob ihre Waffe.

»Mit Kugeln richtest du nichts aus.«

»Da bin ich mir nicht so sicher …«

»Warte erst einmal ab!«, zischte Doktor Tod. Inzwischen hatten sich Xorron und seine Vasallen den beiden uneingeladenen Besuchern so weit genähert, dass sie auch von Morasso und der Scott gesehen werden konnten.

Wie immer schritt Xorron an der Spitze. Er war nicht nur der Anführer, er dokumentierte es auch. Die anderen hielten sich in seiner Nähe. Es waren schreckliche Gestalten, grausame Wesen, die einem Albtraum hätten entsprungen sein können.

Sie hatten sich bewaffnet. Treibgut wurde genug angespült, und da waren auch manche Dinge dabei, die sich als Schlag- oder Stichwaffen hervorragend eigneten.

Vor allen Dingen Knüppel. Manche kurz und handlich, andere länger. An einigen von ihnen klebte Blut. Es war das erschlagener Tiere, ein schauriges Andenken, denn die Zombies fielen in ihrer rasenden Gier auch über Tiere her.

Einige waren verletzt. Die Wunden lagen offen. Dem kleinsten fehlte sogar der linke Arm, in der rechten hielt er einen Stock.

Vier Untote hatte Xorron mitgenommen. Zwei gingen rechts von ihm, die anderen beiden links.

Solo Morasso zog seine Lippen zurück und grinste böse. »Jetzt bin ich mal gespannt!«, flüsterte er.

»Die machen die Zombies fertig«, sagte Lady X.

»Und Xorron?«

Als Morasso von der Scott keine Antwort erhielt, da lachte er. Denn Xorron war die große Unbekannte in der Gleichung.

Aber Kara und Myxin waren nicht gekommen, um zu kämpfen. Sie wollten verhandeln und vor allen Dingen über die neue Feindin, Alassia reden.

»Pfeif sie zurück«, sagte Kara. »Es ist wirklich besser für euch.«

»Das musst du schon uns überlassen«, erwiderte Morasso kalt. »Meine Freunde wollen Blut, das sollen sie haben.«

Kara und Myxin schauten sich an. Schließlich hob die Schöne aus dem Totenreich die Schultern. »Ich merke, dass dies dein letztes Wort gewesen ist, Solo Morasso, was jetzt folgt, hast du dir selbst zuzuschreiben!« Mit einer geschmeidigen, glatten Bewegung zog sie ihr Schwert aus der Scheide. Dabei fiel ein Lichtstrahl auf die goldene Klinge, und sie blitzte für einen Moment auf. Es wirkte wie ein Startsignal. Nicht nur für Kara, sondern auch für die Zombies.

Sie fächerten auseinander. Dann griffen sie an.

Wer konnte uns Informationen über Alassia geben?

Diese Frage quälte Suko und mich. Als wir an einem von außen gemütlich aussehenden Pub vorbeifuhren, fand ich in der Nähe einen Parkplatz und lenkte den Wagen hinein.

»Was ist denn jetzt los?«, fragte Suko.

»Ich will etwas trinken.«

»Im Dienst?«

»Ja, auch das.«

»Himmel, du bist heute wieder ungenießbar.«

Mein Lächeln fiel entschuldigend aus. »Sorry, aber ich weiß selbst, dass ich nicht in Form bin. Dieser verdammte Fall macht mich noch fertig. Vielleicht ist auch das Wetter schuld daran.«

Der Pub war wirklich nett. Wir warfen einen Blick hinein, sahen einige Gäste und entschieden uns dann, draußen Platz zu nehmen, denn der Wirt hatte vor seinem Lokal einige Stühle und Tische aufgestellt. Hier servierte er den Gästen die Erfrischungen.

Wegen der Pistole ließ ich meine dünne Jacke an. Die anderen Gäste saßen in Hemd und Hose. Es waren jüngere Leute. Wir sahen schicke Mädchen und die braungebrannten Typen mit den offenen Hemden, die sich immer so lässig gaben und die starke Autos fuhren. Uns bedachte man mit fast mitleidigen Blicken, als wir ganz außen an einem noch freien Tisch Platz nahmen.

»Bei der Hitze ist wohl ein Bier am besten«, meinte Suko und bestellte sich ebenfalls eins, als der Wirt nach unseren Wünschen fragte.

»Kommt sofort, die Herren«, sagte der Mann, machte kehrt und verschwand.

Ich spielte mit dem Aschenbecher. »Bisher haben wir nur ins Leere gefasst«, murmelte ich. »Alassia ist einfach nicht zu packen.«

»Dann wäre es leicht für Kara gewesen, den Trank des Vergessens zu finden.«

»Ob sie ihn wirklich hat?«

Suko hob die Schultern. »Nach allem, was so passiert ist, glaube ich daran.«

Unser Bier wurde gebracht. Es war deutsches, das hatten wir extra bestellt. Herrlich sah die Schaumkrone aus. Der Wirt kassierte gleich. Ich hatte meinen spendablen Tag und bezahlte.

Vor uns wurden zwei Tische zusammengerückt. Die Gäste waren in Form. Sie ließen die Gläser kreisen und lachten, als würde hier ein Film mit Jerry Lewis ablaufen.

»Was will Alassia?«, fragte ich und drehte dabei den kühlen Krug zwischen den Händen.

»Macht!«

Sukos schlichte Antwort traf den Nagel auf den Kopf. Ich nahm erst mal einen Schluck. Oh, das tat gut. Eine herrliche Erfrischung war dieser Schluck. Danach nahm ich Sukos Antwortfaden auf. »Da Asmodina nicht mehr existiert, kann es sein, dass sie jetzt ihre Stelle übernehmen will. Oder sehe ich das falsch?«

»Ganz und gar nicht.«

»Nur etwas gefällt mir nicht an der Sache. Alassia wird erstens wissen, wie Asmodina umgekommen ist, und zweitens muss ihr auch bekannt sein, wer sie umgebracht hat.«

»Morasso!«

»Genau.«

Suko trank ebenfalls. »Glaubst du denn, dass sie sich an ihn halten wird?«

»Davon kann man ausgehen. Myxin und Kara denken ähnlich. Nur weiß ich nicht, wie Morasso reagieren wird. Er ist für mich der Unbekannte. Du darfst nicht vergessen, dass seine Mordliga schwere Verluste erlitten hat. Womöglich sucht er Nachfolger für Tokata, Lupina und Mondo. Da kann ihm Alassia gerade recht kommen.«

»Aber unter seinem Befehl?«

»Sicher.«

Suko war nicht meiner Ansicht. »Nein, John, daran glaube ich nicht. Wir kennen Morasso gut, ok. Aber wir haben auch Alassia kennengelernt. Wie ich sie einschätze, wird sie sich kaum dem Diktat eines Doktor Tod beugen.«

Ich klopfte eine Zigarette aus der Packung und zündete das Stäbchen an. Was Suko da sagte, war wirklich nicht von der Hand zu weisen. Diese Alassia, obwohl eine Dämonin, konnte man als ungemein starke Persönlichkeit einschätzen. Die würde sich die Butter wirklich nicht vom Brot nehmen lassen.

»Möglicherweise hast du recht«, gab ich zu.

»Und wie würde sie dann reagieren?«

Ich hob die Schultern. »Frag mich nicht immer so etwas Schweres. Ich kann es dir nicht sagen.«

Suko starrte missmutig in sein Glas. »Da sitzen wir hier herum, reden, und irgendwo taucht die feine, nackte Dame auf. Es ist zum Heulen.«

Ich vernahm Sukos Worte zwar, hörte jedoch nicht richtig zu, sondern dachte an mein Kreuz und damit auch an die Szene in der Garage. Ich hatte einen von Alassia getöteten Menschen in der Garagenwand als ein makabres Zerrbild gesehen. Als ich die Erscheinung mit meinem Kreuz berührte, da hatte sie reagiert, war zu einem Schatten und von dem Kreuz aufgesaugt worden. Irgendwie hatte ich das Gefühl, mit dem Kreuz einen großen Trumpf gegen Alassia in der Hand zu halten.

Ich holte es hervor. Ein wenig Unsicherheit spielte dabei mit, ich wollte sehen, ob nicht doch bleibende Schäden zurückgeblieben waren. Es sah völlig normal aus. Nichts wies darauf hin, wie es noch vor kurzer Zeit reagiert hatte.

»Ob man sie mit dem Kreuz locken kann?«, murmelte Suko und beugte sich vor.

»Da wird eher das Gegenteil eintreten«, erwiderte ich. »Das Kreuz vertreibt sie.«

»Oder zerstört sie.«

»Was natürlich besser wäre.« Ich lehnte mich zurück und richtete meinen Blick gegen den Himmel. Dann murmelte ich. »Dunkelwelt. Mensch, Suko, wo liegt sie?«

»Keine Ahnung.«

»Aber Alassia schafft es, sie zu verlassen. Was will sie?«

»Unterdrückung, John. Wir bewegen uns im Kreis bei diesen Fragen, glaub mir.«

Ich seufzte auf. »Ja, du hast recht. Da gibt es nirgendwo einen Punkt, an dem wir einhaken können.«

Gelächter an den Nachbartischen ließ uns aufhorchen. Jemand hatte einen scharfen Witz erzählt, besonders laut lachten die weiblichen Personen. Ich hatte die Worte zwar auch verstanden, blieb jedoch ernst, mir war nach Humor nicht zumute.

»Sollen wir?«

Suko war einverstanden.

Ich trank mein Glas leer und stand auf. Der Bentley parkte einige Yards entfernt. Wir schoben uns noch an den aufgestellten Tischen vorbei, als auf der Straße plötzlich das Chaos begann.

Da kreischten Reifen über den Asphalt, Hupen dröhnten, etwas klirrte, und gleichzeitig verfinsterte sich die Sonne.

Es wurde dunkel!

»Der Weltuntergang!«, schrie jemand mit schriller Stimme.

Ein Weltuntergang war es nicht, aber so ähnlich, denn Alassia war gekommen …

Zwei Zombies wurden von Xorron, ihrem Herrn und Meister, zurückgehalten. Die anderen schickte er vor.

Kara hielt ihr Schwert in der Hand. Es war das alte Erbstück ihres Vaters, und die Klinge war eine Meisterleistung weißmagischer Schmiedekunst. Sie würde die Zombies vernichten, wenn sie ihr zu nahe kamen.

Die Schöne aus dem Totenreich führte das Schwert in einer wahren Meisterschaft. Sie wartete, bis die Untoten dicht heran waren, eine kurze Bewegung nur, und der lebende Tote konnte nicht einmal mehr seinen Arm mit dem Knüppel heben.

Das Schwert traf voll.

Der leichte Stoß reichte aus, um den Zombie verglühen zu lassen. In der Tat verglühte er direkt, sein Körper wurde dunkelrot, dann fielen nur noch graue Aschereste zu Boden.

Kara wandte sich sofort dem zweiten Gegner zu, doch Myxin wollte auch nicht untätig herumstehen.

Er hatte sich gegen den Untoten geworfen, als dieser ihm an die Kehle wollte. Und der kleine Magier bewies, dass man ihn nicht mehr demütigen und fertigmachen konnte, er zeigte dem Horror-Wesen, wo es langging.

Als der Arm mit der leichenblassen Haut nach unten fuhr, da schnellte Myxins rechte Hand in die Höhe. Sehr genau hatte er gezielt, und er schloss seine Finger wie die Stahlbacken einer Zange um das Handgelenk des Untoten.

Der Zombie wehrte sich.

Verzweifelt warf er sich zurück, wollte den Klammergriff lösen, doch Myxin lächelte nur.

Im nächsten Augenblick wurde der Zombie von einem rasenden Wirbel erfasst. Aus den Fingern von Myxins freier Hand schossen grüne Blitze, die voll ins Ziel trafen.

Sie zerschmetterten den Untoten. Dabei blieb es jedoch nicht. Aus seinen Überresten entstand graue Asche.

»Verdammt!«, fluchte Lady X. »Die machen die Zombies fertig. Wir müssen etwas unternehmen.«

»Warte ab.« Doktor Tod hielt sie zurück. »Noch ist Xorron da. Ich will erleben, wie er sich wehrt.«

»Und wenn er verliert?«

»Glaube ich nicht.«

Natürlich hatte Xorron mitbekommen, was seinen Dienern geschehen war. Zuerst schaute er auf die Asche, die vom Wind weggeweht wurde. Dann drang ein Geräusch aus seinem Innern, das an das Knarren einer alten Tür erinnerte. Und Xorron war nicht langsam, wenn er angriff. Er konnte schnell wie ein austrainierter Mensch sein.

Da Kara ihm am nächsten stand, attackierte er sie zuerst.

Myxin warnte seine Begleiterin noch, doch Kara wusste auch schon so Bescheid. Sie ließ sich die Butter nicht vom Brot nehmen. Blitzschnell wich sie zur Seite aus und schlug aus der Drehung zu.

Ein normaler Zombie wäre vergangen, hier aber hatte sie es mit Xorron, einem Phänomen, zu tun.

Es gab ein klirrendes Geräusch, als die Klinge gegen die Gestalt hieb. In Hüfthöhe etwa hatte sie getroffen, und dort sprühten plötzlich zahlreiche Funken auf, die eine lange, rötlich schimmernde Spur zogen, bevor sie verglühten.

Kara, die viel Wucht hinter den Hieb gelegt hatte, war zur Seite geschleudert worden und wäre fast noch ausgerutscht. Sie hob sofort den rechten Arm, um abermals zuschlagen zu können. Das war auch gut, denn Xorron hatte sich ihr bis auf eine Schrittlänge genähert. Er wollte sich gegen Kara werfen und befand sich bereits auf dem Weg.

Blitzschnell drehte Kara die Klinge herum. Xorron konnte nicht mehr ausweichen. Er fiel mit der Brust zuerst in die Klingenspitze hinein. Kaum hatte sie die unheimliche Gestalt berührt, als ein seltsames Zischen ertönte. Und wieder war der Blitz da, der nicht zu Boden fuhr, sondern von der Auftrefferstelle her seinen Weg mit zackigen Linien in die Luft fand.

Xorron wankte.

In seinem flachen Gesicht hatte sich ein Spalt geöffnet. Es war ein Loch entstanden, aus ihm drangen urige Laute, Schreie der Wut und Enttäuschung.

Kara sprang zurück. Ihr Blick wurde von dem offenen Maul angezogen, wo Xorron seine Zähne zeigte. Es waren mörderische Stifte, regelrechte Reißer, die Xorron auch erbarmungslos einsetzte.

Jetzt wollte er Kara!

Aus welch einem Material die Haut bestand, die das leicht durchschimmernde Knochengerüst bedeckte, war nicht bekannt. Aber sie widerstand schwarzer und weißer Magie, sogar Feuer konnte ihr nichts anhaben.

Kara musste zurück, denn Xorron kam mit der Wucht einer Dampfwalze. Blitzschnell führte Kara zwei über Kreuz geschlagene Hiebe, die beide trafen und eine Funkenspur über die milchige Haut zucken ließen. Dann war Xorron heran.

Myxin sah die Gefahr, und er hörte auch den triumphierenden Schrei der Lady X.

Todesmutig warf er sich zwischen die beiden Kämpfer.

Er hätte es geschafft, doch da waren noch die beiden Zombies. Einer davon hatte sich geduckt, lag fast flach auf dem Boden und umklammerte Myxins Knöchel.

Der kleine Magier beherrschte zwar zahlreiche Tricks, aber gegen diesen Griff war er machtlos.

Der Zombie riss Myxin von den Beinen. Dabei fiel er so unglücklich, dass er dicht am Rand des Abhangs liegen blieb, über die schmale Hügelkuppe glitt und den Hang hinunterrollte.

Zusammen mit dem Zombie, der nicht daran dachte, seine Beute loszulassen.

Xorron aber warf sich auf Kara!

Zu schnell und zu plötzlich tauchte die unheimliche Gestalt vor der Schönen aus dem Totenreich auf. Kara schlug zwar noch zweimal mit der Klinge zu, traf auch, doch dann war Xorron über ihr.

Noch nie hatte sie ein so grausames und triumphierendes Fauchen gehört wie in diesen Augenblicken. Sie merkte kaum, wie sie sich gegen diesen Unhold wehrte, all ihre Bewegungen waren nicht mehr bewusst gesteuert und wurden nur mehr von reinem Überlebenswillen diktiert.

Xorron wollte ihre Kehle zerfetzen!

So weit es ging, hatte er sein Maul aufgerissen. Die starken Zähne bildeten eine stählerne Kette, die an ihren Enden zugespitzt war, und Kara verspürte Angst, als sie in dieses schreckliche Maul schaute.

Xorron biss zu!

Niemand konnte ihn in diesem Augenblick stoppen. Kara wäre auch erledigt gewesen, wenn ihr diesmal nicht das Glück zur Seite gestanden hätte.

Als Xorron sich auf sie geworfen hatte, da war es ihr im letzten Augenblick gelungen, den rechten Arm anzuwinkeln. Das Schwert lag waagerecht und bildete vor ihrer Kehle einen Schutz.

In den hackte Xorron seine Zähne.

Die Magie der Klinge hatte er schon zuvor nicht ausschalten können. Und sie traf ihn voll.

Xorron, dieses unheimliche Monstrum, begann grässlich zu schreien. Zwischen seinen Zahnreihen und innerhalb des geöffneten Mauls zuckten gefährliche Blitze. Sie führten dort einen makabren Tanz auf, bildeten ein Netz, das mit seinen magischen Entladungen das Maul ausfüllte.

Doktor Tod und Lady X hatten den Kampf beobachtet. Zuerst glaubten sie an einen Sieg des Zombie-Meisters, doch dann sahen sie, wie Kara sich wehrte, und sie fürchteten um Xorrons Leben.

Der Kampf wogte hin und her. Es waren regelrechte Wechselbäder, die die Zuschauer erlebten. Abwechselnd feuerten sie Xorron an, und als es dem Unheimlichen gelang, sich auf Kara zu stürzen, da sprang Lady X in die Höhe und stieß einen wilden Schrei aus.

»Er hat sie. Er hat sie …!« Jetzt konnte auch Doktor Tod sie nicht mehr halten. In langen Sätzen jagte die Vampirin los und nahm Kurs auf die beiden Kämpfenden.

Xorron wollte zubeißen.

Lady X sah genau, wie er über Kara lag. Dann aber hatte sie unwahrscheinliches Glück, weil die Zähne des Unheimlichen in die Klinge hackten.

Auch Lady X bekam mit, wie sich sein Maul mit Blitzen füllte und wie Xorron von seiner Gegnerin abließ und seinen gewaltigen Körper hochwarf, zu Boden fiel und sich dort überrollte. Die Blitze jagten sogar durch seinen Körper. Sie zeichneten das Knochengestell unter der Haut nach, und die einzelnen Teile schimmerten rosarot auf.

Kara lag noch erledigt am Boden. Sie hatte den ersten Angriff zwar überstanden, war aber zu schwach, um sich auf die Füße zu erheben. Es dauerte seine Zeit, bis sie sich erholte.

Diese Sekunden nutzte die Vampirin aus. Sie schien über den Boden zu fliegen, näherte sich Kara ungewöhnlich schnell und hörte, wie Doktor Tod brüllte: »Nicht schießen!«

Dann war sie da.

Im selben Augenblick hatte Kara ihre Schwäche einigermaßen überwunden und richtete sich auf.

Sie hatte das Gefühl, jemand würde auf sie zufliegen, so schnell bewegte sich die Scott.

Und sie hatte die MPi.

Für den Bruchteil einer Sekunde schaute Kara in das hässliche Mündungsloch, dann verschwand es, denn Lady X hatte die Waffe herumgedreht. Gedankenschnell hämmerte sie die MPi nach unten. Kara wollte ihr Schwert noch in die Höhe reißen, um den Hieb abzuwehren, aber diesmal war sie nicht schnell genug.

Der Waffenlauf traf ihre Schläfe. Er explodierte dort förmlich, und für Kara gingen sämtliche Lichter aus …

Lady X aber stand triumphierend über ihr, hielt den rechten Arm mit der Waffe hoch, hatte den Mund weit aufgerissen und zeigte ihr schreckliches Vampirgebiss.

Diesmal hatte sie gewonnen!

Der Zombie ließ nicht los!

Was er einmal gekrallt hatte, das wollte er nicht wieder hergeben. Zu Myxins Pech war dies sein Knöchel.

Sicher, der kleine Magier hätte sich wegteleportieren können, aber der Zombie wäre bei ihm geblieben, und das Problem wäre somit nicht gelöst worden.

Also rollte er zusammen mit der lebenden Leiche den Hang hinab, bis sie zu einem Geröllfeld gelangten, dessen große Steine ihren Fall stoppten.

Myxin hatte das Pech und prallte zuerst mit dem Rücken gegen den blanken Felsen. Das machte ihm nichts aus, er verspürte keine Schmerzen, aber der Zombie lag nun auf ihm und wollte seine Chance sofort nutzen, indem er seine Arme ausstreckte und nach Myxins Kehle tastete.

Der Magier rammte seinen Kopf in die Höhe und stieß die Stirn gegen das Gesicht des Untoten. Er spürte die weichen Knochen dieser widerlichen lebenden Leiche und glaubte schon, sie wären von dem Treffer eingedrückt worden.

Als der Zombie zurückfiel, sah Myxin die Einbuchtung an dessen Stirn. Doch eine weiche Masse.

Aber sein Gegner war längst nicht erledigt. Er hielt einen Stein zwischen den Fingern und schlug damit nach Myxin.

Der kleine Magier hatte sich aufgerichtet. Mit Leichtigkeit wich er dem Hieb aus. Als der Zombie ein zweites Mal zuschlagen wollte, da streckte Myxin nur seinen Arm vor, wobei sein Zeigefinger auf die Gestalt am Boden wies.

Der grüne Blitz hieb in den Untoten hinein wie ein Messer. Er riss ihn auseinander, und das Wesen verkohlte.

Der Magier erhob sich. Er verzog das Gesicht, als er auf seinen Gegner schaute, drehte dann den Kopf und blickte den langen Hang hoch, den sie hinuntergerollt waren.

Er hörte auch die hellen Schreie und wusste sofort, dass sie nicht von Kara stammten. Lady X hatte geschrien. Triumphierend. Dies konnte nur bedeuten, dass sie etwas mit Kara angestellt hatte.

Angst schoss in dem kleinen Magier hoch. Er versteifte, konzentrierte sich auf seine Fähigkeiten und teleportierte sich im nächsten Augenblick auf die Hügelkuppe, wo er bereits von Xorron erwartet wurde, der sich mit einem schrecklichen Gebrüll auf ihn stürzte.

Sofort setzte Myxin seine Magie ein.

Diesmal hieb der grüne Strahl in den Körper des Unheimlichen. Aber er zerstörte ihn nicht, drang nicht einmal durch die Haut, sondern zuckte über ihn, wobei er einen grünen Schleier auf das milchige Weiß der Haut legte.

Xorron wurde durchgeschüttelt, aber Myxins Gegenwehr konnte seine Angriffswut nicht stoppen.

Unaufhaltsam stampfte er weiter auf Myxin zu. Er setzte auf seine Unzerstörbarkeit und auf die Gewalt.

Myxin musste weg. Er nahm noch wahr, dass auch Kara abgeschleppt wurde, und zwar hatte Lady X sie kurzerhand über die Schulter geworfen. Mit ihr zusammen rannte sie auf Doktor Tod zu, der noch immer vor dem großen Eingangstor stand.

Lady X schien über den Boden zu fliegen. Die Last auf ihrer Schulter behinderte sie nicht, ihre Kräfte waren die der Hölle.

Für Myxin gab es nur noch eine Chance, um Kara zu retten. Er musste sich zu ihr teleportieren und den Kampf mit Lady X im direkten Vergleich austragen. Für den Augenblick hatte er Xorron abgeschüttelt. Myxin konnte sich konzentrieren.

Das tat er.

Aber er hatte den großen Unbekannten in der Rechnung vergessen. Und das war Doktor Tod.

Bisher hatte Doktor Tod nicht eingegriffen, sondern zugeschaut, was die anderen taten. Aber er war ungemein wachsam geblieben, und er brauchte kein großer Hellseher zu sein, um zu wissen, was Myxin, der Magier, vorhatte. Aus diesem Grunde aktivierte Solo Morasso seinen Todesnebel.

Er kroch aus dem Würfel. Gefährliche Schwaden, die die absolute Vernichtung brachten.

Und sie richteten sich nach Doktor Tods Willen. Eine regelrechte Wand bauten sie auf, wobei sie einen schmalen Durchlass freiließen, der Lady X und Kara aufnahm. Hinter den beiden schloss sich die Wand sofort wieder.

Morasso aber stieß ein meckerndes Lachen aus. Wenn sich Myxin jetzt in seine Nähe teleportierte, dann würde er vergehen. Und zwar ein für alle Male.

Aber Myxin roch die Gefahr.

Kaum hatten die ersten Schwaden den Würfel verlassen, da änderte er die Richtung. Der kleine Magier teleportierte sich auf das Dach des Bunkers, das noch ein wenig aus der Erde ragte.

Dort blieb er stehen.

Diesmal sah er Xorron aus der Ferne. Er hatte seine restlichen Zombies um sich versammelt und hob drohend die Faust.

Myxin interessierte das nicht mehr. Seine Gedanken beschäftigten sich mit Kara.

Man hatte sie entführt. Zudem war sie noch in die Höhle des Löwen geschleppt worden.

Gab es für Myxin eine Chance, Kara zurückzuholen?

Der kleine Magier verzog gequält das Gesicht. Er litt auf schreckliche Art und Weise. Bisher waren er und Kara immer zusammen gewesen, und nun dieses.

Wie sollte er reagieren?

Da kam ihm John Sinclair in den Sinn. Alassia konnte warten. Jetzt ging es um Kara.

Und John Sinclair musste helfen!

Wir sahen alles wie in einer Zeitlupenaufnahme.

Die schleudernden, bremsenden Wagen, wir hörten das Kreischen der Reifen, das nervenzerfetzende Geräusch, wenn Blech gegen Blech prallt, und wir vernahmen den schrillen Ton, der über allem schwebte, weil irgendwo die Hupe eines Wagens eingeklemmt worden war.

Das Chaos hatte einen Grund.

Der hieß: Alassia!

Sie war plötzlich aus dem Nichts erschienen. Sie schwebte über der Straße, und ihre seltsame Gestalt hatte die anderen Autofahrer in ihren Bann gezogen.

Ein Wesen wie aus einem Märchen.

Selbst Suko und ich, die wir schon von ihr gehört hatten, standen nur da und staunten. Ebenso erging es den anderen Gästen des Pubs. Sie waren von ihren Stühlen aufgesprungen, klammerten sich aneinander fest, hatten die Köpfe in den Nacken gelegt und standen dort mit offenen Mündern, um der Erscheinung zuzuschauen.

Die gesamte Straße schien sich in einem Vakuum zu befinden. Es gab nur uns, nichts anderes mehr, alle Uhren schienen stehen geblieben zu sein, Zeit spielte keine Rolle mehr.

Und Alassia genoss ihren Auftritt. Wie sie aus dem Himmel schwebte, ähnelte sie einer Göttin. Das lange Haar umwallte die frauliche Gestalt vom Scheitel bis fast zu den Füßen, und wenn es einmal zur Seite gedrückt wurde, dann präsentierte sie uns ihren nackten Körper.

Neben uns sprach jemand das aus, was auch wir dachten. »Ich glaube, ich träume.«

Es war kein Traum, sondern Wirklichkeit. Alassia kam, und sie wollte etwas von uns.

Ich merkte nicht einmal, dass die Hupe verstummte, sondern hatte nur Augen für die Rächerin aus der Dunkelwelt. Von der schwarzen, zerfressenden Dunkelwolke war nichts zu sehen. Alassia kam aus der Luft und wuchs immer größer vor uns auf.

Ich holte mein Kreuz wieder hervor. Einen kurzen Blick warf

ich darauf und glaubte, Lichtreflexe über dem Metall zucken zu sehen. Es schimmerte seltsam silberfarben, hatte sich auch erwärmt, und ich war gespannt, wie Alassia auf das Kruzifix reagierte.

Noch schwebte sie weiter vor, und es war niemand da, der sich ihr in den Weg stellte.

»Ich gehe auf die Straße!«, flüsterte ich Suko zu, drängte mich an meinem Partner vorbei und blieb mit der Schuhspitze an einem Stuhlbein hängen. Der Stuhl fiel hin. Überlaut hörte ich das Geräusch. Erst jetzt wurde mir klar, dass es so still geworden war. Nirgendwo ein Laut. Eine gespenstische Ruhe hatte sich ausgebreitet, sie lag wie ein unsichtbares Tuch über allem.

Alassia war zum Glück noch so weit entfernt, dass ich mich nicht unbedingt auf sie zu konzentrieren brauchte. Ich konnte mir auch die anderen Menschen anschauen.

Sie waren in ihren Haltungen erstarrt. Schwarze Magie hatte sie in einem gewaltigen Netz eingefangen.

Ein Wagen klebte an einem dicken Baumstamm. Der Fahrer hatte die Kurve nicht rechtzeitig genug bekommen. Die Tür war aufgeschlagen und der Mann mit seinem Oberkörper nach draußen geschleudert worden. Zwei andere Autos waren aufeinandergefahren, ein weiteres Fahrzeug hatte einen Laternenmast »geküsst«.

Und niemand rührte sich.

Nur ich konnte gehen und dachte dabei an Suko und warf noch einen Blick zurück.

Auch mein Freund war erstarrt. Ihm erging es so wie mir, wenn er seinen Stab aktivierte und das Wort Topar rief. Da konnte ich mich auch nicht mehr rühren.

Das ganze Auftreten dieser Frau hatte natürlich einen Sinn. Und dieser Sinn oder Grund war ich.

Ich verließ den Gehsteig, ging um einen roten BMW herum und blieb auf der Straßenmitte stehen.

Etwas breitbeinig baute ich mich auf, und so erwartete ich die Herrin der gefährlichen Dunkelwelt.

Noch musste ich den Kopf heben, um sie zu sehen. Wie ein düsterer Todesengel schwebte sie nieder und berührte schließlich mit beiden Füßen den Belag der Straße.

So blieb sie stehen.

Wir fixierten uns.

Unsere Blicke bohrten sich ineinander, jeder Zoll des Körpers wurde abgetastet, seziert, und als ihre Haare vor der Brust ein wenig zur Seite geweht wurden, konnte ich die Rocker sogar verstehen, dass sie bei dem Anblick unruhig geworden waren, weil sie plötzlich einen fantastischen Körper zu sehen bekamen.

»Du bist John Sinclair!«

Zum ersten Mal hörte ich sie sprechen. Ich lauschte dem Klang ihrer Stimme. Er war irgendwie rau, so konnte ich mir die Stimme einer Chanson-Sängerin vorstellen, und er traf mich bis ins Mark.

»Ja, ich bin John Sinclair«, erwiderte ich schlicht. »Wahrscheinlich hast du mich gesucht.«

»Sicher. Ich war von Beginn an auf dich fixiert und bin deinetwegen in diese Stadt gekommen.«

»Und nun?«

Ihr Gesicht verzog sich etwas. Wahrscheinlich lächelte sie. Das jedoch konnte ich wegen der über die Wangen fallenden Haare nicht so genau erkennen.

»Du weißt von Asmodina.«

»Ich selbst habe sie bekämpft.«

»Aber nicht getötet!«, hielt mir Alassia das vor, worüber ich mich noch immer ärgerte.

»Das gebe ich zu.«

»Und ich bin gekommen, um die Nachfolge Asmodinas anzutreten. Lange genug habe ich in meiner Schattenwelt gehaust, endlich ist der Zeitpunkt da, wo ich frei bin. Asmodinas Niedergang hat die Tore der Welt für mich geöffnet.«

Ich lächelte ebenfalls. Allerdings ziemlich spöttisch. Dann sagte ich: »Dagegen, so glaube ich, hätten bestimmt einige andere Dämonen etwas.«

»Denkst du an Doktor Tod?«

»Unter anderem.«

»Ich war bei ihm und habe ihn getestet. Mit ihm und seinen Verbündeten werde ich fertig, aber ich frage mich, ob du nicht auch etwas gegen eine Nachfolge einzuwenden hättest.«

»Darauf kannst du Gift nehmen«, erwiderte ich kalt.

»Man hat mir gesagt, wie du als Gegner einzuschätzen bist«, sprach sie weiter. »Und ich habe mich danach gerichtet. Du hast erlebt, wozu ich fähig bin, und ich habe noch nicht meine volle Kraft ausgespielt. Auch in diesem Fall hier habe ich die Menschen geschont. Wenn ich will, können sie gefressen werden, denn ich bin die Dunkelwelt.«

»Und die Schatten?«, fragte ich.

Sie machte eine wegwerfende Handbewegung. »Die produziere ich selbst. Ich bestehe nur aus Schatten. Weil ich auf diese Welt gekommen bin, habe ich einen menschlichen Körper angenommen und …«

»Ich bin gespannt, wie der Spuk reagieren wird«, sagte ich.

»Er ist ein Feind«, gab Alassia zu.

Wenigstens etwas. Der Spuk war ein Intrigant und ein Machtblock ohnegleichen. In seinem Reich der Schatten hausten die Seelen getöteter Dämonen. Er selbst war ebenfalls nur ein Schatten, und hier hörte ich das Gleiche.

Alassia hatte nur die menschliche Gestalt angenommen, weil sie auf der Erde weilte, ansonsten existierte sie als Schatten. Waren sie und der Spuk vielleicht artverwandt?

Danach fragte ich sie.

»Ja«, bestätigte sie mir. »Es gibt eine Verbindung zwischen uns. Wir waren einmal gleichrangig, dann kam es zu gewaltigen Machtkämpfen, und ich musste weichen. Der Spuk hat das Kommando übernommen, ich wurde zur Dunkelwelt verflucht, zu einem Dämon ohne Licht. In meiner Welt gibt es nur die Finsternis, und die bin ich selbst.«

Ein bisschen unverständlich das alles. So ganz kam ich nicht mit. »Was hat das denn mit Asmodina zu tun?«

»Sie hat sich ein paarmal an mich erinnert und wollte mich

auf ihre Seite ziehen, ich aber ahnte ihre Niederlage voraus und ließ es bleiben. Als Asmodina nicht mehr war, kam ich frei. Der Teufel hat sich auf meine Seite geschlagen. Asmodis löste den magischen Bann, den der Spuk um mich gelegt hatte, und es gelang mir, deine Welt zu erreichen. Ich werde ein gewaltiges Reich regieren und werde aus den Menschen Schatten machen, das verspreche ich dir.«

»Du willst sie töten, so wie du es mit dem Rocker getan hast?«

»Ja, ein Körper vergeht. Er rieselt als schwarzer Staub zu Boden, doch seine Seele bleibt in meinen Klauen. Und sie kann ich sichtbar machen, und zwar als ein konturenloses Etwas, das überall eindringen kann. Die Seele hat sämtliche Informationen über den Körper gespeichert, sie ist auch in der Lage, diese Informationen wieder abzugeben und ein Ebenbild des Menschen zu schaffen. Allerdings nicht drei-, sondern mehr vierdimensional.«

Jetzt hatte ich die Erklärung, weshalb Jerry Shayne von mir in der Mauer zu sehen gewesen war. Eine raffinierte Taktik, das musste ich ehrlich zugeben.

»Und dir macht es nichts aus, im Hellen zu sein?«, fragte ich.

»Nein, denn dieses Licht stört mich nicht.«

»Welches denn?«

»Ein anderes, ein magisches.«

»Vielleicht das?«, rief ich, hob mit einem Ruck den Arm und zeigte ihr mein Kreuz …

»Wir haben sie!«

Drei Worte sagte Solo Morasso nur, aber in diesen drei Worten schwang all das mit, was er empfand.

Triumph, Genugtuung und die Gewissheit, der Sieger zu sein. Er hatte Kara auf eine Liege geschleudert und das Schwert an sich genommen. Sie befanden sich dort, wo Doktor Tod das große Becken hatte anlegen lassen, das mit den Piranhas. Dabei war ihm ein wahrlich teuflischer Gedanke gekommen, den er auch in die Tat umsetzen wollte, doch erst einmal musste Kara aus ihrer Bewusstlosigkeit erwachen.

Lady X hatte sie ziemlich hart erwischt. An der Stirn war die Haut aufgeplatzt. Ein Blutfaden sickerte aus der Wunde, rann dicht am Auge vorbei und lief über die Wange.

»Tot ist sie ja wohl nicht«, stellte Solo Morasso mit einem fragenden Blick auf Kara fest.

»Nein, so hart habe ich nicht zugeschlagen.«

»Das will ich dir auch geraten haben, meine Liebe. Wir brauchen sie nämlich noch.«

»Als Druckmittel?«

»Genau.«

Lady X lachte. »Dann willst du, dass Myxin herkommt.«

»Ja, ich will ihn hierher in den Bunker locken. Das ist mein ganzes Sinnen und Trachten. Er soll erleben, wie seine Geliebte Kara von den Piranhas zerfetzt wird.« Morasso lachte heiser und schlug sich dabei auf die Schenkel. »Ich habe lange genug warten müssen. Es ist der erste große Sieg nach Asmodinas Vernichtung.« Er stockte und kreiselte herum, damit er die Scott anschauen konnte. »Vielleicht ist es sogar gut, dass die Mordliga reduziert wurde. So nämlich können wir effektiver arbeiten und zuschlagen.«

»Wie du meinst.«

Doktor Tod warf einen Blick auf das Becken. Es war nicht sehr groß und hatte eine viereckige Form. Ringsum standen Kübel mit Pflanzen, und es gab sogar Liegen an den Rändern. Auf den dunkelrot schimmernden Polstern ruhte sich Solo Morasso hin und wieder aus, wobei der dem Treiben der Fische zuschaute.

Ein Eimer mit Fleisch stand an jeder Liege. Die rohen Brocken waren zusammengepresst, ein ekliger Blutgeruch schwebte über den Gefäßen. So kalt dieser Raum eingerichtet war, man spürte doch die unheimliche Atmosphäre, besonders dann, wenn die kleinen glitzernden Leiber aus dem Wasser schossen und im hohen Bogen wieder zurückglitten.

Piranhas – Killerfische.

Doktor Tods Lieblinge!

Da Kara noch immer in tiefer Bewusstlosigkeit lag, wollte sich Doktor Tod die Zeit vertreiben. Er legte das Schwert mit der goldenen Klinge zu Boden, da er Kara bei Lady X in guten Händen wusste. Dann trat er an den in der Nähe stehenden Eimer heran und holte zwei Fleischbrocken hervor. Das Blut rann an seinen Fingern entlang, als er das Fleisch anhob und ins Wasser schleuderte.

Sofort waren sie da.

Morasso lachte, er sah, wie die Oberfläche aufschäumte und sich die kleinen Piranhas regelrecht festbissen. Rasend schnell hackten ihre Nager in den blutigen Brocken. Sie waren so wild, dass sie aus dem Wasser sprangen, sich wieder zurückwarfen, um erneut die Beute mit ihren Zähnen zu traktieren.

Morasso rieb sich die Hände. So und nicht anders wollte er es haben. Mit der gleichen Fresswut würden sie sich auch auf Kara stürzen, wenn er sie in das Becken schleuderte.

Aber er wollte es spannend machen. Kara wäre nicht das erste Menschenopfer gewesen, das in diesem Becken seinen Tod gefunden hätte. Solo Morasso hatte sich da etwas Besonderes einfallen lassen. Es war ein am Kopfende des Beckens montierter Flaschenzug, der über Rollen lief und anstelle eines Hakens eine Schlinge hatte, in die man das Opfer hineinhängen konnte.

Vor dem Flaschenzug blieb Doktor Tod stehen und schaute hoch. Seine Lippen bewegten sich dabei. Er sprach mit sich selbst, doch kein Wort drang aus seinem Mund.

»Ein herrliches Instrument!«, hörte er stattdessen Lady X sprechen. »Ich würde es einsetzen, sonst rostet es.«

Er drehte den Kopf. »Ja, du hast recht. Wir werden dafür sorgen, dass es nicht einrostet. Soll ich dir helfen?«

Die Vampirin lachte. »So etwas wie die schaffe ich allein. Ganz allein«, erklärte sie, bückte sich und hob Kara von der Liege. Beinahe lässig warf sie die Schöne aus dem Totenreich über die Schulter, schritt um das Becken herum und blieb neben Doktor Tod stehen.

»Wie gut, dass ich einen Motor habe einbauen lassen«, sagte er und betätigte einen Knopf.

Eine Winde setzte sich in Bewegung. Sie sorgte dafür, dass die Schlinge nach unten gelassen wurde und sich der Wasseroberfläche näherte. Als sie die richtige Höhe hatte, stoppte Solo Morasso den teuflischen Apparat.

Sein Gesicht zeigte ein Lächeln, als er auf die schwarzhaarige Frau schaute. Es war ein kaltes, böses Lächeln, und sein Gesicht verzog sich kaum dabei. Die Augen blieben kalt wie die der im Becken schwimmenden Fische.

Er trug wie immer seinen dunkelgrauen hochgeschlossenen Anzug, der ihn ein wenig an einen Soldaten erinnerte. Das Haar war kurz geschoren, eine Bürste, der Kopf wirkte eckig, die Haut hatte die Farbe von Beton. Solo Morasso, das Betongesicht.

So hatte man ihn einmal genannt, damals, in Sizilien, als er noch Mafiafürst gewesen war. Auch heute hielt er die Verbindungen zu den Mafiosi aufrecht. Heute, als Mensch-Dämon, verbreitete sein Name noch immer Angst und Schrecken.

Doktor Tod streckte den Arm aus und griff nach der Schlinge. Er zog sie so nahe an den Beckenrand heran, dass es keine Schwierigkeiten geben würde, die Bewusstlose hineinzuhängen.

»Fass mit an!«, befahl er.

Lady X verzog die Lippen. »Wüsste nicht, was ich lieber täte«, sagte sie und bückte sich.

Gemeinsam hievten Doktor Tod und Lady X die bewusstlose Kara in die Höhe. »Am liebsten würde ich sie jetzt schon in das Becken stoßen«, sagte die Vampirin.

»Das glaube ich dir. Aber man gibt so einen wertvollen Trumpf nicht zu leicht aus der Hand.«

»Mal sehen, ob er sticht.«

Es war für die beiden ziemlich mühevoll, die Schöne aus dem Totenreich in die Schlinge zu hängen. Man musste sie unter die Achseln herführen, dann saß sie fest. Die Beine baumelten nach unten. Sehr stark durfte das Wasser im Becken nicht bewegt werden, dann schäumte es über die Füße der in der Schlinge hängenden Kara.

»Ja, so ist es gut«, lobte und begutachtete Doktor Tod sein Werk. »Was meinst du, Lady X?«

Die Untote war ebenfalls zufrieden. »Aber was ist, wenn Myxin hier eintrifft?«

»Da habe ich noch den Nebel.«

»Wieso …«

»Ich werde mithilfe des Todesnebels einen Ring um die Festung ziehen. Da kommt der Magier nicht durch. Es gibt für ihn danach nur eine Möglichkeit. Er, als Teleporter, muss in das Zentrum dieser Anlage springen, und das ist eben hier.«

Lady X dachte einen Moment über die Worte nach. »Nicht schlecht, wirklich nicht schlecht.«

»Sag ich doch.«

»Aber der Todesnebel draußen kann auch die Zombies oder roten Vampire vernichten.«

»Na und?«

»Das wird Xorron und Vampiro-del-mar überhaupt nicht gefallen, sollte es eintreten.«

»Sie können sich vorher zurückziehen, dazu gebe ich ihnen die Gelegenheit.«

»Wie du meinst …« Die Scott drehte sich um und warf noch einen Blick auf die in der Schlinge hängende Kara.

Es war der Moment, als die Schöne aus dem Totenreich die Augen aufschlug …

Da war mein Kreuz!

Ich hatte die Faust vorgestreckt, wollte mich nicht mehr auf langes Reden einlassen, sondern handeln. Dieses Wesen musste vernichtet werden, bevor es richtig zuschlagen konnte.

Und wie mein Kreuz reagieren konnte, das hatte ich bei Jerry Shayne erlebt. War Alassia vorhin noch so siegessicher gewesen, so sah sie sich nun mit einer Magie konfrontiert, gegen die sie kaum etwas ausrichten konnte.

Zudem strahlte das Kreuz in meiner Hand auf.

Aber auch Alassia reagierte. Ich schaute über das Kreuz hinweg und sah, wie sich ihre Augen veränderten. Sie füllten sich mit einer unheimlichen tiefen Schwärze, die nicht nur auf die Augen beschränkt blieb, sondern sich ausbreitete und als Wolke die Herrin aus der Dunkelwelt umschwebte.

Das war also diese schwarze Todeswolke. Ich hatte schreckliche Angst, dass sie die anderen Menschen in ihren Bann ziehen und zu schwarzem Staub auflösen würde. Deshalb musste ich etwas tun, bevor die Wolke sich noch weiter ausbreitete.

Mit langen Sätzen sprang ich vor und stürmte dabei in die Wolke hinein.

Es war fantastisch. Mein Kreuz hieb eine regelrechte Schneise. Ein heller Tunnel entstand in der Wolke. Rechts und links davon waberte die Schwärze, aber sie wurde permanent durch zuckende Lichtexplosionen aufgerissen.

Dann war die Wolke verschwunden. Wie ein zerplatzender Luftballon, so wurde sie in die verschiedensten Richtungen fortgeschleudert. Lange, bizarre Fetzen, die irgendwann vergingen.

»Du hast eine sehr starke Waffe, John Sinclair«, sagte eine Stimme neben mir.

Ich drehte mich um und schaute in das lächelnde Gesicht der Dämonin Alassia.

Von wegen vernichtet! Nein, sie stand noch da und blickte mich spöttisch an. Der Wind hatte mit ihren langen Haaren gespielt und sie ein wenig zur Seite geweht, sodass ich ihren gut gewachsenen Körper bewundern konnte.

»Du hast dem Kreuz widerstanden?«, fragte ich lauernd.

»Wie du siehst!«

Sie winkte ab und tat es mit einer lässig wirkenden Geste. »Ich war längst aus dem Schatten hinaus, du hast nur die Wolke zerstört, ich existiere weiterhin.«

»Was willst du?«

»Das habe ich dir schon einmal gesagt.«

»Sicher hast du das, aber ich bin nicht gewillt, dich auf der

Erde am Leben zu lassen. Du sollt vernichtet werden, Alassia. Du gehörst nicht hierher. Zurück in dein Reich!«

Während ich das letzte Wort rief, warf ich mich vor. Ich wollte so schnell sein, dass sie nicht mehr dazu kam, eine Gegenmagie aufzubauen. Doch da war etwas, das mich hinderte, mein Vorhaben in die Tat umzusetzen.

Nicht Alassia, die Rächerin aus der Dunkelwelt, sondern ein Dritter griff in den Kampf ein. Mein rechtes Handgelenk wurde gepackt, und jemand drehte mir den Arm nach hinten.

»Nicht, John!«, schrie jemand.

Ich blieb tatsächlich in der Haltung, denn ich hatte die Stimme erkannt.

Myxin stand neben mir.

Langsam drehte ich den Kopf. Der kleine Magier hatte für Alassia keinen Blick, er schaute nur mich an, und ich las so etwas wie Furcht in seinen Augen.

»Was ist denn geschehen?«

»Kara!«

»Wie?«

»John, begreife. Es geht um Kara. Sie befindet sich in der Gewalt von Solo Morasso!«

»Auch das noch!«, flüsterte ich. Jetzt verstand ich erst, was Myxin mir da mitgeteilt hatte. Doktor Tod war es gelungen, Kara in seine Gewalt zu bringen. »Aber wie?«

»Dafür ist keine Zeit mehr, dir das zu erklären …« Er drehte sich um. »Ich …« Auf einmal sah er die Wolke und darin die Gestalt der Alassia. »Sie ist an allem schuld!«, rief der kleine Magier. »Nur sie. Ihre verdammte Dunkelwelt, und der Trank des Vergessens ist auch bei ihr. Hast du ihn?«

Alassia lachte laut auf. »Du und Kara!«, schrie sie. »Was hast du mit der Schönen aus dem Totenreich zu tun? Ich weiß, dass sie den Trank sucht. Und in meiner Welt …« Sie verstummte.

Ich schüttelte den Kopf. Ehrlich gesagt, im Moment wusste ich mir keinen Rat. Es war ein völliges Durcheinander. Ich verstand die Vorgänge nicht mehr richtig und wunderte mich auch über den kleinen Magier, der fast durchdrehte.

»Wo ist der Trank?«, schrie er Alassia an. Aus seinen gespreizten Fingern schlugen grüne Blitze, und sie trafen mit vehementer Wucht den Körper der Dämonin.

Ich sah sie einschlagen. Es war schlimm. Für einen Moment hatte ich das Gefühl, als würden die Blitze Alassia zerreißen. Sie zerschnitten den Körper in mehrere Teile. Wie die eines Puzzles schwebten sie unabhängig voneinander in der Luft, wobei die ursprüngliche Form noch beibehalten wurde.

»Wo ist der Trank?«

Myxin beging einen Fehler. Er schloss die Hände wieder. Augenblicklich wuchs Alassia wieder zusammen. Und bevor ich eingreifen konnte, löste sich Alassia freiwillig auf.

Abermals entstand die absolute Schwärze, die so stark war, wie ich sie noch nie zuvor gesehen hatte. Eine wallende Wand, die in der Luft schwebte und im nächsten Augenblick verschwunden war.

»Wir sehen uns wieder …«

Aus weiter Ferne klang die Stimme an unsere Ohren, dann war Alassia verschwunden – und hatte gleichzeitig ihre Magie aufgehoben. Die Menschen standen nicht mehr unter ihrem Bann. Die Lähmung löste sich. Man konnte sich wieder normal bewegen.

Stimmengewirr kesselte uns ein. Auf der Straße war es zu einem mittleren Chaos gekommen. In der Ferne hörte ich das Heulen von Polizeisirenen, auch die Sonne kam wieder durch, ich spürte ihre Hitze und fragte Myxin: »Was ist jetzt?«

»Wir müssen zu Morasso!«

Er hatte die Worte kaum ausgesprochen, als er mich anfasste. Zuletzt sah ich noch meinen Freund Suko, dann verschwand die Welt um mich herum, als Myxin mit mir zusammen den Teleporter-Sprung durchführte.

Das Nichts nahm uns auf …

Im ersten Augenblick wusste Kara überhaupt nicht, was geschehen war. In ihrer Erinnerung klaffte ein Loch. Sie hatte zwar die Augen aufgeschlagen, schaute sich auch um, aber sie konnte nicht feststellen, wohin man sie gebracht hatte.

Da war alles so fremd, so anders, sie wollte gehen und merkte, dass ihre Beine in der Luft schwebten. Es gab überhaupt keinen Kontakt zum Boden mehr.

Obwohl sie sich noch nicht zurechtfand, wusste sie doch, dass sie in Schwierigkeiten steckte. Das alles konnte nicht normal sein. Zumindest hätte sie einen Kontakt mit der Erde spüren müssen.

Kara senkte den Blick.

Unter ihr schimmerte es. Da war eine hellere Fläche, die sich bewegte und auch Wellen produzierte.

Wasser!

Meine Güte, sie befand sich über einem Wasser und nahm erst jetzt den Druck unter ihren Achseln wahr.

Man hatte sie aufgehängt!

Glasklar wusste Kara, was mit ihr geschehen war. Und jetzt fielen ihr auch die Ereignisse der Vergangenheit ein. Sie dachte an Alassia, an Doktor Tod, den Kampf auf der Insel und daran, dass man sie überwältigt hatte. Ihr letzter Eindruck war eine Frau gewesen, die auf sie zustürmte und mit irgendeinem Gegenstand zugeschlagen hatte.

Danach war das Aus gekommen.

»Sie ist wieder da, unser kleiner Gast«, vernahm Kara eine spöttische Stimme. Von links war sie aufgeklungen. Unter großen Mühen drehte die Schöne aus dem Totenreich den Kopf.

Sie sah Lady X. Die Vampirin zeigte ihre beiden spitzen Zähne und hatte am Beckenrand Aufstellung genommen. Wieder einmal hielt sie ihre Maschinenpistole in der Hand, die Mündung wies auf die über dem Wasser hängende Kara, als hätte die Scott Angst, dass die Schöne aus dem Totenreich trotz ihrer miesen Lage noch durchdrehen und sie angreifen könnte.

Die beiden Frauen starrten sich an. Kara erkannte die blanke Gier und den unversöhnlichen Hass in den Augen der ehemaligen Terroristin, und sie wusste, dass man sie töten wollte. Zu den Füßen der Blutsaugerin lag ihr Schwert. Die einzige Waffe, die ihr geholfen hätte, war unerreichbar. Ihre Feinde hatten genau gewusst, wie man sie wehrlos machte, und als Kara ihren Blick abermals senkte, da glaubte sie, dicht unter der Wasserfläche Bewegungen zu sehen. Es waren schnelle, huschende Bewegungen, quirlig, mit den Augen kaum zu verfolgen.

»Freust du dich schon auf die Fischlein?«, erkundigte sich die Vampirin höhnisch.

»Welche Fischlein?«

»Ach so. Vielleicht kennst du sie nicht. Es sind Piranhas. Manche sagen, dass sie schrecklicher als Haie wären, und der Meinung schließe ich mich an. Willst du mal sehen?« Lady X lachte, während sie sich bückte. Die MPi hatte sie in die linke Hand gewechselt. Sie ging in der geduckten Haltung einige Schritte weiter und holte aus einem Eimer einen frischen, noch blutigen Fleischbrocken. Für einen Moment behielt sie ihn in der Hand, drehte ihn so, dass Kara ihn genau sehen konnte, bevor die Scott ihn in das Becken schleuderte.

Im Nu war der Teufel los. Das Wasser begann zu kochen. Es gischtete und brodelte auf. Plötzlich spritzten Fontänen in die Höhe. Der Fleischklumpen schien sich zu bewegen. Unzählige kleine, silbrig glänzende Leiber hatten sich an ihm festgehakt und sägten mit ihren messerscharfen Zähnen das Fleisch von den Knochen.

Manche Fische sprangen auch aus dem Wasser. Einige sogar sehr dicht vor Kara, die wusste, was mit ihr geschehen würde, wenn sie mit den Tieren in Berührung kam.

So schnell es ging, hob Kara die Füße an. Das war auch nötig, denn drei Fische schleuderten ihre Körper aus den Fluten und schnappten bereits nach ihren Zehen.

Karas Gesicht verzerrte sich. So wie sie da hing, war es fast unmöglich, die Stellung zu halten. Ihr Gewicht drückte, sie musste einfach die Beine ausstrecken und konnte es auch riskieren, da sich die Fische jetzt mehr um das Fleisch kümmerten und es nur noch Sekunden dauerte, bis sie es restlos aufgefressen hatten. Für einen Moment schwammen noch zwei Knochen auf der Oberfläche, dann sanken sie langsam in die Tiefe.

»Nun«, höhnte Lady X, »wie hat dir die kleine Demonstration gefallen?«

Kara war leichenblass geworden. Schweiß stand auf ihrer Stirn. Sie schwieg, eine Antwort geben konnte sie nicht, dazu saß der Schock zu tief.

»Diese Piranhas freuen sich besonders auf Menschen«, erklärte die Scott kalt. »Sie sind gewissermaßen ein Festessen für sie. Und nun rate mal, welchen Tod wir für dich vorausgesehen haben, kleine Kara?«

»Du bist eine Bestie!«

»Ja, das bin ich in der Tat.« Lady X lachte. »Schade, ich hätte dir einen anderen Tod gewünscht. Einen süßeren, einen viel schöneren, aber leider war das nicht zu machen. Ich hätte dich gern als Vampir gesehen, glaub mir.«

»Darauf kann ich verzichten.«

»Du wirst in den Sekunden deiner Todesqualen anders darüber denken«, gab Lady X kalt zurück.

Da schauderte Kara und schwieg. Sie wollte sich nicht noch mehr aufputschen lassen, es war schlimm genug, was man mit ihr anstellte, es sollte nicht weiter durch Worte untermalt werden.

Bisher hatte die Scott nur von ihr gesprochen und nicht von Myxin. Befand er sich noch auf der Insel? War er gefangen genommen worden, oder war ihm die Flucht gelungen?

Wenn ja, sah Kara noch einen rosigen Streifen am Horizont. Dann war es durchaus möglich, dass er sich in ihrer Nähe befand und versuchen würde, sie zu befreien.

Aber sie dachte auch an den gefährlichen Todesnebel. So wie sie rechneten ihre Gegner sicherlich auch. Der Nebel war die große Waffe eines Solo Morasso, und Kara glaubte, dass sich Doktor Tod ebenfalls in der Nähe aufhielt.

Sie hörte Schritte, und ihre Gedankengänge wurden unterbrochen. Langsam drehte sie den Kopf nach links, denn aus dieser Richtung war das Geräusch der Schritte aufgeklungen.

Ein Mann erschien.

Doktor Tod.

Er hielt den Würfel des Unheils zwischen seinen Händen. Kara ahnte, dass sie mit ihrer Vermutung recht behalten hatte. Der Todesnebel war von ihm eingesetzt worden. Sie erhielt auch gleich darauf die Bestätigung. Ohne Kara zu beachten, sagte Doktor Tod zu Lady X gewandt: »Um die Festung liegt der Ring. Wer ihn durchbrechen will, wird aufgelöst.«

»Gut!«, lobte die Vampirin ihren Chef. »Sehr gut.«

Erst jetzt drehte sich Solo Morasso und schaute die in der Schlinge hängende Kara an. »Na, wie geht es denn unserem Gast?«, höhnte er.

Die Schöne aus dem Totenreich gab keine Antwort.

Doktor Tod lächelte kalt. »Ich kann mir vorstellen, dass die Lage nicht bequem ist, aber die Umstände zwangen mich zu dieser Lösung. Zudem warten wir noch auf deinen Begleiter. Er ist uns tatsächlich entkommen.«

In Karas Augen blitzte für einen Moment so etwas wie Hoffnung auf, Morassos folgende Worte allerdings zerstörten sie sofort wieder.

»Sollte er wirklich kommen, kann er draußen nicht bleiben. Da er die Gabe der Teleportation besitzt, muss er sich in die Festung teleportieren, und hier erwarten wir ihn.«

So etwas hatte sich Kara schon gedacht. Und sie konnte sich gut vorstellen, mit welch einer Akribie die Falle aufgebaut worden war. Wahrscheinlich hatte Myxin überhaupt keine Chance.

Doktor Tod war noch nicht am Ende. »Wenn Myxin hier erscheint, wird er dich sehen und versuchen, dir zu helfen. Was dann geschieht, kannst du dir vorstellen. Die Fische freuen sich schon ...«

Morasso begann zu lachen, und Lady X stimmte in das Ge-lächter mit ein. Für die beiden war alles klar. Schiefgehen konnte nach ihren Berechnungen überhaupt nichts mehr ...

Auch Suko, der es an und für sich gewohnt war, schnell zu reagieren, hatte seine Mühe, sich zurechtzufinden. Er wusste nicht mehr, wie ihm geschah, als er wie nach einem langen Schlaf und einem schweren Traum aufwachte.

Die Umgebung war fremd, die Stimmen klangen so anders. Er hörte Schreie, Sirenen, schüttelte den Kopf und merkte, wie der seltsame Druck in seinem Schädel sich allmählich verflüchtigte.

Dann schaute er auf.

Suko hatte Glück. Er blickte in die Richtung, wo der Geisterjäger und Myxin standen. Aber wo kam der Magier so plötzlich her? Bevor Suko eine Antwort finden konnte, verschwanden John Sinclair und Myxin.

Zeitsprung!

Suko knirschte mit den Zähnen. Er selbst beherrschte die Gabe der Teleportation nicht, Myxin war ihm da weit voraus, und er musste, so leid es ihm auch tat, bleiben.

Ein langer, sich drehender roter Streifen wischte durch die Luft. Ausgelöst durch eine rotierende Sirene auf einem Polizeifahrzeug. Der erste Wagen bog in die Straße und musste stoppen, weil er nicht weiterkonnte. Sekunden später trafen die nächsten beiden Streifenwagen ein und mit ihnen zusammen ein Fahrzeug der Ambulanz.

Die Polizisten sperrten sofort die Straße. Sie sahen sich Menschen gegenüber, die kaum Bescheid wussten. Es hatte mehrere Unfälle gegeben, über die Ursache allerdings konnte niemand etwas Genaues sagen.

Männer in weißen Kitteln hasteten zu den Verletzten. Eine Trage wurde herbeigeschafft.

Suko, der mit den uniformierten Kollegen reden wollte, hatte Mühe, sich durch die aufgeregten Menschen zu schieben. Jeder wollte etwas sagen, man redete auf die Polizisten ein, und der Chinese schnappte sich kurzerhand den Einsatzleiter am Arm und zog ihn zur Seite.

Der Mann wollte protestieren, sah zuvor allerdings auf Sukos Ausweis und verstummte.

Der Inspektor lächelte, als er den fragenden Blick des Mannes auf sich gerichtet sah.

»Ich bin nur Zeuge«, sagte er, »und kann Ihnen auch nicht weiterhelfen. Es wird keinen Sinn haben, wenn Sie lange nach der Ursache des Unfalls forschen.«

»Wieso? Ich …«

»Es war ein Blackout«, versuchte Suko zu erklären. »Vielleicht eine Folge der Hitze, was weiß ich. Sie können auch Massenpsychose dazu sagen.«

Der Beamte kratzte sein Kinn. »Mann, Inspektor, machen Sie mich nicht wahnsinnig.«

»Es ist aber so.«

»Und die Verletzten?«

»Sind eine Folge dieser Psychose.«

Der Beamte zog seinen Mund schief. So recht wollte er das nicht glauben, was ihm Suko mitteilte. »Also, ich weiß nicht. Ich habe schon vieles erlebt, aber …«

»Nehmen sie es so hin, und sorgen Sie nur dafür, dass der technische Ablauf der Dinge gewährleistet ist. Okay?«

»Natürlich, Sir.«

»Kann ich von Ihrem Wagen telefonieren?«

»Sicher.«

Sukos Schritte wirkten müde, als er zum Streifenwagen ging. In seinem Magen saß ein Kloß. Er wollte mit seinem Chef, Sir James Powell, sprechen und ihm einiges erklären.

Über John Sinclair konnte er ihm nichts sagen. Und das bereitete Suko schwere Sorgen …

Der Teleporter-Sprung löschte bei mir sämtliche Gedanken und Gefühle aus. Man überwindet Räume und auch Zeiten, befindet sich in einem Nichts, einem Vakuum und kann erst wieder voll denken, wenn das Ziel erreicht ist.

In unserem Fall die Insel an der Südspitze Feuerlands. Doktor Tods Hauptquartier.

Plötzlich waren wir da. Die Leere und die Dunkelheit verschwanden. Ich kam mir vor, als hätte jemand einen Vorhang zur Seite gezogen, wobei man mir nun eine freie Sicht gestattete.

Ich sah das Meer.

Graugrüne Wellen, die gegen einen leeren Strand anrannten. ein kalter, scharfer Wind durchschnitt meine dünne Kleidung. Schließlich war ich aus dem Sommer in den Winter gekommen. Dicke Schneewolken am Himmel.

Ich fror und zog die Schultern hoch.

Myxin sagte: »Wir sind da, John!«

»Ja, das sehe ich.« Einmal drehte ich mich im Kreis und musste gegen den plötzlichen Schwindel angehen. Was ich sehen wollte, das hatte ich gesehen, und es stimmte mich nicht eben fröhlich.

Das Hauptquartier des Doktor Tod und seiner restlichen Mordliga lag unter einem Nebel.

Es war der Todesnebel!

Mein Magen zog sich zusammen, als ich in diese grauen Wolken starrte. Ihre Gefährlichkeit hatte ich bereits des Öfteren erlebt. Wer mit diesem Nebel in Berührung kam, dem erging es schlecht. Er wurde auf grausame Art und Weise getötet, denn der Nebel brachte es fertig, ihm das Fleisch von den Knochen zu lösen, sodass der Bedauernswerte als Skelett seinen Tod fand.

Ich starrte ihn an.

Unheimlich sahen die grauen Schwaden aus, durch die hin und wieder lange, grüne Schlieren liefen. Ich spürte die Nähe meiner Todfeinde, und mein Magen hatte sich zusammengezogen.

Aber niemand ließ sich blicken.

Weder Doktor Tod, Xorron, Vampiro-del-mar noch Lady X.

Myxin hatte meine Gedanken erraten. »Sie werden sich in der Festung befinden«, sagte er.

»Mit Kara?«

»Ich hoffe es.«

Myxin war deprimiert. Früher, als Asmodina noch Jagd

auf ihn machte, hatte ich ihn in diesem Zustand erlebt. Nach ihrem Tod war es das erste Mal, dass er so reagierte. Ich wollte irgendetwas tun und legte ihm eine Hand auf die Schulter.

»Keine Sorge, wir schaffen es schon, auch in der Höhle des Löwen.«

»Hoffentlich.«

Ich kannte die Insel und wusste auch, dass sich außer den Mitgliedern der Mordliga noch andere Wesen dort aufhielten. Zombies, die zu Xorron gehörten, auf seiner Seite standen und nur seinen Befehlen gehorchten. Aber selbst von diesen Wesen sah ich nichts.

Über der Insel lag ein unsichtbarer, gefährlicher Ring der Ruhe. Eine regelrechte Schweigezone, ein lauerndes Abwarten, das wir irgendwann durchbrechen mussten.

Träge wallte der Nebel. Wellen schlugen hart gegen den Felsenstrand, in der Ferne verschwammen Meer und Horizont zu einem dunstigen Grau.

»Komm«, sagte ich leise.

»Wir können den Ring nicht durchbrechen«, sagte Myxin leise. »Du vielleicht, weil du das Kreuz hast, aber ich nicht …«

»Wir werden uns in die Festung teleportieren.«

Myxin schaute mich nur an. Dann schluckte er. »Ja, es ist die einzige Chance.«

Als er nach meiner Hand griff, merkte ich, wie sehr seine Finger zitterten. Myxin musste Schlimmes durchmachen, die Sorge um Kara ließ ihn zu einem anderen werden.

Fast unvorstellbar, wenn ich daran dachte, dass die beiden vor langer Zeit einmal Todfeinde gewesen waren.

Aber das hatte sich in Atlantis abgespielt, vor dem Untergang des gewaltigen Kontinents.

Dann erfolgte der Sprung.

Schlagartig verschwand die wildromantische Umgebung vor meinen Augen, und einen Lidschlag später befanden wir uns woanders.

Im Innern der Festung! In Doktor Tods Hauptquartier.

Als ich daran dachte, lief es mir doch kalt den Rücken hinab.

Auch ich hatte Gefühle, und so einfach ging das alles nicht an mir vorbei, da war ich ehrlich genug.

Wir standen in einem langen Gang, er war kahl. Betonwände vermittelten einen bunkerähnlichen Eindruck. Hier kam niemand so leicht heraus, wenn Morasso es nicht wollte.

Ich drehte mich um und sah hinter mir das stabile Eisentor des Eingangs. Wäre der Nebel nicht gewesen, hätte ich versucht, es zu öffnen, so aber mussten wir uns auf das Innere der Festung beschränken.

Auch Myxin schaute sich um. Wir wussten nicht, wie viele Räume und Verliese es hier gab, demnach blieb uns nichts anderes übrig, als uns durchzuschlagen.

Weißes Licht strahlte von den Lampen an der Decke. Es ließ die Wände und den Boden noch glatter, unpersönlicher und auch kälter erscheinen. Wir sahen graue Türen, die von dem Gang abzweigten, die meisten waren verschlossen, und wir entdeckten plötzlich die starren Glotzaugen der Kameras.

Wir wurden überwacht!

Ich machte Myxin darauf aufmerksam. Der kleine Magier mit der grünlich schimmernden Haut schüttelte sich, als hätte er einen Guss Wasser abbekommen.

Wenn Solo Morasso wirklich vor einem Monitor saß, brauchten wir nicht mehr leise zu sein oder zu versuchen, Deckungen auszunutzen. Am Ende des Ganges befand sich eine Tür. So rasch wie möglich liefen wir darauf zu und hatten sie noch nicht erreicht, als sie von der anderen Seite aufgestoßen wurde.

Nach links und rechts spritzten wir in Deckung. Es konnte durchaus sein, dass Lady X erschien und sofort schoss.

Diese Befürchtung traf nicht ein. Aber wir sahen zwei andere Gestalten. Zombies! Sie torkelten durch die Tür, waren mit Knüppeln bewaffnet und suchten uns.

Dem einen jagte ich meinen geweihten Silberdolch genau zwischen die Rippen. Er stieß ein schreckliches Ächzen aus, wollte hochspringen, jedenfalls sah es so aus, und fiel dann zusammen.

Allmählich löste er sich auf.

Der zweite hatte Myxin an die Wäsche gewollt. Da kam er gerade richtig. Der kleine Magier war in einer regelrechten Zombie-Vernichtungsstimmung. Er schien unter Strom zu stehen, hatte sich fast aufgeplustert und vernichtete den lebenden Toten mit seinen aus den Händen schießenden grünen Strahlen.

Zwei Gegner weniger.

Wir sprangen über die vergehenden Gestalten hinweg und tauchten in den Gang hinter der Tür ein.

Kaum waren wir drei Schritte gelaufen, als uns eine heisere Lautsprecherstimme entgegenhallte. »Kommt nur weiter, ihr beiden. Und ich begrüße besonders dich, John Sinclair. Mit dir hätte ich nicht gerechnet, umso besser, dass du mitgekommen bist, dann können wir gleich zwei Fliegen mit einer Klappe schlagen.«

Wir waren entdeckt worden. Klar, es hatte ja nicht ausbleiben können, und Solo Morasso konnte Triumphe feiern.

Es hatte keinen Sinn, weiter durch die Gegend zu laufen, deshalb blieben wir stehen und warteten auf weitere Erläuterungen. Wir hoben unsere Köpfe an und sahen unter der Decke die Rillen eines Lautsprechers dicht neben einem Kameraauge.

»Ich freue mich, euch hier in meiner Festung begrüßen zu können, und werde euch als Gastgeber gern zu mir leiten. Folgt nur meinen Anweisungen, dann kann nichts geschehen.« Nach diesen Worten dröhnte uns ein höhnisches Gelächter entgegen.

Es kümmerte uns nicht. In dieser Festung war Solo Morasso der große Meister. Wir konnten nichts anderes tun, als seinen Anordnungen Folge leisten.

Er dirigierte uns erst durch den Gang, und bevor wir sein Ende erreicht hatten, mussten wir stoppen.

»Geht durch die rechte Tür!«

Scharf wandten wir uns um. Eine Klinke gab es an der Tür nicht. Auch keinen anderen Griff, deshalb standen wir ziemlich ratlos davor. Das Problem löste sich sehr schnell. Auf einen Kontakt hin schob sich die graue Eisentür zur Seite, und wir hatten freien Eintritt.

Ich wusste nicht, ob es das Allerheiligste dieser Festung war, aber fast sah es mir so aus.

Dahinter lag ein Raum, der auch in einen Bond-Film früherer Art gepasst hätte.

Eine Reihe von Monitoren waren in einem Halbkreis aufgebaut worden. Die einzelnen Schirme standen auf Konsolen, auf deren Oberseite ich zahlreiche Hebel und Knöpfe entdeckte. Von hier aus konnten die verschiedensten Funktionen innerhalb der Festung ferngesteuert werden.

Obwohl der gesamte Raum nichts Übersinnliches oder Unheimliches hatte, lief es mir doch kalt den Rücken hinab, als ich mich so umschaute. Vor allen Dingen entdeckte ich auch die zweite Tür, die in einen anderen Raum führte.

Einen Ausschnitt konnte ich erkennen. Wenn mich nicht alles täuschte, gab es dort ein Wasserbecken, ähnlich einem Pool.

Ich dachte an meine Waffen. Kreuz, Beretta und Dolch. Auch die magische Kreide steckte in meiner Tasche, mehr hatte ich nicht.

Und Myxin war nur auf sich selbst und seine magischen Kräfte angewiesen, die er einsetzen konnte.

Würde es reichen?

»Was steht ihr da herum?«, höhnte Doktor Tod. »Los, kommt!« Diesmal sprach er nicht über Lautsprecher, er hielt sich im Nebenraum auf.

An den Monitoren gingen wir vorbei. Von dort aus waren es nur wenige Schritte bis zum Durchlass.

Wir übertraten die Schwelle und blieben dicht dahinter wie angewurzelt stehen.

Man erwartete uns.

Und Doktor Tod hatte alles aufgeboten, was in seiner Mordliga noch Rang und Namen hatte …

»Herzlich willkommen«, sagte er mit beißendem Spott und deutete selbst eine Verbeugung an …

Da standen sie nun!

Ganz links Xorron, der Herr der Zombies und Ghouls. Eine unheimliche Gestalt mit einer milchigen Haut, durch die dunklere Knochen schimmerten.

Xorron hielt keine Waffe in den Klauen, aber er selbst war Waffe genug.

Nicht weit entfernt und am Rand eines viereckigen Pools hielt sich Vampiro-del-mar auf. Ein uralter Vampir und Herrscher über die legendären roten Vampire, die ich ebenfalls kennengelernt hatte. Vampiro-del-mar war eine Gestalt des Schreckens. Eingehüllt in Lumpen und nach Moder und Grab stinken. Sein Gesicht zeigte Pusteln und Beulen, das Haar war verfilzt, wie ein Netz hing es zu beiden Seiten seines gewaltigen Schädels nach unten. Am gefährlichsten waren seine beiden Vampirzähne. Noch nie im Leben hatte ich so lange Hauer gesehen, die mich schon an die eines Säbelzahntigers erinnerten.

Wieder ein Stück weiter stand Lady X.

Eine Frau wie ein Eisblock. Bleich das Gesicht, von einer maskenhaften Starre. Wie immer war sie in Leder gekleidet und hielt ihre Maschinenpistole fest. Sie selbst hatte Lupina, die Königin der Wölfe, getötet, weil die Räson der Mordliga es so verlangte. Die ehemalige Terroristin und jetzige Vampirin hatte sich voll auf die Seite Solo Morassos geschlagen.

Doktor Tod selbst sah aus wie immer. Grau der Anzug und fast grau auch die Haut seines starren Gesichts, in dem sich so gut wie nichts bewegte.

Ein Typ wie ein Eisblock. Kalt, brutal, unnahbar!

Doktor Tod wollte das Grauen, wollte die Macht, wollte herrschen. Trotz zahlreicher Rückschläge hatte er nie aufgegeben und würde auch nicht aufgeben, denn es war ihm gelungen, abermals einen heißen Trumpf in seine Hände zu bekommen.

Kara, die Schöne aus dem Totenreich!

Sie lebte noch, aber es sah so aus, als hätte sie keine Chance mehr, den nächsten Tag zu erleben. Man hatte sie über das

Becken gehängt. Eine Schlinge war unter ihren Achseln durchgezogen worden und hielt sie fest. Ihre Füße schwebten dicht über der Wasseroberfläche, und was ich innerhalb des Pools sah, war nicht dazu angetan, meinen Optimismus zu steigern.

Fische tummelten sich im Becken.

Kleine, silbrig schimmernde Jäger. Gefährliche Beißer und Nager, die ihre Heimat in den tropischen Gewässern des südamerikanischen Kontinents hatten.

Piranhas!

Und ich brauchte nur auf Kara zu schauen, um zu wissen, was Doktor Tod mit ihr vorhatte.

Myxin hatte dies natürlich auch bemerkt. Ich hörte ihn aufstöhnen. Er konnte sich kaum noch bezähmen.

Unsere Chancen standen nicht nur schlecht, sie waren sogar mehr als mies. Es schockte mich nicht einmal, dass die Mündung der Maschinenpistole auf mich zielte, ich hatte nur Blicke für Doktor Tod und Kara. Morasso stand nahe dem Gerüst, an dem die Schöne aus dem Totenreich hing. Es kostete ihn nur eine Handbewegung, dann konnte er den teuflischen Mechanismus in Gang setzen.

Noch genossen unsere Gegner den Schreck, der uns in den Klauen hielt. Sie lächelten spöttisch, bis auf Xorron und Vampiro-del-mar. In Xorrons Gesicht rührte sich nichts, während der Supervampir seine Zähne zeigte.

Da uns niemand aufgefordert hatte, stehen zu bleiben, gingen wir einfach weiter, bis wir den Rand des Beckens erreicht hatten und Solo Morasso ein »Stopp« schrie.

Wir standen still.

»Es ist noch gar nicht so lange her, dass wir uns gegenübergestanden haben, Geisterjäger«, sagte Morasso. »Erinnerst du dich? Vor den Stufen des Throns, auf dem der Spuk seinen Platz hat. Damals wolltest du mir den Nagel zwischen die Augen rammen, doch das hat nicht geklappt, denn Xorron rettete mich im letzten Augenblick.«

O ja, ich erinnerte mich nur zu gut an die verdammte Szene. Fast hätte ich Morasso gehabt. So nahe wie nie war ich an ihn herangekommen. Im Vorhof der Hölle hatte ich mich mit fast der gesamten Mordliga auseinandergesetzt. Als ich glaubte, auf der Siegerstraße zu sein, hatte Xorron zugeschlagen. Dabei verlor ich noch den Nagel, er war im Vorhof der Hölle zurückgeblieben.

Diesmal stand ich Morasso wieder gegenüber. Allerdings unter veränderten Vorzeichen.

Heute war er am Drücker.

Er verließ sich dabei auf seine mächtige Waffe, den Würfel des Unheils. Er hatte sich mal in meinen Händen befunden. Wenn ich ihn zurückbekam, ging es mir besser, aber danach sah es nicht aus. Obwohl uns nur wenige Yards trennten, war der Würfel so weit entfernt, als lägen Meilen dazwischen.

Es bereitete Doktor Tod Spaß, mir wieder einmal seine Macht zu beweisen. Er behielt den Würfel in seiner Hand und holte mit der anderen aus einem Eimer einen Fleischbrocken.

Im hohen Bogen schleuderte er ihn in das Wasser. Kaum hatte er die Oberfläche durchbrochen, als die silbrig schimmernden Piranhas in Rage gerieten.

Wie gierige Teufel stürzten sie sich auf den Brocken und zerrissen ihn.

Das Wasser färbte sich blutig, und auf der Oberfläche quirlte rosafarbener Schaum.

Nur Knochen ließen die Piranhas übrig. Mit dieser Demonstration hatte uns Morasso bewiesen, welches Schicksal uns bevorstand. Ich musste ehrlich zugeben, dass mir verdammt flau im Magen wurde. Gegen Dämonen konnte ich kämpfen, gegen Piranhas nicht.

Doktor Tod sonnte sich in seinem Erfolg. Die Vorstellung hatte ihm gefallen, und er rieb sich die Hände. »Ihr könnt wählen. Wer von euch will zuerst springen?«

Natürlich gaben wir ihm keine Antwort. Myxin starrte nur seine Kara an, ich blickte auf das Wasser, in dem sich die teuflischen Fische tummelten.

Was nutzte mir mein Kreuz?

Nichts, ich stand von meinen Gegnern zu weit entfernt. Wenn ich es schleuderte, schoss Lady X. Sie brauchte nur über das Becken zu halten, und die Garbe würde mich von den Beinen fegen.

Die Zwickmühle, in der Myxin und ich steckten, war perfekt. Die Falle hatte zugeschlagen.

»Wir können es auch anders lösen«, sagte Doktor Tod. »Ich brauche nur die Winde nach unten zu lassen, dann verschwindet eure Kara im Becken. Und das geht langsam. Zuerst tauchen die Füße ein, dann die Beine, danach die Knie …«

»Hören Sie auf!«, rief Myxin.

Morasso lachte. »Willst du springen?«

Der kleine Magier zögerte mit der Antwort.

Ich hielt die Luft an und war gespannt, wie er auf Doktor Tods Forderung reagieren würde. Hatte Myxin die Nerven, das alles durchzustehen?

Ein wenig drehte er den Kopf nach links, um Solo Morasso anschauen zu können.

»Ja«, sagte er, »ich werde springen, aber dann lass sie frei. Kara hat dir nichts getan!«

Schweigen.

Selbst Morasso schien über Myxins Entschluss regelrecht geschockt zu sein. Er räusperte sich ein paarmal und blickte auf die in der Schlinge hängende Kara.

Trotz der Angst, mit der sie sicherlich zu kämpfen hatte, waren ihr die Worte nicht entgangen. Vor allen Dingen nicht die letzten, die Myxin gesprochen hatte.

»Nein!«, schrie sie laut, dass ihre Stimme fast überkippte. »Das kannst du nicht tun! Er wird nie auf dein Angebot eingehen. Ich kenne ihn. Er ist ein Lügner, ein Bastard …«

»Halt den Mund, verdammt!« Morasso zuckte zusammen. Er stellte den Würfel des Unheils ab, und seine Hand näherte sich dem Griff, der die Winde in Bewegung setzte.

Sollte er jetzt sein Versprechen in die Tat umsetzen …?

Ich hielt den Atem an.

Zum Glück rettete Myxin die Situation.

»Lass es!«, rief er scharf. »Ich habe mich entschlossen zu springen und werde diesen Entschluss auch durchführen!«

»Ja, das ist gut.« Morasso zog den Arm wieder an. Er blickte dem Magier entgegen, der, ohne mich noch einmal anzusehen, vorschritt. Ich wollte ihn zurückhalten, meine Kehle war plötzlich wie zugeschnürt. In Schweiß gebadet war ich. Ein kaltes Rinnsal lief über meinen Rücken.

Ich hörte Kara schluchzen und starrte auf Myxins Rücken, der mir seltsam durchgedrückt erschien. Es lag an der steifen Haltung, die er während des Gehens eingenommen hatte.

Noch einen Schritt, und er stand dicht am Beckenrand. Dort blieb er stehen.

Vor und unter ihm gurgelte das Wasser. Die Fische waren wie aufgedreht. Sie spielten regelrecht verrückt, als schienen sie zu ahnen, dass es bald neues Futter für sie gab.

Solo Morasso streckte seinen Arm aus. Der Zeigefinger wies auf den kleinen Magier.

Lady X spannte ihren Körper. Das Gesicht veränderte sich. Es nahm einen verzerrten Ausdruck an, als sie die Lippen zurückschob und ihre beiden Vampirzähne zeigte.

Nur Vampiro-del-mar und Xorron blieben ruhig. Irgendwie teilnahmslos schauten sie über das Wasser, aber ich wusste, dass sie jede Kleinigkeit registrierten.

Würde Myxin springen?

Alles deutete darauf hin. Der kleine Magier hatte keine Chance gesehen, er wollte sich für Kara opfern.

Als ich daran dachte, begann mein Herz noch schneller zu schlagen, und die Kehle schien mir von unsichtbaren Händen zugeschnürt zu werden.

»Es hat keinen Sinn, noch zu zögern. Spring, du verdammter Zwerg!«, schrie Doktor Tod. »Dann hast du es hinter dir!«

Myxin nickte. Ich sah, wie sich sein Kopf ruckend bewegte. Danach hob er die Arme, wie jemand, der sich mit einem Kopfsprung in die Fluten stürzen wollte.

Im nächsten Augenblick stieß Myxin einen wilden Schrei aus und drückte sich ab …

Ich hatte damit gerechnet, dass der kleine Magier springen würde, aber nicht so, wie er es tat.

Myxin warf sich nicht auf das tödliche Wasser zu, sondern in die entgegengesetzte Richtung. Nach hinten und gleichzeitig zur Seite.

Die Hände hielt er hoch, dabei leicht gebogen und die Finger gespreizt. Sie zeigten in verschiedene Richtungen, und das wollte der kleine Magier auch.

Aus der linken Hand zuckte ein hellgrüner Blitzstrahl, der genau auf Lady X gezielt war und sie auch traf.

Aus der rechten Hand wischte ebenfalls ein Strahl. Er hieb in den Körper von Doktor Tod, der davon völlig überrascht wurde und die Übersicht verlor.

»Johnnn!«

Es war ein wilder, auffordernder Kampfschrei, den Myxin ausstieß, aber er hätte ihn sich sparen können. Ich wusste auch so, worauf es ankam.

Lady X hatte ich fallen sehen. Ich wusste nicht, wie schwer sie getroffen und ob es ihr gelungen war, den Magiestoß auszugleichen, mich interessierten nur Kara und Doktor Tod.

Auch Xorron und Vampiro-del-mar starteten. Beide ohne einen ausdrücklichen Befehl, denn sie sahen, was sich hier abspielte und dass sich das Blatt langsam wendete.

Da ich um das Schwimmbecken herum musste, verlor ich wertvolle Sekunden. Zeit, die Morasso nutzen konnte. Er kam auch wieder auf die Beine, wobei er nach dem Würfel des Unheils greifen wollte.

Ich hatte die Beretta gezogen, feuerte im Laufen und drückte mir selbst die Daumen, dass ich das Ziel nicht verfehlte.

Das Krachen meiner Beretta war lauter als Morassos Schreie. Er war schon wieder so weit, dass seine Hände den Würfel berührten, als die ersten beiden Geschosse dicht neben dem Würfel auf die Fliesen klatschten und als Querschläger davonheulten.

Das dritte Geschoss traf den Würfel.

Er hieb genau in eine Seite hinein, und ein Blitzstrahl löste sich, der in die Decke fuhr, wo er einen regelrechten Riss hinterließ.

Morasso zuckte zurück. Er öffnete dabei den Mund und heulte wie eine Sirene.

Wieder feuerte ich. Diesmal jedoch zu überhastet. Ich traf weder den Würfel noch Solo Morasso. Das Geschoss wurde an einer Wand platt gedrückt.

Eine Ecke des Beckens übersprang ich, schwebte für den Bruchteil einer Sekunde über dem Wasser, kam wieder auf den Fliesen am Rand auf und wäre fast in einer Wasserlache ausgerutscht und hingefallen.

»John!«

Kara schrie in höchster Not.

Als ich herumfuhr, sah ich den Grund. Doktor Tod hatte sich halb aufgerichtet und hechtete auf den Hebel zu, um ihn herumzulegen …

Morasso schaute genau in den Mündungsblitz.

In geduckter Stellung stand ich da und hatte geschossen.

Diesmal fehlte ich nicht, und ich sah noch sein wie im Wahnsinn verzerrtes Gesicht, bevor das silberne Geschoss in seinen Schädel hieb.

Ein mörderischer Schlag traf ihn. Morasso riss die Arme hoch, die Finger hatten den Hebel nicht mehr berührt, denn meine Kugel war schneller gewesen.

Die Winde mit dem Flaschenzug befand sich dicht am Boden. Auch Doktor Tod hatte sich dort zwangsläufig aufhalten müssen, nun erhielt er die Quittung.

Meine Kugel stieß ihn zurück.

Er wollte sich trotz des Kopftreffers abstützen, aber er schaffte es nicht mehr. In einer letzten verzweifelten Bewegung riss er den Würfel des Unheils an sich, und mit ihm zusammen verschwand er in dem mit Piranhas gefüllten Becken.

Fast stockte mir der Herzschlag.

Dann waren die Tiere zur Stelle. Das Wasser gischtete,

schäumte, brodelte – und ich hörte einen wilden, mächtigen Schrei.

Er riss mich herum.

Xorron hatte ihn ausgestoßen.

Der weiß schimmernde Körper des Monstrums befand sich in Bewegung. Mit Riesenschritten hatte Xorron den Beckenrand erreicht und stürzte sich in die Fluten.

Wie schon damals im Vorhof zur Hölle, wollte er auch hier seinen Herrn und Meister retten.

Gelang es ihm?

Ich konnte es nicht sagen und mich auch nicht darauf konzentrieren, denn ich musste mich um Kara kümmern, die ihre Beine angezogen hatte, weil unter ihr das Wasser aufgischtete.

Mit einer Hand hielt ich mich an der Winde fest, mit der anderen bekam ich Kara zu fassen und zog sie an den Beckenrand heran. Mit zitternden Händen löste ich das Seil.

Kara war so erschöpft, dass sie nicht stehen konnte. Sie brach zusammen.

Ich aber huschte weiter. Doktor Tod brauchte ich nicht mehr zu fürchten, aber die anderen, und ich sah Lady X, wie sie um sich schlug und Myxin, den Magier, aus dem Weg räumte …

Mit diesem unheimlich harten Energiestoß hatte Lady X nicht gerechnet. Dem gezackten Blitz konnte sie nicht mehr ausweichen. Er traf sie voll und schmetterte sie zu Boden.

Sie fühlte die Schwäche, die von ihrem Körper Besitz ergriff, und wusste, dass sie es nur ihrer Stärke zu verdanken hatte, dass sie nicht getötet worden war wie ein normaler Zombie.

Trotzdem war es hart. Sie lag am Boden und krümmte sich. Wie ein letzter Rettungsanker hielten ihre Finger noch die Maschinenpistole umklammert, und sie hörte die Schüsse einer Pistole wie durch eine Watteschicht gedämpft.

Sinclair hatte gefeuert!

Er und Myxin hatten sie reingelegt. Eine ungeheure Wut

kochte in ihr hoch. Diese Wut und der Hass ließen sie ihre Schwäche überwinden. Lady X rollte sich herum und setzte sich aufrecht.

Da hechtete Xorron an ihr vorbei ins Wasser. Die Vampirin riss die Augen auf. Freiwillig war das Monstrum bestimmt nicht in das Becken mit den Killerfischen gesprungen, dahinter musste etwas anderes stecken. Xorron wühlte durch die Fluten. Auch er wurde angegriffen, doch die scharfen Zähne dieser Nager konnten seiner Haut nichts anhaben. Sie war resistent gegen die Angriffe.

Xorron bewegte sich wie eine Maschine. Und dann erkannte Lady X mit Schrecken das Ziel. Es war Solo Morasso.

Nicht Myxin wurde von den Piranhas zerfleischt, sondern ihr Boss, Doktor Tod!

Er kämpfte, schlug um sich, versuchte die gefräßigen Tiere abzuwehren, doch das schaffte er nicht. Das Schicksal, das er seinen Feinden zugedacht hatte, traf nun ihn.

Lady X sah eine Hand aus dem Wasser ragen. Drei Fische hatten sich daran verbissen und nagten mit rasender Geschwindigkeit das Fleisch von den Knochen.

Im nächsten Augenblick hatte Xorron seinen verzweifelt kämpfenden Boss erreicht. Ob er noch etwas retten konnte, sah Lady X nicht, denn Myxin war plötzlich da.

Sein Anblick trieb die Vampirin noch einmal in die Höhe. Sie stürzte auf den kleinen Magier zu, der diesmal nicht schnell genug reagierte und zu Boden geschmettert wurde, bevor die Blitze seine Hände verlassen konnten.

Die ehemalige Terroristin packte die Maschinenpistole und richtete die Mündung auf den kleinen Magier.

Das sah ich.

Ich weiß auch nicht, warum ich geschrien habe, vielleicht war es die ungeheure Anspannung, jedenfalls war der Schrei ein großer Fehler. Lady X hörte ihn und sprang zur Seite, sodass meine beiden schnell geschossenen Silberkugeln sie verfehlten.

Haken wie ein Hase schlug sie plötzlich, rannte weg und

floh durch die noch immer offen stehende Tür in den Nebenraum.

Ich aber wurde von Vampiro-del-mar angegriffen. Er kam wie ein Berserker von der Seite her. Grollend stürzte er sich auf mich. Ich sprang zurück, hob gedankenschnell mein Kreuz an und stieß es ihm entgegen.

Vampiro-del-mar stoppte. Er riss die Arme vor sein Gesicht, ich setzte nach, sprang dabei über den am Boden liegenden Myxin hinweg, aber der Super-Vampir war schneller. Vor allen Dingen hörte er die Stimme der Scott.

»Weg hier!«

Trotz meines Kreuzes hätte mich Vampiro-del-mar angesprungen, so aber machte er kehrt und rannte gedankenschnell davon, wobei er sich duckte, um so wenig Ziel wie möglich zu bieten.

Weshalb hatte die Scott geschrien? Verdammt, es war doch nicht alles verloren.

Sie musste einen Grund gehabt haben, und den erfuhren wir sehr bald. Ein dumpfes Grollen war unter unseren Füßen zu hören und pflanzte sich immer weiter fort.

Die Erde bebte.

Aber kein normales Erdbeben, das war künstlich ausgelöst worden, und ich glaubte auch die Ursache zu ahnen.

Explosionen! Lady X sprengte die Stellung in die Luft. Sie hatte gesehen, wie Doktor Tod zerfleischt worden war, jetzt kannte sie keine Rücksicht.

Ich riss Myxin hoch. »Wir müssen verschwinden!«, schrie ich. »Los, es darf keine Sekunde …«

Der kleine Magier ließ mich nicht erst ausreden. Noch nie habe ich ihn so schnell rennen sehen. Im Lauf riss er noch Karas Schwert an sich, lief auf seine Kampfgefährtin zu, packte sie, während eine zweite Explosion sogar die Betonwände erschütterte und sie allmählich zermürbte.

Für uns wurde es höchste Eisenbahn.

Zwei Herzschläge später stand auch ich bei Myxin und Kara. Wir mussten den Sprung schaffen.

Als letzten Eindruck erhaschte ich noch einen Blick auf das Becken. Soeben tauchte Xorron auf.

Er hielt eine halb zerfressene Gestalt in den Armen, die schrecklich aussah.

Doktor Tod!

Dann verschwand die Welt um uns herum …

Wir tauchten genau dort wieder auf, wo wir verschwunden waren, und machten das Chaos noch perfekter.

Eine Frau fiel in Ohnmacht, als sie uns aus dem Nichts erscheinen sah, zwei Polizisten drehten fast durch, und nur mit Mühe gelang es Suko, sie zu beruhigen.

Auch mein Ausweis half mit.

Mein Freund schüttelte den Kopf. »Seid ihr es wirklich?«, fragte er.

»Keine Angst, wir sind es.«

»Und wie war der Ausflug?«

»Sehr nett. Er hat uns nach Feuerland geführt, dort haben wir zwei Zombies erledigt, Kara befreit, Doktor Tod endgültig zu seinen Ahnen geschickt, die Festung in die Luft gesprengt …«

»Moment, Moment, wie war das?«

Ich lachte. »Weißt du was, Suko? Was wir erlebt haben, glaubt uns kein Mensch. Ich erzähle es dir trotzdem, aber später. Okay?«

»Und so etwas will ein Freund sein«, beschwerte sich der Chinese …

ENDE

DOKTOR TODS RACHE

Die Insel erzitterte!

Zuerst war es nur ein dumpfes, rollendes Grollen aus dem Innern der Erde. Vergleichbar mit einem gewaltigen Räuspern oder Atemholen vor dem großen Knall.

Und der kam.

Mit der Wucht von Titanenfäusten wurde das Betondach des Bunkers in die Höhe geschleudert. Es schien in die grauen Wolken hineinrasen zu wollen, zerbarst dann in zahlreiche Teile, die raketenartig durch die Luft pfiffen und mit tödlicher Wucht über die Insel geschleudert wurden, bis sie zwischen die Felsen krachten oder im Meer versanken.

Dem Dach folgte das Feuer.

Eine explodierende, fauchende Flammenwand, die aus der Öffnung stieg. Eine mörderische Lohe, die alles, was sich in ihrer unmittelbaren Nähe befand, vernichtete, auffraß, zerstörte …

Es war ein gieriges Feuer, das aus dem gewaltigen Krater schlug, wo sich einmal die unterirdische Bunkerfestung befunden hatte. Und noch immer erschütterten Explosionen das, was ein Mann namens Doktor Tod in mühevoller Arbeit aufgebaut hatte.

Innerhalb von Minuten wurde es zerstört.

Glühende Steine, schmelzendes Metall, Asche, Holz, Trümmer – das alles schoss aus dem Krater hervor, den die Explosionen gerissen hatten. Es verteilte sich über die Insel und weckte auch die auf, die bisher in versteckt liegenden Höhlen geschlafen und die Dunkelheit abgewartet hatten.

Es waren die roten Vampire!

Sie wussten nicht, was geschehen war. Bei Tageslicht trauten sie sich nicht aus den Höhlen, und so warteten sie ab, bis die Dunkelheit über das Land fallen würde.

Eine Explosion folgte der anderen. Krachende Donnerschläge, die weit über das Wasser hallten und sich in der Ferne verloren. Das Feuer und vor allen Dingen der Rauchpilz, der eine seltsame Form annahm, schwebten über der kleinen Insel. Oben fächerte er mehr auseinander, wurde an seiner höchsten Stelle abgerundet und zeigte plötzlich die Umrisse eines Totenschädels.

Es konnte auch Zufall sein, dass der Rauch sich so zusammengeformt hatte, und als ein Windstoß in den Schädel hineinfuhr, da zerflatterte er.

Das Eiland des Todes lag nur noch unter dem normalen Rauchschleier, der träge in die Höhe stieg und vom Wind erfasst wurde. Von Südwesten trieben dicke Wolkenbänke heran. Mit ihnen vermischte sich der Rauch sehr schnell.

Eine tote Insel?

Im ersten Augenblick hatte es den Anschein. Doch nicht alles, was so tot wirkte, das war auch tot. Menschen überlebten solche Katastrophen nicht, Dämonen waren da aus anderem Holz geschnitzt.

Sie selbst hatten die Insel in die Luft gejagt, weil sie keine andere Chance sahen, aber damit stand noch längst nicht fest, dass sie sich selbst auch vernichteten.

Im Gegenteil …

Ich musste erst einmal tief Luft holen und fing mir einen schrägen Blick meines Freundes Suko ein.

»Was hast du, John?«

»Stimmt es wirklich?«

»Was?«

»Dass es Doktor Tod nicht mehr gibt. Dass wir ihn endgültig vernichtet haben.«

»Wer kann das schon genau wissen?«

»Ich nicht, aber du, wenn ich deinen Erzählungen glauben kann.«

Ich ließ mich auf dem Stuhl zurücksinken, wobei meine Arme rechts und links nach unten baumelten. »Ja, Suko, wir haben es geschafft. Stell dir vor, ich war noch vor einer Stunde in Feuerland.«

»Übertreibe mal nicht. Drei Stunden ist es mindestens schon her.«

»Meinetwegen. Aber Feuerland, fast schon Südpol …«

»Jetzt übertreibst du wieder.«

Ich beugte mich vor und schlug mit der flachen Hand auf den Tisch. »Dass ich Doktor Tod eine Silberkugel in seinen Schädel gejagt habe und er anschließend in das mit Piranhas gefüllte Becken fiel, ist keine Übertreibung.«

»Du musst es wissen.« Suko grinste. »Schließlich warst du dabei und nicht ich.«

»Genau.«

»Hast du denn seine Leiche gesehen?«, wollte Suko wissen. »Ich meine, direkt …«

Ich schüttelte den Kopf und nickte fast gleichzeitig. Eine Bejeinung, wie Suko feststellte. »Also nicht.«

»Doch.«

Mein Freund hob die Schultern und griff zu einem Teeglas, während ich aufstand, zum Fenster wanderte und nach draußen schaute, wo sich der Abend über London senkte und die ersten Lichter aufstrahlten. Ich war innerlich ungemein aufgedreht, die letzten Ereignisse hatten mir alles abgefordert, und ich war davon auch überrascht worden.

Solo Morasso tot!

Das war ein Ding. Unglaublich, durch meine Kugel gestorben, möglicherweise. Ich konnte es noch nicht fassen. Was hatte Morasso nicht alles überlebt, die Hölle, im wahrsten Sinne des Wortes. Er hatte die Teufelstochter erledigt, und nun hatte ihn mein geweihtes Silbergeschoss in ein Becken mit mordgierigen Piranhas geschleudert. Ich sah noch genau das Bild vor mir, wie Xorron, der noch versucht hatte, seinen Herrn zu retten, zusammen mit Solo Morasso wieder auftauchte und wie Doktor Tods Hand aus dem Wasser ragte.

Zerfressen von den Fischen, nur aus Knochen bestehend.

Ein scheußliches Bild.

Vielleicht das Letzte, das ich von Doktor Tod gesehen hatte?

Ich wusste es nicht und wollte auch nicht näher darüber nachdenken, wenigstens jetzt nicht.

Aber die Unruhe blieb. Ich konnte mich einfach auf nichts anderes mehr konzentrieren, drehte mich um, und Suko schaute in mein von Sorgenfalten gezeichnetes Gesicht.

»Dir geht es an die Nieren, wie?«

Ich lachte hart auf, während ich mich auf einen Stuhl fallen ließ. »Da sagst du was.«

»Rechne einfach damit, dass er endgültig vernichtet ist, John.«

»Das kann ich nicht.« Ich schüttelte den Kopf. »Nein, das ist mir unmöglich. Du kennst ihn nicht so lange wie ich, Suko. Ich habe ihn vor Jahren schon erlebt. Der hat das Feuer überstanden, und seine Seele ist in den Körper eines anderen gelangt.«

»Rechnest du mit einer Wiederholung?«

Ich hob die Schultern. »Keine Ahnung. Allerdings will ich daran nicht so recht glauben, denn dass der Spuk seine Seele auf Asmodinas Drängen hin freigegeben hat, war die große Ausnahme. Ich glaube nicht daran, dass er ein zweites Mal seine Prinzipien über den Haufen wirft. Sollte Solo Morassos Seele in sein Reich eingegangen sein, dann wird sie auch dort bleiben. Und zwar für immer.«

»Du hast eine gute Meinung vom Spuk.«

»Das hat mit guter Meinung nichts zu tun. Es sind einfach die Regeln, die dort herrschen.«

»Und jetzt? Du willst doch nicht etwa in dieser Ungewissheit weiterleben?«

»Nein.«

»Dann müsstest du noch einmal auf die Insel.«

»Darauf wollte ich hinaus.«

Suko hob die Schultern. »Sie wird zerstört sein, nehme ich an. Oder bist du anderer Meinung?«

»Kaum. Nur ist Lady X rechtzeitig die Flucht gelungen. Sie hat Vampiro-del-mar mitgenommen, und Xorron übersteht so etwas. Dem macht doch Feuer nichts aus. Zudem darfst du eins nicht vergessen. Als Solo Morasso in das Becken geschleudert wurde, da hat er es tatsächlich geschafft, den Würfel des

Unheils an sich zu reißen. Er hat ihn also mitgenommen, und ich konnte in den Mond schauen.«

»Wenn Morasso tatsächlich erledigt ist, wird ihm der Würfel auch nicht viel helfen.«

»Das stimmt schon. Nur könnte Xorron ihn gerettet haben, das darfst du nicht vergessen. Und wenn Lady X auch entkommen ist, hat sie doch die Waffe.«

»Ja, wenn man von diesen Überlegungen ausgeht, hast du recht, John.«

Ich drückte mich aus dem Stuhl hoch und ging in das verlassene Vorzimmer. Glenda hatte längst Feierabend gemacht. Die Kaffeemaschine kam mir verwaist vor.

Ein Rest befand sich noch darin. Ich trank ihn kalt, weil ich einen schlechten Geschmack im Mund spürte. Mit der leeren Kaffeetasse kehrte ich zurück.

»Und an Alassia denkst du überhaupt nicht?«, fragte Suko, als ich über die Schwelle trat.

»Nein, die habe ich erst einmal aus meinen Gedanken verbannt. Sie hat die Flucht in ihre Welt angetreten.«

»Nimm das nicht so leicht. Mit der kann uns noch eine gefährliche Gegnerin heranwachsen«, warnte Suko.

»Möglich. Aber im Moment habe ich andere Sorgen. Dass auch Myxin und Kara nicht hier sind, ärgert mich. Die beiden müsste das alles auch interessieren.«

»Du weißt, was Kara hinter sich hat«, ergriff Suko für die Schöne aus dem Totenreich Partei, »das ist alles nicht so leicht zu verkraften.«

»Stimmt auch.«

»Da scheint uns nichts anderes übrig zu bleiben, als zu warten, bis sich irgendetwas tut.«

»Mensch, du hast Nerven.«

»Sag mir eine andere Lösung.«

»Ich weiß keine.«

»Eben.«

Ich starrte auf die Schreibtischplatte. Eigentlich hätten wir schon zu Hause sein müssen, aber wir kriegten einfach nicht die Kurve. Vielleicht spürten wir beide, dass etwas in der Luft lag, allerdings wussten weder Suko noch ich etwas Konkretes, deshalb schwiegen wir lieber.

Plötzlich vernahmen wir ein Geräusch. Im Vorzimmer war etwas umgefallen.

Sofort spritzte Suko hoch, doch er brauchte nicht hinzulaufen, denn ein alter Bekannter erschien auf der Türschwelle.

Myxin!

»Mensch, du!«, stöhnte ich und war gleichzeitig erleichtert.

Der kleine Magier lächelte. »Ich wusste doch, dass ihr beide Sehnsucht nach mir hattet.«

Ich lächelte. »Ist zwar ein wenig übertrieben ausgedrückt, aber im Prinzip trifft es den Kern schon. Weshalb bist du gekommen?«

»Unter anderem wollte ich dir gratulieren.«

»Wozu?«

»Du hast doch Solo Morasso erledigt. Was dir bei Asmodina nicht gelungen ist, konntest du bei Morasso ausgleichen.«

Ich winkte ab. »Mach's halblang, so schlimm ist es nicht, wie du es darstellst.«

»Verstehe ich nicht.«

»Ehrlich gesagt, Myxin, es fällt mir schwer, an Doktor Tods endgültige Vernichtung zu glauben. Das wollte ich dir sagen.«

»Wundert mich. Du bist doch sonst nicht so pessimistisch.«

»Aber in diesem Fall hat es seine Berechtigung. Ich kenne ihn und weiß, zu was er fähig ist.«

Myxin nahm auf der Schreibtischkante Platz. Sein grünlich schimmerndes, etwas flach wirkendes Gesicht zeigte ein Lächeln. »So völlig hast du da nicht unrecht.«

»Aha, auch du hast ein schlechtes Gewissen.«

»Das eigentlich nicht. Nur hätte auch ich mich gern davon überzeugt, ob es stimmt.«

»Bist du deshalb gekommen?«

»Ja.«

»Okay, dann teleportiere uns hin.«

»Will Suko auch mit?« Der kleine Magier drehte sich zu meinem Freund um.

»Und wie!«

»Willst du noch Waffen mitnehmen?«, wandte sich Myxin wieder an mich.

»Der Bumerang könnte nicht schaden.«

»Okay, dann nimm ihn.«

Ich musste ihn aus dem Einsatzkoffer holen, der im Wagen lag. Mit dem Fahrstuhl fuhr ich nach unten. Der Bentley stand auf dem Parkplatz, nicht weit von einem Baugerüst entfernt, denn bei uns wurde umgebaut. Es hatte einen fürchterlichen Dreck gegeben. Auf dem Wagen lag eine helle Schicht. Da die Luft schwül und feucht war, klebte der Dreck wie ein Schmierfilm auf dem Dach.

Mit dem Bumerang kehrte ich zurück und hörte noch, wie Suko sagte: »Also, deine Fähigkeiten möchte ich auch besitzen, Myxin.«

»Dafür kannst du etwas anderes.«

»Was denn?«

»Karate!«

»Das eine hebt das andere aber nicht auf.«

»Streitet euch nicht, Kinder. Ich möchte auch so vieles können, und es ist nicht möglich. Los, wir werden die Sache schon schaukeln. Feuerland wartet.«

Myxin fasste uns an. Dann konzentrierte er sich. Sein Gesicht wurde straff, die Haut an den Wangen zuckte noch einmal, und im nächsten Augenblick waren wir drei verschwunden …

Die Wolken waren näher gekommen. Eine gewisse Düsternis lag über der Insel und einem großen Teil des Meeres. Der Wind hatte aufgefrischt. Kalt und scharf fuhr er über das kleine Eiland, während er die graugrünen Wogen zu gewaltigen Bergen auftürmte, um sie gegen die Insel zu schleudern.

Es war ein Wetter, das in diese windige Ecke der Welt passte und auch die Stimmung wiedergab, die über dem Eiland lag.

Rauch und Trümmer!

Diese einfache Beschreibung traf genau den Kern der Sache.

Von dem gewaltigen unterirdischen Bunker war so gut wie nichts mehr zurückgeblieben. Die Explosionen hatten selbst die starken Betonfundamente und Wände zerrissen.

Die Trümmer waren himmelhoch geschleudert worden und lagen überall verteilt. Dazwischen schimmerten metallene Teile. Kabel, elektrische Anlagen, Steuerpulte, Monitore, alles war ein Opfer des Chaos geworden.

Wo der Bunker gestanden hatte, erinnerte jetzt nur noch ein Krater an seine Existenz.

Gewaltig in seinen Ausmaßen, mit eingerissenen gezackten Rändern. Auf dem Grund des Kraters schimmerte Wasser. Dazwischen lagen die verkohlten und verglühten Teile der technischen Anlage, und von den Rändern stiegen dünne, giftige Rauchwolken zitternd in die Höhe.

Eine tote Insel, vom ersten Eindruck her. Doch wer näher hinschaute, der entdeckte, dass es auch Menschen erwischt hatte. Allerdings Menschen, die im eigentlichen Sinne keine waren, sondern nur noch so aussahen. Man konnte sie auch anders bezeichnen.

Zombies!

Sie gehörten zu Xorron, ihrem Herrn und Meister. Auf sein Kommando gehorchten sie, doch sie hatten nicht die Widerstandsfähigkeit des uralten Dämons.

Einige von ihnen hatten sich innerhalb der Bunkeranlage befunden, als diese in die Luft flog.

Vielleicht hätten sich noch welche von ihnen retten können, wenn es nicht gerade Zombies gewesen wären. So wurden die meisten von ihnen von der Explosion zerstört, denn diese Wesen hatten keinen Verstand mehr, sie konnten eine Gefahr nicht einschätzen.

Nicht alle waren vernichtet worden. Einige, die sich außerhalb der Anlage befanden, hatten sich retten können. Und sie irrten jetzt wie gespenstische Wesen auf der Insel umher. Drei von ihnen hatten sich am Strand versammelt, wo sie aus stumpfen Augen gegen die heranrollenden Wellen stierten.

Im Moment waren sie ohne Führung, standen nur herum,

stemmten sich gegen den Wind und stießen sich manchmal gegenseitig von den Beinen, bevor sie sich mit torkelnden Bewegungen wieder erhoben.

Es gab in dieser Gegend der Insel, wo sie sich aufhielten, die großen Felsen. Graue Gebilde, im Laufe von Millionen von Jahren entstanden, durchsetzt mit Spalten, Rissen, kleinen Schluchten und auch Höhlen. In Letzteren lauerten die roten Vampire, Diener des Supervampirs Vampiro-del-mar.

Sie allerdings trauten sich erst aus ihren Verstecken, wenn die Dunkelheit angebrochen war. Tageslicht schwächte sie, machte sie krank und zerstörte sie. Diese Felsen gaben eigentlich eine ideale Deckung, um einer Katastrophe zu entgehen. So hatten auch Lady X und Vampiro-del-mar gedacht, als sie zwischen ihnen kauerten und das Chaos abwarteten. Sie hatten in einer Höhle Schutz gefunden.

Jede Explosion hatte Lady X mit steinernem Gesicht verfolgt. Sie allein wusste, dass sie dafür verantwortlich war, denn sie hatte keine andere Möglichkeit mehr gesehen, nachdem Solo Morasso von der geweihten Kugel des Geisterjägers in das Piranha-Becken geschleudert worden war. Für Lady X war damit ein Kapitel beendet, das den Namen Mordliga getragen hatte.

Diese starke Gemeinschaft war durch die Vernichtung ihres Anführers gesprengt worden.

Jetzt musste man weitersehen.

Hatte Lady X John Sinclair schon früher gehasst, so hatte sich ihr Hass in der letzten Zeit noch gesteigert. Nach den Vorfällen war der Geisterjäger zum Feindbild Nummer eins für die Vampirin geworden. Er hatte ihr alles genommen, denn sie gab ihm und dem Magier Myxin die Schuld an der Vernichtung.

Und sie schwor Rache.

In diesen langen Minuten, als sie mit Vampiro-del-mar in der Höhle hockte, da wusste sie, dass sie Sinclair nicht mehr loslassen würde. Mit eiserner Energie wollte sie ihren Plan verfolgen, während ihre Gedanken immer wieder von Detonationen unterbrochen wurden.

Irgendwann wurde es still.

Über die Insel legte sich eine beinahe gespenstische Ruhe. Sie konnte auch trügerisch sein, deshalb warteten die beiden Blutsauger noch ab, bevor sie die Höhle verließen.

Das Gesicht des Uralt-Vampirs schimmerte fahl. Nur wenig Licht fiel darauf, es zeichnete trotzdem die Kraterlandschaft in der Haut genau nach.

Wer in diese Visage starrte, konnte durchdrehen. Aufgedunsen die Haut, übersät mit Geschwüren und Eiterpickeln sowie Blasen und Pusteln. Nur wenn Vampiro-del-mar Blut getrunken hatte, regenerierte er sich ein wenig.

»Haben sie nun überlebt oder nicht?«, flüsterte Lady X und ballte die Hände.

Vampiro-del-mar gab ihr keine Antwort. Er wirkte lethargisch, und nur seine Augen glühten in einem unheimlichen Feuer.

Er dachte nicht so weit wie Lady X, vielleicht konnte er es auch nicht, aber die ehemalige Terroristin interessierte sich vor allen Dingen für den Würfel des Unheils.

Er war verschwunden!

Dabei hatte sie gesehen, wie Morasso ihn in die Tiefe des Beckens hineinriss. Nur – wo befand er sich jetzt?

Sie glaubte nicht daran, dass die Explosion den Würfel zerstört hatte. Und deshalb würde sie ihn suchen, und wenn sie jeden Quadratzentimeter der Insel durchforstete.

Der Würfel des Unheils gehörte ihr!

»Willst du mit?«, fragte sie Vampiro-del-mar, als sie sich duckte, um die Höhle zu verlassen.

Der Supervampir nickte.

»Dann komm!«

Lady X kroch aus der Höhle. Danach musste sie sich durch eine enge Schlucht winden, die kaum die Breite ihres Körpers hatte und zwei Felsen spaltete. Anschließend stand sie am Strand und schaute auf die Rücken der drei Zombies.

Die hatten bemerkt, dass sich hinter ihnen etwas bewegte, und drehten sich schwerfällig um. Einer, er hatte keine Haare mehr, streckte seine Arme aus. Gurgelnde Laute drangen aus seinem Mund.

»Hau ab!«, zischte die Vampirin, als er nach ihr fassen wollte. Der Zombie ließ sich nicht beirren. Lady X machte kurzen Prozess. Sie hieb ihm den Lauf ihrer MPi durch das Gesicht. Dieser Schlag schleuderte den Zombie in den Ufersand, wo er sich schwerfällig auf den Bauch rollte, um danach wieder auf die Beine zu kommen. Er war wie ein Stehaufmännchen, das es immer wieder versuchte.

Lady X ging weiter. Sie steckte voller Rachegedanken, während sie über den Strand schritt und die anrollenden Wellen sah, die ebenfalls düster wirkten, sich dabei von den Wolken aber kaum in der Farbe abhoben. Nur die hochgeschleuderten Gischtstreifen schimmerten manchmal wie lange, glänzende Perlenketten, wenn sie ihre Bögen schlugen.

Schon bald stieg das Gelände an. Die Scott ging schneller. Nur noch wenige Schritte, dann würde sie die Ausmaße der Verwüstung genau überblicken können.

Der Sand war weich, er gab zu sehr nach. Dann erreichten sie felsigen Boden und brauchten nicht mehr so nach vorn gestemmt zu laufen. Noch drei Schritte, davon ein langer, und sie hatten einen hohen Punkt erreicht, der ihnen eine fast perfekte Rundumsicht erlaubte.

Der Bunker hatte in einer kleinen Mulde gelegen.

Hatte, wohlgemerkt, denn von ihm war nicht mehr viel übrig geblieben. Nur noch Trümmer.

Ein Bild der Zerstörung bot sich den Augen der ehemaligen Terroristin. Von dem Bunker war nichts mehr zu sehen. Die unheimliche Wucht der Explosion hatte selbst die Betonmauern zerrissen. Das andere Mauerwerk, dazu die technischen Anlagen waren verschmort und bildeten am Boden des Kraters eine erstarrte, sich allmählich abkühlende Masse, die Blasen geworfen hatte und sich an manchen Stellen noch bewegte.

Eine schlimme Tatsache.

Gerade für Lady X, denn sie hatte sich in dieser Festung

mehr als wohl gefühlt, und sie dachte daran, wem sie das alles im Prinzip zu verdanken hatte.

John Sinclair!

Dieser verdammte Name brannte sich in ihr Hirn. Sinclair musste vernichtet werden, er war ein Teufel, er gab nicht auf, und er sollte nicht mehr länger leben.

Hinter sich hörte sie Schritte. Die Scott brauchte sich nicht umzudrehen, sie wusste, dass Vampiro-del-mar an ihre Seite getreten war und ein tiefes Keuchen ausstieß.

»Sieh dir das an«, sagte die Vampirin, »alles verloren, alles umsonst. Und wir haben ihn überlebt.«

»Wo ist Xorron?«

Es waren die ersten Worte, die der Supervampir seit Langem sprach, und er traf damit haargenau die Vorstellung der Vampirin. Auch sie suchte den Herrn der Zombies und Ghouls, aber sie konnte ihn nicht finden. Er war verschwunden, vielleicht unter den Trümmern begraben, und sie hoffte, dass seine Haut die Katastrophe überstanden hatte.

»Wir müssen ihn suchen!«, flüsterte die Scott. »Ich will ihn und den Würfel!« Während dieser Worte zuckte ihr Gesicht. Es spiegelte die innere Erregung wider, die die Blutsaugerin gepackt hielt. Sie klammerte sich mit einer Hand an ihrer Waffe fest, spürte unter den Fingern das kühle Metall, und ein Strom der Befriedigung rann durch ihren Körper. Ja, auf die MPi konnte sie sich verlassen.

»Willst du hinunter?«, fragte sie.

Der Supervampir nickte. Da Lady X ebenfalls Bescheid wissen wollte, zögerte sie auch nicht länger.

Sie stiegen in den Krater.

Die zerschmolzenen Leitungen und Kabel sonderten giftige Dämpfe ab. Ein grünlich schimmernder Brodem lag über dem Krater. Menschen hätten die Flucht ergriffen, doch die beiden Untoten brauchten nicht zu atmen.

Einige Schritte voneinander getrennt kletterten sie dem Grund des Kraters entgegen. Es war nicht einfach, denn der Boden erwies sich als nachgiebig und an manchen Stellen sogar heiß, wenn sich glühende Blechteile in ihn gebohrt hatten.

Betontrümmer lagen im Weg, denn nicht alles war geschmolzen. Lady X sah sogar Wasser, das sich in einer kleinen Mulde gebildet hatte, allerdings war von den Piranhas nichts mehr zu entdecken. Die Explosionen hatten die Fische restlos vernichtet.

Schräg rutschten sie weiter. Immer darauf bedacht, das Gleichgewicht zu halten.

Je tiefer sie gelangten, umso schlechter wurde die Luft. Auch heißer, denn noch immer waren die Folgen der verheerenden Explosion nicht gelöscht. An einigen Stellen brannte es noch. Rauchschwaden nahmen ihnen manchmal die Sicht, und als sie schließlich am Grund des gewaltigen Kraters standen, spürten sie auch die Hitze.

Vorsichtig umrundeten sie noch glühendes Metall und näherten sich dem kleinen See, dessen Wasser wie durch ein Wunder nicht verdunstet war, von zwei Seiten.

Am Ufer blieben sie stehen.

Das Wasser schimmerte seltsam. Fast alle Farben des Spektrums fanden sich auf der Oberfläche. Dafür war das ausgelaufene Öl verantwortlich.

Was befand sich darunter?

Während Vampiro-del-mar wie ein Denkmal stehen geblieben war, bückte sich Lady X und hob einen Stein auf. Sie schleuderte ihn in den kleinen Kratersee.

Die Brühe spritzte auf, dann war der Stein nicht mehr zu sehen. Viel hatte sie damit nicht erreicht. Lady X schaute zum anderen Ufer hinüber und sah dort eine dicke grüne Flüssigkeit, die wie geschmolzener Kunststoff wirkte. Das Zeug schwamm auf der Oberfläche und wurde immer mehr zur Mitte des kleinen Sees hingetrieben.

Es herrschte allerdings kein Wind, und Lady X fragt sich, wie so etwas möglich sein konnte.

Gespannt wartete sie ab. Sie spürte, dass sich irgendetwas ereignen würde und sie dicht vor einer wichtigen Entscheidung stand.

Die ehemalige Terroristin warf einen raschen Blick auf Vampiro-del-mar. Der stand unbeweglich am Ufer des kleinen Sees und starrte auf die Oberfläche.

Das grüne Zeug schien er überhaupt nicht zu sehen. Aber Lady X ließ es nicht aus den Augen, und sie tat gut daran, denn plötzlich bewegte sich die Schicht.

Sie wurde nicht schneller und breitete sich auch nicht weiter aus, die Bewegung kam von unten.

Unterhalb dieser geschmolzenen und auf dem Wasser treibenden Masse musste sich etwas abspielen.

Die Vampirin wusste nicht, was es war. Sie wollte auf Nummer sicher gehen, bewegte die Schultern, und wie von selbst glitt die Maschinenpistole über den Schulterbogen an ihrem Arm entlang nach unten. Dann hielt sie die Waffe in der Hand, senkte die Mündung und zielte auf die sich bewegende Masse.

Sie wurde durchbrochen.

Plötzlich stieß eine Hand daraus hervor. Auch grünlich schimmernd, doch sehr schnell wieder die alte Farbe zeigend, da das Zeug an der Hand entlangrann.

Eine milchig schimmernde Klaue kam zum Vorschein.

Lady X lächelte plötzlich. Sie zog ihre Lippen so weit in die Breite, dass die Vampirzähne sichtbar wurden.

Dann flüsterte sie nur einen Namen.

»Xorron!«

Er war es tatsächlich!

Der Herr der Zombies und Untoten hatte also überlebt. Wie Lady X es sich dachte. So leicht konnte man Xorron nicht vernichten. Er war ein Wesen, das man schon fast als unbesiegbar bezeichnen konnte. Dem Feuer, Säure, Kugeln und Granaten nichts ausmachten, weil er aus einem Material bestand, das es wohl auf dieser Erde nicht gab. Unter dieser grünen Masse hatte er sich verborgen gehabt, und er musste geahnt haben, dass er Besuch bekommen hatte, sonst wäre er wohl nicht an die Oberfläche getaucht.

Mehrmals hintereinander flüsterte Lady X Xorrons Namen. Und sie hoffte, dass er sogar noch mehr gerettet hatte als nur sich selbst. Vielleicht auch den Würfel des Unheils – oder Doktor Tod …

»Komm«, sagte sie, »komm endlich, wir warten auf dich, Xorron.«

Als hätte das Monster die Worte verstanden, so bewegte es sich dem Ufer zu, und er zeigte mehr von sich, als nur seine Hand oder einen Teil des Arms.

Auch die Schulter erschien und dann der Kopf.

Über die milchige Haut liefen die dicken, grünen Schlieren. Sie sahen aus wie Leim, der auf der glatten Haut sehr schnell seinen Weg nach unten fand.

Xorron öffnete das Maul. Mund konnte man dazu nicht sagen. Lady X starrte auf seine metallisch glänzenden Zahnreihen, mit denen er fast alles zerreißen konnte.

Menschen hatten keine Chance …

Er musste Grund unter den Füßen spüren. Am Verlauf der Wellen erkannte Lady X, dass er über den Grund schritt und sich immer mehr dem Ufer näherte. Dabei hielt er den linken Arm seltsam verkrampft und nach hinten gedrückt, so, als würde er irgendetwas hinter sich herziehen. Natürlich dachte die Scott sofort an den Würfel, und sie hoffte inständig, sich nicht getäuscht zu haben.

Xorron stand am Ufer. Mit der rechten Hand stützte er sich ab, bückte sich und zog dann auch den linken Arm aus dem Wasser.

Nein, den Würfel des Unheils brachte er nicht ans Ufer. Aber etwas anderes, eine Leiche.

Es war Solo Morasso!

»Nein!«, flüsterte Lady X, als sie dies sah. Sie schüttelte sogar den Kopf, wollte das Bild irgendwie wegwischen, aber es war eine Tatsache und blieb.

Xorron hatte Doktor Tod gerettet – aber wie sah er aus!

Furchtbar! Die Piranhas hatten schrecklich gewütet.

Doktor Tod war kaum zu erkennen. Die linke Seite war ein

Opfer der rasiermesserscharfen Zähne geworden. Die Fische mussten sich in einem Anfall von Wahn auf ihn gestürzt haben, aber sie hatten nur seine linke Seite zerstört.

Vielleicht kam es daher, dass Xorron Doktor Tod nachgesprungen war und versucht hatte, ihn zu retten. Unbewusst hatte das Monster dann die rechte Seite des Solo Morasso geschützt. Egal, wie es auch war, überleben konnte so etwas niemand.

Obwohl Doktor Tod kein Mensch gewesen war, sondern ein Mensch-Dämon. Vielleicht …

Lady X dachte nicht mehr weiter. Sie schaute zu, wie Xorron seinen Herrn an Land schleifte. Plötzlich wurden die Augen der Blutsaugerin groß. Sie erkannte den Würfel. Im Todeskampf hatte Doktor Tod seinen Arm um den Würfel des Unheils gekrallt und ihn festgehalten. Der Würfel hatte den Zähnen der Fische widerstanden, sodass er völlig normal aussah und keinen Kratzer aufwies.

Xorron legte Doktor Tod zu Boden, richtete sich auf und starrte auf die Schreckensgestalt.

Lady X und Vampiro-del-mar hatten ihre Blicke ebenfalls gesenkt. Niemand sprach ein Wort, aber vielleicht dachten sie an die Mordliga und deren Zerstörung. Mit dem Ableben ihres Führers hatte sie ihr Ende gefunden.

Die Trennung lief fast kerzengerade durch Solo Morassos Körpermitte. Die Kleidung war ebenso zerfetzt worden wie die Haut. Abgenagt, sodass nur die bleichen Knochen zu sehen waren. Sogar die Nase war geteilt worden, und wo sich sonst das linke Auge befunden hatte, sahen die drei dämonischen Wesen nur eine leere, dunkle Höhle.

Die rechte Seite sah normal aus. Zwar schimmerte die Haut bleich wie bei jedem Toten, aber da war das Auge noch vorhanden sowie die Hälfte der Lippen, Nase, Kinn und auch noch das Ohr.

Lady X musste sich erst fangen, bevor sie Xorron ansprechen konnte. »Lebt er noch?«

Der Unhold hob die Schultern.

Eine dumme Frage, dachte Lady X und schaute dorthin, wo die Silberkugel des Geisterjägers getroffen hatte.

Das Einschussloch war genau zu sehen. Es saß exakt zwischen den Augen.

Ein echter Dämon wäre gestorben. Doch bei Doktor Tod lag die Sache anders. Er war ein Mensch-Dämon, eine rätselhafte Erscheinung, er konnte durch eine normale Kugelgarbe nicht getötet werden wie auch die normalen Schwarzblüter, aber er war gleichzeitig in der Lage, weißmagische Dinge zu berühren, John Sinclairs Kreuz zum Beispiel. Vielleicht war es möglich, dass Doktor Tod noch lebte.

Lady X bewegte sich. Einen Schritt nur brauchte sie vorzugehen, bückte sich dann und fasste mit beiden Händen zu, um den Würfel aus Doktor Tods angewinkeltem Arm zu lösen.

Es tat ihr gut, ihn in der Hand zu wissen, und sie schaute in die Runde.

Weder Vampiro-del-mar noch Xorron erhoben Anspruch auf den Würfel des Unheils.

Lady X wollte ihn behalten.

»Ich danke dir, dass du versucht hast, ihn zu retten«, sprach sie Xorron an, »allerdings müssen wir uns jetzt fragen, wie es weitergehen soll. Die Mordliga existiert in ihrer alten Form nicht mehr. Solo Morasso müssen wir abschreiben, und ich bin der Meinung, dass wir einen neuen Anführer wählen. Einverstanden?«

Die beiden düsteren Gestalten nickten.

»Gut«, fuhr Lady X fort. »Ich werde mich als neue Anführerin der Mordliga zur Verfügung stellen, denn ich allein kann mich unauffällig in der Welt bewegen und Pläne nicht nur schmieden, sondern auch durchführen. Hat jemand etwas dagegen?«

Lady X hatte keinen Widerspruch erwartet, und sie wurde nicht enttäuscht. Die anderen erkannten sie als Führerin an, waren ihren Argumenten zugänglich, denn sie hatte als Einzige ihr Menschsein nicht vergessen. Sie reagierte als Untote noch ebenso wie früher, wo sie gelernt hatte, eiskalt ihre Chance auszunutzen, auch wenn sie über Leichen gehen musste.

Und sie ging über Leichen, das hatte sie in der jüngsten Vergangenheit oft genug bewiesen. Es störte sie auch nicht, Artgenossen oder Verbündete zu vernichten, Hauptsache, es diente der Sache.

Sie selbst sah sich als eine ideale Führerin der Mordliga, und wenn sie näher über diesen Status nachdachte, da empfand sie es plötzlich als gar nicht mehr so tragisch, dass Doktor Tod umgekommen war. Er hatte in letzter Zeit sowieso die Übersicht ein wenig verloren und Lady X so manche Aufgabe überlassen, die er hätte wahrnehmen müssen.

Ein alter Spruch aus ihrer menschlichen Ära fiel ihr ein. Die Sache ist gelaufen, doch wohin mit der Leiche?

In diesem Fall war es Doktor Tod, der vor ihren Füßen lag. Sollte man ihn hier auf der Insel liegen und verrotten lassen?

Es wäre die einfachste Lösung gewesen. Aber irgendwie gefiel Lady X das nicht. Zudem hätte Xorron sicherlich etwas dagegen gehabt, denn er hing mit nahezu hündischer Ergebenheit an seinem Herrn und Meister. Da musste man sich schon etwas anderes einfallen lassen.

Mehrere Pläne zuckten der Blutsaugerin durch den Kopf. Sie verwarf die meisten davon, bis sich ihre Gedanken an einem Plan festhakten. Erst einmal mussten sie hier weg, das war die Voraussetzung für ein Gelingen des Plans.

Und Lady X wusste auch ein Versteck!

Sandhurst Forest, das alte Sarglager, das Logan Costello gehörte. Auch ihm, dem Londoner Mafiaboss, musste sie noch klarmachen, wer ab jetzt den Ton angab, obwohl das im Moment zweitrangig war.

Wichtig war, dass sie hier wegkamen, und dabei würde ihnen der Würfel des Unheils helfen.

Mit oder ohne Solo Morasso.

»Mit!«, flüsterte die Vampirin, denn sie hatte sich innerhalb von Sekunden entschieden.

Xorron horchte auf und schaute die ehemalige Terroristin an, die plötzlich lachte.

»Wir nehmen ihn mit«, erklärte Lady X, »und wir werden

dem Geisterjäger ein persönliches Geschenk bereiten. Doktor Tod schickt seine Leiche!«, schrie sie und begann gellend zu lachen. »So genau muss es sein.« Sie wollte noch etwas hinzufügen, zuckte jedoch zusammen und sprach nicht mehr weiter.

Die Dämonen hatten etwas vernommen.

Schüsse!

Es war alles anders!

Die seltsame und mir noch immer unbegreifliche Reise hatten wir überstanden und befanden uns mitten auf der einsamen Insel.

Das Wetter stand kurz vor dem Umschwung. Dies war zu merken. Erst durch das Fallen der Temperatur, und dann hatten sich am Himmel schwere Wolken zusammengeballt, die mir verdächtig nach Schneewolken aussahen.

Auch der Wind war schärfer geworden. Unangenehm fuhr er durch unsere Kleidung.

Wir standen in der Nähe des Strands. Hohe Wellen donnerten heran und wurden von den vor dem Strand aus dem Wasser ragenden Felsen gebrochen. Gewaltige Schaumstreifen wirbelten durch die Luft, wurden auf den Strand geschleudert und verliefen sich in langen Wellen, die bis an unsere Füße reichten.

Von unseren Gegnern sahen wir nichts. Wenn sie sich auf der Insel befanden, gab es zahlreiche Verstecke zwischen den Felsen und auch in den Höhlen.

Schon bei unserem Eintreffen war uns der seltsame Geruch aufgefallen, der über der Insel lag. So kannte ich dieses Eiland nicht, denn hier war die Luft immer klar und rein gewesen.

Ich sprach Suko darauf an.

»Riecht wie Gas«, meinte der Chinese.

»Genau.« Ich nickte. »Das ist auch wahrscheinlich Gas. Die Explosion, die verschmorten Leitungen, Kunststoff, der kokelt. Bin gespannt, was zurückgeblieben ist.«

»Dann bleib nicht hier stehen.«

»Antreiber.« Ich grinste.

Wir gingen hintereinander, denn wir mussten an dieser Stelle der Insel die Felsen hochklettern, um das weite Plateau zu erreichen, von dem der Rundumblick am besten war. Von da aus konnte man auch dorthin schauen, wo die ehemaligen Bunkeranlagen gestanden hatten.

Einen Weg fanden wir nicht. Wir kletterten über Felsen. Myxin hielt sich hinter mir, Suko bildete den Schluss.

Der widerliche Geruch verstärkte sich mal, dann flaute er wieder ab. Je nachdem, aus welch einer Richtung der Wind blies.

Vor mir stieg eine Wand senkrecht in die Höhe. Sie zu überklettern wäre zu anstrengend gewesen. Also ging ich parallel zu ihr und passierte eine Höhle, wobei ich überrascht stehen blieb, denn aus dem Dunkel starrten mich zwei glühende Augen an.

Dort hockte jemand.

Sofort blieb ich stehen und griff zur Beretta.

Da hörte ich auch schon ein Klatschen und erinnerte mich an das Geräusch sehr gut.

Vor einigen Wochen hatten wir gegen die roten Vampire gekämpft. Es war in Deutschland geschehen, Will Mallmann hatte sich noch an unserer Seite befunden.

Und plötzlich erschien so ein Blutsauger in der Gestalt einer gewaltigen Fledermaus.

Zum Glück war der Höhleneingang eng. Ich konnte mir Zeit lassen, zielte genau und schoss.

Die Silberkugel drang in das offene Maul des roten Vampirs und zerstörte das Wesen. Es schrie furchtbar, bevor es zu Staub zerfiel.

Vielleicht gab es noch weitere Überraschungen. Wesentlich vorsichtiger gingen wir weiter. Schließlich fanden wir einen Aufstieg, den wir ohne große Mühe nehmen konnten. Zwar lagen überall Felsbrocken verteilt, doch die waren leicht zu umgehen.

Auf halber Höhe lauerten die Zombies. Wir hatten sie nicht

sehen können, sie lagen einfach in zu guter Deckung. Ich bemerkte es, als es zu spät war, dicht vor mir wuchs ein Untoter, ein glatzköpfiges Wesen mit halb eingedrücktem Schädel, in die Höhe, hielt die Arme ausgestreckt und ließ sich einfach fallen.

Es war zu eng, um noch rechtzeitig genug ausweichen zu können. Der lebende Tote fiel gegen mich.

An der linken Seite erwischte er mich, und der Druck riss mich von den Beinen.

Ich wurde zu Boden geschleudert, hörte die überraschten Rufe meiner Freunde und überschlug mich schon, während ich die Klauen des Zombies in meinem Gesicht spürte.

Dieses widerliche Wesen griff hart zu. Es drückte mein Fleisch zusammen und riss an meinen Haaren. Ich schlug zwar um mich, doch entscheidende Treffer konnte ich bei dem Zombie nicht landen. Nicht mit den Fäusten.

Zudem befand ich mich in Bewegung und rollte zusammen mit meinem Gegner den Hang wieder hinunter, den ich erst mühsam aufgestiegen war.

Dann prallten wir gegen einen Felsbrocken.

Zum Glück war er so schwer, dass er liegen blieb, und ich konnte mich wieder zurechtfinden.

Die Klaue hielt noch immer mein Gesicht gepackt. Ich nahm einen widerlichen Verwesungsgeruch wahr und hätte mich am liebsten übergeben, doch die Klaue umschloss auch meine Lippen.

Nur mein Bein konnte ich anziehen. Während ich es in den Leib des Zombies rammte, hörte ich einen röchelnden Todesschrei. Wahrscheinlich hatte Myxin oder Suko einen Gegner erledigt.

Es wurde Zeit, dass auch ich meinen erledigte. Der Tritt hatte ihn in die Höhe geschleudert. Zudem war seine Hand von meinem Gesicht abgerutscht. Zwar schmerzten meine Wangen noch, aber der widerliche Geruch war nicht mehr vorhanden.

Schnell richtete ich mich auf.

Der Zombie kam nicht so rasch in die Höhe. Ich konnte noch einen Blick auf Suko und Myxin erhaschen.

Der Chinese hatte seinen Feind bis gegen einen hohen Felsen gestoßen. Dort stand der Zombie, hatte die Arme vor sein Gesicht gerissen und sah den Mündungsblitz nicht, der aus der Waffe fuhr.

Die Kugel vernichtete ihn.

Auch ich nahm die Beretta. Beim Marsch hatte ich sie weggesteckt. Aus einer Körperlänge Entfernung traf das geweihte Geschoss den Untoten in den Kopf.

Erledigt ...

Ich stand auf.

Suko und Myxin winkten mir zu, während ich über mein Gesicht tastete. Die Finger des Zombies hatten die Haut aufgeraut. Zum Glück waren es keine spitzen Fingernägel gewesen, sonst wäre ich mit blutigen Streifen herumgelaufen.

»Komm hoch, du lahme Krücke!«, rief mein Freund und schaute zu, wie ich mich den Abhang hochquälte.

»Alles klar?«, fragte ich.

»Bei uns ja.«

»Dann weiter.«

Wir bedachten die vergehenden Zombies mit keinem Blick mehr. Es waren Vasallen, uns interessierten die anderen, die mächtigeren Dämonen. Nur wenige Schritte weiter hatten wir so ziemlich den höchsten Punkt der Insel erreicht und konnten sie gut überblicken.

Wir sahen den Krater. Sekundenlang sprachen weder Suko, Myxin noch ich ein Wort. Mir jedoch rieselte eine Gänsehaut über den Rücken, wenn ich daran dachte, wie leicht es auch uns hätte erwischen können, wenn wir nicht im letzten Augenblick die Bunkerfestung verlassen hätten. Das war wirklich knapp gewesen.

Suko streckte den Arm aus. »Da sind sie!«

Die Distanz war zwar relativ groß, trotzdem konnten wir die drei erkennen. Xorron fiel besonders auf. Neben ihm stand Vampiro-del-mar und den beiden gegenüber Lady X.

Sie also hatten es überstanden und waren nicht zusammen mit der Bunkerfestung untergegangen.

Na ja, man konnte nicht alles haben.

Einen sahen wir nämlich nicht.

Solo Morasso, alias Doktor Tod!

Myxin meinte: »So allmählich fange ich auch an zu glauben, dass Morasso nicht mehr existiert. Sonst wäre er sicherlich bei ihnen.«

Ich nickte nur und suchte jeden Zoll des Bodens innerhalb des Kraters ab. In der Mitte schien sich ein kleiner See gebildet zu haben. Das Wasser schimmerte, und ich sah auch einen grünen Schein an einer Stelle.

Suko ging ein paar Schritte vor.

»Hast du was?«, fragte ich ihn.

Er hatte die besten Augen von uns und schüttelte den Kopf. »Ich bin mir nicht sicher, aber ich glaube, dass vor den Füßen der Lady X jemand liegt.«

Alarm! Sollte Doktor Tod es doch noch geschafft haben? Oder lag da vielleicht seine Leiche?

Möglich war alles, deshalb wollte ich ebenfalls näher heran. Plötzlich sah ich, wie Lady X ihren Arm hob und in unsere Richtung deutete. Sie hatte uns also gesehen.

»Was machen wir?«, fragte Suko.

»Sollen wir runter?« Ich gab diese fragende Antwort und drehte mich dabei zu Myxin um.

»Es wird schwer«, gab der kleine Magier zu.

Leider brauchten wir zu lange für eine Entscheidung. Lady X kam uns zuvor.

Dass sie den Würfel an sich genommen hatte, sah ich erst jetzt. Sie hielt ihn zwischen ihren Händen, hatte die Arme ausgestreckt und konnte ihn dank ihrer Gedankenkraft manipulieren.

»Die verschwinden!«, stieß Suko hervor.

Es hätte nicht erst seines Kommentars bedurft. Wir bekamen es mit, wie der Würfel reagierte. Eine Wolke drang aus ihm hervor, wurde zu einem regelrechten Wirbelwind und verschlang die drei dämonischen Wesen. Wir hatten das Nachsehen.

»Das war's wohl«, stellte der Chinese sarkastisch fest und schaute uns betroffen an.

»Ich habe es nicht ändern können«, sagte Myxin leise.

Ich ärgerte mich ebenfalls. Es hatte jedoch keinen Sinn. Die drei waren und blieben verschwunden. Sie konnten überall ihr Ziel gesucht haben, auf dieser Welt und auch in einer fremden Dimension. Das war egal. Nur wussten wir nicht, wo wir sie suchen sollten, und einen endgültigen Beweis für Solo Morassos Vernichtung hatten wir auch noch nicht erhalten.

Aber ich wollte ihn!

»Sollen wir nach seiner Leiche suchen?«, fragte ich meine Freunde.

Sie wussten sofort Bescheid, was gemeint war. So beschlossen wir, in den Krater hinabzusteigen.

Sehr schnell mussten Suko und ich einsehen, dass dies nicht so leicht möglich war. Die giftigen Dämpfe raubten uns den Atem und stachen in unserem Hals.

Wir mussten zurück.

Nur Myxin ging weiter. Ihm machten diese Gase nichts aus. So warteten wir am Rand des Kraters, bis er zurückkehrte. Der kleine Magier teleportierte sich schließlich in unsere Nähe. Seinem Gesicht war abzulesen, dass er keinen Erfolg gehabt hatte.

»Die Leiche ist also verschwunden«, murmelte ich.

»Vielleicht liegt er unter den Trümmern«, meinte Suko. »Wir können ja keine Planierraupen hierher schicken und nachforschen lassen.«

»Ja, das stimmt.«

»Sollen wir die Insel nach weiteren Zombies absuchen?«, fragte Myxin.

Das taten wir. Noch zwei Untote fanden wir in sicheren Verstecken. Mittlerweile wurde es dunkel, und die Finsternis war die Zeit der roten Vampire.

Auf sie machten wir ebenfalls Jagd und zerstörten sie.

Zwölf waren es insgesamt.

Ich war mir allerdings klar darüber, dass man dies nur mit dem berühmten Tropfen auf den heißen Stein umschreiben konnte, denn Vampiro-del-mar hatte sicherlich noch mehr seiner alten Diener in der Hinterhand.

Als es noch anfing zu schneien, hielt uns nichts mehr auf der Insel. Myxin teleportierte uns wieder nach London, und jeder von uns hatte ein ungutes Gefühl, wenn wir an die Zukunft dachten ...

Zwei Razzien hatten die Bullen durchgeführt, und beide Male war es ein Schuss in den Ofen gewesen. Nichts gefunden. Kein Rauschgift, keine minderjährigen Mädchen, keinen unverzollten Alkohol.

Alles war clean.

Aber auch nur, weil Logan Costello einen guten Mann in der Polizeispitze sitzen hatte. Von ihm hatte er den Tipp erhalten, den sich Costello 1000 Pfund kosten ließ.

Die hatte der Mann verdient. Und Logan Costello hatte eine so ruhige Nacht verbracht, dass er sich am nächsten Morgen mehr als ausgeschlafen fühlte, wobei sein Tatendrang schon beinahe ansteckend wirkte, denn das bekam sein Anwalt Paul Sorvino als Erster zu spüren. Noch im Bett liegend, telefonierte Costello mit ihm.

»Ich brauche die beiden Häuser in Mayfair dringend«, sagte er. »Zahlen Sie, was die Verkäufer verlangen.«

»Aber das ist zu viel«, erklang die erschreckte und gleichzeitig müde klingende Stimme des Anwalts aus dem Hörer.

»Ich will sie haben.«

»Ok, es ist Ihr Geld!«

»Genau, mein Lieber.«

»Und was geschieht danach, Mr Costello?«

Der Mafiaboss verzog sein breites Gesicht und strich über das lackschwarze Haar. »Wir lassen die Häuser erst einmal stehen. Verrotten. Anschließend wird ein Kommando dort ein wenig Unordnung schaffen. Danach erhalte ich vom Staat die Genehmigung, die Buden abreißen zu dürfen, das ist alles.«

»Ich habe verstanden.«

Zufrieden legte Costello auf. Er wollte die beiden Häuser abreißen lassen und sie neu aufbauen. Als Wohn- und Geschäftshäuser, mit Apartments, denn gerade in Mayfair sah er noch Chancen für gewisse Mädchen, die die hohen Mieten in den modernen Apartments gern bezahlten, denn woanders in London waren nur schwerlich Wohnungen zu bekommen.

Als es an die Tür klopfte, richtete sich Costello im Bett auf. Er wusste, wer es war, und rief: »Komm herein, Mama!«

Die Türklinke wurde mittels eines Ellbogens aufgedrückt, da die Frau noch ein Tablett trug, auf dem das Frühstück des Mafioso stand. Mama nannte er sie, weil sie ihn immer an seine Mutter erinnerte. Eigentlich hieß sie Carla, aber sie hatte die gleichen Ausmaße wie Costellos Mutter. Einen wogenden Busen, schwarzgraues Haar, streng zurückgekämmt, sie trug immer dunkle Kleidung, und sie konnte kochen, dass es eine Wucht war. Selbst in Sizilien hatte Costello nicht so gute Spaghetti gegessen, und Mama war die Einzige, die mit ihm reden konnte, wie ihr der Schnabel gewachsen war.

»Bon giorno«, sagte sie fröhlich, um im nächsten Augenblick den Kopf zu schütteln, wobei sie auf das Telefon schielte. »Sie haben ja schon wieder gearbeitet. Denken Sie daran, dass man vor dem Frühstück alles anders sieht. Erst mit einem guten Frühstück im Magen kann man die richtigen Entscheidungen treffen.«

Costello bekam große Augen. »Ja«, sagte er plötzlich. »Das stimmt, Mama, du hast recht. Ich werde sofort …« Er wollte zum Telefon greifen, doch Mama schüttelte den Kopf.

»Gar nichts werden Sie. Erst einmal essen. Danach ist noch immer Zeit.«

Wenn Mama das anordnete, gab es keinen Widerspruch, und Logan Costello fügte sich in sein Schicksal.

Die Frau holte die Bank und baute sie über Costellos Brust auf. Dann stellte sie das Tablett ab.

Es war überladen. Orangensaft, frisch gepresst, Kaffee, Schinken aus Parma, ein weiches Ei, Konfitüre, Butter. Was das Herz begehrte, hatte La Mama auf das Tablett gepackt.

»Guten Appetit wünsche ich«, sagte sie, nickte und verschwand.

Costellos Augen glänzten. »Du bist die Beste, Mama.«

Die Frau wurde rot und lief mit schaukelndem Busen hinaus. Sie würde in die Küche gehen, denn dort war ihr Domizil. Da fühlte sie sich wohl, dort herrschte sie mit eiserner Strenge. Und wehe, es lief nicht so, wie sie es wollte. Ihre Schimpfkanonaden waren berühmt-berüchtigt.

Zuerst trank Costello den frisch gepressten Orangensaft. Das war für ihn eine Wohltat, die Säure machte ihm nichts aus, er hatte einen gesunden Magen.

Er benötigte zwei Schlucke, bevor das Glas leer war. Zwischen diesen Schlucken schenkte er Kaffee ein.

Pechschwarz, stark und bitter. So mochte er ihn. Nur La Mama durfte diesen Kaffee kochen, andere schafften es nicht. Diesmal fand er keinen Schafskäse aus Sizilien vor. La Mama war wohl mit der Qualität nicht zufrieden gewesen und hatte keinen gekauft. Das war in Costellos Sinne.

Dafür stammte das Ei nicht von der Hühnerfarm. Er schlug es auf, und seine Augen begannen zu glänzen.

Da klingelte das Telefon.

Für Logan Costello war dies ein Alarmzeichen, denn nur wenige kannten seine Geheimnummer und konnten direkt durchwählen. Zu den wenigen gehörte Solo Morasso, alias Doktor Tod.

Hatte er vielleicht Sehnsucht nach Costello?

Da sich der moderne Quälgeist nicht abstellen ließ, hob Costello beim vierten Läuten ab.

Nicht Solo Morasso wollte mit ihm sprechen, sondern eine Frau. »Bist du schon wach, Costello?«

»Ja!«

»Du weißt, wer hier spricht?«

»Ich kann es mir vorstellen. Die Scott.«

»Genau.«

Costello verzog das Gesicht. Er mochte dieses Weib nicht. Er mochte überhaupt keine Frauen, wenn es um geschäftliche Belange ging. Die sollten sich raushalten. Andererseits wusste er auch, über welche Machtmittel die Scott verfügte. Sie war ein brisantes Frauenzimmer, brandgefährlich, und nahm in der Hierarchie der Mordliga einen der obersten Plätze ein. Die Macht der Mordliga kannte Costello auch. Deshalb war er schön vorsichtig und provozierte die Scott auf keinen Fall.

»Was willst du?«, fragte er.

»Ich werde zu dir kommen. Sage deinen Aufpassern Bescheid, dass du Besuch erwartest. Wenn sie irgendwie dumm reagieren, werde ich sie töten.«

Abermals verzog Costello das Gesicht. Die würde es tatsächlich fertigbringen und seine Leute eiskalt killen. »Es ist gut«, erwiderte er, »ich sage den Männern Bescheid.«

»Bis später.« Die Scott legte auf.

Costello verzog das Gesicht. Am liebsten hätte er das Tablett gegen die Wand geschmettert. Der Appetit war ihm plötzlich vergangen. Nicht einmal mehr das Ei konnte er essen. Dabei hatte er sich so darauf gefreut.

Ächzend stieg Costello aus dem Bett. Das Bad befand sich nebenan. Es war ein großer Raum, prachtvoll ausstaffiert, mit goldenen Armaturen versehen.

Er ließ Wasser in die Wanne laufen. Auf ein morgendliches Vollbad wollte er nicht verzichten, da konnte kommen, was wollte.

Die Wanne war natürlich nicht normal, sondern schon fast ein kleines Kinderschwimmbecken. Aus vier Kränen lief das Wasser. Ein Gel verwandelte es in eine weiche Flüssigkeit mit einem wallenden Schaumberg.

Was die Scott wohl wollte? Costello überlegte hin und her. Sicherlich sollte er ihr und der Mordliga wieder behilflich sein. Nein konnte er da nie sagen, denn auch Doktor Tod tat etwas für ihn. Er brauchte nur daran zu denken, als einige seiner Konkurrenten über ihren eigenen Schatten springen und ihr Gebiet ausdehnen wollten. Da hatte Doktor Tod die Leichenkutsche geschickt, und mit ihr Xorron. In London hatten damals gewisse Leute ihr Leben ausgehaucht.

Er stieg in die Wanne. Mithilfe der Mischbatterie hatte er die Temperatur seinen Wünschen entsprechend eingestellt. Das Wasser war herrlich und sehr angenehm.

Wohlig stöhnte er auf, während er sich zurücksinken ließ. Bald schaute nur sein Kopf aus dem Schaumberg. In den nächsten Minuten konnte ihm die Mordliga gestohlen bleiben.

Logan Costello schloss die Augen. Es tat gut, sich so auszustrecken. Dieses morgendliche Bad war ein Ritual, da ließ er sich von niemanden stören – und wehe, wenn jemand es jemals wagte …

Heute wurde er gestört.

Vor der Tür vernahm er Stimmen. Die von La Mama klang schrill. Ein Zeichen, wie aufgeregt die Frau war. Sie wollte keinen zu ihrem Chef lassen, aber dass sie ausgerechnet Lady X dabei gegenüberstand, konnte leicht ihr Tod sein.

Die Frau überschüttete Lady X mit einem Schwall von Worten. Sie drohte und schrie, bis es ein klatschendes Geräusch gab. Im nächsten Moment verstummte La Mama.

Costello setzte sich gespannt hin. Er schluckte ein paarmal trocken und stellte seine Ohren auf Horchposition. Weshalb kam die Scott nicht in das Bad? Sicher wusste sie, wo Costello zu finden war, aber nein, sie ließ sich provozierend lange Zeit.

Da stimmte etwas nicht.

Costello schluckte, und er zuckte noch einmal zusammen, als er einen schweren Fall hörte.

Die Scott war es sicherlich nicht, die das Geräusch verursacht hatte. Es kam nur La Mama infrage.

Sollte sie vielleicht von Lady X gebissen worden sein?

Costello wurde bleich, als er daran dachte. Wenn dieses verdammte Vampirweib La Mama etwas getan hatte, dann …

Da wurde die Tür aufgestoßen.

Auf der Schwelle stand Lady X! Lässig, betont locker und die MPi im Hüftanschlag. Weiches Leder umschmeichelte ihre Figur. Sie hätte wirklich für ein Killermädchen durchgehen können, wären da nicht die blutigen Lippen gewesen, auf die Costello starrte.

»Hast du sie ...?«, flüsterte er.

»Natürlich habe ich sie. Du hast doch nicht auf mich gehört. Ich habe dir schließlich gesagt, dass sich mir niemand in den Weg stellen soll. Anscheinend hat dein Personal nicht gehört. Man wollte mich aufhalten, aber das Blut dieser dicken Frau hat mir nicht geschmeckt. Du brauchst keine Angst zu haben. Sie ist kein Vampir. Ich habe nur einen kurzen Test mit ihr gemacht.«

Der abgebrühte Logan Costello, den wirklich so leicht nichts umwarf, spürte sein Herz oben im Hals schlagen.

Lady X dachte nicht daran, den Raum zu verlassen, obwohl Costello noch in der Wanne lag. Auf einem mit flauschigem Fell gepolsterten Hocker nahm sie Platz und beobachtete aus kalten Augen den in seiner Wanne hockenden Mafiaboss.

Plötzlich fragte sie: »Was hältst du von mir?«

Costello zuckte zusammen. »Ich?«

»Ja. Ich will wissen, was du von mir hältst. Wahrscheinlich nichts, wie ich dich kenne. Aber du wirst es kaum zugeben, Costello, weil du zu feige bist und nicht den Mumm hast.«

»Nein, das darfst du so nicht ...«

»Hör auf zu labern, Costello. Du hältst von mir nichts und würdest mir am liebsten einen Eichenpflock ins Herz stoßen, damit ich zu Staub zerfalle, nicht wahr?«

Costello begehrte auf. »Das habe ich nie gesagt. Es ist eine bodenlose Unterstellung.«

»Nein, die Wahrheit«, konterte die Scott. »Die reine Wahrheit, mein Lieber ...«

Costello hob seine Arme aus dem Wasser. Über die Haut rann der Schaum in langen Spuren. »Ich verstehe nicht, was das alles soll! Weshalb erzählst du mir das?«

»Aus einem einfachen Grund, Costello. Weil du dich in Zukunft nur noch mit mir abgeben wirst.«

»Was?«

»Ja, du hast richtig gehört, ich bin dein Boss.«

»Aber Solo Morasso …«

Lady X winkte ab. »Vergiss ihn!«, zischte sie. »Es gibt keinen Doktor Tod mehr. Solo Morasso ist vernichtet worden, und ich habe die Führung der Mordliga übernommen!«

Costello wurde in der Wanne so klein, dass man befürchten musste, das Wasser würde über ihm zusammenschwappen. Sein Gesicht veränderte sich. Er schüttelte den Kopf, seine Speckfalten gerieten dabei in Wallung, und die Arme begannen zu zittern. Eine Welle schwappte über seine Unterlippe. Wasser drang in seinen Mund.

Lady X saß da und grinste kalt. Sie schaute zu, wie Costello hustete und anfing zu zittern. Dann lief sein Gesicht rot an, und das lag nicht nur an der Hitze des Wassers.

»Hast du dich wieder beruhigt?«, fragte sie.

»Nein, nein. Das kann ich nicht glauben«, hauchte Costello. »Das gibt es nicht.«

»Doch, er ist tot.«

»Aber wieso? Man kann Solo Morasso nicht umbringen. Das geht nicht, er muss …«

»Sinclair!«, sagte Lady X nur.

Costello schüttelte sich, als er den Namen hörte. John Sinclair war einer seiner Hauptfeinde. Er gab dem Oberinspektor die Schuld am Tod seines Bruders, und er verfolgte den Geisterjäger mit einem nahezu wilden Hass. Ein paarmal atmete Costello keuchend. »Hat dieser verdammte Hund wirklich …?«

»Ja, er hat es getan. Solo Morasso bekam eine Silberkugel in den Schädel, und er fiel danach in ein Becken, in dem Piranhas schwammen. Sie haben sein Fleisch bis auf die Knochen abgenagt. Das genau ist geschehen, und aus diesem Grund habe ich die Führung der Mordliga übernommen. Ich allein …«

»Aber das ist ja schrecklich …«

Lady X nickte. »Für dich vielleicht, für mich nicht. Es wird so weitergehen, als würde Doktor Tod noch leben. Du unterstehst mir voll und wirst das tun, was ich dir sage. Hast du verstanden?«

»Ja …«

»Dann ist es gut.«

»Ich begreife es trotzdem nicht«, flüsterte der Mafioso, »ich kann es einfach nicht fassen.«

Die Scott lachte. »Kann ich mir vorstellen, mein Lieber. Es ist auch schwer zu begreifen, und ich habe das Gefühl, als würdest du mir noch immer nicht trauen. Das wird sich ändern. Du steigst jetzt aus deiner Wanne und kommst mit.«

»Wohin?«

»Ich werde dir Morassos Leiche zeigen!«

Für einen Moment schien der Blick des Mafioso zu erstarren. Auch sein Gesicht fror ein, danach nickte er, und es war nicht einmal klar, ob er es überhaupt merkte.

»Raus aus der Wanne!«, kommandierte die Vampirin.

Nie wäre es Costello früher in den Sinn gekommen, vor den Augen einer Fremden aus der Wanne zu steigen. Aber hier waren die Vorzeichen andere. Auf irgendwelche Regeln konnte er jetzt keine Rücksicht nehmen. Lady X hatte die Hand am Drücker, er musste sich fügen.

Die Vampirin interessierte sich nicht für den nackten Mafioso. Sie war ein geschlechtliches Neutrum. Was kümmerte es sie, ob ein Mann nackt oder angezogen war?

Sie sah in ihm entweder ein Opfer oder einen Diener. Costello war das Letztere. Und sollte er sich nicht fügen, wurde er sehr leicht zum Opfer.

Sein Badetuch lag bereit. Ein großer, viereckiger, flauschiger Gegenstand, in den Logan Costello sich einwickelte. Er wagte Lady X nicht anzusehen, während er sich abtrocknete.

Die Blutsaugerin war nicht auf dem Hocker sitzen geblieben. Sie wanderte in dem großen Bad auf und ab. Dabei passierte sie die Spiegelwand.

Costello, der sie aus den Augenwinkeln beobachtete, machte eine seltsame Entdeckung.

Die Scott warf kein Spiegelbild!

Der Mafioso wusste, dass man sich über Vampire Geschichten erzählte, die seit langen Zeiten überliefert waren. Unter anderem hieß es dort, dass die Blutsauger Knoblauch hassen, Angst vor fließendem Wasser haben und tagsüber die Zeit in finsteren Grüften oder Särgen verbringen.

Bei Lady X war das anders. Auf sie traf nur das Fehlen eines Spiegelbildes zu, ansonsten konnte sie sich auch bei Tageslicht bewegen. Sie gehörte gewissermaßen zu einer modernen Generation von Vampiren. Trotzdem hatte sie Angst vor geweihtem Silber. Das also war geblieben.

»Beeil dich!«, fuhr die Scott ihn an.

»Ja, ja, aber meine Kleidung befindet sich im Schlafzimmer.«

»Hol sie!«

Costello ging an der Scott vorbei auf die Tür zu. Mit zitternden Knien betrat er das Schlafzimmer, wo nicht nur das Bett stand, sondern auch der große Schrank in die Wand eingelassen war. Er nahm die gesamte Breite ein.

Costello öffnete die linke äußere Tür. Dort hingen seine Anzüge. Darüber lagen Hemden in den Fächern.

Seine Hände zitterten, als er ein blaues hervornahm, denn immer wieder fiel sein Blick auf die am Boden vor dem Bett liegende La Mama.

Sie war bleich im Gesicht, und aus einer Wunde am Hals sickerte Blut.

Dort hatte Lady X eine Wunde gerissen.

Lebte La Mama überhaupt noch? Oder war sie zu einem Vampir geworden, weil Lady X geblufft hatte?

»Ich habe nicht ewig Zeit!«

Costello erschrak, als er die Stimme in seinem Rücken hörte. Die ehemalige Terroristin stand in der offenen Tür und beobachtete ihn mit Argusaugen.

Hastig zog sich Costello an. Dabei verfehlte er zweimal sein Hosenbein, weil er zu nervös war. Sein Gesicht zuckte, und eine Krawatte konnte er sich wegen seiner zitternden Finger erst gar nicht binden.

»Was – was ist mit ihr?«, fragte er flüsternd.

»Ich habe dir doch gesagt, dass mir ihr Blut nicht schmeckte«, erwiderte die Scott kalt. »Ich bin in der letzten Zeit anspruchsvoll geworden, mein Lieber.«

»Das habe ich gesehen.«

»Na also.«

Costello streifte seine Jacke über und war fertig.

»Gehen wir«, sagte die Scott.

»Und wohin?«

»Das wirst du schon sehen. Ich möchte dir nur die Leiche eines guten Freundes zeigen.«

Costello schüttelte sich, als er daran dachte, den toten Solo Morasso zu sehen. Aber die Scott hatte hier das Sagen, er konnte sich nur fügen, das war alles.

Costello verließ als Erster das Zimmer. Sein Gesicht war unbewegt, als er über die breite Treppe nach unten schritt. Von seinen Leibwächtern war niemand zu sehen. Sie hielten sich im Nebentrakt auf. Costello konnte sie rufen, wenn er sie brauchte.

»Müssen wir weit?«, fragte er.

»Mein Wagen steht in der Nähe.«

Lady X fuhr.

Costello hockte neben ihr wie ein Häufchen Elend. Er zitterte noch immer, denn er war der einzige Mensch unter Monstern.

Die Vampirin hatte sich einen schwarzen Mercedes-Kombi besorgt. Die Fenster der Ladefläche waren verhängt worden, und das war auch nötig, denn auf der Ladefläche hielten sich zwei schreckliche Gestalten auf.

Vampiro-del-mar und Xorron!

Sie hatten die Untote begleitet auf dem Weg vom Sandhurst Forest zu Logan Costello. Innerhalb des großen Wald- und Manövergebietes Sandhurst Forest fühlten sie sich am wohlsten. In dem alten Bunker, wo die zahlreichen Särge standen, fühlten sie sich ein wenig wie auf der Insel, denn auch der Bunker aus dem letzten Krieg glich irgendwie einer Festung. Zudem machte es ihnen Spaß, sich zwischen den Särgen aufzuhalten, denn dieses Lager sollte den Ghouls als Unterkunft dienen. Xorron hatte vor, eine Armee von Ghouls dort unterzubringen. Leider war er dazu noch nicht gekommen.

So musste er abwarten.

Lady X gab sich ruhig und gelassen. Sie fuhr sehr vorsichtig, hielt die Geschwindigkeitsregeln exakt ein, sodass für die Polizei keine Notwendigkeit bestand, sie zu stoppen.

Costello sagte nichts. Er war bleich im Gesicht. Hin und wieder holte er ein Tuch hervor und wischte damit über seine Stirn, wo sich der Schweiß von Neuem sammelte, wenn er ihn abgewischt hatte. Der Mann konnte seine innere Angst nicht unterdrücken.

»Mach dir nicht in die Hosen«, sagte die Scott scharf. »Ich dachte immer, du wärst ein großer Mafiafürst.«

»Das bin ich.«

»Scheint mir aber nicht so.«

»In meinem Job habe ich auch normalerweise nichts mit Dämonen zu tun. Da wird alles mit einer ehrlichen Kugel geregelt.«

Die Scott lachte. »Ehrliche Kugel ist gut.« Sie drehte kurz den Kopf und zeigte Costello ihre Vampirzähne. »Mir ist ein ehrlicher Biss lieber. Darauf kannst du dich verlassen.«

Der Mafioso schüttelte sich. Er konnte sich in die Welt eines Blutsaugers nicht hineindenken.

Xorron und Vampiro-del-mar verhielten sich auf der Ladefläche ziemlich still. Nur hin und wieder stieß der Supervampir ein wütendes Schnauben aus.

Lady X wusste den Grund. Er brauchte Blut, denn zu lange konnte er den Lebenssaft nicht entbehren. Aber erst kam die Arbeit, dann das Vergnügen.

Die Gedanken der ehemaligen Terroristin beschäftigten sich mit der Zukunft. Immer wieder stellte sie sich die Frage, wie es weitergehen sollte. Sie musste sich jetzt, da sie sich zur

Führerin der Mordliga aufgeschwungen hatte, mehr Gedanken machen. Früher hatte sie mit Solo Morasso darüber diskutieren können, heute sah die Sache ein wenig anders aus. Da bestimmte sie die Richtlinien, und ihr durfte kein Fehler unterlaufen.

Lady X wusste selbst, dass sie unter den Schwarzblütern zahlreiche Feinde hatte. Da war nicht nur Lupinas Sohn Orapul, sondern auch Asmodis mit seinem Gefolge. Er hatte bestimmt nicht vergessen, dass seine Tochter von Solo Morasso geköpft worden war. Und Lady X hatte dabei zugesehen.

Also stand auch sie auf der falschen Seite. Wenigstens im Sinne des Teufels.

Ob er bereits erfahren hatte, was mit Solo Morasso geschehen war? Bestimmt, denn sicherlich befand sich die Seele des Doktor Tod schon im Reich des Spuks.

Und diesmal würde sie nicht wieder freigelassen werden!

Die Innenstadt hatten sie hinter sich gelassen und näherten sich dem großen Waldgebiet des Sandhurst Forest. Hier gab es trotz der Stadtnähe noch zahlreiche Verstecke, unter anderem eben den alten Bunker, der mit Särgen vollgestopft war.

Die Vampirin beschleunigte. Noch konnte sie sich eine höhere Geschwindigkeit erlauben, denn sie befanden sich auf einer asphaltierten Straße.

Es herrschte wenig Betrieb, die großen Herbstmanöver liefen erst später an. Links sah sie bereits die grüne Lunge des Forest. Ein weites, herrliches Gebiet, ideal zum Ausspannen für großstadtmüde Londoner. Doch dort, wo der Bunker lag, kam kaum ein Mensch hin. Die alte Festung interessierte nicht.

Nicht mehr lange, dann mussten sie abbiegen. In weiten Kurven schlängelte sich der Weg voran. Manchmal zweigten schmale Wege ab, die in das dichte Waldgebiet führten.

Die Bäume trugen grüne Blätter und bildeten ein dichtes Dach. Der August hatte London noch sehr schöne Tage gebracht, und ein paar Wochen später würde das Laub schon eine andere Farbe annehmen.

Links ab!

Lady X drehte das Lenkrad. Der Mercedes ruckte herum, die Reifen fanden auf dem schmalen Waldweg Halt, griffen durch, und schon bald schaukelte der Wagen unter dem grünen Dach der Bäume weiter und tiefer in den Forest hinein.

Es machte der Vampirin nichts aus, dass die Zweige über die Karosserie kratzten oder an den Scheiben schabten, sie wollte nur so rasch wie möglich ihr Ziel erreichen.

»Wo liegt er denn?«

»Das wirst du schon sehen.«

»Sieht er schlimm aus?«

Die Scott lachte nur.

Da wusste Logan Costello, dass er sich auf einiges gefasst machen konnte, und er wurde auf dem Beifahrersitz noch kleiner, als er sowieso schon war.

Der Wagen schaukelte auf dem unebenen Weg wie ein Schiff bei starkem Seegang. Zum Glück lief der Weg in eine Lichtung aus, und dort stand auch der Bunker.

Ein Klotz.

Grau in der Farbe und irgendwie düster aussehend. Logan Costello hatte ihn gemietet, von der Mordliga wurde er benutzt. Das Eisentor zeigte schon wieder Rost, die schweren Riegel und auch das Schloss sorgten dafür, dass niemand den Bunker betreten konnte.

Die Vampirin stoppte. Sie lachte und zeigte dabei ihre spitzen Hauer. »Bald wirst du den sehen können, für den du alles getan hast«, erklärte sie dem Mafioso.

Costello nickte nur. Sprechen konnte er nicht. Seine Kehle war zu. Er ahnte, dass ihn eine grauenvolle Überraschung erwartete, und der Gedanke daran war ihm unerträglich.

»Aussteigen!«

Lady X hatte den Befehl gegeben. Sie verließ als Erste den Wagen. Costello sollte ihr folgen, während Vampiro-del-mar und Xorron zurückbleiben mussten.

Mit schnellen, sicheren Schritten ging die Scott auf die Bunkertür zu. Costello folgte ihr langsamer, als hätte er Angst vor den nächsten schlimmen Minuten.

Die Scott hatte den Schlüssel. Sie spielte sich als Chefin auf, Costello kam sich vor wie ein Statist. Es war schwer, das Tor zur Seite zu schieben. Der Mafioso musste mithelfen und geriet durch die ungewohnte Anstrengung ins Schwitzen.

Endlich stand das Tor offen. Freier Blick in den Bunker!

Ein unheimliches Bild bot sich den Ankömmlingen. Während ein normaler Mensch vielleicht Angst bekommen hätte, war das bei Lady X nicht der Fall.

Sie freute sich, wenn sie Särge sah, und sie stellte sich vor, dass einmal alle mit Vampiren belegt waren. Das war ihr großer Traum, für den sie lebte.

Die Särge standen in zwei Reihen. Links und rechts der Bunkerwände waren sie aufgebaut worden, sodass sich zwischen ihnen ein Gang befand. Es waren prunkvolle und schlichte Totenkisten darunter, schwarze, braune und auch helle Särge.

Costello hatte damals gekauft, was er in die Finger bekam. Und er spürte auch die unheimliche Atmosphäre, die dieses Sarglager ausströmte.

Er konnte sie kaum beschreiben, denn sie war einfach da, und sie zerrte an den Nerven des Mafioso.

Bisher hatte sich Logan Costello immer im Hintergrund gehalten und die Aktionen entweder nur befohlen oder als Organisator geleitet. Nun wurde er selbst mit dem Schrecken konfrontiert, und er hatte das Gefühl, als würden Eisfinger über seinen Rücken streichen. Sehr vorsichtig bewegte er sich voran, achtete darauf, dass er auf Zehenspitzen ging. Die Distanz zwischen ihm und Lady X wurde größer.

Die Vampirin blieb stehen. Sie schaute schräg über die Schulter, ihre Mundwinkel verzogen sich. »Los, komm, du Feigling!«

Costello nickte heftig. Er schwitzte wieder, wagte aber nicht, sich den Schweiß aus dem Gesicht zu wischen. Er wollte sich nicht noch mehr Blößen geben.

Am Ende des Mittelganges blieb Lady X stehen. Sie hatte schon bei ihrem Eintritt Licht gemacht. Die trüben Birnen an der Decke verbreiteten nur so viel Helligkeit, dass man sich innerhalb des Bunkers orientieren konnte.

Rechts und links führten zwei Gänge tiefer in die Seitenteile des Bunkers.

Und links stand auch der Sarg!

Er war offen.

Lady X hielt sich dicht neben ihm auf, dass ihre Beine fast das dunkle Holz berührten.

Costello zögerte noch. Er hatte plötzlich schreckliche Furcht, seinen ehemaligen Chef zu sehen. Er spürte das Grauen, wie es unsichtbar einen Ring um ihn schloss.

»Komm schon näher!«, flüsterte die Scott. Im müden Schein der Lampe wirkte ihr Gesicht seltsam verzerrt und verschwommen zugleich. Eine widerliche Fratze.

Costello zog den Kopf ein. Es gab kein Zurück. Er musste sich den Tatsachen stellen.

Und die lagen in dem offenen Sarg!

Wäre Logan Costello allein gewesen, so hätte er vielleicht geschrien, aber er beherrschte sich mit großer Mühe und starrte auf das, was in dem Sarg lag.

Ein Mann?

Nein, ein Monstrum. Halb Mensch, halb Skelett, mit einem Kugelloch in der Stirn.

Man konnte noch erkennen, dass es Solo Morasso gewesen war, da die rechte Seite sich fast in einem normalen Zustand befand. Doch die andere, die linke, war völlig zerfressen. Da hatten die Piranhas wirklich ganze Arbeit geleistet und das Fleisch von den Knochen des Mannes restlos abgenagt. Kein Fetzen hing mehr daran.

Wie mit Feuer verstärkt, brannte sich das Bild dieses Monstrums in Logan Costellos Gehirn, und er schüttelte den Kopf, während er unfähig war, ein Wort zu reden.

»Nun?«, fragte die Blutsaugerin.

Stöhnend holte Costello Atem. Es fiel ihm schwer, den Kopf zu heben und Lady X anzuschauen. Sein Blick flackerte, er stand wie unter Strom und zitterte auch so.

»Erkennst du ihn?«, fragte die Scott.

Das gehauchte »Ja« war kaum zu verstehen.

»Und was sagst du dazu?«

Es sah hilflos aus, wie Costello seine Schultern hob. »Er – er ist es tatsächlich?«

»Glaubst du, dass ich dich angelogen hätte?« Scharf und peitschend klang die Stimme der Untoten. »Nein, diese Figur in dem Sarg ist Doktor Tod. Das kannst du sehen.«

Costello nickte. Es war schwer für ihn, sich zu fassen, deshalb fragte er: »Was soll weiter geschehen?«

Da lächelte Lady X, hob einen Fuß an und stellte ihn auf den Sargrand. »Es gibt verschiedene Möglichkeiten. Wir können ihn vollends vernichten, indem wir ihn verbrennen, wir können aber auch etwas anderes mit ihm machen.«

»Und was?«, erkundigte sich Costello zögernd.

»Er und Sinclair waren Todfeinde. Wir werden ihm seine Leiche schicken. Doktor Tod schickt seine Leiche. Hört sich doch gut an oder nicht?« Sie lachte bellend.

»Ich – ich weiß nicht.«

»Hör auf zu jammern, du Waschlappen!«, fuhr Lady X den Mann an. »Ich habe es beschlossen, und so wird es auch gemacht. Fertig und basta. Keine Widerrede.«

»Und wie soll es geschehen?«, fragte Costello nach einer Weile.

»Das lass mal meine Sorge sein. Ich werde zuerst einen Versuch unternehmen, über den ich schon lange nachgedacht habe.«

»Und was ist es?«, fragte der Mafioso.

»Kennst du den Würfel des Unheils?«

Costello nickte. »Ja, den kenne ich.«

»Dann wirst du dich bald sehr wundern«, versprach Lady X und lächelte teuflisch …

London hatte uns wieder!

Und wir hatten das getan, was jeder vernünftige Mensch einmal in 24 Stunden tun sollte.

Schlafen!

Die Nacht war schnell herum, und kaum hatte ich die Augen aufgeschlagen, da beschäftigten sich meine Gedanken schon wieder mit Solo Morasso und dessen Ende.

War er wirklich tot?

Hatte dieser Mensch-Dämon tatsächlich alles hinter sich? Gab es ihn nicht mehr? Brauchte ich ihn und seine schrecklichen Vasallen nicht mehr zu fürchten?

Seine Vasallen schon, denn auf der Insel hatten wir Lady X, Xorron und Vampiro-del-mar ziemlich deutlich gesehen. Auch hatten sie uns entdeckt, und ich konnte mir vorstellen, welche Rachegedanken sich in ihren untoten Hirnen formierten.

Während ich mir mein Frühstück zubereitete, drehten sich meine Gedanken nur um Doktor Tod. Sir James Powell, unser Chef, wusste noch nichts davon. Ich war gespannt, wie er die Nachricht aufnehmen würde.

Als ich meinen Kaffee aufbrühte, schellte schon das Telefon. Ich ließ die Maschine laufen und hob ab.

Es war Sir James.

»Sie sind noch zu Hause?«, begrüßte er mich.

»Ja, wo sonst?«

»Im Büro sollten Sie sein. Mir sind Gerüchte zu Ohren gekommen, dass sich etwas Entscheidendes verändert hat.«

»Das stimmt, Sir. Doktor Tod gibt es nicht mehr!«

Meinen Boss konnte man so gut wie gar nicht schocken. Diesmal jedoch schaffte ich es, denn es blieb ruhig im Hörer, sodass ich mir ein kleines Grinsen nicht verkneifen konnte.

»Sagen Sie das noch mal, John!«

Ich wiederholte den Satz.

»Und Sie sind sich sicher?«

»Fast, Sir.«

»Aha, schon wieder ein Pferdefuß. Mir dauert es zu lange, bis Sie sich endlich bequemt haben, ins Büro zu kommen. Berichten Sie mir am Telefon, was sich getan hat!«

Ich beschloss, mich zu verteidigen. In knappen Worten legte ich meinem Chef dar, weshalb ich noch nicht im Büro war, doch er hatte diesmal kein Verständnis.

»Außergewöhnliche Fälle erfordern eben außergewöhnliche Maßnahmen. Wenn Solo Morasso erledigt ist, was kommt danach?«

»Darüber können wir reden. Zudem habe ich mir bereits meine Gedanken gemacht.«

»Dann bitte.« Seine Stimme klang schon friedlicher. Manchmal konnte der Alte wirklich unausstehlich sein. Auf nüchternen Magen und mit monotoner Stimme spulte ich meinen Bericht ab, der hin und wieder von einem trockenen »Hm« kommentiert wurde. Ich erzählte von Beginn an, auch von dem Auftauchen der Dämonin Alassia, denn mit ihr hatte schließlich alles begonnen.

Nach diesem Wesen erkundigte sich Sir James nach meinem Bericht zuerst. »Können wir sie nicht auf unsere Seite ziehen, John?«

»Das glaube ich kaum. Da würden Kara und auch Myxin etwas dagegen haben. Nein, so einfach ist das nicht.«

»Ok, vergessen wir sie und nehmen wir an, dass Morasso tatsächlich tot ist. Was kommt danach?«

Ja, was kam danach? Eine gute Frage, auf die ich erst einmal keine Antwort wusste.

»Sie sind so schweigsam, John!«

»Das bin ich in der Tat, Sir.«

»Wie könnte es weitergehen?«

Ich ließ mich auf einen Stuhl fallen und fuhr mit der Hand durch mein Haar. »Da gibt es verschiedene Möglichkeiten. Wenn wir davon ausgehen, dass Morasso tatsächlich vernichtet ist, sind nur noch drei aus der ehemaligen Mordliga übrig. Xorron, Vampiro-del-mar und Lady X. Wovon ich Letztere im Prinzip für fähig halte, die Führung der beiden anderen Monster zu übernehmen.«

»Sie sehen sie als neue Chefin?«

»So ungefähr, Sir.«

»Und dann?«

»Wird sie versuchen, Doktor Tods Erbe weiterzuführen. Eine andere Möglichkeit gibt es für mich nicht. Sie muss irgendetwas tun. Sie muss vor allen Dingen den beiden anderen Monstern beweisen, dass sie fähig ist, sie zu lenken und zu führen.«

»Und Vampiro-del-mar? Haben Sie mir nicht mal berichtet, dass die beiden Feinde wären?«

»Im Prinzip ja. Nur kann sich Vampiro-del-mar kaum in der Öffentlichkeit sehen lassen. Er muss sich immer versteckt halten, was bei Lady X nicht der Fall ist.«

Da gab mein Chef mir recht. »Das haben Sie gut durchdacht, John. So ähnlich stelle ich mir die Lage auch vor. Demnach können wir nicht die Hände in den Schoß legen und so tun, als wäre nichts geschehen. Jetzt aber weiter. Wenn wir davon ausgehen, dass sich die drei nicht mehr auf der Insel befinden, wo könnten sie dann stecken? Wissen Sie eine Lösung?«

»Nein.«

»Sie brauchen aber Unterstützung, trotz allem.«

Ich ahnte, dass mein Chef einen bestimmten Plan verfolgte, und er rückte auch schnell damit heraus. »Ich denke da an gewisse Hilfskräfte, die sich innerhalb unserer Stadt befinden, John. Muss ich noch weiterreden?«

»Logan Costello!«

»Genau, John.«

Dass ich nicht selbst darauf gekommen war, wunderte mich. Aber ich war wohl noch zu müde, und mein Denkapparat hatte eine gewisse Ladehemmung.

»Wie wär's mit einem Besuch bei Logan Costello?«, erklang die Stimme meines Chefs.

»Ob der mich empfangen wird? Sie wissen ja selbst, wie er zu uns steht!«

»Wenn nicht, schicken wir ihm eine Einladung. Versuchen Sie es mit einem Anruf und informieren Sie mich dann. Sehe ich Sie noch im Büro?«, setzte Sir James eine Spitze hinterher.

»Ja.«

»Und wann?«

»Bestimmt noch in diesem Jahr.« Die Antwort konnte ich mir nicht verkneifen, bevor ich auflegte. Jetzt würde der Alte bestimmt vor Wut in die Schreibtischkante beißen, denn es ärgerte ihn immer, wenn ihm jemand spöttische Antworten gab.

Costello hatte mehrere Telefonnummern. Unter anderem eine direkte. Eine Geheimnummer, die uns dank unserer Beziehungen zum Fernmeldeamt allerdings bekannt war.

Diese Nummer tippte ich ein.

Sechs Mal läutete es durch. Ich wollte schon auflegen, als trotzdem abgehoben wurde. Ein schwaches »Ja, bitte?«, schwang mir entgegen.

Da hatte kein Mann gesprochen, sondern eine Frau. Costellos Freundin? Das konnte ich mir kaum vorstellen. Der Mafioso war kein Mann, der eine seiner Gespielinnen an den Apparat ließ.

»Mein Name ist John Sinclair«, meldete ich mich. »Ich hätte gern mit Mr Logan Costello gesprochen.«

»Tut mir leid …«

»Ist er nicht da?«, fragte ich.

»Nein.«

Ich biss mir auf die Lippe. Das konnte auch eine Finte sein. »Hören Sie zu, ich bin Oberinspektor bei Scotland Yard. Wenn Sie Logan Costello nicht an den Apparat holen wollen, dann komme ich mit einer dienstlichen Vorladung …«

»Nein, nein, Sir, so ist es nicht. Er ist wirklich nicht da.«

Erst jetzt fiel mir auf, dass in der Stimme ein etwas hart klingender südlicher Akzent mitschwang. Vielleicht war die Frau eine der Angestellten.

»Ist er schon weggegangen?«, forschte ich weiter.

»Sicher.« Die Frau sprach bedrückt.

»Wissen Sie, wohin?«

»Nein, ich – es – ist alles so schrecklich.« Die Stimme hörte sich an, als würde sie gleich ersticken.

Da musste etwas passiert sein! Ich versuchte, möglichst ruhig zu reden, und sagte: »Nun beruhigen Sie sich einmal, nichts ist so schlimm, wie es aussieht. Also, was ist geschehen?«

Ich weiß nicht, ob mir die Frau das auch gesagt hätte, wenn alles normal gewesen wäre. Doch sie schien unter einem Schock zu stehen, und deshalb redete sie.

Ich erfuhr von dem Besuch einer schwarzhaarigen Frau, die sich sehr gewalttätig benommen hätte. »Stellen Sie sich vor, sie wollte mir in den Hals beißen.«

Da war mir endgültig klar, dass es sich bei der Schwarzhaarigen nur um Lady X handeln konnte. »Was ist dann geschehen?«, wollte ich wissen.

»Ich – ich weiß nicht mehr. Ich wurde ohnmächtig. Und als ich erwachte, war Mr Costello nicht mehr da.«

»Die Frau auch nicht?«

»So ist es!«

»Haben Sie mit einer anderen Person außer mit mir über den Vorfall gesprochen?«

»Nein, Sir. Ich – ich bin ja auch eben erst aus der Ohnmacht erwacht. Ich habe Kopfschmerzen und blute am Hals.«

»Geht es Ihnen sonst gut?«

»Eigentlich ja.«

»Sie haben keine Veränderungen an sich festgestellt?«

»Nein, Sir.«

»Auch nicht an den Zähnen?«

Jetzt schwieg sie für einen Moment. »Wie meinen Sie das genau, Sir?«

Ich erklärte es ihr, denn ich hatte den Verdacht, dass Lady X sie zu einer Blutsaugerin gemacht haben könnte. Aber bei ihr war alles normal, wie sie mir versicherte.

Ich atmete auf und beschwor die Frau, mit niemandem über das Erlebnis zu reden. Sie gab mir ihr Wort.

Als ich den Hörer fallen ließ, blieben Schweißflecken auf dem Kunststoff zurück. Das Gespräch hatte mich doch sehr mitgenommen, und ich schüttelte mich. Doktor Tods Erben waren bereits aktiv geworden. Und zwar hier in London. Die Vermutung meines Chefs ging voll in Erfüllung. Nur – was hatten sie vor?

Diese Frage beschäftigte mich, als ich in die kleine Küche

ging und endlich die Kaffeekanne von der Warmhalteplatte der Maschine nahm. Ich schenkte mir eine Tasse voll, lehnte mich an den kleinen weißen Tisch und trank den Kaffee in langsamen Schlucken. Dazu aß ich eine Scheibe Brot, obwohl ich an sich keinen Hunger hatte, denn der frühe Anruf war mir auf den Magen geschlagen.

Die Zukunft sah trübe aus, davon biss keine Maus den Faden ab. Wenn sich die Monster hier in London befanden, würden sie auch zuschlagen, und zwar mit aller Härte.

Es schellte.

Diesmal nicht das Telefon, sondern die Türklingel. Ich warf einen schnellen Blick auf die Uhr.

Das konnte eigentlich nur Suko sein, der geklingelt hatte, weil er mit mir fahren wollte.

Ich stellte die Tasse ab, verließ die Küche und durchquerte die kleine Diele. Der Schlüssel steckte noch im Schloss. Zweimal drehte ich ihn herum, dann war die Tür offen.

Ich rechnete wirklich mit Suko und hatte schon ein »Komm rein!« auf den Lippen, als ich zusammenzuckte.

Das war nicht Suko, der da vor mir stand. Es sei denn, er hätte sich verdoppelt, ein anderes Gesicht bekommen und sich einen dunkelgrauen Anzug übergestreift.

Die beiden Typen sahen aus wie Männer von einem Beerdigungsinstitut. Es waren auch welche, und sie nahmen jetzt ihre Mützen ab, bevor einer von ihnen fragte: »Mr Sinclair?«

»Ja, das bin ich.«

»Das ist für Sie«, sagte der Mann, streckte seinen Arm aus und deutete auf den schwarzen Sarg …

Ein Sarg für John Sinclair!

Verdammt, jemand hatte mir einen Sarg geschickt. Eine pechschwarze Totenkiste, auf Hochglanz poliert und verschlossen, dazu mit messingfarbenen Griffen.

Im ersten Augenblick wurde mir ein wenig blümerant zumute. Ich glaube, jeder ist geschockt, wenn er einen Sarg geschickt bekommt, mir erging es da nicht anders.

Auf meiner Stirn hatten sich feine Schweißperlen gesammelt, die ich automatisch mit dem Handrücken wegwischte.

»Und der ist wirklich für mich?«, fragte ich.

»Ja, Sir. Mr John Sinclair ist als Empfänger angegeben. Und das sind Sie Ihren eigenen Aussagen nach.«

»Wer hat Ihnen den Auftrag gegeben?«, forschte ich weiter.

»Keine Ahnung. Da müssten Sie sich mit meinem Chef in Verbindung setzen. Wir sind nur die Ausführenden.«

Ich schaute auf den Sarg und hob die Schultern. Sollte ich ihn zurückgeben?

Bevor ich mich zu einer Antwort entschließen konnte, griffen die beiden Männer ein.

»Können wir ihn hineinbringen?«

»Ja, bitte.« Ich trat zur Seite. »Lassen Sie ihn in der Diele stehen.«

»Sehr wohl, Sir.« Die beiden Männer hoben den Sarg an. Auf ihren Mützenschirmen stand der Name des Beerdigungsinstituts. Ewiger Friede hieß der Laden. Ich kannte ihn, denn das Geschäft hatte einmal Logan Costellos Bruder gehört, wurde jetzt allerdings von einem anderen Mann betrieben, der sicherlich in Logan Costellos Diensten stand. Allerdings fehlten uns die Beweise.

»Das wär's dann, Sir«, sagte der Sprecher und nickte mir zu, bevor er und sein Partner sich verzogen.

Ich entfaltete eine fieberhafte Aktivität. Sofort lief ich in den Wohnraum und wäre fast über den Sarg gestolpert.

Den rechten großen Zeh stieß ich mir und unterdrückte nur mühsam einen Fluch.

Die Nummer des Beerdigungsinstituts hatte ich schnell gefunden. Ich rief an, doch keiner ging ans Telefon. Die wussten Bescheid und hielten sich zurück.

Suko!

Er musste rüberkommen, und ich läutete nach nebenan durch. Shao hob ab. Sie begann zu lachen.

»Hast du dich auch verschlafen, John?«

»Ein wenig. Ist Suko fertig?«

»Ja, er wollte …«

»Er soll sofort zu mir kommen.«

»Ist was passiert?« Shao hatte schon fast das misstrauische Wesen der Sheila Conolly entwickelt.

»Noch nicht, aber ich muss ihn sprechen.«

»Ich sage ihm Bescheid.«

Ich ging in die Diele. Noch einmal betrachtete ich mir die wirklich gut gefertigte Totenkiste. Dabei fiel mir ein weißer Streifen auf, der aus dem Schlitz zwischen Unter- und Oberteil hervorlugte.

Ich bückte mich, fasste mit spitzen Fingern zu und zog einen weißen Zettel hervor. Er war beschriftet.

»Doktor Tod schickt seine Leiche«, las ich.

Ein Scherz? Nein, nicht in dieser Situation. Ich kam nicht dazu, mir näher darüber Gedanken zu machen, denn ich hörte Suko vor der Wohnungstür.

Rasch öffnete ich.

»Was ist denn los?«, fragte der Chinese.

»Komm rein!«

Kaum hatte Suko die Schwelle überschritten, als er wie angewurzelt stehen blieb. Er schluckte, und seine Augen wurden groß.

»Das – kann doch nicht wahr sein. Ein Sarg?«

»Siehst du doch.«

»Vielleicht ein Scherz?«

»Nein, das nicht.« Ich schüttelte den Kopf und reichte Suko gleichzeitig den Zettel. »Noch nie habe ich gehört, dass Doktor Tod oder die Mordliga scherzen.«

»Stimmt auch wieder.« Suko las den Text und murmelte ihn mit. »Das verstehe, wer will, ich nicht.«

»Es bleibt uns nur eine Möglichkeit. Wir öffnen den Sarg, dann sehen wir ja, wer darinliegt, falls überhaupt.«

»Hast du da schon einmal einen Blick hineingeworfen?«

»Noch nicht.«

»Dann los.«

»Augenblick noch.« Ich holte mein Kreuz hervor und hängte es vor meine Brust. Auch die Beretta war griffbereit. Sollten wir irgendwie überrascht werden, dann wollte ich in der Lage sein, schnell zu reagieren. Als wir uns bückten, da erkannten wir sofort, dass der Deckel nicht fest verschraubt war. Er ließ sich leicht öffnen, wir brauchten ihn nur anzuheben.

Suko fasste an einem, ich am anderen Ende an.

Es war ein Klacks. Wir hoben den Deckel gemeinsam hoch und ließen ihn fast vor Schreck fallen, als wir den Inhalt sahen.

Vor uns lag Solo Morasso!

»Solo Morasso!«, stöhnte Suko. »Verdammt, damit hätte ich wirklich nicht gerechnet.«

Ich auch nicht, wenn ich ehrlich sein sollte. Sein Anblick war furchtbar.

Halb Mensch – halb Skelett!

Die Piranhas hatten ihre teuflische Arbeit ausgezeichnet verrichtet. Und wieder dachte ich an die Szene, wie Morasso, von meiner Kugel getroffen, in das Becken gestürzt war und die Fische ihn als willkommenes Opfer ansahen.

»Die Kugel muss aus dem Kopf wieder ausgetreten sein«, sagte Suko leise. »Nur noch das Loch ist zu sehen.«

Ich nickte. Sprechen konnte ich nicht. Dieser fürchterliche Anblick schnürte mir einfach die Kehle zu. Gleichzeitig merkte ich, dass sich in meinem Magen etwas tat. Ich musste aufstoßen und brachte noch ein wenig Kaffee mit hoch.

Suko hatte sich gebückt. Er streckte seine Hand aus und berührte die Knochen. »Kalt«, sagte er. »Kalt …«

»Und der grüne Schleim?« Er war mir erst beim zweiten Hinsehen aufgefallen, denn er befand sich unter dem Toten, wo er eine dünne Schicht bildete.

Suko hob die Schultern. »Keine Ahnung. Ob die Leiche ihn abgesondert hat?«

»Weiß ich nicht.«

»Wir könnten ihn ins Labor schaffen, wie überhaupt dieses ganze Monster.«

Die Idee war gut. Ich stimmte sofort zu. Allerdings brauchten wir jemanden, der den Sarg abholte.

»Ich rede mal mit Sir James und rufe auch unsere Spezialisten an«, sagte ich und ging in den Wohnraum.

Auf halber Strecke hörte ich bereits das Klingeln des Telefons. Ich runzelte die Stirn. Wer konnte jetzt noch etwas von mir wollen? Oder hatte es sich bereits herumgesprochen, dass bei mir in der Wohnung etwas passiert war?

»Soll ich abheben?«, fragte Suko, der mein Zögern bemerkte.

Ich schüttelte den Kopf. »Nein, nein, ich erledige das schon.« Nach dem vierten Läuten hielt ich den Hörer endlich in der Hand. Mit einem knappen »Ja« meldete ich mich.

Zuerst hörte ich nichts. Ich dachte schon daran, dass sich jemand beim Wählen vertippt hatte, als ich das hämische Lachen hörte. Es war nur leise zu vernehmen. Trotzdem klang der widerliche Spott durch, mit dem mich die Person überschüttete.

Es war eine Frau!

Eine Ahnung stieg in mir hoch, die sehr schnell zur Gewissheit wurde, als die Frau die ersten Sätze sprach.

»Na, Sinclair? Hast du das kleine Geschenk von mir erhalten?«

Ich atmete vor der Antwort tief durch. »Das habe ich, Lady X!«

»Das freut mich wirklich, Geisterjäger. Schon immer wollte ich dir etwas schenken, aber ich habe nie das Richtige gefunden. Bis heute, da wusste ich es.«

In meiner Kehle wurde es trocken. Suko kam herbei und blickte mich fragend an.

Ich malte ein L und ein X in die Luft. Da wusste der Chinese genau Bescheid.

»Du sagst ja nichts, Sinclair? Hat es dir etwa die Sprache verschlagen?«

»Das nicht.«

»Aber?«

»Ich frage mich nur, was das alles soll. Aus welch einem Grund hast du mir den Sarg mit der Leiche Solo Morassos geschickt?«

»Damit du dich noch einmal von deinem grandiosen Erfolg überzeugen kannst, Geisterjäger. Das allein ist der Grund. Es hat doch lange gedauert, bis du Doktor Tod vernichtet hast. Deshalb sollst du dich in deinem Triumph sonnen können.«

»Ich bin nicht rachsüchtig.«

Ihr Lachen klang schrill. »Nicht rachsüchtig!«, wiederholte sie. »Meine Güte, Sinclair, du bist sehr edelmütig.«

»Das hat damit nichts zu tun«, konterte ich. »Nur habe ich die Last mit der Leiche.«

Da lachte sie wieder. Und diesmal hörte es sich so an, als empfände sie eine diebische Freude. »Die Last mit der Leiche«, wiederholte sie. »Toll, wie du das sagst. Ja, aber diese Last habe ich dir gern hingeschafft.«

»Das kann ich mir vorstellen.«

»Behalte ihn als Andenken.«

Ich hatte Angst, dass sie auflegen würde, deshalb fragte ich schnell weiter: »Solo Morasso gibt es also nicht mehr. Wie geht es mit der Mordliga weiter? Hat sie sich aufgelöst?«

»Nein, das denke nur nicht. Die Mordliga fängt erst an. Denn nun habe ich deren Führung übernommen.« Ihre Stimme klang plötzlich kalt und irgendwie aggressiv. Ich konnte sie mir wirklich gut als Leiterin der Mordliga vorstellen. Vielleicht würde sogar Xorron vor ihr kuschen. Das konnte man alles nicht so recht sagen. Zudem träumte sie von einer Allianz der Vampire. Lupina hatte es damals nicht geschafft, die Werwölfe zu vereinen. Lady X traute ich das mit ihren Vampiren zu. »Ich habe gespürt, was Macht bedeutet«, unterbrach ihre zischende Stimme meine Gedanken. »Verdammt, Sinclair, ich habe es gespürt. Und ich denke nicht mehr daran, diese Macht aus den Händen zu geben. Darauf kannst du dich verlassen.« Nach diesen Worten legte sie auf.

Das passte mir gar nicht. Ich hielt den Hörer so hart fest,

als wollte ich den Griff zerdrücken. Dann wandte ich mich langsam meinem Freund Suko zu.

»Jetzt haben wir sie im Nacken«, meinte er. Der Chinese hatte aus den Gesprächsfetzen entnehmen können, wie der Dialog verlaufen war.

»Stimmt genau. Und sie hat auch die Führung an sich gerissen. Lady X leitet die Mordliga.«

»Besser oder schlechter für uns?«

Ich hob die Schultern. »Wahrscheinlich bleibt sich das im Endeffekt gleich.«

»Und was machen wir jetzt mit ihm?« Suko warf einen Blick auf die im Sarg liegenden Überreste des Solo Morasso.

Auch ich schaute hin. Halb Mensch – halb Skelett. Ein widerlicher Anblick. Und eingebettet lag dieses Monster in dem widerlichen grünen Schleim, der mich an eine Mischung aus Gelee und Sirup erinnerte und mir irgendwie aufgequollen zu sein schien.

»Wir lassen die Leiche wie besprochen zum Yard schaffen«, erwiderte ich.

Suko nickte. Ihm war anzusehen, dass ihm der Anblick des Toten ebenfalls zusetzte.

Ich deutete auf den Deckel. »Fass mal mit an.«

Gemeinsam hievten wir den Sargdeckel in die Höhe. »Wegen dieses Satans muss man noch arbeiten«, beschwerte sich Suko und schüttelte den Kopf. »Wirklich, ich habe keinen Bock.«

Ich grinste schief. »Arbeit adelt, mein Lieber.«

»Jawohl, Sir John.«

Trotz meiner leichten Sprüche war ich froh, den Deckel endlich auf dem Unterteil zu haben. Der grässliche Anblick des Solo Morasso schlug mir irgendwie auf den Magen. Vor allen Dingen vielleicht deshalb, weil ich daran nicht ganz unschuldig war.

Während ich zum Telefon ging, schraubte Suko den Sargdeckel fest. »Der sitzt«, sagte er zufrieden.

Ich hatte schon eine bestimmte Nummer gewählt. Und zwar die Mordkommission. Als der zuständige Leiter meine Stimme hörte, ahnte er Schlimmes und wurde schon unruhig.

Ich besänftigte ihn mit wenigen Worten und machte ihm nur klar, dass er einige Männer und einen Wagen schicken sollte.

»Reichen zwei Leute?«

»Natürlich.«

»Die kann ich gerade entbehren.«

Ich klärte ihn noch darüber auf, dass er die Leiche in die Pathologie schaffen lassen sollte. »Aber das sage ich Ihren Leuten sicherheitshalber selber.«

»Geht klar.«

Froh, diesen Anruf hinter mich gebracht zu haben, drehte ich mich wieder um. Suko hatte in einem Sessel Platz genommen und beide Hände auf die Lehnen gelegt. »Was machen wir?«

»Kriminalistenarbeit.«

»Wie in den Fernsehfilmen.«

Ich setzte mich und streckte ebenfalls die Beine aus. »So ungefähr, mein Lieber. Wir warten das Ergebnis ab.«

»Glaubst du nicht daran, dass Morasso erledigt ist?«

Ich hob die Schultern und wiegte zudem zweifelnd meinen Kopf. »So recht kann ich es nicht glauben, auch wenn ich den Gegenbeweis mit eigenen Augen gesehen habe. Aber es will mir einfach nicht in den Sinn, dass es ihn nicht mehr geben soll. All die Jahre ...«

»Irgendwann ist Schluss.«

Ich klatschte in die Hände. »Aber er ist schon einmal zurückgekehrt. Denk daran.«

»Da waren die Vorzeichen auch andere.«

»Stimmt.«

Suko lachte. »Ich kann dich verstehen. Leider ist mit seinem Ausscheiden das Kapitel Mordliga nicht beendet, und das ärgert mich noch mehr. Zum Glück sind es nur noch drei.«

»Ein angeschlagener Boxer ist oft gefährlicher als ein topfiter«, gab ich zu bedenken. »Bei Morasso wussten wir, was er vorhatte. Doktor Tod wollte nach der Weltherrschaft greifen. Wie sieht es aber bei Lady X aus? Was hat sie sich alles ausgedacht? Wie wird sie reagieren? Das ist es, was mir Sorgen bereitet.«

»Vampiro-del-mar«, sagte Suko.

Sofort wusste ich, worauf er anspielte. Dieser Uralt-Vampir und Lady X vertrugen sich nicht. Zwischen ihnen bestand keine Partnerschaft, sondern mehr ein Waffenstillstand. Bisher hatte Doktor Tod dafür gesorgt, dass es zwischen ihnen nicht zur offenen Feindschaft oder Eskalation kam. Die Frage stellte sich nun, ob sich daran etwas geändert hatte und wir vielleicht die lachenden Dritten sein konnten.

Es waren Spekulationen, und wir mussten erst einmal abwarten, wie sich die Dinge überhaupt entwickelten.

In die Zukunft brauchten wir uns vorerst nicht gedanklich zu begeben, denn die Türglocke erinnerte uns wieder an die Gegenwart. Ich stand auf.

»Das sind die beiden«, meinte Suko, als ich mich auf dem Weg zur Tür befand.

Über Lautsprecher redete ich mit den Männern und erklärte ihnen, dass sie ihren Plastikbehälter, der sargähnliche Formen hatte, ruhig unten lassen konnten.

»Machen wir, Sir.«

Wenig später standen die Männer in meiner Wohnung. Sie trugen graublaue Kittel. Es waren kräftige Burschen, die ich vom Ansehen her kannte. Jetzt erfuhr ich auch ihre Namen. Der dunkelhaarige hieß Spirea, der andere Burland.

Burland war der Kräftigere und grinste breit, als sein Blick auf den Sarg fiel. »Wie ist der denn in Ihre Wohnung gelangt, Sir?«

»Geflogen ist er nicht«, erwiderte ich.

»Sorry, Sir.«

Ich winkte ab. »Schon gut.«

Burland gab Spirea eine knappe Aufforderung. Die beiden bückten sich und hoben den Sarg an. Durch die schmale Diele schleppten sie ihn. Da die Wohnungstür offen stand, konnten sie in den Flur gehen, wo sie sich sofort nach links zu den Fahrstühlen hinwandten.

Ich ging neben ihnen her.

Burland fragte: »Haben Sie besondere Anweisungen, Sir?«

»Nein, fahren Sie nur auf schnellstem Wege in die Pathologie. Ich werde ebenfalls bald da sein.« Als ich dann den spitzen Schrei hörte, fuhr ich herum.

Eine Nachbarin hatte ihn ausgestoßen. Soviel ich wusste, war sie seit zwanzig Jahren Witwe und in einer Organisation tätig, die gegen alles anging, was menschlich ist. Klar, dass der Anblick des Sargs der Frau nicht gefiel. Sie lehnte bleich an der Flurwand und schüttelte sich.

»Trinken Sie einen Schnaps«, riet ich ihr. »Dann geht es Ihnen besser.«

»Alkohol!«, stöhnte sie. »Nein, so etwas. Ich habe …«

Was sie noch sagte, hörte ich nicht mehr, denn ich ging schon wieder zurück in meine Wohnung, während die beiden Männer mit ihrer makabren Last nach unten fuhren.

Wir wollten auch zum Yard Building fahren. Allerdings erst später.

Und das war ein Fehler!

Burland und Spirea hatten einen günstigen Parkplatz für ihren Wagen gefunden, deshalb brauchten sie mit der Last nicht sehr weit zu laufen. Sie schoben den Sarg in den grauen, unscheinbar wirkenden Wagen hinein und schlossen die Tür der Ladefläche. Mit dem Kopf deutete Burland in Richtung Fahrerhaus.

Spirea blieb stehen. Mit den Fingern zeichnete er seinen Schnauzer nach. »Also, ich will doch mal wissen, was so in dieser komischen Totenkiste steckt.«

»Das juckt uns doch nicht.«

»Mich schon.«

»Wie lange fährst du schon Leichen?«, fragte Spirea und klopfte eine Zigarette aus der Packung.

»Ein paar Jahre sind es.«

»Eben. Und nie hast du dich darum gekümmert, wer in einer Totenkiste lag. Ausgerechnet heute.« Burland zündete sich das Stäbchen an. »Weshalb eigentlich?«

»Weil das alles so geheimnisvoll ist.«

Burland paffte zwei blaue Wolken. »Nichts ist geheimnisvoll. Nur Mache. Steig endlich in die Karre, und dann nichts wie weg. Ich habe keine Lust, hier die Zeit zu vertrödeln.«

»War auch nur 'ne Frage.«

Burland und Spirea stiegen ein. Der Mann mit dem südländischen Namen fuhr. Als er den kleinen Transporter startete, da ahnte er nicht, was sich auf der Ladefläche tat ...

Es war der grüne Schleim, der reagiert hatte. Diese widerliche geleeartige Masse, von der John Sinclair und Suko nicht wussten, aus welchem Material sie bestand, hatte den Boden der Totenkiste nicht ohne Grund bedeckt.

Es war eine Hinterlassenschaft der Vampirin Lady X, und es gehörte zu einem teuflischen, gerissenen Plan.

In der Finsternis des Sarges geriet sie in Bewegung. Zuerst zog sich die Masse zusammen, bildete Klumpen, die sich dann immer weiter ausbreiteten und einen größeren Raum einnahmen. Es entstanden dicke Blasen. Sie bildeten regelrechte Kugeln, ihre Haut wurde zunehmend dünner, dann zerplatzten sie. Die dabei entstehenden Laute gingen allerdings in den Fahrgeräuschen unter.

Der Schleim kam nicht zur Ruhe. Er vermehrte sich sogar. Und er bedeckte nun nicht mehr nur den Boden, sondern stieg entgegengesetzt der Schwerkraft in die Höhe, um sich über den Körper des widerlichen Wesens zu legen, das einmal der Mensch-Dämon Doktor Tod gewesen war.

Der Schleim bedeckte ihn schon nach kurzer Zeit wie ein grüner Mantel. Er suchte seinen Weg.

Zuerst kroch der Schleim über die linke Seite. Dort hatten die messerscharfen Zähne der Fische Solo Morasso das Fleisch von den Knochen gefressen. Er war dort nur ein Skelett. Da gab es kein Ohr mehr, keine Nase, keine Haare, kein Auge. Die Piranhas hatten Morasso wirklich mit Haut und Haaren gefressen.

Über die bleichen Knochen kroch der Schleim. Er bewegte

sich wie dickes flüssiges Gummi, glitt auf das Gesicht zu und fand auch seinen Weg in das leere Auge.

Sofort füllte es die Höhle aus, quoll wieder hervor, breitete sich auf dem Gesicht aus, tropfte da hinein, wo sich die Hälfte der Nase befand, und machte sich daran, auch den Rest des Gesichts zu erfassen.

Einmal aktiviert, war der widerliche Schleim nicht mehr aufzuhalten. Und er hinterließ seine träge, blasige Spur auf dem gesamten Körper der Horror-Gestalt.

Der Schleim wuchs. Er schien aus zahlreichen Zellen zu bestehen, die sich innerhalb von Sekunden vermehrten und fast den gesamten Innenraum des Sargs einnahmen. Von der eigentlichen Horror-Gestalt war nichts mehr zu erkennen. Hätte jemand den Sarg geöffnet, so wäre ihm nur der Anblick des grünen Schleims aufgefallen.

Das gefährliche Zeug arbeitete. Es quoll, breitete sich auch in der Höhe aus und füllte inzwischen den Sarg bis über den Abschnitt hinaus, wo die beiden Hälften aufeinanderlagen.

Der Schleim arbeitete. Es blieb nicht allein bei der Vermehrung, er bewegte sich auch.

Und das heftig. Mit Stößen, die dicht aufeinanderfolgten und den Sarg in Mitleidenschaft zogen. Hatte er bisher still und ruhig auf der Stelle gestanden, so wurde es jetzt anders.

Die Totenkiste tanzte!

Von einer Seite auf die andere wurde sie geschüttelt, kippte einmal nach rechts, dann wieder nach links, wurde vorn hochgehoben und auch hinten, schlug schwer zurück, sodass das dabei entstehende Geräusch durch den Lieferwagen dröhnte.

Was sich weiterhin im Innern des Sargs abspielte, wusste niemand. Aber es waren schreckliche Vorgänge, die man mit dem Begriff schwarze Magie umschreiben konnte …

Doktor Tod schickt seine Leiche.

Ich starrte auf den Zettel, las den Satz einmal, ein zweites Mal, murmelte ihn und schüttelte den Kopf.

»Was hast du?«, fragte Suko.

Ich hob die Schultern. »Fassen kann ich es noch immer nicht. Doktor Tod soll nicht mehr existieren, das ist einfach unwahrscheinlich und will nicht in meinen Schädel.«

»Kann ich mir vorstellen.« Mein Partner lachte und schwenkte den Dreharm des Telefonständers zur Seite, sodass der Apparat in meine Richtung glitt.

Wir saßen wieder in unserem gemeinsamen Büro. Sir James wusste bereits über alles Bescheid. Seinen Reaktionen zufolge war die Gefahr nicht geringer, sondern größer geworden. Er hatte sich unserer Ansicht angeschlossen. Doktor Tod war eher auszurechnen als Lady X. Er war zwar eine Existenz ohne Gewissen gewesen, doch er hatte im Prinzip bei seinen Aktionen immer ziemlich menschlich reagiert. Wie würde es bei Lady X sein?

Sir James hatte seine Bedenken, ich ebenfalls. Bei ihr konnte es möglich sein, dass sie alle Hemmungen über Bord warf und sich mit einer wahren Vampirflut über die Menschen stürzte. Unter Umständen sogar zusammen mit Vampiro-del-mar, denn sicherlich würden sie ihre Gegensätzlichkeiten über Bord werfen und sich zu einer Einheit zusammenschließen.

Was das bedeutete, daran wollte ich überhaupt nicht denken. Im Augenblick waren Doktor Tod und der grüne Schleim wichtiger. Beides sollte in unserer Pathologie untersucht werden.

Irgendwie hatten Suko und ich ein seltsames Gefühl. Wir sprachen zwar nicht darüber, aber es war uns anzusehen. Auf unseren Gesichtern spiegelte sich das wider, was wir empfanden und wie wir auch die nahe Zukunft sahen.

Rosig sah es nicht aus.

Ich warf einen Blick auf die Uhr. Eigentlich hätte der Wagen schon längst am Yard Building eintreffen müssen. Dem schien nicht so zu sein, man hatte uns nämlich noch keinen Bescheid gegeben. Den allerdings erhielten wir bald. Leider auf eine Art und Weise, wie wir es uns nicht vorgestellt hatten.

Die Tür wurde hart aufgestoßen.

Wie ein finsterer Racheengel stand einen Herzschlag später Sir James Powell im Raum. Die Augen hinter den dicken Brillengläsern blitzten. Der Adamsapfel befand sich in hektischer Bewegung, ein Zeichen, dass unser Chef nervös war.

Ich stand sicherheitshalber auf, denn ich befürchtete nichts Gutes. Suko erging es ähnlich.

»Ihr Plan ist in die Hose gegangen!«, fuhr Sir James uns beide ziemlich barsch an. »Jetzt haben wir den Salat.«

»Was ist denn los?«, fragte ich.

Sir James lachte rau. »Was los ist? Der Teufel, meine Herren. Der Teufel …«

Wo das historische Gebäude der Queen's Gallery liegt und sich der St. James Park mit dem Green Park trifft, da bemerkten die beiden Männer im Führerhaus es zuerst.

Spirea fuhr langsamer. »Da stimmt was nicht.«

»Was?«

»Merkst du das denn nicht?«

Burland schaute sich um. Halten war nicht möglich. Es herrschte einfach ein zu großer Trubel. Die beiden Männer waren froh, dass sie überhaupt einigermaßen durchkamen und die südlich gelegene Victoria Street ansteuern konnten. In der Nähe des Metropole Cinema schließlich konnten sie stoppen. Von dieser Stelle aus war es ein Katzensprung bis zum Victoria Square, getrennt nur durch die Buckingham Palace Road.

Spirea stellte den Motor ab.

»Und jetzt?«, fragte Burland.

»Hast du das denn nicht bemerkt?«, fragte Spirea und wedelte aufgeregt mit beiden Händen.

»Die Geräusche auf der Ladefläche?«

»Ja!« Spirea verdrehte die Augen.

Burland grinste schief. »Du bist eben zu scharf gefahren. Da wird der Sarg gewackelt haben.«

»Nein, das geht nicht.«

»Nenne mir einen anderen Grund!«

Spirea holte zweimal Luft, bevor er antworten konnte. »Den kann ich dir nennen, mein Lieber«, flüsterte er. »Den kann ich dir sogar doppelt und dreifach nennen.«

»Bitte.«

»Mit dem Sarg stimmt was nicht. Da hat man uns etwas untergejubelt, mein Lieber.«

Burland lachte. Er riss dabei weit den Mund auf. »Wieso? Vielleicht ein Scheintoter.«

»Ja, kann doch sein.«

»Du spinnst. Ich jedenfalls ...«

Das Weitere ließ Burland unausgesprochen, denn jetzt hörte auch er sehr deutlich den dumpfen Laut von der Wagenfläche. Irgendetwas war dort geschehen, und es hatte sich angehört, als wäre ein großer Gegenstand umgefallen.

»Der Sarg!«, hauchte Spirea. »Der Sarg ist gekippt.«

Burland wollte es noch immer nicht glauben. Das widersprach ihren Erfahrungen. »Unsinn. Da ist zwar was, aber kein gekippter Sarg.«

»Dann lass uns nachschauen!«, forderte Spirea.

Burland hatte etwas dagegen. »Es ist nur noch ein Katzensprung bis zum Yard. Da klärt sich dann alles auf.«

Spirea blieb stur. »So lange warte ich nicht.«

Burland kannte seinen Kollegen. Wenn der sich etwas in den Kopf gesetzt hatte, war es so gut wie unmöglich, ihm dies auszureden. Es sei denn, man versuchte es mit Gewalt. Und das hatte Burland auf keinen Fall vor.

»Also gut«, lenkte er schließlich ein, »sehen wir uns die Sache mal gemeinsam an.«

Sie blieben noch sitzen und vernahmen abermals das dumpfe Poltern. Jetzt gelangte auch Burland allmählich zu der Überzeugung, dass sein Kollege recht hatte. Dieses Geräusch war nicht normal. Und wenn sich niemand auf der Ladefläche versteckt hielt, dann musste das Poltern der Sarg verursacht haben. Aber wie war das möglich? Vielleicht hatte sich jemand im Innern der Totenkiste versteckt? Unter Umständen war dieser Jemand überhaupt nicht tot, sondern nur scheintot. Da gab es ja oft die tollsten Dinge, obwohl in der beruflichen Laufbahn der beiden Männer bisher alles glatt verlaufen war.

Selbst Burland spürte die Gänsehaut auf seinem Rücken. Er schaute seinen Kollegen an und nickte.

Die beiden verließen den Wagen.

Um sie herum flutete der Verkehr. Sie aber fühlten sich wie auf einer einsamen Insel gefangen, als sie mit zögernden Schritten parallel zur Ladefläche entlanggingen.

Die beiden Türen waren leicht zu öffnen. Nach rechts und links klappten die Hälften weg, sodass die Männer einen Blick auf die Ladefläche werfen konnten.

Da stand der Sarg.

Nichts deutete darauf hin, dass er sich bewegt hatte. Vielleicht stand er ein wenig schräger als sonst, das war alles. Burland kratzte sich am Kopf.

»Na?«, fragte er. »Bist du jetzt zufrieden?«

»Da waren aber Geräusche.«

»Habe ich ja auch gehört, aber aus dem ...«

Plötzlich hatte Burland das Gefühl, als wollte ihn jemand zum Narren halten. Und das war der Sarg, denn er bewegte sich plötzlich, wurde in die Höhe gedrückt, schwebte vielleicht eine Fingerlänge über dem Boden, fiel danach wieder zurück, kippte erst nach links, dann wieder nach rechts und kam schließlich zur Ruhe.

Die beiden Männer standen da mit offenen Mündern und staunten nur noch. Etwas anderes blieb ihnen nicht übrig, denn sprechen konnten sie nicht mehr, die unerklärlichen Vorgänge hatten ihnen die Sprache verschlagen.

»Bin ich denn besoffen?«, hauchte Burland.

Sein Kollege schüttelte den Kopf. »So wenig wie ich. Das ist alles wahr.«

»Komm, lass uns fahren!«

Burland hatte die Worte kaum ausgesprochen, als die beiden Männer ein erneuter Schock traf. Ausgelöst durch den Sarg, denn plötzlich wurde der Deckel in die Höhe geschleudert. Als würde er unter einem ungeheuren Druck stehen, so platzte er weg, krachte gegen das Dach, und beide Männer erkannten mit Schrecken, was sich innerhalb der Totenkiste abspielte.

Eine Leiche lag nicht im Sarg. Wenigstens konnten die Männer keine erkennen.

Dafür sahen sie etwas anderes.

Schleim!

Eine widerliche Masse, die grünlich schimmerte, hatte von unten gegen den Deckel gedrückt und die Verschlüsse gesprengt. Jetzt hatte sie freie Bahn.

Sie spritzte hervor, große Klumpen, die grünlich aussahen und – wie die beiden Männer mit Schrecken feststellten – menschliche Formen angenommen hatten.

Das waren Monster!

Burland und Spirea waren vor Schreck gelähmt. Sie konnten sich nicht bewegen, denn so etwas hatten sie noch nie in ihrem Leben erlebt oder gesehen.

Das war grauenhaft, schaurig – und unbegreiflich, was sich innerhalb des Sargs abgespielt hatte.

Grüne, kleine Schleimwesen mit bösen Gesichtern, hellen Augen und krallenartigen Händen krochen aus dem Sargunterteil und verteilten sich gedankenschnell innerhalb der Ladefläche.

Fünf zählten sie.

Und jedes Wesen hatte das gleiche Gesicht. Die Züge glichen sich aufs Haar, diese grünen Schleimwesen konnten Fünflinge sein, ihre Gesichter unterschieden sich in nichts.

Burland fand die Sprache als Erster zurück. »Das – das gibt es doch nicht«, hauchte er. »Ich – ich spinne …«

Spirea reagierte praktischer. Eine Ahnung sagte ihm, dass er die Monster nicht entkommen lassen durfte, deshalb schleuderte er Burland zur Seite, um die Tür zuzurammen.

Es klappte fast.

Zwei Monster waren jedoch schneller. Bevor das Türschloss fassen konnte, hatten sie ihre Arme ausgestreckt und sie zwischen den Spalt geklemmt, sodass die Tür nicht zugedrückt werden konnte.

Die Arme schauten hervor.

Zwei schleimige, grün schillernde, schlangengleiche Ableger, die mit ihren Händen zugriffen und Spirea als Opfer ausgesucht hatten.

Der Mann wollte noch schreien, als er die Klaue dicht vor seinem Gesicht auftauchen sah. Es gelang ihm nicht mehr, denn die Hand drückte haargenau auf seine Lippen.

Spirea hatte das Gefühl, einen Erstickungsanfall zu erleiden. Augenblicklich bekam er keine Luft mehr, taumelte zurück, und seine Hand, die noch den Griff umklammert hielt, riss die Türhälfte wieder auf.

So hatten die anderen freie Bahn.

Auch das Wesen, das seine Hand auf den Mund des Mannes gepresst hielt. Es stieß sich ab.

So viel Kraft hätte Spirea diesem unheimlichen Ding überhaupt nicht zugetraut. Es wuchtete hart gegen ihn, Spirea wurde zurückgeschleudert, er schrie noch, dann fiel er.

Der gesamte Vorgang hatte höchstens Sekunden gedauert. Eine dennoch ziemlich lange Zeitspanne, die Burland eigentlich hätte nutzen sollen, aber er war ebenso geschockt wie sein Partner und kam nicht schnell genug weg.

Sein Fehler!

Plötzlich waren die anderen da.

Zu viert hechteten sie von der Ladefläche, und sie griffen frontal an. Es waren die widerlichen Schleimwesen, aber sie befanden sich in einem weiteren Stadium der Veränderung.

Aus ihnen wurden kleine Menschen.

Zwerge!

Und jeder von ihnen sah gleich aus. Kantige Gesichter, deren graue Gesichtsfarbe immer stärker durchschimmerte, weil sich der grüne Schleim allmählich verlief.

Grau das Gesicht, zudem irgendwie flach und die Umrisse kantig, wie ein Kopf aus Beton.

Und ein Betongesicht hatte auch Doktor Tod gehabt!

Beide Männer hatten den Mensch-Dämon noch nie gesehen, deshalb wussten sie auch nicht, dass er nun vor ihnen stand. Allerdings in fünffacher Ausfertigung.

Fünfmal Solo Morasso!

Vier Zwerge hatten sich in Burlands Kleidung verhakt und zerrten an ihm. Sie hatten Kraft. Burland wurde kurzerhand umgerissen. Er fiel hart auf die Straße, überschlug sich dort und wollte wieder aufstehen, was die Zwerge nicht zuließen.

Sie bewiesen ihre Grausamkeit.

Wie Messer waren ihre spitzen Krallen. Burland, der auf dem Rücken lag, hatte keine Chance. Er wollte noch schreien, doch da waren auf einmal die Schmerzen in seinem Hals, als die spitzen Nägel zustachen, durch das Fleisch drangen und sich das Halsinnere des Mannes mit Blut füllte.

Burland starb. Es war ein schlimmer, grausamer Tod, der ihn so urplötzlich überfallen hatte. Unter seinem Körper breitete sich allmählich eine dunkelrote Lache aus, die immer weiterrann und zwischen den Rillen eines Kanaldeckels verschwand.

Spirea lebte noch.

Ihm war es gelungen, seine Hände um den kleinen Hals des Wesens zu klammern. Verzweifelt drückte er zu, wollte dem anderen die Luft nehmen, aber ein lebender Toter benötigte keinen Sauerstoff zum Atmen.

Das Gesicht, aus dem der letzte Schleim verschwunden war, zeigte überhaupt keine Regung. Es schien, als würde das Wesen den Druck der Hände nicht spüren, und Spirea merkte mit Entsetzen, dass er es nicht fertigbringen würde, seinen Gegner abzuschütteln.

Der Kleine war zu stark.

Hin und her schüttelte Spirea ihn, dabei stieß er Laute aus, die nichts Menschliches mehr an sich hatten. Vor seinem Mund sprühte Speichel, und als er feststellte, dass er nichts gegen den anderen unternehmen konnte, da versuchte er es auf eine andere Art und Weise. Er schleuderte den Zwerg von sich.

Spirea hatte all seine Wut hinter diesen Wurf gelegt. Er wollte den Tod seines Gegners erreichen und wuchtete ihn gegen eine Kante an der Ladefläche.

Einem Menschen wäre das Rückgrat gebrochen worden, bei diesem Wesen war es anders.

Spirea hörte den Schlag, das dumpfe Klatschen, und er rechnete damit, dass der andere zerbrechen würde, doch das war nicht der Fall. Er war zwar gegen die Ecke geklatscht und danach auch zu Boden gefallen, aber er erholte sich wieder. Wie eine kleine Puppe stand er auf und versuchte es von Neuem.

Spirea erwischte ihn mit einem Tritt. Das Wesen wurde zurückgeschleudert. Es geriet dabei unter den Wagen und drehte sich dicht neben einem Reifen liegend.

Spirea dachte daran, dass er erst einmal genug getan hatte. Er wollte sich um Burland kümmern, zudem bestand jetzt die Chance zu einer sicheren Flucht.

Aber Burland lag in seinem Blut.

Spirea glaubte, wahnsinnig zu werden, als er seinen Kollegen auf dem Boden liegen sah. Der Schock traf ihn bis in die Haarwurzeln. Er verzog das Gesicht, begann zu zittern und ballte die Hände zu Fäusten.

»Nein«, hauchte er, »nein ...«

Burland war tot. Vier Zwerge mit kalten Gesichtern und blutenden Mörderklauen hatten seinen Kollegen umgebracht.

Und das mitten in London!

Spirea hörte nicht die gellenden Schreie der Passanten, das Bremsen der Fahrzeuge, er starrte nur auf Burland, der sich nicht mehr rührte. Die Blutlache unter seinem Körper vergrößerte sich zusehends. Der so wichtige Lebenssaft verließ den Mann.

Dann brüllte Spirea los. »Hilfe!«, gellte seine Stimme. »Verdammt, so helft mir doch!« Er drehte sich auf dem Fleck, streckte seine Arme aus, die Hände bewegten sich fordernd, und er schrie nach der Polizei. Plötzlich umstanden Menschen ihn. Sie schauten ihn an. Groß waren ihre Augen, bleich die Gesichter. Als die Tränen Spireas Blick verschleierten, da waren die Gesichter nur noch verschwommen, bleiche Flecken in einer langen Kette.

Trugbilder, die er mit hinein in die Ohnmacht nahm, ebenso wie das Heulen der Polizeisirenen ...

Wir fuhren mit eingeschalteter Sirene!

Was uns Sir James erzählt hatte, war grauenhaft, und beide machten wir uns schwere Vorwürfe. Wir hätten den Wagen nicht ohne Begleitschutz fahren lassen dürfen. Doktor Tod war eine Leiche, aber auch in so einem Zustand konnte er noch gefährlich werden, das hatte er uns hinlänglich bewiesen.

Uns war nicht allzu viel bekannt. Wir wussten nur, dass irgendetwas mit dem Wagen passiert sein musste. Was es genau war, konnten wir nicht sagen, auf jeden Fall schien es Verletzte, wenn nicht sogar einen Toten gegeben zu haben.

Vorbei an der Westminster City Hall rasten wir in Richtung Osten. Was in London nicht sehr oft geschah, das erreichte unsere Sirene. Sie verschaffte uns freie Bahn.

Die Fahrzeuge wichen vor uns zur Seite. Nach links und rechts fuhren sie, und es sah so aus, als würde sich ein stählerner Blumenkelch vor uns öffnen.

Aber nicht nur wir waren unterwegs. Auch Streifenwagen rasten in die entsprechende Richtung. Sie fuhren ebenfalls mit heulenden Sirenen, das alles sah mir fast nach einem Großalarm aus.

Wir kamen gut durch, bis zu einem dichten Ring von stehenden Autos. Da waren auch wir am Ende. Selbst ein Gehsteig bot nicht genügenden Platz.

Wir stoppten, sprangen aus dem Wagen und jagten mit Riesenschritten los. Wie überall standen auch hier die Neugierigen herum. Obwohl die meisten von ihnen überhaupt nichts sehen konnten, behinderten sie die Männer, die mit dem Fall zu tun hatten.

Gegen diese Unart hatten wir immer wieder anzukämpfen. Manche Gaffer zeigten sich noch störrisch, wenn wir das Wort »Polizei« riefen und sie zur Seite drängten.

Wir konnten uns durchwühlen und sahen den Wagen.

Der Mann am Boden fiel uns erst beim zweiten Hinsehen auf. Dafür war sein Anblick umso schrecklicher. Wir brauchten keine Ärzte zu sein, um zu wissen, dass der Mann nicht mehr lebte. Es war Burland, einer der beiden Fahrer. Er war auf eine grausame Weise getötet worden, eine Beschreibung möchte ich Ihnen ersparen.

Aber wo steckte der Täter?

Ich hatte meine Beretta gezogen. Einige Polizisten durchbrachen den Kreis, Suko kümmerte sich um den zweiten am Boden liegenden Mann.

»Spirea ist nur verletzt!«, rief der Chinese, als ich auf die Ladefläche des kleinen Transporters stieg, um mir den Sarg einmal genau anzuschauen, denn meiner Ansicht nach konnte nur aus ihm das Verderben über die beiden Männer gekommen sein.

Der Sarg war nicht geschlossen!

Dies fiel mir zuerst auf, und mein Gesicht verzog sich für einen winzigen Augenblick.

Wer hatte ihn geöffnet?

Es gab Spuren. Grüner Schleim bedeckte den Boden und klebte auch an den Wänden. Als ich mit den Fingerkuppen über die Reste tastete, da stellte ich fest, dass sie hart geworden waren. Sie wirkten wie eingetrocknet.

Dann blickte ich in den Sarg.

Er war leer!

Zwar hatte ich irgendwie damit gerechnet, aber die direkte Konfrontation mit der leeren Totenkiste schockte mich doch. Das Monster Doktor Tod war einfach gestohlen worden. Jemand musste ihn befreit haben, eine andere Möglichkeit gab es für mich augenblicklich nicht. Aber wer hatte das getan? Von wem war der Transporter angehalten worden? Wahrscheinlich konnten mir Zeugen darüber Auskunft geben, wobei ich besonders auf die Aussage des Fahrers hoffte, wenn er aus seiner Bewusstlosigkeit erwacht war.

Als ich den Wagen verließ, hatten die Polizisten die Gaffer zurückgedrängt und selbst einen Ring gebildet, den niemand durchbrechen konnte.

Ich wurde sofort erkannt. Neben Suko stand ein Mann in Zivil und saugte an seiner Pfeife, während sich um den verletzten Spirea zwei Weißkittel kümmerten. Der Tote war inzwischen zugedeckt worden.

Mein Schatten fiel auf Suko, und der Chinese drehte sich um. Fragend schaute er mich an.

»Morasso ist verschwunden!«

»Was?«

»Ja, der Sarg ist leer. Wenn du mir nicht glaubst, schau selbst nach.«

Der Chinese wischte mit dem Handrücken über sein Gesicht. »Aber das ist doch unmöglich. Morasso war tot ...«

Ich strich über mein Gesicht. »Bei ihm müssen wir mit allen Überraschungen rechnen. Doktor Tod schickt seine Leiche. So allmählich glaube ich an einen makabren Scherz. Wahrscheinlich wollte man uns verwirren.«

Suko war auch meiner Ansicht. »Fragt sich nur, wo er hingegangen ist.«

»Frag mal die Zeugen, die müssen ja etwas gesehen haben. Oder auch Spirea.«

»Ja, der müsste eigentlich Bescheid wissen.« Suko warf ihm einen Blick zu. »Leider noch bewusstlos.«

Ich strich durch meine Haare. Die Vorwürfe, die ich mir machte, wurden nicht weniger, im Gegenteil, sie waren stärker geworden. Wir hätten es verhindern können und auch müssen. Dann wäre uns Solo Morasso niemals entwischt. Aber wer konnte das alles vorher wissen?

Der Bewusstlose wurde abtransportiert. Ich sah kurz sein bleiches Gesicht. Nein, es sah nicht so aus, als könnten wir schon bald mit ihm reden.

Es musste andere Zeugen geben. Einem Uniformierten gab ich den Auftrag, uns so viele Zeugen wie möglich herbeizuschaffen. Es war mir zwar bekannt, dass verschiedene Aussagen dabei herauskommen würden, aber irgendwie würde es sicherlich auch Punkte geben, bei denen man eine Übereinstimmung feststellte.

Die Wartezeit verkürzte ich mir mit einer Zigarette. Soeben fuhren die ersten Wagen wieder an. Man hatte den Verkehr umgeleitet.

Auch die Mordkommission war eingetroffen. Viel gab es

nicht zu untersuchen. Man schoss einige Aufnahmen, kümmerte sich nur um den reinen technischen Teil und überließ die eigentliche Arbeit Suko und mir.

Vier Zeugen waren aufgetrieben worden. Ich stellte mich kurz vor und begann mit der Befragung.

Es lief besser, als ich gedacht hatte. Alle vier erklärten übereinstimmend, dass aus dem Wagen seltsame kleine Wesen gekommen waren.

»Wie sahen sie aus?«

Eine Frau antwortete. »So grünlich.«

Die drei Männer unter den Zeugen nickten.

»Grün angestrichen?«, hakte ich nach. »Oder irgendwie …«

»Nein, nein. Die erinnerten mich an Wesen, die man in einen Farbtopf getaucht hat und wo die Farbe dann an den Körpern herabläuft, wenn Sie verstehen …«

»Ja, ich verstehe.«

»Ich aber nicht«, sagte Suko. »Kannst du mir das erklären?«

»Es wird innerhalb des Sargs einen magischen Umwandlungsprozess gegeben haben.«

»Und Solo Morasso?«

Da war auch ich überfragt. »Tut mir leid, aber ich kann dir nicht sagen, was mit ihm geschehen ist.«

»Das grüne Zeug ist aber irgendwie abgelaufen«, sagte ein Mann. Er trug einen steifen Hut und trotz des warmen Wetters noch einen dunklen Mantel.

»Wieso?«

»Nun ja, Sir. Das war so. Der Schleim verschwand, und darunter kam ein Mensch zum Vorschein. Aber nur so groß wie ein Zwerg.« Der Mann bückte sich und zeigte die ungefähre Größe an.

»Da sind Sie sicher?«

»Klar, auf meine Augen kann ich mich verlassen. Fünf Zwerge haben wir gesehen. Vier griffen den einen Mann an. Mit den Händen töteten sie ihn. Wir konnten nichts machen, weil wir …«

»Da ist ja einer dieser Zwerge!«, rief die weibliche Zeugin mit schriller Stimme. »Hinter Ihnen, unter dem komischen Wagen schaut er hervor!«

Suko und ich kreiselten gleichzeitig herum. Die Frau hatte sich nicht getäuscht. Neben einem Rad war tatsächlich einer der Zwerge aufgetaucht.

Er starrte uns hasserfüllt an und hatte seine blutigen Finger gespreizt. Wie er da stand, bot er trotz seiner Größe ein schreckliches Bild. Viel schlimmer für uns war sein Gesicht.

Wir kannten es, denn Solo Morasso, alias Doktor Tod, hatte so ausgesehen!

Wenn ich mit allem gerechnet hätte, damit allerdings nicht. Doktor Tod hatte uns tatsächlich noch einen makabren Streich gespielt. Er hatte seine Leiche geschickt, und nun sahen wir ihn wieder vor uns.

Als Zwerg!

Neben mir blitzte es auf.

Suko hatte geschossen. Als ich den hellen Abschuss der Beretta hörte, war die Gestalt schon verschwunden und hatte hinter dem Reifen Deckung gefunden. Sukos Kugel hatte nicht das Wesen getroffen, sondern den Reifen und dort ein Loch hinterlassen, aus dem allmählich die Luft entwich.

Ich war natürlich nicht stehen geblieben, sondern zur Seite gehuscht. Aus den Reihen der zurückgedrängten Zuschauer drangen heftige Rufe. Die Leute hatten sich ebenso erschreckt wie die Polizisten, von denen sie zurückgedrängt worden waren.

»Du rechts, ich links!«, schrie ich meinem Freund und Kollegen zu. Suko verstand sofort und setzte sich in Bewegung. Wir wollten diesen Zwerg in die Zange nehmen.

Auch ich hatte jetzt den Wagen erreicht und bückte mich. Aufrecht stehen konnte das Wesen nicht, denn so klein war es nicht. Es musste noch unter dem Wagen stecken, weder Suko noch ich hatten es hervorkriechen sehen.

Als ich mich bückte, hörte ich das Lachen.

O verdammt, es kam mir so bekannt vor. Das Wesen lachte mit der gleichen Stimme wie mein Erzfeind Doktor Tod. Und jetzt fing es auch noch an zu sprechen.

»Sinclair! Geisterjäger John Sinclair! Ist das nicht eine kleine Überraschung, die ich dir bereitet habe?«

Er wartete auf meine Antwort. Ich gab sie ihm nicht. Wir starrten uns nur an. Wenn ich an ihm vorbeischaute, erkannte ich auf der anderen Seite des Fahrzeugs meinen Freund Suko. Wie ich hielt auch er seine Waffe schussbereit, denn wir unterschätzten die Gefährlichkeit des Wesens keinesfalls.

In den letzten Minuten hatte Morasso bewiesen, wie grausam er auch in seiner veränderten Gestalt sein konnte, und noch jetzt klebte an seinen Händen das Blut des Toten.

»Du bist Morasso«, sagte ich hart. »Solo Morasso, der Mann, den ich in das Piranha-Becken geschleudert habe, der von meiner Kugel getroffen wurde und den die Fische fast zerrissen hätten, wäre nicht Xorron da gewesen.«

»Der bin ich.«

»Wie kommt es, dass du lebst?«

In Morassos Betongesicht hatte sich bisher kein Muskel gerührt. Nun allerdings tat sich dort etwas, denn seine uns grau erscheinenden Wangen zuckten.

»Tot und doch nicht tot«, sagte er mehr lachend als sprechend. »Magie, Sinclair, schwarze Magie. So ist es doch. Du hast sie immer bekämpft, aber du bist zu schwach. Dir fehlt der Würfel des Unheils. Er allein war es, der dies alles ermöglichte, denn der Würfel produzierte den Schleim. Dieser grüne Schleim, der im Sarg lag, hatte es in sich. Er ist etwas ganz Besonderes, und nur der Würfel kann ihn produzieren. Willst du es wissen?«

Obwohl ich innerlich fieberte, blieb ich gleichgültig. »Du brauchst es mir nicht zu sagen, denn dir wird der Schleim bestimmt nicht mehr helfen.«

»So kann nur jemand sprechen, der die Gefahr noch nicht begriffen hat«, erhielt ich zur Antwort.

»Und wenn ich dich diesmal verbrenne, Morasso, entkommen wirst du mir nicht mehr.«

Diese Antwort amüsierte ihn. Sein Betongesicht zog sich in die Breite, in den Augen lag ein Ausdruck, den ich nicht zu deuten wusste, aber er wollte sprechen, also ließ ich ihn.

»Dieser Schleim, Geisterjäger, ist der Stein der Weisen. Und wer die alten Geheimnisse genau kennt, kann mithilfe des Würfels den Schleim produzieren, und er allein ist in der Lage, tote in lebende Materie umzuwandeln und umgekehrt. Verstehst du mich, Geisterjäger?«

Ich nickte. Und ob ich ihn verstand. Danach hatten die Menschen schon immer geforscht. In der Frühzeit als auch im Mittelalter. Viele Alchimisten suchten nach dem Stein der Weisen, sie wollten für ihre Fürsten und Könige Gold herstellen. Alles Mögliche hatten sie versucht, es aber nie geschafft. Der Stein der Weisen war trotz intensiver Forschungen nicht gefunden worden. Es gab keinen Materieumwandler. Damit musste sich die Menschheit auf der jetzigen Entwicklungsstufe abfinden. Und nun hörte ich von diesem Wesen, dass so etwas doch existierte. Der Würfel des Unheils konnte es schaffen, die Materie umzuwandeln. Das wollte mir einfach nicht in den Kopf.

Und wer besaß den Würfel?

Lady X! Eine unheimliche Macht war ihr damit in die Hände gegeben worden. Doktor Tod schien in seiner ehemaligen Existenz dies noch nicht begriffen zu haben, aber die Scott. Nicht umsonst hatte sie den vom Würfel produzierten Schleim mit in den Sarg gepackt. Das Ergebnis sah ich nun vor mir. Eine kleine, ansonsten haargenaue Abbildung des Solo Morasso.

»Du überlegst, Geisterjäger. Bist du noch immer nicht dahintergestiegen?«

»Doch, ich weiß Bescheid.«

»Dann nimm einen Rat von mir an«, sagte der Zwerg, der im Übrigen die gleiche Kleidung trug, wie sie auch der echte Morasso getragen hatte. »Gib den Kampf auf. Du kannst ihn nicht gewinnen. Gib auf, bringe dich selbst um, oder vergrabe dich in der Tiefe der Erde, denn uns kannst du nicht stoppen!« Ein schauriges Lachen folgte, in das Sukos Worte fielen.

»Machen wir ein Ende, John! Gib ihm eine Kugel!«

Morasso hob die Hände. Sein Gesicht verzerrte sich. »Ja, schießt nur, tötet mich. Tötet mich wieder. Ich warte direkt darauf. Los, drückt ab, ihr Bastarde!«

Diesmal war es Suko, der feuerte. Ich sah das fahle Blitzen vor der Mündung und einen Augenblick später hieb die Kugel genau in den Schädel des kleinen Monsters.

Morasso schrie nicht. Die Kugel war hinten in seinen Kopf gefahren und hatte ihn auseinandergerissen. Ich bekam alles haargenau mit, schaute auch weiterhin zu und hörte als Letztes sein Lachen, das abrupt verstummte, als das Wesen mir entgegenkippte und am Boden liegen blieb. Praktisch ohne Kopf.

Sukos und mein Blick trafen sich. Der Chinese nickte nur. »Das wär's«, sagte er.

Auch ich war zufrieden, bückte mich noch weiter, streckte dabei den rechten Arm aus und berührte das, was von Solo Morasso übrig geblieben war.

Er zerfiel unter meinen Fingern, denn die geweihte Silberkugel hatte aufgeräumt.

»Das hätten wir hinter uns«, kommentierte der Chinese, als er aufstand und ich es ihm nachtat. Allerdings war ich nicht so optimistisch wie mein Freund. Ich hatte da so meine Bedenken, und die teilte ich Suko auch mit.

»Denk an die Zeugenaussagen, mein Lieber. Wir haben es nicht nur mit einem Gegner zu tun, sondern mit fünf davon.«

»Fünfmal Doktor Tod?«

Ich nickte.

Mein Freund wurde blass und schluckte. »Verdammt, verdammt, wenn das mal gut geht ...«

»Da sagst du was!«

Fünfmal Doktor Tod!

Nein, jetzt nur noch vier, denn einmal war eine Gestalt von der Silberkugel zerstört worden.

Aber viermal Doktor Tod, das bedeutete Gefahr. Auch wenn die Gestalten nicht mehr so waren wie früher, so spielte die körperliche Größe bei ihnen kaum eine Rolle, denn in den

Gehirnen steckte noch all die teuflische Gedankenkraft, zu der sie fähig waren. Und Pläne ausdenken sowie schmieden, das konnten sie.

Die vier hielten zusammen, nachdem sie den Sarg verlassen und den Mord hinter sich hatten. Zwar wurden sie gesehen, doch die Zeugen nahmen sie nicht als Feinde wahr, das hieß, die Zwerge wurden von den Menschen nicht verfolgt und konnten ungesehen verschwinden.

Zwar gelang es ihnen nicht, in irgendwelchen Ritzen oder Spalten zu verschwinden, doch sie mischten sich in den Strom der Passanten und trennten sich dann mit einem letzten, verstehenden Blick.

Ein neues Ziel lag vor ihnen. Es war egal, wie sie das Ziel erreichten, ankommen würden sie.

Und sie hatten keine Scheu. In London gibt es 80 000 Taxis, das wussten auch die Wesen, die wie Vierlinge dachten. Es ist leicht, einen Wagen zu bekommen, zudem sind Londoner Fahrer vieles gewöhnt. So bereitete es den Wesen auch keine Schwierigkeiten, die Fahrzeuge anzuhalten.

Zwei von ihnen fuhren mit den Taxen zu einem gemeinsamen Ziel, während sich die anderen beiden ein anderes ausgesucht hatten. Es kam ihnen zugute, dass das Sinclair-Team nicht zusammenlebte und gewissermaßen aufgesplittert war.

Das wollten die Wesen nutzen.

Die Fahrer grinsten, als die Zwerge in die Wagen stiegen. Sie dachten an Liliputaner und ahnten nicht, welch eine Fracht sie tatsächlich beförderten.

Einer wunderte sich nur, als die beiden Zwillinge, wie er annahm, ein seltsames Ziel angaben.

Scotland Yard!

Selbst ein Mann wie Sir James Powell überlegte in letzter Zeit sehr oft, ob der Kampf gegen die Mächte der Finsternis überhaupt noch zu gewinnen war.

Es hatte zwar Siege gegeben, überraschende sogar, aber es

war wie bei einer vielköpfigen Schlange. Schlug man einen Schädel ab, so wuchsen gleich zwei weitere nach.

So auch hier.

Neue Dämonen tauchten auf. Dabei war das Problem der Großen Alten vorerst in den Hintergrund gedrängt worden, allein durch die Aktivitäten der Mordliga.

Die Hälfte der Mitglieder war vernichtet worden, aber nur eben die Hälfte, die übrig gebliebenen Mitglieder würden sich viel besser konzentrieren können und auch konzentrierter angreifen. Dafür würde Lady X schon sorgen.

Sir James dachte über Doktor Tod nach. Er selbst hatte diesen Mensch-Dämon als Leiche nicht gesehen, er musste sich da auf das Urteil seines besten Mannes verlassen. Aber auch ein John Sinclair war nicht unfehlbar. Das war kein Mensch! John konnte sich irren, und er hatte sich höchstwahrscheinlich sogar geirrt, denn dem Transporter war etwas passiert.

Die Meldungen hatten schlimm genug geklungen. Zwar wusste Sir James keine Details, aber ein Unfall war es nicht gewesen. Er hatte John und Suko augenblicklich losgeschickt, und jetzt hoffte er auf einen Anruf der beiden.

Die Zeit verging. Normalerweise hatte Sir James einiges zu tun, doch im Augenblick konnte er sich auf seine normale Arbeit nicht konzentrieren.

Als mehr als eine Viertelstunde vergangen und auch nach über 20 Minuten kein Anruf gekommen war, da hielt es Sir James nicht mehr länger aus.

John Sinclair war über Autotelefon zu erreichen, und die entsprechende Nummer wählte der Superintendent.

Niemand hob ab.

Befand Sinclair sich noch im Einsatz? Sir James glaubte daran, ließ abermals fünf Minuten verstreichen, schluckte zwei Tabletten und säuberte seine Brille.

Dann rief er wieder an.

Diesmal meldete sich der Oberinspektor.

»Schlafen Sie?«, fragte Sir James scharf und versuchte, mit dem barschen Ton seine Sorge zu übertünchen.

»Nein, Sir«, hörte er die Stimme des Geisterjägers ein wenig dünn. »Aber hier ist einiges im Argen.«

»Berichten Sie.«

Der Superintendent hörte gespannt zu. Sein Gesicht zuckte ein paarmal, und auf seiner Stirn bildeten sich Schweißperlen.

»Einen Liliputaner haben Sie also erledigt«, stellte er fest, »aber es fehlen noch vier.«

»So ist es, Sir!«

»Haben Sie einen Verdacht, wo sie stecken könnten?«

»Nein, Sir!«

»Aber sie werden ein Ziel haben«, hielt Sir James entgegen.

»Das sicherlich. Vielleicht sogar Lady X. Unter Umständen hält sie sich in London auf.«

»Wäre eine Möglichkeit. Forschen Sie auf jeden Fall nach, bleiben Sie am Ball und informieren Sie mich, sobald sich etwas Neues ergeben hat. Vielleicht müssen wir eine Fahndung einleiten.«

»Das wäre schlimm, Sir.«

Der Superintendent hatte aufgehängt. Er wischte sich den Schweiß von der Stirn. Seine Befürchtungen waren also berechtigt gewesen. Solo Morasso ließ sich so leicht nicht ausschalten. Er hatte seine Leiche geschickt, doch dies war eine geschickte Falle gewesen, eine raffinierte Täuschung, auf die das Sinclair-Team reingefallen war.

Doch was bezweckte Doktor Tod damit? Oder wurde auch er nur gesteuert? Sir James wusste es nicht, aber wenn es Morasso in vierfacher Ausfertigung gab, dann war die Gefahr unter Umständen ebenfalls um das Vierfache gestiegen.

Als er daran dachte, wurde es ihm im Hals regelrecht trocken. Viermal Doktor Tod, das konnte kaum jemand verkraften.

Er goss sich einen kleinen Schluck von seinem Magenwasser ein und trank das Glas in kleinen Schlucken leer. Innerlich vibrierte er. Leicht zu erkennen an seinen zitternden Händen. Da lief alles nicht so glatt, wie er es gern gehabt hätte, und er wusste auch nicht, was die andere Seite vorhatte.

Dann schrillte das Telefon. Sir James zuckte zusammen. Er hatte nicht damit gerechnet. Rasch griff er nach dem Hörer, meldete sich und war erstaunt darüber, dass er von dem Anrufer nicht angesprochen wurde.

Der andere blieb stumm.

»Was ist los?«, fragte Sir James. »He, warum sagen Sie …« Die Leitung war tot, der Superintendent brauchte nicht mehr weiterzusprechen. Dafür erklang an der Tür eine Stimme auf.

»Guten Tag, Sir James!«

Der Superintendent drehte sich so schnell um wie selten in seinem Leben. Er schaute auf einen Liliputaner, der eine verteufelte Ähnlichkeit mit Solo Morasso hatte …

Der Motor des Porsche heulte noch einmal auf, bevor der Reporter Bill Conolly seinen Wagen abbremste, das Lenkrad nach rechts wirbelte und in die Auffahrt zu seinem Haus einrollte.

Es war doch später geworden, als er seiner Frau Sheila versprochen hatte, aber in der Redaktion hatte man ihn zu sehr aufgehalten, und Bill hatte sich einfach festgeredet. Er hatte einen spannenden Bericht geliefert, die Zeitung bekam ihn exklusiv, und jetzt sollte Bill auch noch die Fotos dazu aussuchen. Diese Arbeit würde noch den nächsten Vormittag in Anspruch nehmen, sodass Bill sich noch rechtzeitig von den Magazinleuten hatte lösen können. Er freute sich auf sein Zuhause.

Das Tor zum Grundstück öffnete sich auf einen elektronischen Kontakt hin, und Bill konnte den flachen Wagen über den gewundenen Weg in Richtung Haus lenken.

Der Reporter hatte im Laufe der Jahre seine Erfahrungen mit den Mächten der Finsternis gesammelt. Das ergab sich bei ihm einfach aus der Nähe zu John Sinclair, denn der Geisterjäger war sein bester Freund. Und leider war auch Bills Familie mit in diese Auseinandersetzung hineingezogen worden. Ein paarmal schon hatten seine Frau Sheila und Johnny, sein Sohn, in Lebensgefahr geschwebt.

Seit einigen Monaten allerdings hatte der Kleine einen Beschützer. Nadine, eine Wölfin. Es war ein seltsames Tier, denn in ihm lebte die Seele eines Menschen weiter, und der Vierbeiner hatte auch noch die Augen eines Menschen.

Johnny und Nadine waren unzertrennlich. Beide wären füreinander durchs Feuer gegangen, wobei vor allen Dingen der Wolf immer wieder auf den Kleinen achtete.

Als Bill die dritte Kurve anschnitt und das Haus schon ziemlich nahe vor sich sah, bemerkte er eine Bewegung zwischen den Kiefern.

Dort stand jemand!

Der Reporter reagierte gedankenschnell. Sein rechter Fuß drückte das Bremspedal nach unten. Der Porsche stand sofort.

Augenblicklich stieg Bill aus, ließ die Tür offen, lief um die Kühlerschnauze herum und suchte die Gestalt. Vier Kiefern standen auf dem Rasen. Der Boden war nicht glatt, er nahm hier die Form eines Hangs ein, der bis hoch zum künstlichen Hügel führte, wo auch das Haus stand. Bill dachte an die erste Entdeckung und auch daran, dass die Gestalt nicht sehr groß gewesen war. Johnny war es trotzdem nicht gewesen, ein anderer musste sich versteckt gehalten haben.

Ebenfalls ein Kind?

Behutsam schob der Reporter einige Zweige zur Seite, die seine Sicht behindert hatten. Jetzt hatte er einigermaßen freies Blickfeld – und hörte hinter sich das Lachen.

Bill Conolly warf sich herum. Seine Augen wurden groß. Er wollte nicht glauben, was er sah, aber die Gestalt vor ihm war keine Spukerscheinung, sondern Realität.

Ein Liliputaner stand dort.

Doktor Tod.

Schnaufend atmete der Reporter aus. Dieses Bild ging ihm unter die Haut. Er merkte das Zittern in den Knien und spürte die Angst, die allmählich in ihm hochstieg. Aber es war nicht die Angst um seine Person, sondern die um seine Familie, die sich im Haus und damit auch in der Nähe dieses gefährlichen Wesens befand.

Doktor Tod als Liliputaner. So etwas hatte Bill Conolly noch nie gesehen. Er konnte auch keine Erklärung dafür finden, sosehr er suchte. Es war alles zu irreal.

Oder war er eine Puppe? Vielleicht eine Nachbildung, die man elektrisch steuern konnte? Es konnte sein, und Bill wollte es genau wissen.

Er ging langsam vor. Näherte sich Schritt für Schritt dieser kleinen Figur, die aussah, als wäre sie überhaupt nicht am Leben. Bis der Reporter auf einen Schritt herangekommen war, da begann der Kleine nämlich zu sprechen.

»Stopp!«, sagte er.

Bill Conolly zuckte zusammen. Diese Stimme hatte ihm den Schock versetzt, denn mit der gleichen Stimme hatte auch Solo Morasso, alias Doktor Tod, gesprochen.

Sollte dieser Liliputaner Solo Morasso sein?

Bill war völlig durcheinander. Sicherheitshalber zog er seine Pistole und richtete die Mündung schräg nach unten, sodass sie auf den Kopf des anderen wies.

»Okay, mein Freund, bisher hast du deinen Spaß gehabt. Jetzt bin ich an der Reihe. Du wirst mir Rede und Antwort stehen. Wenn nicht, kenne ich keine Rücksicht.« Das meinte Bill auch so, denn mit Dämonen oder dämonischen Wesen Pardon zu haben, war ein Luxus, den man sich kaum leisten konnte. Die andere Seite würde immer härter und brutaler zuschlagen.

»Was willst du wissen?«

»Wer bist du?«

»Das weißt du nicht? Du solltest mich kennen, Bill Conolly. Ich bin Doktor Tod.«

»Gut nachgebildet, aber …«

»Keine Nachbildung. Ich bin der echte.«

Bill lachte. »Herrlich, du bist also der echte. Dann aber verdammt geschrumpft.«

Morasso lachte. »Das ist möglich. Vielleicht werden wir noch wachsen …«

»Wir?«, dehnte Bill.

»Ja, ich habe noch Brüder. Dreh dich mal um, Conolly, und schau hinüber zu deinem Haus.«

Bill wurde es sehr komisch zumute. Eine unsichtbare Hand schien über seinen Rücken zu streichen. Das Gefühl einer beklemmenden Angst breitete sich in seinem Innern aus.

Zum Haus schauen sollte er.

Dort befand sich seine Familie. Und vorhin war das Wort »wir« gefallen. Der Liliputaner, der aussah wie Doktor Tod, war also nicht allein, er hatte Verstärkung mitgebracht.

Vorsichtig drehte sich der Reporter um, wobei er zusah, dass die Waffenmündung weiterhin in die Richtung des Zwerges wies. Er hatte einen nicht sehr guten Standpunkt. Der Blick zum Haus war durch Buschgruppen zum Teil verwehrt, aber er konnte die Tür und das daneben liegende Fenster sehen, und hinter der Scheibe, wo sich die Diele hinzog, sah er die Bewegung.

Dort stand jemand!

Allerdings nicht einer, sondern zwei. Zwei Personen, beide klein. Bill sah nur die Umrisse, aber glaubte, in einer dieser Personen seinen Sohn zu erkennen.

Jemand schien eine glühende Nadel durch sein Herz zu stoßen, so machte sich die Angst bei ihm bemerkbar. Bill schüttelte sich, seine Lippen öffneten sich, und das Gesicht zeigte plötzlich einen verzerrten Ausdruck.

Morasso ahnte, was in dem Reporter vorging. Er lachte leise und schüttelte dabei sogar den Kopf. »Ich weiß, was du vorhast, aber glaube nur nicht, dass du damit durchkommst. Eine falsche Bewegung von dir, und dein Junge ist tot.«

»Was habt ihr vor?«, fragte Bill, wobei er seine Stimme kaum wiedererkannte.

»Die Vernichtung. Wir werden das Sinclair-Team vernichten. Das genau wird es sein.«

»Wer seid ihr?«

»Doktor Tod!«

Bill schüttelte den Kopf. »Nein, das kann ich nicht glauben. Solo Morasso gibt es nicht mehr. John Sinclair hat ihn vernichtet. Er hat es mir selbst gesagt. Ich glaube dir nicht.«

»Traust du deinen eigenen Augen nicht mehr?«, höhnte Morasso.

»Doch, aber …«

»Solo Morasso ist tot, das stimmt, Bill Conolly. Aber er lebt trotzdem weiter. Und zwar in vierfacher Ausfertigung. Aus eins mach vier. Und wir vier werden dafür Sorge tragen, dass das Sinclair-Team ein für alle Mal ausgerottet wird!«

Nadine! Bill dachte an die Wölfin. Wo steckte sie? Warum hatte sie nicht eingegriffen? Sie passte doch sonst auf den Kleinen auf. Und wie ging es Sheila? Befand sie sich ebenfalls in der Gewalt des zweiten Teufels?

Bill starrte seine Waffe an. Sie kam ihm plötzlich sinnlos vor. Er hätte sie ebenso gut wegwerfen können, aber er brachte es nicht fertig. Zudem störte sich Morasso auch nicht an der Beretta. Seine Sicherheit grenzte schon an Überheblichkeit.

»Komm mit«, sagte der Liliputaner mit dem glatten Betongesicht. »Du kennst dich ja aus.«

»Ins Haus?«

»Natürlich, wir wollen die Familie beisammen haben. Gemeinsam stirbt es sich leichter!«

Bill wurde von seiner Angst fast aufgefressen. Allerdings kochte er auch innerlich vor Hass und Wut. Wäre er allein gewesen, hätte er längst versucht, diesem Wesen vor ihm den Hals umzudrehen. So aber konnte er nichts tun und musste sich den Befehlen des anderen unterordnen.

»Soll ich den Wagen nehmen?«, fragte Bill.

»Nein, die letzten Schritte kannst du laufen.«

Der Reporter hob die Schultern. Er ging vor, denn die Spielregeln waren ihm bekannt. Nach einigen Schritten hatte er ein besseres Blickfeld auf das Haus.

Von seinem Sohn und der zweiten Gestalt war nichts mehr zu sehen. Sie hatten sich von dem bis zum Boden reichenden großen Flurfenster zurückgezogen.

Bills Magen spannte sich. Die nächsten Sekunden würden schrecklich werden, das wusste er, und in diesem Augenblick drehte Bill durch. Er wirbelte auf dem Absatz herum, riss den rechten Arm mit der Beretta hoch und feuerte die geweihte Silberkugel ab.

Drei Schritte Entfernung waren so gut wie nichts. Bill hatte sich einfach nicht mehr beherrschen können. Die Silberkugel drang in den Betonschädel des Solo Morasso!

Wie sie ihn zerriss, das wollte der Reporter nicht mehr sehen, denn er hörte vom Haus her einen gellenden Schrei. Er bekam auch nicht mehr mit, wie sich der Liliputaner auflöste, nachdem er zu Boden gestürzt war. Bill wollte jetzt nur noch eins: seine Familie retten.

Ob er es schaffte, war mehr als fraglich ...

Materieumwandler! Mit Schrecken dachte ich daran, was mir Solo Morasso offenbart hatte. Wenn der Würfel des Unheils dies tatsächlich schaffen sollte, dann war er ein noch grausameres Instrument, als ich überhaupt angenommen hatte.

Ich malte mir aus, was mit ihm alles anzustellen war. Da konnte man feste in flüssige Stoffe umwandeln, da würde er in der Lage sein, alle möglichen Monster herzustellen. Wahrscheinlich in drei- oder vierfacher Ausführung, wie ich es bereits erlebt hatte.

Und deshalb schwor ich mir, diesen Würfel des Unheils unter allen Umständen in meinen Besitz zu bringen. Lady X hatte ihn. Und wie ich sie kannte, würde sie ihn freiwillig wohl kaum herausrücken. Also bedeutete es Kampf.

Während der Fahrt zurück zum Yard rauchte ich eine Zigarette. Suko saß schweigend neben mir. Ihn schienen die gleichen Gedanken zu plagen wie mich.

Plötzlich schüttelte er den Kopf. »Verdammt«, sagte er, »da passt mir einiges nicht.«

Ich lachte. »Denkst du mir?«

»So allgemein meine ich das nicht, mehr speziell. Hör zu, John, die Sache ist doch die: Solo Morasso hat es in fünffacher Ausfertigung gegeben. Einen haben wir erledigt. Vier sind entkommen. Welches Ziel haben sie?«

»Wenn ich das wüsste.«

»Eben, ich auch. Und ich will dir eins sagen, John. Doktor Tod ist auf Vernichtung programmiert. Vor allen Dingen auf das Sinclair-Team. Als Einzelner hatte er weniger Chancen als in vierfacher Ausfertigung. Das muss jedem einleuchten. Vier Mal Solo Morasso, und er kann an vier Stellen gleichzeitig zuschlagen.«

Da hatte Suko recht. Unwillkürlich betätigte ich den rechten Blinker und fuhr nahe an den Straßenrand, wo einige Wagen parkten. »Du meinst also, dass die vier versuchen werden, an den verschiedensten Stellen ihre Mordabsichten auszuführen?«

»Richtig, John. Und ich denke dabei an Shao!«

Bisher hatte ich noch nicht angehalten. Jetzt trat ich das Bremspedal weit durch und stoppte.

»Suko«, sagte ich eindringlich. »Steig sofort aus. Nimm dir ein Taxi, und dann nichts wie weg zu Shao. Ich denke ähnlich wie du. Bleib in der Wohnung, denn wenn wirklich dieser Liliputaner dort erscheint …« Ich schüttelte den Kopf. »Verdammt, das ist kaum auszudenken.«

Suko hatte mich gar nicht richtig aussprechen lassen, sondern den Wagenschlag aufgestoßen. Bevor ich mich versah, war er schon draußen, und er bekam auch innerhalb von wenigen Sekunden einen Wagen.

Ich aber fuhr weiter. Sobald ich im Büro war, wollte ich bei Suko anrufen. Hoffentlich war alles glattgegangen, denn wenn die andere Seite so zuschlug, wie wir vermuteten, dann schwebte Shao wahrscheinlich in höchster Gefahr.

Bis zum Yard war es nur ein Katzensprung. Den Wagen stellte ich auf dem Parkplatz ab.

Als ich ausstieg, fielen erste Regentropfen. Ein kühler Wind pfiff durch die Straßen. Er rüttelte an den Planen, die die Baustelle abdeckten, denn bei uns wurde umgebaut.

Ich zog den Kopf ein, betrat das Gebäude durch den Hinterausgang und steuerte sofort die Fahrstühle an. Ich hatte immer einen bestimmten, der mich nach oben schoss.

Alles war Routine, das Anlehnen an die Holzwand, der

Druck auf den entsprechenden Knopf, nur die plötzliche Dunkelheit war keine Routine.

Und auch das Halten des Lifts nicht!

Das ging ruckartig, und es überraschte mich sehr, denn ich war in Gedanken gewesen.

Plötzlich stand der Lift.

Die Finsternis war absolut. Nicht einmal die Knopfreihe leuchtete und gab Licht. Ich kam mir vor wie in einem Verlies zwischen Himmel und Erde.

Meine Gedanken wirbelten. So etwas war mir noch nie passiert. Wie oft war ich mit der Kabine hoch- und niedergefahren, und jetzt dieses Pech, denn in all den Jahren war nie etwas passiert.

Nur – war es wirklich Pech? Oder steckten andere Kräfte dahinter, die die Technik manipulierten?

Da es sehr still war, vernahm ich das Klopfen meines Herzens. Ich dachte darüber nach, was alles passieren konnte. Der Lift stand zwischen den Stockwerken. Klar, es würde irgendwann auffallen, doch in der Zwischenzeit konnte sich schon einiges tun.

Und da spürte ich das Vibrieren!

Es war nur ein leichtes Zittern. Ich spürte es deshalb so deutlich, weil es zuvor noch nicht da gewesen war. Jetzt aber war es vorhanden, davon biss keine Maus den Faden ab.

Ich dachte daran, dass der Fahrstuhl an einem Seil hing, und irgendwie hatte ich das Gefühl, dass dieses seltsame Vibrieren über mir seinen Ursprung hatte.

Über meinen Rücken rieselte eine Gänsehaut. Wenn mich jemand umbringen wollte, brauchte er nur das Seil zu kappen.

In den nächsten Sekunden erwachte ich zu einer fieberhaften Aktivität. Da es stockfinster in der Kabine war, musste ich erst einmal Licht haben. Ich knipste die Bleistiftleuchte an, lehnte sie an die Wand, wobei die Lampe auf dem Boden stand und ihr Licht in einem schrägen Winkel nach oben stach.

Es war nur ein kleiner Kreis, den die Lampe an die Decke der Kabine malte, aber er reichte aus, um erkennen zu können, dass das Vibrieren tatsächlich über der Kabine seinen Ursprung genommen hatte.

Dort musste sich jemand befinden.

Selbstverständlich dachte ich an Doktor Tod. Er war ein Liliputaner, und irgendwie musste es ihm gelungen sein, in das Yard Building einzudringen.

Eine andere Lösung gab es für mich nicht. Jede Kabine hat an ihrer Decke eine Klappe. Gewissermaßen einen Notausstieg, den man im Gefahrenfalle benutzen kann.

Auch bei diesem Lift war es nicht anders. Wenn ich mich reckte, kam ich sogar heran.

Vier Schrauben hielten die Klappe. Allerdings standen die Schrauben so weit vor, dass ich sie mit den Händen erreichen konnte, wenn ich mich auf die Zehenspitzen stellte. Sie ließen sich leicht lösen. Zwei zog ich hervor. Bei der letzten gab ich nicht Acht. Sie rutschte mir über die Hand und fiel zu Boden. Das hell klingende Geräusch gefiel mir überhaupt nicht.

Der Fahrstuhl vibrierte stärker. Ein Beweis dafür, dass der Unbekannte über mir etwas bemerkt hatte. Noch hielt die Klappe, ich brauchte nur die restlichen Schrauben zu lösen, tat das auch, und im nächsten Augenblick zog ich den Kopf ein und ging etwas zur Seite, weil mir die Klappe entgegenfiel.

Ich fing sie erst gar nicht auf, sondern ließ sie zu Boden scheppern. Der Strahl meiner kleinen Lampe konnte jetzt frei durch die Öffnung dringen, die nicht einmal die Hälfte des Kabinendachs einnahm.

Der Schein traf eine Gestalt!

Es war Doktor Tod, der zusammengekauert auf dem Dach hockte und sich an dem Drahtseil zu schaffen gemacht hatte. Mit seinen Händen wollte er es durchsägen. Und das fiel ihm leicht, denn seine Nägel waren zu spitzen Messern geworden, mit denen er sogar das dicke Drahtseil durchtrennen konnte.

Als die Klappe fiel, hatte er in seiner Arbeit innegehalten.

Ich wollte die Beretta ziehen.

Im selben Moment stieß sich der Liliputaner ab und hechtete mit ausgestreckten Armen auf mich zu …

Superintendent Sir James Powell hielt sich erstaunlich gelassen, als er auf den Liliputaner starrte, der eine so große Ähnlichkeit mit Solo Morasso aufwies.

Er hob nur die Augenbrauen, ein Zeichen, dass er innerlich unter Strom stand.

Morasso verzog die dünnen Lippen. Nichts regte sich sonst in seinem Betongesicht, die Augen blieben kalt, und Sir James las darin einen ungebrochenen Mordwillen.

»Wer sind Sie?«, fragte er dennoch.

»Sie kennen mich nicht?«, höhnte der kleine Mann. »Ich bitte Sie, Sir James, das ist schon fast eine Beleidigung.«

»Nun ja, mir kommt es vor, als wären Sie Doktor Tod!«

»So ist es.«

Sir James tat so, als wäre der andere überhaupt nicht anwesend. Der Superintendent ging ein paar Schritte zur Seite und nahm auf seinem Schreibtischstuhl Platz.

»Solo Morasso oder Doktor Tod ist erledigt«, erklärte er mit fester Stimme. »Sie sind höchstens eine billige Imitation.«

»Wenn Sie es so sehen wollen, bitte«, erwiderte das kleine Wesen. »Aber diese Nachbildung ist gekommen, um Sie zu töten. Vier gibt es von uns. Und wir haben uns geteilt, um das Sinclair-Team auszurotten. An verschiedenen Stellen schlagen wir gleichzeitig zu. Ich habe die Aufgabe übernommen, Sie zu töten, ein anderer befindet sich ebenfalls in der Nähe. Er wird sich um John Sinclair kümmern. Wenn ich richtig berechne, lebt Sinclair höchstens noch einige Minuten. Wir werden uns so lange unterhalten, bis die Katastrophenmeldung kommt. Mit dem Lift wird der Geisterjäger abstürzen und mit zerbrochenen Knochen irgendwo unten liegen bleiben.«

»Das waren zwei«, sagte Sir James mit ruhiger Stimme. »Wo sind die restlichen?«

Doktor Tod gestattete sich ein Lächeln. »Das kann ich Ihnen sagen. Es gibt da welche, die uns immer wieder Schwierigkeiten gemacht haben. Die Conollys!«

Die Finger des Superintendenten zuckten. Diese Antwort hatte ihn doch getroffen. Sir James merkte, wie sich auf seiner Stirn ein Schweißfilm sammelte. John Sinclair konnte sich wehren, Bill Conolly vielleicht auch, aber da waren eine Frau und ein kleines Kind. Sie waren dem Teufel hilflos ausgeliefert.

»Geschockt?«, höhnte Morasso.

»Was haben die Conollys damit zu tun?«

»Viel, sogar sehr viel. Dieser Bill Conolly hat oft genug an John Sinclairs Seite gekämpft. Er muss getötet werden. Wenn er und seine Familie nicht mehr sind, kümmern wir uns um den Chinesen und dessen Freundin, auch sie dürfen nicht mehr leben. Ebenso wie Sie. Der Plan besteht, Lady X hat ihn ausgeklügelt, und es wird weiterhin einen Solo Morasso geben, obwohl er eigentlich tot ist. Auch das habe ich John Sinclair zu verdanken, aber meine Rache wird trotzdem alle treffen. Der Würfel des Unheils, dessen Kräfte unwahrscheinlich sind und in grauer Vorzeit geboren wurden, trägt dafür Sorge, dass vom Sinclair-Team nichts als die Erinnerung zurückbleibt!«

Sir James verzog die Lippen. Er hatte die Worte wohl verstanden. Und wie es aussah, hielt die Gegenseite alle Trümpfe in der Hand. Sie hatte das Spiel eingeleitet, ein brutales, hartes Spiel, mit einem hohen Einsatz, und es war ihr gelungen, das Sinclair-Team herauszubluffen, denn alle hatten sich darauf verlassen, dass Solo Morasso endgültig erledigt war.

Nun stand er vor Sir James, und er hob seine Hände. Etwas war anders an ihm, sah man von der Größe einmal ab. Seine Finger waren zu gefährlichen Waffen geworden, denn die zehn Nägel stachen vor wie spitze Messer.

Damit konnte er töten!

Und er würde töten, denn er bewegte seine Finger, als er sie Sir James Powell zeigte.

Grau schimmerten die Nägel. Dem Superintendenten kamen sie vor wie Stahl. Die Spitze eines Messers konnte nicht schlimmer sein als dieser Finger.

Noch blieb Sir James sitzen. Stille lag über dem Büro. Der Superintendent suchte nach einem Ausweg aus der Klemme. Er war kein Mensch, der mit körperlicher Kraft kämpfte. Diese war ihm zuwider. Er verließ sich lieber auf seine Geisteskraft, die konnte er gut ausspielen, und damit war er den meisten Gegnern überlegen.

Aber hier nutzte sie ihm nichts.

Morasso bedachte die Tür mit einem schnellen Blick. Sie war geschlossen. Es würde kaum jemand kommen, die Sekretärin saß in einem anderen Raum, auch wenn sie erschien, würde sie ein Opfer der tödlichen Finger werden.

Sir James hatte die Chance genutzt, die ihm der andere bot. Da er den Superintendenten nicht mehr so im Auge behielt, gelang es diesem, nach einem Brieföffner zu greifen, der auf dem großen Schreibtisch lag. Die einzige Waffe, die Sir James im Augenblick besaß. Es gab da noch eine Pistole, aber die lag irgendwo in seiner Schreibtischschublade unter Papieren und Akten.

Seine Finger umschlossen den Griff. Sir James packte hart zu, die einzige Chance war dieser Brieföffner.

Auch Doktor Tod bemerkte, was der Superintendent vorhatte. Doch für diese Aktion hatte er nur ein müdes Lächeln übrig und eine spöttische Bemerkung.

»Glauben Sie wirklich, Sie könnten damit gegen mich etwas unternehmen?«

»Vielleicht.«

»Machen Sie sich nicht lächerlich. Sie sind eine Witzblattfigur. Für das Büro wie geschaffen, aber nicht um zu kämpfen.« Eine Schreibtischbreite trennte die beiden noch.

Sie schauten sich an.

Sir James sah in den Augen des anderen den kalten, unheimlichen Ausdruck. Die Mordgier, die Lust zu töten, weil die endgültige Entscheidung herbeigeführt werden sollte.

Diese kleine Gestalt, die gerade über den Schreibtisch schauen konnte, strömte eine so große Grausamkeit aus, dass den Superintendenten direkt fröstelte.

Er stand auf.

Heftig geschah dies, und der Stuhl hinter ihm kippte zu Boden. Das dumpfe Geräusch schien für den Liliputaner ein Startsignal zu sein, er federte kurz in den Knien, und mit einem gewaltigen Sprung, der dem einer Katze ähnelte, stand er schon auf dem Schreibtisch.

Damit hatte Sir James nicht gerechnet. Er wankte zurück und sah mit an, wie der andere sich blitzschnell bückte, seinen rechten Arm vorstieß und alle fünf Finger seiner rechten Hand in den Telefonhörer hineinhieb.

Der Kunststoff splitterte. Plötzlich bestand der Hörer nur noch aus zwei Teilen, und beide Hälften blieben zwischen dem Wirrwarr aus Plastik und Drähten liegen.

Morasso schaute auf. »So wird es auch dir ergehen, alter Mann!«, zischte er. »Genau so, darauf kannst du dich verlassen!« Er lachte leise und gefährlich.

Sir James wich noch weiter zurück, bis er neben der Tür stand und mit dem Rücken die Wand berührte. Ein schneller Blick zur Tür. Der Superintendent brauchte nur den Arm auszustrecken, um die Klinke zu berühren, dann konnte er fliehen.

Das aber wusste auch Doktor Tod. Und er reagierte sofort. Ein gewaltiger Sprung brachte ihn vom Schreibtisch zur Tür hinüber. Als er sich noch in der Luft befand, da wuchs Sir James über sich selbst hinaus. Er sprang praktisch über seinen eigenen Schatten, denn er bewegte sich zur Seite und stach mit dem Brieföffner zu.

Vielleicht hätte Doktor Tod ausweichen können, aber er wollte es nicht. Morasso sprang in den Stich hinein.

Der Brieföffner fuhr in seine linke Wange und schlitzte sie auf. Wie zwei Stofflappen, so fiel die Haut nach links und rechts zur Seite, eine große Wunde klaffte, aber es strömte kein Tropfen Blut daraus hervor.

Ein irres Lachen schallte Sir James entgegen, als sein Gegner auf dem Boden landete und seinerseits einen Angriff riskierte. Er stach.

Es waren fünf Finger und fünf kleine Messer, die Sir James trafen. Der Schmerz war furchtbar. Die Finger drangen durch den Stoff seiner Hose. In der Höhe des Oberschenkels zerfetzten sie ihn, und der Superintendent stöhnte auf, als er merkte, dass sein rechtes Bein nachgab und er sich nicht mehr fangen konnte. Zwar wollte er sich noch an der Wand abstützen, die Fläche war aber zu glatt. Mit dem Handballen rutschte er daran entlang und fiel hin.

Es waren fürchterliche Schmerzen, und Sir James hatte das Gefühl, als wäre sein Bein mit Feuer gefüllt. Er konnte nicht verhindern, dass ihm die Tränen in die Augen traten, obwohl er sich dafür schämte, denn Morasso bemerkte sehr deutlich seinen Zustand.

Mit Entsetzen stellte der Superintendent fest, dass er gegen diesen Gegner nicht ankam, so klein er auch war.

Weiterhin hielt er den Brieföffner fest. Die Spitze zeigte schräg nach oben, etwa in die Richtung, wo sein Gegner stand. Wenn er den Arm jetzt vorstieß, dann konnte er ihn noch einmal erwischen. Vielleicht besser als beim ersten Versuch.

Es sah beinahe lässig aus, wie der Liliputaner seinen rechten Fuß hob und zutrat. Sir James konnte den Arm nicht mehr schnell genug zur Seite nehmen. Die Fußspitze traf ihn in Höhe des Gelenks. Gebrochen wurde es nicht, aber der Schmerz trieb dem Superintendenten abermals die Tränen in die Augen.

Er ließ den Brieföffner los. Als er zu Boden gefallen war, kickte ihn Morasso weg. Unerreichbar für Sir James blieb er einige Schritte weiter liegen.

Morasso lachte kalt. Er senkte den Blick und starrte auf die Spitzen seiner rechten Hand.

Blut hatte sich dort gesammelt und tropfte zu Boden, wobei es auf dem Teppich ein dunkles Muster hinterließ.

»Dein Blut!«, zischelte Solo Morasso. »Das Blut eines Gegners. Und es wird noch viel mehr hinzukommen, das verspreche ich dir.« Er schüttelte sich vor Lachen, bevor er abermals zustieß.

Diesmal schrie Sir James. Es war kein lauter Schrei, eher ein Stöhnen, aber er sah mit Schrecken, dass Morasso sein zweites Bein getroffen hatte.

Rechts und links …

»Alle guten Dinge sind drei!«, keuchte Doktor Tod und holte ein weiteres Mal aus.

In diesem Augenblick flog die Tür auf.

Auf der Schwelle stand eine Frau.

Glenda Perkins!

Es sah gefährlich aus, wie der Kleine durch die Luke flog, die Arme vorgestreckt hatte und seine zehn spitzen Finger auf mich zielten.

Alles ging so schnell, dass ich keine Zeit hatte, Angst zu empfinden, ich musste nur schnell ausweichen. Das war in der engen Kabine schwer genug, denn Morasso hatte seine Arme gespreizt, damit er eine möglichst optimale Angriffsfläche hatte.

Ich unterlief ihn.

Es war gar nicht einfach, weit musste ich mich hinunterducken, schaffte es zum Glück, krachte gegen die Wand und drehte mich sofort wieder.

Auch Morasso war bereit. Er zog nur noch die fünf Finger seiner linken Hand aus dem Holz und ließ mir wiederum nicht die Zeit, meine Beretta zu ziehen.

In Oberschenkelhöhe flog er heran.

Mit den Händen konnte ich nichts machen. Dafür mit den Beinen. Suko hätte sich vielleicht besser und geschmeidiger bewegt, ich war froh, dass ich seinen Kopf und die rechte Schulter überhaupt traf. Trotzdem sah es böse für mich aus, denn er erwischte mich auch.

Zuerst riss in Wadenhöhe der Stoff, dann spürte ich das Brennen, als die Spitzen in das Fleisch hieben. Ich sprang trotzdem in die Höhe, denn mein Gegner stieß noch einmal zu.

Diesmal ins Leere. Zum Glück erwischte ich ihn, als ich wieder nach unten fiel. Meine rechte Schuhsohle landete genau auf seinem kantigen Schädel.

Die Wucht drückte Morasso zu Boden. Ich sprang zurück, prallte wieder gegen die Wand und kam endlich dazu, meine Beretta zu ziehen. Auch Morasso kreiselte herum, dabei stützte er sich mit seinen gespreizten Händen am Boden ab, wollte hoch, sah plötzlich in die Mündung, und jetzt spiegelte sich die Angst auf seinen sonst unbeweglichen Zügen wider.

Es tat mir gut, dies zu sehen, und ich schoss.

Aus dieser Entfernung hätte ein Kind getroffen. Ich aber wollte ihn endgültig zerstören, und sein Kopf war überhaupt nicht zu verfehlen.

Die Kugel zerriss ihn.

Der Abschussknall pflanzte sich fort, fand seinen Weg durch die Öffnung und verhallte im Schacht.

Wieder einer weniger.

Nur noch drei.

Ich steckte die Waffe weg, wischte mir den Schweiß von der Stirn und schaute mir erst dann meine Verletzung an, denn das Brennen war ziemlich schmerzhaft.

Die Hose war hin. An der Wade hatte er ins Fleisch gestochen. Das Blut rann nach unten und lief in den Socken sowie den Schuh. Wenn ich auftrat, schmerzte die Wunde stärker. Darum konnte ich mich nicht kümmern, ich hatte nämlich die Worte des anderen nicht vergessen. Er war nicht allein gekommen, musste Helfer gehabt haben, und diese steckten sicherlich innerhalb des Yard Building.

Nur – wo? Außerdem, wie kam ich aus diesem verdammten Lift wieder raus? Hatten die Leute denn Tomaten auf den Augen oder Bohnen in den Ohren? Die mussten doch etwas gehört haben, aber bei uns wurde ja gebaut, und da schienen Zwischenfälle an der Tagesordnung zu sein.

Falls es keine andere Möglichkeit gab, musste ich eben so lange rufen, bis man mich hörte.

Aber ich wurde gerufen.

»Hallooo!« Die Stimme schallte durch den Schacht.

Ich schrie zurück. »Holt mich hier raus, verdammt! Ich stecke fest.«

»Was ist denn geschehen?«

»Irgendein freundlicher Zeitgenosse hat an dem Seil geknabbert. Beeilung, hier spricht Oberinspektor Sinclair, ich habe noch einiges zu tun.«

»Augenblick, Sir.«

Aus dem Augenblick wurde mehr als eine Minute, in der ich wie auf heißen Kohlen saß. Dieser Zwerg war nicht allein gekommen, das spürte ich. Der hatte irgendwo noch seinen Verbündeten sitzen, und der befand sich wahrscheinlich auf dem Weg, um andere zu töten.

An Suko kam er nicht heran. Wer blieb noch? Sir James Powell und Glenda Perkins.

Man musste sie warnen.

Ich selbst saß in der Kabine wie in einem Gefängnis, also sollten dies andere für mich tun.

Dazu kam es nicht mehr, denn über mir schallte eine Stimme durch den Schacht.

»Oberinspektor Sinclair!«, hallte es mir entgegen. »Geben Sie acht, wir werfen ein Seil.«

Das wurde auch Zeit.

Kaum hatte der Mann die Worte ausgesprochen, da fiel das Seil schon nach unten, es klatschte zuerst auf das Dach, rutschte durch die Luke und fiel mir praktisch in die Hand. Mit beiden Fäusten umklammerte ich es und gab meinen Okay-Ruf.

Sie hievten mich hoch. Ruckartig lief das ab, während ich hin und wieder nachhangelte. Ich kam sogar gut durch die Luke, obwohl ich meinen Körper einmal drehen musste. Wenig später schwebte ich über dem Dach des Fahrstuhls, und es dauerte nicht lange, bis man mich durch eine kleine Tür in der Schachtwand ziehen konnte. Wir waren in einer Zwischenetage gelandet. Über eine schmale Treppe gelangte ich in den normalen Flur.

Ohne mich bei meinen Rettern großartig zu bedanken, jagte ich trotz meiner verletzten Wade sofort die Treppe hoch und sah zu, dass ich in die Etage gelangte, in der mein Büro liegt.

Der Gang war leer.

Dafür hörte ich einen Schrei.

Nicht aus meinem Büro, sondern weiter hinten. Dort lag das Zimmer meines Chefs, Sir James …

Sheila Conolly hatte schreckliche Minuten hinter sich. Und nicht nur sie allein, auch ihr kleiner Sohn Johnny. Die Ereignisse waren über sie gekommen wie ein Sturmwind. Das Klingeln an der Tür, und dann, als sie öffnete, hatte sie zuerst keinen gesehen. Erst nach zwei Schritten war der Liliputaner aus seiner Deckung gesprungen. Blitzschnell, wie ein Schatten. Er war an Sheila vorbeigehuscht und hatte sich sofort Johnny geschnappt, den er noch immer in seinem Griff hielt.

Die rechte Hand war angewinkelt. Fünf messerspitze Finger zeigten auf Johnnys Kehle.

Bei irgendeiner falschen Bewegung des Kleinen oder bei einer Reaktion ihrerseits würde der Liliputaner sofort zustoßen.

Deshalb wagte Sheila nicht, sich zu rühren. Sie stand auf dem Fleck wie angewachsen und hörte sich die schrecklichen Beschimpfungen des Eindringlings an.

Sheila hatte nur Augen für ihren Jungen, während sie gleichzeitig an Nadine Berger dachte.

Der Wolf, der sich sonst immer in der Nähe des Kleinen aufhielt, war nicht aufzufinden. Er musste sich irgendwo verkrochen haben, vielleicht schlief er auch im Keller, jedenfalls griff er nicht ein, und die bangen Minuten dehnten sich zu kleinen Ewigkeiten.

Sie kannte das Gesicht, und sie würde es nie in ihrem Leben vergessen, denn nicht zum ersten Mal sah sie es.

Vor ihr stand Doktor Tod.

Allerdings nicht mehr in seiner ursprünglichen Größe, sondern verkleinert.

Das war ihr ein großes Rätsel, denn von Bill wusste sie, dass es John Sinclair gelungen war, Doktor Tod zu besiegen. Und nun dieses hier.

Sheila begriff keine Hintergründe, sie wusste nicht, wieso es zu dieser seltsamen Verwandlung gekommen war, es war ihr auch egal, für sie allein zählte die Tatsache, dass sie und ihr Kind sich in den Klauen dieser grässlichen Gestalt befanden.

Und sie wartete auf Bill.

In der Diele hielt sie sich auf. Durch das große Fenster

konnte sie in den Garten schauen und genau sehen, wann der Reporter eintraf. Und sie wusste auch, dass dieser Morasso nicht allein gekommen war. Im Garten lauerte noch jemand.

Die Falle war zugeschnappt.

Sheila zitterte. Ein paarmal schon hatte sie es mit Bitten und Flehen versucht, doch bei Morasso auf Granit gebissen. Er wollte seine Rache, und er würde sie ausführen.

Johnny hielt sich erstaunlich tapfer. Er rührte sich nicht im Griff des Mannes, sondern schaute nur aus seinen großen, angstvoll aufgerissenen Augen die Mutter an.

Schon des Öfteren hatten die Conollys schreckliche Szenen in ihrem Haus erlebt, und auch heute sah es wieder so aus, als wäre die Lage aussichtslos.

Und dann kam Bill.

Sheila hörte das Brummen des Porschemotors. Sie zuckte zusammen, schaute durch die Scheibe, und Morasso, der sie beobachtet hatte, drehte ebenfalls seinen Kopf, ohne allerdings die Lage seiner Hand zu verändern. Sie zeigte nach wie vor auf die Kehle des Kleinen. Bill fuhr nicht bis zum Haus. Er stoppte noch. Was geschah, wusste Sheila nicht, denn sie durfte die Tür nicht öffnen.

Auch Morasso wartete ab. Sein graues Gesicht hatte einen gespannten Zug angenommen. Für ihn wurde es ebenfalls dramatisch, denn er stand dicht vor einem Sieg.

Bis der Schuss fiel!

Da schrie Sheila auf, während Morasso ein böses Fauchen ausstieß, einen Fluch hinterhersetzte, Johnny gegen die Wand schleuderte und seinen rechten Arm hob …

Sir James hatte noch eine Galgenfrist! Plötzlich war Glenda Perkins da. Sie stand in der Tür, sah die schreckliche Szene, all das Blut und konnte einen Schrei nicht unterdrücken.

Der Schrei riss Morasso herum. »Du bist es!«, brüllte er. »Dann kann ich dich auch mit in die Hölle nehmen!« Er stürzte auf Glenda zu, denn Sir James lief ihm nicht weg, der war schwer verletzt. Erst wollte er die Frau töten. Glenda sah ihn kommen, diesen kleinen, höllisch gefährlichen Teufel, und sie war einfach nicht fähig, sich vom Fleck zu rühren.

Da krachten die Schüsse.

Mitten im Lauf wurde Morasso getroffen. Die Kugeln hieben in seinen kleinen Körper, das geweihte Silber riss die Wunden, und es sah so aus, als würden die Einschläge den Mann regelrecht zerstören.

Er lief zwar noch weiter, aber er begann zu torkeln, die Kraft rann bereits aus seinem Körper. Bevor er Glenda erreichte, brach er zusammen. Sein rechter Arm rutschte dabei vor, die fünf Finger wiesen wie zum Hohn auf die erstarrt dastehende Sekretärin, die noch immer nicht glauben konnte, dass sie gerettet war.

Ich war wirklich im letzten Moment eingetroffen und hatte den Liliputaner mit zwei gezielt geschossenen Kugeln stoppen können. Die Beretta noch in der rechten Hand haltend, stand ich in der Tür und schaute auf die schreckliche Szene.

Als ich das Blut sah, bekam ich einen immensen Schreck. Aber ich stellte auch fest, dass sich Sir James bewegte und sogar etwas sagen wollte.

»Lassen Sie, Sir!« Zwei lange Sätze brachten mich in ein anderes Büro, wo das Telefon stand, von dem aus ich anrufen konnte. Um den Rest sollten sich die Ärzte kümmern …

Plötzlich war der Schatten da. Gewaltig und groß wuchs er innerhalb des Ganges auf. Er schien aus dem Nirgendwo zu kommen, und bevor Doktor Tod zustechen konnte, war Nadine Berger, der Wolf, über ihm. Die Wucht des Zusammenpralls riss den Liliputaner von den Beinen. Er fiel hin, stach trotzdem zu und traf Nadine in die Flanke. Schrecklich jaulte sie auf. Aber sie ließ einfach nicht los, sie wusste, worum es ging, und verbiss sich im Hals des Solo Morasso.

Sheila sprang über die beiden hinweg, riss die Tür auf und schrie den Namen ihres Mannes. Bill war schon auf dem Weg.

Mit langen Sätzen jagte er heran, wuchtete sich an Sheila vorbei und erfasste die Situation mit einem Blick.

Morasso und Nadine kämpften. Da war ein Fauchen und Schreien zu hören, eine Blutlache lag auf dem Boden, durch die sich beide wälzten, und als sie für einen Moment stilllagen, da hatte Bill Conolly Zeit, auf den Kopf des Monstrums zu zielen.

Der Reporter jagte Doktor Tod eine Kugel in den Schädel. Ohne es zu wissen, hatte Bill Conolly unter das Kapitel Doktor Tod einen endgültigen Schlussstrich gezogen.

Winselnd kroch Nadine, der Wolf, zur Seite. Bill kümmerte sich sofort um das Tier. Es hatte mehrere Verletzungen erlitten, und der Reporter hoffte, dass es sich wieder erholen würde.

Johnny war nichts geschehen. Seine Mutter brachte ihn in sein Zimmer und blieb bei ihm. Bill aber telefonierte. Vor allen Dingen musste John Sinclair wissen, was vorgefallen war, und Nadine brauchte einen guten Tierarzt. Sie hatte Johnny gerettet und bis zuletzt auf ihre Chance gelauert. Bill konnte der Wölfin mit der Seele eines Menschen gar nicht dankbar genug sein.

Wir zogen Bilanz, und auch Bill Conolly war hinzugezogen worden, während Sir James in der Klinik lag, wo man sich um seine Verletzungen kümmerte.

»Das Kapitel Doktor Tod wäre also ausgestanden«, stellte ich fest und hob mein Glas.

»Aber nicht das Kapitel Mordliga«, sagte Bill Conolly darauf. »Da können wir uns noch auf einiges gefasst machen.«

Leider sollte er mit dieser Prognose recht behalten …

ENDE